I0641914

www.ingramcontent.com/pod-product-compliance
Lightning Source LLC
Chambersburg PA
CBHW070531030726
47505CB00001B/2

* 9 7 8 0 9 6 6 9 4 1 4 4 9 *

DREAMER

ドリーマー／時空を超えて

A Novel
by
Richard L. Miller
リチャード・L・ミラー 作

Japanese Translation
by
Asako Kawakubo & Junko Tanaka
川久保麻子・田中純子訳

Translation Edited
by
Makiko Tajima Asano
田島万紀子　翻訳編集

For Information, address:
Two-Sixty Press
P.O. Box 7888
The Woodlands, TX 77380

The author gratefully acknowledges permission for use of lyrics from the following songs:
Respectable: Worlds and Music by Kelly Isley, Ronnie Isley and Rudolph Isley © 1960 Ronnie Runs Tunes; By Permission, Isley Management;
Baby, I Need Your Lovin: Words and Music by Eddie Holland, Lamont Dosier and Brian Holland © 1964 (Renewed 1992); JOBETTE MUSIC CO, INC. All rights Controlled and Administered by EMI BLACKWOOD MUSIC INC on behalf of STONE AGATE MUSIC INC (A Division of JOBETTE MUSIC CO., INC) All Rights Reserved International Copyright Secured. Used by Permission
Cant Help Falling In Love: by George David Weiss, Hugo Peretti and Luigi Creatore © 1961 by Gladys Music Inc., Copyright Renewed and Assigned to Gladys Music (Administered by Williamson Music) International Copyright Secured. All Rights Reserved. Reprinted by Permission.
The Thrill Is Gone: Words and Music by Rick Ravon Darnell and Roy Hawkins © 1951, 1979 Powerforce Music (BMI);
It's Now Winter's Day: Words and Music by Tommy Roe © 1966 by Low-Twi Music.
Sister Love. Words and Music by Curtis Mayfield © 1963 by Warner/Tamerlane 1963.

The author would like to express appreciation to Japanese translators Ms Junko Tanaka and Ms Asako Kawakubo, and Japanese translator/editor Ms. Makiko Tajima Asano for their excellent work translating the original text into Japanese.

This Japanese/English edition of DREAMER
ISBN 978-0-9669414-4-9

DREAMER Original Edition
Orig. ISBN: 0-966914-1-1
13-digit ISBN: 978-0-9669414-1-8

CHAPTERS

目次

CHAPTERS

現在の状態をもたらした過去が無数にあるように、現在の状態から発展していく未来もまた数限りなく実際に存在する

「フィジックス・オブ・インモータリティ（不滅に関する物理論）」フランク・ティプラ

一　シグナル

夜九時。第十四ラボは静まり返っている。僕はしばらくのあいだ、黒い革張りの誘導チェアに身体を横たえるように座って、薬が効くのを待つ。三十秒は経っただろう。思ったとおり、部屋がぼやけ始めて、空調システムから冷気が出ているのに、とても暖かくなってきた。まるで誰かが暖房を入れたみたいだ。僕は喉にマイクをつけて、ヘルメットのストラップを締める。突然、レオナルドの声がヘッドホンから聞こえてくる。

「マイケル、聞こえますか。数を数えてみて」

唇を動かさず、口も開かずに、僕は息をして、一から十までの数字を思い浮かべる。

「大きくはっきりと聞こえます。少しの間、体を楽にして。音声サインを入力しますから」

僕は大きく息を吸い、顔を上げ、誘導の前にいつもするように、天井のタイルの穴を数え始めた。五十九まで数えたところで、レオナルドの声がもう一度聞こえる。「オーケー、マイケル。気分はどうですか？」

「ああ、大丈夫だ」　自分の声がヘッドホンを通して聞こえてくる。金属的で、まるで機械みたいな声。銀行のＡＴＭが出すような不快な音にそっくりだ。これが嫌いなんだ。

「全身でシグナルを送って」

深呼吸をして、左半身で動きを意図する。うねるようなさざ波が背骨のあたりを下りて、また上がっていき、そして頭の上まで届くのを感じる。もう一度、深呼吸。ヘッドホンの中で、レオナルドの抑揚のない単調な声が響く。

「ええと…、すべて正常ですね。脳波も異常なし。驚きましたね、どれも順調に作動しています…、オーケー、マイケル。青い正方形を思い浮かべて…。ありがとう。もうバイザーを下げてもいいですよ」

僕はメタルシールドに手をかけて引き下ろす。目の前が真っ暗になった。最後に見るのは、暗闇に浮かぶ二つの緑の点だ。僕が向こうへいっている間、眼球の動きを追跡しようとする機械。

「上を見て。下を見て。右左。じゃあ、ナンシー伯母さんの裸を想像して。ハハ、冗談ですよ。よし、瞳孔計も機能しているようです。もうすぐ行けますよ」

「よかった」　自分の声がヘッドホンの中で響く。金属的で機械みたいな声。

「忘れないで。ロックしてから、スキャンです。そしてロック解除。コールする前には必ずロックしてください」

「了解」

「夜なら、テレビの画面を見るようにして。外だったら、星と月の位置を確認して。いいですか、太陽が地平線から十八度下に傾いたら、夕方は終わりです」

レオナルドの言葉が終わらないうちに、ヘッドホンから、機械の唸るような音と、それとは調和しない小鳥のさえずりのような音が聞こえた。そして今度は別の音だ。エレベーターが動き始める時のような音。

「…ラジオから音楽が流れていたりしたら、曲名を教えてください。それから、常に時間と天候を確認するように。もし雨が降っていたら、それは重要な…」

エレベーターのような音の音程と音量が上がっていき、僕は体が軽くなるのを感じる。おそらく誘導前催眠のせいだろう。椅子から浮いている自分を想像してみる。上へ、そして別の次元へ。

「じゃあ、数学的コプロセッサーを見てみましょう。十二と九十一を足すと…、ありがとう。どこでもいいから行きたい場所を思い描いて。いいですよ。前頭葉、後頭葉ともに、とてもいいシグナルが出ています。次に、『ゲティスバーグの演説』を暗誦して」

「『ゲティスバーグの演説』なんて知らないよ」

「オーケー。何でもいいですよ。ビートルズはどうです。ビートルズのファンでしょう」

僕の頭の中で音楽が響いた。一九六七年の春の曲が、まるで川のように流れ込み僕を包む。

すべてが夢。

「来たぞ。シータ派と…、周波同調。いってらっしゃい、ミッチェルさん。よい夢を」

僕は皮膚の鼓動回路に身を沈め、ピラミッド型ベッツ細胞を横切り、曲線状の円蓋を通り抜ける。液体のように、僕は自分の皮膚に溶け、黒い椅子を通り抜け、その下の晴れた空へと落ちていく。

火曜、午前十時。誘導からちょうど十四時間が経った。僕は厚い皮製の椅子に埋もれそうになって、ラボ所長のデビッド・パウンドストーンが机の上を引っ掻き回しているのを見ている。数分おきにパウンドストーンは手を止め、薄くて茶色い髪の毛を掻き上げるか、丸い縁なし眼鏡を押し戻す。ぼさぼさのあごひげと、半袖のオックスフォードシャツとカーキ色のズボンのせいで、まるで、恐竜の発掘をしているオックスフォード大学の古生物学者といった風情だ。

僕はパウンドストーンの後ろの窓越しに広がる、テキサス州サン・アントニオの夏の街並みに目をやる。レンガとガラス窓からなる茶色がかった風景だ。所々にメスキートの木が見える。禁止されているのでニュースを聞くことはできないが、外の気温は三十五度を超えているに違いない。額で目玉焼きが焼ける暑さだろう。たとえラボから許可が下りたとしても、あんな加熱炉に足を踏み入れるのはごめんだ。

「すみません、マイケル。探しているものに限って、いつも見つからないんですよ。―ありました、あなたのファイルです」　パウンドストーンは申し訳なさそうに含み笑いをする。「机の上にありました。ハハハ」

「ハハハ」　僕も真似をして笑い、最高に愛想のいい笑顔を作る。パウンドストーンの欠点に文句をつけたくはない。僕の個人履歴に響くかもしれないから。

「これです」　パウンドストーンはファイルを開き、眼鏡の位置を直す。「ここへ来てから二週間ですね。そして昨晩が十回目の誘導でした」　彼は顔を上げた。「何か覚えていますか」

「あまり覚えていません」　僕は首を横に振る。「でもベッドに入ってから、やたらと夢を見ました。すごく映像が鮮明で―、ほとんどが小学校の時の夢です」

「ああ、それはかなり頻繁に起こる現象です」　パウンドストーンはうなずく。「誘導テクニックに対する脳の初期反応が、鮮明な夢という形で現れます。コントロールできましたか」

「いいえ」　質問をしようとして、僕はためらう。しかし、構うもんか。「自分がどこへ行くのかコントロールできるようになりますか。たとえば、一九六六年のある特定の日に行きたいとしたら、いつか行けるようになりますか」

パウンドストーンはオックスフォード流に肩をすくめながら眉を上げてみせる。「そうですね、その確率は低いですね。以前にも申し上げたように、理論上は可能です。被験者の中にも、優れたコントロール力を持つ方がいます。たとえばオットー・プリアや、コルトレーンはそうですね。しかし、そんな能力に恵まれている人はごく僅かです。それは最初の日に説明しましたよ」

「分かってます」　次に何を言われるか想像できた。僕はグラフ曲線の膨らんだ辺りにいる。そこには平均的な人間たちが大勢いて、誰も行く場所を選ぶことなどできない。ある瞬間には小学校二年の算数の授業に座っていて、次の瞬間には不味い学校給食を吐いてる。「僕が希望してたのは——」　僕の言葉は、ほとんど聞き取れないほどに消え入る。

　パウンドストーンは微笑んだ。「分かります。ほとんどの方が行く場所をコントロールしたがります。ですが、できる人はごく僅かです。マイケル、あなたもその他大勢の人々と同じように、記憶バンクに落ちていくだけで、コントロールすることはまず無理でしょうね」

　まったく最高だね。一万四千ドルと、三か月を費やして、初めて遊んだ砂場を訪れるというわけか。ウラジオストクへの片道航空券でも予約しておけばよかった。

　パウンドストーンは一息つくと、自分用のメモに走り書きをする。「あと一回、催眠セッションを入れましょうか。今日の午後はどうです。いつもの時間に」

「ええ。いいですよ」　パウンドストーンが手帳に時間を書き込むのを僕は見ている。ラッチングのカバーの黒い小さな手帳。おそらく日本のデザインだ。パウンドストーンのような専門職の人間は日本のデザインに飛びつく。六〇年代風のレトロなデザイン。記憶の旅でも、彼らの方が上を行っているというのか？

「退行催眠をするのは、解放するためです」　パウンドストーンが僕に話しかける。「そのあとには、なんらかの情報をキャッチし始めるようになるでしょう」　パウンドストーンは顔を上げて、眼鏡越しに僕を見る。「ですが、もちろんすべての記憶が楽しいものでは——」

「分かっています」

「実際、好ましくない材料というのが、リコール失敗の最大の原因です。潜在意識は思い出したくないのです」　彼はひと息つくと、一瞬笑みを浮かべた。「あなたのケースも、そうかもしれませんね、マイケル」

「僕の場合は違うと思いますよ」　僕は立ち上がった。「今日の午後ですね。それじゃ」

「午後です」　パウンドストーンは握手をしながら言った。「四時に」

エレベーターへ続く誰もいない廊下を歩きながら、僕はこのプログラムに残るべきなのか迷う。行きたいところへリコールできないなら、時間と金の無駄じゃないのか。

僕はエレベーターの19のボタンを押し、ガラス張りの最上階のラウンジへ行く。ドアが開くと、そこには誰もいなかった。カーペットが敷かれた灰色の広いラウンジ。なぜかバロック風なサン・アントニオの街並みが見渡せた。

僕はカーペットの上を横切り、窓際のソファに座り込んだ。3メートル近い高さの窓の外には、目の高さくらいの位置に、なんだかみすぼらしい白い雲が三つ浮かんでいる。その真下には、一〇〇台ほどの自動車の群れ。テキサス型のフリーウェイの渋滞に巻き込まれて、まったく身動きがとれない。見ているうちに、真下の喧騒から立ち上る熱が雲をかき消していく。

残されたのは、埃っぽい青空だけだ。

ここに最初に来た日へ僕の思考は戻っていく。パウンドストーンが時間旅行者の一団に説明するのを僕は聞いている。ホールに反響するパウンドストーンの声は、僕たちにこう語りかける。最新のニュース、テレビ、ラジオ、この建物を出ること、すべて禁止だが、そういう制限はあっても、この旅行にはそれだけの価値があると。パウンドストーンは僕たちの勇気を褒め称え、僕たちを「真の意味での開拓者」と呼んだ。「人類が宇宙へ飛び立って以来、最も画期的な旅、つまり記憶の旅へと皆さんは飛び立つのです」。

張り詰めた雰囲気の人々に囲まれて、僕は心の中で、自分がこれから見ること、聞くこと、感じること、経験することを、すべてをリストにしていた。一九六三年十一月九日のCBSイブニングニュースで、クロンカイト（当時のニュース解説者：ウォーター・クロンカイト）がロンドン・パラディアムでのビートルズの映像を流したこと。一九六四年のあの日、まさに最初のフォード・ムスタングが町にやってきたこと。僕はメモを取り、さらに数年前に遡り当時の流行の車を見る。爆弾みたいなグリル、こうもりの羽みたいな翼、プッシュボタン式のトランスミッション、ぐるっと回りを取り囲んだ窓ガラス。「ディック・トレイシー」の悪役に似た、クロムめっきの歯を見せてにやりと笑っているような車だ。

もう少し遡って、別の世界へ入り込んでみようか。ブーメラン、星型、アスタリスク、三角形やロケットの絵が散乱した世界。空飛ぶ円盤型のランプやカルダーのモビール。どれも繊細なラインで、どんなに重くても、どれにも取っ手が取り付けてある。そして真空管のラジオだ。　夜に音楽を流していたラジオ。サム・クック、ザ・プラターズ、そしてリトル・スティービー・ワンダーの初レコード『フィンガー・ティップス・パートⅡ』。

本物のアメリカン・ヒストリー。戻るには最高の場所だ。

そこにとどまることはできなくても、その旅で一儲けできるだろう。

僕はサン・アントニオの摩天楼を眺める。コンクリートから突き出た巨大な長方形のクリスタルだ。今この瞬間にも、誰かが、あの辺にいる誰かだ、ボストンにある僕の広告代理店に電話をかけて、商品を売りたいが助けが欲しいと訴えているだろう。そして、言うことは皆同じだ。「六〇年代の趣が欲しいんだ。ベビー・ブーム世代は購買力が高いからな」

「おっしゃるとおりです。非常に人気が高く、かつ効果のあるツールです。初期のソウル・ソングとセットにしましょう。ザ・フォア・トップスを聴いたことがありますか。ない？　では、トミー・ジェームスとションデルズは―？」

二十世紀なんとかのハリウッド・プロデューサーのようなクライアントがまた来るかもしれない。緑のシルクスーツを着たポニーテール以外には頭髪がないような男。一九六八年の歌をベースにした映画を作りたがっていた。一九六八年の歌なら何でもいいと言う。「こうしよう」、男は言った。「君が歌を探し、僕はストーリーを探す。当時は、シリアスなことがいろいろあったそうじゃないか」

僕は出来上がった映画を見なかったが、共同経営者のジェリーは見た。「支離滅裂だ」とジェリーは言っていた。まさに六〇年代と同じだ。しかし六〇年代のあらゆることと同じように、映画は大金を稼ぎ出した。

だから、ここを逃げだして自分の屋根裏に隠れることができなくても、あの場所で商品のリスト作りくらいはできる。もしかしたら掘り出し物が見つかるかもしれない。

「バンドで、一九六〇年代のリメイク・ソングを作りたい？　リトル・ジュニア・パーカーの『ドライビング・ウィール』はどうですか。一九六一年五月にチャート入りしています。もっと都会的な曲？　一九六二年のナタニエル・メイヤーとザ・ファビュラス・トワイライツの『ビレッジ・オブ・ラブ』がいいでしょう。デトロイトのバンドです。無名ですが、いいバンドですよ。皆、最近のオリジナル曲だと思うでしょうね」

その曲を初めて聴いた二月の暗い夜を覚えている。通り過ぎる貨物列車みたいに、僕の古いRCAの真空管ラジオから大音量で流れていた。僕はラジオのボリュームを上げすぎて、兄のアールを起こしてしまった。「いい曲だな、マイケル」、アールは言った。「お前、いい趣味してるな」

ああ、兄さんは間違っていたけど、でもいいんだ。少なくとも僕はその歌で金を稼いだ。そして運がよければ、兄さんのあの台詞をもう一度聞けるだろう。

ひょっとしたら、パウンドストーンが間違っている可能性もある。僕マイケル・ミッチェルはグラフ曲線の真ん中にはいないのかもしれない。もしかしたら本当に訪れる時を選べるかもしれないんだ。友達にもう一度会えるだろう。そしてプログラムの参加者がほとんど全員そうしているように、寄り道をして今まで付き合った女の子全員に会いに行くだろう。

一人目はブレンダ・レイシーだ。緑の目、柔らかいブロンドの髪、小柄だけど均整のとれたボディ、怒りっぽくて、斬新的なキスに関しては誰もが認めるエキスパートだ。雪が降った三月の、あの素晴らしいプロム（高校のダンスパーティ）の夜に帰ろう。あの時、彼女は胸元の開いた黄色いイブニングドレスを着て、彼女の母親のスタインウェイで「ムーン・リバー」を弾いた。そうだ、一番初めにブレンダを訪れよう。その次も、その次も彼女に会いに行こうか。

でもジル・ジャクソンの方がいいかな。美人で、少し背が高すぎたけど、見透かすような青い目で、長い茶色の髪をいつもポニーテールに結んでいた。公衆の面前で僕に飛び出し型ナイフを突きつけてきた唯一人の女の子だ。なぜだか分からなかったが、僕の友達は皆、感銘を受けていた。自転車に乗ってエルクフォークにあるジルの父親の山小屋へ行って、小さな簡易ベッドの縞模様のマットレスに寝そべり夜の音を聞いたあの日に、帰るのもいいかもしれない。

それとも高校一年生まで遡って、パム・カースウェルに会いに行こうか。ハート型の顔で、薄茶色の髪をした、アーモンドのようなふっくらとした唇のパム。二人で上半身裸のまま鉄橋の斜めの支柱に座り、神様について語り合い、流れ星を探したあの夜に帰ろう。ショートパンツだけ身に着けて、高い鉄橋の上にいたパムは、月明かりの中で天使のように見えた。

だがパムのあとは、ブレンダ・レイシーに戻るだろう。あんな子は他にいない。輝くような笑顔となめらかで完璧な脚。一体、どうして僕たちは別れたのだろう。　あれは何と関係があったのか。

思い出せない。

オリエンテーションで、男と女は同じ過去でも別々のことを覚えている傾向があると言われた。そして、一般的に別々の出来事にトラックバックすると。選択の機会を与えられたら、プログラムに参加した女性は大体ハイロード（公道）を好み、家族や友達に会いに行く。一方、男は大脳皮質の裏側を目指す。お気に入りのガールフレンドたちが住む、熱くて小さな記憶の束を探しに行くのだ。

僕はそれを探すためにここへ来た。それを認めよう。小切手を切り、スーツケースに荷物を詰め、皆に別れを告げて、飛行機に乗り込み、ここにやってきた時にも、頭にはそのことがあった。毎夜一時間半の間、人生の楽しかった時代を旅するつもりだった。心配事も責任もない。ただ心地よく温かく、やさしい思い出の中へ。脳のハイウェイに飛び乗って最高の場所へと旅をする。神経系ロードマップにある小さな明るい点の数々へ。

そして今－もちろん小切手が換金された後だ－、ロードマップはないとパウンドストーンは言う。途中の標識さえないと。記憶バンクをナビゲートすることは不可能に近い。

お気の毒さま。

僕は窓越しに雲ひとつない空を見上げる。頭の中でパウンドストーンの声が聞こえる。「がっかりしないでください。プログラムの終わるころには、少なくともいくつかの情報を取り戻すことができますよ…」

いくつか、では十分じゃない。

僕はすべてを取り戻すためにここに来たのだ。

二　記憶チャンネル

正午。僕はカフェテリアでボウルに入った激辛チリと、シェフが「ミガス・ナチョス」と名づけた得体の知れない物質を、なんとか腹におさめようとしている。

テーブルの向かいには、まるまると太ったオットー・プリアが、「ミガス・ナチョス」の二杯目をがつがつと食べながら、満面の笑みを浮かべてお話し中だ。オットーは僕と同じように第十四ラボに割り当てられている。引退した神経精神病学者、つまり医者だ。そのオットーがこの食べ物を旨そうに食べているということは、おそらく毒ではないという印だろう。少なくとも、少量ならばの話だが。

オットーの隣では、物言いは乱暴だが気さくなジム・ケラーがギリシャ風サラダを几帳面なくらいきれいに食べ終えようとしている。オットーと同じように六十歳代後半だが、おそらくオットーよりも十キロは重い。だがオットー博士と違って、ケラーには長時間の過去トリップの経験がない。初めての長い旅行が今週予定されている。

なのに、ケラーはそれほど緊張しているようにはみえない。たいてい自分がテキサスＡ＆Ｍ大学で教えていた頃の、難解な化学の概念をネタにしてジョークを飛ばしている。「オットー、ペンを貸してくれよ。最近手がけた特許の化学構造を見せてやろう。アミノ・ワールドだ。分かるかな。　ア・ミーン・オールド・ワールド《冷酷な旧世界》さ」

また始まった。この小さな図を、誰もが以前に見たことがある。仕方なく、僕たちは一応笑ってみせる。僕の隣に座っている普段は辛口のゲイル・バンクスでさえ笑みを浮かべる。彼女は小さなボウルに入ったフルーツサラダをつついている。キウイとメロンの角切り、そしてブドウ。ゲイルは臨床心理学者だったと先週ケラーが言っていた。あるいは看護士か新聞記者か、そんなところだ。つまるところ、ケラーもよく知らなかった。

「ねえ、オットー」　意地の悪い笑みを浮かべてゲイルは言う。「ミガスって、スペイン語でどんな意味なのか知ってる？　アリよ」

「アリか…」　オットーはモジャモジャの眉をつり上げた。「そうか。でもなかなか旨いぞ！」

「ラッセル・コルトレーンはどんな様子か、誰か知らないか？」　僕は訊く。

「最悪よ」　ゲイルはまたブドウをフォークでつついた。「ランが二十二時間になったところで、レオナルドに連れ戻されたの。トレースがフラットになりかけたって」

「まさか」　ケラーが言った。「コルトレーンは誰よりもすごいはずだろう」

「プリントアウトを見たけど」とゲイル。「波形がほとんど消えていた。静止しているみたいだったわ。レオナルドはラッセルがエクリプスに向かっていると思って、緊急用の赤いスイッチを押して連れ戻したの」

「一ヶ月前、私もレオナルドに連れ戻されたよ」 ケラーが言った。「一九五二年の夏だった。ワシントンのペンシルバニア通りを歩いていてね。いい夜だったよ。その時レオナルドの声が聞こえた。何処にいるかと聞くんだ」

ゲイルが僕の方をチラリと見る。もう聞いたことのある話だ。

「しかし、だ」 ケラーがクスリと笑う。「あの夜は、全部自分で決めてやるつもりだった。だから返事をしなかった。そのあと五分か十分経った頃かな…。 まるで稲妻に打たれたみたいで、戻ってきたときには誘導チェアの上に派手に吐いてしまったよ」

「無理もないさ」 とオットー。「緊急停止は、大脳皮質に直接電気ショックを与えるんだ。そんな目に遭うのはごめんだから、私はいつも気をつけてるよ。できるかぎりね。コルトレーン氏はどうしてる？」

「大丈夫じゃないかな」 ゲイルが言う。「わりと平気だったみたいだと、レオナルドが言ってたわ。チェアから立ち上がって首を一振りすると、自分の部屋に戻って行ったって」

「まったくタフな男だね」 とケラー。

「タフっていうより、変わってるのよ」　ゲイルは黄緑がかったメロンの塊にフォークを突き刺す。「ここへ来て二週間目にはロングランができたんですって。つまり、二日間もチェアに座りっぱなしよ」

「たいしたもんだ」　オットーは笑みを見せる。「私なんて、ロングランができるまでに1か月もかかったのに」

「過去に行ったまま二日間も過ごすなんて、変な感じでしょうね」　ゲイルが言う。

「そうでもないさ」　オットーは肩をすくめる。「標準的な一時間のセッションと変わらんよ。長い映画を見ているようなもんだ。どっちにしろ観察することしかできないがね」

「私としては、その点が気に入らないのよ」　ゲイルはそう言うと、僕をちらりと見る。

「過去で長い時間を過ごすと」　オットーも僕の方を見る。「こういうおしゃべりが、背景で聞こえるようになるんだ。まるでラジオみたいにな」

「ラジオ？」　僕は尋ねる。「ラジオに周波数を合わせちゃうってこと？」

「お前さんの頭だよ」　ケラーが割って入り、長い指で僕の額を指差す。

「頭の中には記憶のレコードも入ってるんだ。当時聞こえた音なら、本気で耳をすませばどんな音でも聞こえてくる」

「つまり僕は、そのときただのテープレコーダーだったというわけか」　僕は椅子の背もたれに体を預ける。食欲は失せていた。

「そういうことさ、マイケル。まさにテープレコーダーだ」　オットーは笑みを見せる。「それが我々人間のやってることだ。つまりテープに人生を記録しているんだよ。なぜ人間がそんなことをするのか神様にしか分からんが、とにかくそういうことになってる。そして催眠と誘導チェアの力を借りると、どこかの時点に戻って、点滴が効き目を発揮する間は、そこにとどまることができるってわけだ」

「そうだ、オットー」　ケラーが言う。「ガス・ジョルダーノの話をしてやれよ」

「ああ、そりゃいい」　うなずくオットー。「ガスはすごかった。誰よりも長く過去にとどまって、とびきり詳細な情報を手に入れて戻ってきた。一九四一年のある火曜日に何の曲がラジオで流れていたかガスは記憶していたらしい。おまけに、そのラジオの外観を、ダイアルの刻み目まではっきりと覚えていたんだとさ。ゼイが言ってたが、ガスほどの周辺視野を持っている人間は見たことがないそうだ。生まれつきの才能だよ。やつこそナビゲーターのキングだ」

「そんなところまで遡るなんて、想像もできないな」　僕はつぶやく。　しかしそれは嘘だ。僕には想像できる。

「どっちにしろ」　とオットー。「自分が生まれた後にしか、遡れない。前世とやらに戻ろうと思っても無理だぞ」

「重要なのは時間的な距離じゃない」　ケラーはサラダから三角に切ったチーズを取り除きながら言う。「脳がどうやって記憶を整理するかが重要なんだ。生まれて初めての誕生日の記憶が、一ヶ月前の出来事の隣に置かれているかもしれない。そのおかげで、このトリップは一層面白くなるというわけさ。つまり過去を旅すると、どこに辿り着くのか皆目見当もつかんのだ」

「特にロングランではね」　オットーは頷く。

「そうかしら」　ゲイルは最後に残ったメロンにフォークを突き刺す。「一度に二日以上あのチェアに座っているなんて、どう考えても変よ。心理学のちょっとした研修を受けたことがあるから分かるけど、あそこではどんなことでも起こりうる。たとえば『分裂』よ、つまり多重人格が現れるの。レオナルドが言ってたけど、まるで古い新聞紙みたいに、ズタズタに切り刻まれて戻ってきたドリーマーがいたらしいわ」

「まったく、レオナルドらしい言い草だね」　オットーが苦笑いを浮かべる。「いいかい。あらゆる正常な人格は、複数の知性から構成されている。そうでなかったら、運転をしながら同時に会話をして、ラジオを聴くなんて芸当ができるわけが――」

「自分の人格が分裂して勝手なことをやり始めるなんて、私には耐えられない」　ゲイルが口を挟んだ。「ズタズタになるなんて、考えるだけでゾッとするわ」

「そうだな、多重人格というのは別に気にならないけど」　僕は周りを見回して言う。「二日間も針を腕に刺しっぱなしっていうのは閉口するね」

「なあ」　ケラーがカウボーイのような悪戯っぽい笑顔を僕に向ける。「あそこにいる間は、水分を取らなくちゃいけない。私が嫌なのはあのチューブだよ…」　ケラーはちらりとゲイルを見る。「つまり、分かるだろ？」

「みんな、生理学上の基本ルールをお忘れなく」　ゲイルは席を立つ。「水を飲んだら、おしっこが出るのよ」

腕をまっすぐに伸ばしてカフェテリアのドアを開け、さっそうと歩いていくゲイルの水玉模様のスカートが揺れるのを僕たちは見つめる。

「私はゲイルが大好きだよ」　少しして、ケラーが口を開く。「ダブル・タイムのパートナーになったら、楽しいだろうねえ」

「ダブル・タイム？」

「ジムのお気に入りの空想さ」　オットーが言う。「同じ過去を共有している、すでに知り合いの2人を過去へ送るのがダブル・タイムだ。そして喉頭マイクを使って会話をする。二人は過去を一緒に体験し、感想を述べ合うんだ」

「感想ねえ」　僕は苦笑する。

「そういえば！」　ケラーが僕の方を振り向いた。「レオナルドが言ってたが、二ヶ月前にダブル・タイムを試したカップルがいてね。何かがとてもうまくいったのだろう。チェアを離れると自分たちの部屋へ直行したそうだ。しかも真昼間だぞ！」

「その話はレオナルドから聞いたよ」　オットーがケラーに言う。　「二人は我々と同じくらいの歳だったらしいぞ、ケラー」

オットーはケラーの背中をたたく。「奥さんを連れてくるといい」

「ルイーズは嫌がるよ」　ケラーは首を横に振る。「こういう類のことを信じない、骨の髄まで現実的な女なんだ」

「妻もそうです」　僕は言う。

「そりゃ残念だな」　ケラーは肩をすくめた。

「ええ」　僕は椅子から立ち上がりながら言う。「本当に」

……★……

「ヘンダーソン・コッドハム・ミッチェル・ランバート法律事務所です」

「やあ、ケイジー。マイケル・ミッチェルだ」

「あら、どうも、ミッチェルさん。奥さんと代わりましょうか」

「いる？」

「今ちょうど出かけるところだったと思いますが。ちょっと見てきます」

カチッという音がしたかと思うと、ボストン周辺のハイウェイの交通情報が聞こえてくる。昼時のトンネルの渋滞、マス通りの軽い衝突事故、ボイルストン通りでの人身事故。もう一度カチッという音がして、聞きなれた声が聞こえてくる。「リンダ・ミッチェルです」

「やあ…、リンダ？」　ためらいがちに言う。これではまるで、お伺いを立てているみたいじゃないか。実際そうなのかもしれない。

「マイケルなの？　テキサスはどう？」

「退屈だよ。食事は悪くないけどね」

「それで、もう自分は見つかったの？」

「いいや。君は見つかったのかな」　僕は言い返す。

「ねえ、マイケル。人生に背を向けているのはあなたの方よ。私はとにかく生活費を稼いでるんだから」

「勘弁してくれよ。僕は仕事で来てるんだ。広告用に六〇年代の題材を見つけようと―」

「やめてよ、マイケル。そんな言い訳、聞きたくないわ。あなたのお目当ては、あの頃のバックシートでのお楽しみだけでしょう。彼女の名前、なんだっけ？」

「だれ？」

「確か高校時代にあなたを振った、ぽっちゃりとしたブロンドの子よ。誰だっけ、ブレンダ・ルーシー…」

「レイシーだよ。ブレンダ・レイシー。もし会ったら、君がよろしく言ってたと伝えておくよ」

「そうでしょうとも」

「もういいよ、その話は。実はね、誘導チェアに座ってセッションを十回受けたけど、まだ何も思い出せないんだ」

「そうでしょうね。ねえ、マイケル。あなたの口ぶりは、刑事訴訟のクライアントに似てきたわよ。『そういう理由ではありません。それに、何も覚えていません…』ってね」。

「やめてくれよ、リンダ」

「ごめん、ちょっと待って」

交通情報が再び聞こえてきた。ボルストンの人身事故は片付いたが、トンネルの渋滞はまだ続いている。

「もしもし？　ワシントンのオフィスから電話が入ったの。クライアントが起訴されそう。罪状が十七もあるのよ」

「それはお気の毒だね」

「クライアントにとってはね。私たちにとっては、料金を請求できる時間が増えるということ。えっと、そっちの食べ物はどうなの？　おいしいメキシカン・レストランは見つかった？」

「いいや、まだだ」　まったくリンダらしい。相手を崖っぷちに追い詰めたすえ、がらりと話題を変えてしまう。

「シニア・パートナーが来月サン・アントニオへ行くのよ。彼がいいレストランを知りたがってる。ヴァンがテキサスのグルメブックを持っているんだけど、サン・アントニオはリストに載っていないの。あなたならいい店を知ってると思ったのに」

「ドリーマーは建物を出ることを禁じられてる」

「逃避行に一万四、五千ドルもつぎ込んで、おまけに一歩も外へ出られないなんて。一体どんな所なのよ。缶詰になってダイエットする減量センター？」

「やめてくれよ、リンダ。建物の中に隔離されるのは、契約の一部なんだ」

「ええ、知ってるけど、言わずにはいられなかったの。ごめんね。だっておかしな話じゃない。まるで家賃の高い刑務所にいるみたい。夜には鍵をかけた部屋に閉じ込められるの？　首に縄でもつけられるわけ？」

「違うよ」

「やだ、そんなにむくれないでもいいわよ。ちょっとからかっただけじゃない。ねえ、給食について話して。日に三度、ちゃんとした食事がでるの？」

「カフェテリアの食事はとても美味しいよ。体重を減らすのは難しい」

「本当に体重を減らした方がいいわよ。お腹にスペアタイヤを乗せてるみたいになってきたわ」　リンダは一息ついて、僕がタイヤを見る時間を与えたかと思うと、すかさず次の弾を撃ち込んでくる。

「ねえ、戻ってブレンダに会ったら、この年月であなたの体重がどのくらい増えたか言うのかしら？」

「もし聞かれたらね」　僕は腰のあたりについた脂肪のかたまりを見下ろす。三十二サイズのベルトは最後の穴になっていた。髪は薄くなり、白髪混じり、おまけに今や太りつつある。見たこともない中年男がここにいる。もしこの男性をご存知か、どこかで見かけた覚えがあったら、ぜひご連絡ください…

「マイケル、聞いてる？　マイケル？」

「ああ、聞いてるよ」

「メキシコ料理は控えたほうがいいわ。脂肪分がたっぷり入ってるらしいから。心臓発作を起こしてほしくないの。チーズ・エンチラーダひとつで一〇〇〇カロリー以上あるとテレビで言ってたわ」

「またテレビを見ているのか」

「ためになる番組だってあるのよ。それに、ヴァンが持っている本には、ありとあらゆる食べ物のカロリーが載っていて——」

「ヴァンは君の私設図書館員にでもなったのかい？」

「いいえ、でも彼は読書家よ。ビジネス雑誌じゃなくて、本物の本を読むの。そこで、本は読ませてもらえるのかしら、マイケル？」

「なあ、リンダ、もう切らないと…」

沈黙。リンダがギアを切り替える音が聞こえてきそうだ。話題を変えて、さっきの崖っぷちから後退する。僕は時計にちらりと目をやる。リンダと五分間会話するのは、プロボクサーと十五ラウンド戦うのに等しい。

「昨晩、ポールから電話があったの。脚本を読んでもらってるそうよ」

「ポールの書いた脚本を読んでもらってる？　いい話じゃないか！」僕は電話を引き寄せる。ありがたいことに、子供に関する話題は非武装地帯にある。

「どこかのエージェンシーの担当者が、ポールの脚本はホームコメディに向いていると言ってくれたの。リーディング料はたったの三千ドルで済んだわ」

「三千ドル？　脚本を読むだけにか？」

「それが業界のやり方なの。いつもそういう人たちの相手をしてるんだから、あなたも知ってるはずでしょう」

「三千ドルも払ったのか！　なんてことだ。リンダ、僕がタダで読んでやったのに」

「あなたはテレビコマーシャルの制作者だけど、ホームコメディに関しては素人よ。制作会社に対して強いコネもないわ。おまけにテキサスまで出かけていって自分探しを――」

「まさか金を送ったりしてないだろうね？」　僕はさえぎる。

「もちろん送ったわ。息子のためだもの。それに、たったの三千ドルよ」　リンダの声はまた辛辣さを増す。大型銃が持ち出され、弾が装填される音が聞こえるようだ。「ねえ、マイケル。産千ドルなんて、あなたがドリームランドでの休暇に注ぎ込んだ大金と比べたら、ニワトリの餌みたいなものよ。」

まったく見事な攻撃だ。

「マイケル？　マイケル、聞いてるの？」

「耳の中に入った毒を拭き取ってた」

「いいトライだけど、前に聞いたセリフね。マイケル、もう行くわ。お金を稼がなきゃいけないから。あなたが帰ったら、話の続きをしましょう」

「ああ、どっちが家を取るとか？」

「あのね、前にも言ったけど、家はあなたにあげる。私は家に相当するものを頂くわ。いい夢をみてね、ネモ船長」

カチリ。

僕は切れた受話器を見つめていた。換気装置の唸る音だけが低く響いている。

……★……

午後四時。リンダとの対決でまだムカムカする胃を感じながら、僕はパウンドストーンのオフィスへ続くドアを開ける。薄暗い部屋で少しのあいだ催眠状態に入れば、リラックスできるかもしれない。

だがそれはできそうもない。どういうわけか、パウンドストーンは珍しくブラインドを開けていた。僕の目に飛び込んできたのは、午後のぎらぎらとした黄色い太陽の光だった。

「どうぞ掛けてください」　パウンドストーンは、デスクの前の椅子をすすめる。「昼食はどうでしたか」

「ナチョスを食べました」　まぶしさのあまり僕は目を細める。太陽がちょうど後ろにあるので、パウンドストーンが燃えて輝く光の塊のようにみえる。

「ナチョス、ですか」　パウンドストーンの眼鏡が小さなハロゲンライトのようにきらめく。「まあ、四時間経過していますから、おそらく問題はないでしょう。精神科医の大半は認めようとしませんが、直接催眠を行うと、少々吐き気を感じる人がいますから」　パウンドストーンがデスクの上の何かに目をやると、頭のてっぺんの禿げた部分に太陽の光が反射して、それがまっすぐに僕の目を射った。「レオナルドが言うには、気分が悪くなるのは催眠のせいではなく、ここのカフェテリアの食事が原因だそうです。本当に気分は悪くありませんか」

「平気です」　だが正直に言えば、僕はここから出て行きたくて仕方がない。この研究所から、テキサスから、この場所から逃げ出したい。

「部屋を少し暗くしましょう」　パウンドストーンはそう言うと、デスクから離れる。「暗くする間、デスクの上の小さな像に意識を集中してください」

　パウンドストーンが部屋を歩き回ってブラインドを下ろしている間、僕は像に意識を集中させる。日時計を抱いた天使で、青銅でできている。天使の羽は体の両脇にカーブして柔らかく広がり、まるで舞い降りているようだ。あるいは舞い上がるのかもしれない、どちらなのか僕にはよく分からなかった。部屋が暗くなるにつれ、銀色の光が天使の羽を昇っていき、そのあとに、幾筋もの細い影が取って代わった。瞬く間に、天使は闇に包まれ、暗い部屋で輪郭だけしか見えなくなった。

「マイケル」　パウンドストーンはデスクへ戻る。「仮に人生のある特定の年に戻ってくださいとお願いしたら、そして確実にそれをあとで思い出せるとしたら、戻りますか？」

「もちろん」

「大事なものを失っていたとしても？」

「ええ、それでも行きます」

「ならば、行けますよ」

　ソファは皮の誘導チェアと似ている。まるで液体を触っているように柔らかく滑らかだ。ここに来て最初の一週間で、僕は催眠に関してあらゆること、つまり催眠とは何か、何が催眠ではないのか、どう作用し、どんなふうに役立つのかを学んだ。

一週目に学んだことを思い出しながら、緊張とリラクゼーションの波動を足元から体の中心を通るようにして頭上へと送る。そして最後の波動が体を離れると、僕の体は重くなり、硬くずっしりとしたおもりのようにソファの中へ深く沈みこむ。

自分の思考が電波のように飛び交うなか、まるでラジオの周波数に合わせるかのように、僕はパウンドストーンの声に意識を集中して、その声をつなぎとめる。もう少しすると、パウンドストーンはトランス状態とはどんなものか例を挙げて説明してみせるだろう。そして彼は僕の信条や経験、生い立ちを呼び覚まし、中脳の中心の暗い部分へと僕を導いていく。

エレベーターだ。きっとパウンドストーンはエレベーターを使うに違いない。

「当時の経験をすべて追体験します。あなたはそこにあるものを、五感のすべてで体験します。あなたは、そこで聞こえるはずのものを聞き、見えるはずのものを見ます…」

ほとんど無意識の状態で聞いているのだが、視床の奥底のどこか、僕の中のある部分が、あるフレーズが現れるたびに、それに注意を向けて、聞き取り、チェックマークをはずしていく。それは、「あなたは～します」という確信に満ちたフレーズだ。五感に働きかけるコマンドであり、心地よい体験を約束してくれる言葉。標準的なテクニックだ。これがディープ・トランスなら、パウンドストーンは他のテクニックを取り入れてみるだろう。アフェクト・ブリッジ、ピラミッディング、プレッシャー、コンフュージョン、もしかしたらそれらすべてを一度に使うかもしれない。

「マイケル、あなたは一九六三年の感覚を思い出します。見たもの、聴いたもの、そして音楽を。一九六三年の匂いや感情を思い出します。その感情に意識を集中して、追体験してください…、そして追体験する間、エレベーターに乗っている自分を想像してください」

またエレベーターだ。催眠セラピストはエレベーターがお気に入りに違いない。

「ここは現在であなたは最上階にいますが、一九六三年は一階です。エレベーターが降りていくと、あなたは深い安らかな眠りへと入っていきます。人生で起こった出来事の映像を見ながら、一九六三年の我が家へとあなたは降りていくでしょう。その間ずっと、あなたは安全で守られています。一九六三年に見たり聴いたりしたたくさんのことを、さらに体験します。そして何が見えるのか、私に話すことができるようになります」

そして今、静寂が訪れる。突然僕は、自分がうつぶせになり、平べったい金属のようなものを掴んでいるのだと気づく。暗闇の中でも、自分がほとんど水平に横になっていることが分かる。

「おい、マイケル」　子供の声が僕を呼ぶのが聞こえる。「今、何時だい？」　大昔の親友の声だ。その子の名前はエバン・カースウェルだった。いや、だったではない、カースウェルだ。

「腕時計が見えない。暗すぎるよ」　と僕の声。甲高く、恐怖でうわずってる。

「見えないのか？　ラジウム入りだって言ってただろう。だったら夜でも見えるはずだよ」

「調子が悪いみたいだ」　僕は暗闇の中を見回して、その奥にあるものの形を見つめる。何かの上層部分の輪郭だ。

僕は橋の上にいる。鉄橋のてっぺんにいて、今は一九五〇年代の終わりか、六〇年代の初めだ。視界の隅の方に明るい光が見える。三日月だ。空には星が瞬いている。遠くで、鼻にかかったようなあの独特な汽笛が聞こえる。

「最初の踏切を通過してるぞ」　カースウェルが言う。「長い汽笛が2回聞こえるはずだ。短めのやつと、長いやつと」

その通りだった。

「カーブを曲がってる」とカースウェル。「橋の手前だ」　カースウェルの声は聞こえるのに、姿が見えない。当然だ。僕の目は固く閉じられているのだ。カチッという音がする。そしてもう一度、同じ音。僕の心臓は激しく鼓動し、胸を突き破って飛び出してこようとしてるみたいだ。

エバンは笑う。「列車が通る時に橋を渡らないかと、バカ兄貴を誘ったんだ。そしたら、死にたくなんかないってほざくんだ、まったくどうしようもない弱虫だぜ、あいつ」

ほんの一瞬、僕は目を開ける。僕が立っている橋桁の幅は六十センチくらい。両手で思いっきり縁を掴んでいるので腕が痛い。十メートル下方には、揺れる線路が走っている。その二十メートル下には、ソルト・リバーの黒くのっぺりとした水面が広がっていた。

何の前ぶれもなく、目も眩むような白い光が地平線上に弧を描いて現れ、木々を焦がした。ディーゼル機関車の低いエンジン音が聞こえてくる。

鉄橋が揺れ始めた。

「すごいや」　エバンが言う。「給水塔の時よりもいいぞ」

僕は息を吸おうとするが、できない。体中の筋肉が硬直して動かない。

光線があたりに広がり、近くの木々を照らしていく。そして光線は僕たちの前方を捉えた。列車の前面に取りつけられたライトは回転灯で、時計と反対に回りながら竜巻のような光を振りまいている。

鉄橋のてっぺんは、真っ暗闇に包まれたかと思うと、眩い、焦がすような光に繰り返し照らされる。僕は真っ黒に汚れた自分の両手を見る。橋桁の端を握りしめ、まるで金属と溶接されたようにぴたりとくっついたままで、やはり同じように交互に光を浴びていた。

ディーゼル機関車が、汽笛を鳴らしながら鉄橋を渡り始めた。

橋桁がガタガタと激しく音を立て、突然左右に揺れた。僕の左側、鉄橋の反対側で、エバンの体が大きく揺れているのが見える。片方の脚が橋桁からぶら下がっている。僕は固く目を閉じた。

数分後、轟音は遠のき、僕はあたりを見回した。向かい側に、橋の上にいるエバンのシルエットが見える。橋桁の上に座って両足を宙にブラブラさせていた。その映像が動いて、列車を追いかける。回転灯は今は町外れの建物を照らしている。そしてとうとう、最後尾の貨車、遠ざかっていくのが見えた。車掌車だ。点のような赤い光が次第に遠くへ消えていく。僕は顔に風を感じた。いつかエバンはこの世を去り、彼の妹と僕はここに来て彼を思い出して泣くことになる。

僕は黒い橋桁を押しのけ、現在の方へと向かう。頂上へ。

コリンスの我が家の二階に僕は戻っている。夜も更けて、僕はベッドで『マーズヒルのミステリー』を読んでいる。部屋の向こう側の窓際のベッドに寝ているのは兄のアールだ。僕の記憶の中にいるそのままのアール。笑うと口をゆがめた笑顔になり、刈り上げた濃い茶色の髪が少し伸びている永遠の十七歳。アールはダイヤ模様の趣味の悪いパジャマを着ている。僕の知る限り、ベッドで靴下を履くやつなんてアールだけだ。しかも夏でも履いている。アールの言い分はこうさ。タバコで家が火事になった時の準備をしておきたいんだって。もっともな話じゃないか、まったく。

僕の視線は、小さなライトに照らされた赤茶色のドレッサーに移る。外からは、絶え間なく夏の虫の声が聞こえてくる。ベッド脇の机に置かれた目覚まし時計は一時十分を指している。すべてが現実としか思えない。

雑誌を読んでいたアールが顔を上げる。「なあマイケル、おれ、冷蔵庫をあさってくるよ。ペプシと、チーズサンドイッチを作ってもいいな。チップス付きでね。お前にも何か持ってこようか」

「僕が取ってくるよ」　僕の甲高い声が聞こえる。子供の声だ。

「ホントに?」　アールの、あの口をゆがめた笑みが広がる。「本を読んでるのに、悪いよ」

「構わないさ。どうせ一度読んだ本なんだ。それに、お腹がすいて死にそうだし」

「パパとママを起こすなよ」

今、僕は一階にいて、冷蔵庫の中をかき回している。マヨネーズ、ハンバーガー用のパン、クラフトのスライスしたハーブ入りチーズ、ペプシの大ビン。そして「ガイ」印のポテトチップの袋だ。半分透明に見えるほど、油っぽいやつ。

待てよ。ポテトチップを冷蔵庫に入れてるって?　六〇年代のやり方に違いない。

僕はトレイに食料をすべて乗せて二階へ戻る。アールはサリーとのデートでうまくやったんだろうと僕は思いつく。サリーといちゃついたあとアールはいつも腹を空かせてた。「お前もそうなるって」。　一度アールに言われたことがある。「今に分かるさ」

それはどうかな。だけどこれは認めるよ、アールの彼女は可愛い。

二階に戻ってトレイをアールに渡すと、サンドイッチをひとつ手に取り僕は読書に戻る。

時計がカチリと音を立てて進んだ。

アールが大口を開けてサンドイッチにかぶりつき、木製の小さなラジオのスイッチを入れるのを僕は見ている。茶色い布地が張られたスピーカーからコーラスが聞こえる。「ダブリュー、エル、エス、シカゴ…」

僕は本を閉じ、机の上に置く。僕は本当に十一歳だ。兄は本当にそこにいて、雑誌を読んでいる。一階には、本当に父と母がいて、寝室で眠っている。町外れでは、親友のエバン・カースウェルもラジオをつけているだろう。この世界で、ＷＬＳかＫＡＡＹか何かを聴いているんだ。僕は目を閉じた。すると暗闇が押し寄せてくる。

視界の周辺から、切れ切れになった映像の断片がゆらゆらと現れる。どこか別の所からやってきた映像だ。断片はやがて視界を埋め尽くし、重なりあってひとつの映像を作り出す。泣いて真っ赤になった母の目だ。母はありえないほど若くみえる。

今の僕よりも若い。

「お悔やみのカードくらいくれてもいいんじゃない？」母は言う。「アールが子供の頃からの知り合いなのよ。アールは、あのうちのお嬢さんとお付き合いしてたこともあったのに」

すべてがぼやけていた。映像がものすごいスピードで動いている。男の人が見えた。二十年以上前に死んだ僕の父だ。同じように若い。父は肩をすくめる。まさに父そのもの、それはすべてを語り、もう知りすぎているくらいおなじみの場面だ。そして父の声が低く響く。「他人の気持ちを思いやれる人がいれば、それができない人もいる。別にその人たちが悪いわけじゃなくて、そういう能力を持っていないだけのことなんだ。別に責めるつもりはないよ」

「でも、ジョエルが入院したとき、うちは花を贈ったのよ」

「また贈ればいいさ」　父は険しい表情をしている。「さあ、墓地に行かないと。マイケル、大丈夫か？」

「うん、パパ」　すべてがぼやけている。喉が痛い。寒くてどんよりと曇った十一月のある日、花が、一列に並んだ明るい色のグラジオラスが見える。葬儀場の擦り切れたカーペット、オルガンの演奏。町の人たちが集まっている。閉じられた棺の横を、人々が一列になって進んでいく。その青銅の棺の中には、兄が横たわっていた。

こんなことになるとは知らず、僕はそのしばらく前に、兄さんと一緒に夕方のニュースを見ていたのを思い出した。ニュースではイギリスのバンドが取り上げられていた。今、僕はその歌のことしか考えることができなくて、その曲を何度も頭の中で繰り返す。フロム・ミー・トゥー・ユー。

未来と過去は、大きな車輪のようなものだ。そして車輪は回った。未来だったものは、今は過去だ。そして視界から遠ざかっていき、消えた。

突如として、僕はパウンドストーンのオフィスに戻っていた。僕が見てきた悲嘆のために、頬は涙にぬれ、喉が締めつけられる。いや、自分の居た場所での悲嘆、というべきだろう。

「どうぞ」　パウンドストーンがティッシュを差し出す。「使ってください」

「すみません。　あれ、こんな…、いや、みっともない…」

「いいですよ」　パウンドストーンは僕の肩をたたく。

「少しがんばりすぎかなと、思っていました」

僕は鼻をかむ。そしてあふれる涙を抑えきれず泣き崩れてしまった。声をあげてぼろぼろと涙を流す。こんな泣き虫だなんて、情けない話だ。

……★……

サン・アントニオに夜が訪れた。だがあの場面がまだ頭を離れない。暗くて、湿って、冷たくて、そして恐ろしい光景。思い出すというのはこういうことなのか。静かに響く換気装置の音に混じって、はっきりとパウンドストーンの声が聞こえてくる。

「簡単な記憶チャンネルを通じて、確認可能な情報を取り戻すのは――」

チャンネルだって？　僕の記憶はあの鉄橋での夜の周波数に合ってしまったのか？　兄の死にも？　じゃあ父さんと母さんと一緒に過ごした夜は、どこに行ってしまったんだ？　夏の夜空を流れていく衛星をみんなで見上げた夜は？

簡単な記憶チャンネルね。よく言ってくれるよ。少なくとも僕は思い出すことはできたんだ。

それだけでも大したものじゃないか。

僕は窓の外に目をやり、低く垂れ込める湿った雲の下に広がる、オレンジと黄色の光に輝く街を見つめる。今は夏だが、この風景は三十年前の秋に見た光景と大して変わらない。

僕はそのチャンネルを探して、見つけ出す。そしてそのチャンネルへと切り変えた。

百人の髪を短く刈り上げた新兵を乗せたフロンティア・ジェットが着陸する。寒い十一月のミズーリで基礎訓練を終えてきたばかりだ。僕らは飛行機のタラップを降り、湿った空気の中に足を踏み入れる。そして平らなアスファルトを横切って、金属製の踏み台を昇り、待機していた緑色のバスに乗り込む。まるでリビングルームのカーペットのようにびっしりと生えた緑の芝生に感激して、立ち止まる者もいる。

サン・アントニオは、サイエンス・フィクションの世界から抜け出したような街だ。冬でも草は緑で、シャツ一枚で過ごせるほど暖かいかと思うと、わずか三十分間で気温が二十度以上下がることもある。ダウンタウンではスポットライトの光が渦巻くようなオレンジ色の雲に反射し、それはまるでアルバニアのモスクのように、巨大な塔となって街から立ちのぼっている。

そして、川だ。その曲がりくねった様は、あたかも記憶の姿のようであり、広いセメントの歩道に導かれるかのように流れている。緑色に輝いて見える長くうねうねとした川。始まりはなく、終わりもない。草木と遊歩道にはさまれて水面に陽光輝く流れが、終わることのない輪を作り出す。

僕は一九七〇年のサン・アントニオにチャンネルを変える。霧雨のせいで街が雨を描いた水彩画のように見えた、あの二月の金曜日。基地を出て、ケリー通りでバスに乗って川へと向かう。そこにいくつもあるレストランの一軒で、僕は長い手紙を書く。青インクの確信に満ちた文字で、言葉が紡ぎ出される。ビールをもう一杯飲み、もう一ページ書く。やがて、その店の窓ガラスのように、言葉が曇ってぼんやりとしてくるまで、僕は書き続ける。そしてレストランは閉店し、僕は投函することのできない手紙を持って兵舎へと帰る。

その手紙はいつも同じ書き出しで始まった。「稲妻のような君へ」

この思い出に僕は微笑み、チャンネルを出発点に戻す。現在であるこの場所へ。

家に電話しよう。

「マイケル、あなたなの？　いま何時？」

「十時半だ。まだ起きてるだろうと思ったんけど」

「いいえ、横になってたわ。三百ページの宣誓供述書を持って、ベッドに入ってたところよ」

何かが聞こえる。

「階下の電話を誰かが使ってるんじゃないか？」

「いいえ」

「確かかい？」

「家にいるのは私だけ。ねえ、ここに誰かいるのならあなたに言うわよ」

「ただ電話したかったんだ。いろんなことがうまくいってるかなと思ってね」

「そうなの？　大丈夫よ」

お馴染みのリンダだ。最高の防御こそ優れた攻撃。それに、本当に誰かが一緒だとしたら、リンダならきっとそう言うに違いない。わかったわ、言ってあげるわよ、という感じで。

「実世界では何が起こっているのか知りたかったんだ。聞かせてくれよ」

「ニュースで何が報道されているかっていう意味なら、教えられないわ。だって契約書にそう書いてあったもの」

「じゃあ、仕事のことを話してくれよ。クライアントは刑務所にぶち込まれたかい？」

「ぶち込まれたのは、うちの弁護料なんてとても払えない人たちばかりよ。そういえば、自分の土地に、四ヶ所も有毒物の廃棄場があったってことが分かったクライアントがいたの。実際には、ＦＢＩが見つけて指摘したんだけどね。あなたが電話してきた時読んでいたのは、そのクライアントの宣誓供述書よ。ねえ、ポールに新しい彼女ができたって、話したかしら」

「知らないぞ」

「そう、私たちの息子がカリフォルニア・ガールをつかまえたのよ。ブロンドで青い目で、ローラーブレードを持ってるの。でもね、彼女のわがままにポールは嫌気が差してるみたい。修士論文を代わりに書いてと頼まれたらしいわ。『バベットの晩餐会の構造分析』ですって」

「修士論文を書けと頼まれた？」

「ポールはそう言ったわ。おまけに、それに対してなんのお礼をする気もないらしいの。修士論文を代わりに書けば、ポールが自分の論文を書くときにいい経験になるだろうって言ったのよ。私、ポールに言ったわ。ポール、せめて何かお礼をもらいなさい。それならフェアよ。他人の修士論文を書くなんて、簡単にできることじゃないものって」

「『バベットの晩餐会の構造分析』？　一体、何をするっていうんだ。レシピの分析でもするのか？」

「私が知るはずないでしょ。ノルウェー料理の本だと思ってたんだから」

ガサガサッという音が聞こえた。まるで紙をこすりあわせたような音。そしてカチッという音。僕は耳を受話器に押し付ける。「リンダ、本当に大丈夫か。電話が盗聴されているか確かめる方法はないのか？」

「マイケル、うちの電話は盗聴なんかされてないわ。本人に無断で盗聴するのは違法なのよ。今夜はひどい雷雨なの。おそらく雷の仕業よ」

「多分、そうだろうね」

「ねえ、一度の電話で話せるのは数分だけと決められてるのよ。契約書に書いてあったわ」

「ああ、知ってるよ。ただ声が聞きたかったんだ。外の世界の空気を吸いたくてね。ここにいて息が詰まり始めた」

「お気の毒。でもね、自分でサインしたのよ」

「わかってるよ」

「ねえ、まだ仕事が残ってるの。専門用語が並んだ有害物質の供述書をもとに、明日、証言しなきゃいけないのに、この分野について何ひとつ知らないの。わかってくれる?」

「わかるよ」

「じゃあね。バイ」

「じゃ、また」

僕は受話器を置き、窓に近づく。

窓の外では、燃えるようなオレンジ色の雲の下、古い街並みが金色に輝いている。そう遠くない所には、一九六九年と同じように百八十メートルのヘミスフィア・タワーが今もそびえ立ち、その最上部が霧の中に隠れている。もちろん川も昔と同じようにそこにある。ただ、川沿いのレストランやバーの数は以前よりも増えた。ネオンの灯りも、遊覧船の数も、コンクリートも、すべてがその数と量を増やしている。だがそれでも、僕の記憶の中の風景ではすべてがもっと賑やかだ。

僕はカーテンを閉めて、シャツと靴をぬぎベッドへ倒れこむ。ここにテレビはない。パウンドストーンとスタッフが、外界のメディアに触れることを一切禁じているからだ。あるのはベッド脇の壁に取り付けられたベージュの金属製スピーカーだけで、そこから、おそらくバレエ組曲「ガイーヌ」だろうか、かすかなメロディが聞こえてくる。生まれて初めてこの曲を聴いたのは映画『二〇〇一年　宇宙の旅』だった。宇宙船がぽつんと漂いながら木星のそばを通り過ぎる時に、この曲が流れていたっけ。

僕はズボンを脱ぎ、毛布をかぶって明かりを消す。かすかに聞こえる宇宙音楽に混じって、換気装置の静かな音の唸りが聞こえてくる。暗い部屋の向こうで僕が今夜最後に見るのは、サン・アントニオのナトリウム灯に照らされてオレンジに輝くカーテンだ。

「ガイーヌ」が頭の中にあるぼんやりとした茶色い世界に流れ込み、さまざまなイメージが浮かんでくる。初めて会った時のリンダ。僕の妻となる女性だ。東海岸の大学から編入してきた、きついジョークがお得意の学生。言うべきこと、ぴったりくる場所、何でも分かってるという感じだった。グリニッジビレッジで一緒に食べたハンバーガー、そしてカンザス・シティのホテルで一晩中愛し合った夜。その後、リンダが入学したボストンの法科大学院。リンダに会うために通ったローガン国際空港へのフライト。そして、とうとう最後に中西部を離れた日のことを思い出す。サヨナラ、カンザス・シティ。

インターンとして広告会社での初めての仕事が頭に浮かぶ。そしてレキシントンで借りた牧場風の家。ウォルデン湖の近くだった。生まれたばかりのポールを初めて家に連れて帰った日。リンダが担当した最初の大きな訴訟。祝賀パーティ。そして僕たちは初めて本当の家を手に入れた。まるで軍艦のように灰色に塗られた家だったな。ビデオカメラを抱えて、大きな白いアヒルを追いかけるポール。五匹の白い「ドナルド」は、どれも見分けがつかなかった。名前を呼ぶと、五匹全部が寄ってきた。

僕はボストン一帯が気に入っている。広い森がけっこうあり、緑の草原が広がっていて、寒々しい文明の果ての土地という、東海岸に僕が抱いていたイメージとはほど遠かった。何年か経つうちに僕は地下鉄にすら慣れた。薄暗い歴史ある図書館にも、神々しいばかりの秋の日々にも、骨まで凍るような冬にも慣れた。そしてニューヨークシティまでの長く殺伐とした通勤にも。いや、あの通勤に慣れるのだけはだめだったな。ちょうど僕とリンダの関係と同じように。

おっと、ノイズになってしまった。

もっとフレンドリーなラジオ局に変えなきゃいけないのかもしれない。ニューイングランドの夏のサンセットなんかどうだろう。景色のいい道路をおんぼろのシボレーのミニバンで走る。バックシートではポールが眠り、デビーは「ミスターベア」をかじっていた。ラジオに曲がかかるとリンダがボリュームを下げる。「オーケー、マイケル、この曲のタイトルは？」

「『グッド・バイブレーション』。ビーチボーイズだ。初めてヒットチャートに入ったのは一九六六年の十月。そのあと一位まで上がった。十四週間チャート入りしていたんだ」

「そんなことまで知ってるなんて、信じられない」

「これが仕事だからね」　僕がボリュームを上げると、誰か別の人が目に入る。遠くに誰かがいる。もう夕暮れは消えて、ミニバンと家族も一緒に消えていく。僕はレキシントンに向かって北上する彼らを見つめている。でも僕が音楽の聞こえる方に意識を漂わせると、別の声が聞こえた。パウンドストーンの声だ。この研究所の講堂で、新しいドリーマーたちを歓迎して、彼が初めてスピーチをした時だ。

「もちろん、私たちのプログラムには、目標があります。それはいわば『検証できる記憶の回復』です。これは、頭脳は昔の記憶をどこまで保つことができるのかに関心を持ち、私たちに資金を提供してくれる方たちと、私たちが共有する目標なのです」

「ほら」　彼女は言った。「ここから春が始まるの。ちょうどこの場所からね」

雑草を押しのけて、新緑の芝がびっしりと広がっていた。僕たちの目の前で、小さな灰色の湖が風に水面を震わせている。

彼女のスウェットの色はグレー。曇り空と同じ色だ。僕は背中に地面の感触を感じ、草が擦れあうかすかな音を聞く。

「春がもうすぐ始まるわ」　彼女の声が聞こえる。若くて、慣れ親しんだ声。僕は彼女を知っている。そして彼女の指が僕の指に絡みつくのを感じる。

高く薄い雲の切れ間から太陽の光が差し込んでいる。そして突風がアシの葉をカサカサと揺らし、草の上と僕の体の上を撫でていく。青空から吹き下ろす涼しい風だ。

空中には小さい絹の玉が風に揺れている。クモたちのパラシュートだ。

「話して」　彼女が言う。「エバンのこと、話して」

「被験者は簡単な記憶チャンネルをとおして、自身が持っている情報にアクセスする方法を学びます。データは、独立した研究所によって評価、分析されます。こうすれば、記憶回復のテクニックを改良することができるのです。現在、私たちは驚異的とも言える、信頼指数九十五パーセント領域を達成しました」

「いいか、マイケル。これは売れるんだ。多分、大儲けできるぞ」　エバンはテニスシューズで石をひっくり返す。「この辺りに、たくさんいるんだ」

「ここにはトカゲなんかいないよ」　僕は言う。

「絶対にいるよ。あちこちにね。まあ聞けよ。トカゲを箱に入れて、少しの間ペットとして飼う。そして売るのさ」

「僕の犬が食べちゃうよ」

「じゃあ、犬が食べないようにしろよ」　エバンは懐中電灯で地面を照らして、別の石をそっと動かす。石の下には何もいなかった。エバンは薄汚れた野球帽を脱ぐと、袖で額の汗をぬぐう。

「ねえ、何やってるの」　子どもらしい高い声が響いた。

エバンは振り向き、声のする方に懐中電灯を向けると、光は二人の少女を照らし出す。おそらく十歳か十一歳になるかならないかだろう。二人はいぶかしげに僕たちを見つめていた。背の高い子は長いブロンドの髪でかわいい笑顔。背の低い子は小さな卵形の顔をしていて、バカげたことは大嫌いといった真剣な顔つきだ。赤いニットのノースリーブを着て、ジーンズにテニスシューズを履いている。豊かな黒い髪を後ろでポニーテールにまとめているのに僕は気づく。

「トカゲを探してるんだ」　エバンがぶっきらぼうに答える。「だから向こうに行ってくれよ。怖がってトカゲが逃げちゃうよ」

「トカゲ?」　背の低い子が言う。「こんな暗闇で探すなんてバカげてるわ。どうせまだ見つかってないんでしょ。違う?」

「子どもと話しているヒマはないんだよ」　エバンが低い声でつぶやく。

「あらあら、そんなに忙しいのね」　背の低い子が言い返す。「一生懸命お仕事ってわけ？　あなたたちも、その懐中電灯も。その懐中電灯、電池を替えなきゃいけないんじゃない？　光が黄色くなってるわ。たぶん、すぐに切れちゃうわよ」

「ねえ、そこの展示場ですぐにバンドの演奏が始まるの」　と背の高い子。「私たちと踊りに行かない？」

「ダンスなんかしてるヒマはないんだよ」　エバンは言うと、石をゆっくりと動かす。

「いいわ」　背の低い子が腕組みをする。「誰か、『アラモ砦のデイビー・クロケット』を見たことある？」

エバンと僕は顔を見合わせる。

「見てないみたいね」　その子は笑って長い棒を拾った。「じゃあ、教えてあげる」

「あのねえ――」　エバンが言う。

「黙って聞いてよ」　その子は続ける。「すごく大事なことなの、メキシコ人が攻撃の準備を整える間、トラビスはみんなを集めて言うの。『いいか、向こうには大勢のメキシコ人がいる。やつらをやっつけるかここから逃げ出すか、どちらかだ』

背の高い子は、訳がわからないという顔でその子を見る。「レイチェル、トラビスがそう言ったの？　デイビー・クロケットじゃなくて？」

「どっちでもいいわ」　背の低い子は言う。「そしてね、彼は剣を抜いて、それで地面に線を引いたの。そしてこう言ったわ。もしここに残るならこの線を踏み越えろ。もしそうでないなら、ここから立ち去れ」

エバンは、訳が分からないという顔をする。「マイケル、あの子、何言ってるんだ」

「さあ、もし君たちが二人のきれいな女の子をダンスに連れて行きたいのなら、君たちは—」　その子は小石の歩道の上に棒で線を描いた。「この線を踏み越えろ。簡単でしょ？」

「無駄だよ」　僕はその子に言う。「子どもとダンスはしないんだ」

「その判断はどうかと思うな」　その子は言う。「でも、こだわらなくてもいいわ。つまり、誰にでもセカンドチャンスはあるの。あなたみたいな男性にもね。そうでしょ、コニー？」

「この子たちが男性？」　ブロンドの巻き毛の子は、唇をゆがめてみせる。プレスリーの仕草だ。「レイチェル、私はそうは思わないけど」

「バンドの演奏はすぐに始まるわ」　小さな女の子が言う。「どうするの？」

エバンはしかめ面で彼女をにらむ。「あっち行けよ」

「分かったわよ。チャンスを逃すのね」　その子は棒を放り出した。「行こう、コニー。この子たち、トカゲと一緒にいたいって」

光が差し、ドーム型の空は黒から青へと色を変える。茶色い野球帽と縞のシャツを着たエバンがここにいる。本物でないことは分かっているが、僕は今エバンを見ている。ボーイスカウトのバックパックと水筒。見慣れたいつものシャツ。

早朝。土曜日だと僕には分かる。そして僕たちは線路脇の砂利道を歩いてる。エバンが話している。

「『ガンスモーク』でチェスター役だった俳優がいるだろ。彼は何かやらかして、そのために処刑されるんだ。電気椅子でね。そして彼はこう言う。こんなことをしても何にもならない。なぜなら世界を自分が夢見て作り出しているのだからって。でもどっちにしろ、彼は処刑されてしまう」

「何が起きたの」

「停電だよ。そしてすべてが初めからもう一度だ」

「番組全部が？」

「いや。でもこうなるって分かってた」　エバンはゆがんだ笑みを浮かべる。太陽の光がまぶしくて右目を細めている。「列車から飛び降りた男の話をしたっけ？」

遠くで機関車のエンジンの音がする。

またパウンドストーンの声だ。**「過去は危険な場所であり、過去に戻るのが不可能なのには理由があるのだと主張する研究者もいました。我が財団は当然そのような考え方には賛同できません」**

兄のアールが僕を見つめて首を横に振る。アールは一着しかないスーツとネクタイに身を包んでいる。「なあ、これは映画なんだよ。それだけさ」

僕は泣けない。泣いてはいけないんだ。

「みんなお前の頭の中にあるのさ。大きなリールが回っているんだよ。映写機か何かを通して、それをお前は見てるんだ」

「それはどこへ行くの？　終わった時のことだよ」

「もうひとつのリールに巻き取られる。そしてお前が死ぬ時に、その人生の映画をもう一度見ることになる」

「今、エバンがやっているのは、それ？　自分の映画を見てるの？」

「そのとおりだよ」　アールはゆっくりとうなずいた。「エバンは自分の映画館の椅子に座っている。自分の守護天使を連れてね。そして皆でその映画を見ている」

「最後まで見てしまったら、どうなるの」　僕は見上げる。すべてがぼやけている。

「エバンが死ぬところまできたら？」

「そうしたら、彼らは立ち上がって守護天使がエバンを映画館の外へ連れて行く」　アールは言う。雨空の下、彼の黒い瞳はキラキラと輝いていた。

「そして、天国へ行くんだよね」　それはほとんど要求に近かった。

「そうさ」　アールは腕を僕の肩に回す。「まっすぐに天国へ昇るんだ」

僕は目を開く。エバンもアールも消えていた。でも雨はまだ降り続けている。雨音が聞こえる。

窓の外でも雨が降っていた。この世界の誰もいない空っぽの通りの上に、雨は降り続けた。

三　マグネティック・タイド

ようやく朝が来た。

雨で汚れた窓の向こうに、荒れ模様の薄暗い空が見える。ゴロゴロと不安を掻き立てる雷鳴がベネチアン・ブラインド越しに聞こえてくる。肩のあたりが重く、おまけに眠気も取れないまま、省エネのために生温いシャワーを浴びていて、嵐のときにシャワーなんか浴びないほうがいいんじゃないかと気づく。稲妻が建物に落ちて、水道管を伝わってこのシャワールームを直撃し、僕の裸の尻から煙が出る有様が目に浮かぶ。慌ててシャワーを止めると、電話が鳴っていた。僕はベッドルームに駆け込んで、三回目のベルで受話器を取る。

「マイケル、リンダよ。起こしたかしら」

「いや」

「ねえ、昨晩電話をくれた時、そっけなくしてごめんなさい。仕事が忙しくて疲れ切ってたの。タイミングが悪かったわ。怒ってないわよね」

「もう怒ってないよ。それより宣誓証言はどうだった？」

「証言って、どれのこと？」

「宣誓証言の準備中だと言ってなかったっけ？」

一瞬の沈黙。そして、「ああ、あの証言のことね。来週に延期になったの」

「へえ」

「でも、宣誓証言をするのは私じゃないの。ジュニア・パートナーがする予定よ」

「そうなのか？　君はその準備をしてると思ってたけど」　これが僕だ。びしょぬれのまま素っ裸でベッドに座って、長距離電話で妻を問い詰めている。これ以上情けない状況が、人生で他にあるっていうのか。

「マイケル、うちの会社はいつも六月が一番忙しいの。それに、トムが辞めてからずっと人手が足りないわ。私は朝も昼も夜も、働きづくめだったわ。おまけにあなたったら、えっと—、テキサスでそんなものに関わってるし。一体、なぜテキサスなの？」

「サン・アントニオは大きな軍事都市なんだ。そんなものは、おそらく軍から財政的な援助を—」

「テキサス、サン・アントニオ、まったく理解に苦しむわね。私は大きなプレッシャーの下で仕事をしているっているのに、あなたは手も貸してくれない」

「かもしれない」　僕は一瞬ためらう。だが、リンダに対して正直になって何が悪い？　「このプログラムを止めて、家に帰ろうと思ってるんだ」

長い沈黙。リンダは僕がこんなことを言うとは想像すらしていなかったらしい。「マイケル、プログラムを止めたいですって？　あんなに大金を払ったのに？」

「ああ、君に言われてよく分かったんだ、これは時間の無駄だって。だから、止めて返金してもらおうと思っている」

「それで、もし返金されなかったら、どうするの？」

「弁護士だろ。君が金を取り返してくれるさ」

「契約書を見たけど、つけいる隙のない完璧な契約書だったわ。解約したら、お金とはサヨナラするしかないわよ。いくらだったかしら。一万四千ドルプラス部屋代が一日九十ドルもするのでしょう？」

「そのくらいかな」

「そんな大金を注ぎ込んだのよ、やり通した方がいいんじゃないの。つまるところはあなたの中年の危機って事ね。」

「少なくともロシアへ逃げ出したりはしなかったよ。本当にそうしようかと考えていたんだけど。ウラジオストクへの切符を手に入れるとこだったんだ」

「それは先月のプランでしょ。その前はシアトルにオフィスを開くことを話していたわ。そして、その前は売り払ってニューヨーク州北部で、何をするつもりだって言ってたかしら、自転車の修理？少なくともこのテキサスでの脳のことは実際にやってるから、それだけでもましね、とにかく。それにビジネスの役に立つかもしれないって言ってなかった？」

「まあ、おそらく古い曲の一つや二つは向こうで見つけるとは思うけど、でも、、、」

「ねえ、メキシコのオフィスから電話がはいったの。急がなくっちゃ。この事は後で話しましょう。」

カチッという音がした。僕はベッドに座ったまま、切れてしまったホテルの電話を見つめていた。

急に閃光が走った。外は雨になっていた。

……★……

今朝の朝食は天候と同じようにわびしいものだった。――選択肢はコーンフレークかウィートかオートミールだった。ローウェル・アンダーソンは、背が高く、無口で、黒い髪の二十代半ばの若者だが、そういったものには目もくれなかった。そのかわり、どこかからか角切りのメロンを手に入れてきた。

「昨夜、神経学者たちがパーティを開いたんだ」ローウェルは南カリフォルニア特有のゆっくりとした口調で話す。「ケータリング業者が出し忘れたらしい」

ゲイル・バンクスがローウェルを非難めいた目つきで眺めたあと、僕の方に視線を向ける。今朝のゲイルはカジュアルな服装だ。タンクトップとバギーショーツで、長いハニーブロンドの髪をポニーテールにまとめている。おそらく三十代半ばだろうが、今朝のゲイルは健康的な二十六歳としても十分に通用する。

「そうだ」ローウェルが続ける。「部屋にスモークオイスターと、ファヒタ・ナチョスがあるんだけど。よければ食べに来ませんか」

「いただくよ」ケラーが顔を上げる。「普段はオイスターを食べないんだが、調理してあるものなら頂くよ。ビブリオ菌と戦う必要がないからな」

「屋上でピクニックをしましょうよ」ゲイルは僕をちらりと見る。「エレベーター・ハウスに座って、雨を見るのはどう？」

「びしょぬれになるぞ」オートミールをかき回しながら、オットーが言う。「それに、この一週間芝の手入れがされてない」

「楽しい計画にケチをつけたい人は、他にもいる？」ゲイルはテーブルを見回す。「それともオットーだけかしら」

「コルトレーンに聞くといいよ」ケラーが言う。「おそらく、やつなら行くさ」

「そういえば—」　ゲイルはテーブルを見回す。「コルトレーンはどこ?」

「自分の部屋にいるだろう」　ケラーが言う。「緊急停止性偏頭痛に苦しんでるさ」

テーブルはドッと笑いに包まれが、僕は少し微笑むだけでシリアルを食べ続ける。何年も前に大学の教授からこんな話を聞いたことがある。女は精神的に十六歳から歳をとらない。一方、男は運がよければ十二歳を超えることができるが、普通は九歳で成長が止まるそうだ。教授がどこでこの考え方を仕入れたのか知らないが、今朝の僕の周りの状況は、その確たる証拠といっていい。

「そうだな」　ケラーが言う。「レオナルドはすぐに緊急停止ボタンを押しすぎるが、あのジュークボックスの使い方を知り尽くしているのは確かだ。昨日のことだが、私が一九七〇年代を訪れていた時、あるテレビ番組に目が留まった。『ハワイ・ファイブ・オー』だ。私の居場所がレオナルドに分かるかどうか確かめたくて、番組のことをレオナルドに話してみた。物理学者が原子爆弾でホノルルを吹き飛ばすと脅迫する物語で—」

「その番組、覚えていますよ」　僕はうなずく。「一九六九年の春ですよね?」

「違うな」　ケラーは首を横にふる。「一九七三年の十一月二十七日だ。レオナルドは、ほんの一秒半の間考えて、そして言ったよ。それは火曜の夜で、私はジョージタウンにいるのだろうってな。図星だった。そして、雨が降っていると言った」　ケラーの瞳は大きく見開かれた。「私はその場面をロックして、周辺視野をチェックしてみた。すると本当に。どしゃぶりの雨が降ってた」

「なるほどね」　ゲイルがうなずく。「私は子供のころ『マニックス』をいつも見てたの。ストーリーをレオナルドに言えば、放送日が分かるってわけね」

「面白い話がある」　オットーが言う。「私の妻は以前、天文学に凝っていてね。ある夜、おそらく一九五一年だったと思うが、妻がこう言ったのを私は聞いたんだ。木星がちょうど頭上の真上にあって、何か別の星が東の地平線上にあるってね。私はその場面をロックしてレオナルドにその話をした。するとレオナルドは、またたく間にその日、時間、天候を言い当てたよ。たいしたものだ」

「レオナルドがすごいのは分かったけど」　ゲイルはオットーを見る。「向こうに行っているときに、頭の中に響く機械みたいなレオナルドの奇妙な声と話をするのは、まだ少し変な気分よ。おまけに、その声の持ち主は、脂っぽい長髪で小さな丸眼鏡をかけたコンピュータおたくなのよ。慣れるのは難しいわ」

「それでだ——」　オットーは何か企んでいるかのように、身を乗り出した。「レオナルドにひとあわ吹かせる手はないかと考えていて、いいことを思いついたんだ。もし私が望みどおりの場所と時間に行くことができれば、ほぼ確認不可能なデータをレオナルドに送りつけることができる。何年かさえ特定できないはずだ」

「何をするつもりなの、オットー？」　ゲイルが尋ねる。

「言わないでおこう。見に来るといいさ」　オットーは席を立つ。「今日の午前中、神経学者の一団がラボを訪れるんだ、そこで私は十歳以下に戻る。ラボの上のギャラリーにイスがあるぞ」

「レオナルドをからかうつもりですか」　僕は言う。「向こうから」

「ここからな」　オットーは自分の額を叩く。「見に来てくれ」

九時四十五分、ケラー、ゲイル、そして僕は、厚い曇りガラスのドアを開け、ドリームラボに足を踏み入れる。コンピュータ『VOXボックス』の前で背を丸めているレオナルドの他には、僕たちしかいなかった。

「やあ、皆さん」　レオナルドは顔を上げ、ワイヤーフレームの眼鏡の位置を直す。機器が放つ弱い光に照らされたレオナルドは、まるでデニムのシャツを着たニキビづらの大学院生のようだ。「オットーのトリップを見に来たんですか」

「そうよ」　ゲイルが言う。「オットーに誘われたの」

「オットーはすごいですよ」　レオナルドは眼鏡を押し上げると、ケーブルを配電盤につなぐ仕事に戻る。「やらせのデモンストレーション顔負けのパフォーマンスを見せてくれます」

僕たちはラボを取り囲むカーペットが敷かれた階段を上り、ギャラリーの最前列の席を取る。六メートル下には、誰も座っていない革の誘導チェアと、黒いプラスチック製ヘルメットが置かれた、光を反射して輝く金属のカートがある。レオナルドが動き回っている間、メドゥサの髪のようにヘルメットから伸びたケーブルが、機器に取り付けられたプラスチック製の灰色の多岐管へと繋がるのを、僕は目で追いかける。ザ・ビッグ・アイロン。ザ・エンジン。グレーマシン。レオナルドが、そう呼んでいるのを聞いたことがある。僕にとって、それはイラつく合図だ。ヘッドセット内のスピーカから響く甲高い音が僕の脳波を捉えて、体が眠りにつくまで離してくれないからだ。

「何をしてるの?　レオナルド」　ゲイルが尋ねる。

「メモリーボードを交換しているんですよ。今朝、Bグループのドリーマーがエクリプスを損傷しかけて、コアが滅茶苦茶になりました。スタックが完全に破壊されましてね。どこにいるんだかさっぱり分からなくなりました」

「大変だったわね」

「よくあることです。その人が誘導チェアに座ると、必ずシステムを壊すんですよ」　レオナルドは自分の頭を軽く叩いて言う。「ここに問題を抱えていて、そのために超空間へ引きずり込まれるんでしょうね」

「レオナルド、そんなこと――」　ゲイルは言う。

「コンピュータでも同じことが起こります。第十ラボの旧式の大型コンピュータがそうです。常に気をつけていないと、バーティカルを失って、フラットになってしまいます。自分の小さな宇宙にチャッグってしまうわけです。そんなときは赤い緊急ボタンを押して、最初からやり直さなければいけません」

「レオナルド」　ゲイルは首を振る。「あなたって正真正銘のおたくね」

「僕には優しくしたほうがいいですよ、バンクスさん」　レオナルドは眼鏡を押し上げる。「向こうへ行っている間、あなたと現実とのリンクは僕だけですからね。ペンフィールド針を使って向こうと話をするのは僕ですよ」

ゲイルは呆れたという表情をする。

レオナルドは僕を見てにやりと笑う。「ペンフィールド針です。ワイルダー・ペンフィールドの名前から名づけられました。一九三〇、四〇年代に手術を行った脳神経外科医です。ペンフィールドは、手術中に電気を通した針を患者の脳に取り付けました。すると患者は人生における、ある特定の出来事を思い出したんです」

ゲイルの方に目をやると、うんざりとした様子で首を横に振っていた。

「この研究所の神経学者も、ある患者の大脳皮質に接触する方法を研究していました」　レオナルドはにやりと笑う。「効果は同じです。つまり、瞬時に記憶が回復します。ビデオボードを取りつけて、記憶の中を覗く計画だったらしいですよ。その神経学者はSF映画の見すぎだったのでしょう。未来からのブレイン・パイレーツ（頭脳を荒らす海賊）ですよ」

「本気で実行するつもりだったのか」　僕は尋ねる。

「もちろんです！」　レオナルドは笑う。「本気でした。光子銃かマイクロ波か何かを使いたいと考えていたようです。正確に位置を確定できますから。ディスクドライブと原理は同じで、おそらく正確さも同程度でしょう」　レオナルドは肩をすくめる。「でも、僕は彼らにムダだと言ってやりましたよ。そんなもの誰が使うんだってね。大脳皮質を黒焦げにされたい人なんていると思いますか？　ちなみに、それでクビになる可能性もありましたが」

「ありがとう、レオナルド」　ゲイルが言う。

「もちろん、アプローチとしてはなかなかよくできていますが」　とレオナルド。「いずれにしろ、その方法を考えた神経学者は研究所を去りました」

「どこへ行ったの？」　ゲイルが聞く。「ＣＩＡかしら」

「いいえ」　レオナルドは肩をすくめる。「どこかのケーブル・ネットワークに雇われたはずです」


十時きっかりにドアが開き、オットーが足を引きずりながら入ってきた。手術用の標準的な緑のシャツ、ズボン、長靴を履いている。　レオナルドとひと言ふた言交わしたあと、僕たちに向かって手を振り、眼鏡を取り、滑り込むように椅子に座った。位置につくと、ヘルメットをかぶり、曇りガラス製のバイザーを下ろす。

レオナルドはマイク付きのヘッドホンをつけスイッチを入れる。「聞こえますか。ドクター・プリア」

「よく聞こえるよ、レオナルド」　腕組みをしたオットーが応える。「少し眠ってもいいかな」

「ショータイムまで起きていてください。いいですね」

「今朝はどこに行ってほしい？　五〇年代の初めかな」

「どこへでもお好きなところへ」　レオナルドは肩をすくめる。「僕たちを、アッと言わせてください」

「一九四〇年十一月のマンハッタンへ戻ろうか。いい時代だった。十月十六日に妻のジーナと二人で、カッツキルに小旅行をしたんだ。秋の清々しい空気。色づき始めた木々。君にも見せたいよ。本当に素晴らしかった」

「私には見えませんよ、オットー」　レオナルドはスイッチをいくつもオンにする。「あなたにしか見えません」

「そうだった。だが残念だよ。本当に美しいのに」

「後頭部の大脳皮質にテレビカソード電極をつけましょうか。そうすれば、その美しい木々を皆で見ることができます」

レオナルドは僕たちに向かってにやりと笑いかけると、ラボの照明を落とし、赤いグローランプの穏やかな光だけを残した。カーペットの階段を上ってくる、くぐもった足音が聞こえてる。薄暗い照明の中、階段の入口に一団が現れた。オットーのセッションを見学にきた神経学者たちだ。彼らは物音ひとつ立てず、一列になって通り過ぎ、ラボを取り囲む椅子に座る。

ドアが勢いよく開き、パウンドストーンが入ってくる。そのあとに続いて、いかめしい顔をしたトム・ゼイ博士が続く。パウンドストーンがレオナルドに何か耳打ちする間、ゼイは注意深くオットーの右腕に黒い長手袋をはめ、肘のあたりにあるストラップを留める。呼吸、心拍、血圧、酸素分圧を測定するのだと、経験から僕には分かる。必要ならば、手首の動脈にある種の麻酔剤を注入する役目も果たす。睡眠誘発剤だ。

僕も経験したことがある。手袋の針から液が体内に入ると、氷水が首のあたりまで上っていくような感覚を覚える。

その間ずっと、ヘッドセットから高い音が聞こえてくるのだ。

ゼイがセンサーをオットーの喉に取り付け、厚いセラミックのシリンダーを上からかぶせた。超感度の喉マイクだ。

「いいですよ、オットー」 とレオナルド。 「頭の中で、五まで数えてください」

「いちーにーさんーしーご」 VOXボックスから聞こえてくる声は抑揚がなく消え入りそうだが、間違いなくオットーの声だ。

数席離れたところで、神経学者が座席に取り付けられたライトを点けると、赤い楕円形の光が彼のノートを照らし出した。すると他にも赤い光が灯った。皆がノートを取っているんだ。

パウンドストーンが、ラボを取り囲むバルコニーを見上げる。「皆さん、あと数分お待ちください。最終調整を行っているところです」

座席のライトの光で真っ赤に照らされた防音タイルの天井を、僕は見上げる。

「準備が整いました」 パウンドストーンが言う。「レオナルド、テープを回して」 テープマシンのリールがカチリと音を立てて動き始める。頭上では、空調孔から冷気が勢いよく噴出して、部屋の温度が下がっていく。そのとき、オットーの腕に取り付けられた手袋が膨らんでいるのが見えた。すでにゼイが何かを注入したのか?

「テープが回っています」 レオナルドが言う。 誘導番号九十六番、被験者一八〇二、午前十時五分」 レオナルドの口調はてきぱきとして、いかにもプロフェッショナルという雰囲気だ。

「液体窒素をシステムに注入します」

「電気探知装置を冷却するためです」 パウンドストーンは観客に説明する。僕は椅子の上の体を見る。喉マイクに取り付けられた金属の小シリンダーに、細かい氷の粒がついているのが見える。

「いいシグナルが現れています」 ゼイが言う。「フーリエ変換完了。ナトリウム・ペンタトール準備」

エレベータが動き始める前のような、ブーンという金属音が聞こえる。僕は手袋をちらりと見る。膨れ上がっていた。間違いない、オットーは、全身麻酔のせいで眠りの神モルフェウスの腕に抱かれて眠っている。唸るような音が音程を上げていく。コンピュータのエンジンが、ある特定のパターンを探して脳波をスキャンし、サーチしているのだ。

「シータ派が見つかった」　ゼイの声が緊張している。

「シグナルを送ります」　レオナルドが応える。

「ヘッドセットを通して送られたシグナルは、体を眠らせたまま、意識を覚醒させる役割を果たします」　パウンドストーンの声は柔らかく、まるでゴルフ場のアナウンスのようだ。「被験者には、当然のことながら、基本的な催眠テクニックを用いて、あらかじめ調整が行われています」

「同調しました」　レオナルドが言う。

パウンドストーンが続ける。「今、コンピュータからのシグナルが、脳波のパターンとマッチしました。被験者の中には、この瞬間を実際に感知できるという人もいます。あと数秒待ちましょう――」

椅子の中の体は、身動きひとつしない。

「オットー」　パウンドストーンはマイクに話しかける。「オットー、聞こえますか」

「聞こえるよ」

鳥肌が立った。なんて冷たく、抑揚がなく、物悲しい声なんだ。こんなに気味の悪い音は聞いたことがない。向こうからの声は、すべてこんなふうに聞こえるのか？

「このシグナルは―」　パウンドストーンは客席の方を向く。「被験者の喉頭で発生し、百万倍以上に増幅、デジタル化されたもので、付随する神経雑音、熱雑音が取り除かれています。ここから、データは四列平行プロセッサへ送られ、そこで時間補正・分析され、センテンスのコンテクストが保たれます。その結果、深い睡眠状態からの声、つまり記憶の世界からのメッセージは、九十五パーセントの正確さで再現されます」

観客席からざわめき声が上がる。パウンドストーンの言うことすべてに、神経学者たちは興味を示した。

「今、下りているぞ」

その金属的な声を聞いて、ロボットが液体水銀の池の中に下りていくイメージが、僕の頭に浮かぶ。

「着いた」

「何が見えますか。オットー」

「道路だ。車が走っている」　静寂。落ち着かない様子でゼイが、コントロールパネルをいじっているレオナルドの方を見る。レオナルドがシグナルを懸命に受信しようとしているのは明らかだった。まるで落ち着きを失った二人のフランケンシュタイン博士と、背の低いずんぐりとした怪物だ。こんな映画を見たことがあるぞ。

「どこにいますか、オットー。居場所を教えてください」

静寂。

「コンタクトが途切れました」　ゼイが言う。声に緊張が走る。

「いえ」　レオナルドはコンピュータの画面を見つめている。「まだそこにいます。オットーが考えているのが見えます。おそらく隠れているだけでしょう」

「隠れている？」　パウンドストーンは訳が分からないし、恥をかかされたという表情を浮かべる。

「ええ、オットーは以前にもやりました」　レオナルドはあっさりと言う。「ですが、心配ありません。ハンマーロックでシータ派をキャッチしました。もう一度呼びかけてください」

「オットー」　ゼイはマイクを軽く叩く。「聞こえるか？　応えてくれ。みんな心配してるんだ」

ゲイルが身を乗り出して、僕にささやく。「オットーはあの人たちから隠れてるのよ。さあ、何を賭ける？」

長く、緊張した瞬間が過ぎると、金属的な声が部屋を満たした。「私はここにいるよ、トム。空中を浮いていたんだ。ここから私の全人生が見下ろせる。非常に興味深いね」

レオナルドはにやりと笑うと、甘ったるいジョルト・コーラの缶に手を伸ばす

「街の通りにいる」　オットーは続ける。「マンハッタンだ。車から判断すると―、そうだな、一九四九年だ。待ってくれ。見えるぞ、新聞の売店が見える。今日は一九四九年の二月十二日だ。雨が降っている。ずっと雨が降り続けてる」

レオナルドはすばやく身を乗り出し、キーボードに何か打ち込む。画面はスプレッドシートとマップを映し出す。

「気温はどのくらいですか、オットー」　パウンドストーンが尋ねる。

「私はウールのコートを着ている。雪が見えるよ。雪が降ったのだろう…」

「オーケー」　とレオナルド。「その日の午後の気温は五度となっています。曇り空で、街のあちこちで霧雨が降っていました」

「今何処にいますか。オットー」　パウンドストーンは尋ねる。

「妻のジーナとセントラルパークを歩いている。ジーナはメイシーズの紙袋をさげている。ブラウスを買ったんだ。小さな青いリボンのついたブラウスだ…」

「ですが、オットー。それでは確認できません」 レオナルドは肩をすくめる。僕は振り向き、神経学者の顔に浮かぶ表情をチラリと見てみる。誰もノートを取っていない。ただじっと見つめて、中には口をポカンと開けている人もいる。

「周辺視野をチェックできますか、オットー」 パウンドストーンが尋ねる。

「ああ、隅々までほとんど見える。私は眼鏡をかけているので、端の方は少しゆがんでいるがね。さらにその外側はいつもと同じだ。グレーのゾーンに火花が散っている。ああ、くそっ。タイムシフトがあったようだ」

「オットー、どこにいますか」 パウンドストーンが尋ねる。

「よく分からない—」

ゲイルが僕のひじでつつく。オットーのいたずらが始まったのか?

「私は映画館を見ている。どこの街だか分からんな」

レオナルドは眉間にしわを寄せて、キーボードに何かを打ち込んでいる。

「映画館の名前は何ですか、オットー」 パウンドストーンは尋ねる。

「パラマウントだ」

レオナルドは首を横に振る。「オットー、当時の映画館はどれも『パラマウント』という名前ですよ。何の映画が掛かっていますか」

「これは—ええと、『目撃者』と書いてあるようだが」

「スティーブ・コックランとドリス・デイです。それに、ロナルド・レーガンも出ています」　レオナルドが言う。

「これで、一九五一年の初頭まで絞り込むことができます。次に天候を教えてください」

「分からんな。街のダウンタウンにいるのだが、すべてが暗い」

「停電ですね、そうじゃないかと思ってました」　レオナルドはキーボードに何か打ち込み、コンピュータのモニターを見つめる。「そんな遅い時間に外で何をしているんです」

「歩いてホテルに帰るところだ」

「足元に気をつけてください。おそらくそこはボストンでしょう。視界は三メートルほどしかないはずです。前日の吹雪で、送電線がいくつかダウンしています」　レオナルドはパウンドストーンをちらりと見る。「おそらく一九五一年の二月二日、真夜中の十二時前でしょう」

「オットー」　パウンドストーンが聞く。「あなたがいるのはボストンだと、レオナルドは言ってます。正しいですか」

「私はー、そうかもしれん」

「そちらの天候は実におもしろいことになってます、オットー」　レオナルドは言う。「ジュークボックスによると、前日の夜には雪が降り、そして雨、そして凍りつくような寒さを記録しています。なるほど、氷点下十六度。ものすごい寒さだ」　レオナルドは言葉を止め、キーボードにタイプする。「見てください。サビン・ヒル、ケンブリッジ、リビア、ウェルズリーの町で停電になっています。私ならホテルにこもっていますよ」

「そうするよ」

「テレビのスケジュールを教えましょうか」　レオナルドが聞く。

「いや、いい」

「そうですか。スポーツはどうです？」 レオナルドはモニターを見つめる。「ホリー・クロスがロヨラに八十一対五十六で勝っています」

「ありがとう」

「もしチャンスがあれば、明日、アストール劇場へ行って、『マグネティック・タイド』を見るかもしれませんね。足元に気をつけて。凍っていますよ」

静寂。

「オットー？」 パウンドストーンが呼びかける。

「ニューヨークに戻った」

「順調です」 とレオナルド。「データをください」

「舗道にいる。ジーナ、私の妻が一緒だ。雨が降っていて、ああ、タクシーを待っているんだ。もちろん感じることはできないが、寒いことはわかる。あちこちに雪を積み上げた薄汚れた小さな山が見える。ジーナはコートを着ている。黄褐色のキャメル地だ。それにナイロンの黒い手袋と黒い靴。私は今、道路標識を見上げている。五番街六十三丁目だ。そうだ、向こうにセントラルパークが見える。ああ、タクシーが通り過ぎてしまった、くそっ」

私は神経学者たちに目をやる。全員が椅子から身をのりだして、このパフォーマンスを呆然として見つめている。

「日にちは分かりますか」 パウンドストーンが尋ねる。

「いや、新聞販売所は見当たらない。だがカーラジオの音が聞こえてくる―。ちょっと待ってくれ」

ラボは静寂に包まれた。聞こえるのは換気装置が立てるシューッという音だけ。

「誰かが歌ってる。『マクナマラ・バンドー』」

「ちょっと待ってください」　レオナルドがキーを叩き、モニターを走り読みする。「その曲は、一九四五年十二月六日、ビング・クロスビーがレコーディングしています。そしてミリオンセラーになりました。オットーはおそらく一九四六年の二月か三月にいるのでしょう。時間と気温を教えてくれれば、正確な日を特定できます」

「聞こえましたか。オットー？」　ゼイがたずねる。「時間と気温が分かりますか」

「いや分からない。今は街を見ている、雨が降っていて、ひどい渋滞だ。ジーナが今、水たまりに足をつっこんだ。まいったな。私はこれが嫌いなんだ」

「オットー、そろそろ戻りましょうか」　ゼイがコントロールパネルにあるスイッチに手を伸ばす。

静寂。僕は椅子に横たわったオットーの体を見つめる。身動きひとつせず、眠っている体。この世界には属していない体だ。

「オットー」

部屋は静まり返っている。

「オットー、そこにいますか」

「ああ、準備はできたぞ」

神経学者の中から、安堵のため息がもれる。

「いいぞ、レオナルド」　パウンドストーンはレオナルドに合図を出す。「オットーを戻せ。ゆっくりとだ」

ブーンという音がする。電気モーターが回転を上げていくような音だ。そしてカチっという音のあと、ＶＯＸボックスが静電気を放出する。電気のさざなみが流れると、イスの上の体が飛び上がった。

レオナルドがテープマシンの電源を切った。階下では、オットーがゆっくりと頭に手を伸ばし、ヘルメットを取る。

ショーは終わった。

四　高速道路

ローストビーフをフォークで突つきながら、オットーは首を振る。

「一体、どうすればあんなことができるんだ？」

「私はあの時コンピュータを見てたわ」ゲイルが言う。「まずレオナルドはパラマウントの映画館をリストアップして、あの映画が上映される映画館を絞り込んだ」

「だが、私がボストンにいるとどうして分かった？」　オットーは言う。「教えてくれよ」

「あなたが暗い場所にいると言ったから、レオナルドは停電のリストを探してきたの」　ゲイルは肩をすくめる。「誰がどんな場所いても、レオナルドは見つけ出せるのよ」

「ワイオミング以外ならね」と誰かの声。見上げると、背の高いラッセル・コルトレーンが立っていた。いつもと同じで、ワークブーツ、ジーンズ、縞のシャツという服装。丸いワイヤーフレームの眼鏡をかけている。

「座れよ、ラッセル」　僕はイスを引いて勧める。「レオナルドのせいで頭痛だったと聞いたよ」

「ああ」　コルトレーンは細長い体をたたむようにしてイスに座った。「サーモポリスの南の二〇号線を走っていて、チェックインするのを忘れてね。そしたら、レオナルドに鎖をひっかまれて引き戻された」　コルトレーンはばつが悪そうに笑い、灰色の目が大きく見開かれる。「自分のせいさ」

「私は緊急停止された経験はないけど」ゲイが言う。「痛いのかしら」

「気持ちのいいものじゃなかったな」　コルトレーンはチーズバーガーを大きな両手でくるむようにして持つ。「体の中身が口から飛び出しそうだったよ。一瞬の間だが、煙の匂いがした」

「まるで雷雨の真只中にいるみたいにな！」　ケラーが、大きくうなずく。

ゲイルが不安そうな顔つきでケラーを見る。

「じゃあ、これでー」　僕は席を立つ。「今日の午後、誘導チェアのセッションが待ってるんで。レオナルドの指が緊急停止スイッチに触れないといいんだけどね」

「ひとつだけ覚えておいた方がいい」　チーズバーガーにかぶりつく合間にコルトレーンが言う。

「何だい？」

「t-4波を見失うなよ」

「何だって？」

「t-4波さ」とコルトレーン。「頭の右端から出るかすかなシグナル波だ。レオナルドは、その波を鷹のように見張ってる。他のラインがすべてフラットになっても、レオナルドは緊急停止ボタンを押すことはしないが、t-4波が少しでもおかしなことになったら、スイッチを押して、お前さんを連れ戻すぞ。ビューン、こんな具合にな」　コルトレーンはまじめくさって頷く。

「じゃあ、どうすればそのt-4波を、えっと、見失わずにすむんだろう」

「問題はそれだ」　コルトレーンは肩をすくめる。「私にも分からない」

「ありがとう」　僕は笑う。「助かるよ」

「どういたしまして」　コルトレーンはそう言うと、チーズバーガーにまたかぶりついた。

……★……

「ヘンダーソン・コハン・ミッチェル・ランバート」です。

「もしもし、マイケル・ミッチェルだけど──」

「お待ちください」　音楽。イージーリスニング風にアレンジした「ヘイ・ジュード」が流れる。僕は受話器を置き、もう一度掛けなおす。

「ヘンダーソン・コハン・ミッチェル・ランバートです。お待ちください」

「マイケル・ミッチェルだ。妻はいるかな。妻は──」　気づくとまた「ヘイ・ジュード』が流れていた。

そして、ようやく声がする。「リンダ・ミッチェルのオフィスです」

「やあ、マイケル・ミッチェルだけど──」

「あら、ミッチェルさん、こんにちは。ケイジーです。奥さまは来週の水曜まで、出社しませんが」

「いない？　今朝、電話で話したけど──」

「そうですか？　お昼に家に帰りましたよ。たぶん、明日メキシコで会議が始まる予定なので、今晩発つ予定なのでしょう」

「妻がメキシコの会議に出る？」

「あら、聞いていません？　それは──、あ、すみません」　回線が切り替わり、「ヘイ・ジュード」の最後のパートが聞こえる。

そしてなんともありがたい静寂。続いてツーという発信音。回線は切れていた。

僕は掛け直す。指が猛烈な勢いでボタンを押す。

「ヘンダーソン・コハン・ミッチェル・ランバートです」

「やあ、マイケル・ミッチェルだ。サン・アントニオから長距離電話をかけているんだけど——」

「少々、お待ちください」　今度は、イージーリスニング風にアレンジした「ハートに火をつけて」だ。拷問のような一分間が過ぎ、受付係が再び電話に出る。

「申し訳ありません。奥さまは今日の午後は休みですし、秘書も昼食のため席をはずしています」

「ケイジーが昼食？　今、話したばかりだけど」

「そうですか？　ボイスメールがオンになっています。メッセージを残しますか」

「いやいい。妻は今日の午後、出社するだろうか」

「いいえ」

「明日は？」

「ケイジーに聞いてください」

「でも、ケイジーはいないんだろ」

「ええ、昼食に行っていますから。ボイスメッセージを残しますか？」

「いい、あとで掛けなおす」　僕は乱暴に受話器を置く。

午後四時五分。バイザーが下ろされ顔を覆うと、ラボと遮断される。右腕の袖口がパンパンに膨らんでいる。今回はあの針を使うのだろうか、と僕は思う。

「大丈夫ですか」　看護士がヘルメットの側面を軽くたたく。「筋肉弛緩剤が必要でしたら、そう言ってください」

「ええと、必要ないと思う」　両目を開いて二つの緑色の小さな光を見ると、光は僕を見つめ返す。まるでサイボーグの猫かなにかのように。

「…血圧は一二〇と七〇で比較的落ち着いています」

安心感を与えるレオナルドの声。だが僕はまだ少し緊張していた。今度は何か思い出すだろうか。リンダの言ったとおりじゃないかと僕は思い始めている。どうせ金を使うなら、ロシアへの逃避行に使ったほうがよかったんじゃないか。そうすれば、少なくとも思い出と写真は残ったのに。

「…脈拍は安定しています。七八です。酸素分圧も良好、百パーセントです。心臓の動きもまったく変化ありません。GRSは順調。ＰＶＣはなし。脳波計は…、異常な降下とサブデルタが現れて、乱れていますね。いや、冗談ですよ。聞こえたら、小指を立ててください…」

僕は手を上げ、マイクに向かって話しかける。「緊急停止スイッチには触らないでくれ。頼むよ、レオナルド」

「なぜ緊急停止スイッチの心配をするんです」　レオナルドが尋ねる。

「今日中に帰ってくる予定でしょう？　マイケル」

「連れ戻されるのは痛いと聞いたからね」

「愛と同じくらい、手厳しいですよ」

「やめてくれよ、レオナルド。緊急停止はなしだ」

「ジム・ケラーの話を聞いてきたようですね」　レオナルドは肩をすくめる。「ケラーの頭皮はとても柔らかいんです。一、二ボルトを流したら、あざだらけになりました」

「レオナルドー」

「それほどひどいものじゃないと思いますよ。ちょっとひりひりしますが、ほとんど何も感じません。硬質ゴム製のクシの静電気ほうが強いくらいです」

「自分で経験したことないんだろ？」

「タイム・サーフィンをしたことがありませんからね。違和感と頭皮の痛みを感じますが、すぐに消えます」

僕の負けだと分かった。「スイッチを押す前に教えてくれ。頼むよ」

「t-4波を見失わないでください」　レオナルドがこう応える。

「できるだけやってみる」　僕は気持ちを落ち着けるように努める。ここに来るまで、自分がt-4波を出していることさえ知らなかったのに、それをコントロールしなきゃいけないとは。

「オーケーイ、マイケル。音楽が聞きたければ、もう片方の手を上げてください。指一本でメタル、指二本でサイケデリック、中指を立てれば、スタンダードを聞かせますよ。少年ナイフの最高なCDもあります」

か細い音が片方の耳に聞こえる。音はもう片方の耳に移り、そして両方の耳から聞こえ始める。その音はスピードを上げ、唸るような音に変わる。外では、レオナルドがモニターを見つめながら、僕の脳波と合致するように速度を調節する。

僕は目を閉じる。緑色の光も消えた。

「オーケー、上を見てください。ありがとう。とてもいいアルファ波が出ています。正面を見て、緑色の四角形を思い浮かべて…ありがとう。次は黄色の円形を…。とても順調です。百から三つおきに数を逆に数えてください。計算プロセッサもよく機能しています…。次は、この高価なシータ波検出装置が、シータ波をキャッチするかみてみましょう。音楽を流しますよ」

唸るような音が強くなっていく。その後で、少し高い音も聞こえる。

「…波形がマッチしたようですね。さてと、今夜は、私ガイ・ロンバルドがあなたを心の奥底への旅へお連れしましょう…。しっかり掴まって。そして忘れないでください。目の前に現れる思い出は、本物ではありませんからね」

唸るような音が、ハチの大群のように僕に襲い掛かってきた。さあ始まった。体のいろいろなところが、かみ合ってないようなヘンな感じがする。まるで窓枠から外れかけているガラス窓のようだ。そして足元の扉が開き、僕はその中へ落ちていく。

なんとかして思い出さなくては…。

暗闇は雲に変わり、その雲が晴れると、絡み合った幾筋もの光線が遠くの一点に向かって集まっていく。眩いばかりに輝く、過去へと続く光のハイウェイ。前方に向かって突き進んでいくような感覚が走り、体の中を突き抜けるジェット気流が僕をぐいぐいと引っぱっていく。はるか下に見える風景はこれといった形をなしているものではなく、見たこともない異様なものなのに、一筋一筋の光線をなぜか僕は見分けることができるみたいだ。これこそ直感だ。見知らぬ街でどの角を曲がればいいかを知っているような、あの感じと似ている。

突然、気づいた。僕は前に、ここに来たことがある。目に入るものすべてが、どの過去を表しているのか、僕は知っているのだ。このトリップでは、蜘蛛の巣のように張り巡らされた過去の中から、子ども時代を思い出させる場所へと戻ることにしよう。直感の導きに身を委ねて、待っていればいい。僕が帰りたいと望む場所が見えるまで…。

光が色のついた帯となって僕の周りを渦巻いていく。近づくにしたがって、記憶と感情が湧きあがり僕を包みこむ。そして今、聞こえるのは、サイレンの音だ。

はっきりとしたカチリという音が聞こえた。まるで何かをある場所にはめ込んだような音。僕はここにいる。肉体を離れた僕が、スクリーンの前にいて、見つめている。聞こえるのは息づかいと、ドクン、ドクン、ドクンというかすかな心臓の音、そして動脈を流れるリズミカルな血流の音だ。意識を他へ移すと、その音は消えた。

視界が晴れると、そこにはイスの脚が森のように立ち並んでいた。子どもたちがきちんと並んで、床の上にうずくまり、手で頭を押さえている。目の前の光景がシフトすると、僕は、誰かがFUKと書きなぐった金属製の机の裏側を見上げていた。

黒いハイヒールに支えられた細い脚がシーンを通り過ぎる。コツ、コツ、コツ、コツ。「さあ、みなさん。もし戦争が起こってコリンスの町に爆弾が落ちたら、このサイレンが鳴ります。そうしたら机の下にもぐってください。分かりましたか？」

「はい、キネマン先生」

目の前にいる男の子の靴には穴が空いていて、ズボンの尻の部分にはつぎが当てられていた。隣の列には、緑のチェックの服を着た女の子がものすごい勢いで笑っている。

「ジル、シーッ。　笑わないでよ、頼むからー」

コツ、コツ、コツ、コツ、コツ。　靴音が遠ざかると、女の子は顔を出して笑い続け、涙が頬を伝って落ちる。

僕のポケットから鉛筆が数本床に落ち、机の間の通路へと弧を描いてころがり、つぶれたキャンディの隣で止まった。

「なあ、ミッチェル。ロシア人が学校に爆弾を落とすんだぜ。そしたら学校は休みになるぞ」。僕は振り向いて、小さな四角い顔を見つめる。短く刈り込まれた髪、少しひねくれた笑顔に、大きな前歯が二つ見える。映画に出てくるタフガイみたいに、斜めに構えて右目を細めている。エバン・カースウェルだ。

「兄貴が滑車にとりつけるケーブルを見つけたって言ったっけ？ 今日の午後、あいつは川のほとりの木の上の小屋からそのケーブルを吊っていた。あれに乗るつもりなんだよ。地面から三十メートルはあったな。兄貴のやつ、落ちて尻をひどく打つにきまってる。見たくないか？」

「見たいさ！」

シーンは消え去り、元の場所に戻っていた。錯綜する光の上に僕は浮いている。

「マイク、そっちはどうです？」

「順調だ、レオナルド。小学校に戻ってたみたいだ」

「もう？ そっちに行ってから一分ほどしか経っていませんよ」

「もっと長く感じたけどね。今は光の上方にいるよ」

「超空間に長くとどまりすぎないでください。テープに何か残さなければいけないし、残り時間は、この時計であと一時間しかありません」

「オーケー、何か手に入れてくるよ」

「バッファ記憶装置をオーバーフローさせないように」

「わかった」　僕はもう一度光に向かって落ちていく。

僕はドアを開け、薄暗い木製のポーチに足を踏み入れる。感じることはできないが、夜気が冷たく、身を刺すようだと分かる。三十メートルほど先に、街灯が、落ち葉で覆われてカサカサとした芝生の上に、眩しすぎる青い光を落としている。

歩道の突き当たりには、茶色い一九六四年のフォード・フェアレーンが停まっている。僕が二十五年ほど前に売った車だ。

僕はコンクリートの階段を降り、車へと向かう。車のドアを開けて、トレーニング用のバッグを後部座席に投げ入れると、車に乗り込む。銀色のキーをイグニションに差し込むと、一瞬耳障りな音がした後、轟音とともにエンジンがかかった。　マフラーはついてなかった。

シートベルトもない。きっと一九六〇年代の半ばに違いない。

何かカチリと音を立てる。まるでプロジェクターのスライドが切り替わる時のようだ。そして目の前に薄暗い廊下が現れる。学生寮だ。この場所を覚えている。僕は大学の一年生で、授業から戻るところだ。でもここには何もない。僕はパウンドストーンが教えてくれた方法を思い出した。「その時間や場所を離れたいと思ったら、上へ昇ってください」

僕は昇っていく。昇るにしたがって、壁、天井、床、すべてが暗闇の中の一点の明るい光に集中する。記憶の暗闇の中で、一週間ぶん横へ移動してみる。うまくいった。僕はこの場所をナビゲートできるかもしれない。

「マイケル、聞こえますか?」　長い木の机の上に詰まれた本の山の向こうから、声が聞こえてくる。「何処にいるか教えてくれませんか?」

僕は視界をスキャンする。シーンの隅、視界の境界線近くに新聞が見える。場面をフリーズさせて、文字を読んでみる。

「ミズーリに今夜、霜警報発令」

「大学の図書館にいるみたいだ。今夜、霜が降りるらしい」

「じゃあ、真夏ではないってことですね。何か音楽が聞こえますか」

「図書館だって言っただろ」

「ああ、そうでしたね。失礼。おっと、テープを交換しなければいけません。ちょっと休んでてください」

カチリと音がしてレオナルドがいなくなると、僕はひとり、自分の映画のなかに取り残された。何かが流れるように視界をよぎる。女の子だ。分厚い木製の机の間を歩いている。膝より少し長めの丈の緑と白のチェックのシフトドレスを着ている。靴下はなくペタンコの革靴を履いている。僕は女の子の髪に目をやる。黒髪を大きく膨らませて、両脇で留めてある。

絶対に六〇年代の半ばだ。

一瞬、腕時計が目に入る。僕の腕時計。クリーム色の文字盤に光る針のついたやつだ。

午後三時三十分。

軍の基礎訓練で、この時計をなくしたことを僕は思い出した。今になってその時計を見るのはなんだか不思議な気分だ。現実の世界で、今ごろこの時計は何処にあるのだろう。おとらくどこかのゴミ処理場に埋まってるに違いない。まるで遠くのラジオから聞こえてくるような声がする。『まいったな。やっと今日の最後の授業だ。今日は火曜日だから、あと三日も残ってる…』

三十年前の僕自身の思考だ。

非常に珍しいことだが、お化け屋敷の乗り物のようにやってきては消えていく自分の言葉を聞くことがある、とパウンドストーンが言っていた。

画面が一瞬暗くなると、シフトした。青い縞の長袖シャツを着た腕が現れる。左手の指にはクラスリングをはめている。本が目に入った。「現代世界の背景」。

目の前の空間で何かが形成されているのに気づく。何か別のものだ。

「マイケル。大丈夫ですか」

「大丈夫だ、レオナルド」

「右側頭葉から速いシータ波が出ているのを検出器が捉えました。何が起こってるんです？」

「分かったら教えるよ」

最初、目の前のイメージは、粒子の粗いフィルムを写したときのように茶色と白が広がっていた。見ていると、次第に図書館の映像に変わったていく。だが、まだ完全に入れ替わってはいない。突然僕は気づく。自分は今、思考の中の思考を見ているのだと。過去から来た心の中の風景。パステルカラーのモザイクの中で少女が動いている。線のない、青、金色、黄色、緑で彩られた印象派のカンバスのようだ。草原に立つ少女。黒髪は風に吹かれ後ろへと流れている。少女の後ろには、薄暗い雲に稲妻が光っているのが見える。

「まだ何も分かりませんか？」

「今、ＣＭブレイクを取ってた」

「t-4波に少し異常が出ています。そこで何をしてるにしても、コントロール-Cを押して、上空に上がった方がよさそうですね」

少女が僕の方を振り向く。

「マイケル、心拍数が上がっています。九〇を超えたら、緊急停止スイッチを押します」

「いや、待ってくれ」　少女の映像はかき消えて、新聞のページが取って変わった。線と言葉が並んでいる。記事によると、湖のそばでパーティがあったらしい。

モーションを停止させる方法を教わったのを思い出した。ロックだ。

その瞬間、映画は、動きを止めたまま微動だにしない写真へと変化した。何か手がかりはないかと僕は注意深くシーンをスキャンする。そしてとうとう見つけ出した。大学新聞の右上の隅に「位一九六八年十月四日」の文字を見つけたのだ。これが、今僕のいる場所だ。

ロックを解除する。シーンは動き始めた。

「あとどのくらい時間がある？」

「その時間になったら教えます」

今までのところ、このトリップで訪れた過去は二箇所。　僕はその場所を覚えているだろうか。

僕が上昇すると、図書館の壁が崩れ二次元の平面に変わる。そして一つの点になった。

僕は流れていく僕の時間を見下ろす。ひとつの流れのなかに僕の過去が見える。大学に入学した最初の日、あの夏、ドライブインシアターで過ごした夜、昼の工場、高校。すべてが三次元の光のシリンダーの一部分で、そして彼方へと遠ざかってく。

別の流れを見やると、軍隊での日々が見える。結婚式も、妻のリンダと子どもと暮らした日々も、光が集まる遠くの点まで、ずっと伸びている。

空間の内側にいるが、時間の外側にいる。これでは思い出せないのも無理はない。覚醒している思考では、理解することも受け入れることもできなかっただろう。

「マイケル、少しの間、逆説睡眠に移行したようです。大丈夫ですか？」

「大丈夫だ。次のパスに入ってみる」

「連絡を途切れさせないでください」

僕は別のシーンに向かって落ちていく。近づくにつれ、イメージは一層リアルになった。一瞬、巨大な広告板のように見えたが、次に、その映像は動き始めた。ひとつのコマから次のコマへ、すばやく移り変わっていく。一秒に二十四コマ、そして五十コマになった。スピードがその倍になり、くっきりとした映像が浮かび上がる。映像が三次元化され立体になる。最初はかすかに、そしてはっきりと。目の前にあるのはもう「過去」ではない。

「現在」だ。

そして僕はここにいる。夕暮れ近い薄暗がりのなか、窓のわきに立っている。石炭の煙のせいで薄もやに覆われた空が、夕日をにじませる。中空には、棚のように広がる層雲からちぎれた雲が長く細くたなびいている。下方には、地平線に沿って消え入りそうな細いもやの帯がかかり、その中で、僕の生まれた町の給水塔が金属的な光をかすかに放っている。給水塔の側面に「C-o-r-i-n-t-h」という文字がなんとか読み取れる。おそらく野焼きの煙だろうか、薄黒いもやが一面に道路を覆い、町まで続いている。

黒っぽいコートを着た男が運転する車が一台通り過ぎた。ふいに僕は、もう存在しない過去を見ているのだということに気づく。あの車の中にいた男は、今は三十歳年を重ね、もうこの世にいないかもしれない。車はクズ鉄になっているだろう。もしかしたら、僕の古い腕時計のようにどこかのゴミ処理場に埋まっているかもしれない。

僕は道路をスキャンして、次第に暗くなっていく空の下、何列にも並んだ灰色の家々に目をやる。あの中の何軒が、今も同じように建っているのだろう。あの家々に住む人たちのうち、何人が今も生きているのだろうか。

家並みから道路へスキャンする。アスファルトの道路に走るヒビを通り過ぎ、路肩のタールと細かい砂利を見る。三十年経った今、この砂利やアスファルトはどこに行ったのだろう。新しく敷かれたアスファルトの下に横たわっているのか。あるいは掘り起こされて、コンクリートと入れ替わっているのか。

車がもう一台通り過ぎる。一九六一年のマーキュリーコメットだ。軽い事故に遭ったのだろう、後方のバンパーが下方に反り返っている。運転しているのは若い黒髪の女性だ。三十年経った今、女性はこの車を覚えてすらいないかもしれない。上り坂を越えて見えなくなる車を僕は見送る。排気パイプからスモークがたなびき、赤いテールランプが、充血した丸い瞳のように、こちらを見返してくる。

以前ケラーが言っていた言葉を思い出した。「過去に行ったら、あまり深く息を吸い込むなよ。空気にたっぷり鉛が含まれているから、帰ってから具合が悪くなるぞ」

理屈に合わないこのコメントにみんなが笑った。だが空気中に漂っている黒いスモークの帯を見ていると、これは今、実際に起こっているのだと思わずにはいられなくなる。だけど、これは記憶の中だけに存在するんだ。脳の中の発光体を刺激する電気的なインパルス。それだけだ。

透き通るような暗闇のなか、かすかな雑音が聞こえ、その上に逆方向のアルペジオが重なる。

耳障りな雑音のなかに、かすかにラジオからの音が聞こえる。これでどこにいるのか正確にわかる。一九六三年三月初めの土曜日、午後五時二十分だ。

初めて「パイプライン」を聴いている。新しい音が、僕の中の新しい回路に記憶される。スクリーンの裏側をこうして漂っていると、奇妙だったあの年を感じることができた。暗く、厳しい年、悲しい、嵐のような一年。　突然、頭の中にレオナルドの声が響く。**「マイケル、戻りました。何が見えますか」**

「一九六三年三月の第一週にいるらしい。多分、土曜日だと思う」

「確かですか。待ってください。古いジュークボックスの検索エンジンで見てみます。一九六三年の三、が、つ、と入力して…、曲タイトルは…クエスチョンマークを入れましょう。そしてエンター。出ましたよ。曲目の記録が出ました。翌週の火曜、ビートルズが「フロム・ミー・トゥー・ユー」をレコーディングします。そっちの時間で午前十一時です」

「ありがとう」

「どういたしまして。それが仕事ですから。何かあったら呼んで下さい」

車が私道に入ってきた。青い一九五六年のフォードだ。少しの間、車のエンジンはブンブンと音を立てて、そして止まった。

数秒後、僕の父親が車から降りてきて、ドアを閉めると、停めてある兄さんのシェビー・スティームライナーの方へ歩いていく。

父は立ち止まると、左のフロント・フェンダーのところに目をやる。たぶん、新しいへこみがあったのだろう。

僕は三センチ前へ進む。三十分くらいに相当するのだろうか。母が夕食の支度を終えたところだ。スウェーデン風ハンバーガー、サラダ、新ジャガ、ブロッコリー、ペプシ。ブルージーンズをはいて袖をまくった兄のアールが階段を下りてくる。僕はラジオを消し、イスを引くと家族と一緒の食卓についた。

イスに座った時、父と母が二人とも、今の僕よりも若く見えることに気づく。兄のアールも席に着く。短いお祈りの後、みんなが料理に手を伸ばした。

この光景を見て、何よりも、父のシャツのポケットに入ったタバコの箱に目が行った。僕がどこから来て、何を知っているのか、手を伸ばして父に伝えたくなる。このタバコのせいで、最後に父は命を落とすことになるのだ。

だけど、僕には伝えることはできない。何か口に出したとしても、レオナルドに聞こえるだけだ。この場所では触れることすらできないので、僕にできることといえば、見守ることだけ。まったく役立たずだ。

この経験のマイナス面は深刻だ。愛する人たちを見ながら、触れることができない。話しかけることもできない。なぜなら、ここはすでに過ぎ去った場所、僕の記憶の中にしか存在しない場所だからだ。でも僕はここにいる。死んでしまった人々に囲まれて漂っている。

自分がハンバーガーに手を伸ばすのを僕は見ている。僕の手は注意深くパンをつかみ、ケチャップを振りかけ、かぶりつく。そしてコーラの入ったコップを持つ。

写真家は写真を撮るとき、自分の影が映らないようにする。影は写真に入り込むだけでなく、そこに他の誰かがいることを伝えてしまうからだ。芸術的に見れば、写真家がそこにいるべきではない。存在していいのは、被写体だけだ。

テーブルを見回すと、自分がその場面の一部分なのだと分かる。もともとそこにいなかったら、ここに存在することもできないわけだ。影は僕の前にあった。今僕は、目のなかに浮かんで、誰にも

僕の姿は見えない

僕はブロッコリーに手を伸ばす。この頃の僕はこんなものが好きだったのか。どうやらそうらしい。目の前の光景が何よりの証拠だ。

「そんなにたくさん取っちゃダメよ。マイケル」　母が言う。「他の人も食べたいかもしれないでしょう？」

「僕の分も食べていいよ」とアール。

「そうだ、もっと食べなさい、マイケル」　パパが言う。「父さんはいいから」

この年は、家族全員にとって危険極まりない年になると僕は知っている。僕たち家族は苦しみを味わうことになるんだ。僕はそのことについて考え、そしてその考えを手放す。

不意に、また僕は上昇する。

この奇妙な記憶の川をナビゲートすることは可能だろうか。最初に時間を選べば、うまくいくかもしれない。例えば一九六一年七月を選び出し、僕の記憶の配列をこの奇妙な流れに当てはめていく。まず、一九六一年七月を思い浮かべる。六〇年代のなかで、まるで一筋の層雲のように細くて明るく輝く部分。僕はあの七月を思い、当てはめ、それと一体になる。

そして僕は今、下界にいる。今度は部屋の中だ。兄と一緒に使っていた部屋。窓は開いていて、Tシャツとジーンズ、そして白い靴下をはいたアールがベッドに寝転んでいる。洋服ダンスの上には、茶色い布張りのスピーカーがついたアールのラジオがある。

「聞いてよ、アール。困ってるんだ―」

「ああ、どうしたんだよ」　アールはシャツのポケットからペルメルの箱を散り出す、セロハンの中にはジッポのライターが入っていた。数十年後、そのライターはマサチューセッツ州、レキシントンのドレッサーの引き出しに入ることになる。

「ブレンダのことだけど、僕と別れたがってるみたいなんだ」

「本当かよ」　アールはタバコに火をつける。「どうして分かる？」

「学校でウワサになってる。彼女、僕に飽きたって友達に言ったらしいんだ」

「彼女、一歳年上だったっけ？」

「そうだよ。ブレンダが話すことは、僕が知らないことばかりなんだ。例えば、音楽の授業のこととかね」

「それ、よくないよ」　アールはタバコの煙を吸い込むと、窓に向かって細く青い煙を吐き出した。

「そんなことない。理解できない部分を持ってる女の子なんてブレンダだけだ。絶対に僕はブレンダを愛してる」

「ふーん」　アールは注意深く、タバコを灰皿の縁に乗せる。煙が漂って窓から出て行くのが見える。　「付き合ってどのくらいになる？」

「一週間経った」

「もうキスしたか？」

「冗談だろ？」

「ごめん」　アールは肩をすくめ、灰皿からタバコを取り上げる。「ブレンダが別れたがってる理由は、それじゃないかと思ってさ」

「そんなはずないよ」

「そうだな。で、なんで今夜、野球の試合に彼女を誘わなかった？」

「試合があるなんて知らなかった」

「あのな、もし女の子とデートしたいなら、気を配らなきゃいけないことがあるんだよ」

「たとえば？」

「たとえばってー、とにかくそういうことがあるのさ」 アールはタバコを吸い、すばやく煙の輪をいくつが作ると、タバコを灰皿に戻した。「なあ、明日の夜、サリーとデートするんだ。お前にいい子を紹介してやれると思うよ」

「無理だね。僕はブレンダとステディになるんだ」

「指輪を渡したのか？」

「兄さん、僕が指輪なんか持ってないって知ってるだろー」

「でもな、マイケル、それじゃステディにはなれないよ」 アールはタバコをもみ消した。「いいか、おれたちとダブルデートしよう。ドライブインシアターで今年最後の映画があるんだ。サリーの妹は、おもしろい子だよ」

「やめてくれよ、カレン・バレットだろ。高校生じゃないか！ それにカレンは僕より背が高いし」

「聞けよ、マイケルー」

「兄さん、カレン・バレットは兄さんと同じくらい背が高いよ。ほかに姉妹はいないの？」

「いないよ。お前がデートできる子はな」 アールはにやりと笑う。「そんなことしたら、彼女たちの旦那に文句を言われる」

「マイケル、あと六分です」

「ありがとう、レオナルド」

昇っていく。一九六一年のフレームの中で、僕は少しのあいだ漂って、あたりを見回してみる。多分この場所なら自分でナビゲートできそうだ。この場所がどこであっても。

「あと五分です」

「オーケー」

兄さんとの話を終えられればいいのにと思いながら僕は光の中へ下りていく。でもそれは、我が家の部屋の光ではなく、違う場所に変わっていた。大学の寮の部屋だ。なぜだか僕は五年先へ進んでしまったようだ。無愛想な若い男が僕に受話器を手渡す。

「マイケル、君にだよ。女の子だ」

「ハイ、私よ」　声を聞いても、誰だか思い出せない。若い声だ、ありえないくらいに若い。

「ママとパパが、あなたに電話していいって言ったの。今週末にはこっちに来れる?」

「無理そうだ。火曜にテストがあって──」

「ねえ、聞いて。　あなたが買ってくれたナイトシャツをベッドで着てもいいか聞いてみたの。あなたがズボンをぬがないって約束してくれたらだけどね。そしたらパパとママが許してくれた。もちろん私も一晩中シャツを身に着けてるって約束させられたけど。　でも、これってすごくない?　パパとママはあなたが家族の一員になるって思ってるのよ」

僕の視界は、万華鏡のような模様であふれる。光り輝く半透明の模様だ。。さっき図書館で見たものと同じだ。思考の記憶。記憶の記憶だ。

「三分です」

僕は誰かに毛布をかけてやっている。女の子だ。ベッド脇の窓は雨に打たれて汚れている。街灯の光が壁に反射して輝いている。僕は起き上がり外を見ると、下の路上には僕の車が停まっていた。一九六四年の茶色いフォード・フェアレーンだ。

あたりを見回す。この場所、この年を知っている。すごくリアルだ。僕が手でシーツを整えていると、窓の外の雨足が激しくなった。遠くで雷の音がする。外は嵐なのだろうか。

「マイケル、振幅が落ちています。大丈夫ですか」

街灯の黄色い光で、部屋の中を見渡せる。 鏡のついたドレッサー、引き出しの付いた古いタンス、半分扉が空いたクローゼット。床の上の服。ダイヤ模様の壁紙。 僕は以前ここに来たことがある。僕は今、ここにいる。

「マイケル、連れ戻します」

突然、シーンは内側に向かって破裂し、すべては燃えるような白いもやの中に消え去った。僕は叫び声を上げる。だけどなんの音も聞こえない。空気がないんだ。なにもない。

「やあ」 バイザーが上げられ、ワイヤーフレームの眼鏡の奥に青い目が四つ見えた。「大丈夫ですか」

「ものが二重に見えるー！」

「それはお気の毒に」　レオナルドが僕の頭からヘルメットを取る。「いつもなら喉頭マイクを外すまで、話したり咳払いをしないようにお願いするんです。でも、ちょっとした緊急停止をしたために回線が焼き切れましてしまったんで、話をしても大丈夫です」

「ちょっとした緊急停止？」　僕は頭に手をやる。「ハンマーでぶんなぐっておいて、それはないだろう？」

「ええ、時には、フォークで脳みそを突き刺しますよ」　レオナルドは立ち上げる僕に手を貸す。「アスピリン、要りますか？」

「一体、何ボルトかけたんだ」　かすれ声で僕は尋ねる。

「分かりません。二千くらいでしょうか。でもアンペアは大したことありません」　レオナルドはマイクを取りはずしテーブルの上に置いた。「ボルテージは重要じゃありません。アンペアが高いとひどい目に遭うんです。目は元に戻りましたか」

「ああ、大丈夫みたいだ。くそっ、頭皮が燃えてるみたいだ」

「そうですか？　見せてください」　レオナルドが額のあたりに指を沿わせる。「そうですね、やけどの跡がありますね。マイケル」

ぐるぐると回る部屋で、僕は立ち上がろうとする。「ひどい気分だ。これほど辛いってどうして誰も言ってくれなかったんだ」

「いいですか。あなたが返事をしなかったからです。交信はロックアウトされて、T-四波は乱れ始めました」　レオナルドは機嫌を損ねた大きな飼い猫のようになった。「ウェッジへ行こうとしているように見えたので」

「ウェッジ？　なんのことだ」

「ウェッジ、エクリプス、ライツ・アウト。停止すると火が付きますよ。体外の回路を活性化するってことです。そのためにシータ波探知機があるんです。それを防止するためにね」

「ちゃんと英語をしゃべってくれよ、まったく」　めまいが止まるかと思って目を閉じてみるが、無駄だった。

「いいですか。なにも難しい話じゃありません。右の側頭葉からt-4波と呼ばれるかすかですが重要な波動が出ています。もしt-4波が消えたら、あなたも消えるってことです。あの世に行くわけです。私のシフトのときにあなたをそんなところへ行かせるのは申し訳ないし、そんなぶざまな仕事はできません。もちろんお互いの将来にも傷が付きますしね。お分かりですか」

「脳卒中を起こしたかと思ったよ」

「まさか。それならとてもしゃべれませんよ。瞳孔を見せてください」

レオナルドは、汗をかいた丸々とした顔を僕の顔に近づけると、小さなペンライトで瞳を照らした。「ええ、大丈夫ですよ。少し毛細血管が切れているかもしれませんが、それだけです。おそらく電気ショックのミスフィーチャーでしょう。お望みなら医者を呼びましょうか」

「要らないよ！」

「そうですか。昨日の残りのピザはどうです？　ANSI（米国規格協会）規格のペパロニとマッシュルームのピザですよ」

「今にも吐きそうなんだけど―」

「コーラを飲むと、胃が落ち着きます」　レオナルドはデスクからコーラの缶を持ってきた。「ジョルト・コーラしかありませんが。すいません、氷もないんです」

「分かった、もらうよ」　僕は缶を受け取る。ゆっくりと吐き気がおさまっていく。「何ボルトで僕を連れ戻したんだ」

「分かりません。調べてみなきゃいけませんね。あの―」　レオナルドは僕をチラリと見ると、四角いガーゼを手渡した。「これを使ってください」

「え？」

「舌を噛んだようですね」

……★……

僕は濡れたタオルで顔を覆って、ズキズキと痛む、緊急停止が引き起こしたひどい頭痛をなんとか鎮めようとしていた。結局は無駄だったけど。さらに悪いことには、こめかみの赤いあざは、十セント硬貨ほどの水泡に変わっていた。ミラノ・チューリッヒ間の夜行列車でロシア人のカップルと飲み比べをした時と同じ気分だ。ジャガーマイスターだったか、スリボビッツだったか、そんな酒を浴びるほど飲んだ。目が覚めたときには、大きな釘が頭に突き刺さってるようだったっけ。

今もあの時と同じ感じだ。だが違うことが二つある。ひとつは財布がまだ手元にあることと、二つ目は、嬉しくて仕方がないということだ。

そう、僕は嬉しくて仕方がなかった。レオナルドのせいで、頭に余計な電子を送り込まれたし、強制的に現在に連れ戻されたけれど、どれでも僕は嬉しかった。なぜなら―

初めて思い出すことができたから。

僕は目を閉じて、シーンの数々を思い出す。子どもの頃の机の下にいた数分間、そして大学時代に行き、過去に戻って兄のアールに会った。兄さんはカレン・バレットとの最悪のデートをお膳立てしようとしていたんだっけ？　そうだった。僕は兄さんに腹を立てたけど、でもカレンは可愛かった。背は高かったけど、可愛かった。

他には何処へ行った？　たぶん他には何もない。あとは空白だった。

僕はベッドからゆっくり起き上がると、アスピリンをもう三錠取りに行く。

ベッドに戻ると、濡れたタオルが枕を濡らし、丸く黒っぽいシミになっていた。僕は時計を見る。七時、まだ早い。

濡れた枕を乾いたものに取り替えて、ベッドに倒れこむ。僕は本当に過去を訪れることができるんだ！　僕がいた場所に戻り、会いたいと願う人たちに会える。家族や友達。そしてガールフレンドたち。

ブレンダ・レイシー。

頭痛はしたが、気にならなかった。痛みに耐える価値は十分にあった。

実際、仕事のために誰かを過去に送り込むこともできるかもしれない。ある時代を隅から隅までしっかり観察して、それを細部までそっくり頂く。そのままクリップで留めればできあがりだ。中年の危機を、まあ言ってみれば、ビジネスチャンスに変えることもできるかもしれない。それは、ここに来るとき、共同経営者のジェリーに言ったせりふだった。だがこの分だと、本当に何かを生み出すことができそうだ。

ジェリーがクライアントに売り込む様子が目に浮かぶ。「一九五八年から何か使いたい？　私たちにお任せください。プッシュボタン、軌道、原子、どんなものでもご提供します。すでに知っているものも、聞いたことすらないものも、あの時代には揃っていますよ」

「それとも、お好みは一九六二年でしたか？　素晴らしい年です。非常に商業的で、非常に大きな発展を遂げた年です。ブレットランプや放物曲線。そう、持ち運びタイプの大きな四角いトランジスタラジオもありました。車や小型の家庭用品をお探しなら、ぴったりの年です」

「ピックアップトラックを販売している？　それなら一九六六年がお勧めです。角ばったラインと金属のダッシュボード。どんなものにでも、方位図とコルクがいいでしょう。なぜそんなことを知っているかって？　今日の午前中、あの時代にいたからですよ」

いや、ダメだ、ダメだ、ダメだ。　過去は精神的なイコンが並ぶ単なる倉庫なんかじゃない。もっと大切で、深遠な場所なんだ。すべてを手に入れようとするより先に、まず過去をゆっくり旅してみなきゃ。あの場所の感触を掴むんだ。今では誰も覚えていない、ヒットはしなかったけど当時の最先端の音楽を聴いてみるのもいいな。

面白そうじゃないか。初めてラジオを目にした時の皆の反応を見に行ってもいい。十六歳の友達と一緒にドライブした時に戻ろう。みんなで曲についてあれこれ語り合ったっけ。僕はただ耳をすましていればいい。もしトラックが何かを売るコマーシャルでその曲を使えばー、そうだな、少なくとも、忘れ去られかけた曲をもう一度聴くチャンスを人々に与えられる。

悪くないぞ。六〇年代に戻って、ただ友達とドライブをしてカーラジオを聴いていればいい。

最高じゃないか。

もちろん、音楽を求めて過去に遡るなら、車の中よりもいい場所がある。家のベッドで毛布をかぶっていたあの時に戻ろう。灯りのともった小さなテントのように、中には僕とラジオだけ。僕は注意深くダイアルを回し、雑音の中に紛れた音楽を聴く。聞こえてくるのは宇宙からのシグナルだ。ネブラスカ州のカーニー、バトン・ルージュのラジオ局、フロリダのどこかから聞こえてくる野球のナイトゲーム。もう一度ダイアルを回すと、さあ、聞こえてきたぞ。アーサー・アレキサンダーが歌う「ユー・ベター・ムーブ・オン」だ。

そうすると、僕はもう東ミズーリの平原の我が家にはいない。暗く濁った音の流れに任せて、僕はシカゴに辿り着くだろう。もう一度ダイアルを回すと、僕は別の「五万ワット」の世界にいて、そこでは、ロイ・オービンソンの「ドリーム・ベイビー」やサム・クックの「ツイスティング・ナイト・アウェイ」が流れる。心地よい音楽、ややこしいことのないロマンス、光り輝く黄色のダイアル。

新しくできた水泡を潰さないように気をつけて、僕はタオルを目からはずす。　完璧だ。

完璧だ、完璧だ、完璧だ。

電話が鳴った。

「ハイ、マイケル、ゲイルよ。ケラーとローウェルと下のバーにいて、一杯おごろうとあなたを待ってるんだけど」

「酒かい？　やめておくよ。もうすでに頭が割れるほど痛くてね」

「知ってるわ。だから誘ってるの。『緊急停止クラブ』の新規会員には、マルガリータがタダでふるまわれるの。有効期限はあと十五分」

「わかった。負けたよ。すぐに行く」

五　ノイズ

今は夜だが、夜だとは分からない。バーはどこもそうだが、このバーにも窓がないからだ。だが酒場というものはたいていそうだが、このバーも悪くなかった。スペインの異端審問を思わせるような赤いランプシェードに、何枚もの木製のパネルがはめ込まれた壁、作り物のレンガの床。まるで地下牢といった風情。メイン州バー・ハーバーからロード・アイランド州プロビデンスまでの道沿いにある酒場の半数はこんな感じだ。

コロナビールを四本空けて、化学をネタにしたジョークを十五ばかり披露したあと、ケラーは店じまいをして帰って行った。その場に残った三人、ローウェルとゲイルと僕は、ブラックコーヒーと脂っぽいナチョスを囲みながら、かなり酔っ払って、自分たちがここに来たワケを話し合っている。アルコールとコーヒーを浴びるほど飲んだあと、僕はここに来た理由をようやく認めた。申込書に書いた「歴史的、文化的イコンを探求するため…」などという体裁のいい作り事ではない、本当の理由を。

「ここに来た理由っていうのは…」　僕はできるかぎり悲痛な声を出して二人に語りかける。「イヤになった」

「イヤになった?」　ゲイルが繰り返す。ゲイルの目はひどく血走っている。

「ああ、イヤになった。いろんなゴタゴタがね」

「分かる」　ローウェルはフォークでテーブルを叩く。

「議論がイヤになった」

「そのとおりだ。兄弟」　ローウェルは、よくわかるといった面持ちでうなずく。

「クライアント、弁護士、妻、子どもたちと言い争うのに、もうあきあきしたんだ。休みをとって何処かへ出かけるとする。すると今度はチケットを取り忘れた旅行代理店と言い争う羽目になる」

「そして飛行機に乗ったら──」　ゲイルが言う。「前の席のバカな客が、シートを私の膝まで倒してくるのよ」

「そのとおりだ。まったくやつらときたら」　ローウェルが勢いよくうなずく。「飛行機内でスペースを取りたがるんだ。おれはコーラをかけてやるよ。じゃなかったらトイレに行くといって百回席を立ったりね。ずうずうしいんだよ。なんでもやってやつらの旅行を台無しにしてやるんだ」

普段は無口なローウェルが、今は腹を立てている。多分、僕がボタンを押してしまったのだろう。

「それでね──」　ゲイルはかすれ声だ。「目的地に──、着いたと思ったらあ──」　ゲイルはテーブルを見回す。「スーツケースがないのよ。モンタナとか、どっかへ行っちゃってさあ」

「あるいは、ホテルの予約が取れてないとか」　僕は首を横に振る。

「そのとおり」とローウェル。「僕はいつもそういう目に遭ってる」

「大人は、誰でもそういう目に遭うんだよ」　僕は応える。「だから僕はここに来たんだ。少しのあいだでいいから、もう一度子どもに戻りたかった。責任もなく、面倒な厄介事もないあの頃にね」

「そうだった?」　ゲイルが言う。「それは男の子として育ったからよ。男の子は、子どもの頃友達とつるんで、まるで野犬の群れみたいに何でも好き放題にやれるもの」

「ちょっと待てよ、女の子もそうだろう」とローウェル。「僕の妹と友達を見てみろよ」

「私が育ったころは事情が違うの。両親の目が厳しかった。手錠をかけられて家につながれてたも同然よ。高校時代、うちに遊びに来た男の子はみんなウソ発見器にかけられたの。『法律に触れたことはあるか』、『Cより悪い成績を取ったことはあるか』、『女の子のブラウスに手をすべりこませたことはあるか』ってね」

「でも、ゲイル」　ローウェルが、うそだろうと言わんばかりの表情でゲイルを見る。「君の親は、本当にウソ発見器を持ってたわけじゃないよね、そうだろう？　だって確かあれは違法なはずだ」

「あのね」　ゲイルは言う。「私の父は、眼鏡の奥から男の子をじっと観察して、まさに脳の中まで見通したの。あの視線はまるで光線銃みたいだった。おまけにさっきみたいな質問で、男の子を攻め立てたわ」　ゲイルは笑った。「そして男の子が少しでもたじろいだり、まばたきをしただけで、本当のことを言ってないと父は判断したの。ものすごくひどい話だけど、でも何だかおかしかった。だって、ようやく私とのデートにこぎ付けたのは、病的な犯罪者タイプばっかりよ、プレッシャーがあっても完璧な嘘をつくことができた。私は彼らを信じられなかったわ。だって私にも嘘をついてるのは明らかだったから。でも、いい若者だと父は信じて疑わなかった」

「じゃあ、どうして戻りたいんだい？」　僕は尋ねた。「過去に楽しいことがなかったなら――」

「それほど悪くなかったわ」　ゲイルは微笑んだ。「悪いことばかりじゃなかった。過去に戻るのは、私にとっても休暇みたいなものよ。実際に休暇の一部だし」

「ローウェル、君はどうなんだ」　僕は尋ねる。「ここにいる理由はなんだい？　君は何かから逃避してるようには見えないけど」

「実を言うとね」　ばつが悪そうにローウェルは笑う。「本当は僕の大学院のアドバイサーが参加するはずだったけど、彼女がパリで会議に出ることになったんだ。大した選択だよな、過去を旅するか、ルーブル美術館へ行くかだ」

「じゃあ、その人の代わりに来たのね」　とゲイル。

「大学はすでに費用を支払ったあとだった。僕は博士課程のために単位が必要だった。だから来ることになった」

「過去トリップに興味はあるの？」　ゲイルが訊く。

「ああ、面白いじゃないか。それにここにいる一部のドリーマーたちとは違って、僕はそれほど昔に遡る必要なないし」　ローウェルは顔を上げ、いたずらっぽい笑みを浮かべる。

「ありがとう、ローウェル」　ゲイルは言う。「その言葉、とっても嬉しいわ」

「もちろん僕も過去には戻りたいよ。十五歳のころに戻りたいと思うことが多いかな」　ローウェルは思い出に浸る。「すごく幸せな時代だった。この前誘導チェアに座って、父がヨットでアストリアのコロンビア川へ連れて行ってくれた時に戻ったよ。そして鯨を見に行った。楽しかったな。ここを出たら、父に電話するつもりさ。ここであったことを話して聞かせるよ」　ローウェルはコーヒーを飲み干すと、テーブルを立つ。

「もう帰るの？」　ゲイルは訊く。

「少し眠るよ」　ローウェルは伸びをする。「今朝、朝食の前にセッションがあったからね」

「朝食前？」　ゲイルが訊く。「レオナルドがあなたを向こうへ送ったの？」

「レオナルドが？」　ローウェルは笑う。「冗談じゃない。レオナルドはすぐに緊急停止スイッチを押しすぎる。僕はゼイ博士のほうがずっといいな。放っておいてくれるからね。ウワサだけど、僕たちがトリップしている間ラボにすらいないらしいよ」

「私はレオナルドで行くわ」　ゲイルは言う。「彼がいれば、トラブルに巻き込まれずにすむから」

「一体、どんなトラブルに巻き込まれるって言うんだい？」　ローウェルは肩をすくめる。「たかが自分の記憶じゃないか。じゃあ明日」

「あいつの態度は正しいよ」

「それはローウェルがまだ若いからよ」　ゲイルは言う。「私たちの歳になるまで待てば分かるわ。そのときにはローウェルも、私たちと同じようなことに文句を言うに決まってる。高速を走ってるバカや、何かに投資しろとしつこく勧誘してくる電話や、古い車に乗ってるのはアメリカで私だけだと思わせるようなコマーシャルにね」

「厳しいこと言うなよ。もしコマーシャルがなかったら、素晴らしいテレビだって、見れないんだぜ」

「素晴らしい？　テレビが素晴らしいって言うの？」　ゲイルが笑う。

「そうだな、コマーシャルがなかったら、もっとひどいものになってるよ」　僕は冷めたブラックコーヒーを飲み干す。「本当さ」

「あなたはコマーシャルを制作してるから、そう言うのね。確かそうだったわよね」　ゲイルが言う。

「ああ、そんなところだ」　僕はうなずく。「広告主を相手にしたサービスエージェンシーを経営してる」

「じゃあ、その広告主にー」ゲイルは身を乗り出す。「どんなサービスを提供してるの？」

僕は空のコーヒーカップを見つめる。「フォア・トップスが歌う『リーチ・アウト・アンド・アイル・ビー・ゼア』を聴いたことがあるかい」

「あるわ。私の時代の少し前だけど…」

「テレビを見る?」

「必要に迫られた時だけ」　彼女は笑う。「この質問、何かトリックがあるの?」

「ないよ。フォア・トップスが歌う『リーチ・アウト』を聞いて、何を思い出す?　最初に頭に浮かぶのは何だい?」

「長距離電話」

「だろう?　よし、じゃあ『ウドゥント・イット・ビー・ナイス』はどう?」

「それも、私の時代の少し前の曲よ」

「一番初めに何を思い浮かべるかな」　僕は言う。

ゲイルは上を見上げて考える。「わかったわ。家を買うこと」

「『アップ・アンド・アウェイ』は?」

「それなら簡単よ。写真を撮ること。緑色で紙製の小さな旅行用カメラでね。パノラマのように見える変わったレンズがついてるけど、実際はパノラマじゃないの」

「わかったかい?」　僕は肩をすくめる。「そういうことをして僕は生計を立てているのさ。だって『ザ・フィフス・ディメンション』のことを覚えている人なんていないし」

「でも、そういう曲はコマーシャルのために書かれた訳じゃないわよね」　ゲイルは無表情で言う。

「何をしてるのかと聞いたのは君さ。だから答えるよ。僕は過去を掘り起こして宝物を探してる。昔の曲を盗用して、それを使って車を売る男、ってわけだ」

「じゃあ泥棒ね。違う?」

「パートナーと僕は五〇年代六〇年代、七〇年代という沼に引き網をかける。僕たちが探してるのは、ガラスの牛乳瓶、金属製のおもちゃ、オリジナルのバービー人形、流線型の電化製品、旧式のミシン…、そんなものさ。コマーシャルに出演した俳優が撮影現場で一日の終わりにこう言うんだ。『まるでタイムスリップをしたみたいだ』って」

「それ、効果あるの?」　ゲイルは疑わしそうに言う。

「ある。消費者グラフの大部分を占めるのは、六〇年代生まれなんだ。そういう消費者は過去に対してある種の愛着を抱いてる」

「つまりコマーシャル用にノスタルジアを提供するというわけね」　ゲイルはうなずく。

「それが仕事さ」　僕はイスの背に身を預ける。「人の記憶を、ピックアップトラックや不動産屋の記憶とすりかえる」

ゲイルは険しい顔つきで僕を見る。「商売のネタを仕入れるためにここに来たの?」

僕は首を横に振る。「それは家族や職場の皆に対する言い訳さ。さっき逃げ出してきたと言ったけど、あれが本音だ」

「それを聞いて安心したわ」　ゲイルはイスの背にもたれかかる。「一瞬、不安になった」

「僕は参加者の大多数と同じだよ」

「そうね」　ゲイルは少し間をおいてから口を開いた。「白状すると、私は科学や心理学的な側面にとても興味があるの。心に関することなら、いつもパイオニアでいたいと心から思ってる。これは人間の経験の、まったく新しい分野よ」

「そのセリフはパウンドストーンのスピーチの受け売りだな」

「当たり。でも彼は正しいわ」　ゲイルは言う。「このプログラムに参加しているなんて、ワクワクする」

「じゃあ、君がここに来たのは、純粋に科学的興味のためだっていうのかい？」　少しとがめるように僕は尋ねる。「高校時代のボーイフレンドといちゃついたり、幸せな気分にさせてくれる楽しい思い出を求めてきたわけじゃないのか‥」

「そりゃね、もちろん、長い間、同じ場所にとどまってしまうことはあるわ…」　ゲイルはようやく笑う。「でもね、考えてみて。自分の記憶バンクの中を歩き回れるなんてことすべてが‥なんて言えばいいのかな、革命的なことなのよ」

「君、酔ってるよ」　僕はあっさりと言う。

「もちろん、酔ってるわよ」とゲイル。　「でも酔ってても、プログラムに対する私の気持ちは変わらないわ」

「なにか問題があったらどうするんだい」　僕は訊く。「僕らに知らせたくない秘密を彼らが隠してたとしたら？　だってさ、契約をする前に免責合意書にサインをさせられたし…」

「ありえないわ」　ゲイルは首を振る。「もし実際に問題が起こる可能性があるとしたら、パウンドストーンはトリップを許可しないと思う。それにね、自分自身の記憶がしまってある場所で、ちょっと遊んでくるだけのことよ。向こうで帰り道を見失ったりすることもないしね」

「じゃあ、聞くけど」　僕は身を乗り出す。「コルトレーンに起こったことは、どうなんだ。あれはー、なんて言うんだったかな。エクリプスだっけ？」

「ああ、あれね」　ゲイルは肩をすくめる。「あれが起こったとき、コルトレーンはロングランをしていたのよ。それに、あれは本物のエクリプスじゃなかった。というのも脳波は完全にフラットにはなっていなかった。脳波が完全なフラットになったら、それがエクリプスよ。その時には、もう戻って来られない」

「じゃあ、君は安全だって言うんだね」　僕はゲイルをさぐるように見つめる。「つまりね、ひどい目に遭うために、一万四千ドルも払うつもりはないんだ。いくら心踊るような体験でも、そんなことは問題じゃない」

「おかしなことに手を出さなければ、心配ないと思う」　ゲイルは言う。「厄介なのは、私たち自身の脆い自尊心だけよ」

「最近とくに、僕の自尊心は脆くなっててね」　空のコーヒーカップをみつめる。

「あなたはすごく安定した人に見えるわよ」　ゲイルは言う。「過去へ向かって伸びていく自分の人生の流れを見下ろすのは、かなり勇気がいる。一生を一瞬のうちに垣間見るなんて気が遠くなるわ。そしてその流れへ下りたら……」　ゲイルは、ふさわしい言葉を捜しているかのように、一瞬ためらう。「あらゆる映像や感情、人々が、そこに現れるの。そこから目をそらすことはできない。人は死ぬ時に一生の映像を見るというけど、そんな感じよ」

「そうだろ？」　僕は勝ち誇ったように言う。「まるで死ぬのと同じじゃないか」

「大したことじゃないわ」　ゲイルは肩をすくめる。「それに、そんなこと誰が気にするの？　それが誘導チェアの上であっても、人生の最後の瞬間であっても、どっちにしろ頭の中にあるちっぽけな映写機の中で起こることなのよ。場面をロックするときは、映写機を停止させてるの。同じことが死ぬ時に起きるからといって、驚くほどのことじゃない。誘導チェアの上で死を迎えるわけじゃないわ。結局、自分の人生の最後の超大作を見てるわけじゃなくて、予告編を見てるだけなのよ」

「誰の言葉だい？」

「自分で思いついた」　ゲイルは言う。「そういうことを考えているのは、あなただけじゃないわ。ドリーマーは誰もが自分の理論を持ってるの。オットーは、向こうで見るものすべては脳が生み出すと考えてる。ケラーは、ある種の記憶波を追いかける意識と過去を脳がサンプリングしてるのだと考えてるわ。ローウェルは何も言わないけど、きっと同じように自分の理論を持っているはず。みんな、過去に戻ったとき自分が見たものを理解しようとしてる」

「そして君は、脳にあるちっぽけな映写機だと考えてる。じゃあ、長時間ロックしたら、どうなるんだい？　フィルムに火でもつくのか？」

「そのとおり。耳から煙が出てくるわよ」　ゲイルはナチョスにかぶりつく。「私には分かるの。だって私、看護婦だから」

1時間後、ゲイルと一緒によろめきながらドアを出て、エレベータに向かう。エレベータのドアが開いたとき、バーのジュークボックスから（本格的なジュークボックスだ）、「フール・ストップ・ザ・レイン」が流れてきた。一瞬、曲に合わせて二人で踊ろうかという思いが頭をよぎるが、思い直す。

自分たちの階へ戻るエレベータのなかで、ゲイルが僕の方を向き直って聞く。「奥さんは、このことをどう思ってるの」

「僕が中年の危機の真っ只中にいて、現実に直面することを避けてると思ってる。研究所については、特に何の意見も持ち合わせてないんじゃないかな」

「本当に？　私の夫は、私がここにいるのがイヤで仕方がないのよ。家に帰ってほしいと思ってるわ。食事作りやゴミ出しに飽き飽きしたのよ、きっと」

初めて僕はゲイルの左手を見た。確かに、小さなダイヤが一列にはめ込まれた指輪が輝いている。

エレベータが僕たちを階上へと運ぶ間、僕はガラス越しに、サン・アントニオの灯りが下方へ消えて行くのを見つめる。複雑に入り組んだ街路と大通りが、網状のぼんやりとした銀色と金色の光のなかでキラキラと瞬いている。地平線のあたりにある三日月は、輪郭がぼんやりとして、よく見えなかった。遠くには、オレンジ色の町の灯が垂れ込めた雲を明るく照らしている。また嵐が近づいているのか？

エレベータが僕たちの階に到着し、僕はゲイルを部屋まで送って行く。ゲイルはドアに取り付けてあるセキュリティプレートに手のひらを押し付け、中へ入る。「体内のアルコール分が過剰だと、ドアは開かないのよ。先週、ケラーは締め出されてホールで寝るはめになったんですって。作り物の観葉植物の隣で、床の上に丸くなって寝ているのをメイドが見つけたらしいわ。水、持ってきましょうか？」

「ああ」　僕が待っていると、ゲイルは靴を脱ぎ飛ばして、キッチンに入って行く。「エントロピー」を絵に描いたような部屋だった。脱ぎ散らかした服、ノートが散乱したデスク、赤いマニキュアの瓶は、蓋が開けられたまま、窓枠に置いてある。

「どうぞ」　ゲイルがグラスを僕に手渡す。「この水、グアタルペ川かどこかから採ってきたことになってるけど、たぶん水道水よ」

「ありがとう。じゃあ部屋へ戻るよ」

ゲイルの部屋のドアを閉め、自分の部屋まで廊下を歩いて行く。廊下は大学の学生寮のような匂いがする。制汗剤、ニス、ホルムアルデヒドが混ざった匂い。おそらく管理人が空調のスイッチを切ったのだろう。

手のひらをセキュリティプレートに載せると、カチリという音がする。僕はドアを押し開けて、真っ暗な部屋に足を踏み入れる。窓の向こうに、今は黒い薄雲にところどころ隠れて霞んだ三日月が見える。雨が降りそうだ。

服を脱ぐと、明かりを消してベッドに倒れこんだ。少しすると壁のスピーカーから静かな音楽が聞こえてくる。今夜はクラシックの代わりに、ブルースとソフトジャズだ。ウェス・モンゴメリーの「ロード・ソング」、そしてB・B・キングのナンバー。この曲ならリンダも気に入るだろう。彼女はブルースが大好きなんだ。

僕は電話機を見つめる。電話、家と僕とをつなげるもの。

何度か番号を間違えて、ようやく正しい番号を押す。四回目の呼び出し音のあと、受話器は取られ、リンダの声が聞こえてくる。

「もしもし、こちらはミッチェルです。今、誰も家におりませんので、お名前を…」

僕は受話器を置き、腕時計を見る。レキシントンでは真夜中の一時だ。一体リンダはどこにいる。メキシコにいるのか?

待てよ。リンダはメキシコにいるんだった。ほかの弁護士と一緒に。

いや、メキシコには行かなかったかも。計画を変えたかもしれない。レキシントンに残ると決めたかもしれないじゃないか。

もう一度、かけ直す。

「もしもし、こちらはミッチェルです、今、誰も…」

受話器を置く。暗闇のなか、流れてくる七〇年代の古いヒットナンバーに耳を傾ける。「ザ・スリル・イズ・ゴーン」

窓の外に目をやると、また閃光が見えた。嵐が近づいている。僕はカーテンを閉め思考の中枢に流れ込んでくる音のさざ波に耳をすます。ザ・スリル・イズ・ゴーン《スリルは終わった》。

スリルは終わったんだ。

夢はゆっくりとやってきた。秋の枯葉の焚き火からくすんだ煙が漂うように、視界の端からゆらゆらと現れる。

「このプロセスがどのように機能しているのか、私たちもすべて把握しているわけではありません。この機能が脳の内部で働いていることは明らかですが――」

太陽が差し込み、木々のあいだに灰色の傾いた影を作り出す。裏庭では、赤いチェックのシャツを着たアールが白いシボレーをいじりまわしている。いつも緑の野球帽かぶっている父は、集め損ねた芝をかき集め、くすぶる焚き火のそばに小さな山を作っている。羽目板づくりの僕の家では、母が夕食の片づけをしている。

色が鮮やかで、まるで現実としか思えないことに僕は驚く。研究所での時間が僕の五感を鋭くしたのか。あるいは映画がもう一度、再上映されているだけなのか。何でもかまわない。僕は映像のなかに入りこみ、現在から流れ出て行く流れについて行く。　全く別の場所へとつながる流れだ。

「もしかしたら、単純な定在波パターンの結果、生じるものかもしれません」

僕は顔を上げ、まるで明かりが消えたような、真っ暗な空を見つめる。今は早朝、そう、夜明け前だ。一面霜に覆われた風景の上に、満月が浮かんでいる。地平線から二十キロほど離れたところには、神秘的な形をしたビルが明るく赤い光を放っている。

僕の手は寒さで感覚がなくなっている。ラジオのスイッチを入れて、三年前の曲を聴く、「ウォーク・ドント・ラン」だ。誰もいない歩道を、五人の少年が西を目指して歩いて行く。春へと向かう八十キロのハイキングだ。

僕はエンジンの唸る音を聞く。アールだ。四八年製のシボレーでゆっくりと近づき、車の窓からランチの入った袋をいくつも差し出した。「ママが持っていけってさ。腹が減るんじゃないかって心配してた」

そういって、アールは走り去った。

「お前の兄ちゃん、ホントかっこいいよな」　友達の一人がランチの袋をさぐりながら言う。

「そうさ」　僕は笑う。「最高の兄さんだよ」　僕はトランジスタラジオのボリュームを上げ、凍ったハイウェイに響き渡るギターの音を聞く。

「過去への旅の中には、トラウマになり得るものもあります。当然のことながらそういう可能性も…」

そのシーンは消え去り、そして暗闇の中で僕はつややかでやさしい声を聞く。

「スーツがとても似合うわ。きちんとしたあなたの性格にぴったりだと思うの」

そう、夢の中ではあるが、ようやくブレンダ・レイシーの登場だ。ブレンダは僕の正面に立っている。ストラップのない黄色いシフォンのドレスを着て、ブロンドの髪を高く結い上げている。「さあ、コサージュを着けてあげる、、、」　ブレンダは僕の下襟のボタン穴にカーネーションを滑り込ませる。

少したどたどしい「ムーンリバー」をバンドが演奏し始めると、滑り止めの粉が撒かれた体育館の床へと皆が列になって進んで行く。体育館全体が薄いクレープ布地とキラキラとした光で飾り付けられているようだ。ボール紙でできた少なくとも三つのウィッシング・ウェルと四つのガゼボ（見晴台）が設けられている。両方とも星、月、彗星、土星といった、おなじみの空のマークで飾られている。レンガの壁には、誰かがマジックで街の輪郭を描いた白い厚紙が貼られている。

僕がブレンダと踊っていると、バンドが視界に入ってきた。黒いスーツとエナメル靴を身に着けた6人編成のバンドだ。バンドの両脇には色が変わるクリスマスツリーのライトが見える。ギタリストがソロを弾き始めた時、ライトは赤と緑に変わり、それから黄色とオレンジに、続いて青と緑に変わった。ギタリストは音をはずすと、キーボードを弾いている小柄な女性の方

を顔をしかめて振り返る。曲は突然途切れ、みんなは木製のダンスフロアの上で凍りついたようにダンスを止める。そして突然音楽は再開し、何事もなかったかのように、みんなはまたダンスを続ける。

ブレンダが体を近づけてくる。「今日は朝四時まで、帰らなくていいの」

「四時？　車は二時半までしか使えないんだ」

ブレンダは僕を見上げて、大きく目を見開く。「たった二時半まで？」

シーンが揺らめき、完全に見えなくなった。まるで見えない手がチャンネルを変えたように暗闇に変わる。

「どうする？　ＷとＫ、どっちがいい？　シカゴのＷＬＳも入るし、リトルロックのＫＡＡＹも聞こえるよ」つややかには程遠い別の声がする。早口のさばさばとした声が聞こえてくる。まるでマシンガンから発射されるスカッタートのようだ。

その女の子は、目にかかった黒髪をかき上げるとカーラジオのダイヤルを回す。「それともオクラホマ・シティのＫＯＭＡにしようか。先週あそこに空飛ぶ円盤が来たのを知ってた？　だれかの車の上に着陸したんですって。ママが聞いてきた話なの。ママは電話交換手だからいろんなニュースを聞いてくるのよ。ほら、これがＫＯＭＡ」

ノイズしか聞こえない。

僕はハンドルを切りハイウェイに乗る。なぜか僕のプロムの夜は消えてしまった。おそらく成層圏のあたりでＵＦＯと一緒に浮かんでいるのだろう。

もう一度、ダイヤルを回す。

「パパが去年したことを話したっけ？　凧の骨とロウソク、ドライクリーニングのビニール袋で小さな熱気球を作ったの。それが結構うまく行ったのよ。気球は街を抜けたところで袋に火が移って破裂しちゃったけどね。ダブの酒場にいた酔っ払いは、

UFOの攻撃だと勘違いしてた。ある男の人なんか、トイレに逃げ込んで出てこようとしないの！　私、大笑いしておしっこをもらしちゃった。だからパンツをはき替えに家に帰ったの」

なぜか僕は記憶の屋根裏部屋に入り込んでしまったらしい。辛いデートの思い出だ。ブレンダはどこだ？　プロムの夜はどこへ行ってしまったんだ？

「選択のメカニズムは依然として解明が困難で‥」

「ここにいなきゃ行けないから、ここにいる、それだけよ」　ブレンダの声だ。バンドが演奏する大音量の「ルイ・ルイ」にかき消されて、よく聞き取れない。「大学全体のパーティなの」

僕は受話器を耳に押し付ける。「誰かと一緒なのか？」

「マイケル、聞こえないわ。ここ、とってもうるさいのよ」

「僕が出した手紙、受け取ったかい？」

「ええ、でもまだ読んでないの。すっごく忙しいのよ。水彩の―」

「何だって？」

「水彩画のクラスを取ったの。　すぐに戻るわ。ねえ、誰か電話を使いたいらしいから、もう切るわよ。手紙ちょうだい。バイ」　僕は受話器を置く。するとその時、窓に車のライトが映る。仕事場まで乗せて行ってくれる車だ。「あと一ヶ月すれば、ブレンダは帰ってくる」

「私たちは、人間の経験におけるある次元を探求しているのです―」

ガラスに吹きつける砂嵐のように、ベッドルームの窓に雨が打ちつけてくる。木の枝が家に触れるかすかな音が聞こえる。そして、暗闇のなかで次に聞こえてくるのは、ゆっくりとした穏やかなささやき声だ「私はこう思うの。天国から魂が降りてきて赤ん坊となって生を受けるときには、誰もが心の奥底で知っている。一枚の葉が池に落ちて、さざなみが広がるように。言っていること分かる？」

「ああ、分かるよ」

「存在していることを、私たちは知りませんでした。ですがもちろん、それは常にそこにあったのです—」

僕は立ち上がり褐色の薄暗がりに目をこらす。サン・アントニオに戻っているのか？　目覚めているのか？　そして、わずかだけ開いたドアが見える。その向こうには廊下があり、バスルームの明かりがつけっぱなしになっている。僕の左側には、肩の高さのところに窓があり、にじんだ街の灯りを映していた。静かな雨の音に混じって、屋根を伝って雨どいを流れ、ポタン、ポタンと落ちる雨粒の音が周期的に聞こえてくる。

今は何時なんだ？　時計がない。

このあたりに時計があったはずだ。

絶対にそのはずだ。

そのときドアが開き、V字型の光が床に広がりベッドまで届く。

「リンダ、君かい？」

「マイケル—？」

目を開けると、そのシーンは消えてあたりには暗闇が広がっていた。部屋の反対側には、ところどころぼやけた窓ガラスに、稲妻が映ってまるでカンテラにように見える。建物に強く打ちつける雨の音が聞こえてくる。

ベッド脇の時計に5:51という数字が見えた。僕は寝ぼけまなこをこすって、5:52に変わっていく数字を見つめる。そして5:53になった。

そろそろ六時。ボストンでは七時だ。リンダが起きているころだろう。電話してみようか？

イエス。

電話番号を押して待つ。外の雷雨のせいでノイズが聞こえてくる。二回目の呼び出し音の後、誰かが受話器を取った。

「――私が出るわ。もしもし」

「リンダ、マイケルだ」

「マイケル。一体どうしたの？　どこにいるの？」

「サン・アントニオだ。どうやら君の夢を見てたみたいでね」

「それって悪夢じゃなかったのかしら」

「違うよ、ただの夢さ。それで君に電話したかったんだ。昨日も君はつかまらなかったし、昨晩は誰も電話にでなかった。君は――」

「ねえ、今、話してる時間がないのよ。タクシーが待っていて――」

「タクシーだって？　車はどうしたんだ」

「ケイジーに聞かなかった？　メキシコ・シティにオフィスを構えるから、最近はずっと目が回るほど忙しいのよ。今日も新しいパートナーに会いにヴァンと一緒に向こうへ飛ぶんだけど、私ったら、スペイン語が一言も話せないの」

「今日も？　何度も行っているのか」

「この二週間くらいずっとそんな感じ。本当に忙しかったし、あなたの邪魔をしたくなかったのよ」

「ヴァンも行くのか？」

「当然でしょ。ヴァンは国際貿易が専門で、おまけにスペイン語がペラペラなんだもの。今夜には戻ると思うけど、向こうに泊まることになったら、デビーとポールにホテルの番号を伝えておくわ。ねえ、タクシーが待ってるの。行かなきゃ。バイ」

僕は切れた電話をじっと見つめている。胃のあたりが何だかムカムカする。僕はこれが嫌いなんだ。本当に、嫌な気分だ。

午前九時四十五分。雨は小降りになって、サン・アントニオの街は低く垂れ込めた厚い雲に覆われている。ボストンでも雨が降っているのだろうかと、僕は考える。

「ヘンダーソン・コハン・ミッチェル・ランバート法律事務所です」

「もしもし、マイケル・ミッチェルだ。妻の秘書と話がしたいんだけど」

「私ですが」

「ケイジー、マイケルだ。リンダが泊まっているホテルの電話番号を知らないかな」

「メキシコのホテルのことですか？　そうですね…、ヴァンの秘書なら知っているかもしれません。ちょっとお待ちください」　電話が切り替わり、イージーリスニング風にアレンジした「マラケシュ・エクスプレス」が流れる。永遠に続くかに思える空白のあと、ケイジーがもう一度受話器を取る。「マイケル、申し訳ないんですが、ドナも知らないそうです。ホテルを予約してるのかどうかも、はっきりしません。たぶんメキシコのパートナーがホテルを手配しているのじゃないかしら」

「じゃあ、パートナーの電話番号を教えてくれ」

「メキシコ・シティのですか？　ええと、確かこの辺にあったと思いますけど・・。カンクーンにもオフィスがあるんですよ。あのへんの島のひとつにオフィスがあるんです。うーん、見当たりませんね。リンダはいつもポケベルを持ち歩かないし。それに今晩だけですから・・」

「二人がどこに泊まるのか本当に知らないんだね」

「サン・アントニオのあなたの連絡先を控えていますから、ホテルの電話番号が分かったら折り返し電話します」

「頼むよ。ありがとう」

僕は電話を切る。東海岸はこれ以上手の打ちようがない。ポールに電話しよう。今ロサンゼルスは午前八時だ。まだ学校へ出かけていないだろう。

僕は番号を回す。

「ハロ～」　眠そうな女の子の声がする。彼女は何という名前だっただろう。ルイス？　それともルーシーだったか。

「もしもし、ポールはいるかな」

「どちらさまですかあ？」

「ポールの父親だ。サン・アントニオから電話してる」

「これって…緊急の用事ですか？」

「そうだ。長距離電話だとポールに伝えてくれ。武器所持で捕まってメキシコの刑務所にいるんだ」

「あら」

何の音も聞こえない。電話が切れたのか？

「もしもし？」

「あの、あとからかけ直してもいいですか。今、ポールは、えーと、ちょっと取り込んでて…」

「やあ、パパ。　驚いたなあ！　元気？　リサのことどう思う？　いい子だろ？」

「誰だって？」

「リサだよ。たった今、しゃべってたじゃないか」

「いい子だ。ママから何か連絡があったかな」

「ああ、今朝メキシコへ行ったんだろ」

「メキシコの何処だか分かるかい」

「何処かな。どっかで会議かなんか、あるんだよ、よく知らないけど。聞き流してたからね。会社の偉い人が集まるんだろ。ママが裁判に勝ったから、それのお祝いなんだ。きっと大儲けしたんだと思うな」

「訴訟に勝ったのか？」

「と思うよ。違ったかな。そうだ、テキサスで『バベットの晩餐会』のビデオを売ってないかな。ダラスとかなら、売ってそうだろ？　パパ、ダラスから遠くないところにいるんだよね？」

「ママから電話があったんだな？」

「ああ、もちろん。先週、電話してきたよ。そうだ、僕の脚本の話をしたっけ？　僕のエージェントがいい出来だけど少し書き直しが必要だって—」

「ママからホテルの電話番号を聞いたかい」

「ああ、でも別の所に泊まると思うよ。メキシコだもの、だろ？　それにしてもすごいよ。ママは本当によく働くよね。だからパパもママをゆっくりさせてやりなよ。つまり、ママから聞いてるよ—、パパ？　聞いてるの？」

「聞いてるよ」

「ママから連絡があったら、パパに電話するように言っておくよ。それでいい？」

「ああ、電話がほしいと伝えてくれ」

「わかった。一番最初にママにそう言うよ。じゃあね」

最高だ。

六　ジュークボックス

午前十時。

部屋の一番後ろの席に座っているが、大して遠くはない。薄暗い照明の中、講演台に立った小柄な男が、右頭溝とかいうものについて話している。「肉眼解剖学」の世界へようこそ。これも契約の一部だ。

講義に熱心に聞き入る神経学者の一群と退屈しきったドリーマーのなかに、知った顔が見える。向かいの壁の近くにゲイルがいて、黒板に目をこらしている。二列向こうにはケラーが首を胸のあたりまで沈めてぐっすり居眠り中だ。四席向こうには腕組みをしたコルトレーンが座っている。顔を上げているが、目は閉じられてる。

プルダウン式のスクリーンには、図解された人間の脳が映し出されている。心理学の授業で習ったので、僕にも脳の重要なパートくらいは見分けがつく。大脳皮質、小脳、視床だ。だが今でも、どれもスポンジにしか見えない。あるいはオウムガイといったところか。歴史を職業にして本当に正解だった。もし外科医になってたら、大変なことになっていただろう。

「では、このチューブ状のものの横にある、小さな、なんとかいうものにクランプを刺してみましょう」

前方にいる講師はネクタイを直すと、長い木製のスティックで脳の図を軽く叩く。「右頭溝部は明らかに催眠作用を引き起こす箇所であり、そしておそらくこのために、かの有名な臨死体験と深く関連づけられてきたのでしょう」

何の話をしているのか、僕にはさっぱり分からない。しかし今の話を聞いていた神経学者の中から笑い声がもれる。僕の隣には、ツイードのコートを着こんだどこにでもいそうな禿げた男が座っていて、わけ知り顔で笑みを見せながら手元のクリップボードに何か書き込んでいる。

今朝、妻と話して気がふさいでいたが、それが本格的な憂鬱になって僕の心に重くのしかかっていた。まず妻はメキシコへ駆け落ちし、おまけに実の息子は真実を隠してしらを切る。そんなことがあった後だというのに、「魂」という言葉を辞書から抹殺しようとしている脳科学者であふれた部屋に、僕は強制的に座らされてる。

講師の頭は禿げていて、耳の少し上のあたりに頭を縁取るように赤毛が生えていることに僕は気づく。まるで大規模な核爆発のときに出現する光の輪のようだ。水素爆弾ヘア。共同経営者のジェリーがここにいないのが残念だよ。あいつならならこの髪型を次の流行りに仕立てあげるだろう。このすてきな放射状の輪にきらきらした光沢をつけて目立たせようと言うだろう。

そして今、講師は脳の各部位の活動レベルについて話している。隣の席に座っているツイードの男は頷きながらいま一度手早くペンを走らせる。隣の男はまるっきり禿げているわけではないと今になって僕は気づく。いわゆる「最後に残った五本の髪の毛を頭に撫で付けているようなハゲ頭」とは違う。実際の話、男の頭には一面に髪が生えていた。ただ、その髪は頭皮すれすれの長さに刈り込まれている。これほど短い髪を最後に見たのは、ジャズ・ミュージシャンを見たとき以来だな。

いや違うぞ。昨日、少しのあいだ小学校時代を旅したときに見たじゃないか。

部屋の照明が点滅し、スクリーンにスライドが現れる。また脳の図だが、今度は色付きだ。真ん中に小さな赤い渦巻き模様が見える。

「短期記憶は、海馬と呼ばれるこの部分で処理されます」

海馬だって？　どちらかと言えば、馬というより耳じゃないか。でなきゃクエスチョンマークに見える。脳の真ん中にあるクエスチョンマークか。

なるほどね。

「さて、右側頭部の小脳扁桃ですが…、感情をつかさどります。ノレピネフリン受容体と関連があり、ある種の激しい感情をともなう出来事が容易に記憶されるのは、この小脳扁桃のためです。催眠を行っても、ここには手をつけることができません。意識領域のはるか奥底で機能しているからです」

レオナルドは小脳扁桃をなんと呼んでいたっけ、と僕は思う。「ベア・メタル《地金》」だったか？

おそらくある種のコプロセサーなのだろう。つまるところ、僕が昨日見たものは、光の河などではなく、オーバーヒートした電子によって活性化された内部回路かなにかだったのかもしれない。

僕は耳をかく。この数センチ先には、頭の中のファイル収納棚が納められているのだろう。

「もちろん、催眠によってたいていの情報を回収することが可能です。ですが脳は、特にこの海馬はほとんどの働きを司ります」　講師はひと息つくと、頭の上の輪を掻く。「催眠はソフトウェアだと考えてください。そして脳はハードウェアであり、パウンドストーン博士たちが使用しているマシンはコミュニケーションのための周辺機器と言えます」

非常にわかりやすい。僕はあくびをかみ殺す。

頭に輪を乗せた講師はネクタイを直す。明るい黄緑色をした数字模様のネクタイは、ベルトの下まで垂れ下がっている。そして講師は、長い指を頭上の輪へと戻す。

僕は時計に目をやる。あと数時間後には、また誘導チェアに座って、過去へ旅をすることになっているのだ。今度はどこへ行くのだろう。家族全員で庭に腰を下ろして、打ち上げられたばかりのエコー衛星を眺めた時かもしれない。それとも、さらに昔へさかのぼり、ガスストーブの前で漫画を読んだ、寒く明るい日曜日へと戻るのだろうか。

今度は少し仕事も片付けるとしよう。当時の流行や売られていた商品、ドライブインシアターで上映されている映画をチェックしようか。何杯ものぬるくなったコーラを飲み、何袋ものしけったポップコーンを食べ、フロントガラスに当たる何万ものコフキコガネ虫を見た日々へ。その後、ラジオをつけてビーチボーイズかビートルズの最新ナンバーを聴くのもいい。

そうやって、頭のクエスチョンマークのすぐ上にある屋根裏部屋を引っ掻き回すんだ。

…★…

午後一時。

「やあ、マイケル。入ってください」　レオナルドは解除ボタンを押し、僕はラボへ続く厚いガラス製のドアを開ける。誰も座っていない皮製のチェアに向かって最短距離を直進するのではなく、僕は右へ曲がり、迷路のように立ち並んだコンピュータ端末やパネル、テープドライブのほうへ向かう。

「聞きたいことがあって、少し早く来たんだ。実は――」

「もう少しオタクモードに入って作業しなきゃいけないんですが、すぐに話を伺います。どうぞゆっくりしてください」　レオナルドは壁に沿って並べられた木製のイスを指差す。どのイスにも書類が山積みになっている。僕は書類の山の一つ――イニシャルがC.Rという誰かの脳波記録――を、そっとイスからどけて腰を下ろす。

「昨夜はちょっとした嵐でした。雷が二階のメイン・トランスフォーマーを直撃したんです」　レオナルドは眼鏡を押し上げる。「システムの影響が他にも出ました。そのゴタゴタで、ビッグ・アイロンのサイクルがイカれました。システムに、かなり厄介な問題が生じているかもしれません」

「そうだろうね」　僕は隣の書類の山に目をやる。書類には数字がびっしりと並んでいる。何を意味するのか、さっぱり見当もつかない。「ジュークボックスもやられたのかい？」

「いいえ、あれはいわば防弾チョッキで守られてるようなものです。専用のポートを持っていますから。このマシンを何とかしなきゃいけないんで、もう少し待ってください」　レオナルドはカバーを開けて、機械の心臓部を覗きこむ。「こりゃひどい。回路が焼けてます。スロートモデムとおさらばだ」

「何だって？」

「雷がコミュニケーションボックスを直撃したようです。ということは、シータ・バスもやられているでしょう」　レオナルドの声にあきらめが響く。

「何か代わりのものをあてがわないかぎり、ドリーマーが犠牲になるぞ」

彼は言葉を止めると、自分のあごを軽く叩く。「いや、そんなこともない。ワークステーションが使えるかもしれない」

「レオナルド──」

レオナルドは顔を上げる。「すみません、つい夢中になってしまって。聞きたいことって何でしたっけ？」

「ジュークボックスが、どんなふうに動くのか見たいんだ」

「ああそう。いいですよ。ええ、別に構いません。すぐに見せましょう」　レオナルドはコードとコンピュータの迷路を縫って、大きなモニターが備えられたキーボードの前に座る。「オーケー、何を見せましょう？」

「そうだな、たとえば、僕がある曲を聴いていると言うと──」

「曲ね。了解」　レオナルドは耳を掻くと、眼鏡の位置を直す。「ジュークボックスは音楽に関する最高のデータベースと連動しています。何もかも分かるわけじゃありませんが、かなり細かいところまで調べられます」　キーボードに何か打ち込むと、モニター上にリストが現れた。「これがデータベースです」

レオナルドはさらに何か打ち込む。

「ロバート・ミッチャム基準を使っています」とレオナルド。「『サンダーロード』というフレーズ含むデータベースは、おそらくどこにでもあるでしょう。これはシアトル一帯の地域別データです。フリートウッズ、キングスメン、ポール・リビアとレイダース、ベンチャーズ、ウェイラーズ。お次は中西部のリストです」

僕はモニターを覗き込む。レオナルドが入力した文字は、loc, MDW2 と読める。モニターには複数のウィンドウが現れて、それぞれに別のリストが表示された。レオナルドはウィンドウを少し拡大して、内容に目を走らせる。

「ええと」　レオナルドがつぶやく。「チェスマン・スクエア、ボブ・クーバン、ザ・レッド・ブレイザーズ…、フライヤータックとメリーメン？　サタデイズ・チルドレン？〈演奏テープのみ〉ね。驚いたな。今までありとあらゆる場所で演奏した、ありとあらゆる無名バンドまで網羅してる」

「じゃあもしも、僕があるラジオ局から流れる曲を聴いたとしたら…」

「その場合は、居場所を見つけ出すのは朝飯前ですよ」　レオナルドは肩をすくめる。「そのラジオ局を呼び出してプレイリストを入手し、曲を照合すればいい」

「何のことを言ってるのか、さっぱり分からない」

「いいですか」　レオナルドは僕の方を向き直る。「非常に単純な話でよ。主要なラジオ局はすべて、録音済みのプレイリストを使っていました。ビルボードのトップ百を調べて、上位四十曲くらいをテープに録音していたんです。たった四十曲ですよ。というのも、三十センチ・リールで録音できるのは、そのくらいですからね。まあなんにせよ、全国の主要なラジオ局で放送された曲を網羅してるデータベースがあるのです。例を見せましょう」

レオナルドはモニターを指差す。

「ファイルから、あなたの出身地は中央ミズーリの北部だと分かります。オーケー。六〇年代、ミズーリの昼間のラジオ放送は、二つのラジオ局がほぼ独占していました。カンザス・シティのWHBとセント・ルイスのKXOKです。たとえば、これがWHBのプレイリストです」　レオナルドはキーボードに打ち込む。「一九六六年十一月十一日」

モニターにリストが現れた。

「ね？　アウトサイダーズの『リスペクタブル』、そして『チェリッシュ』…、『デビル・ウィズ・ザ・ブルー・ドレス』、『ナインティシックス・ティアーズ』、『プア・サイド・オブ・タウン』、そして『グッド・ヴァイブレーション』。次にニュースをはさんで、また最初から繰り返しです」　レオナルドやれやれ、といった表情をする。「この曲が、聴取域に住む十代の若者全員の大脳皮質にすり込まれるまで、何度も何度も繰り返します。そうやってヒット曲が作られたんですよ」

「でもさ、あのころ流れていた曲の中には、まったく売れなかったものもあるよ」

「もちろんそうです。でもそんなことは重要じゃない。十代の脳は名曲だけじゃなく、ひどい曲も、お話にならないバカげた曲も記憶しますから」　レオナルドはにやりとする。「バカげた曲には、ちょっと数字を誇張するんです」

「だろうね」

「なんにせよ、ラジオ局と聞こえた曲を二曲教えてくれれば、あなたがいるおおよその場所、正確な時期、大体の時刻、次に何の曲がかかるのか言い当ててみせますよ。すべてプレイリストに載っていますから。ラジオ局のプレイリストは、たいてい一週間は同じものが使われていました」

「そういうわけだったのか」

「そういうわけです」　レオナルドは頷く。「たとえば過去に行ったら、目隠しをされてガールフレンドのビュイックのトランクに押し込まれて鍵をかけられているとしましょう。そこが何年なのか、何月なのか、どこにいるのかも不明。何も分からない。聞こえるのはラジオの音だけです。でも聞こえる最後の一連の曲が『アイム・ユア・パペット』、『サイコティック・リアクション』『レイン・オン・ザ・ルーフ』だと分かれば、それで十分。データと照合して、一九六六年十一月二十六日、セント・ルイスのＫＸＯＫ局だと割り出します。それに…、この局はたった一万ワットで放送していたので、場所はミズーリ州かイリノイ州で、時刻は明け方から日暮れまでだと特定できます。ＤＪの名前を教えてくれれば、二時間まで絞り込みます。ビックリするほど簡単ですよ」

僕は頷く。「大したもんだ」

「そうだ。パウンドストーンには黙っててくれるなら、プリントアウトしますよ。曲のシークエンスをいくつか記憶してくれれば、ジュークボックスが居場所を割り出す時間を節約できます」

「天気でも同じことができるのか？」

「当たり前でしょ」　レオナルドは笑う。「もちろん、天気でもできます。それに惑星、星、小惑星、大きなものなら、数多くある衛星でも可能です」

「先週の天気は調べられるかい。マサチューセッツ州レキシントンの天候だ。四日ほど前に嵐があったどうか知りたいんだ。ボストン時間で真夜中ごろだ」

「マサチューセッツ州レキシントンですか？」　怪訝そうな目で僕を見ると、レオナルドは肩をすくめた。「ええ、いいですよ」

モニターに向き直るとキーボードに何か打ち込む。すると瞬時にモニターにレーダー・マップが現れた。「出ました。ボストン郊外のこじんまりとした閑静な町。四日前の夜ですね？　そうですね…」　モニターは少しのあいだ点滅すると、一面に天気図を映し出した。「快晴です」

「どこかに嵐が来てないかな？　雷や雨や、なんでもいいから教えてくれ」

「いいえ、どこも快晴です」

「間違いない？」

「自分の目で確かめてください」　レオナルドはモニターから離れる。

「どこかで停電はなかったかな？」

「二つ目の質問ですか。質問はひとつまで…」

「頼むよ」

「オーケー…」　さらにキーボードを叩くと、モニターにリストが現れる。「ニューイングランドで発生した停電や警察が関わった事件のリストを探し出しました。ほらね。レキシントン周辺に停電は一件もありません。ゼロです。まったく平穏な一週間でした。もちろん、頻発している押し込み強盗は別ですが。男が観光客を乗せたバスに向かって自分のナニを披露したそうです」　レオナルドは目を細めて画面を読む。「違った。これはニュートンでの事件です」

僕はモニターを見つめる。リンダは嵐のせいで回線に雑音が入ると言った。

「わかった。電話線に問題があったかどうか調べられるかな。そうだな、こっちの時間で十時三十分ころだ」

「ああ、電話ですか」　レオナルドはにやりとする。「通話しているとき、エコーが聞こえましたか」

「いや」

「じゃあ、衛星回線ではありませんね。ルーターアルゴリズムを通しているでしょう。見てみます。ネットワークにオートピン設定がありますから」

「何があるって？」

「ピンです。電話回線を探査できるソフトウェアパケットです。これですよ」　キーボードを数回叩くと、地図上にグリーンに光るネットワークが現れた。「オーケー、静かな夜でしたね。ここから発信された電話は…、これがあなたのルームナンバーです。それはダラスに行き…」

「ダラスからアトランタのハブを経由して…ありえることです。次にフィラデルフィアを通り、最後にボストン郊外のメインハブへ辿り着いています。そして、当然ですが、ローカルラインを通ってレキシントンのご自宅に繋がっています。機械の故障も断線も、ルートの変更もありません。ネットワークはこのくらいシンプルでなくちゃね。ネットワーク全体を見せましょうか」

「いや、いいよ。電話だけでいい。メキシコ・シティのホテルの情報は入手できるかな」

「メキシコ・シティですか」　レオナルドは僕をまじまじと見つめる。「マイケル、人生は、そううまくはいきません。テクノロジーにも限界があるんです」

「悪かった」

「いいですよ」　レオナルドはプログラムを閉じる。「デモを見せたことは誰にも言わないでください。そうでないと、二人ともここを追い出されます。今日、まだ過去へ戻る気分ですか」

「ああ、そうしようと思う」

「分かりました、一時間もすれば、シータ・バスの交換は終わるでしょう。そのころにまた来てください」

「わかった」

ラボから出るとき、僕の頭にはレキシントンのレーダー画面が浮かんでいた。快晴。嵐なし。停電もなし。一体、あそこで何が起こっていたんだ。

……★……

僕は誘導チェアに横たわり、バイザーを下ろし、片方の目で一点ずつ、緑色に輝く二点の光を見つめる。トリップの準備はできているが、まだリンダのことが頭から離れない。なぜ嵐なんてくだらない嘘をついたのだろう。僕が電話で雑音を聞いたからなのか？　階下の電話で、誰かが僕たちの会話を聞いていたのか。

一瞬だが、四日前、リンダがあの言葉を言った時点に戻ってみようかと考える。リンダの言葉をもう一度聞くんだ。だが、そんなことをして何になる？　そんなことをしても、リンダを問い詰めることはできないだろう。妻はメキシコにいるんだ。おそらく向こうで一泊してくるだろう。前回と同じように。

「マイケル」　レオナルドだ。「脈拍と血圧が通常値を超えています。リラックスしてください」

「オーケー、そうするよ」

「青色の円を思い浮かべて」

リンダのことしか考えられない。仕事のパートナーと一緒にメキシコのホテルにいるリンダ。別々の部屋を取っただろうか。前回、こういうことが起こったとき、リンダは別々の部屋にはしなかった。

「マイケル、前頭葉が両方とも非常に面白い動きを見せ始めました。本当に睡眠剤は要りませんか？」

「大丈夫だ」

「そんなに大きな声を出さないで。舌をバークしますよ。いいですか？」

リンダが泊まっているのは、おそらくプレジデンテ・ホテルだろう。ソナロッサの近くにある大きなホテルだ。あのクソったれヴァンと食事をしているんだろう。もしかしたら一緒に夜を過ごそうと考えているかも…

「ビッグ・ドライブをロックして、ロードしました。シータ上昇、同調しました」

背中から暗闇の中へ落ちて行く。

不思議なことに誘導チェアに座っていたときに感じていた怒りを、まるでサメが皮を脱ぎ捨てるように、僕はすっかりそこへ置いてきた。僕は下方に広がる光を見下ろす。脳の中の小難しい回路が作り出すただの映像にすぎないとわかってはいる。が、それでも美しい眺めだった。まるで蛍が舞い飛ぶ川の上空を飛んでいるようだ。

ひとつの光へ向かってゆっくりと下りて行きながら、下降するときの変化を意識しようと僕は努める…着いたのか？

最初に聞こえたのは、自分自身の足音だった。どうして僕は自分の足音など聞いたことがないと思っていたんだろう。でも当然だけど、足音はいつも聞こえていたはずだ。自分の息遣いの音も聞こえる。そして両耳のあたりを流れる血流の音。次に鼓動の音が響く。そこから範囲は広がり、風の音が聞こえてくる。虫の声。鳥の鳴き声、次はアマガエルだ。僕の回りを取り巻く円は拡大していき、その中のすべての音が聞こえてくる。近づくにつれ、その円の範囲はさらに広がっていく。道路を走る車の音が聞こえてくる。アスファルトをこするタイヤの音がする。天候は嵐だ。近くに人の声がする。

円はさらに拡大していく。

ものが見え始める。視界の中央に色が見える。はっきりとした色だ。草色の鮮やかな緑と土色のこげ茶。最初、その緑は百種類くらいのさまざまな緑色に分かれていたが、それが次第に千種類もの緑色に細かく分かれ、次にそれは互いに溶け込み、何色かの青とグレーに変わる。なにか動くものが見える。明るい黄色が動いている。

レインコートだ。僕は黄色いレインコートに囲まれて、歩道を歩いていた。立ち止まり、僕はうつむいて濡れた歩道を見ると、黒いゴム長靴の金属製のホックを留める。

声が聞こえる。「長靴のホックがゆるくなっちゃったよ」

感じることはできないが、たぶん靴下が濡れているのだろう。

少しのあいだシーンをロックすると、キラキラと光るコンクリートの中に小さな石が混ざりこんでいるのが見える。歩道の端には黒っぽいコケが生えている。さらに目を凝らすと、セメントの上にハート型の落書きが見える。

すぐそばのアスファルトの上に、スクールバスが現れる。ライトが点いていて、タイヤが雨の中で軋んだ音を立てる。水しぶきが排水溝へと流れ込んでいく。

あちこちにヘッドライトが見える。車が通り過ぎ、早朝の激しい雨の中をライトが揺れる。嵐のせいであちこちに水溜りができ、そこに曇った灰色の空を映していた。地平線のあたりには、地面すれすれに垂れ込めた灰色の雲が、薄暗い雨のカーテンを引き連れている。

感覚が遠のき出すと、ライトの光がにじみ始める。最初に地平線あたりの雨雲が灰色のもやに変わり、次に雨に濡れた茶色い街路樹が、そして道路がにじみはじめた。上空へと僕が浮かび上がる時には、聞こえるのは足音だけになった。

上空で、流れのなかでうごめく別の光に向かって僕は漂っていく。感じるのは自由と期待感。僕は人生という映画の中にいるのだ。

そして本当に、僕はオードリー・ヘップバーンの人生の中にいた。少なくとも、兄のシボレーのバックシートから見たらそう見えたんだ。ドライブインシアターのスクリーンに映る六メートルのオードリー・ヘップバーンは、美しくそして完璧だった。

バックシートの反対側には、やせぎすのボーイッシュな女の子が座っていた。茶色いショートヘアで、少し怪訝そうな目をしている。フロントシートの女の子が振り返り、僕たちに向き直った。「マイケル、カレン。二人で何かしてきたら?」

「どうかしら」　痩せた女の子が、腕組みをしながら答える。

兄のアールが肩越しに振り返る。「おまえたち、散歩でもしてきたらどうだい—」

僕は腕を彼女に回して、キスするためのベストの体勢を取っているようだ。見えないので実際のところはよく分からない。どんな所でもどんな時でも、僕はこの瞬間に目をつぶってしまうんだよ。

やっと僕が両目を開けた。そして僕は、二十センチも離れていないところにある。二つの目を覗き込んでいた。バカげた考えが頭に浮かぶ。こんな近くにいたら、カレンには僕が見えてしまうのではないか。目の奥底でプカプカと浮かびながら自分の過去を眺めている僕の姿が。

僕の目はまた閉じられた。その途端、黄色い閃光が走った。「いってーっ！」

「やめてよ！」

目を開けると、数センチのところに依然としてカレンの顔があった。カレンの眉は真ん中にぎゅっと寄せられている。この子、怒ってる。

サリーがシートの向こうから覗き込む。「どうしたの」

「マイケルが、なれなれしくするんだもん」

「してないよ」

「したわよ。ブラウスの中に手を入れたから、ひっぱたいたの」

「なれなれしくするなよ」 どこからかアールのつぶやく声が聞こえる

「大人しくしてないと、二人とも歩いて家に帰らせるわよ」 サリーが言う。「二人ともよ。覚えておいてね」

アールとサリーはシートの向こう側に身を沈めて見えなくなった。僕はカレンをチラリと見て、またもぞもぞと動き出す。

「今度は触ったりしないでよ」 カレンが言う。「私がいいって言うまでダメよ。分かった？」

「いい？」

「ダメ」

ドライブインシアターの巨大なスクリーンでは、オードリー・ヘップバーンが、ジョージ・ペパードとダンスを踊っていた。カレンが僕をシートに押し倒したので、スクリーンは視界から見えなくなった。

「マイケル、どこにいますか？」　レオナルドだ。

僕はシーンをロックする。といっても何の意味もない。だって、どっちにしろ僕は目をつぶっていたから。

「レオナルド、ドライブインシアターでオードリー・ヘップバーンとジョージ・ペパードを見てる」

「『ティファニーで朝食を』ですね。一九六一年の名作だ。テーマ曲はヘンリー・マンチーニの『ムーンリバー』。もちろん、ご存知だと思いますが」

「ああ、知ってた。ミズーリ州コリンズのドライブインシアターのスケジュールについて何か分かるかい」

「すみません、さっきも言ったように、テクノロジーにも限界があるんですよ。カーラジオはついてますか」

「ああ、でも兄貴が野球中継に変えてしまったんだ」

「野球はやらないんですよ。ドライブがパンクしますからね。曲名が分かったら呼んでください」

ロックを解除すると、シーンは突然消えうせた。まるでどこか別の所へチャンネルを変えたみたいに。いや、別の時間というべきか。

今は朝だ。明るい薄雲の向こうに太陽が隠れている。何かが風でパタパタとはためいている。それは僕の青いナイロンのジャケットの袖だった。腕は金属の手すりに添えられている。折り返しのついた青いジーンズをはいた二本の脚が、宙にぶらぶらと浮いているのが見えた。背中に何かとてつもなく大きなものを感じる。銀色に塗られた金属の壁だ。

僕はコリンズの町にある給水塔に取り付けられた作業用通路にいる。

「俺だったら、あんな子と遊んだりしないぜ」　誰かが言う。聞きなれた声だ。「あっちいけよ、って言ってやれよ」

はるか下方の真っ平らな地面の上には、豆粒のような家や道路、そして線路が数本走っているのが見える。一メートルほど離れた隣には、波状になった金属の作業台の上にエバンが座っていた。コーデュロイのジーンズと緑のセーターに、茶色いウィンドブレーカーをはおっている。いつも同じように、ボーイスカウトの水筒を肩から提げている。

「言っておくけど、俺はあいつがどんな子か知ってる。だって妹だからな」

「そうだけど、でも…」

「わがままなんだよ。お前だって知ってるだろ？」　エバンが言う。「家族でキャンプに行くと、蚊がいるって大騒ぎしてママに泣き付くんだ。結局、妹が僕のボーイスカウトのテントを占領して、僕は外で寝るはめになる。だからパミーが来るときはキャンプに行きたくないんだよ」

いつも機嫌が悪そうでそばかすのあるエバンの妹パムが、カンテラの光に照らされている光景が目に浮かぶ。金褐色の瞳で、茶色がかったブロンドの長髪をブラシでときながら、Tシャツと黄色いストライプの短パンをはいて、寝袋の上に座っているんだ。

「冗談じゃない、というふうにエバンは手を振る。「あいつ、鉄橋までついてくるだろう。確実にね。でも俺たちと一緒に鉄橋の上まで昇れると思う？　ぜったい無理。途中で目を回して落っこちるよ。そしたらパパとママがとれほど怒るか―」

シーンが変わった。まるで歯切れのいい編集の映画を見ているようだ。給水塔は消えて、それに変わる風景はゆっくりと揺れている。僕はポーチに吊られた揺り椅子に誰かと一緒に座っている。

「…ママは電話交換手で、パパは五つも仕事を持っているの」

僕は彼女のほうに顔を向ける。

「日曜学校で説教もしているのよ。あなたなら、両親と気が合うと思うな」

女の子はほっそりとして背丈は一六〇センチくらい、真っ黒な髪で、黒い瞳は強い光を放っている。十五歳だ。

彼女だ、レイチェル・サラ・ドミニク。頭のなかのファイル収納キャビネットがきしみながら扉を開け、そして止まった。一九六六年の夏だ。

こうなることは分かってた。遅かれ早かれ、こうなる運命だった。でも今は、とにかくここから逃げ出して—

「レオナルド」

「やあ、マイケル。こちらは現実世界です。今、コールしようと思ってたところでした」

「血圧が上がってないかな？」

「そのとおり、上がってますよ。シータ波のトレースも混乱しています。そっちで何か特別なことがあったんですか？」

「どうすれば記憶から抜け出せる？」

「テリを呼んできて抹消してもらうことは可能です。ミダゾラムを点滴すれば、その年をゴミ箱に放り込むことができますよ」

「二か月だけを消し去ることはできるかな」

「残念ですが、テクノロジーには限界があるんです。そっちでどんなことに出くわしたんです？」

「また連絡するよ」　僕は懸命に考えようとする。なぜこれなんだ？　どうして今なんだ？　ジャンプする方法さえ分かれば…。

何も起こらない。

それどころか、映画は、ひとコマひとコマ痛みをもって、頭の中の歯車を抜けて流れ続ける。一九六三年製のポンティアックが砂利の敷かれた車道に入ってきて、ライトが消えた。車のドアが開き、白いシャツを着てカーキのパンツをはいた、痩せた中背の男性が現れる。僕はすぐにシーンをロックする。男性の濃い黒髪は短く刈り込まれ、後方に向かってなで付けられている。その風貌とうっすらと生えたヒゲのおかげで、製品を売り歩いて旅をするセールスマンのように見える。あるいは、もしかしたら一九二〇年代のギャングかもしれない。

「やあ、私がボブ・ドミニクだ。最近、娘とよく会っているというのは君だね」

「はい、あの、僕は――」

「レイチェルは、君のことばかり話すんだ。すべてが事実だとは思いたくないが、おそらく事実なんだろう。友達は君のことをマイクと呼ぶのかい？　もちろん友達はいるよね。それとも娘とばかり会っているのかな」

「パパ、いい加減にして」　レイチェルが僕の方を振り向く。「パパは誰に対してもこんな感じなの。気にしないで。口は達者でよく吠えるけど、噛まれても大して痛くないから」

レイチェルがクスリと笑うのが見えた。その微笑は今の僕にではなく、彼女が見ている十九歳の僕に対して向けられたものだ。そして彼女は今、僕の頭の中にしか存在しない。

映像でしかないその父親は、レイチェルを見つめ、そして僕に視線を戻す。おそらく彼女の視線を追ったのだろう。「娘が君の友達をすべて追い払ったに違いない。母親も同じことを私にしたからね。そのせいで私には友達がいないんだよ。こんな大人になりたいかね？」

「あなたったら、マイケルに何を吹き込んでるの」　丸顔で茶色の短い髪をした背の高い美人が、助手席から現れる。チェックのキュロットの上にスウェットシャツを着ている。周辺視野の下の方に目を走らせると、テニスシューズを履いているのが見えた。彼女は若い。ありえないくらいに。おそらく三十代前半だろう。

「ワンダ・ドミニク。レイチェルの母です」　彼女は微笑んで僕の手を握る。「どうやって二人が出会ったのか、レイチェルから聞きましたよ」　レイチェルを振り向く。「あなたったら、わざと新聞を落として、マイケルに拾うのを手伝わせたのよね」

「まあ、そうかな」　レイチェルは僕をチラリと見る。「そんな感じ」

まあ、そうかな、か。否定とも肯定ともとれるあいまいな承認というところか。この言い方を聞いたのは、このときが初めてだったろうか。ブレンダも使っていた気がするけど。いや、ブレンダがこんな言い方をするはずがない。彼女はもっときっちりとした物言いをする子だった。

僕はドミニク夫人を振り向く。「レイチェルと会ったのは確か五年前です。インディアン・スプリングスに遊びにいったときです。僕はエバン・カースウェルと一緒で…」

「まあ、あなた、エバンを知っているの？」　ワンダは僕に近寄る。「ひどい事故だったわね」

「はい、エバンは僕の親友でした」

このあたりでシーンをロックする。まるでセピア色の写真のようだ。僕はドミニク夫人をまじまじと見つめる。唇は固く閉じられ、眉はカーブを描き悲しげな表情を作っている。次第に粒子がひとつずつ色を変え、シーンは茶色に変わっていく。

今度は暗闇でロックする。僕の思考は、あと数ミリ過去へさかのぼった場所へ落ちて行くための準備をしている。だけど数ミリ先とは、一体どこなんだ？　大脳皮質で数センチ移動すると、それは一年間に相当するのだろうか。そうかもしれない。そう考えると、ブレンダ・レイシーとの映画がしまわれているのは大脳皮質のどのシワなんだろう。たとえば、あのプロム・パーティの夜だ。脳のどこかに記録されているはずだ。それをなんとしても見つけ出さなきゃ。

手がかりを探して、僕は暗闇に目を走らせる。何もない。灰色がかった茶色い闇が広がっているだけ。百万枚の写真のなかから、たった一枚の写真を探し出すようなものだ。だけど、ここにあることは確かだ。どうにかして探し出してやるぞ。ロックを解除すると、茶色い闇は明るくなりはじめる。僕は次の記憶へと入っていく。ブレンダの記憶だろうか？

そんなにうまくいくはずがない。

ブレンダと一緒にいるのではなく、僕は砂利道を歩いていた。茶色いスエードのブーツは一歩、歩くたびに白い砂ぼこりを舞い上げている。シャツは腰に巻かれていて、僕は片方の腕で、目にかかる汗をぬぐい続けているらしい。虫の鳴き声に混じって、轟音が低く響いている。遠くで、数キロ先の交差点に光がゆっくりと近づいていくのが見える。

誰かが僕に話しかける。

「でな、男は夢を見ていて、その夢の中で列車にのっていて、その列車は、古い友達が住んでいる町を抜けていくんだ。男は列車を降りたいんだけど列車は止まってくれない。だから男はドアを開けて飛び降りる。男が立ち上がると、そこには古い友達がいる。だけどな、友達はみんな死んでるのさ。分かる？」

僕は振り返る。そこにはエバンがいた。シャツも着ないで、頭にバンダナを巻いていた。帽子もかぶっていない。でも水筒はいつものとおり肩にかけられていた。さっきいた給水塔の上で見た水筒と同じものだ。

「ああカースウェル、分かるよ。男は四次元へ向かう列車に乗ってたんだ」

「違うな」とエバン。「俺の解釈では、男が列車から飛び降りたとき、四次元の世界へとジャンプしたのさ。じゃなかったら、男のなかのある部分が町に降りて、その部分は死んでしまったんだ」

「自分が死んだらどうなるか考えてみろよ。一部分だけが死んで、ほかの部分は別のどこかで生き続けるのかい？」

「ああ、多分そうだよ」　エバンはうなずく。「四次元の世界でね。じゃなかったら、時間の進み方がゆっくりになるのさ。見ろよ。列車が来たぞ。陸橋に昇るか？」

僕は顔を上げる。一九六一年九月、ミズーリ州コリンスの町外れのくすんだ緑のなかに、ノーフォーク・アンド・ウェスタン鉄道の点のような光が近づいてくる。

「間に合うかな？」

「大丈夫だ。列車はいつも町で停車するから」　エバンは走り出す。

「エバン、待てよ—」

少し太めの十二歳の少年が、鉄橋へ続く積み上げられた使用済み石炭の山をよじ登って行くのが見える。僕はエバンを追いかけるが、時間の進み方が遅くなっているようだ。エバンが線路へ続く石炭の敷石を蹴り飛ばすたびに、靴の後ろに立ち上る小さな茶色い砂ぼこりが見える。今、エバンは線路の上にいて陸橋に向かって走っている。前方に見えるライトはさらに明るくなる。何かが起ころうとしている。でも僕にはそれがなんなのか思い出せない。思い出したくないんだ。

僕はシーンをロックして、細かい点までスキャンする。少年と鉄橋と列車。これは初めて起こることだけど、でも以前、僕はここにいたことがある。ロックを解除すると、列車が数センチ近づく。僕はもう一度シーンをロックする。

「レオナルド」

「心拍数が少し上昇しています。何かあったんですか」

「ミズーリ州コリンスの鉄道の時刻表が必要なんだ。一九六一年の九月、ノースフォーク・アンド・ウェスタン鉄道だ。知りたいのは…、列車は町で停まっただろうか？」

「それは難問ですね。少し時間をください」

僕はロックを解除して、エバンが側面から陸橋を昇り始めるのを見る。

「マイケル、鉄道のアーカイブを入手しました。待ってください…。ミズーリ州、六一年九月。その月は毎日午前十一時四十三分に工事用列車が通過しています。コリンスには停まりません。最高時速は五十四マイル。別の資料でダブルチェックしましょうか」

列車は橋をすでに半分ほど渡っている。ディーゼルの汽笛が耳をつんざくように響く。回転灯が目に入った。真昼の太陽の下でも明るい。ロックだ！

「レオナルド、戻してくれ」

「分かりました。すぐに戻します。ちょっと待って」

僕はまだ一九六一年にいる。だが同時に一九六一年ではない。その中間にいるのだ。その中間にある、あらゆる場所に。

「レオナルド？」

「ここです。すみません、失敗したようです」

「何が起きたんだ」

「緊急停止のボルテージにちょっとした問題が起こりました。どうやら、ご自分の大脳皮質から抜け落ちちゃったみたいですね。ははは、いえ、冗談じゃありません。少し時間をください。右の側頭葉に非常に面白いトレースが出てますね——」

「急いでくれ。こっちは少しややこしいことになってる」

「マイケル。そこで大声を出すと信号のプロセッサを塞いで、まるでイヌの吠え声みたいに聞こえるんです。特にあなたが今いる場所では、明瞭にしゃべってもらうと助かります。はっきり発音するようにしてください」

重なり合った固まりのようになった何人ものエバンが見える。ある者は陸橋に向かって走って行き、ある者は僕と並んで立っている。後ろからついてくるものもいる。すべてがお互いに混ざり合っている。そしてまぎらわしいことに、もうひとつの固まりがある。ジーンズとブーツを履いて、白いTシャツを着て、こげ茶色の髪のやせっぽちの少年。その固まりも線路のほうに延びている。

この固まりは、僕だ。

「レオナルド、ここから連れ出してくれ」

答えはない。

「レオナルド！」

何もない。

なぜだか頭上の空がほとんど黒と言えるほどの濃い青に変化する。そして僕はそこへ向かって漂っていく。上空へ。見下ろすと、靄のように車で包まれた道路と、列車が走る線路が見える。、すべてがエバンとマイケルの固まりと混ざり合っている。僕は上昇し、木々が動き、混ざり合うのを見る。遠くにコリンスの町がかすんで見える。ビルや木々も、平原や森も。

気づくと、今まで来たことのないところに僕はいた。

パートII

七　レイチェル

空を漂い薄いすじ雲を突き抜けて、僕は天空へと昇っていく。遥か下に見える地上では、時間のなかで凍りついてしまった「ありえたこと」が、幾重にも重なって、霞んだ厚い雲を作り始めていた。もちろん層のひとつひとつを見れば、それは現実にほかならない。ぼんやりした雲のなかのある場所では、「列車は実際に来なかった」のだし、むこうでは、「僕たちが二人とも線路にいた」のであり、「死んだのは僕だった」場所もある。

どうしてこんなものが見えるんだろう。僕は時間の外側にいるのだろうか。「今」という言葉が何の意味も持たない、瞬間と瞬間にはさまれたあまりに狭い隙間にはまり込んでいるのか。

「レオナルド、聞こえるか？」

静寂。

僕はすじ雲を突き抜けて、霞の中へ昇っていく。まるで風に吹かれて漂う幽霊だ。あるいは放送局のあいだで行き場を失った電波だろうか。

「レオナルド！」

暗闇に瞬く光が見える。遠くの岸辺で光る稲妻だ。レオナルドが僕に合図を送っているのだろうか。それともまったく別のなにかだろうか。

昇っていくにつれ、頭上にある何かに引っ張られるような感じがする。それだけじゃなく、照りつける太陽の下で海霧が消えていくように、僕の体は重さを失っていった。

「レオナルドー」

反応はない。遠くの岸辺から聞こえる波の音のような低い唸りが聞こえるだけだ。上空に見える光は穏やかだけれども、輝きをさらに増している。僕は光から遠ざかっているのか？　いや、そうじゃない。

「マイケル」　頭の中に声が響いた。

「レオナルドかい？」

「マイケル、シグナルが途切れています。大丈夫ですか？」

「マイケル、ここよ」

僕のそばに誰かがいる。

「レオナルド、ここから出してくれ」

「コンデンサの動きが安定していないようです。このポンコツをなんとかするあいだ、少しのあいだ待ってー」　シグナルが消えていく。まさかこんなことが起こるなんて！

いくつもの光が合体してひとつになり、低い唸りは耳をつんざくような高い音に変わり、そしてゴーゴーという轟音になった。奇妙な考えが頭に浮かぶ。時間の家に正面ドアがあるとしたら、僕は今、側面の窓から、窓がバタンと閉まってしまう前に家の中へ入り込もうとしている。そして今、窓が閉まりかける最後の瞬間に、誰かが手を伸ばし僕を中へと引っ張り込む。

それは僕が知っている誰か。いや、知っていた誰かかもしれない。

目の前のシーンが突然動き始め、僕は片方へもたれかかる格好になった。何か暖かいもの、柔らかくて、少しかび臭いものが体を包んでいる。車の後部座席に僕は座っていた。横には、白いブラウスとショートパンツにサンダルをはいた十五歳の女の子が座っていて、コーンのアイスクリームを食べている。

どうにかして僕は、一応現実と呼べるものに戻ってきて、ポンティアックの中に座っている。カーラジオが聞こえてくる。かかっている曲は「ホエン・ア・マン・ラブズ・ア・ウーマン」だ。

「マイケル、レオナルドです。聞こえますか？」

僕は意図する。ロックだ。すると僕を取り巻いていたものが動きを停止する。これで安心だ。ちゃんとものごとが機能する場所に戻ってきた。

「マイケル？」

「ここにいるよ」

「少しのあいだデルタに行っていたようです。インタラプトが遮断されたんでしょう。むこうで眠りましたか？」

「たぶんね。さっきはちょっと混乱していて——」

「こちらへ戻りますか？　コンデンサの充電は済んでいます」

「いや、大丈夫だ。もうまわりのものもはっきり見える。すべて順調だ」

「そうですね。問題はないようです。シータ派が少し振れていますが、おそらくこれはソフトウェアに原因があるんでしょう。助けが必要になったらコールしてください。何かあったときのために、いつでもここにいます」

ロックを解除すると、ドミニク氏の会話の途中だった。

「―ミズーリまでの運転なんて、簡単なものさ」とドミニク氏。「十マイル走るごとにガソリンスタンドがあるじゃないか。ガソリンもある。オイル交換も、タイヤ修理もできる。なんでも来いだ。だがな、メキシコで車を運転してみろ。あそこではアタマを使わなきゃ運転できん」

「マイケルに、モンテレイまでのドライブの話をしてあげたらどう？」　ドミニク夫人が言う。一リットルはありそうなミルクセーキの瓶を彼女が抱えているのに僕は気づく。

ドミニク氏はイスの背に体を預けて微笑んだ。「ああ、ステイシーがワンダのお腹の中にいた当時、リナレスの町に病院がなかったんだ。だから陣痛が始まったとき、私たちは古いビュイックに乗り込んでモンテレイに向かったんだ。ところが半分まで来たところで、オイルランプが点灯しはじめた。私は道端の小さな売店でクッキングオイルを手に入れた。そしてそれをクランクケースに給油したら、見事に動いたんだよ！」

「でもそのあとで、ガソリンもなくなったのよね。覚えてる？」　ワンダが言う。

「石が当たって、タンクに穴が開いてね」　ドミニク氏は続ける。「ガソリンは残らず漏れて、車が停まってしまった。そこは砂漠のど真ん中でね、しかも日曜の午後だった。あの時は絶望的になった。手元にあったのは、ブラッドレーの赤ちゃん用品、消毒用のアルコール、石鹸、そのくらいだった」

「それで、どうしたんですか？」　僕は尋ねる。

「タンクに穴を見つけたあと、少しのあいだ神に祈った。そして石鹸を取り出すと、それで穴を塞いで、消毒用のアルコールをタンクに入れた。キャブレターの調節はしなきゃいけなかったが、それで車が動いたんだ！」

「この前、この話を聞かされた時はね」　レイチェルがひじで僕をつつく。「ファンベルトも壊れてたのよ。ストッキングか何かで直したんですって。その次は、タイヤがパンクしてリムで走らなきゃいけなかったの。お次はヘッドライトが落ちて…」

「結局、病院へは間に合ったんですか？」　僕は訊く。

「ああ。一週間はかかったがな」　ドミニク氏が言う。「陣痛は本物じゃなかったんだ。だがオイルタンクの穴を塞いだ石鹸は十日はもったぞ」　氏は言葉を切る。「分かったかな。うちの家族はいろんなことをして困難を乗り越えてきた。だがな、神はいつもそばにいてくださった。我々を見守ってくださったんだよ」

「そのとおりよ」　ワンダは言う。「たとえそこがメキシコでもね」

「メキシコだから、特によ」　レイチェルが言う。

「オーケー、マイケル。コンデンサが直りました。準備はいいですか？」

「ちょっと待ってくれ」　シーンをロックする。ブレンダ・レイシーを見つけられるだろうか。試してみたほうがいいだろうか。

「ちょっと待ってってどういうことです。気が変わりましたか？」

「いや、ただあと数分間だけ、ここにいたいんだけど…」

「まだ時間はありますよ。ピザを予約しておきましょうか。ANSI基準ですよ。私のおごりです」

「いや、大丈夫だ。アイスクリームを食べてるところだからね」

「どうぞお好きなように。あとで会いましょう」

　レオナルドがコネクションを切ったので、僕はさっきまでどこにいたのか思い出そうとしてみる。集中して映像を思い出そうとするが、何も浮かんでこない。どうやらドアが閉じてしまったようだ。ただこれだけは分かる。今、僕はポンティアックに乗っていて、十五歳の女の子が家族について話すのに耳を傾けている。「…ステイシーとエイミーが生まれたら、パパは我が家を『ランチョ・コネロ』って呼んだの」　レイチェルが話を続ける。「それって、『うさぎ農園』っていう意味よ。パパったら、きっと映画かなにかで覚えた言葉よ」

「うちの様子にぴったりの言葉だと思ったんだ」　ドミニク氏は、カーブでポンティアックを操りながら言う。「そういえば、君はコリンスで育ったそうじゃないか」

　この会話は前に聞いたことがある。はじめは、この場面を思い出すことが嫌だったことが、今となっては不思議だ。場面をロックしてスキャンしてみる。ブレンダ・レイシーの手がかりがないかと通り過ぎる車に目をやる。そして思った。かりにブレンダを見つけたとしても、僕に何ができると言うんだ。

　何もできない。それが事実だ。僕はいわばドミニク家という鯨に捕まったエーハブ船長同然だ。心の中でため息をつき、場面のロックを解除する。

「…私たちもコリンスに住んでいたのよ。ローカスト通りだった」　ドミニク夫人は言う。「レイチェルはそこで生まれたの」

「ローカストってイナゴのことよ。虫の名前のついた通りで生まれたの」　アイスクリームをなめる合間に、レイチェルが言う。

「おばあちゃんがまだそこに住んでるわ。マイケルの家から三キロくらいの所よ。歩いて行ける距離」

そう、歩いていける距離だ。その道の途中で十五歳のレイチェルは、ブレンダの家の前を毎日通り過ぎている。来る日も来る日も毎日だ。なぜブレンダと別れたのか、僕は思い出し始めていた。

「君はたしか高校三年生だったかな」 ドミニク氏がルームミラーのなかで、上目づかいにこちらを見る。

「先月卒業しました。九月にカースビルの大学へ行きます。ここから北へ百キロほど行ったところです」

「それは便利ね」とドミニク夫人。「週末にはご両親に会いに帰って来られるわ」

レイチェルが僕をひじでつつく。「マイケル、夏のアルバイトの話をしてあげて」

そのとき世界が一瞬で暗くなり、僕は暗闇の中に沈みこんでいく。

「ここよ」 それはささやき声だった。

「ここって？」

「ここにキスして。そしたら少しだけ下の方へ移っていいわ」 暗闇のなかで、僕は裸の肩の輪郭と、ボタンのはずされたブラウスの襟元を見る。下の方へ視線を移すと、なだらかに高くなった鎖骨が見え、その下には日焼けした褐色の肌が白く変わっていき、非の打ちどころのない丸い乳輪の真ん中に小さな乳首が見えた。

僕はこの光景を知っている。三十年前のこの光景を、隅から隅まですべて覚えている。

どうにかして、とうとう、僕はブレンダを探し当てた。僕の視界に入ってくる乳首を、僕は見つめる。

「ブレンダ。この夏にずっと君に会えないなんて、さびしいよ」 僕の声がする。

「うぅぅん———」 ブレンダは、ため息と呻き声ともつかないような返事をする。

「ここよ」 彼女は言う。「キスして」

もう一度、世界が暗闇に変わった。

「…モンローにある鋳型工場で働いています」　僕の声だ。「先週からこの仕事を始めました。給料がとてもいいんです。一時間一ドル九十セントで、十一時から七時までの仕事です」

ドミニク夫人が、ドミニク氏にちらりを視線をやるのが見える。

僕はポンディアックに戻っていた。

「そういえば」　ドミニク氏は言う。「ラジオ局で働いていたときは深夜のシフトが好きだったよ。静かでな。誰にも邪魔されない」

「コリンスにもう一度住もうってパパとママを説得してるの」　とレイチェル。「でも、二人とも全然その気がないの。私はコリンスが大好きなのに」

「ミズーリ州チェロキーに何の不足もないわ」　ドミニク夫人が言う。「いい学校があるし、州立大学のキャンパスからわずか二十キロ足らずだもの」

また画面が切り替わり、僕は暗闇に包まれる。服がこすれる音が聞こえる。一体ここはどこだ？　ブレンダのところに戻ったのか。

「手をここに置いて。違うの。そこじゃなくてー、ここ」

目を開けると、月明かりのなか、ブレンダのもう片方の乳房、柔らかくまあるい乳房が見える。「どうしてもアートキャンプに行かなきゃいけないのかい」

「うぅぅん」

「どうして？」　僕は乳首に顔を近づける。

「だって、水彩画が勉強できるもの。んーーーーぅん、そのまま続けて」

僕は彼女のへその下にある日焼けのラインを超えて、下へと下がっていく。

「うぅぅぅーん、そうよ、そこよー」

暗闇。

「チェロキーなんて、最低よ」　レイチェルは言う。「去年、ポンポン・チームに入ったの。チアリーダーみたいなもの。分かるでしょ？　でもね、学校がセコくて、ひとりにポンポンをひとつしかくれないの。紙製の青いトーチかなにかを振っているフリをしなきゃいけなかったの。それにね、ミニスカートをはいちゃいけないのよ」

「でもね、それには賛成よ」　ドミニク夫人が言う。「女の子がミニスカートをはいてもきれいじゃないわ。そうでしょ、あなた？　あなたー？」

「私は答えられんな」　ドミニク氏は言う。「結婚した男だからな。意見なんて持ち合わせてないよ。特にミニスカートについて言うべきことは何もない」

「チェロキー高校ではミニスカートが禁止なの」　レイチェルは続ける。「校長室に行って、床に膝をついて、スカートのすそが床に触れなかったら、その子は家へ送り返されるのよ。本当にヒドいでしょ。ミニスカートをはいちゃいけないし、口臭剤も持ってきちゃいけないしー」

「そうなんだ」　ドミニク氏が振り返って、僕の目を覗き込む。「チェロキーでは、学校に口臭剤を持っていくことは禁止されている」

「なぜだか教えてあげるわ」とレイチェル。「本当にバカらしいの。一年生の女の子がボーイフレンドと喧嘩して、自殺しようとしたの。ラボリスのボトルを飲み干したのよ」

僕は車のなかをスキャンする。ブレンダの手がかりは見つけられない。彼女はどこへ行ったんだ？　ロックしてみるが、シーンには何の変化もない。まったく同じだ。ドミニク氏は、灰皿にタバコの灰を落としているし、レイチェルはまさにアイスクリームにかぶりつこうとしている。ドミニク夫人は会話に口を挟もうと準備しているのがよく分かる。

もう一度、ロックし直してみる。ロック。シーンは少し進んだ。ドミニク氏のタバコから灰が落ちている。レイチェルはアイスクリームをもうひとなめ。ドミニク夫人も一段階進んでいる。

ようやく僕はあきらめて、シーンのロックを解除する。

「…ボトルを全部飲み干したわけじゃないわ」　ドミニク夫人が話している。小さな小瓶だったの、あなたが今バッグに入れているようなね」

「どっちにしろ」　レイチェルは続ける。「その子が吐き出したら口臭剤が赤かったので、先生は卒倒しそうになったのよ。救急車がきて、もう大騒ぎ。それで口臭剤は禁止よ。少なくとも赤い口臭剤はね」

お願いだ、神さま。

暗闇。

つぎの瞬間、僕はブレンダのもとに戻っていた！　なんにせよ、ブレンダだと僕は信じてる。そうだ、そのはずなんだ。シーンをロックする。二度とこの場面が消えてしまわないようしっかりと。このままずっと続くように。

そして今僕はここにいる。ブレンダの形のいいおへそから、十センチ下方へ下がったところだ。僕は視界の隅々まで目を走らせて、彼女の下着の縁を探してみるが、見えるのはなだからに盛り上がった骨盤と、日焼けした肌と白い肌とのぼんやりとした境界線だけだ。その下には黒いラインがあって、すべてを覆い隠している。

場面が下方へスクロールしてくれることを祈りながら、僕はそっとロックを解除する。だが、そんなにうまくはいかない。カメラは、つまり僕の目は、下方へ移動するどころか、上へのぼり始めた。胸と首を通り越し、今はブレンダの顔を見つめている。映画がまさに佳境を迎えていたとき、僕はわけの分からないCMを見てたわけだ。ミニスカートや口臭剤や卒倒した教師の。

巻き戻しはできないのか？　スイッチはどこにあるんだよ。

場面はふっくらとした唇に移り、少し上を向いた魅力的な鼻を通り過ぎ、ようやく少し開かれた瞳と、乱れたブロンドの髪を映し出す。僕が見つめていると、ブレンダは微笑み、ゆっくりとシートに身を沈めた、やった。とうとう。

暗闇。

「レイチェルの言うことはもっともだ。ここは実に狭苦しい町でね」　ドミニク氏は言う。「私が大学で社会学を学んだことが、教育委員会の誰かの耳に入ったらしい。するとやつらは、うちの家族は社会主義者だと言うんだ。そこから話がデカくなって、うちの家族がヌーディストだと言うんだ」

何とかしてくれ。この車から逃げ出さなきゃ。今だ。シーンをロックして、集中する。だが、何も起こらない。場面はそのまま、何も変わっていない。ドミニク氏はハンドルを握り、夫人はフロントシートに腕をかけて、レイチェルはちょうど目を閉じて、アイスクリームを舐めている真最中だ。

手も足も出ない。ロックを解除するとレイチェルがアイスクリームを舐め終えて、そして話し出す。「ブラッドレーがね、弟のことよ、いつも裸で走り回ってたでしょ。きっと誰かがあの子を見かけたのよ。それでうちの家族みんな、あんな感じだと思ったんだわ」

「あんなウワサを広めたヤツが誰か分かったら」 ドミニク氏が言う。「とっちめてやる」

暗闇。

「夏中ずっとなのか」

「そうよ」 彼女は目を開ける。「夏中ずっとなの、マイケル。もし私に行ってほしくなかったら、そう言って」

「君に行ってほしくない。行かないでくれ、お願いだから！ ここに君がいなけりゃ夏が台無しだ。僕が何をしでかすか分からないよ。気がおかしくなるかもしれない」

「あなたがいないと、私もどうかなりそうよ。でももう遅いの。パパがお金を払い込んでしまったし、私も行くと言ってしまったから。それにね、私行きたいのよ」 ブレンダはシートに座りなおした。僕はシーンをロックし、隅々に目を走らせる。あった。視界の隅のほうに、ぼんやりとした黒っぽい三角形が見える。あそこにあったのか。

「たぶん車で会いにいけるよね」

「それはあまりいいアイデアじゃないかも」

「どうして？」

「ルームメートがいると思うの。それに、大学生がたくさん参加するから、きっとあなた浮いちゃうわ」

「なんだよ、それ」

「こうしましょう。手紙を書いて。私に手紙を書いてくれるわよね」

「もちろん書くよ」

「それに、夏のあいだはアルバイトがあるんでしょう？　退屈するヒマなんてないわよ。アートキャンプはたった二ヶ月で終わりよ」

「ブレンダー」

「ねえ、今夜中に荷物をまとめなきゃいけないの。もう少し楽しみたいなら、急いだほうがいいわよ」

「わかった」　僕は彼女を見下ろす。月明かりに照らされた美しく完璧なブレンダ。僕のフェアレーンのバックシートにいる天使だ。もう暗闇はやめてくれ。頼むから、暗闇よ、もう訪れないでくれ。

視界の隅で何かが光った。二つのライトだ。

車のヘッドライト。

暗闇。

「そうだな」　ドミニク氏がうんざりした調子で言う。「ウェスラヤンに引っ越すことも考えたが、今となってはもうチェロキーから離れられんな」　ドミニク氏は、車道の駐車スペースに車を寄せ、シート越しに僕を振り返る。「なあ、マイケル。銃には詳しいかい？」

僕はシーンをロックし集中する。外へ。上へ昇っていく、そして外側へ。

シーンは一瞬のうちに内側へと収縮する。まるで真空空間へ吸い込まれるセルロイドのように。

太陽が輝いている。

夕方近くだ。

青と銀色のグレイハウンドバスが、砂利の敷き詰められた埃っぽい駐車場を音を立てて遠ざかっていく。あとには青白い顔をした若者たちが数人残されていた。

この場所には見覚えがある。「集会所」と呼ばれている所だ。人でごったがえすなか、くっきりとしたオリーブ色と茶色の制服を着た軍人が、新兵を睨みつけながら命令を出していた。

恐怖のせいで重苦しい空気が漂っている。一般人なのだろう、チェックのズボンと白い半そでシャツを着た若者が、茶色い泥のうえで腕立て伏せをしている。そばには緑の制服をきた黒人の軍曹が若者を見下ろすように立っている。

「疲れたか！」　軍曹が叫ぶ。「いいものを食ってるからそうなるんだ！　背筋を伸ばせ！」

若者のピンク色をした太い腕は凍り付いたように動かず小刻みに震えている。軍曹の命令に従おうとするのだが、ついに泥のなかに崩れ落ちてしまった。

ロックする。みなを怒鳴りつけているフットボール選手なみの筋肉をたくわえた大男は、指導教官用の茶色い帽子をかぶっている。肩には上へ向かう袖章が三本、下へ向かうのが二本。E-七軍曹だ。軍隊にはもう長い間いるのだろう。

「もうたくさんだ！　このデブめ！」　軍曹がどなりつける。「立ってこっちへ来い！　貴様の太ったケツを見るのはごめんなんだよ。このマヌケ！」

若者は停めてある車の列のほうへ、一目散に走りだす。

「そっちじゃない！　このウスノロ！　こっちだ！」　軍曹は反対方向を指さす。「軍隊から逃げられるとでも思ったのか、お坊っちゃん？」

太めの一般人の若者は向きを変えて、頼りないおびえきった仲間たちの列へと一目散に戻っていく。ここなら少しは安全だ。

レオナルドを呼び出して、助けを借りるまでもない。ここがどこだか僕にははっきりとわかっていた。一九六九年八月二十八日だ。

残りの一般人と一緒になって、僕は黄色い羽目板の建物に入っていく。誰もがひどく汗をかいていた。恐怖のためと、ここにはエアコンがついていないためだ。今度ばかりは、自分が暑さや寒さを感じられないことに感謝した。

「次は注射をさせられるんだぜ」　若者のひとりが話している。「ペスト予防には、角ばった針の注射を睾丸に打ち込む。死ぬほど痛いんだ。失神した人を何人も見たよ」

この若者の言っていることは嘘だ、と頭に浮かぶ。自分の思考を捕らえようとしてみるが、自分でもまったく信じられないけど、雑音と混じって聞こえてくるのはビートルズの曲「アイ・アム・ザ・ウォルラス」だ。

「大学生だな？」　口をへの字に結んでしかめ面をした軍曹が、僕の入隊書類を見ている。「徴兵か？」

「そうです」

「『そうです、軍曹』だ！」　軍曹は僕を睨みつける。「これが私の仕事なんでね」

もう一度、思考を読もうとしてみるが、相変わらず聞こえるのは雑音ばかりだ。ビートルズの歌はもう聞こえない。歌は僕の耳の奥を流れるザーザーというかすかな血流の音にとって変わっていた。

「結婚してるそうだな。この欄に相手の名前を書いておけ。おまえのケツが吹き飛ばされたときには、身の回りの品を彼女に送り返しておいてやる」

「すみません、でも――」

軍曹は書類から目を上げる。「貴様、今おれになんと言った?」 軍曹はまっすぐに僕を見つめ、その目は怒りに燃えていた。

「僕の妻は――」

「なんだと!」 軍曹は机から立ち上がった。そして僕に近づいてくる。軍曹の顔と制服が、僕の視界いっぱいに広がる。

「結婚はしていません」

「じゃあ、なぜ既婚と書いてあるんだ。国家に対して嘘をついたのか。そうなのか!」

「あの、結婚はしていました。でも今は違うんです。妻は亡くなりました。今年の夏のことです」

とたんに軍曹の顔つきは和らいだ。「そうか、それは気の毒だった」 大きな手のひらが僕の肩を叩いている。感じることはできないが。

この場所を去ろうと僕は決める。そしてエレベーターが、僕を上空へと引き上げるのに身を任せる。軍の建物と軍曹、周りの風景は引き延ばされ、薄くなり、そして消えた。まるで太陽の下に置かれたままの写真のように。一九六九年夏を彩っていた茶色、黄色、そして緑は混在して、そして白に変わる。満月の下で凍りつくハイウェイのような、銀色に輝く流れの網の目のなかで、その白い部分は小さな点になった。

「マイケル、調子はどうです？　ランプマン・デリバリー・サービスです。ピザはもうすぐ届きますよ。カウントダウンをしましょうか？」

「いや、大丈夫だ」

「自分で浮上したいんですね。わかりますよ。喉マイクのスイッチを切りましょう―」

「―そうしないと、オーバーヒートしますからね」

バイザーを上げると、ラボが視界に入ってきた。数分前まで鮮明に目の前に広がっていた場面は跡形もなかった。

「大丈夫ですか？」　レオナルドの声がヘッドフォンのなかで響く。

「だと思う」　僕はヘルメットを取り、喉マイクをはずす。

「最初のほうで、ちょっとしたトラブルが起こって申し訳ありません」　レオナルドはそう言うとチェアに向かって歩いてくる。「チェインを引いたら、コンデンサが操作不能になったんです。おそらくアノマロン流束が原因でしょう」

僕はレオナルドを見る。

「マイケル」　レオナルドはさらに一歩僕に近づく。「連れ戻してくれと、確か私に頼みましたよね。二十分ほど前に」

「軍隊の基礎訓練の初日だったんだ。その前には…、車のなかにいた…、誰かと一緒に。だけど僕は忘れていたんだ」

レオナルドは訝しげな表情を見せる。「忘れてた？」

「何年も前に起こったことをね」　僕はチェアからずるずると降りた。靴下をとおしてラボの床の冷たいタイルを感じる。

「靴がそのへんにないかな？」

「チェアの下にありますよ」　不思議そうな様子でレオナルドが言う。「ピザを食べる気分ですかね？」

「いや、君が食べてくれ。また明日会おう」 僕はドアから飛び出しエレベーターへと向かう。

八　星空の向こう

僕はサン・アントニオの夜の空気を吸い込む。この研究所に来てから初めて、頭の上に吸音タイルの天井も、銅製のメッシュも鉄骨もない場所にやって来た。美しい夜空にはところどころに雲が浮かび、ときおりジェット機が横切っていく。

以前このビルを所有していた投資会社は、中西部の林に似せて屋上を徹底的に改造した。芝で覆われた小山、木陰を作るために植えられた三本の小さな木。中央には青いイタリアンタイルで縁取られた大きなプールがライトアップされている。屋上の縁には、ニューオーリンズ風の街灯が一列になって並んでいる。この敷地の小さな一角で、どんなパーティが開かれていたのか想像がつく。

だが今夜は、すべてが暗闇の中に包まれていた。あたりはしんと静まり返って、聞こえるのは機械室のファンのくぐもった音だけ。機械室は、この素敵な場所に辿り着く僕たちの秘密の通り道だ。

僕は草の上に仰向けに寝転んでいる。正しく言えば、ゲイルが屋上に持ち込んだキルトの上に寝転んでいる。ヒューストンに程近いヘムステッドという小さな町で、このキルトを買ったとゲイルは言った。古い本物のキルトで、おそらく三十年は経っているだろう。湿ったようなキルト独特の匂いがする。それは最近刈られたばかりの芝の匂いと、プールの塩素の匂いとさえ、完璧なまでによくマッチしていた。以前の僕なら、この匂いを抽出して、思い出を香水に変えて、それをマーケット戦略に使えないかと考えただろう。だけどもういい。少なくとも今は、そんなことはどうでもいい。

「ポテトチップ、食べない？」　ゲイルがポテトチップの袋を振ってみせる。「美味しくて新鮮よ」

「食べられないんだ。数日前の強制停止のせいで、まだ舌がヒリヒリしてる」

「ワインはどう？　傷を消毒してくれるわよ」

「勿論、もらうよ」　僕は目を閉じて、グラスにワインが注がれる音を聞く。どこからか、おそらくはるか下方の路上からだろう、かすかに歌が聞こえてくる。ジョニ・ミッチェルかな？　あるいはビートルズ？　そうじゃない。それはアコーディオンの音色で、メキシカン・ポルカだった。

「どうぞ」　ゲイルはグラスを僕に渡すと、隣でキルトの上に腰を下ろす。「カルベネとポテトチップは絶妙のコンビネーションね、そう思わない？」

「そうだな」　目を開くと、ジェット機がまた一台。上空で轟音を立てている。「兄貴ならワインとポテトチップの組み合わせを喜んだろうな。子供のころひとつの部屋を共同で使ってた。兄貴はいつもポテトチップの袋とペプシ二本、チーズをはさんだパンを部屋に持ち込むんだ」

「チーズをはさんだパン？」　ゲイルは僕を見る。「チーズ？　それだけ？」

「まあ、そんなもんさ。ハンバーガー用のパンにスライスしたハーブ入りチーズ。兄貴はそこにマヨネーズを塗ってポテトチップのくずをはさんでた。確かにひどい代物だと思うけど、僕にしてみれば、アールが思いついたことなら、別に何でもよかった」

「私には姉がいるの」　キルトの上で伸びをしてゲイルが言う。「いつも喧嘩ばかりしてた。最後には、姉は仕事を見つけて家を出て行ったわ」

「アールと僕は仲がよかった。友達だったんだ」　僕は頭の後ろで手を組んで、寝そべっている。

「どんな兄さんだったか教えるよ。僕が十五歳のころのガールフレンドはひとつ年上で、高校のプロムパーティに誘ってくれた。ものすごく嬉しかった。兄さんと、彼女のサリーはコサージュを一緒に選んでくれて、僕を座らせて、アドバイスしてくれた。ガールフレンドと一緒にダンスフロアに出るとき、どういうふうに振舞うべきかをね。二人は数年前にプロムのキングとクイーンに選ばれたから、その道に関しての『権威』だったんだ」

「楽しそうね」　ゲイルが微笑む。

「でも楽しいのは長く続かなかった。プロムの数日前に、彼女は僕をふって高校生と付き合い始めた。そりゃもう、落ち込んだだよ。そのことを知った兄さんとサリーは、サリーのいとこのジョイスに頼んで、彼女が僕をプロムに誘ってくれた」

「ジョイスには彼がいたけど、大学に行っていたのでプロムには来られなかった。僕が運転のできる年齢になってなかったから、彼としても、それほど心配はしなかったんじゃないかな」

「プロムは楽しかった？」

「すごく楽しかったよ。ダンスパーティが開かれたのはバスケットボールの体育館で、そこにはひと通りのものはすべて揃ってた。数え切れないほどの風船、紙吹雪、ウィッシィング・ウェルとかね。バンドも入っていて、メンバーは全員タキシードを着ていた。まるでペンギンみたいに見えたな。僕はスーツを着て、ネクタイをピンで留めてた。幅が五センチくらいしかない六〇年代の細いネクタイさ。女の子はみんな、胸元の大きく開いた、ふわふわとしたクレープ地のドレスを着ていて、まるで花のようだった。カーネーションって感じかな」

「花のように見えなきゃダメなのよ」　ゲイルが言う。「そういうものなの」

「だけど、どの女の子よりもー、元の彼女よりもね、ジョイス・バレットはきれいだった。本当に美しかった。おまけに僕にドアまでエスコートさせてくれた」

「おいしい役ってわけね」　ゲイルはにやりとする。

「ああ。それもすべて兄さんのおかげさ。いつも僕の面倒をみてくれた」

「お兄さんとサリーは結婚したの？」

「いや、兄さんはいつも空を飛びたがってた。コリンズの郊外にある小さな飛行場でフライトトレーニングを受けてたのを覚えてるよ。一九六三年の夏に学生用の免許を取って、そして、その数か月後、小型のパイパーカブを操縦していてクラッシュした。墜落したんだ。電話を受けて、兄さんが飛行に失敗したと告げられた時のことをよく覚えてる」

「お気の毒に」

「家族は兄さんの死から立ち直ることができなかった。僕も立ち直っていないと自分で分かってる。そして何よりも耐えられないのは、最後に生きている兄さんを見た時のことをまだ思い出せないことだ。その日のことで覚えているのは、かかってきた電話だけだ。あとは葬式のことしか覚えていない」　僕は深いため息をつく。

ゲイルは少しのあいだ沈黙すると、ワインの入ったグラスを僕に手渡す。「お兄さんに」

「アールに」　僕がグラスを上げると、空港へ向かうまん丸としたオレンジ色の七三七型機が、轟音を立てて頭上を通り過ぎた。

「見える？」　ゲイルが指差す。「サウスウェスト航空よ。たぶんヒューストンから戻ってきたところ。サウスウェストはいわばテキサスの公共バスね」

「サン・アントニオは賑やかな街なんだろうな」

「観光地よ。それにもちろん、ここには軍隊も駐留してる」　ゲイルは言葉を切って、ワインをグラスに注ぎ足す。「陸軍基地がひとつと空軍基地が三つあるわ。街外れまで足を伸ばせばミサイルの格納庫が見れるわよ」

「ああ、知ってるよ。一九六九年から七〇年にかけて、この街で少しのあいだ暮らしたことがある。大学を卒業してすぐ軍隊に入ったんだ」

「気に入った？　軍隊のことよ」　ゲイルは僕を見る。穏やかな風が彼女の髪を揺らす。

「この街は好きだった。僕がミズーリを離れたときは酷い寒さだった。だけどサン・アントニオに降り立ったら、暖かくて空気はカラッとしていてね。まるで天国にいる気分だったよ。僕たちは緑色をした軍隊の大型バスに乗せられると、街を抜けて、フォート・サムに連れて行かれた。窓の外には、ライトに照らされた広大な緑のグランドが見えた。誰かが言ってたけど、フォート・サムのマッカーサー・グランドは、軍隊のエアロ・ドロームとしては、当時アメリカで最大の規模を誇っていたらしい」

「エアロ・ドローム」　ゲイルはその言葉を口に出してみる。「エア・ポートより、いい響きね」

「僕はブルックス陸軍医療センターに配属された。そこはベトナムからの負傷兵が送り込まれる病院だった」

ゲイルはボトルに残った最後のワインを僕のグラスに注ぐ。「どんな様子だったの？　ベトナム戦争の頃は」

「陸軍は悪くなかった。ただし、外地に派遣されなければね」

「そうでしょうね。想像つくわ」

「フォート・サムは面白いところだった。ブルックス陸軍医療センターの正面にある円形の車道は、中央部分の歩道と四箇所でつながっていた。報道用ヘリに乗った誰かが見つけたんだけど、その配置は、世界最大のピースサインの形を作り出していたんだ。幹部たちはすぐに歩道を撤去して作り直したんだけど、今度は世界最大の『逆さ』のピースサインが出来上がったのさ」

ゲイルは微笑む。「おもしろい話だけど、本当なの？」

「本当だよ。僕を信用しないのかい」

「してるわよ。多分ね」　ゲイルは疑っているような顔つきで僕を見る。

「信用しろよ」

「わかった。じゃ、信じるわ」

なぜだか、妻は今頃どこにいるのだろうと僕は考えていた。最良のシナリオは「酔っ払った女弁護士たちと連れ立って、ソナ・ロサあたりで男の尻をつねってる」だろう。最悪のシナリオは、「メキシコシティのどこかのホテルの一室で、酔っ払った弁護士に尻をつねられてる」だ。

「ところで」　少ししてからゲイルが口を開く。「この場所についてはどう思う？　この屋上のことよ」

「ほかとは違う。つまり、最高だ」

「でしょう？　それにガラス張りの展望台ラウンジはビルの向こう側にあるから、ここは誰にも邪魔されないの」　ゲイルは微笑む。「いろんなことから逃げ出したくて、時々ここに上がってくるの。でも警察のヘリには注意してね。警察はこの場所のことを知っていて、屋上にいる人に目を光らせてる。たぶん飛び降りるんじゃないかと気をもんでるのよ」

「冗談だろう」

「本当の話よ」　ゲイルは起き上がると屋上の隅へと歩いていく。「向こうにあるタワーが見える？　一か月とちょっと前、第十ラボの男性がおかしくなって飛び降りたの。あそこから飛んだのよ。二百メートルの高さから、虚空へと足を踏み出しちやったの」

「死んだのか？」

ゲイルは振り返って僕を見る。「死んだのかですって？　なに言ってるのよ。自動車がブロック塀に激突するような音がしたらしいわ」　ゲイルはキルトの所に戻ってくると、ポテトチップの袋を僕から取り戻した。「その男性には会ったことがある。初代のドリーマーのひとりだった。この研究所が発足したときからここにいたの」

「どんな人だった？」

「いい人よ。話してると楽しかった。あなたは彼ととてもよく似てるわ」　ゲイルは手を伸ばしてチップをつまむ。「彼は国務省の人だったらしい。彼はモスクワで任務についていたんだけど、彼に当時のことを思い出させようとしたの。隅から隅までね」

「誰が？」

「誰かよ。政府かもね。どこかの誰か」　ゲイルは肩をすくめる。「なんにしろ、順調に進んでいたのよ。でも最初のロングランを完了したとき、四十八時間もチェアに座り続けたあとね、何かがおかしくなった。誰にも原因はわからない。戻ってきたときには、彼は別人になっていた。その直後に、第十ラボのコンピュータオペレーターが辞職したわ」

「彼のロングランと何か関係があるのかな」

「多分ね。向こうで長い時間を過ごすと、人格が粉々に裁断されるわ」

「人格が裁断か。それ、心理学用語かい？」

「レオナルドがよく使う言い回しよ」　ゲイルが言う。「ドリーマーに多重人格が現れた状態を、レオナルドはそう呼ぶの」

「実におもしろいね」僕はワインをひとくちすする。「たしか君は、このプログラムは安全だと言ってなかったかな」

「だってそうでしょ？」　ゲイルが僕を見る。「多分フリーウェイを運転するよりは安全よ」

「いいとこ突いてる」　僕はチップに手を伸ばす。「じゃあ、人格が分裂したっていうその政府の役人は、ひとりで過去に旅立って、五人に分かれて帰ってきたのかい」

ゲイルはあきれたような顔をする。

「どうやってひとつのチェアに納まったんだろうね」　僕はゲイルに向かってにやりとする。「ぎゅうぎゅう詰めだったかな」

「パウンドストーンに催眠をかけられるまで待つのね」　ゲイルが言う。「小さなマイケルくんが何人も走り回ってるのを目撃するんじゃないの。自分もその子たちに話しかたりして」　彼女はにっこり笑ってみせる。「ポテトチップ、本当にもう食べないの？」

「ありがとう。でも僕の中のどの子たちも、おなかが一杯らしい」

「うぅーん」　ゲイルはキルトの上に寝そべって伸びをする。「じゃあ、今日のレオナルドとのセッションについて話して。どこ子たちも、いい旅ができたかしら？」

「まあまあってとこかな。僕は軍隊時代に戻ってた。基礎訓練の初日でね。その前には、生まれ故郷のシーンを思い出した。子供時代の友達に会ったような気がする。どうってことないトリップさ」

僕はワインを飲みほすとグラスを脇へ置く。

「子供時代の友達のことを話して」

「オーケー。名前はカースウェルだ。とびきり頭のいい子だった。ロケットとか火炎瓶とか、いつも何かに夢中でね。カースウェルはたった九歳のとき、兄さんと一緒に木の上に三階建ての小屋を作ったんだ。町で一番大きいやつさ。まるでマンションみたいだった。びっくりするくらいかっこよかった」

「ご両親がカースウェルって名前をつけたの？」

「それは名字だよ。一緒に遊んでた仲間たちとは名字で呼び合ってた。それがタフガイのやり方だったのさ」

「子供のころ、どんなことをして遊んだのか聞きたいな」　ゲイルは体を回して腹ばいになると、両肘をついて体を起こした。ブラウスがずり上がって、数センチほど肌があらわになっているのに僕は気づく。

「いいとも。僕の母親はなんでも瓶に入れてたから、家はガラス瓶であふれてた。グレーの金属のフタがついた瓶さ」

「覚えてるわ」　ゲイルが微笑む。「今でもいくつか持ってると思う」

「そう、カースウェルは、つまりエバンは、瓶のフタが亜鉛でできていることに気づいた。おまけにエバンは、亜鉛と硫酸を混ぜると水素ガスができることも知ってた」

「たった九歳なのに、化学の知識があったの？」

「十一歳だったかもしれないな。それはともかく、僕らは近所を回って亜鉛製の瓶のフタをかき集めた。そして薬局に行って塩酸を一瓶と風船をいくつか買った。次にフタを細かく切って、サイダー瓶に詰めて、そこに酸を注ぎ込んだんだ。ブクブクと泡が出てきたところで、瓶の口に風船を取り付けた。あっという間に水素風船の出来上がりさ。ちょっと危険だったけどね。酸は失明の危険があったし、水素は爆発するかもしれなかった。守護天使が勢ぞろいして僕らを見守ってくれてたに違いないよ」

「その風船はどうしたの？　ヒンデンブルグ号ごっこでもしたのかしら」

「いや、風船に僕らの名前を書いた名札をつけた。そして空に飛ばしたんだ。空高く上って、気流にのって東へ飛ばされていったよ。風船はきっかり二週間で世界を一周するはずだとカースウェルが計算した。僕たちはそこに突っ立って眺めていた。つまり、風船を追って、東の空をじっと見つめてたのさ。風船は二度と戻ってこなかった」

「カースウェルはとても頭のいい子だったみたいね。大きくなって、原子物理学者にでもなったのかしら」

「カースウェルは事故で死んだ。十二歳の誕生日の少しあとだった」

ゲイルは黙っていた。

暗い地平線を眺めていると、頭のなかにカースウェルが浮かぶ。風船に水素をつめて、冷たい3月の風の中に風船を放したカースウェルが。僕が目で追うと、風船は空高く上っていき、やがて色が見分けられなくなった。ただの点だ。そしてやがて消えていった。

僕はワインのグラスを手に取る。半分しか残っていないから、飲み干してしまおうと決める。

……★……

身体は平らに腕と脚は投げ出して、ワインのせいで僕は十字架にかけられたようにベッドに横たわっていた。数センチ先にある電話は受話器がはずされたまま、レキシントンの僕の家でベルを鳴らし続けている。ほどなくオペレーターが出てきて、誰もいないのであとでかけ直してくださいと言うだろう。リンダは今夜戻ると言ってなかったっけ？

それとも明日の朝だったか。

忘れた。

カーテンが開いているので、ナトリウムランプのけばけばしいオレンジ色の光が部屋中に満ちている。地獄編の第四篇。この場面のネガフィルムは、明るく黄色い空から振る冷たい青白い霧のように見えるかもしれない。まるであたり一面氷で覆われているように見えるだろう。

僕は壁から聞こえてくる音楽に耳をそばだてる。徹底して口当たりのいい音楽。六〇年代後半の、聞いていてこちらが恥ずかしくなるようなヒット曲が、女の子のコーラスでカバーされている。「愛はいたるところにある…」

僕のなかで声がささやく。「ザ・トロッグス。一九六八年二月二十四日。フォンタナレーベル」

僕の声、おまえに礼を言うよ。おまえのせいで、何度リンダと気まずくなったことか。おまえは曲が聞こえてくると、その曲を言い当て、僕のなかにいる別の誰かに、ラジオのスイッチを切れと言う。そして誰の曲か当ててみろとリンダに言う。もちろんリンダには無理だ。おまえのおかげで僕の結婚生活は目茶目茶にされて、この瞬間にも妻はたぶんヴァンという男とメキシコのホテルでー。だからさ、もういい加減黙ってくれないか。頼むよ。

音楽が変わった。スローなテンポで、オーケストラ用として重厚に編曲された…、なんだろう？「サマー・イン・ザ・シティ」だ。

ラビン・スプーンフル。一九六六年七月十六日。

文句は言えないな。僕のなかのこの部分、古い曲を記憶しているこの小さな回路のおかげで、うちの会社はかなりの金を稼いでる。「マイケル、一九七一年を題材にした広告を打ちたい…　マイケル、古いビートルズの曲には反応を示さないアルファ消費者の心をつかみたいんだ…　マイケル、消費世代も対象に入れた曲目リストが欲しい…」

欲しい、欲しい、欲しい。

クラリネットの音色が部屋にあふれる。六十年代初頭のぼんやりとしたメロディ。「星空のむこう」、一九六二年七月だ。

この曲を始めて聞いた日のことを思い出す。コリンスの家の裏庭で芝生の上に寝そべって、シカゴのラジオ局を聞きながら、打ち上げられたばかりのエコー衛星を見ていた。真夜中の二十一時。父さんと母さんはガーデンチェアに座っている。アールとガールフレンド、そして僕は、手足を投げ出して草の上に寝そべり空を眺めていた。最初に衛星を見つけたのは父さんで、小さな点が宇宙の暗闇の中を西から東へと向かって動いていた。

その瞬間、ディック・ビオンディというディスク・ジョッキーが曲を紹介したんだ。「星空の向こう」、タイトルはこれ以上ないくらいその場にどんぴしゃり。それはまったくの偶然だったんだけど、僕はミズーリの草原や僕の家のはるか上空の星空の向こうを、まるで衛星になって飛んでいるような気分になった。

「星空の向こう」はヒットしなかった。トップテン入りしたこともなかった。誰もアーチストのミスター・アッカー・ビルクを覚えてはいないだろう。そしてもちろん、僕を覚えている人もきっといないだろう。

オレンジ色の光のなかで目をつぶり、マシンに囲まれている自分を想像する。レオナルドが僕にヘルメットをかぶせ、喉頭マイクと注射バンドを取り付ける様子を思い浮かべる。コンピュータからエレベータのような音が聞こえ、そして鳥のさえずりのような音に変わる。

「同調完了……」

「認識しました」

僕は星空の上から緑に覆われた草原へ降りてくる。ミズーリ州コリンスへ。

僕は立ち上がり裏庭のポーチへと歩いていく。これが夢だということは百も承知だ。でもここなら僕は逃げ出せる。ゼイやパウンドストーン、レオナルドやあの機械から逃げ出せるんだ。

見回すとそこには父さんがいる。僕の記憶が父さんの体、肩や顔を作り出している。ダークグリーンのズボンとシャツを着て、野球帽を目深にかぶってそこに座っている。あたりは暗いけど、父さんが笑っているのが僕には分かる。今日は何かいいことがあったのかな。そうだといいのに。

僕は母さんに目をやる。ポーチに出したデッキチェアに腰掛けて、両手をひざの上に乗せている。皿洗いのせいでまだ濡れている見覚えのある青いエプロンをしている。僕は皿拭きを手伝っていただろうか。よくわからない。

今は夕暮れ時で、どこかで野球をしている声が庭に流れてくる。コリンスの野球チーム、コヨーテが、このかげろうのような世界のどこかのチームと試合をしている。びっしりと生い茂った楓の木が、夜風に吹かれてざわざわと音を立てる。真っ黒な木陰が、競技場から届く照明を遮っている。永遠に続く僕にとっての春のなかでは、この光景こそがいつまでも僕にとってのまぎれもない我が家そのものだ。

夢のなかで昼になっていた。雲が地表近くに漂い、綿のような塊が低く垂れ込め地面を覆っている。朝の冷気は春の暖かさへと変わり、蒸気は青空に霧散する。午前10時、流れる雲が残していったいくつかの雲の断片が、まるで破れたカーテンのように、山々の頂から垂れ下がっている。

まるで皿拭き用フキンみたいな空。僕はどこでこの言葉を聞いたんだっけ。なんにしろ、今日のような雲を言い表すぴったりの言葉だ。

再び暗闇が訪れる。競技場からの照明が近づいてくる。野球の試合は音楽のリズムに変わっていた。

僕は毛布を蹴飛ばして、外を見る。そうだと思ったよ、窓に雨が打ち付けている。なぜだろう、今日は火星の隣に三日月が出るはずだと知っていたんだ。でも地平線のあたりには雲が垂れこめて、嵐が近づきつつある。

そして今、僕は激しい雨が降るなか車を運転しながら、ワイパーが刻むビートの合間に、フロントガラスの上をいく筋も小川のように流れる雨を見ている。前方では、雨と木々、まぶしく光るアスファルト、両側を通り抜けていくトラックが跳ね上げる水しぶきが、灰色の景色を織り成している。はっきりとした輪郭のない、ぼやけた風景だ。

水しぶきがフロントガラスに当たり、一瞬のあいだ道路がぼやけて見えなくなる。それに反応して、僕の顔、ちょうど鼻のあたりにアドレナリン注射の針がチクリとささったような感覚が走る。この世界にも恐怖は存在するのだろうか。もちろんそうに決まってる。

じゃあどうして僕はここにいる？　なぜ夢はこの場所に運んだのだろう？　僕はスイッチを切り替えてワイパーのスピードを上げて、デフロスターのスイッチを入れる。すると空気が曇ったフロントガラスに勢いよく吹きつけられ、十五センチほどの曇りのない丸い部分を作り出す。車の前方で、長細い灰色の影が道路を横切る。まるで獲物を探しまわるカマスのようだ。ライトを点けると、路面に黄色い光が反射する。

もう一台、車が通り過ぎて、水しぶきをフロントグラスに浴びせていく。以前、この場面を見たことがあることをなぜか僕は知っている。何年も前のことだ。僕は右側を向いた。

誰かがいる。隣の助手席に座って、足をフロントガラスに乗せているので、その部分だけ小さくガラスが曇っている。

レイチェル・ドミニクだ。十五歳のレイチェル・ドミニクだった。

頭の中のファイルキャビネットの引き出しが開いて、山のような詰まれた写真が床に広がる。レイチェルが歩道に新聞を落とした写真。こっちは父親が45口径の自動拳銃を装填している写真。もう一枚では、彼女が僕のシャツに嘔吐してる。

こっちの大判写真には、西ミズーリのなだらかな山々と平原に位置する小さな町チェロキーへ、レイチェルの両親に会うために車を走らせている僕が写っている。写真は動く。僕が行けたはずの場所、会えたはずの人たち、兄さんや友達、昔のガールフレンドのなかから、そして訪れることができたはずの楽しくわくわくする時間のなかから、僕はこの一九六六年一月、霧雨のそぼ降るみじめな金曜の夕暮れ前を選び出した。15歳のレイチェル・ドミニクと一緒にミズーリ州チェロキーへ向かう途中だ。

夢は続く。ひとコマひとコマ続いていく。

「私、エンジンの上で料理ができるのよ。この話、もうしたかしら？」　レイチェルがダッシュボードに乗せた足は、ホコリのなかにはっきりと跡を残していた。「パパがやり方を教えてくれたの。最初にすべての材料をホイルで包んで、エンジンをかけてウォームアップさせる。そして、フードを開けて排気管の上に食べ物を乗せるの。ワイヤーで縛っておけば、運転しても管からすべり落ちたりしないわ。三十分で料理は出来上がり」

シーンは上下に移動する。明らかに、僕が同意してうなずいている証拠だ。レイチェルが一息ついて、フロントガラスにさらに足の跡をつけているのが視界の隅に見える。どの跡も水蒸気の輪が周りを囲んでいた。

「すっごく簡単なの。でも気をつけなきゃダメよ。ホイルをしっかり閉じないと、食べ物が変な味になっちゃうの。まるでガレージの匂いみたい。とくにジャガイモはダメね」

この場所で情報を入手して持ち帰り、パートナーのジェリーの送ってもいいかもしれない。僕はハイウェイを走る車をチェックする。ほとんどが六〇年代半ばのフォードかシボレーだ。毎週どこかで開かれているクラシックカーショウで見かけるようなタイプだ。

「そうすると味が台無しになっちゃうの。だからホイルはきっちり封がされてるかどうか確認しなきゃダメ。今度ポットローストを作ってあげる。にんじんとジャガイモを使おう。もちろん肉もね。お腹すかない？」

「すいたよ」

「もし時間どおりに着けば、ママが何か準備してくれるよ。もし着かなかったら『クク』で何か買っていかなきゃいけないかも。フィッシュサンドイッチは好き？　それとも私が持ってきたポテトサラダを食べてもいいかな。少し食べる？」

「サンドイッチまで待つよ」

「ほんとはね、ポテトサラダは私の好きなもののリストには入ってないの。私の『探求』の話はしたっけ？」

「いや」

「自分が求める完璧な何かを、誰もが『探求』するべきなの。私は完璧なパイを探求してるわ。私のお気に入りはココナックリームパイよ。いちから作り方を習うつもりなんだ」

「僕はチェリーパイがいいな」

「大事なのはね、人生で何が大事なのかを見極めて、できるかぎりそのことについて発見を積み重ねること」

雨が小降りになって、世界は淡い茶色とキラキラと光るグレーの色彩に変わる。古い緑色のピックアップトラックが金切り声をあげて左側を通り過ぎ、僕のフォードに白い水しぶきを浴びせかける。地平線の上に灰色の雲が低く垂れ込めている。南の暖かい空気の層に持ち上げられているんだ。さらに手前には、木々が雨に濡れた葉を揺らして、薄茶色の背景の中に浮かぶ黄色い雲のように見える。

車がスピードを上げるとエンジンから低いノック音が聞こえる。どこからか声がする。「くそっ、オイルタンクに水が入ったみたいだ」 僕自身の思考だ。

だがこれはただの夢だ。明晰夢ではあるが、夢であることに変わりはない。

ファイルキャビネットの中のほかの写真が見える。パウンドストーンが僕に、こういう夢を見る可能性があると言っているときの映像だ。「明晰な記憶を保持するには、脳は小さすぎます。ですがマシンによってプロセスのロックが解除されると、すべてが容易になります。過去の思い出が詰まった夢を見るかもしれません。その夢は過去トリップのときに目にする光景と同じくらいリアルなものもあるでしょう」

ロックが解除されたのは明らかだ。だが僕はいまだに同じもの、同じ場所を見ている。

「ねえ気づいた？」　レイチェルが言う。「雨のなかの牛って、白黒のビー玉みたい」

「気づかなかったよ。雨の中、しっかりと車を走らせることに夢中でね」

　僕は、僕自身のまわりを見回す。デフロスターから出てくる暖かい空気と、窓から流れ込んでくる涼しい風を感じる。そして今、夢の中で、どんな匂いがしているのだろうと僕は想像する。濡れた内装とオイルの匂いにまじって、レイチェルがつけているゼストのヘブン・セントとハンバーガーの匂いだろうか。そりゃ、最高だろう。

　もちろん、これが幻に過ぎないことはよく分かってる。僕が見ているものはすべて、遠く昔に過ぎ去ってしまったことだ。雨も車も存在しない。そしてレイチェル・ドミニクも。現実の夢のなかでは、本当は僕はひとりぼっちだ。

「火曜日にクラス写真を撮るって話したかしら？　生理が始まる日だから、もうにきびができてるの。それって最悪じゃない？　恥ずかしくて、きっとしゃがみこんじゃうわ。この顔をカメラの前にさらさなきゃいけないのよ」

　またトラックが追い抜いて行き、フロントガラスが水しぶきで灰色に染まる。

　同じ話を、それとも似たような話だったか、娘から聞かされたことがある。

「パパ、先生たちは鼻ピアスをつけちゃいけないって言うの。クラスを混乱させるからだって」

「そうかもしれないね」

「でも、鼻ピアスはみんなしてるのよ。とにかく、それって言論の自由にかかわる問題だと思うの。裁判を起こせるってママは言ってた」

「裁判にかけてママは専門家だ。パパは作ってるのはコマーシャルだからな」

「もう、パパったら。本当に頼りになるわね」

勢いを増した雨が、フロントガラスをくすんだ灰色の幕に変える。

「信じられないよ、この雨！」　僕はワイパーの速度を最高にする。

レイチェルが体を寄せてきて、腕を僕の体に回す。「マイケル、この天気はあなたのせいよ。なんでだか分かる？　だってあなたは雨男だもの。あなたに出会う前は十一月の夜更けに嵐に遭ったことなんてなかった。なのにこれを見てよ。あなたがそういうふうに話す時はいつも、雨とか雷とか、いろんなことが起こる」

「そういうふうにって、何だよ」

「分かるでしょ、だから——」

電話のベルが鳴り、夢は消え去った。

目を開ける。朝になっていて、僕はサン・アントニオの自室に戻っていた。窓の向こうに、どんよりとしたグレーの空が見える。だけど外の気温は分かったもんじゃない。

再びベルが鳴り、僕は向きを変えて電話機に向かう。向きを変えるとき、まるで胃が円周三十センチほど膨張する感じがする。まずいな。

もういちどベルが鳴り、そして切れた。

よかった。誰が電話してきたか知らないが、あきらめたらしい。

寝返りをうって仰向けになり、目を閉じる。鼓動は速くなり、胃はすぐにでも中身を戻してやると、脅しをかけてくるようだ。僕は起き上がろうとする。

成功。

ところが今度は、顔に十キロの重りをテープで張られたような感じがする。もし下を向いたら、あごの下のたるみが伸びて床まで届きそうだ。昨日の夜、どこかへ行ったのだろうか。思い出せない。コーヒーを飲めばよくなるかもしれない。何の夢を見ていたのだっけ。デビーの鼻ピアスの夢だったか。

また電話のベルが鳴る。

「ミッチェルさんですか？」

「ああ」

「フロントのセキュリティデスクに、荷物が届いています」

「誰からだい」

「名前を訊きませんでした」

「分かった。階下まで取りに行くよ」

「それから、パウンドストーン博士から伝言があります。今日の午前九時三十分にお会いしたいそうです」

「ありがとう。助かるよ」　僕は電話を切って時計を見る。九時までに十分だった。

九　コア

僕はすばやくパウンドストーンと握手を交わすと、デスクの前の革張りのソファにくずれるように座り込んだ。「遅れてすみません」

「構いませんよ」　パウンドストーンはにっこりと笑う。「調子はどうです。何か思い出せましたか？」

「ええ、かなり」

「過去は楽しかったですか。ビジネスに役立つような当時のカルチャーを持って帰ってこれましたか」　パウンドストーンは長い指を尖塔のように立ててみせる。

「いくつか見つけました」　僕は肩をすくめる。「一九六〇年モデルのフォードやシボレーを何台も見ましたよ」

「ああ、そうでしょうね」　パウンドストーンはくすりと笑うと、背もたれに体を預けた。「二年前、われわれが初めてこのテクニックを模索していたとき、何度もトリップを自分で体験しました。その時、毎年毎年、こうもすべてが様変わりするものかと驚きましたよ。車もモデルチェンジします。ある年にはフィンが流行る。翌年にはフラットな実用車が流行って、しかしメタルよりプラスチックが多く使われていたりするんです」

「そういうものですよ。本当にね」

「過去トリップに何か問題はありませんでしたか」　パウンドストーンの口元に笑みがのぞく。おそらく緊急停止の話を聞いているのだろう。

「レオナルドに連れ戻された話を、聞いているんじゃありませんか」

「彼はボタンを押すのが早すぎます。そう思いませんか」　笑みは顔中に広がった。「そのせいで問題は起こりませんでしたか。頭痛とか、吐き気はどうです」

「ありません」

「レオナルドのテクニックは私自身も経験済みです。痛みは伴うが効果は確かだ」　パウンドストーンは僕の頭部に目をやる。

「その小さな火傷が厄介なことになったら、知らせてください」

「そうします」

「プログラムに対して不満はありませんか」

「いいえ。なぜです？」

「被験者のなかには、感覚が視覚と聴覚に限られているのを知って、多少不満を持つ人もいます。そういう人はすべてを経験したいのです。触覚、味覚、嗅覚もすべてです。そういうものをトリップで得られないことが気になりませんか」

「確かに、残念だとは思いますよ。でも映像と音に関しては、どんな夢よりもリアルだし、現実とほとんど変わりませんよ」

「そうでしょう」　パウンドストーンはうなずく。「われわれは催眠における暗示でいつもこんな一文を入れます。『感じるものを感じてください、そこにあるものを味わってください』などとね。しかしそれに応えて何かを感じた被験者はひとりもいないようです」

「そんなことできるんですか？」

「記憶が脳の中に蓄積されている仕組みの問題だと私は思っています。確かに私たちはすべてにアクセスすることはできません。しかし誰にも分かりませんよ。研究を続ければ、問題の理解も進むでしょう」

パウンドストーンは次に何を言おうか考えているように、一瞬デスクを見つめる。「マイケル、あなたの五回の過去トリップのレポートに目を通す機会がありました。そしてじっくり考えてみたのですが——」

手のひらが汗ばむのを感じる。「何か問題でも？」

「いえ、そうじゃありません」　パウンドストーンは僕を見る。「まったく反対です。あなたはどうやら向こうですばらしいコントロール能力をお持ちのようだ。テープから判断すると、あなたのナビゲーション能力はここにいる誰よりも優れています」

「そうなんですか？」　僕はパウンドストーンを見つめ、テープに何が録音されていたのだろうと思う。

「この件に関してトム・ゼイとも話しましたが、ぜひロングランをやってみませんか」

「なんですって？」

「心理面のプロファイルも申し分ありません。ストレスの管理能力も並外れています。もちろんモチベーションもある。ロングランのすばらしい候補者になれるでしょう」　パウンドストーンは微笑む。

「複数の人格が現れる可能性があると聞きましたが——」

「区分化のことをですか？」とパウンドストーン。「ええ、ありうることだとは思います。つまるところ、私たちはそれぞれの人生の場面で、別々の人格を持っていますから——」

「わかります。しかし——」

「しかしですね、ほかの人格を導く核となる、つまりコアの人格があるのですよ」　パウンドストーンは善良そうな笑みを浮かべる。「そしてコアはそういった弊害からは無縁であると私は確信しています」

「じゃあ、僕がロングランを行ったとしても、違う人格になって戻ってくるなんてことはない、そうですね？　というのも、僕は人格にかなり問題を抱えてるので」

「保証しますよ。マイケル」　顔一面に笑顔が広がった。「何も問題は起こりません。それに念には念をいれて徹底的な催眠鑑定を行います」

「なるほど。追加料金がかかるんですか」

「もちろん必要ありません」　パウンドストーンは指を立ててみせる。「ただ、結果を公表することに同意するサインをお願いしたい」

「なんの結果です？」

「研究結果ですよ。もし形にして発表することになった場合、その結果のことです。ですが、発表することにはまずなりません。ただ形式上のことです。弁護士がやれとうるさいんです。微に入り細に亘れとね」　パウンドストーンはデスクの上の用紙をこちらに押してよこす。

「そうですね――」　僕は法律用語がびっしりと並んだ紙切れを見つめる。用紙の下には、サインとイニシャルの欄があった。こういう合意書を以前にも見たことがある。「損失を肩代わりさせられるような契約じゃありませんよね」

ちらりと苛立ちがのぞく。「単なる形式です。最初の合意書の一部分ですから、すでにサインしている内容ですよ。ですが資金提供団体は、被験者がプロセスとそれに伴うリスクを常に理解していることを望んでいます。申し上げておかなければいけませんが、そのことに関してはすでにお話しているはずです」

「しかし最初にサインをしているのなら、どうして——」

「それは、ロングランのためには、さらに踏み込んだサポート方法を使用するからです。たとえば点滴などです」　パウンドストーンは体を乗り出す。「マイケル、来週ロングランを始めてもいいんですよ」

「本当にそう思いますか？」

「最初は、ミディアムランからです。おそらく四十八時間以内になるでしょう。もちろんメモリーバンクの中では、それより長いことも短いこともありえます。たとえば、オットーは十時間のランを定期的に行っていますが、記憶の中で感じる体験はもっと長いと言っています。時には数日になることもあるそうです」

「数日ですか」　僕は考えてみる。ブレンダ・レイシーと過ごす数日間か。

「いつもどおり、レオナルドと連絡を取ることは可能です。話す前にシーンをロックすることだけは忘れずに。当然のことですが、そうしないと喉頭の非常に微細な揺れが——」パウンドストーンは自分の喉を軽くたたく。「速くなり過ぎて検出器がキャッチできません。この通信に役立つような高速のコンピュータを準備していているところですが、今のところ旧式のスローなプロトコルで我慢しなければいけません」

「向こうで数日過ごせるんですね。考える時間をくれませんか」　僕は用紙をデスクの上に置く。

「いいですよ」　パウンドストーンはうなずく。「先に進む決心がついたら、催眠の短いセッションを入れましょう。下位構造まで降下させます」

「どういう意味ですか、それ」

「ご自身の意識構造を知っていただきます。先へ進む前に、すべてを適切な形で統合していただきます。それをすると、マイケル・ミッチェルを構成しているいくつもの人格と出会うことになりますが、どの人格にも分離など起こらないと、それで確認できると思いますよ」

「分離？」

「一時的な混乱です」　パウンドストーンはそっけなく言う。「数分で終わります。心配することはありません」

「わかりました」

「なんにしろ、通常の催眠と変わりません。最初にここにいらしたときに行った誘導前催眠と非常によく似ています。それから、当然ですが仮契約にサインを頂かなくてはいけません。形式だけのものですが、サインがないと先へ進めないんですよ」

「了解しました」　僕は座りなおす。「サインしましょう」

「良かった」　パウンドストーンは契約書類を僕に突き出した。「ペンをお貸ししましょうか」

暗闇。僕は目を閉じてセッションが始まるのを待っている。頭のなかにレオナルドの声が響く。「パウンドストーンが深みに連れて行けるかって？　冗談言っちゃいけない。あの人は、血の奥底にまで連れて行きますよ」

パウンドストーンとの初めてのセッションを思い出す。―その時に僕は自己の宇宙を旅する方法を学んだ。―イメージをロックして、シーンを隅々までスキャンし、ズームインする。このテクニックは、どれもうまくいった。―つまり僕のナビゲーション能力は悪くない。そうでなければロングランを勧められはしないだろう。

そうだろう？

「マイケル」　目の後ろの灰色のスクリーンから響いてくるパウンドストーンの声が聞こえる。「以前のように、体が次第に重くなるのを感じます。**以前のように、**あなたはさらにリラックスします。―これほどリラックスできるとは考えたこともなかったほど、あなたはリラックスします」

パウンドストーンの声は僕の思考を捕らえ、眠りの淵まで僕を連れて行く。そのあいだ体はずしりと重くなり、つぎに水銀へと変わり、そしてすべてが消えうせ―あとには僕だけが残る。「完全なあなたを形作っているあらゆる部分へと、あなたは降りていきます」

あらゆるところから声が響いてくる。朗々と響く声。**「あなたは深く降りていくエレベータに乗っていて、別々に分離されたあなた自身に出会います。なんの不安もありません」**

僕はいわば頭のなかの工作室の上にぶらさがって、轟音を立てる上層部分、つまり思考の工場の上に浮かんでいる。ここから、僕という存在の広大な網の目の上を、感情とロジックが動いていくのが見える。ところどころ輝きを放っている思考という果てしない雲は、ほかの雲と反応して、広大な光り輝く心的組織体を作り出している―、それが僕だ。

「あなたは深く降りていきます。あなたの記憶がある場所を体験します。恐れや痛みは、何もありません」

僕はあたりを見回す。その瞬間、僕は子供時代の情景を垣間見る。明るい緑の芝生、晴れ渡った空、白い歩道の夏だ。振り向くと、青い壁紙の張られた小さなベッドルーム。そして今度は、あの雨の金曜日の瞬間だ。学校へ行く途中、ヘッドライトに照らされる濡れた茶色い舗道に黒い雨靴が見える。

「あなたは、行きたい所へ行くことができます。そこで見るべきものを見て、聞くべきものを聞きます。私の声が聞こえたら、右手の人差し指を立ててください」

僕のまわりのどこかで、細胞から放たれた閃光が僕の背骨と腕にシグナルを送る。どこかで、自分の中のどこかの部分が、パウンドストーンが出す要求に従っている。

「あなたは深く降りていきます。今までに経験したこともないほど深く降りていきます」

エレベータは下降する。僕は体内の時計が規則正しく時を刻む音を聞く。テンポの速い、規則正しい行進曲のようだ。音が大きくなるにつれて、それが完全に調和の取れたいくつものパターンから形成されていることに気づく。誰かがラジオをつけっぱなしにしているんだ。

僕はさらに深く降りていき、ぼんやりとしたシグナルが飛び交うなか、自分の息遣いの音を聞く。まるで遠くで響く雷鳴のように、一分間に十二回のビートを刻む。その反響音が聞こえる。はっきりとしたごろごろと言う音と、それに続いてゆっくりと空気が吐き出される音。吐き出す。ごろごろ。吐き出す。胸部が動く。

僕は体内も、別のリズムがあることにも気づく。千分の一秒の正確さで光を放つ神経だ。水でできたこの体というマシンにある、耳介、心室、動脈に起こる反応だ。

降りていくにつれ、自分が分断されていくのを感じる。この波打つ空洞のなかでは、僕はもはや僕ではない。**僕たちだ**。そのうちの一人は、上空の表面あたりにいてパウンドストーンの声に耳を傾けながら、抑揚のない単調な口調で語られる指示に反応する。ほかの者たちは、パウンドストーンの言葉の中に手がかりを探して、彼が何を言おうとしているのか理解しようとする。そして僕たちは、このプロセスが展開していく様子を見守っている中心人格の存在を感じる。

「もっと深く」

現実は消え去り、―　靄がかかったような一連の絶え間なく動くスナップ写真に取って変わる。未来へと伸び過去へと遡っていく、一瞬一瞬という粒で構成された細長いハイウェイを、その霞は形作っている。

エレベータが止まる。―　シャフトの暗く混沌とした底の少し手前だ。　ここから更に深く行く理由はない。―　この場所にロジックはない。意味も愛も、人間性すらない。問いも答えもない。あるのは渦巻いている動きだけだ。

次第に僕はまた一人へと戻っていく。シーンは合体し、誰かが、あるいは何かがこの混沌から物質を作り出しそれに形を与える。僕は光り輝く僕自身のエンジンの下方に立っている。―　ブンブン、ガチャガチャと音を立てる火花と電子と思考の工場だ。―　それはなだらかな丘の上に置かれている。頭上には紫色の雲ひとつない空に透けて、放射状に走る細かい光の波がどこまでも続いているのが見える。

僕はエレベータに乗り込み上昇ボタンを押し、世界の屋根へ向かって上っていく　―　混沌を抜けて、スイッチング・ステーションを通り過ぎ、門脈を抜け、はるか遠くの上空へ。昇っていく途中で、この場所を覚えていなくては、と気づく。―　この道筋を覚えていなければ。なぜなら僕は、いつかここに帰ってこなくてはならないから。

「満ち足りてリラックスしたあなたは、目を覚まします」 僕を呼び戻そうとするパウンドストーンの声が響く。でもそんなものは必要ない。

僕はすでに戻っていた。

十　周辺視野

セキュリティカウンターの若い女性は僕を胡散臭そうな目で見る。女性の長い髪はがっしりとした肩まで伸び、小さなトランシーバを隠している。おそらく四十五サイズのベルトにお腹の肉をぎゅうぎゅうに押し込んでいるんだろう。

「IDを見せてください」

襟の折り返しについているプラスチックのカードを見せる。彼女は肩をすくめ、サインしろと言わんばかりにクリップボードを差し出す。そして靴箱くらいのサイズの小さな茶色い小包を手渡す。特別宅配便だが差出人の名前がない。

「中身は何だろうね？」僕は尋ねる。

「ボトルですよ」　彼女は答える。「たぶん何かのお酒でしょう。X線で調べました。こういうものを送るのは法律に違反するんですけどねえ」

「ありがとう」　僕は小包を受け取ると、エレベータへ向かう。

部屋に戻ると、包装紙をはがし箱を開けてみる。警備員は正しかった。中身は酒、しかもメキシコのブランデーだった。ナポレオン十三世。カードがテープで貼り付けてあった。

「マイケルへ。気に入るといいんだけど。空港で買ったの。免税品店で一日中時間を潰してやっと帰りの飛行機が取れたわ。たぶん来週、またこちらに戻ることになると思う。新しいパートナーは気難しいのよ。ブランデーを送るからこれで乗り切って。元気で。　リンダ」

「元気で、って何だよ」　ボトルを見る。けばけばしく大きなボトルのラベルには、サーベルを腰につけて馬に乗った男が描かれていた。文字はすべてスペイン語だ。ナポレオン十三世のボトル一本が、僕に一体なにをしてくるって言うんだ。大脳皮質にニコニコマークでも彫り付けてくれるっていうのか。

ボトルをドレッサーの一番上の引き出しにしまう。酒が漏れたりしてなきゃいいけど。

……★……

「誰かさんは、二日酔いじゃないかしら？」　ゲイルは微笑みながら、慎重に薄切りのハラペーニョをハンバーガにはさんでいる。

「違うよ」　僕はゲイルの隣にトレイを置き、料理をじっくりと眺める。エンチラーダと豆の煮込み、フレンチフライとニンジンの入ったシーザースサラダらしきもの。

テーブルの向こう側には、ローウェルとオットーがカーレースに関する細かなあれこれについて話し合っている。その近くでは無口なコルトレーンが、大皿に盛られたメキシカンソーセージとスクランブルエッグを神妙な様子で口に運んでいる。

「最近の車はどれもガラクタだ」　オットーが言う。「これまでにアメリカで作られた最高の車は一九六五年のフォード・ギャラクシー五〇〇XLだな。ショールームから持ってきたばかりの車でも、時速二百五十キロ近く出た」

「ガソリンを食いすぎるよ」　ローウェルが肩をすくめる。「一ガロンでせいぜい十三キロがやっとでしょう」

「昔、フォード・ギャラクシーに乗ってたよ」　コルトレーンは思い出に浸って頷く。

「外装は黒、内装は赤でね。大型で実にゆったりとしてた」

「タイヤのついた鯨という感じだな」　ローウェルは首を振る。「まるでリビングルームだ」

「私の車もそうだったよ」　コルトレーンが頷く。

ゲイルが言う。「ねえ、どこかに閉じ込められた男たちって、お互いを攻撃し始めるって知ってた？」

ひげ面のオットーがにやりと笑う。「話の発端は、『存在は本質に先行するのか』という話題だったんだ」

「どちらもあり得ると思うな」　フレンチフライをマヨネーズにつけながらローウェルがつぶやく。「量子力学のトランザクショナル理論はそう言ってますよ。実際、それって僕たちが今やってることに関係がありそうだ」

「ああ、かもな」　オットーはくすりと笑う

ゲイルが胡散臭そうに顔を上げる。

「いいですか」　ローウェルがフレンチフライを二本掲げて見せる。「光を含むあらゆる物理的相互作用には、二種類の波がある。─　ひとつは未来へと旅する波で、もうひとつは過去へと旅する波だ」　ローウェルは二本のポテトフライを押し付ける。「二つの波が現在で出会ったとき、お互いが相殺される。そこで─」　ポテトを口に放り込む。「もし二つの波が過去へと押し戻されれば、本質が存在に先行する」　ローウェルは曲がったポテトを取り出す。「でも時間の輪が閉じられていたとしたら、話は別だ」

「そのポテトも食べる気なの？」　ゲイルが聞く。

「もちろん」ローウェルはポテトをマヨネーズにつける。

「何の話をしてるのか、さっぱり分からないよ」　僕は白状する。「車の話ならなんとかついて行けるけど、哲学とかその類の話はさっぱりだ」

「冗談でしょう？」　ローウェルが笑う。「あの機械に乗り込むとき、毎回、自分でやってることですよ。夢を見るたびにやってることかもしれない」

「ローウェル、大学での専攻は何だったの？」　ゲイルはポテトを食べながら尋ねる。「心理学。でも哲学の学位も持ってるし、副専攻で数学も学びました」

「そりゃすごい。本当に大したもんだ」　僕は自分の皿を見る。「サラダの中に入ってる、この小さな種は何なのか誰か知らないか？」

「カボチャの種だよ」　コルトレーンが言う。「健康にいいぞ」

「ローウェル、あのな―」　オットーが言う。「医者として言わせてもらえば、人は夢を見ている間、過去に戻っているというお前さんの主張には異議を唱えたいね。夢のメカニズムははっきりしてる。夢は深層でのランダムな活動の結果だ。おそらく神経細胞が余分なカルシウムを排除しているのだろう」

「カルシウムね」　ゲイルがつぶやく。「なんにしろ、私の体にはカルシウムが必要なんだけど」

「でもね、オットー」　ローウェルが言う。「そういうことに一応の知識は兼ね備えてる者として言わせてもらいますよ。―ケラーが言うには、脳は全く夢を見ないし―　言い換えれば記憶を蓄積しないそうです。脳はただ、時間と空間をスキャンして、実際の出来事のサンプルを抽出するだけらしい」

「たわ言だな」　オットーは笑う。「ヨーロッパ人に言わせれば、それは明らかに第一原理から逸脱しとるぞ」

「ヨーロッパですか？」　ローウェルが応える。「過去は変えることができると初めて提示したのは、ヨーロッパの医者だったんだけど」

「ふむ」　オットーが言う。「シュミットのレトロサイコキネシス実験だな。確かにシュミットは単純な遅延選択を実に巧妙に改良した。だがな、過去は変えたとは一度も主張してないぞ！」

「でも、それ以外にシュミットの実験を説明する方法がありますか？」　ローウェルが打ち返す。

「一体何の話をしてるのよ？」　ゲイルが二人を見る。

オットーは二つの質問を両方とも無視して、コルトレーンの方に向き直った。

「君はシャーマンや祈祷師と付き合いがあったそうじゃないか。彼らなら、こういう理論に対してどう意見を述べると思うかね」

「そうだねえ――」　コルトレーンはしばらくのあいだ、テーブルを見つめる。「シュショーン・インディアンたちは、おそらくこう言うだろう。『もしそれが役に立つなら、おおいに利用しろ』とね。彼らは徹底して現実的なんだ」　コルトレーンは肩をすくめる。

「ケラーがどうしているか、誰か知りませんか？」　ローウェルが尋ねる。少し頭を冷やしたようだ。「第十ラボでロングランを始めたと聞きましたよ」

「何も聞いてない」　オットーが言う。「だが順調に進んでるだろう。ケラーのことだから一九五一年あたりに戻って、どこかの化学会社のオフィスを歩き回ってるんじゃないか」

「なんだか危なっかしいな」　ローウェルが言う。「ケラーがガスマスクをつけるのを忘れないといいけど」

ゲイルが腕時計に目をやる。「もう行くわ。この議論をもっと聞いていたいけど、今日の午後にトリップの予定が入ってるの。それに髪がボサボサだし」

ゲイルがドアを開けて出て行くと、オットーが首を振る。「今日の午後トリップがあるからといって、どうして髪型の心配をするんだ？　向こうでパーティでもあるっていうのか？」

「多分そうなんだろう」コルトレーンは、出て行くゲイルの姿を見つめている。「なんにせよ、ここよりはずっと楽しそうだ」

★

「マイケル、数を数えて」　ヘッドフォンにゼイの抑揚のない穏やかな声が響く。今日の午後は、レオナルドではなくゼイが誘導を担当するんだ。僕が目を開けると、ヘルメットのバイザーの暗闇が目に入る。僕は十から一までの数を思い浮かべる。

「ありがとう。じゃあ声紋を入力しますから、もう少し待ってください」

カチリという音が聞こえ、もう一度同じ音がする。ゼイが通信制御装置をいじりまわしているのだろう。

「マイケル、ロングランを予定しているそうですね」

「今朝パウンドストーン博士と話したけど、また結論は出していないんだ」

「あなたは素晴らしい能力を持っています。実に興味深いロングランになると思います。今日は何時間くらい向こうで過ごしましょうか」

「分からないな。いつもは二十分か三十分くらいだったけど」

「それは記録で見ました。今日は八時までスケジュールが空いています。二時間くらいやってみますか？」

「二時間も？」

「あなたのEKGから目を離さないようにします。もしよければ、ラベルつきのブドウ糖を投与して、陽電子放射トモグラフィのスイッチを入れてもいいでしょう。痛みは何も感じませんよ」

「それって——」

「側頭葉の活動を追跡する役目を果たします。もし何かトラブルに巻き込まれたら、こっちへ連れ戻します。準備はいいですか？」

「オーケー」　まるで宇宙旅行にでも出かけるような気分だ。

数分間の静寂が過ぎ、ゼイの声がもう一度聞こえる。「いいですね、脈拍が少し落ちるまで待ちましょう。よし。すべて順調です。過呼吸にならないように気をつけて。そうすればいい過去トリップになりますよ」

「分かった」

「マイケル、喉頭マイクを取り付けてますので、何か言いたいことがあったら、それを思ってください、つまり自分自身に語りかけるということです。いいですね」

了解。

金属的な怒鳴り声がかすかにヘッドフォンのなかに響く。僕の声だったのか？

「シータリズムを捕らえるために、新しい装置を導入しました」　機械が回転速度を上げるなか、ゼイが言う。「正確な側頭葉リズムをロックするために、設計されました。違いを実感していただけると思いますが」

気味の悪い音がヘッドフォンの中で広がっていく。まるで小学生が同じ音程で合唱をしているようだ。音はさらに大きくなり、僕はなかなか集中できない。体はどんどん軽くなる。ゼイは一体何をしたんだ？　僕の側頭葉にどんなことをしてるんだ。

音はどんどん大きくなる。悲鳴を上げる乗客と、歌う天使たちを乗せて地上に突っ込むMD八〇ジェット旅客機のように。その時、鐘の音がした。腹の底に響き渡るような鐘の音で、僕の体には振動が走り、体は思考から解き放たれ、下方へ、深い穴の中へと落ちていく。

光が現れた。僕の人生の細長い流れが過去へ向かって伸びている、僕は近づいてみる。これは現実なのか？

「マイケル聞こえますか」　またゼイの声だ。

聞こえるよ。

「結構。シータ派をロックします、下方にいろんなものが見えると思いますが、ロックが完了するまで、少しの間そこで浮いててくれませんか。…どうも。どうぞいい夢を」

僕は夏の夜の暗闇へと漂いながら降りていく。漆黒の夜空に羽のように浮かぶ薄雲の向こうに、光り輝く満月が見える。黄色みがかった白熱灯の光が、近くの家々に灯を点す。

レイチェルが僕のデニムシャツの袖を握っている。「来週、ブレンダ・レイシーがサマーキャンプから帰ってくるのよ。彼女に会うつもりなの？　会ったりしたら、あたし死ぬからね」

「なあ、迎えの車がきてるんだ。仕事に行かなきゃ」

僕の家の前に、二人は立っている。もうとっぷりと暗くなって、おそらく十時十五分頃だろう。僕はジーンズをはいていて、青い長袖のデニムシャツはそこらじゅうに油染みができていた。それと対照的に、レイチェルは淡い色のショートパンツと袖なしのシャツを着ている。白いヘアカーラーで巻いた髪は薄手のスカーフで覆われていた。

彼女の質問に答えるのを避けるためだろうか、僕はまっすぐに地面を見つめている。水銀灯の光を受けて、僕の黒い作業ブーツも、アスファルトも道の小石も、すべてが青く染まって見える。なんとレイチェルは靴を履いていなかった。裸足だった。ロックだ。彼女の足に斑点が五つか六つ見える、おそらく蚊か、この土地にあちこちにいるツツガムシに刺されたのだろう。さらに僕たちは、レイチェルの車、水色のマーキュリー・コメットの脇に立っていることに気づく。どうして彼女は運転できたんだ？　五月に十五歳になったばかりなのに。おそらく法律を破っていたんだろう。

そう、一九六六年の夏はこんなふうだった。　完璧な褐色の肌と見事な脚を持つ美しくてセクシーな十七歳と、髪にはカーラー、脚には蚊に刺された跡をつけた無免許運転の騒がしい十五歳のどちらかを選ばなければならなかった。

ロック解除。

二つのライトが目に入ったかと思うと、一九六〇年型のシボレーが角を曲がって現れる。がっしりとした太い腕がドアに乗せられていた。

「ほら、ルーニーが迎えに来たよ。行かなきゃ」

「明日も会える？」

「多分ね」

「パパとママがチェロキーへ私を連れて帰ろうとしてるの。もし帰ったら、もう二度とあなたに会えないわ」

「また会えるよ」

「お願いだから、ブレンダ・レイシーと会わないで」

「レイチェル、僕もう行かなきゃ」

「気をつけてね。怪我なんてしないでね」

僕はルーニーの車に乗り込み、ドアを閉める。ルーニーはくるくるとした金髪の温厚な大男だ。彼は大きな掌をハンドルの中央に置いて、運転していた。手首を捻るだけで車が方向を変える。

「ガールフレンドかい？」　青いコメットから遠ざかりながらルーニーが訊く。

「違うよ。ただの知り合いさ」

「ケンカでもしてたのか？」

「ああ、明日ブレンダがサマーキャンプから戻ってくる」

「そりゃ、まずいことになりそうだな」

「ああ」

「お前なら、うまく切り抜けられるさ」　ルーニーはラジオのスイッチを入れる。僕はラジオにダイアルがないことに気づく。ずっと永遠にシカゴのＷＬＳ八九〇にチューニングされているんだ。ギターのサウンドが車内に響きわたる。今まで聞いたことのない曲だ。

「ゼイ博士」

「なんですか、マイケル」

「ジュークボックスをオンにしてくれないか。データがある。曲が聞こえるんだ。バンドがこんな歌を歌ってる。『好きな子にはこうしなきゃ』　あとの続くのはこんな歌詞だ。『彼女の手を握るのは誰、どうすれば彼女の気持ちが分かるのか…』」

「ジュークボックスの扱い方が、いまひとつよく分からないんですよ。レオナルドが現れたら、彼に頼みましょう。おそらくすぐに曲名を割り出してくれますよ』

「ありがとう」

十時二十五分のニュースの時報が聞こえる。依然として続くベトナムの惨状、米軍の被害は小規模だとラジオが伝えている。

ルーニーがラジオを切る。「こんなもん聞きたくないよ。I-A（徴兵甲種合格）を受け取ったばかりなんだ」

「ウソだろ?」

「ウソじゃない。来年の今頃にはベトナムにいるだろうな。先週十八歳になったばかりだけど、きっと十九歳までは生きていられないよ」

僕たちは言葉もなく黙り込み、ルーニーは車を回して、モンローへ続くハイウェイへ乗る。窓が開いているから、風の音しか聞こえない。

僕の計算だと、その三十分後くらいだろうか。僕は工場にいた。数え切れない亜鉛ポットから立ち上がる蒸気が輝く白い靄となって天井あたりに立ち込めている。金属が切断され、折られ、落とされ、粉砕されるガチャン、ガチャンという音が絶え間なく聞こえてくる。

僕はプレス機を操作している。鉄のブロックに固定された金属刃と平らなプレートを備えた、ぐるぐる回る鉄の巨大な歯車だ。思い出した。これが一九六六年の夏のアルバイトだった。足元のスイッチを押すと、ブロックが降りてきて、プレートの上のものをすべて切断する。アルミ、亜鉛、あらゆるものをバッサリと。機械のどこにも安全装置は付いていなかった。

この夏、誰かが腕を失ったんじゃなかったっけ。救急車と赤いライトを覚えている。誰かが床に転がって叫んでいる映像が記憶にある。そのとき微笑んだブレンダの映像が浮かぶ。シャツのボタンをはずし、僕があげた指輪をつけたチェーンを首から下げている。その映像は一瞬きらめき、そして消えてしまった。

木製のパレットの上にはまだ切断されていないホーリー社のキャプレターが山積みになっている。その山へ僕の手が伸び、ひとつを掴み、ブロックの上へ乗せる。僕は足元の光り輝く鉄のレバーを見る。まるで、黒い油と金属の削りクズであふれる池に立っているようだ。

カチッ、そしてガチャンという音が響く。光り輝く金属の刃が容器に向かって落下し、キャブレターだけをあとに残す。僕の手は次のキャブレターを掴み、ブロックの上に置く。

カチッ、ガチャン

カチッ、ガチャン

二時間で通える仕事場の中から、工場でプレス機を扱う仕事を僕は選んだ。工場の白いコンクリートの壁と薄汚れたセメントの床には、金属の削りクズと、切り落とされたいろいろな形の破片が散らばっている。そんな光景が、安っぽい蛍光灯のまばゆい光のした、チラチラと輝いている。

僕の左側には木製のパレットが天井まで積み上げられていて、そこには自動車の送水ポンプや燃料ポンプ、ヘッドライトなどの、きらきら輝くアルミや亜鉛製の部品が並べられている。　右側の鉄製の容器には金属の削りカスがあふれそうだ、プレス機から排出される、そのギラギラとしてて丸まった破片はオイルにまみれている。

それほど遠くないところでは、スチール製の油で汚れた水圧プレス機がガチャンと閉じられ、煙草をくわえた太めの作業員に、茶色いオイルの霧を浴びせかけている。建物の隅では、ドアがばたんと開け放たれ、亜鉛ポットの鋳型を積んだ黄色いフォークリフトが音を立てて入ってくる。

ミズーリ鋳型工場の夜間勤務だ。

カチッ、ガチャン！　型抜きされたキャブレターが金属の容器の中に落ちる。僕は木製のパレットに手を伸ばし、次の部品を取る。

僕の思考の中に、ブレンダの姿が絶え間なく浮かんでくるのが見える。『ムーンリバー』をピアノで弾いているブレンダ。そして彼女の家の裏庭のプールで、顔の水滴を振り払うブレンダ。ブロンドの髪が後ろに撫で付けられている。

カチッ、ガチャン！

ある特別な瞬間を除いて、人生とは大体こんなものだろうと僕は気づく。退屈で、同じことの繰り返し。そして時には危険なこともある。刃がガチャンと下ろされ、僕の手から数センチのところで金属が切断される。

カチッ。

どうしたんだ？　クラッチのせいでハンマーが作動しない。僕は金属の歯車をチェックする。――　ちゃんと回転している。機械は稼動状態にある。僕はレバーを蹴りあげると、クラッチの内部に金属片が挟まっていたのに気づき、手を伸ばしてそれを取り除く。

なぜか僕は切断刃を見上げている。――　平らな金属プレートに取り付けられた、鋭い刃を持った長方形の箱型の金属刃だ。近寄ると、箱型の刃の先端がキラキラ輝いていることに気づく。数え切れないほどの亜鉛とアルミニウムを切り刻んできたからだろう。長方形のギロチンだ。

カチッ。靴で足元のスイッチを踏む。何も起こらない。スチールのブロックは、ピクリともせずに宙にぶら下がっている。故障だ。

カチッ、カチッ、カチッ、カチッ。

こんなの退屈だ。シーンをロックする。金属のギロチンをスキャンし視線を移すと、ジーンズとチェックのシャツを着た若い作業員が、プレス機の上に手を振り上げたままの姿勢で動きを止めているのが見える。隣では別の作業員がちょうど煙草を投げ捨てたところだ。白い小さな筒が、床からちょうど半分あたりのところで動きを止めている。――　放物線を描いて飛ぶ煙草のスナップショットだ。

この凍りついたような動きのない世界で、何か奇妙な、意外なものに気づく。周辺視野を越えたあたりで何かが動いているんだ。

ガチャン。

この場面の上端に、なにか恐ろしいものの存在を感じる。――　何かが近くにある。

「マイケル、トム・ゼイです。何かあったんですか?」

「まだ分からないんだ。シーンをロックしたんだけど、周辺視野のあたりで何かが動いているんだ。調べてみる」

「右の側頭葉に異常な波形が現れています。本当に大丈夫ですか?」

「平気だ」　集中力を周辺視野へ移動させるにしがたって、場面がカラーから白黒へと変わっていく。端の部分では、映像の粒子がにじんでいる。

映像の端、つまり僕の知覚の一番端だ。だがまだ何かが動いている。境界線の向こう側で、確かに何かが進行している。僕は決心を固めその奥をスキャンする。バーチャルの僕に視界の端へと向きを変えさせ、直感の赴くままに暗闇の中に目を凝らす。

集中を続けていると、薄暗がりの部分が明るくなり始めて、何かの輪郭が現れる。何かが動いている。

僕にはそれが見えた。動いているのは金属の刃だった。―　僕に向かって落ちてこようとしている。デニムシャツと革と皮膚と骨を切り裂き、金属のプレートに達し、あとにはあたり一面に飛び散った血と、切断された白い腱が残される。薄暗がりのなか、何かが床の上に転がる。僕の腕だ。

「ゼイ!」

叫んではいけないのだと、その瞬間僕は思い出す。向こうのコンピュータは叫び声を認識できない。ただの雑音としてしか受け取らない。だがそんなことはどうでもいい。どういうわけか僕は過去への裏口に入り込んでしまった。実際に起こらなかった場所。悪夢のなかに紛れ込んでしまったんだ!

カチッ　―。

僕は境界線を探して見つけ出すと、そこを取り抜ける。

ロックされた工場の場面が戻ってきた。切断刃の向こうですべてが動きを止めている。落下中の煙草は、まだ床に届いていない。スチール製の長方形ギロチンは、僕の顔から数十センチ離れたところ―それは僕の腕の上でもある―にぶら下がったままだ。下のほうへスキャンしていくと、革とブルーデニムのあいだにあらわになった皮膚が見える。僕の腕は無事で、生きていて、その中では血がどくどくと流れている。神経も感覚も触感もすべて無事だ。だが刃が落ちてくれば、大惨事になりかねない。

えい、動け！　何も起こらない。―　腕は胴体につながれている。ある考えがふと頭をよぎる。今までいた場所とは別の時間に戻ってきたのではないだろうか？僕はこの場所でも腕を失うんじゃないか？

ロック解除。ガッチャン！　腕は動きを取り戻し、切断刃はプレートの上に打ち下ろされる。その瞬間、機械の電気ボックスから火花が飛び散る。金属の歯車が回転の途中で動きを止める。

白いコートを着た背の低い赤ら顔の男がこちらに近づいてくる。

「なにやってんだ、ミッチェル。またプレスをぶっこわしたのか。まったく！　俺が決めていいんなら、今すぐお前を追い出すところだ！」

「すみません」

僕の声がエコーとなって響く。―　指導員もプレス機も工場も、この場面のすべては平面の映像に変わり、点になり、そして消えた。

僕はフロント・ポーチに座っている。父と母はポーチの揺り椅子に腰掛けている。太陽はすでに沈み、夏の夕暮れのなか星がいくつか瞬き始めた。

父の声が聞こえる。「マイケル、ママと一緒にデイリークイーンまでドライブして、アイスクリームを買いに行くけど、一緒に行くかい」

「いや、ここにいるよ」

「具合が悪いのか？」

「大丈夫だよ。パパ。平気さ」　僕はコンクリートの階段を見つめている。

「ドミニクさんの娘さんが、今朝手紙を置いていったの」　母が言う。「だから困ってるのよ」

「彼女に会わなかったのか？」

「出かけてたんだ」

「すぐに帰ってくるよ」　パパは僕の肩を軽く叩く。「お前にも何か買ってこよう」

二人が出て行ってから、僕は手紙を開く。手紙はノートに青いペンで書かれていた。インクはところどころ滲んでいる。

『今日ママとパパが来たの。私、パパたちと一緒に帰るのが一番いいと思う。でも少しの間だけよ。パパたちはあなたにまた会いたいって。だって私が話すことは、あなたのことばかりだもの。この夏、私に会わなかったら、私のことを忘れちゃうかもしれないけど、お願いだから忘れないで。いつでも愛してる。心の底から。　レイチェル　追伸　手紙をくれるなら、レイチェルのeを忘れないで、チェロキーは Cherokee よ』

「マイケル、トム・ゼイです。お邪魔して申し訳ないですが――」

「なんだい？」

「1時間ほどまえにタイトルを知りたいといってた曲がありましたね。レオナルドが来ました。タイトルは『シスター・ラブ』で、ザ・リバプール・ファイブとかいうバンドの曲だそうです」

「ありがどう、ゼイ博士」

「やあ、モービー・マイケル。こちら五千五百ワットのレオナルド・ランプマン・チャンネルです。そっちの様子はどうですか？」

「順調だ。曲を調べてくれて助かったよ」

「少し分かりにくくてね。―　ボーリング・グリーンの歌詞データベースまで網を広げなきゃなりませんでした。カーティス・メイフィールドが書いた曲です。一九六六年七月にリリースされています。今その頃にいますか？」

「だと思う。ありがとう」

「どういたしまして。博士に替わります。じゃあとで」

僕は手紙に目をやると上昇し、そのあとの数週間をまたぐ大きな軌道に乗る。見下ろすと、さまざまな色が連なったその数週間が流れている。そして軌道は僕をある明るい午後の車内へと連れて行く。ちょうど僕は右に急カーブを切ったところだ。車は車道から広いセメントの私道へと入っていく。

少しすると、ブロンドの美しいブレンダが僕の隣のシートに乗り込んできて、僕に体を寄せ、軽いキスをする。高価そうなニットシャツととびきり短いショートパンツをはいている。彼女の脚に目を走らせる。傷ひとつないなめらかな脚は美しく日に焼けている。

「マイケル！　会えなくて夏中とても寂しかったわ」突然ブレンダの声が弾ける。

「手紙を書かなくてごめんなさい。ずっと忙しかったの。アルバイトは楽しかった？」

「ああ」　僕は車を私道から出す。「でも少し危険だったかもしれないな。君のことばかり考えてたよ。アートキャンプはどうだった？」

「すごく楽しかった。水彩画の描き方を学んだわ」　ブレンダは少し僕に体を寄せる。

「私がいない間、忙しかったみたいね。デビッド・ウェッゼルから聞いたけど、デビッドの従姉妹とデートしてたんですってね」

「デビッドがそんなこと言ったの？」

「そうよ。すごく信頼のおける情報源でしょ？」　ブレンダは僕の首に腕をからみつける。「どこの子だったかしら？　何ていう町だったかな…、チカディかしら？」

マヌケで何を言い出すか分からないデビッド・ウェッゼルの映像が頭に浮かぶ。僕の顔から十数センチのところにあるブレンダの顔を見る。近すぎるよ。この位置からでは日に焼けた脚のラインを見ることができないことに僕は気づく。「デビッドは他に何か言ってた？」

「そうねえ、彼女の名前はレイチェル・ドミニクだって言ってたわ。今年中学に年生になるのね。ちょっと生意気よね。いつかあなたと結婚するんだと皆にいいふらすわよ」　ブレンダは僕に擦り寄ってくる。「あなたには彼女がいるって、誰もその子に伝えなかったみたいね」

「僕は言ったはずだけど」　まるで罠にかかった動物が助けを求めているみたいな消え入りそうな声だ。

「もちろんそうよね」　ブレンダが言う。「でも万が一あなたが忘れたのなら、その子の住所か電話番号を教えてくれれば、私から言ってあげようかと思って」

「住所も電話番号も知らないし、デートなんて本当にしてない。ちょっとドライブしただけさ」

「ドライブねえ」　ブレンダは頷く。「住所を教えてちょうだい」

「知らないんだ」

「残念だわ。でもきっとデビッドが教えてくれるわ。私、本気でその子に会いたいのよ。いろいろ情報交換できるしね」

「分かったよ」

「会わせてくれるの？　よかった」

僕は黙りこくって車を走らせる。これから失うことになるいろいろなことを考えているのだろう。彼女の家のプールで過ごした夜や車で過ごした夜――。

「マイケル、今日は無口なのね。舌を猫にでも噛まれたのかしら？」　ブレンダは僕を見つめる。彼女の瞳は小さな黒いビー玉のようだ。そこにバックグラウンドミュージックのように聞こえてくるのは僕の思考だ。懸命に受け答えをひねり出そうとするのだが、なんとも情けなく的外れな返答にしかならない。

「君もアートキャンプで誰かに出会っただろう――」

「カウンセラーが私のことを気に入ったの。――　デートに誘ってきそうだったわ。でも私、あなたがくれた指輪をはめていたのよ。私ってバカじゃないかしら。本気でそう思う。だって彼、とてもかっこよかったんだもの。背が高くて日焼けしていて、ウェイトリフティングをやってるんですって」　ブレンダは残念そうに首を横に振る。「大学三年生で医学部に進む予定なのよ」

「それじゃスケジュールが一杯だろうね」

「それなのに私との予定を入れようとしてくれたの。でも戻ってみたら、あなたは小学校を出たばかりのちっちゃな子と遊びまわってる。私って本当にバカじゃないかしら。そう思わない？」　ブレンダの声の調子が変化したことに僕は気づく。まるでガラス板のように、滑らかだけど硬質だ。

「彼女は今度二年生になるんだ」　僕はようやくそう言うと、デイリークイーンの駐車場に車を入れる。「アイスクリーム食べるだろ？ストロベリーシェークがいいかな？」

「いつコリンスに戻ってくるの？」　指で僕の胸を突つきながらブレンダは訊く。

「誰が？」

「二年生になったっていうその女の子よ。名前忘れちゃったわ。彼女はいつこの町に戻ってくるの？」

「分からない」　うつむくと、僕があげた高校のリングがブレンダの指からなくなっているのに気づく。

「もう指輪ははめてないのかい？」

「家に置いてきたわ。失くすのがイヤなの」　ブレンダはにっこり笑ってみせる。

「ところでその二年生の女の子だけど、もう一度会うつもりなの？」

「会わないと思う」

「よかった。だってもしその子が戻ってきたら、私一緒におしゃべりするつもりよ。どっちにしろ、電話番号が分かればおしゃべりできるわね。ストロベリーシェーク買ってくれないかしら。おなかが減って死にそうなの。食べたらそのあとで――」

「マイケル。トム・ゼイです。残り時間があと数分になりました。そちらで特に気になることがなければ、そろそろ戻ったほうがいいかもしれません」

「ありがとう」　僕はシーンをロックし、何かないかと画面をスキャンする。近くの駐車場にはドミニク家の車と同じ一九六二年製の大型ポンティアックに乗った家族連れがいる。―　スプリットグリルや巨大な横型ヘッドライトも、ホワイトウォールのタイヤも同じだ。―　だがありがたいことに色は違っていた。その隣にはプリマス・バリエントが停まっていて、中にチック・デイビスとジェニー・ウィリスが乗り込んでいる。ブレンダと僕は数ヶ月前、彼らとダブルデートをしたことがある。車のシートがたたんでベッドになることを、チックとジェニーはすごく自慢していたっけ。

駐車場の端には、ソープタイヤをつけた小型の青い一九六一年製のフォードファルコンに乗ったトムとローリー・ジェネットの姿が見える。ほとんど見かけることのない一九五六年のデソート・ファイヤードームのオープンカーが道路から入ってくる。コリンスにデソートのディーラがいるはずがない。おそらく別の町から来たのだろう。

でもそんなことはどうでもよかった。頭のなかはブレンダのことで一杯だった。これが僕たちが別れた原因なのか？

「マイケル、トム・ゼイです。あと一分です」

「ありがとう」

最後に僕はブレンダをスキャンする。彼女の瞳は半分閉じられ、口は何かを言いかけて半分開いていた。着ている黄色いニットシャツはおそらくボビ・ブルックスだろうが、正確には分からない。青いストライプのショートパンツは、ただのショートパンツだ。白いサンダルもどこにでもあるタイプだ。足の指から赤いネイルがはみ出ていて、かみそりが剃りそこなった産毛が一筋、左脚に残っている

「マイケル、あと三十秒です」

ほかに何かあるだろうか？　前歯に詰め物は？　分からない。時計はどうだろう。ゴールドのブロバ、—　ああ、これは覚えている。ブレンダはいつも、セックスの前に時計をはずしてダッシュボードの上に置いていたっけ。ふむ、今日ブレンダはブラをつけてるのかな？

突然シーンは光の海に変わった。

暗闇で目を開ける。見えるのは二つの緑の光だ。急速眼球運動モニター。どうやら戻ったらしい。

「喉のマイクロフォンをはずすまで、話は控えてください。—　もう大丈夫。ヘッドフォンを取ってもいいですよ」

「ありがとう」　僕はバイザーを上げヘッドフォンを取る。「どのくらい向こうへ行ってたかな？」

「二時間です」　ゼイが言う。「夕食を食べ損ねましたね。すみません」

「別にいいさ。向こうでランチを食べたからね」　僕はゼイを見る。「少なくとも、食べたと僕は思ってるさ」

十一　エンジェル・ラジオ

トリップから二時間経った。僕は部屋にいて、自分が考えや記憶を書き留めている、それが消えてしまう前に。外では雲がむくむくと広がりサン・アントニオの街を覆いつつある。レオナルドが、メキシコ湾あたりで熱帯低気圧が発生したと言っていた。熱帯低気圧に巻き込まれた経験はまだないけど、楽しい経験じゃなさそうだな。

僕は街を眺め、青みがかった夕暮れのなかにそびえ立つバロック風の建物に目を留める。一九七〇年にこの街で暮らしたときも、この建物をがあったことを思い出す。何よりもこの建物の屋根は息を呑むほどすばらしい。一面が金箔で覆われているんだ。むかし家族への手紙にこの屋根のことを書いたっけ。

軍隊のことも書いた。―　僕の髪がどんな風に伸びたのか。―　週一度しなければいけなかった巡回のこと、毎週土曜日の行進のことも。

建物を眺めていると、ライトが灯って、漆黒の空をバックに屋根がまばゆいほどの黄金色に輝いた。僕は窓に近寄って、できるかぎり鮮明にこの映像を記憶しようとする。いつかこの場所に戻ってくることがあるとしたら、未来からの客人にはシーンをロックしないでこの風景を楽しんでほしいからね。聞こえるかい？　もし聞こえるなら、君が今が住んでいる未来はどんな様子なのか教えてくれよ。

答えはない。きっと誰もいないのだろう。少なくとも今夜は。

下方で街の光が瞬き始めるのが見える。そう遠くないところにポツンとある信号が赤に変わり、それから黄色に、そして最後には青に変わった。通りに人影はない。だが光の粒が空間を旅して僕の目に届き網膜に当たり破裂して、そこに存在するイメージを再現する。というより、あるイメージを再現するといったほうがいいのかも。僕たちが見ているものは、本当に実在するものの再現なのか？　おそらく違うんだろう。

悲しいのは、僕が今見ている色は僕自身が創り出したものに過ぎないということだ。脳の中を飛び回る電子とブドウ糖の産物だ。——どれも実在する本物ではない。千分の一秒前に存在していたうすぼんやりとした影に過ぎない。

もちろん、それは夢のなかでも同じだ。

また信号が赤に変わった。誰もいない通りにぶら下がった寂しげな赤い光。ペンを置きノートを閉じると、電話のベルが鳴った。

ゲイルだった。

……★……

数分後、僕はゲイルの部屋の前にいた。中から話し声が聞こえてくる。今夜は皆を集めてパーティでもやっているんだろう。部屋中にあふれたドリーマーが脳波と人生の意味について語り合っている。まったく最高だね。それこそ僕が今必要としてるものだ。

ドアが開いた。

「マイケル」　ゲイルはにっこりと微笑む。「どうぞ入って。散らかってるけど、座ってちょうだい。何か飲み物を持ってくるわ。カルベネでいいかしら？　それしかないのよ」　ゲイルはストラップのない膝丈くらいの綿のワンピースを着ている。ブラをしていない。すごくカジュアルで、すごく ― リラックスしてる。ポロシャツとカーキのパンツという普段着姿の僕と比べると、本当に心からリラックスしてるように見える。

僕はカルベネをもらうと言うとソファに腰かける。部屋にはゲイルしかいなかった。― 話し声はテレビから聞こえていたんだ。「なんで君はテレビを持ってて、僕にはないんだよ」

「滞在期間が長くなると、テレビを持てるのよ」 ゲイルはそう言って冷蔵庫を閉める。

「でも喜んじゃダメよ。― 有線チャンネルだけなの。クラシック音楽と心理学の講義の番組しか見れないわ。外の世界からの情報は一切ないの」

ゲイルはワインを手に戻ってくるとテレビを消す。「また催眠法のスクリプトの話。これ、前にも見たわ」 彼女はソファに腰を下ろす。「ところで、マイケル・ミッチェルが大変な過去旅行を計画中だって聞いたんだけど」

「ウワサが広まるのは早いな」

「ロングランをするんでしょ?」

僕はソファにもたれてリラックスしているふりをする。これじゃまるで、初デートの真っ最中の男の子みたいじゃないか。「実を言うと、ロングランをするかどうかまだ決めかねているんだ。今日二時間だけ過去に戻ったんだけど、工場で午後中ずっと過ごしてたような気がする」

「とってもステキね」 ゲイルは顔をしかめる。「楽しかった?」

「楽しくなんかないよ。おかしなことが起こったんだ。うまく説明できないけど…。まるで僕自身がいくつにも分割されるような感じだった」

「多重化が起こったのよ。ロングランをすると多重化が起こる可能性があるって聞いたことがある。私たち、心理学の番組を見たほうがよさそうね」 ゲイルはテレビのスイッチを入れる。

「別に大したことじゃないさ。確かコルトレーンは、七十二時間のロングランやったんじゃなかったかな—」

「以前あなたに話したとおりよ。— そのときコルトレーンのラインがフラットになりかけたの。 完全エクリプスを目指してるとパウンドストーンたちは考えたし、— おまけに呼び戻すこともできなかった。担当の神経科医が真っ青になったらしいわ」

「結局、どうやって連れ戻したんだい?」

「ゼイが補助機器を持ち込んで、コルトレーンが戻ってくるまで待つしかなかった。でもコルトレーンはびくともしなかった。いわゆる『頑強な人格』を持ってるのね」

僕は振り向いてテレビを見る。カメラが脳の外郭にズームアップすると、そこにはマンガで小さく何人もの人が描かれている。

「このビデオの内容、覚えちゃったわ」とゲイル。「『隠れた観察者』のパートよ」

「隠れた観察者? なんだいそれ?」

「よくわからない」 ゲイルは肩をすくめる。「自己の隠された部分みたいなものらしいわ。1972年、七三年頃にその存在が見つかったんだけど、研究対象にするのは難しかったみたい」

「研究対象にするのが難しい? その観察者はシャイだったのかい?」

「被験者が深い催眠状態のときにだけ現れるの。深い催眠状態のときには、「時間」という概念にまったく意味がなくなると、被験者たちが報告しているわ」　ゲイルは微笑む。「これって聞きかじりだけど」

「僕の子供たちも同じように感じているよ。――時間なんて意味がないって」

「隠れた観察者に関する大半の研究を行ったのはレイマ・カンプマンというフィンランドの研究者よ」　ゲイルは続ける。「彼はある研究で、何人もの『隠れた観察者たち』に質問を投げかけた。君は誰だと実際に訊いてみたの」

「なるほど。それで彼らはなんて答えたんだい？」

「全員が同じ答えを返したの」　ゲイルが言う。「『**私は魂だ**』と答えたらしいわ。いい話でしょ」

「とてもヘンな話だよ」

「ねえ、物理学者が第十次元や平行世界について語ることを許されているんだから。心理学者が魂について語ってもいいはずよ。それならフェアだと思うわ」

「フェアかも知れないけどヘンなことに変わりはないよ。お次は、平行自己が存在してそれぞれが魂を持っていると言い出すんじゃないだろうな」

「何人もの平行なマイケルが、たった一つの魂を共有してるかもしれないわよ。その唯一の魂がマイケル全員を見守ってるの」

「だとしたら僕の魂はこの人生にきっと飽き飽きしてるだろうな。ＣＩＡと一緒に仕事をするような仕事を選べばよかったよ。ロシア語がもっと上達したかもしれないし、黒パンの焼き方も覚えただろう――」

「どこか別の世界で、あなた黒パンを焼いてるわよ」　勝ち誇ったような顔でゲイルが言う。

「なあ、人生がひとつだけでも手一杯で、山ほど問題を抱えてるんだ。別の世界でも妻はヴァンという男と遊び回ってるのかい？」

「隠れた観察者に訊くしかないわね」

「今度、彼に会う機会があったら訊いてみるよ。彼っていうより、それって言うべきかな？」

「訊くといいわ」　ゲイルはグラスを掲げる。「あなたの隠れた観察者と、ロシアでの人生に」

「君のにもね」　僕はグラスを上げて、そして下ろす。「ゲイル、まさか君はそういうことを本当に信じてるわけじゃないよね」

「もちろん信じてないわよ」　ゲイルは笑う。「でも、お酒を片手にこういう話をするのは楽しいでしょ？」

「君は心理学を——」

「勉強したわよ、少しね」　彼女は微笑む。「臨床心理学で学位をとったの」

「じゃあ、君が心から信じてることは何だい？」

「何について？　宗教、それとも政治？」

「過去だよ。誘導チェアに座って過去に戻ったとき、僕たちは本当は何を見ているんだろう」

「電子と火花」

「それだけか」

「そうねえ、電子、火花、そして化学物質。つまり記憶を作り上げてるものすべてよ。それを私たちは見ているの。頭の中に小さなテレビがあって、そこでビデオが回ってるのよ」

「それだけだと思うかい」

「それ以上なにがあるのかしら。だって、ジョン・ウェインの古い西部劇を見ても、自分が本当にジョン・ウェインと駅馬車に乗ってるなんて思わないでしょう。映画と同じよ。ただそれだけのこと」　ゲイルは自分の頭をたたいてみせる。「この中で起こってるのはそういうことよ。ガッカリさせちゃった？」

「ノーであり、イエスかな。いや、少しガッカリしてるかもしれない」　僕はワインを一口飲む。それは事実だった。僕はガッカリしていたし、ガッカリしていると認めることがひどく決まり悪かった。

「ねえマイケル。私の考え方が唯一ってわけじゃないのよ」　ゲイルは馴れたしぐさで肩をすくめてみせる。「でもね、ワシントン大学で習ったことによると、それが神経心理学の一般的な見解なの。すぐに戻るわ」　ゲイルはすばやく立ち上がりベッドルームへ消える。僕は彼女の体がコットンのワンピースの下で揺れるのを見ている。この世界には他に同じくらい大事な問いがあるじゃないか、と僕は思う。

数分後ゲイルは部屋に戻ってくる。「目覚ましをセットしたかったの。明日の朝八時にゼイ博士とのショートランがあるのよ」

「シアトルの大学へ行ったのかい？」

「そうよ」　ゲイルはうなずきながら、ソファに戻る。「広大な太平洋に面した北西部。火山と冬の暴風雨の土地。ラジオをつけるたびに、ファン・デ・フカ海峡の強風警報が聞こえてきた。みぞれが降ったし、アラスカからは冬の嵐が吹きつけてくるの。ハイウェイ五号線がポートランドまでずっと凍り付いているのを見たことがある。車の運転なんてとても無理。私ったら、少なくとも一か月に一度は転んで尻もちをついてた」　ゲイルはワインを一口飲む。「就職活動をしたのは、記録的な冬の嵐が吹き荒れたときよ。その時博士号を取得しないかぎり心理学じゃ仕事にならないって思い知らされた。だからあきらめて、家にいることにしたの」

　僕はゲイルの話を半分聞きながら、もうひとりの自分は今頃どこで何をしているのだろうと考えている。ハバロフスクへ向かう汽車に乗っているのかもしれないな。いや、おそらくリンダと口喧嘩でもしているんだろう。ほんの一瞬、以前タワーから飛び降りた男のことが頭をよぎる。もうひとりの彼は今頃何をしているのだろう。今も研究所にいて、ちょうど僕たちと同じように過去トリップの計画を練っているのだろうか。

「家にいるのは新鮮だったわ」　ゲイルが話している。「子供たちはよく協力してくれた。私が家にいるのが珍しいから楽しかったのよ。でも夫は気に入らなかったみたい。あの人は博士号以外の学位なんて、なんの価値もないと思ってたから」

「彼は博士号を持ってたのかい？」

「いいえ、夫は投資アドバイザーなの。ちょっと失礼――」　ゲイルはフロアライトに手を伸ばして照明を少し落とすと、ソファに深く体を預けた。「フィルは私に『社会に貢献するような専門職』に就いてほしいと願ってた。でも私が病院で働くのは嫌がったの。病原菌を家に持ち込むとでも思ったんじゃないかしら」　ゲイルは笑う。

「だから医薬品市場の調査会社に勤めた。これがね、理にかなった仕事だったわ。だって私は絵に描いたような消費者タイプ人と暮らしていたから。フィルはサスペンダーを二十本、ネクタイは多分百本は持っていた。色はすべて赤。どれもおんなじにしか見えないの。少なくとも私にはね」

「僕もそういうタイプの人間かもしれないな」　僕は言う。「広告業界の人間は、神経質なほど身なりに気を使うか、あるいはその正反対、つまり薄汚いの一歩手前のカジュアルか、二つにひとつなんだ。薄汚くはなりたくないから、身なりに気を使うほうを選んだ。でもここにきて数週間になるけど、スウェットとジーンズに戻りつつある気がするよ」

「そうね、この場所は人を変えるわ」　ゲイルはワインを飲むと何も映っていないテレビ画面を見つめる。「二週間前、フィルが私を訪ねてきたの。スーツとネクタイに身を包んでやってきたら、ここは日陰でも三十八度の暑さで、しかも彼はダークスーツを着ていたの。考えられる？　私はTシャツと短パンだった。おまけにここにきて以来、サンダルで歩きまわるのに馴れてしまってたの。裸足のときもあるわ。だからロビーでフィルに会ったとき——」　ゲイルは口元にかすかに笑みを浮かべたまま言葉を切った。「フィルは呆然としてた。どうしていいか分からないみたいだった。自分の妻に一体何が起こったのかと、それを見極めようと私をジロジロと見回した。私は部屋に戻ってキチンとしたスーツと上品なブラウスに着替えて、高価な靴に履き替えたわ。これがうまくいって、私たちはカフェテリアでとっても楽しく食事をした。私が穏やかな口調で彼に「とっとと消えてよ」って言うまでね。今度フィルがサン・アントニオにやってきても、アラモ砦とか観光地で過ごさなきゃいけなくなるわよ」

「彼はなんて言ってた？」

「なにも。ただ私をじっと見つめて、黙って出て行ったわ。それがフィルのやり方なの。翌日、フィルは直接パウンドストーンに会いに行って、私をプログラムから脱退させろと言い出した。法的な手段に出ると脅したのよ。私はパウンドストーンに呼ばれてオフィスに行って、『放っておいて』とフィルに言ってやった。だから彼は帰ったわ。それ以来、電話もしてこない」

「でも、少なくとも君を訪ねてきたじゃないか」

「フィルにしてみれば、自分のためでもあるの。私の様子を伺いにきたのよ。とても独占欲が強い人で、私を監視下に置きたがる。三か月間あの人から離れられてホッとするわ。ここなら別の人と話すこともできるしね」 ゲイルはソファから立ち上がる。「私はもう一杯飲むけど、あなたは？ 冷蔵庫にスモークオイスターがあるのよ」

少しすると彼女はワインのボトルと、スモークオイスターとチーズの角切りを乗せた小皿を手に戻ってくる。

「一番好きなことはなんだい？ 過去に戻ることに関してね」

「いつか教えるわ」 ゲイルはにこりとしてオイスターにかぶりつく。「今はダメよ」

「いいじゃないか、教えろよ」

「わかった」 ゲイルは微笑むと目を閉じる。「ヘッドフォンのスイッチが入った直後が何よりも好き。暗闇の中へ落ちていって、下には一面にライトアップされた街の光が広がってる。まるで飛行機からニューヨークシティを見下ろしたみたいに。その光は見渡すかぎりどこまでも続いているの」

「僕も同じ光景を見る。あれは一体何なんだろう？」

「脳が心にあの光景を見せてるのよ」 ゲイルは言葉を切ると、もう一度オイスターにかぶりつく。「最初のトリップの前、オットーから街の光のことを聞いたわ。白状するとね、私のなかのある部分が、多分子供の部分がね、オットーが言う光の町は本当に存在するんだろうって思ったの。それは実在する街なのよ」

「脳の中に実在する街か」

「なんて言えばいいかなー、空想の街よ。一九七五年、一九七四年…と名前のついた通りが走っている街。通りには家が立ち並んでいて、明るい色に塗られた家もあれば、なんの色も塗られていない家もある。私は誰かの声色を真似してこう言うの。『オーケー、ゲイル・リン。ここが一九七三年だ』　そこにはディスコミュージックと、ワーズ製の窓付けタイプの古いエアコンと暑い夏がある。私は髪が長くて裾の長い綿のワンピースを着ている。他の子たちは、それぞれ長い髪をして―」

「ベルボトムをはいている」

「―ベルボトムをはいて、まるで中古車の小さなセールスマンみたいなの」　ゲイルは笑う。「もちろん、ベトナムのことがまだニュースで流れていたわ。すべてが無味乾燥で味気なくてバカバカしい時代のはずだった」　ゲイルは角切りのチーズに手を伸ばす。「でも実際に戻ってみると、そこは私が思い描いていた場所とはまったく違った。ただ違うと感じるのよ。まるでもうひとりの私の過去へ戻ったみたいだった。なんて言えばいいのかしら、もっと『自分だけのものだ』と感じるの」

「頭のなかの幻想の街か、気に入ったよ。頭のなかにあるのは山ほどのワイヤと火花だけで、それ以上のものは何もないという考え方は好きになれなくてね」

「残念だけど、実際はそれだけだと思うわよ」　ゲイルは肩をすくめる。「でも、だからって何の問題もないでしょう？」

「少し前に参加した講義で、小柄な科学者が脳の中の部分をあちこち指し示していた。複数のシグナルが重なり合い、記憶として形成される様子を説明していたんだ。電話の交換台から送られるシグナルが、側頭葉にあるスクリーンの上に送られて像を結ぶように」

ゲイルはうなずく。「そうよ。すごく的を射ている描写ね」

「その科学者は、臨死体験とは、次々に光を放っていく無数の神経細胞にすぎない言っていた。人生はまるで、きしみながら回り続ける機械みたいだな」

「そのきしみが止まったとき、死が訪れるのね」　ゲイルは床を見つめている。

「あのドリーマーがタワーから飛び降りた理由も、それだったのかもしれない」

「かもね」　ゲイルはうなずく。「でもね、ロングランで人格を粉々に裁断されて帰ってきたせいだっていう意見もあるわ。分断されたいくつもの人格が、それぞれ主導権を握ろうと争った」

「その意見には賛成しかねるな」　僕は言う。「もちろん、ありえる話だとは思うけど」

「もちろんありえるのよ」　ゲイルは目を輝かせる。「それが心理学よ。人間の心のなかには、複数のいろんな人格が存在するの」

「その中の1人を知ってるよ」　僕は言う。「そいつは音楽に関することなら、どんな些細なことでも知り尽くしてる。ラジオをつけて曲が流れてくると、それが誰の歌で、いつリリースされたのか言い当ててみせる。でも言い当てるよりも先にまず、そいつは僕を、その曲を初めて聴いた場所へと連れて行くんだ」

「そんな人格を持っていたら楽しそうね」

「確かにね。ある瞬間にマス通りの渋滞に巻き込まれてるとするだろ。次の瞬間、僕はミズーリにいるんだ。そこは三月で、大地は一面霜に覆われていて、ラジオから『冬の恋』が流れている」

「知らない曲だわ」

「一九六三年二月二日、ビル・パーセル。コロンビアレーベルから発売された」

「ねえ、その人ってすごいじゃない」　ゲイルは僕の腕を軽くたたく。

「だろう？　彼のおかげで僕の会社は去年二百万ドル以上稼いだ。全米のオールディズ専門のラジオ曲の半数と契約を結んで、二つのクライアントの商品を売りさばいたのも、彼の力さ。おまけに僕を説得してここへ連れてきたのも彼だと思う」

「その人格があなたをここへ連れてきたの?」

「そうだよ。誰かのせいにしなきゃ、やってられないしね」

「だったらー」　ゲイルは言う。「このことは私のせいにしていいわよ」　ゲイルはワインの残りをグラスにそそぐと、手を伸ばしてライトを消した。


……★……


二十五回かけても、電話は話し中だった。今はテキサスの午前一時、ボストン時間では午前二時だ。話し中なのだから、リンダがメキシコから帰ってきているのは間違いない。受話器を置き、自分の部屋履きに目を落とし次に床を見る。もう一度かけよう。ワインのせいで指が間違った番号を押してしまう。ミシガンにいる誰かに電話をかけ、次はイリノイのカーボンデールにかけてしまった。オペレータに頼むことに決める。オペレータは手馴れていた。おそらくいつもこういう類の電話に対応しているのだろう。

「ミッチェル様、四回かけてみましたがお話し中です」

「マサチューセッツ州のレキシントンの照会オペレータにつないでくれ」

「それはできません。ミッチェル様」

「なんでできないんだ?」

「別のシステムを使っているんです。直接、先方に電話をかけるしかありません」

「わかった。どうやってかければいい？」

「残念ですが、その電話からは無理です」

「ありがとう！」　僕は受話器を置き、もう一度かける。なんと今度はつながった。呼び出し音が鳴る。ずっと鳴り続ける。

留守番電話はどうしたんだ。多分また間違って番号を押したのだろう。受話器を置きもう一度かけ直す。

話し中。

僕はドレッサーの引き出しから酒のボトルを取り出す。ナポレオン十三世。僕の妻である、ナントカ、ナントカ、ナントカ法律事務所の弁護士リンダ・ミッチェルからの贈り物だ。リンダはどこでこの酒を買ったんだっけ？　手紙を探してみるが見つからない。

引き出しにボトルをしまう。結局のところ、この酒は天からの恵みとなったわけだ。ベッドに倒れこむと天井のライトが僕を照らしつける。まるでゲイルの赤ワインで酔いつぶれた酒の弱い僕を笑っているみたいに。お返しに僕は自分の鼻をつまんでみせる。

だがライトはなんの反応も示さない。僕は頭のかさぶたを引っ掻く。僕ときたら、焼け焦げて、電気椅子に座らされてー、おまけに家に連絡さえつかないんだ。目を閉じて何か楽しいことを考えようとする。メイン州へのドライブにしようか。ニューハンプシャーへの旅行がいいかもしれない。

いや無理だ。悪いね。

電話のことが頭から離れない。最初は話し中で、そのあと誰も電話に出なかった。

いろいろなシナリオが頭になだれ込んでくる。そのどれにも黄色のネクタイとダブルのスーツを着込んだ小ぎれいで尊大な弁護士たちが登場する。そう、あいつらはサスペンダーもつけてる。あの忌々しい一九四〇年代のダシール・ハメットの風貌そのままだ。あれはうちの会社のデザイナーが考えたのだろうか。おそらくそうだろう。誰かに請求書を送ったはずだ。

ダメだ。そんなことを考えちゃいけない。気分が悪くなるだけだ。もっと楽しいことを考えよう。心が浮き立つようなことを。

深く息を吸い、息を止め、そしてゆっくりと吐き出す。

アヒルだ、それがいい。アヒルのことを考えよう。家の裏に住んでいるアヒル、白くてフワフワのやつだ。眠っているアヒルは、家から聞こえる物音で目を覚ます。たとえば大きないびきや、電話のベルの音…

ダメだ。うまくいかない。ひきだしを開けてもう一度ブランデーを取り出す。ボトルのワックスをはがしコルクを抜き、ひと口飲む。ナポレオン十三世か。

午前二時。憂鬱の時刻だ。もう一度電話をする。リンダが出たらこう言おう。リンダ、君がくれたブランデーを飲んでるんだ。君が送ってくれた酒だよ。今、飲んでいるところだ。隣の部屋の女性がごちそうしてくれた赤ワインとミックスされてる…。

話し中だ。突然、人生の複雑さに打ちのめされたのか、僕はよろめきながらバスルームへ行くと、ワインとスモークオイスター、チェダーチーズの色鮮やかな混合物を吐いてしまう。僕のなかのある部分、隠れた説得者か観察者か知らないが、そいつがあきれたという風に頭を振って、オイスターが悪くなってたのだろうと意見を述べる。ビブリオ菌か何かのせいで僕はこのバスルームの床で息絶えるらしい。僕は床のタイルをじっと見詰め、いくつかタイルがはがれている箇所を見つける。タイルがはがれている箇所はたくさんあった。

時計が三時を指している。間違いを起こす時刻、大失敗をしでかす三時。冷たく青い月が昇る三時。オードブルをすっかり吐き出した僕は、喉の渇きを感じている。グラス一杯のブランデーがあれば最高なのにな。今は三時五分。悟りの時刻だ。

壁を見つめながら、この数週間、特にこの数日間、自分が訪れた場所のことを思い浮かべる。僕は楽しい映画のなかにいただけなのか？　いや、それ以上のものだった。それ以上のものであるはずなんだ。

あそこで見た場所や会った人が、どこにでもあるバスルームのスポンジほどの大きさしかない、一キロ程度のゼラチンの中で起こっている火花に過ぎないと考えるなんて、僕は絶対にお断りだ。

もう一杯グラスを重ね、ボトルはさらに軽くなっていく。

もちろん、あのシアトルの男のように、脳にはどこかにスイッチがあるという意見もある。魂に備えられた緊急脱出シートのようなものだろう。

もしかしたら今度、僕はその場所を訪れることになるかな。屋根をつき抜けて飛び出すんだ。

レオナルドの電気椅子が残した頭のかさぶたを引っ掻く。かさぶたが取れた。

おそらく、それが記憶が意味するものなのだろう。つまり「死」だ。

ナポレオンをもう一杯グラスに注ぐ。どういうわけか壁のスピーカーから音楽が流れていないことに僕は気づく。静寂。ブルースすら聞こえてこない。最低だ。また気分が悪くなってくる。もう一度バスルームへ駆け込んで、便器のなかをカナッペで満たす。ゲイルもこんな惨めな思いをしているのだろうか。そうじゃないことを祈るよ。ゲイルは早朝にセッションが入ってると言ってなかったっけ。

三時三十分。理性の時刻だ。空のボトルを小机に置くと、嵐のときに排水溝へと勢いよく流れ込む雨水のように、僕は頭からベッドに潜り込む。

これで眠ることができる。夢のなかで、馬鹿げたことや悪いこと、心が痛むことをしでかしたあの場所へ帰ろう。もちろん過去には感覚がないので痛みを感じることはない。冷たさも温かさも、鋭い刃も何もない。あるのは体を包む柔らかな綿だけ。だってこれは映画なのだから。僕に感じることができるのは、映像と音だけだ。

僕は何かに触れたときの感触が懐かしい。本当に懐かしい。頭のなかにだけ存在する映画だとしても、なぜ他の感覚と一緒に感触が記録されていないのだろう。思い出を見たり聴いたりするだけでは物足りない。僕は触れたいんだ。でも脳はそのようには機能していないのだろう。テープに記録できないものもあるんだ。僕の経験のある部分は、おそらく永遠に失われて、もう取り戻せはしない。

なあドクター、僕はときどき酔いつぶれて、そしてこの機械に乗り込んで過去を訪れるんです。

楽しいと思いませんか？

イエスであり、ノーだ。僕が歩き回っていたのは、死んだ世界だ。もう存在しない世界。でも僕はその世界を愛していた。愛する人たちと一緒にいて、でも人生のなかでもっとも孤独だった日々。戻ろうか。タワーに上って飛び降りたら、あの日々に戻れるのか。

いや、タワーから飛び降りるかわりに、僕は僕の内面へと深く入り込んでいこう。そして光の粒の上空を浮いて、その光の中へまっすぐに落ちていく。ワイヤとスイッチとダイオードの中へ。そこで無数の曲を収納している小さな配線板を見つけるのかもしれないな。そもそも、その配線板が僕をここへ連れてきたんだ。

僕は目を開く。壁のスピーカーは一九七〇年代の趣味の悪い曲を流している。「マイ・ベイビー・ラブズ・ラブ」　これって何かのジョークなんだろうか。胃が締め付けられるような気がするが、少しすると落ち着いた。もう吐くものが残っていないんだ。

午前四時。決断の時刻だ。感謝するよ、リンダ。君がくれたナポレオンはすばらしい効果を発揮している。部屋はぐるぐると回って、波立つ緑色のカーペットは風に吹かれる草のようだ。頭上では天井が紺色に変わり、雲が流れ込んでくる。

不意に僕の顔から数センチのところに、誰かの顔が現れる。エバンだ。まだ十二歳にもなっていないだろう。「マイケル、僕が本当にここに存在してるってどうして分かる?」　エバンはフンと笑ってみせる。

「わからない」

額を指差す。「なにもかも頭の中にあるのさ。いつかどこかで結婚して子供を持つようになった頃、座ると過去へ連れてってくれる椅子を発明するよ」

いいアイデアだったな、カースウェル。でも君は未来まで生きることはなかった。

さらに雲が流れ込んでくる。おまけに部屋がぐるぐる回り始めた。

もう吐きたくないのに、こらえられなくなってきた。胃の抵抗に耐えかねて僕はまるで胎児のように体を丸める。ラジオの音が聞こえてくる。このベッドルームの四方の壁の向こうには。西ミズーリの平原の人口五百人の町が広がっているのではないかと夢想する。教会がひとつ、食料品店が一軒、線路が一本だけ走っている。そう遠くないところに、給水塔が暗闇のなか建っている。この給水塔が、この場所への僕を導くアンテナになる。

目の前には高速道路が伸びていて、僕は十一月のミズーリの茶色い平原を突っ切って、静かに車を走らせている。この土地の中心である平原から出て行こうとしているのだ。助手席には女の子が座っている。彼女のシートベルトは締められ、ブラウスの下に隠れて見えない。小さくてやせっぽちの女の子だ。暗闇に包まれた僕たちは、夢の中へと入っていく。

「マイケル、私、あなたが欲しいの。分かってる?」

また稲妻が光った。

雨が滝のように窓に打ち付ける。雷鳴が部屋を揺らし、僕は目を開ける。

弱い熱帯性低気圧が上陸したんだ。

ナポレオンのボトルが小机から転がり落ちているのが見える。ボトルを見たせいで記憶がよみがえり、強い吐き気をもよおした僕は、立ち上がるとふらふらとトイレへ向かう。

でも吐くものなど何も残っていない。胃の中にもうオイスターはひとかけらも残っていないのだ。僕はマウスウォシュをひと吹きすると、ベッドへと戻る。外では嵐が激しさを増して、ほぼ数秒ごとに稲妻が走る。

車が通り過ぎ、そのタイヤが濡れた道路で紙やすりのような音を立てるのが聞こえる。どうしてこんな音が聞こえるんだ?

「雨が降っているのかしら」　若い女の子の声、彼女の声だ。

「二月に春が始まるの？　違うと思うわ。立春は三月、来月よ」　彼女は寝返りを打つ。「雨は好き。メキシコではこんなに雨が降らなかった。四歳の頃メキシコに住んでいたの、話したっけ？　モンテレイの南にあるリナレスという町よ。パパがそこのガス工場で働いていた。ガス工場ってなにって訊かないでね。とにかくメキシコには雨は降らなかったの。一度もね」

暗闇のなかにレイチェルが見える。Tシャツを着て、黒髪にカーラーを巻いている。アンテナだ。何年も経った今でも、カーラーを見るたびにレイチェルのことを思い出す。彼女はラジオで、僕は時空をさまよう電波に過ぎないんだ。未来からやってきた定在波さ。

「ふん、ラジオ局ね。そのジョーク、前にも聞いたことがあるわよ」

パタパタと窓に打ち付ける雨の音が聞こえる。

「ねえ、私、いつも思うんだけど、あなたって関係があるみたい」

「何に？」

「あなたがそういうふうに話す時には、いつも雨が降る」

僕はベッドの上で起き上がる。部屋はがらんとして空っぽだ。誰もいない。窓の外にサン・アントニオを覆いつくす空が見える。依然として厚い雲が立ち込めていた。ベッドから出て窓に近寄る。朝の八時十五分、夜が明けてからだいぶ時間が経っていた。眼下の通りには通勤の車がびっしりと並んでいる。僕はお気に入りの信号を目で探す。その信号はどういうわけかいつも黄色のままなのだ。雨の薄暗い朝に信号は、イラついた通勤の車の列に、いつもと変わらない光を頑固なまでに投げかけていた。

僕はブラインドを下ろし、服を脱ぎバスルームに入る。バスルームは赤ワインとブランデー、そしてスモークオイスターの匂いが残っていた。

電気を消したまま、我慢できる限界まで熱いシャワーを浴びる。研究所はホテル用の四角い石鹸を山ほど用意していたが、それを僕はゼストの石鹸に取り替えていた。つるつるとすべる硫黄の匂いのするやつだ。誰かがゼストの石鹸はオリーブの匂いがすると言ってたっけ。

暗闇でシャワーがブランデーの残り香を洗い流していくのを感じる。シャンプーで髪を洗い、頭をシャワーの真下に突っ込む。ニルヴァーナのシャンプー。長い間市販されている、昔からのブランドだ。目を閉じれば、まるで大学の寮にいるような気持ちになるだろう。

あるいは別の過去を思い出すかもしれない。過去を訪れているとき、匂いと味を感知できないのは残念だ。オジリナルのベス・コーラの味をあじわえたら最高の気分だろうな。クラフトのハーブ入りチーズや、マクリンのマウスウォッシュもいい。コリンスで過ごした夜にブレンダ・レイシーが身に着けていた香り、どんなものでもいい、あれを嗅ぐことができたらどんなにいいだろう。そう考えると、ブレンダのキスはどうだろう。彼女のキスは味がしただろうか。それとも心が締められるような痛み、ただそれだけだったのか、いや、彼女のキスは味がしたような気がする。

シャワーを止めると、タオルを腰に巻いて窓に近寄る。道路の車の流れは完全に止まってしまったようだ。二台の車と巨大な白いトラックが交差点の真ん中で立ち往生して、がっしりとした大男が腕をブンブン振り回している。何かを言い争っているということは誰が見ても明らかだ。サン・アントニオ警察のパトカーがやってきた頃、僕はブラインドを下ろして、バスルームに戻り歯を磨く。その時、換気装置が止まっていて部屋が薄暗いことに気づいた。

Dreamer 11 *Angel Radio*

停電だった。

十二　レオナルド

研究所では誰もが知っている自明の理だが、ラボの技術者やオペレーターが太陽を見ることができるのは、ごく特殊な場合だけだ。—たとえば、雷のせいでメインフレームのコンピュータが壊れたときだ。

今朝、カフェテリアは技術者たちであふれかえっている。ほとんどはカフェの奥のテーブルに固まって、資料の山を前に、レオナルドが「おたくの熱情」と名づけたツバを空中に撒き散らしながら、熱心に話し合っている。

多分そのせいだろう。レオナルドは僕たちと一緒の席に座って、ボウルに入ったコーンフレークを食べながら、静かにコンピュータのプリントアウトを読んでいる。時折、シャープペンシルを取り出して、一列に並んだ数字の横に印をつけている。

「驚くほどのことじゃありませんよ」ローウェルがコーヒーをかき回しながら言う。「たったひとつの雷だって、落ちるところに落ちれば町全体の機能を停止させることができる。一九八五年の嵐で、バークレーの街は完全にやられました」

「ああ。だが昨日の雷はそれほどじゃなかったぞ」オットーが応える。「三十分も続かなかったんじゃないか」

「どれくらい続いたかは重要じゃない、問題はその威力だ」ケラーが、ハムと卵をガツガツと食べながら言う。「一筋の稲妻には、無数の電流が流れてるんだ」

「どこで暴風雨が発生したのか、誰か知ってる？」ゲイルがテーブルを見回す。「レオナルド、確かメキシコ湾のどこかで熱帯低気圧《ディプレション》が発生したって言ってたわね」

「メキシコ湾沿岸はどこもかしこも、熱帯性うつ病《ディプレション》だらけですよ」レオナルドは肩をすくめ、数字の列に丸をつける。「いつだってそうだ」

「そうですねえ」ローウェルが言う。「思うんだけど…」

「ちょっと、ふたりとも！」　ゲイルはショックを受けたみたいだ。「ディズニーランドに行ったことないの？　テキサスかどこかに大きな水族館があるんじゃなかった？」

「レオナルド、その嵐だが……」　オットーが話題を続ける。「昨日の嵐はどうだったんだ？」

「いやあ、ちょっとしたもんでしたよ」　レオナルドはシャーペンを横に置く。「非常に強力です。前線なんてありません。まるでサン・アントニオのちょうど上空で発生したみたいでした。積乱雲が千二百メートルの高さで渦巻いていて、わずかな時間のあいだに、雲が柱のようにいくつも立ち昇って、下降噴流もあって、稲妻が走りました。—そのほとんどは標準光源、—つまり凍結高度の高さから落ちてきました。私は早く来て、第十四ラボのコンピュータを守りました。—つまりメインボックスの周りにいわば防壁を張り巡らせたんです。嵐のせいでマシンが煙を吐いたらたまりませんから」　レオナルドは牛乳をひと口飲む。

「コンピュータは無事だったのか？」　オットーが訊く。

「だといいんですが」　レオナルドは書類の山を指差す。「もしコンピュータがイカれてたら、FFT回路のコードを点検しなきゃいけません。これがまったく始末に終えないプログラムでね、ええ、ADA　言語で書かれてるんです。ビジュアル・ベーシックXを使おうと思った人間はいなかったのかな」

「でも、おかげで失業の心配はない」　ローウェルが言う。

「まったくそのとおり」　レオナルドが頷く。「もう一年あれば、半分をやり直すんですけどね。スクリプトやオブジェクトコードはすべて忘れて、ベアメタルからやり直しますよ」

「なんだか恐ろしいな」

「ご心配なく。皆さんがチェアに座る前に、もう一度きっちり診断しますから」

「どんなことが起こるんだい」　オットーがレオナルドを見る。「感電死、なんてことにならないだろうねえ」

「そうですね」　レオナルドは言葉を切ると、牛乳をひとくち飲む。「去年、雷が入って第十二ラボのバスがひどくやられました。シータ検知器がモデムラインと混線しましてね。誰かがインフォメーションに電話をするたびに、ドリーマーが一九六二年十一月十四日に戻ってしまうんですよ、ハハハ」

「じゃあ、家に電話できるね」　ローウェルが言う。「『キャプテン・クランチ』のおまけの笛を使ってさ」

「ちょっと二人とも」　ゲイルが不機嫌そうな声を出す。「グループのなかの数パーセントの人にしか分からないジョークって、面白くないのよ」

「オーケー」　レオナルドはニコリとすると、テーブルから立ち上がる。「ちょっとした話題になったんですが、『ベル・システム技術ジャーナル』が、ある号で多重コードに関する情報を漏らしたんです。その話をしたんですよ。そのコードのおかげで一昔前のハッカーたちは、電話に向かって笛を吹くだけで、世界中どこへでもタダで電話をかけることができました」

「そういうこと」　ローウェルが付け加える。「空軍に勤めていた男が、あるメーカーの朝食シリアルのおまけの箱に入っていたおもちゃの笛が、正確に二千六百ヘルツの音を出すことに気づいた。それはマー・ベル電話会社の回路を動かす周波数とぴったり同じだったんだ。すぐに男は、世界中のどこにでもタダで電話をかけられるようになった。彼は政府から『キャプテン・クランチ』と呼ばれたのさ」

ゲイルはうんざりした様子で首を振る。「そんな話を知ってるのは、オタクだけよ」

「レオナルド、ゲイルの言うとおりだよ」　ローウェルは肩をすくめる。「このジョークはかなりオタク向けだ」

「レオナルド、コンピュータの話に戻るが」　オットーが割って入る。「準備ができるのはいつごろになる？」

「わかりません」　レオナルドは肩をすくめる。「シータは完全にやられてましたが、スキャナは不安定という程度です。まあ、もともとうまく動いてなかったので、ほとんど差はありません――」　レオナルドは言葉を切る。「ビッグ・アイロンの準備が整うのは、今晩遅くでしょうね。すみません、タイム・サーファーの皆さん」

レオナルドがカフェテリアを出て行くとき、ゲイルがローウェルにささやく。「タダで電話がかけられたの？」

……★……

真夜中、僕とゲイルはレオナルドと一緒に第十四ラボにいて、雷が原因の故障をレオナルドが直そうとするのを見ている。一時間半のあいだ、レオナルドは無数のケーブルやモニター、電源装置、通信システムに関係する見たこともない部品を交換していた。だが、うまくいかないようだ。

「まあったく、くたばっちまえ、このポンコツ」　レオナルドは頭を振ってブツブツとつぶやく。そして向き直ると、決まり悪そうに微笑んだ。「言葉が悪くてすいません。何もかもノー・オペです。ハッシュテーブルが問題なんです」

「心配しなくても大丈夫よ」　ゲイルが肩をすくめる。「あなたが何を言ってるのか、誰にも分からないから」

「入力フィルタのソフトウェアを、雷がローチしたようです――」

「入力フィルタってなに？」　ゲイルは訊くと、生ぬるいジョルトコーラを一口飲む。「説明して。普通の言葉で説明できるのかどうか知りたいわ」

「オーケー」　画面をみつめながらレオナルドが言う。「皆さんが向こうへ行っているときに、我々が受け取る信号は非常に微弱です。喉頭マイクは信号を集めて増幅しますが、増幅するのはアンダーフロー、失礼、―つまり信号に付随する不規則雑音なんです」

「その不規則雑音はどこから来るの？」

「微細な電子がお互いにぶつかり合うんです。それにテレビの信号も、―　落雷の口笛みたいな音も、―　成層圏に落ちてくる隕石もね。木星の嵐の音も拾いますよ。木星もノイズの立派な発生源になります。AMラジオから聞こえるノイズの大部分は、木星から来るんです。皆さんの思考を聞き取るためには、他にもいろんなものをふるいにかけなきゃいけないんです。テクノロジーは確かに素晴らしいかもしれませんが、簡単にはいきません」

レオナルドの話を聞いていると、自分が外惑星のひとつを回る、ボイジャー宇宙船になった気分になる。

「そうですね」　レオナルドが続ける。「喉頭マイクはあらゆる種類の電気的雑音を拾います。──　声さえもね」

「声？」　ゲイルが訊く。

「たぶん市民ラジオの声じゃないかな。皆さんの特定の電気的シグニチャーに合致しない場合には、システムによって除去されます。運がよければ、向こうから皆さんが我々に伝えようとしていることを聞き取ることが可能です。その除去プログラムがなければ、聞こえるのはアンダーフローだけで、コンピュータはそれをキャッチできません。つまりテープには、なにも録音されないことになる。いくら向こうで楽しい時間を過ごしても、それじゃパウンドストーンはいい顔をしないでしょう。そういうわけで、皆さんがチェアに座る前に、除去機能を再プログラムしなければなりません」

「ここに食べるものはない？」　ゲイルが尋ねる。

「これが済んだら、すぐにピザを注文しますけど」　レオナルドが言う。「一番上の引き出しに『錦』がありますよ」

「なによ、それ？」

「日本の豆菓子です。なかなかイケますよ。干した小魚がイヤでなければね」

「やめとく。私はピザを待つわ」

「これだ！」　レオナルドがコンピュータ画面を指差す。「ゼイが除去プログラムをコピーしたんです。こりゃあいい。今夜使うものをダウンロードしましょう。トリップするのは誰です？」

「マイケル、あなた行きなさいよ」　ゲイルが言う。「私はピザを待つから」

「オーケー」とレオナルド。「マイケルの電気的シグニチャーをダウンロードしましょう。──　よし、これだ。シータ・モジュールを接続すればいい。眠ってもらっちゃこまりますからね」　レオナルドがスイッチを入れると、ブンブンと唸る音がラボにあふれる。「ザ・ブレインが保有する基礎ネットワークは、かなりファシスト的ですが、シータ・モジュールは、その扱い方を心得てます。四から七ヘルツのシータ・シグナルが側頭葉に現れるのを待ちましょう。そしてロックインするまで、ヘッドフォンに同様のシグナルを導入します──」

「あのね、レオナルド」 ゲイルが口を挟む。「ピザを注文するには、少し時間が遅すぎるんじゃない?」

「店は午前一時まで開いてます。マイクロフォートナイトのデスクにプロトコルダウンします」 レオナルドは画面に向き直ると、僕の名前と日付を入力する。「控えめに言っても、シータ・モジュールはシステムで最も重要といっていいでしょう。シータから抜け落ちてデルタ・トレースへ行ってしまうと、いわゆる普通の、なんの変哲もない睡眠状態へと入ってしまいます。あるいは明晰夢を見るかもしれません。プログラムを始めた頃にはよく起こりましたよ。高い夢次元へ落ち込んで、完全に記憶バンクを飛び越えてしまうんです。膨大な時間をムダにしました」

「ただの夢だとどうして分かったんだい?」 僕は尋ねる。

「簡単ですよ」 レオナルドが肩をすくめる。「夢を見ている人は、山や川など、地理的な目印については正確に描写します。でも他のものに関して、間違うんです。建物が違う形に見えたり、人々がヘンな服を着ていたりね。時には、高度に進化したヤモリみたいなものを見る人もいます。大きな目をした灰色の小さなトカゲですよ。そういう場合は、鎖をひっぱって連れ戻して、最初からやり直すんです」

「なるほど」

「境界線すれすれの奇妙なものもあるんです。ある週、ドリーマーが全員、明晰状態になって、なぜか同じものを見続けました。あのときは本当に緊張が走りました。ゼイがラックランド空軍の友人にそのことを話したら、瞬く間に軍が研究所に押し寄せてきました。急げってね! 国防総省が明晰夢につぎ込んでいる研究費のことを、どこかで洩らしたんです。── そんな研究、大して重要じゃないのにね。当然のことながら、パウンドトーンは国防総省から小切手を頂いて、金に替えましたよ。そして、パウンドストーンもいいことをしたと思うんですが、シータロックにその金を使ったんです。以来、小さな灰色トカゲは現れなくなりました」

「ドリーマーが見ていたのは、一体なんだったんだろう」 僕は訊くが、その答えを本当に知りたいのだろうか。

「オープンスイッチですよ。もしかしたら、お粗末なカフェテリアの食事のせいかもしれない。―あの年のケータリングはひどかったですから。誘導ソフトウェアに不具合があったのかもしれません。本当のところは誰にも分かりません」 レオナルドは、日本語で何か書かれた袋に手を伸ばす。「『錦』はどうです？ めちゃ旨いですよ」

「レオナルド」 ゲイルは言う。「干し魚の入った豆菓子なんて食べないわ。ピザを注文して。それも、『すぐに』じゃなくて、いま注文して！」

「了解、いいですよ」 レオナルドは電話を手に取る。「やあ、マーガレット？ レオナルドだ。受話器の横で、パキっとした二十ドル札を振ってるんだけど、音が聞こえるかな？ よかった。マーガレット、君がANSI基準のピザを注文してくれたら、この二十ドルは君のものだ。― そう、ペパロニとマッシュルームの大型のやつ。よく分かってるね。守衛のところに届けてくれ。おつりとピザ一枚は君のものだ。ありがとう」

レオナルドは受話器を置き、ゲイルに向き直る。「これで、ご満足ですか？」

「ありがとう。いくら払えばいい？」

「二十ドル」 レオナルドはにっこりする。

「そのうち払うわ」 レオナルドの肩をたたきながら、ゲイルが言う。

「別にいいですよ。あなたが階下に行っている間に、メイルサービスにあなたの部屋から盗ませますから」 レオナルドは僕の方を向く。

「ビッグ・アイロンが乗客を乗せる準備を整えたようです。さあ、チケットを拝見しますよ」

十三　リスペクタブル

僕はバイザーを下ろし、暗闇の中へ入っていく。外ではシータ・モジュールかなにかが、エレベーターのモーターのような低い唸りを響かせ始める。ヘッドフォンからレオナルドの聞き慣れた声がする。

「マイケル、数をカウントしてください」

「分かった。いちー、にー、さんー」

「結構。フィルタがシグニチャをキャッチしました。ふむ、ローウェルは今朝二時の予約をキャンセルしたようだ。――少し待ってください」

僕は目を開けて、緑色に光る二点の光を見る。

「マイケル。ゲイルは第十ラボに行きます。ということは、あなたさえよければ、あと二時間余分に時間を使えますよ」

「そうしようかな。あとで言うよ」

「腕カバーをはめますか？」

「いやいい、今回は自分で催眠をしてみる」

「了解。ですが気をつけてください。真面目に言ってるんです。準備はいいですか？」

「ああ、行こう」

「サヨナラ、タイム・サーファー。どうぞよい夢を」

体が鉛へと変わり、誘導チェアの中へと沈みこんでいく。やがて振動が始まり、暗闇の中へ、星空の上空、過去へとつながるハイウェイの上空の空間へと落ちていく。

時間の流れへと向かって、僕は降りる。光は拡大し、空、木々、岩、川を形成していく。誰か僕の近くに座っている。帽子を斜めにかぶり、シャツは着ていないが、折り返しのついたジーンズをはいている。近くの岩の上には、水筒が転がっている。

エバンだ。

エバンは、茶色く、まだらになった川の表面に向かって、平たい石を投げる。石は二匹のアメンボの上を通り越し、水上を三回跳ねたかと思うと、小さな音を立てて水の中へ沈んでいった。「昨日の夜、またママがパミーに僕のテントを使わせたんだぜ。パミーのやつ、テントを裏庭に立てて、クラスのバカな女の子たちを招いたのさ」

「それで？」

「あいつら、家にやってきて、ケチャップとかクラッカーとか、ありとあらゆるスナックを手に入れた。夜中の十二時ごろに、笑い声が聞こえ始めたと思ったら、犬が吠え出したんだ。そしたらあいつらは怖がって、家の中に入ってきて、もっとチップスかなんかをゲットしたんだ。一人の女の子なんて、パパのフォルスタッフ・ビールを盗んだんだぜ」　石がまた水の上を渡っていく。「女の子って、怖くなると食べるんだ、知ってるか？　だから女の子は男よりも太ってるんだよ」

「そうかもね」

「それでな、ミッチェル、僕のテントはもうひどい有様だった。女の子たちが帰ったあと、ホースで水をかけて洗わなきゃいけなかった。ケチャップがあちこちに飛び散ってるんだよ。まるでフードファイトでもやらかしたみたいにさ」

十歳の自分の瞳の奥にプカプカと浮かんでこの光景を見つめながら、この瞬間にブレンダはどこにいるのだろうと思わずにはいられなかった。おそらく、自宅の二階にある、窓が並んだあの広い部屋で、小型グランドピアノの練習をしているだろう。

不思議なことに、ブレンダはカースウェルが「おつむが働く」と認めた唯一の女の子だった。「彼女は賢いと言ってもいいな」とよく僕に言ったものだ。カースウェルが、あんなふうに女の子を褒めたのは、あとにも先にも聞いたことがない。だけどカースウェルの妹のパミーは、ブレンダ・レイシーをひどく嫌っていた。数年後に僕がブレンダと付き合ったと知ったら、パミーは僕と口をきかなくなったほどだ。

そういえば、この瞬間、パミーはどこにいるのだろう。おそらく家でテレビを見ているだろう。たぶん「フューリー」か「スカイキング」かな。

そういえばレイチェルはどこにいるんだろう？　おそらくメキシコのリナレスだ。あるいはミズーリ州のどこかの小さな町かも。今レイチェルが七歳だなんて想像ができない。それってすごく若い。まだほんの子供じゃないか。

突然、目の前の川が白くなり、—　どこにでもある五つ穴のノートに変化する。左側に赤いラインが入ってるやつだ。その紙に字が見える。

『ミセス・マイケル・ミッチェル』　ねえ、この文字を書くの、私初めてよ。初めてにしては悪くないね！　あなたは　やさしい人でいて！　もしできたらね　ダメならズルい人になって！　このへんでやめて世界史の勉強をしたほうがいいみたい。ずっと愛してる　レイチェルより　手紙書いてね　お願いよ」

真ん中には大きく「I LUV U」と書かれてる。左下の隅には、「もう一度、愛してる」とあった。

電話が鳴る。母親が先に受話器をとる。「マイケル、あなたに電話よ。とても小さな子みたい。ボーイスカウトのチームの子じゃないかしら」

受話器を取る。

「ハイ、私よ」　本当に子供の声だ。

「やあ、レイチェル」

「一言いいたかったの。先週、ブレンダなんとかっていう子から電話がかかってきたわ。チェロキーの私の家に電話してきて、この夏、あなたが彼女に出した手紙を私に全部読んで聞かせたの。一言一句、残らずね。彼女の親が、電話料金の請求書を見たら、絶対に頭からゆげ出して怒るわよ」

「コリンスにいるのか？」

「そう、おばあちゃんの家にいるの。でね、何があったと思う？　私、ここに戻ってー、パパとママが、コリンスの高校に行ってもいいって言ってくれたの。もし月一回、チェロキーに車で連れて帰ってくれる人を見つけたらの話だけど。だから、分かるでしょ？」

「何が？」

「だから、ーどうするのか気持ちを決めて。ブレンダと付き合うのか、それともラインを踏み越えて私とデートするのか」

「君とデートする、と思う」

「聞いて。私とデートするってことは、山ほど仕事を抱え込むことになるかもしれない。毎週末、私に会うために大学からコリンスに戻ってきて、そしてパパとママに会うために私を家に連れて帰らなきゃいけないのよ。そして何より大事なのは、―絶対にウソをつかないこと。何でも我慢するけど、ウソだけは聞きたくない」

「ドライブするかい？」

「うん、―ブレンダ・レイシーの家までドライブしましょうよ」

「それはやめておくよ」

ヘッドライトを点けて私道から出ると、レイチェルは靴を脱いで裸足の足をフロントグラスに、次には車の天井に押し付ける。彼女の脚はすらりと長く、しっかりと筋肉がついていることに僕は驚く。

「見て」　レイチェルが言う。

「なんでそんなことするのさ」

「私って、とても縄張り意識が強いの」　彼女は白いブラウスの下に手を入れて、何かを調整する。ブラのひもだろうか？

「他の女の子がこのフロントガラスを見たら、私が助手席にいたって分かるでしょ」

「ありがとう」

「どういたしまして」

レイチェルはシートに身を起こすと、綿の青い短パンのすそをまくる。「マイケルのことを深く知るチャンスがもらえてとても嬉しいって、ブレンダに言ったの。彼女、すっごく怒ったと思うわ」

「ブレンダは僕の手紙を本当に読んで聞かせたのか。そんなことするなんて信じられないよ」

「信じたほうがいいわよ。私は電話を切らずに、こう言ったの。『へえーー、ふーーん、そうなの』ってね。私が話を聞いていると彼女に分からせるためよ。彼女が最後の手紙を読み終わったら、私は電話してくれたことにお礼を言って電話を切ると、大泣きしたの。でも今は大丈夫。たぶん大丈夫だと思うーー」

レイチェルは言葉を切ると、もう一度フロントガラスに足を乗せる。さらに足型が付く。明日の朝、パパがこれを見たらどう思うだろうと、僕は考える。

「で、家に帰ってから彼女の家に電話したの。でも彼女は留守だった。あなたと一緒にいるんだろうと思ったわ。でも違ったみたいね」 レイチェルはため息をつくと、窓の外を見つめる。「たぶん他の男の子と出かけていたんじゃないかな。私があなただったら、指輪を返してくれって言うと思うけど」

「その必要はないよ。今ブレンダは指輪を僕に送りつけてるところさ」

「よかった。一週間のうちに届かなかったら知らせてね。郵便局に文句を言うわ」 レイチェルは僕に向かってにっこりと微笑んだ。「その指輪を失くしてもらっては困るの。ーー だって指輪が必要になるかもしれないし」

僕はハンドルを切り車を高速道路に乗せると、角を曲がって、深い森へと続いていく砂利の敷かれた田舎道へ入る。周辺視野をスキャンすると小さな家と納屋が見える。僕の記憶では、その家と納屋は一九八〇年代に姿を消し、工場に変わったはずだ。目の前に広がっているなんとも頼りなげな映像と同じように、過去だって安全なわけではない。それは崩されて、建て直されるか、あるいはひとつずつ切り売りされていく。

浮石の上に車がすべりこんでいくのを感じる。シートベルトの恩恵がないから、レイチェルと僕の体は曲がり角で大きく横に振れる。スピードメーターは時速六十キロを保ったままだ。― 砂利道を運転するには、あまりに無鉄砲なスピードだ。だが、もう一度言わせてもらうと、今、僕は十八歳で、免許を取ったばかりのドライバーが持つ、無鉄砲さとスキルを兼ね備えている。

道の上に立ち昇る曇った砂埃を、ヘッドライトが照らし出す。

今まで一台の車にも出会っていないが、同じ方向へ向かっている車が前方を走っていることはほぼ確実だろう。どうやら、十八歳の僕も同じ結論に達したらしい。― スピードメーターが時速五十キロ程度に落ちるのが見える。左手がヘッドライトのスイッチを切ると、一瞬、世界が暗闇に包まれる。驚いたことに、レイチェルは何も言わなかった。

前方では、白い砂利道が暗闇の中に伸びていく白いリボンのようになる。とても長い一分が過ぎ、ヘッドライトを元に戻す。

「車を停めて、雷を見る?」　とうとう彼女が訊いてきた。

「今夜は雷にはならないよ―」　僕が言う声が聞こえる。

「雷になるわ。東の空に少し見えるはずよ。見てて。嵐は嫌いだけど、雷は得意なの。すべての動物とある種の人間は、いつ嵐が来るのか言い当てることができるって知ってた?　私もそうなの」

「君は動物なの?」

「一緒にいる人によるの。オーケー、今のはただの冗談よ。だから信用しないで。雷を眺めたくなったら教えてね」

ギアをセカンドに変えると、トランスミッションのカチリという柔らかい音が聞こえる。そのあとに続いてガラガラという音がはっきりと聞こえる。こんな音がする原因はなんなのか分かったのだろうか？　いや、分からなかったと思う。「代わりにラジオを聴くかい」　僕はレイチェルに尋ねる。

「いいわね」　レイチェルはもう一度靴を脱ぎ飛ばしてダッシュボードに足を乗せ、すばやくフロントガラスに足を一歩ずつ運んでいく。さらに足跡が増えた。

「チェロキーのことを話してくれよ」　おそらく僕は、車に足跡をつけるレイチェルの気を逸らそうとしているのだろう。

「いいわよ。ものすごく辺鄙でつまらない場所。まるでカタツムリみたいに、のろのろしているの。学校はセコいの。チアガールがポンポンをひとつしかもらえなかった話をしたと思うけど――」

「聞いたよ。君のパパとママに連れられてデイリークイーンへ行った時さ。覚えてるかい？」

「ああ、そうだったわね。とにかく、もしパパとママがコリンスに残ることを許してくれたら、チアリーディングのチームに入ろうと思うの。バトンガールでもいいわ。私、脚は太くないし。太いと思う？　ほら、触ってみて――」　レイチェルは僕の手を取り、彼女の太腿に置く。

「そこじゃなくて、ここよ。そう。分かったでしょ？　脂肪なんて少しもついてないわ」

「最高のチアリーダーになれるよ、レイチェル」

「ありがとう。私もそう思う」　彼女は、足をフロントガラスに戻す。「私、運動が得意なの。それに夜型よ。考え事はほとんど十時から二時の間に済ませるの。あなたが私と結婚するって決めたときのために、一応言っておくわ」

僕はロックして、すばやく周辺視野をスキャンする。レイチェルはまた足をダッシュボードに乗せている。彼女の足跡が車の中一面についているだろうと僕は思う。

「それだけじゃないわ」 レイチェルは続ける。「私は完璧主義だし、いろいろうるさく注文をつけるの。好みがうるさいってママに言われるわ。これも言っておくけど、― 私ってはっきりモノを言うタイプよ。欲しいものがあれば、あなたにそう言う。それに嫌なものは嫌だとはっきり言う」

「覚えておくよ」

「こんなブスでなければ、チアリーディング・チームで活躍できるのに」

「何言ってるんだよ」

「やめて、自分の見た目がどの程度かくらい知ってるわ。― 世の中には鏡があるのよ。この前歯を見て。まるでシマリスみたい。それにお尻は少し大きすぎる―」

「ねえ、君は本当に― 綺麗だよ」 僕はレイチェルに目をやり、肩ひものない黄色いイブニングドレスに身を包んだ姿を見る。白いコサージュをつけている。僕はイメージをロックして、しげしげと眺める。― 疑問をはさむ余地などない。これは、かなり綺麗な女の子だ。ブレンダ・レイシーとは違う種類の綺麗さではあるが、綺麗なことに間違いはない。

「綺麗、か」 レイチェルは言う。「ほとんどの人は私を『可愛い』って言うわ。前に付き合ってた男の子もそう言った。でもね、その人、ラット・テリヤのことも可愛いと思ってたの―」

「もっとチェロキーのことを話してくれよ」

「オーケー。家について話すわ。チェロキーの町外れにあって、両脇が給水塔と教会なの。二つの塔のせいで、まるでうさぎみたいに見えるのよ。煙突のところに焦げた跡があるんだけど、それは助祭さまのせいなの。どうしてだかわかる？」　彼女は僕を見る。

「分からないな、なぜだい？」

「去年の十二月、教会の助祭さまは、なぜうちの家族がクリスマスの飾り付けをしないのか不思議に思ってみたい。で、パパにプラスチック製の賢者をくれて、煙突に取り付けたの」

「プラスチック製の賢者？」　僕はレイチェルを見る。今、彼女はまた体勢を変えて、ドアにもたれかかり足の裏を僕の脚に押し付けていた。

「プラスチック製の賢者を一人ね」　レイチェルは続ける。「たぶん、三つを買うお金はなかったんじゃないかな。――　おまけに、助祭さまたちはサンタクロースを買うのは嫌だったのよ。　――　サンタはとても高いもの」

「プラスチック製の賢者ねえ」

「煙突に取り付けたの。でも取り付けたあと、私たちそれをすっかり忘れてしまった。そして暖炉に火を入れたら、賢者が溶けちゃったの。残ったのは帽子だけよ。ほかは煙突を伝って流れてきたわ。運良く、火事にはならなかったけど」

「助祭はなんて言ってた？」

「助祭さま？　あの人たちのことなんか気にする必要ないわ。あの子供みたいな三人に、溶けた賢者のことを説明するなんて、あなたならできる？」　レイチェルは手を伸ばして、ラジオをつける。3年前に流行ったロネッツのオールデイズが流れてきた。『ビー・マイ・ベイビー』。

「この曲、大好き」 レイチェルが言う。「コオロギの鳴き声がする」

「カスタネットだよ」 僕が言う。

「実際に見たことあるの？」

「いや、ない」

「だったら、分からないでしょ？」 彼女は愛くるしい笑顔を浮かべる。

南へ車を走らせるにつれ、ラジオの雑音が多くなっていく。いまにも音楽をかき消しそうだ。レイチェルが正しいのかもしれない。どこかで嵐が待ち構えているのかも。シーンをロックして、砂埃の向こうに広がる暗闇に目を凝らすが、何も見えない。

「レオナルド」

「やあ、マイケル。そっちの様子はどうです」

「今、一九六六年の八月か九月にいる。ミズーリ州コリンズの南方だ。当時、このあたりで嵐が発生してないかな」

「夏の二か月のあいだに、ですか。時期を特定してくださいよ」

「オーケー。『ウドゥント・イット・ビー・ナイス』の最後の部分が聞こえて、ロックしたときには、ザ・ホーリーズの『バス・ストップ』がラジオから流れていた——」

しばしの沈黙のあと、レオナルドの声が聞こえる。**「お望みどおり答えが与えられました。ジュークボックスによると、あなたがいるのは間違いなく一九六六年八月の第一週です。聴いてるのはどのラジオ局ですか。リトルロックのＫＡＡＹかな」**

「そうみたいだ」

「ええと、そのデータも使った方がよさそうだ。きっと試験にでますよ。一九六六年八月第一週のKAAYの曲順は—、『バス・ストップ』、『ドライブ・マイ・カー』、『サマー・イン・ザ・シティ』。ルイジアナ州シュリーブポートにあるサムズ・レコードショップのCMをはさんで、『サンシャイン・スーパーマン』、そしてニュース、続いて『ブラック・イズ・ブラック』、『ウドゥント・イット・ビー・ナイス』、サムズ・レコードショップのCM—」

視界の隅に見えるダッシュボードのラジオの黄色い光をスキャンし、そのままフロアボードの暗闇に目を移し、僕の脚に押し付けられたレイチェルの足の輪郭を見る。霞がかかったようで、よく見えない。

「WLSかKOMAの曲順が知りたければ、コールしてください」

「ありがとう、レオナルド」

「こっちは退屈な夜ですよ」

「だろうね」

ロック解除。

「なあ、レイチェル、次に何の曲がかかるか当てっこしないか」

「いいわよ。あなたからどうぞ」

「ザ・アウトサイダーズの『リスペクタブル』。— さあ、どうなるかな」

「次の曲ね? オーケー、きっと、— ビートルズの『ペーパーバック・ライター』よ。もしあなたが負けたら、私ともう一度デートするのよ。— もうデート四回分の貸しがあるわ」

「取引成立だ」 僕は手を伸ばしレイチェルと握手する。

ニュースが終わった。僕はボリュームのダイアルを右側へ大きく回す。ふいに空気はドラムのロール音に包まれ、続いてギターとホルンの音が響く。「ホワット・カインド・オブ・ガール・イズ・ディス　ザッツ・ネバー・エバー・カム・ホーム・レイトー」

レイチェルが目をまんまるに見開いて僕を見る。「当たったわ！　私、感激しちゃった」　レイチェルは僕の腕をつかむ。「どうやったのか教えて」

「たまたま当たっただけさ」

確かにたまたま当たったんだけど、ー　ものすごい偶然であることは確かだ。たった今レオナルドがラジオ局のプレイリストを読んだら、次の瞬間、僕の若い自我が曲名を口にした。三十年前に起こったこの実際の出来事を、ぼんやりと思い出すことはできる。たった今僕が驚いたのと同じように、当時の僕も驚いたはずだ。

突然、別の映像がぼんやりと現れる。プロム・パーティのドレスを着たブレンダが、家の黒いグランドピアノを弾いている。次は、ブレンダがストライプの水着を着てー

「ねえってば」　レイチェルが足で僕を突付く。

「なんだよ」　ブレンダの映像がかき消えた。

「ねえ、どうやったのか教えてよ。なんでこの曲がかかるって分かったの？」

「魔法だよ。僕は未来を見透かせるんだ」

「もう、マイケルってばー」　知りたくてたまらないという目でレイチェルは僕を見る。「いっつもそうなんだから。ねえ、どうやったのか教えて。そして教えるときは笑っちゃダメよ。あなたって笑う時はいつも嘘をついてるんだから」　レイチェルがにじり寄ってくる。「ほら。また私のこと騙そうとしてるでしょ。だってあなた、笑ってるんだものー」

好きだったのは　彼女かい？
ノー、ノー、ノー
彼女を　抱いたかい？
ノー、ノー、ノー、ノー

「あのね」　レイチェルが言う。「土曜日になると、チェロキーの家の庭に座って、道をすれ違う車を眺めてたわ。このすれ違う車の中には、絶対にお互いを知っている人たちが乗ってるはずだって、考えてたの。でもね、誰もそれに気づかなかった。―　ただすれ違って、お互いを見ることもしなかった。そのことについてすごく考えたわ」

レイチェルをちらりと見ると、彼女は僕を見つめていた。僕は視線を止めると―、たぶん微笑んだのだろう―、前方の道路へと視線を戻した。そのとき、シーンにヘッドライトの光があふれた。僕は右側へハンドルを切り、あやうく溝に落ちそうになる。

「干草を積んだドラックだ」　僕は言うと、視線を道路に戻す。スピードメーターをスキャンする。時速八十キロも出ている。砂利道だっていうのに。

見事な反応だったよ、小僧。

レイチェルが手を伸ばしラジオをつける。「今晩、『サマー・イン・ザ・シティ』がかかるかな？」

「こうしよう」 僕はレイチェルに言う。「街に戻ってジンジャーエールを飲んだら、ドライブインシアターへ行くんだ」 そこでブレンダに会っただろうか。もちろん、もし会ったとしたら、ややこしいことになるだろう。

「もう遅いわよ」 レイチェルが言う。「このままドライブして、刑務所に光が点いているかどうか見に行こうよ」

その瞬間、誰かが照明を点けたように空が明るくなった。車を包んでいた暗闇は消え失せ、薄暗がりの中夕暮れの光に照らされた緑の丘が現れる。砂利道も消えていた。僕たちは州を結ぶコンクリートの高速道路を走っている。

レイチェルはまだここにいる。だが短パンと白いブラウスは、ジーンズと裏返しにした色の濃いスウェットに替わっていた。彼女は話の途中だった。「―ブラッドレーよ。私より四歳年下なの。そして七歳のステイシーと、四歳のエイミーがいるわ。子供の扱いは上手?」

「だと思うけど―」

「上手になったほうがいいわ。なぜかというと、エイミーはジョークを覚えてるところなの。あの子がジョークを言ったら必ず笑ってね。そうしないと、あの子の気持ちを傷つけてしまうから。エイミーの得意なジョークはこれよ。『ある犬が、もう一匹の犬になんと言ったか?』」

「分からないな」

「『ボーンハウス《納骨堂》で会おう』、これって笑えるわよね?」

「ああ、なんでだか分からないけど、笑えるよ。少しね」

「とにかく、エイミーがこれを言ったら必ず笑ってね。運転、替わろうか?」

「いや、大丈夫だ」

「私、十二歳のとき運転を始めたわ。車はオールズ・エイティ・エイト。あの車を十二歳で運転できたんだから、来年のテストなんて楽勝だと思うの」

ラジオからローリング・ストーンズの懐かしいヒット曲、『ペイント・イット・ブラック』が流れている。レイチェルはボリュームを上げた。「この曲、色を変えるカモメの歌詞のところが好きなの」

「何か別のことを歌ってるんじゃないかな」

「そんなことないわ。カモメ、つまりシーガルの話よ。ねえ、カモメのことを考えたら、お腹が空いちゃった。私のことを好きなフリをして、タルタルソースのたっぷりかかったフィッシュサンドイッチをごちそうしてくれない？」

「マイケル、レオナルドです。一時間経ちました。どんな調子ですか」

「いまのところ順調だ。ローリング・ストーンズを聴いているよ。今は夕暮れで、そして——」

「ちょっと待って、マイケル。——シグナルが速過ぎます」

僕はシーンをロックする。「よくなったかな」

「ええ。ターボ・モードのときは、しゃべる前にロックしてくださいよ。消防車のホースから水が吹き出るような勢いで、シグナルが変換機に送られるんです」

「こっちだと、それほど速く感じないけど」

「アインシュタインもそう言ってます。もう一時間、要りますか？　あなたには、全面的な許可が下りてます。それにピザはどうせすっかり冷めてますし」

「ああ、そうしようか」

ロック解除。するとシーンは消え失せた。僕はコリンスの自分の部屋で、山のようになった毛布の下で、あおむけに横たわっている。窓越しに差し込む光は、凍てつくようなグレーだ。今は冬。アールのベッドは整えられていない。アールがまだ生きているということは、一九六三年以前に違いない。また兄と話すことになるんだ。傍観者に起こる激しい興奮と高揚は調整されるようになっていると以前聞いたことがある。そのとおり僕の感情の色は、黄色、赤、青から、均一なベージュに変わっていく。パウンドストーンによると、それは自我保護のメカニズムで、そのおかげで僕たちは実世界の現在に留まっていられる。それでも、僕は家族にもう一度会えるのを望んでいる。

シーンをスキャンする。―　冬の暗い部屋だ。ドリーマーが感触を持てないのを本当に残念に思う。―　体をスキャンして、自分が九歳なのか、十二歳なのか判断することができるのに。ベッドの端の距離から、自分の身長を測ればいいかもしれないな。

残念だが、この奇妙な世界で僕に許されているのは、視覚と音だけだ。

僕は頭まで毛布を引っ張りあげて、寝返りを打つ。きっと寒いのだろう。鼻をすする音が聞こえる。

分かったぞ、僕は風邪を引いているんだ。今は、僕がインフルエンザにかかったあの最悪の冬じゃないだろうか。数え切れないほど、トイレへ駆け込んで吐いたんじゃなかったか？　最高じゃないか。こんな素晴らしい旅行を計画してもらえるなんて、初めてだよ。

小さな手が、毛布の下から出てきてラジオをつける。あまり聴いたことのない曲だ。『キャッチ・ア・フォーリング・スター』

ロックをすると音楽も止まった。

「レオナルド、ジュークボックスの電源を入れてくれ。『キャッチ・ア・フォーリング・スター』って曲が見つかるかな」

「ちょっと待って。ええ、これです。—　ペリー・コモ。なるほど。「歌う理髪師」ですね。一九五八年一月十一日から二十週間チャートに入っています。十歳のころに好きだった音楽を聴くのは、どんな気分ですかね」

「最悪だよ。インフルエンザにかかってるんだ」

「インフルエンザですか？　待ってください。ああ、それはありえます。その冬に中西部で、アジア産の菌を持つ風邪が大流行しています。ちょっと待って。健康関係のアーカイブを見ているんですが　—、すごいな。かなりの時間をトイレで過ごしたでしょう」

「情報ありがとう」

「どういたしまして。何でもミスター・レオナルド・チャップマンにお尋ねください。みなさんの質問に、即座にお答えしますよ」

シーンのロックを解除する。僕は天井を見つめている。—　インフルエンザにかかって寝込んでいる退屈しきった少年だ。目は閉じられ、僕は漂っていく。次の瞬間、シーンは変わり、今僕は家の廊下を歩いている。—　僕の家ではない。角を曲がりソファで丸くなった女の子を見下ろす。女の子の黒髪はもつれ、顔は真っ青だ。

「レイチェル、—　起きて！」

彼女が小さな赤いハートが散りばめられた白い綿パジャマのトップスを着ているのが見える。右の袖口には黄色いしみがある。僕は手のなかにある何かを見る。茶色い小さな薬ビンだ。ラベルには『セコナール』とある。『就寝時に一錠お飲みください』

ビンは空だった。

「レイチェルー」

ロックする。僕はチェロキーのドミニク家にいる。今は夜だ。僕の厚いコートが椅子に掛けられているのが見える。―きっと冬に違いない。十一月か、あるいは十二月だろうか。

「レオナルド」

「いつもここに隠れていますよ。タイム・サーフィンはどんな調子ですか」

『セコナール』という薬について何か分からないか」

「待ってください。オーケー、分かりました。セコバルビタール。赤いカプセル、、、100ミリグラム。バルビツール酸系。―通称、赤い悪魔と言われています。一体どこで見たんですか」

「何のために使われるんだろう」

「睡眠薬です。一九七〇年代の後半まで、医者はこの薬の使用に関して非常に甘かったと書いてあります。何事です？」

「分からないけど、問題に巻き込まれてる」

「それなら、その場を去ればいい。もう一度体験する必要なんてありませんよ」

「そうしていいんだろうか」

「あなたが選ぶことですが、でもね、これは忘れないでくださいよ。すべてはすでに起こったことです。そうでなけりゃ、あなたはそこにいないんですよ。そうでしょ？」

「そうだろうね」

「よく考えてください。五十分後に現実世界で会いましょう」

僕はシーンを離れ上昇し、部屋は一九六六年十二月の暗闇のなかに消えていく。レイチェルはなすすべもなく、たった一人で、下方へと遠ざかっていく。

それから少し過去へ戻って、十一月を通り過ぎる。カークスヴィルの大学の授業や、コリンスでレイチェルや両親と過ごした茶色い秋の週末の上空に、僕は浮かんでいる。ラジオとフロントガラスに当たる雨の音を聴きながらレイチェルと一緒にチェロキーへ向かったドライブの上空を通りすぎるシーンを過ぎる。

十一月の初旬へ上り、そして十月の最後の週。

シーンは速度を落とし、そして止まる。僕はフロントシートに座っている。ポンティアックだ。緑とオレンジ色が混ざった木々が、車の外に見える。秋だ。スーツを着込んだ人たちが見える。日曜に違いない。

「パパはいい説教をするわよ、まあ見てて」 レイチェルが僕に言って、ちらりと父親を見える。「きっと耳を疑うわ」

僕はレイチェルの視線を追って、ドミニク氏を見る。ポンティアックのバックシートに退屈しきった黒髪の息子と、下の女の子二人— 両方とも金髪だ— に挟まれて座っている。紺色のスーツ、黒い靴、黒いネクタイを身に付けて、ウェイファーラーのサングラスをかけたドミニク氏は、まるでカンザスシティのどこかのバーからきたサクソフォーン吹きといった風貌だ。

しかし、ボブ・ドミニクはあきらかに説教者に違いない。— しかも聖書の余白に書かれたメモから判断すると、かなり経験を積んだ説教者だ。

僕はこの日を覚えている。ドミニク氏はハンツデールという小さな農村の教会で、説教をすることになっていたんだ。

ドミニク夫人は勢いよく急カーブを切ると、ドミニク氏は日曜にはメソジストコミュニティで、先週は長老派のコミュニティで説教をしたのだと、僕に言った。ミズーリの田舎では、プロテスタントの宗派内にはある種の柔軟性があるらしい。

ワンダはハンドルを切って、ポンティアックをハンツデールへ続く脇道へと入れる。「あと十分よ、あなた」　彼女は自分の夫に向かって言う。

「もうすぐだ」　せわしげに何か走り書きをしながら、ドミニク氏が言う。「ヨハネの福音書十四章一、二節について何か話そうかな」

「あれはいい話ね、ボブ」　ワンダが運転席から言う。「私の父の家には、住むところがたくさんある」

ドミニク氏は僕を見る。

「今朝は、ハンツデールの善良な信徒たちと存在の意味について話そうと思う」

「いいわね、みんな気に入ると思うわ」　レイチェルが言う。

「欽定英訳を使ったほうがいいだろう」　ボブは口を閉じ、ノートに何か走り書きをすると顔を上げた。「どの聖書をもとに説教をするのかと、まっさきに訊かれるんだ。ミズーリのこのあたりでは、聖書は欽定英訳しか使われてない。独占状態だ」

「欽定英訳聖書のことよ」　レイチェルのママが説明する。

「そうだな——」　ボブが考え込む。「——住むところがたくさんある。おそらく大きな報いを求めている時は、住む場所を次から次へと彷徨い歩く。あるいは部屋から部屋かもしれない。もちろん、それが自分の身に起こったら、私はコーヒーポットのある部屋を探すよ。そして玄関の敷物の上で躓くに決まってる」

「そんな話をあの人たちにしちゃダメよ」　レイチェルが言う。「二度と声がかからないわ」

「なあ、マイケル」　ボブが僕に向かって言う。「この信徒の人たちは、記憶力がすばらしくいいんだ。どこかで聞いたことのある説教をしたりしたら、いろいろと言われるだろうよ。そんなの恥ずかしいからな」　ボブはバイブルに目を戻し、またメモを取る。「やはり『住む場所』で行くよ。ポットにコーヒーは残ってるかな」

「あるわよ、パパ。はい」　レイチェルがシートの下をひっかきまわし、ポットを手渡す。

「コーヒーがないと、頭が働かないんだ」　蓋を回しながらボブが言う。「ある年インフルエンザにかかったが、―　期末試験があったからその週は寝込むわけにはいかなかった。すると電話がかかってきて、―　復活祭の礼拝で説教をしてくれというんだ。母親に『マックスウェルハウス』のコーヒーを2ポット作ってもらって、教会へ出かけて説教をしたよ」

「そのことを覚えてるわ」　ワンダは頷く。「ボブは顎の下が真っ青になってた。歩くことさえできなかった。説教するなんてとても無理だと思ったわ。でも次の瞬間、背筋を伸ばすと、―　出ていってすばらしい説教をしたの。病気にかかっているなんて、少しも感じさせなかった」

「どうやったのか教えるよ」　ボブが言う。「歩いて出て行くと、四方の壁がすべて、同じ方向に傾いているように見えた。壁は垂直なはずだから、傾いているのは私であることは間違いない。そこで、壁とかなんとかすべてに合わせて自分の体を立て直すと、壇上に向かった。そして説教を済ませてて、その場を立ち去ったのさ」

「礼拝の後、すぐに病院に連れて行ったわ」　ワンダはそう言うと、教会へ続く道へと車を入れた。「ボブは両側肺炎にかかっていたの。一週間、入院したのよ」

その後、レイチェルの父親が教会の長老たちと会っている間、ワンダとレイチェル、子供たちと僕は、赤いレンガ造りの教会の正面玄関を取り囲むように立っていた。見上げると、ステンドガラスの窓が白い筋の入った水色であることに気づく。その上方に広がる十月の空の色とまったく同じだ。それは見事なまでの偶然の一致で、最初にこれを見た後、僕は何度もこの偶然のことを思い出した。

数分後、僕たちは満席の信者席の最後列に座っている。細長い窓から差し込む太陽光に照らされた教会のなかは、満席だというのに広々と感じられ、息苦しさは全くない。おそらくステンドガラスの青色のせいだろう、漆喰の壁や木製の柱の間を縫って差し込む朝の光は、考えられないほど天井を高く見せている。流れる雲が窓の外に見えるのではないかと思う。どうして僕は、このことを忘れていたのだろう。

囁きが聞こえる。「いいこと教えてあげる」

「なんだい?」　僕はレイチェルのほうに体を向ける。彼女は親指で讃美歌集のページを抑えていた。

「もし退屈したら、この賛美歌の題を見るのよ」

「それで?」

レイチェルが僕に体を寄せる。「でね、『私のベッドで』って付け足すの」

「えっ?」

「こうよ」　僕にページを見せる。「汝の栄えあることが語られた—、私のベッドで」　ねえ、これいいでしょ?」　レイチェルはページをめくる。「次はこれよ。『誘惑に負けてはならじ—、私のベッドで』　これはどう?　『私は友を見つけた—、私のベッドで』

「レイチェル、シーッ」　母親がレイチェルを睨む。

「別にいいでしょ」　レイチェルが母親に言う。「マイケルに教えてたの。パパの説教に退屈した時のためにね」　母親からの返答を待たずに、レイチェルはすばやくページをめくる。「オーケー、いいのがあったわ。『顔と顔を近づけてー、私のベッドで』すごい！」

「今のは傑作だ」　僕はレイチェルに言う。目を上げると、背の低い温厚そうな顔つきの助祭が、信徒たちに話しかけていた。

「明日の夜、教会の地階で予定されていた若者ための友愛パーティが変更になりました—」

「マイケル！」　レイチェルがひじで僕をつつく。「いいのを見つけたわ。『どうして今、行わないのかー、私のベッドで』　ハハハハ」

「—フロシー・グリーンが今度の土曜のパイの販売会の責任者です。たくさんの参加者を期待して—」

『私が血を見るときー、私のベッドで』　おっと、これは忘れて」　レイチェルはページをめくる。「『近くへ、もっと近くへー、私のベッドで』『ひとりではないー、私のベッドで』　ふーん、ブレンダ・レイシーのことみたいね、ハ！」

「レイチェル！」　ワンダが声を荒げる。「静かにしなさい！」

「ごめんなさい」　レイチェルは暫らくのあいだ讃美歌集を閉じる。

一分後、クスクスという笑い声と服のこすれる音が聞こえたと思うと、レイチェルが肘で僕をつつく。僕が視線を落とすと、白い手袋をはめたレイチェルの指が賛美歌の題を指差すのが見える。『星になってくれないかー、私のベッドで』

「—　今日は、ボブ・ドミニク師とご家族を再びお迎えしたいと思います。教会の後列にご家族が座っているのが私には見えますが、—　皆に見えるように立ってくださいますか？」

ワンダ、レイチェル、子供たちはすぐに立ち上がり、微笑み、また席に着いた。助祭は信徒に向かって優しい微笑を浮かべると、賛美歌集を開く。「起立して、最初の賛美歌を歌いましょう。第四十八番、『今、私を満たせ』」

聖歌隊が歌い始めたとき、レイチェルを見ると、笑いで体が振るえ、涙が頬を伝って流れ落ちていた。通路を挟んだ席に座っている老婦人がこちらを見て微笑む。おそらくこんな光景を前に見たことがあるのだろう。

僕も微笑みを返す。音楽が大きくなり、僕は、太陽が壁の上に細長い光を投げかけているのを見る。見上げると、頭上を流れる雲がもう少しで見えそうだ。この場所を僕は知っている気がする。

僕はレイチェルの方を向く。今はもう落ち着いて、信徒たちに合わせて一緒に歌っている。彼女が顔を上げると、僕と視線が合った。

「あなたと私は繋がってる」　そう彼女が言うのが聞こえる。「知ってた?」

そう言うと彼女は微笑み、讃美歌集に目を戻した。

動きがだんだんと加速しはじめた。教会は下方へ遠ざかり、僕は空へと登っていく。次はどこへ行くんだ?

「マイケル。ドクター・エンボゴです。何か他に薬を見つけましたか」

「いいや、あとどのくらい時間が残ってるかな」

「約ミリフォートナイト、ー　二十分です」

「オーケー。おそらくもっと早く戻ると思う」

レオナルドから返事はない。たぶんピザを食べているんだろう。

教会はすっかり消えてしまった。今、ドミニク氏に連れられて、僕は小さな家のなかの部屋を通り抜けている。ドミニク氏は紺色の長袖シャツ着て、ブルージーンズをはいている。周辺視野には、レイチェルが母親と一緒にキッチンにいるのが見える。

「うちには客用の素晴らしいベッドルームがあるんだよ」 ドミニク氏が言う。「あいにく、その部屋はリビングルームでもあるんだがね。ソファで寝てもらってもいいかな」

「もちろん」

「よかった。うちに来たお客には、まず最初に冷蔵庫と浴室の場所を教えるんだ。冷蔵庫はキッチンにあって、浴室はここだ」

僕はドミニク氏について、細い廊下を抜けてピンクのタイルがはられたトイレへ行く。「今年の春に、家に入れなくなったことがあった。――誰かさんが鍵を家の中に置き忘れたせいでね。――だがエイミーのおかげで助かった。我々は地下室からエイミーを洗濯物シュートを通してトイレに押し込んで、中に入ったエイミーがドアを開けたのさ」

「名案ですね」

「だが、それをやってのける時に、エイミーは少し興奮しすぎてね。トイレのドアの横にある鏡を叩き落してしまった。下から二番目の娘のステイシーがそれを直そうとして、かなづちを別の壁にめりこませたんだ。だから便器の向かいの壁には、二十平方センチくらいの穴があるのさ」

「なるほど」

「壁の向かい側はクローゼットなので、誰かがそこに隠れてることはまずないだろうが、絶対に誰にも見られたくないなら、穴をタオルを押さえたほうがいいぞ」

「あまりうまくいきそうにないな」

「その通り」　ボブは笑う。「前かがみになってタオルを抑えてなきゃならん羽目になることもある。こいつはかなり辛いぞ。プライバシーを取るか、トイレへ行きたい衝動を取るかの選択をしなきゃならん」

壁のギザギザとした穴を覗いてみる。そこから、隣の部屋のテレビが見えた。

「修理するとワンダと約束したし、そのつもりではあるが、なんにせよ、この町には壁板を売ってる店がないんだよ。ボール紙を貼り付けてもいいかもしれんな。どうせ数か月後にはウェスラヤンに引っ越すんだ」

「そうですね」　僕は穴から目をそらして振り向くと、次の瞬間、夜になっていた。今、僕はどこかの砂利道の真ん中に立っている。

「これを見て——」　レイチェルが夜空にある何かを指差す。

ロックだ。

「レオナルド」

「もう戻るんですか」

「どうやら、——　数時間前にいた場所に戻ったみたいだ。一九六六年八月か九月」

「メモリループに入り込んだようですね。オットーは時々やるんですよ。そこから出たければ大声で叫んでください。テリを呼んで、ダイクのあとにニュークして、核爆弾を一発打ち込んでもらいますよ。そうすりゃ二度と煩わされません」

ロック解除。

車の上の夜空を焦がすような明るい光が放射状に広がり、地平線上にもくもくと立ち上る積乱雲の輪郭を照らし出す。

僕はレイチェルの方を向く。「どうしてわかったんだい？」

「言ったでしょ？　私、雷のことが分かるの。いつもそうだった。——　だから気をつけたほうがいいわよ」　レイチェルはもったいぶって言葉を切る。「オーケー。実はトリックがあるの」　レイチェルは声を落とし、ささやき声で話す。「嵐に話しかけて、次の雷はどこで起こるか尋ねるの。信じれば、うまくいくわ。見てて——」　レイチェルは暗闇に向き直る。「ねえ、嵐さん——左から右よ。いいわね！」

それに応えるように、夜空をつんざく光があふれ、もくもくと立ち昇る積雲を照らし出す。そして曲線が途切れた箇所から、ぎざぎざの黄色い光が現れる。

左から右へ。

ロック。「レオナルド、一九六六年月の三週目に、コリンスの近くで嵐がなかったかな」

「興味深い質問ですね。待ってください。天候フォルダ、よろしく。ミズーリ、一九六六年——」

「レオナルド？」

「地図であなたの場所を確認してたんですよ。今、画質の最悪なコピーを見てるんですが、でも一九六六年八月二十一日ミズーリ州ペリーに何かあるようです。今いるのは、その頃ですか？」

「おそらく近いと思う。——　その夜に雷があったかどうか、教えてくれないか」

「マイケル、夏の嵐は普通、雷を伴いますよ」

「ありがとう」

「基礎科学一〇一の授業で習います」

「わかった、わかった」

ロックを解除すると、頭上の空で再び光が炸裂した。この光は、僕をフレームから完全に押し出した。錯綜する光と色が、それぞれの場所に収まると、そこは昼で僕は自分の車の中にいた。

　そこは別の場所だったが、今度は自分がどこにいるのはよく分かった。　先ほどいた場所から二百五十キロ西南に移動して、ミズーリ州ウェスラヤンの小さな学園町にいる。レイチェルと家族が一九六七年一月に引っ越した場所だ。シーンをロックする。車の真正面に看板が見える。『クク・バーガー　フィッシュ・スティック・フライ・オレンジ　七十五セント』

　ロックを解除すると、車のドアが開きレイチェルが乗り込んできた。ニコニコと笑ったフレンチフライの箱の絵が縫い付けられたエプロンをまだしている。

「今日の午後は、すっごく忙しかったの。　金曜日ってどうしてこうなんだろう。―　あなたが来るのを、いまかいまかと待ってたわ。ねえ、エプロンを脱がせて」　レイチェルが背中を向けたので、僕はエプロンの結び目と格闘する。ようやく結び目はほどけ、エプロンがするりと落ちる。

「ふー、ありがと」　レイチェルはエプロンを四角にたたむと、バッグの中にしまう。「私、ハンバーガーの匂いがするでしょ。ごめんね。でもマイケル、気にしないわよね―　来て―」　素早いキス。

「リップグロスだ!」　僕は袖で唇をぬぐう。「もーっ、なんでそんなもん付けるんだよ」

「なんでそれをシャツの袖に塗りたくっちゃうの?」　レイチェルは微笑みながら僕に尋ねる。「大学からドライブしてどうだった?」

「順調さ。早く出発してママとパパに会ってきた。君によろしく言ってたよ」

「私からもよろしく言ってね。二人は私たちが結婚することに、まだ腹を立てているの?」

「もうほぼ乗り越えたよ。ママは徴兵があるんじゃないかって、そっちのほうを心配してる」

「子供がたくさんいれば、徴兵はされないわよ。とにかく友達のメリッサがそう言ってたわ。―　私たち子供を五人持つつもりだってママに言うといいわ。私はとっても賑やかな家族の出身だし」　レイチェルはバッグをバックシートに置くと、僕の隣に飛び込んでくる。「ねえ、早く服を脱いでシャワーを浴びたいの。私、チーズバーガーの匂いがするのよ」

「了解」　僕は車を発進させ、敷石で舗装された道路を西の町へと向かう。

「私のシフトが始まってからすぐパパが来たって話したっけ?　いつものようにフィッシュバーガー、ポテト、コーラを注文して、私にチップをくれたわ。学校からスーパーでの仕事にいく途中だったの。今、仕事を三つしているのよ」

「仕事を三つ?」

「そうよ」　レイチェルは自分の指を数える。「カレッジの講師と、セーフウェイ・スーパーの在庫管理と、ラジオ局でも仕事。でね、そのうちの二つが…」

「眠る時間あるのかな」

「ときどきはね。あ、思い出した!　保安官局での仕事にも応募したけど、まだ採用は決まってないの。パパは社会学を教えていたから、社会主義者だと――というより、ほとんど共産主義者だと思われてるんだろう、ってママが言ってた」

「ママは君をからかってるんだよ」　僕は車をレイチェルの家の私道へと入れる。

「聞いてよ」　レイチェルが言う。「この辺りの人たちってみんな、軍隊をもっとベトナムに送り込んだほうがいいと思ってるのよ。額にアメリカ国旗を貼り付けてないと、胡散臭い目で見られるの」

「僕もいつかベトナムに送られるんだろうなー」

「子供が五人いれば大丈夫よ」　レイチェルは僕の頬に軽くキスをする、「待って、ー　パパの三つめの仕事を思い出したわ。今週の日曜、メソジスト教会で説教をするの。それが第三の仕事」

「君のパパが説教をするのかい？　何時？」

「朝の礼拝よ。だから早起きしなきゃいけないの。夜更かししておしゃべりしたり、遊びまわったりしちゃいけないの。すぐに寝なきゃいけないのよ」

遊びまわっちゃいけないと、レイチェルは言ったのか。僕はフォードを二階建ての家の前のカーブにつける。家は白い羽目板に囲まれた、細長い箱のように見えた。ポーチの上には窓があり、窓の反対側には街灯がある。見慣れた光景だ。

私道には車がなかった。家には誰もいないようだ。

レイチェルが車の窓から身を乗り出す。「ママはまだ仕事みたいね。最近、金曜日に仕事をしているの。妹たちはたぶんメリッサの家に行っているのよ。メリッサは飼い猫を獣医さんに連れていかなきゃいけなかったの。私、シャワーを浴びるから、一緒に二階に来る？」

「冗談だろう」

「一緒にシャワーを浴びるわけじゃないのよ。誰かしゃべる相手がほしいだけ」

僕はエンジンを切り、車のドアを開け、広い空間に足を踏み入れる。真正面には、一列の雷雲が見える。巨大な灰色の柱が夜空にそそり立っている。その上部では電気が瞬き輝いている。

「よーし、雷をてっぺんに向かって走らせてみせるわ」　レイチェルの声だ。

雷雲が少し燻ったかと思うと、巨大な雷鳴が響き渡る。—　まるで松の板が割れるときのような音だ。—　そして幾筋にも分かれた光の鋭い枝が、地上に落ちる。

「止めた方がよさそうね。命令したから雲に意地悪されちゃった」

「レイチェル」　僕は振り向いてレイチェルを見ようとするが、彼女の世界はすでに少し斜めに回転した写真のようになっていて、そして消えてしまった。僕はまた暗闇のなかにいる。—　レイチェルと雷と、自分の過去の上を浮いている。

不意に、僕はこの場所に属していないという強い感覚に襲われる。この場所、このイメージから僕は自分を引き上げ、第十四ラボの誘導チェアまで昇っていく。カチッという音が聞こえ、思考が身体に戻る。僕はここにいるのか？

バイザーのなかで僕は目を開けると、頭上の蛍光灯を見上げて目をしばたかせる。

「早いお帰りですね」　ヘッドフォンのからレオナルドの声が聞こえる。「口頭マイクを切るまで何もしゃべらないでください。

—　よし。オーケー、もう話していいですよ」

「どうしたんです」　レオナルドが僕に手を差し出す。「まるでスペースシャトルみたいに戻ってきましたね。ついさっきまで向こうにいて強いシータ波を出しながら気象学について話してたのに、今はこっちに戻ってきて目をパチクリさせてるなんて」

「一九六六年にいたんだ。だがそのあと六七年に飛んで、また六六年に戻った。すごくヘンだった」

「そうみたいですね」

「彼女は雷を予知することができたんだ。おかしいな。僕はすっかり忘れていて―」、

「雷の予知？　誰がです？」

「昔、知ってた女の子さ。嵐がやってくると、どこに雷が落ちるか言い当てたんだ。どうやったのかは聞かれても困るけど」

僕はラボを見回す。「ゲイルはまだいるかな」

「ゲイルは第十ラボの空いているチェアを取りましたよ」　レオナルドが言う。「いいですか、そのなぜ雷の予知ができるのかという疑問が気にかかるのなら、そんなことが可能かどうか調べてみましょう。―　僕はありえないと思いますがね。カフェインの補給をしますか？」

「いやいい。今、何時だろう？」

「午前二時です」　レオナルドが言う。「話は変わりますが、あなたが向こうへ行っている間に、パウンドストーンからメールを受け取りました。明朝、オフィスであなたに会いたいそうです。九時きっかりに」

「ありがとう」　僕は誘導チェアからずるずると降りると、靴に足を滑り込ませる。

五分後、僕は部屋に戻るとベッドに倒れこんだ。今夜、夢を見るだろうか。夢なんて見たくない。欲しいのは眠りだけだ。幸福で、空っぽの眠り。天井に星星が瞬く深い洞窟のなかで眠りたい。地平線には月が浮かんでいるかもしれない。三日月だろう。それなら最高だ。

　申し分ない―。

だが、目の前に浮かぶのはレイチェルだけだ。―　パジャマのままソファの上で丸くなってるレイチェル。青ざめて、髪はもつれて、目は閉じられている。こんなことが本当に起こったのか。きっと起こったに違いない。でも思い出せない。思い出せないんだ。

過去へ戻らなければ。

電話が鳴る。慌てて受話器と取ろうとして、床に落としてしまう。「もしもし？」

「ドクター・エンボゴです。気象に関する質問の答えが分かりましたよ」

「え、なんだって？」

「レオナルドですよ」

「レオナルド？　まったく、君は眠らないのか？」

「ゲイル・バンクスが誘導チェアに座ってるときに眠りますよ。ところで、あなたの雷に関する質問をスパム・探索で、ユーズネットに送りました」

「そうなの？」

「ええ、で、ノースダコダ大学の不眠症の男からすぐに返事がきました」

「へえ、そりゃいい、すごいじゃないか」　僕は目をこする。「何て言ってた？」

「彼が言うには、嵐は内部の雲の空気力学に従って、電気を放出するそうです。―　そのためパターンが不規則になるんです。落雷を統計学的に予測することは可能ではありますが、あなたのガールフレンドの場合は、単にラッキーだっただというのが彼の意見です。もっとも、彼女がオクラホマ大学の雷観測記録装置にアクセスするコンピュータを持っていたなら、話は別ですが。―　そんなことありえないでしょう」

「同感だ」

「彼女はコンピュータを持っていましたか？」

「レオナルド、一九六六年の話だぞ」

「ああ、そうでしたね。白亜紀の時代だ。ハハ。じゃ、また」

僕は電話を切ると、あたりを見回す。

いったい、今何時なんだ？

……★……

今は九時だ。

僕は見事なまでの頭痛を抱えて、パウンドストーンのオフィスに座っている。計算したところ、この一週間で僕は十時間しか睡眠を取っていない。過去にいるときに眠ることは可能だろうか、と僕は思う。九歳か十歳だった頃の、心地よい八月の夜に戻ろうか。窓を開け放して、涼しい夜の空気を入れるんだ。もちろん、アールがラジオの音を下げているかどうか、確かめなきゃ。うん、いいアイデアだ。過去へ戻ってひと眠りするとしよう。心地よい、平和な眠り―。

「で、マイケル、決心はつきましたか？」　パウンドストーンの質問で、僕はハッと我に帰る。「ロングランのことです」

「まだ決心がつきかねません」

「まだですか？」　パウンドストーンは驚いた様子だ。「なにか問題でもあるのですか？」

「そういうわけじゃないけど、奇妙なことがいくつかあったんです。──　まるで二箇所に同時に存在していたよう気がしたんです」

「我々はそれを『擬似的２地点同時存在』と呼んでいます。──　正常な反応です。脳が明晰夢への対処に慣れてきただけです」　パウンドストーンは言葉を切る。「まだ行き先をコントロールできますか？」

「最近は、六〇年代の中ごろで過ごしてばかりいます」

「そうですか」　パウンドストーンが言う。「誰にでもお気に入り場所があって、何度でもそこに戻るものです。同じ五週間へ戻ってばかりいる被験者がいますよ。──　何度も何度もね。何年ものなかから選べるというのに、彼女にとっては、その一時期が心地いいものなのでしょう。非常に興味深いタイムループです。それぞれのトリップの特異点を比較して、記憶の働きを解明する機会になりましたよ」

パウンドストーンの言葉を聞いていると、ドリーマーはコンピュータにつながれた実験動物と同じじゃないかと思えてくる。そのために、僕は一万四千ドルも払ったってのか。

「では、マイケル　──」　パウンドストーンは微笑む。

工場で過ごした時間のことを、パウンドストーンに話すべきだろうか。腕を無くした話を。「パウンドストーン博士、ランのあいだにある場所に閉じ込められて、──　帰れなくなったらどうなるか教えてください」

パウンドストーンは、この質問に驚いたようだった。「帰れなくなる？　いやいや、そんなことはありえません。我々のコントロールは完璧です。ちゃんと連れ戻しますし、数日かけて、戻って原因を解明します。神経上の記憶ループが原因かもしれませんし、心理学的な兆候の可能性もあります。―なんにせよ、我々は過去へ戻り、問題を特定しループそれ自体を除去します。非常に簡単な処置です」

「除去する？」

「催眠か、あるいは他の方法を用いて、あなたの記憶から抹殺するんですよ。約束します、危険性もありませんし、痛みもありません」　パウンドストーンは微笑む。「外科的な処置でもありません。全米保険機関が認可している方法です。―　帰ってこれないのではという件についてですが、我々はどんな状況でも被験者を連れ戻すことができます。どんなときでも、いつでも、です」

「ラインがフラットになる可能性はないんですか」

「あるとしても極わずかです」　パウンドストーンは言う。「非常に小さい。ほぼゼロと言っていいでしょう。仮にフラットラインになったとしたら、それはトリップとはまったく無関係の、事前の基礎過程の有無が原因でしょう」

「ラッセル・コルトレーンはラインがフラットになりましたね」

「ああ、その話を聞いたんですね。当然ながら彼の事例について詳細をお話することはできませんが、これだけは言えますよ。コルトレーン氏は、逆説的睡眠に紛れ込んだんです。―　それはフラットラインとはまったく別のものです」

「僕は―」

「ご安心ください、マイケル。逆説的睡眠は至極正常かつ自然なもので、あなたが眠るときに毎晩行っていることです。仕組みは十分に理解されていませんが、正常なプロセスであることは分かっています。少し考えてみてください。逆説的睡眠は、フラットラインと同じでありえません。まったく別です」

「夢のなかで夢をみるようなことかもしれませんね」

大きな笑みがパウンドストーンの顔に広がった。「そうかもしれません」

「そうですね」　僕は深く息を吸う。「プログラムを続けようと覆います」

「それにはロングランも含まれますね——」　パウンドストーンは眼鏡越しの僕を見つめる。

「ええ」

「良かった。セッションあたりの時間が長くなるでしょうから、セッションの数を減らしましょう——」　パウンドストーンはカレンダーをめくる。「疲れ果てては困りますからね。では、過去トリップは毎晩ではなく、二週間に一回はどうです？——　最初の頃にやっていたように」

「いいですね」

「では、その方法でいきましょう」　パウンドストーンはカレンダーに何か書き込む。「第十四ラボは、この夏すいています。もっとスケジュールを入れたければ、そう言ってください」

「そうします」　僕はこの場を去ろうと立ち上がる。

「大学で歴史を専攻したんですよね、マイケル？」

「そうです」

「あなたには天性の素質がある」パウンドストーンはそう言うと、僕の肩を叩く。「興味深いロングランになりますよ」

十四　ゲイル

電話が鳴る。

目を開けて、部屋の中を見回す。カーテンの隙間から明るい光が差し込んでいる。まだ昼間の光のようだ。パウンドストーンと話した後、僕は部屋に戻りベッドに倒れこんだ。そして今―。

また電話が鳴る。

誰かが僕に電話しようとしている。深く息をつき、目をこすり、腕時計を見る。午後二時三十五分。最高だね。　真夜中のトリップのせいで、僕の睡眠サイクルはメチャクチャだ。僕は考えようとする。何か夢を見ただろうか？　もし見たとしても、思い出せない。

もう一度電話が鳴る。今度は受話器を取る。

「ミッチェルさん？　セキュリティです。マサチューセッツ、ボストンからお電話が入っています。どうぞ」

「ミッチか？」　僕をミッチと呼ぶ人間は一人だけだ。「ミッチ、ジェリーだよ。元気か？　いい情報は手に入ったかな」

「まだ始めたばかりなんだ。少し時間がかかるんだよ…」

「そうだろうな、分かるよ。なあ、ヒダキに送った提案書のこと思えてるだろ。おそらくポシャるだろうと思ってたやつさ。実は先週電話があって、代表が昨日訪ねてきたんだよ。ちょっとした歌やダンスを披露した。ビデオクリップを見せたんだよ、―　それで、どうなったと思う？―　彼らのお気に召したんだ！」

「そりゃすごいな、ジェリー。本当にすごいよ」

「あの日本人たちは、最高でね。古いジーンズやビンテージのロックンロールにものすごく関心があるんだ。彼らによると、日本の子供たちはエルビスみたいな格好をして、大きなラジカセを持って、六〇年代のギター・ミュージックでダンスしてるらしい。サーフ・ミュージックが大好きなんだ。ベンチャーズ、覚えてるか？」

「正確には、ベンチャーズはサーフ・ミュージックとは言えないな、ジェリー」

「なあ、どう思う？　なんとヒダキは、アメリカとヨーロッパでの市場キャンペーンを僕たちに任せたいって言うんだ」

「君ならできるよ。状況を知らせてくれ」

「僕にできるだって？　マイケル、そういうものが一世を風靡した時、僕はたった五歳だったんだぜ。そんなことについて話せっこないよ！　バカにしてると思われるぞ。日本人はそういうことに第六感が働くんだ。だからスペシャリストが必要なんだよ。君がね！」

「なあ、あと一か月したら帰るから、そしたら――」

「来週の金曜に君が必要なんだ。つまり十日後だ。よく考えてくれよ。これは『ボーン・トゥ・ビー・ワイルド』なんていう映画を作りたがってるハリウッド連中の話じゃないんだ。相手は日本人だ、――　世界の支配者だぞ！　六〇年代の専門家が必要なんだよ！」

「考えてみるよ、ジェリー」

「おまけにな、ミッチ、相棒よ、――　君とリンダのことが耳に入った。君も知ってのとおり、レキシントンは小さな町だから、噂があっという間に広まるんだよ。今、そのことについて話したくないなら、それでもいい。だがこれだけは言っておくが、あの男はサイテーだぞ。髪をオールバックになでつけてやがる。おまけにウェルダーのサングラスみたいな、あの奇妙なコンセプトグラスをかけてるんだよ」

「それは僕たちが手がけたコンセプト商品だろ。アルファ消費者が使ってることを喜ぶべきだ」

「あんな溶接メガネを手がけたっけ？　あれで金をもらったのか？」

「それは君の担当だよ、ジェリー」

「いいか、ジャニンはあの男を間近で見たんだ。少なく見積もっても、リンダより十歳は年下らしいぞ」

「誰が？」

「サイテー男だよ。コンセプトグラスをかけてる奴さ」

「ジェリー、―　頼むよ。この件については、自分でなんとかするから」

「分かったよ。でも帰ってくる時には、―　すぐ帰ってくると期待してるがな、―　ジャニンと僕が、客用のベッドルームを用意しておくから。テレビ付きだぞ」

「月曜の朝一番に電話するよ」

僕は電話を切り、床を見つめる。

オールバックだって？


……★……

僕は電話を見つめる。リンダのオフィスに電話するべきだろうか。あの男のことでリンダを問い詰めるか。あるいはオフィスに電話して、ウェルダーのゴーグルをかけたサイテー男を電話口に出してくれと頼むか。

家に電話して、リンダが家にいるかどうか確かめるほうがいいだろう。僕は受話器を取る。

「もしもし」　リンダの声だ。　――　家にいたんだ。心臓の鼓動が速くなるのを感じる。

「マイケルだ」

「ハイ、マイケル」　リンダが少女のような声を出す。この作り声は前にも聞いたことがある。この後には短い沈黙が続くだろう。――　そのとおりだ。

「なあ、ずっと連絡を取ろうとしてたんだよ」

「聞いたわ。ポールにメキシコシティのホテルのルームナンバーを訊いたんですってね」

「誰かいるのか？」

「ねえ、このことはあなたが帰ってから話しましょうよ。いい？」

「ウェルダーのサングラスをかけてる男は誰だ？」

「何をですって？」

「オールバックにしてる奴だよ」

「オフィスの男性の半数はオールバックよ。一体、何が言いたいのよ？」

「ヴァンもオールバックか？」

「マイケル、それって…、ねえ、あなたまるで高校生みたいよ――」

「ヴァンって誰なんだよ」

「ヴァン？」 リンダは繰り返す。電話からは何の音も聞こえない。リンダの息遣いさえ聞こえないほどだ。電話を切ったのか？

「リンダ？」

「ヴァン・エドワードのことを言ってるんなら、あなた、新年パーティで彼に会ってるわよ。ロンドンから来た新入社員なの。覚えてるでしょ」

「覚えてなきゃいけないのか？」

「マイケル、何バカなことを言ってるの。ヴァンは同僚だし友達よ。いろいろ話もしてるわ。奥さんがイギリスにいて、二人は問題を抱えてるの。そうよ、確かに私、彼の手助けをしてるわ。でもここに突っ立って、あなたに一分ごとに私が何をしたかについて報告をするつもりなんてないわ」

「まあ聞けよ——」

「聞くのはあなたの方よ、マイケル。こういう話は前にもしたけど、結局なんの解決も得られなかった。今、スケジュールがすごく詰まっているから、私は証人席に座る気なんてさらさらないし、そんな時間もないのよ。じゃ、簡単に言いましょう。ええ、私たちは友達よ。ええ、一緒に時間を過ごしてるわ。それに、メキシコへも一緒に行きました。メキシコで何があったのか、私が何を言って、何をしたのか、毎晩どれほど遅くまで夜更かししたか、毎朝最初に何をしたのか、そんなことの実況報告が欲しいのかもしれないけど、おあいにくさま、いちいちメモなんて取ってないのよ。何か文句があるかしら」

「リンダ——」

「どうなの?」

沈黙。気づくと僕は電話を見つめている。

「マイケル?」

「オーケー、そのことについては僕が家に帰ってから話そう」

「もし私があなただったら、帰る前に電話するわね」

「電話? なんで自分の家に電話しなきゃいけないんだ—」

「そのほうがいいからよ」

「リンダ—」

無言。電話は切れていた。

僕は受話器を置き、もう一度時計を見る。少なくとも夕食には間に合うだろう—。

また電話が鳴る。もう一度ベルが鳴る間、僕は電話を見つめている。電話を切ったあと、もう一ラウンド戦うためにかけなおしてくるなんて、いかにもリンダらしい。四回目のベルのあと、僕は受話器を取る。

「あのな、リンダ—」

「マイケル、ゲイルよ」

「ゲイル? ごめんよ、僕はてっきり—」

「話があるのよ。ケラーが大変なの」

僕はカフェテリアでゲイルの隣に座る。目の前では、ラボ・スーパーバイザーで体格のいいジーン・カップとオットーがこの件について話している。

「ジーン、フラット・トレースだったのは確かなのか？」　オットーはスーパーバイザーに訊く。「振幅が低くなることは時々ありうるし――」

「それは知っています。先生」　その男は首を横に振る。「知ってます。ですがフラットのようでした。遅いデルタ波さえ検出できなかったんです」

「どうしてこんなことが起こったんだ」　僕は身を乗り出して尋ねる。

カップは僕をちらりと見るが、答えようとしない。

「彼はマイケル・ミッチェルだ」　オットーが口を開き、カップに言う。「マイケルは大丈夫だ。話しても構わんよ」

「そうですか――」　疑わしそうな目つきで、カップは僕を見て、視線をオットーに戻す。「何が起こったのか、我々にもよく分からないんです。ジョエル・ザナックのシフトの時に事件は起こりました、彼は新人なんですよ。トレースの記録の振幅幅が後頭葉まで落ち込んだんです」　カップはゲイルをちらりと見ると、オットーに視線を戻す。「t-4まで行きました。そして何もなくなりました。シグナルが消えたんです。聞こえるのはノイズだけ。今申し上げたように、ザナックは新人ですが、ゼイの技術チームがリードを貼ったんです。医療チームが心臓、呼吸等をモニターしています。もうかれこれ――、私がここに来てからずっとやり続けてます」

「ザナックは電気ショックを使ったのか？」　オットーが尋ねる。

「もちろん使いました。ですがトレースを見ると、シグナルが二分以上も途絶えているんです」

「じゃあ、二分間フラットになったということか」　オットーは眉間に皺を寄せる。「なぜザナックはそんなに待ったんだ？」

「分かりません。アラームが動作しなかったのか、あるいはザナックが眠り込んでいたんでしょう。長いシフトでしたから。そこは調査中です」

「で、ケラーは戻ってきたんだな？　意識は？」

「じゃあ、今の状況をお伝えしましょう」　テーブルを見回すカップの顔には、心配のあまり何本も皺が刻まれていた。「ケラーは目を覚ましました。ですが少しぼんやりしているようです。パウンドストーンがいろいろと話しかけるらしいですが、今のところ手ごたえはなさそうです」

「フム、そうだろうな」　オットーが眉を寄せる。オットーの目の奥で、歯車が回転しているのが見えるようだ。「脱髄の症状は？」

「分かりません」　カップが言う。「CT検査を予定してるようです」

「時間の無駄だ」　オットーが言う。「七十二時間経過しないと、損傷はCTに表れない。私なら、すぐにMRI検査に送るんだが」　オットーが言葉を切る。「彼らは私にケラーを診させるかな？」

「まだ何も聞いていません、先生」　カップが首を横に振る。「ですが、あなたの耳に入れておいたほうがいいと思ったんです。――万が一診察をお願いする場合に備えて」

「分かった」　オットーはゲイルと僕を見る。「もう少し状況が分かるまで、人には言わんようにしてくれ、いいかな」

僕は頷く。「ケラーはこの経験を覚えているだろうか」

「かなりの確率で、何も覚えてないだろうね」　オットーは肩をすくめる。「どうしてここに来たのかを覚えていたら、ラッキーだな」

ゲイルが椅子から立ち上がる。「マイケル、散歩しましょう」

誰もいない廊下を長いあいだ黙って歩いて、ゲイルと僕は第十四ラボと書かれたドアに近づく。ドアの前に来ると、ゲイルが腕時計を見る。「ケラーのこと、本当に胸が痛むわ。あんなにいい人だったのに」

「だった？　カップは意識が戻ったと言ったろう？」

「カップは目が覚めたといったのよ。意識が戻ると目が覚めるは違うわ」　ゲイルは言葉を切り、床を見つめる。「もしケラーが本当に二分間フラットラインになったのなら—、そうね、状況はかなり深刻だわ。ケラーが置いてきたのもをすべて取り戻すことができるとは思えない」

「ロングランは中止になるだろうか？　ひとつ予定しているんだけど」

「何を言ってるの？　彼らはロングランを中止するわよ。そして補助金はケラーのt-4 波と同じくらいあっという間に消えてしまう」　ゲイルは首を横に振る。「こんな話、したくない」

「おそらくケラーは、フォークボムか何かしたんだろうね」

「フォークボム？」　ゲイルは僕をにらみつける。「フォークボムって、何を言い出すのよ。まるでレオナルドみたいな言い草ね」

「でも、起きたのはそういうことだろう。フォークボムさ」　自分が何を話してるのか分からなくなってることに、僕は突然気づく。

「ええ、そうね、確かにそうよ」　ゲイルが辛そうに言う。「ケラーのソフトウェアは少し混乱した。医者がやらなきゃいけないのは、ケラーのプログラムを再インストールして、再起動すること。そうすればケラーは回復するわ。まるで私たちってプラグ＆プレイ規格のコンピュータみたいね」

「君は医療の経験があるだろう。かなりリスクは高いのか？」

ゲイルは適切な言葉を探すように、いったん口をつぐむ。「医学的に言えば、ええ、リスクはあるわ。人を二、三日眠らせるときには、いつでもリスクがつきものなの。電解質に支障が現れるのよ。たとえば、血栓ができる」

「血栓？」

「そう、だから足に圧力ブーツを履くの。血を循環させるように」

「知らなかったよ…、だって君は安全だと言ったじゃないか」

「私は間違っていたかも」　ゲイルは言う。「研究所のスタッフは誰も誘導チェアには座らないわ。パウンドストーンは例外よ。あの人たちは危険なことは私たち参加者に任せる。パウンドストーンは補助金を受け取り、私たちはリスクを引き受ける。ケラーがなぜフラットラインになったのか、あの人たちには分からないはずよ。仮に原因が分かったとしても、それを押し隠すでしょうね」

「ケラーは心臓発作を起こしたのかもしれない」　僕は言ってみる。「過去で興奮することがあって、だから——」

ゲイルは立ち止まり片手を僕の胸に当てる。「ねえ、マイケル、分かってる？　私は看護婦よ。あの人たちは心臓をモニターして、点滴も入れている。ケラーが向こうで心臓発作を起こせば心電図に現れたはずだしー、その話を私たちは聞いているはずだわ」

「そうだね、でもー」

「聞いて、マイケル」　ゲイルは僕を見る。「あの人たちはケラーに何が起こったのか分かってないの。フラットラインは起こらないはずのことなのに、実際には起こってしまった。そしておそらく、これが初めてじゃないわ」

「プログラムを止めたほうがいいのだろうか？そんなに危険だと思うかい？」

「もしかしたらね」　ゲイルはそこで考える。「どっちのほうがよくないのかしら。プログラムの医学的なリスクを知ってしまうこと、それとも、そのリスクさえ気にならないほど、自分が過去に執着しすぎてると気づくこと」

「タバコみたいなもんだね」

「タバコより悪いわ」　ゲイルは言う。「タバコはやめられたもの。私ね、誘導チェアに座ると、いつも同じ場所に戻ってしまうの。そこが戻る価値のある唯一の場所なの」

二人とも床を見つめながら、黙りこくったまま少し歩く。僕のロックポートの靴がゲイルの素足にペースを合わせるのを僕は見ている。

「マイケル」　少しして、ノートブックを胸の前に抱えたゲイルが口を開く。「私、ここを出なきゃ」

「フラットラインが怖いからかい？」

「違うわ。もっと別のことよ。私、この世界に戻るのが嫌になり始めてるの」　ゲイルは深く息を吸うと、ゆっくりと吐き出す。「向こうでは―、夢のなかでは―、私は美しい夏の日にいて、鏡の中のティーンエイジの女の子を見つめてる。そして、映画が終わる時、つまり戻らなきゃならない時までに残されている時間を数えてる自分に気づくの」　ゲイルは深く息を吸い、そして動きを止める。「違う、違うわ。そうじゃない。本当はね、家が恋しいの。子供たちや、おっきくてのろまなペットの猫が恋しいのよ。十二時間の勤務時間さえ懐かしいわ。それに美しい秋のコネチカットも」　ゲイルは無理して笑顔を作ると、また歩き始める。「いつか見に来て」

「行きたいよ」

「あなたはどうなの？　子供に会いたくない？　仕事はどう？」

「ああ、もちろん。そうだな―」　僕は指を数える。「子供には会いたい。でも一人は大学だし、もう一人は最近再婚したばかりだ。だから最近はあまり会うこともない。仕事は恋しい。でもボストンの渋滞と同じくらい仕事には飽き飽きしてるのも事実だ。だからこれも数には入らないな。妻も恋しい。だけど妻とは最近言い争いばかりで、この言い争いは少しも恋しくない。―これも数には入らない」

僕たちはラボの入り口の前で立ち止まり、窓の外に広がる西北の街並みを眺める。メスキートの木と大通りが四方に伸びる街並みの上にゆったりと浮かぶふわふわとした雲を、少しのあいだ黙って見つめている。遠くでは、飛行機がキラキラと輝きながら、地平線へ向かって下降していく。

「あなたが戻る過去は楽しい？」　ゲイルが訊く。

「楽しいのもあるし、楽しくないのもある」　僕はゲイルに言う。「時々、戻りたくない場所に行ってしまうことはあるよ」

「私のようにするといいわ」　ゲイルは顔を僕に向ける。「好きな場所を探して、そこから離れないのよ」

「もっともだと思うよ」

「以前、コルトレーンがこんなふうに言ってたわ」　ゲイルは腕を組む。「自分が過去を見つけるんじゃない、過去が自分を見つけ出すんだって」

「自分の過去に見張られてるわけだ」　僕はうなずく。「プロムパーティの思い出に誘拐されて、人質に取られるんだ」

「誰にでも起こるんだぞ」　僕は一九五〇年代のラジオのアナウンサーみたいな作り声を出す。「君にも起こるさ」

「マイケルったら――」　ゲイルは首を振る。「私、真面目に話してたのに」

ゲイルの顔がほころぶ。「もう、あなたって面白いわね。昔からそんなに面白かったの？」

「結婚する前まではね」　口に出してから、これは紛れもない事実だと僕は気づく。そして他にも気づいたことがある。ゲイルは今日、口紅をつけている。それに香水もだ。シャネルだろうか。そうだ、絶対にシャネルだ。

「なあ」　僕は首を振る。「これって変な感じだよ。まるで彼女を授業に送っていく中学生みたいじゃないか」

「そうね」　ゲイルはうなずく。「そんな感じもするかもね」

「君といるととても楽しいって言いたかったんだ。特にあの屋上の夜は楽しかった」

「ボストンには屋上がないの？」　ゲイルは微笑む。

「ここにあるようなのはないね。考えてたんだけど――、もし今夜時間があれば、またあそこへ行かないか？　そうだな、十二時ごろはどうだろう。もし君が過去トリップに出かけないならね」

「出かけないわ」　ゲイルは微笑む。「今晩はここにいるわよ」

午前二時三十分。　ゲイルと僕は、ゲイルが持ってきたキルトの上にあおむけになって、二十階の屋上から空を眺めている。街の東側には、何のためだか分からないがさっきまで花火が上がっていたので、今は透けて見えそうな薄いサーモンピンクの煙が当たり一面を覆っている。何かのお祝いだったんだろうか。おそらく誰かが街に攻め入ってきたんだろう。メキシコがサン・アントニオを奪回しようと決意したのかもしれない。まあ、理由はなんであれ、煙はすばらしく美しい。僕たちの頭上十五メートルも離れていないところを、煙はゆっくりと重なり、また新たな形を作り出しながら流れていく。

ゲイルはプールの端近くまで靴を蹴散らしている。管理人が電気をつけたままにしたので、明るい青緑の光の点が、街の上空を巡回する警察のヘリの目印になっている。僕の知る限りでは、僕たちは街で一番高いところにあるスイミング・プールから一メートル五十センチのところで寝そべっているんだ。

「最後に行った場所を覚えてる？」　ゲイルが訊く。

「教会にいたと思うんだ。その後、僕はどこかで車を運転してた。お次はインフルエンザにかかって寝込んでた。あまりよく覚えてないんだけどね。数日間だったな」　僕はゲイルの方を向く。「最高にエキサイティングだろ？」

「もっと鮮明に思い出せるようになるわ。必要なのは訓練よ。ケラーみたいにフラットラインにならなければね」

「おい」　僕はゲイルに言う。「医療関係の話はしたくないといったのは君だろ」

ゲイルは笑う。「あなたの言うとおり。じゃあ、フラットラインの話はなしね。はじめからやり直し。何か当たり障りのない質問をして」

「オーケー。過去の再現力はどうだい？」　僕はゲイルに訊く。「完璧なんだろ？」

「マイケル、すごいのよ。ぼんやりする部分はないし、欠落もないわ」　ゲイルは伸びをして微笑む。「レオナルドなら、『デジタル並みの鮮明さ』って言いそう」

「もっと話してくれよ」

「あー、話さないほうがいいかも。ヘンなやつだと思われそうだから」

「話せよ」

「ルールを知ってるはずよ。ドリーマーはお互いにトリップの話をしてはならない。特にトリップから数時間のあいだは。データを損傷するのよ」

「いいじゃないか」

一瞬、ゲイルは僕を値踏みするように見つめると、座り直して脚を組む。「オーケー、教えてあげる。でも誰にも言わないって約束してよ。それからあなたのくだらない広告には、一切使わないこと」

「約束する」

「いいわ」　ゲイルは深く息を吸う。「それは高校に入る前の夏だった。ニューヨークのグレン・フォールズの東にある町に住んでたの。バーモント州との州境からそれほど遠くない所よ。五軒の家が固まって建っていたわ。当時は電車の駅があって、近くの大きな街までは十五分だった。ほかの家族はみんな年寄りばかりでね。つまり六十歳とか七十歳の人たちばかりだったの。子供はいなかった。私は子供だった。つまり町でたった一人の子供。両親はトロイの街で働いていたから、夜明けから夕方まで一日中家を空けていたの」

「なんだか退屈そうだな」

「最悪だったわ。私は退屈して、何かしたくて仕方ないのに、車はないし、仕事をするには若すぎるし、夏なのに、ホームドラマやクイズ番組を見るほかに　何もすることがなかった。その時、素晴らしいことが起こったの」

「ある朝、隣の家から大きな物音が聞こえたわ。私は起き出して、2階の窓から覗いたら、男の子がいたの。その子は芝を刈ってたわ。長いブロンドの髪で、頭ひとつ分、私より背が高かった。私が初めて見た時、その子はシャツを脱いでいて、肌はきれいに日焼けしていた」　ゲイルは笑う。「その頃の私にとって、日焼けは重要だったの。日焼けしている男の子に、目がいっちゃったのよ」

「で、自己紹介したのかい?」

「少しだけ時間がかかった。バスルームで顔を洗って、歯を磨いて、髪をとかして、服を着たわ。お決まりのことよ。彼は、私をバカな子だと思ったでしょうね。でもね、完璧だったの。彼は大きな青い目で、本当にステキな笑顔だった。ミシガンのファーンデイルからやってきて、おじいちゃんとおばあちゃんの家で夏を過ごしてたのよ。その日は、彼が来てから三日目だった。私ったら自分にこう問いかけたわ。『ゲイル・リン、こんなチャンスを逃す気なの?』って。信じられなかったわ」

「何が起こったんだい?」

「何しろ、彼はこの土地のことを知らなかった。初めに私はテレビのチャンネルをすべて見せた。確か二チャンネルしかなかったの。1分くらいしかかからなかった。次に納屋を見せたわ。それからトラクターも。お次は池を見せた。そしてね、私を見せたの」　ゲイルは笑いながら、草の中でつまさきをもぞもぞと動かす。

「一週間くらい経ったころ、私たちは『トゥー・ホット』っていうゲームをしたの。二人でわたしの部屋に行くと、突然私が『暑い』と文句を言い始めて、シャツを脱ぐの。そしたら彼もシャツを脱ぐわ。それでもまだ暑かった。そこで私はショートパンツを脱ぎ、彼はジーンズを脱いで、私たちはベッドの中で下着だけになるの」　ゲイルはクスクスと笑う。「もちろん、それでさらにエスカレートしたわ。すぐに二人は裸でベッドで横になって、どうかしちゃったみたいに、キスしてイチャついたわ。初めての、―すべてのことが初体験だったの。それがすべて、その夏に起こったのよ」

「すべてのこと？」

「すべて」　ゲイルはゆっくりとうなずく。「お決まりのことよ。親が出かけるのを待って、彼はやってきたわ。私は彼にシリアルとトーストとオレンジジュースを用意した。そして彼の手をとって、二人で二階へ行くの。そして服を脱ぎ捨てて、太陽が部屋の温度を上げるまで、ベッドの中でふざけたわ。―　当時はエアコンなんてなかったのよ。それから二人は池へ行って涼んだ。じゃなければ、ホースでお互いに水をかけっこしたの。最高に幸福だった。完璧よ」

「親に疑われた？」

ゲイルは笑う。「そんなことないの。ママは、ドレッサーの大きな鏡がベッドの方へ倒れてたのを見つけたけど、何も言わなかったわ。とにかく、両親が帰ってくる前に、ベッドを整えておいたの。そんな激しいことが繰り広げられてるなんて、思いもしなかったんじゃないかしら」

「自分だったら、そういうことって気づかないと思うよ」

「そうね、大人って世界を違うふうに見てるのよ。その夏まで、私はいつもこまっしゃくれた悪ガキだった。それが今では、両親が夕方帰宅すると、芝は刈られて、庭の雑草取りも済んでいて、食卓の上にはフライドチキンと気の利いたサラダ。ピッチャーにはアイスティ。気難しいティーンエイジャーから、私は申し分のない小さな主婦に変身したの。元気で朗らかでね。なんでもないことにいつもクスクス笑ってたわ」

「親は最後まで気づかなかったんだね」

「そうね、もちろん、両親は死ぬほど心配したわ。私がドラッグやったり、つまりナツメグか何かを吸ったりしてると思ったの。ママは私を大学の精神科医に診せようとしたけど、パパが反対したの。パパは私がまた以前の悪ガキに戻ると思ったのよ。だから両親は何も言わずに、新しく改善されたゲイルを享受したわ。もちろん、毎日刈ったせいで、最後には芝は枯れてしまったと思う」

「男の子のおじいさんとおばあさんは、二人のことについて何て言ってたんだい？」

「それが何より驚いたんだけど、彼らは気にしなかったの。すべてのことを見ないフリしてたし、私の両親にも言わなかった。町の人も何も言わなかった。私が妊娠するのを待ってたんじゃないかしら。おかしなことに、私は全然気にしなかったの。とにかく完璧だったわ。―　西部開拓農民の妻みたいな気分だったの。二人で裸になっていちゃついたあと、私は階下へ行って皿を洗ったり、雑草取りをしたり、彼のために夕食を作ったりしたわ。そして二人でポーチの揺り椅子に腰掛けて、通り過ぎていく電車を見ていたの。たった二ヶ月のあいだに、小さな子供から大人へと成長したみたいだった。本当にバカげた、熱に浮かされたような、エロチックな日々だった」

「過去に戻るときは、―　そこが行き先なんだね」

「そこが行き先よ。芝刈りをする彼を初めて見た日に戻るの。シーンをロックしてくまなく観察するわ。―　風に吹かれる白いカーテン、輝く緑の草、黄色い芝刈り機、庭に咲く夏の花、そしてすごくセクシーなシアーズ・ローバックの新品のオーバーオールを着た彼。それから一週間後に飛んで、一直線にロマンスへ」

「レオナルドは知ってるのか？」

「レオナルド？　まさか。過去で私が何をしていようと、レオナルドは気に留めないわ。それよりコンピュータのほうに興味があるのよ。私たちはよく言い争いもするけど、彼はいい相棒よ。私を好きなように遊ばせてくれる」

「ゼイ博士はどうなんだ？」

「ゼイが担当の時は注意が必要よ。博士は見るべきポイントを知ってるわ。つまり、ある種のことを隠しておくのが難しいの。身体に現れてしまうからね。たとえば、夢を見ている時に腕を上げると、筋肉がほんのわずか緊張する。だから私たちはヘルメットをかぶせられるの。──　何が起こってるのかを彼らがチェックするためよ。そうねえ、たとえば腰の筋肉が、えーっと、協調運動を示すと、それはただ見てるだけじゃなくて、向こうで何か別のことをしてるってことを意味しちゃうの」

「向こうにいる時に感じることができればいいのにな。見たり聞いたりはできるけど、ほかはダメだ」

「彼らの言うことを鵜呑みにしないで。時には感じることもできるわ。そういうことも起こるの」　ゲイルは伸びをすると目を閉じる。「でもそれって、過去へ戻ると、ドレッサーの鏡に彼と一緒に映る自分を実際に見ることができるからかもしれないな。そうすると、──　うん、入り込むのが簡単になる。すぐに背中にシーツの感触と、その冷たさも感じるの。私の手が彼の上に置かれるのを感じて、彼の肌の感触が伝わる。暫くすると、実際にそこにいるような気持ちになる。自分の場所になるのよ。そういう経験ない？」

「過去のトリップでかい？」

「いいえ、現実の世界でよ」　ゲイルは僕に顔を向ける。彼女のむき出しになった脚は、僕の脚からわずか数センチのところにある。スカートの縁がやわらかく肌にかかっている。「窓を開け放した農家の部屋でしたことある？　風がカーテンを揺らすような部屋で」

「いや、でも大学二年の時、ガールフレンドをカンザスシティのモーテルへ連れて行ったことがある」

「すっごくロマンティックねえ」　ゲイルは皮肉っぽく言う。「振動ベッド用に、二十五セント硬貨をポケットいっぱいに詰めていったの？」

「おい、本当にロマンティックだったんだぜ。僕たちは葡萄と―　ライ麦パンと本物のバターを持ち込んだ。いや、多分マーガリンだったかもしれないな。だけど本物のチーズとワインとグラスが二つあったんだ。

「それなら悪くないわね」　ゲイルがうなずく。「Bプラスをあげるわ」

「彼女と僕はモーテルを回って、どの部屋の窓が蒸気で曇ってるか見て回ったんだ。そこでは何かが進行中だったんだ」

「おかしなことするのね。あなたに初めて会った時、すごくビジネスライクな人だと思ったわ。なんていうか―、ベッドまで腕時計をはめていくような人」

僕は少しゲイルに近づき、彼女は少しだけ脚を動かす。「腕時計をはずすよ」

「ダメよ」　ゲイルはそう言うと、唇で僕の唇に軽く触れる。「私にやらせて」

遠くでヘリコプターの音がする。おそらく警察が屋上で何か変わったことがないかと探しているんだろう。たとえば、いちやつくカップルとか。

「誰かが上がってきたらどうする？」

「誰も来ないわ」　ゲイルはそう言うと、僕の手を取る。「私たちだけよ」

十五　同調

声には聞き覚えがあった。

「哲学のクラスを取ったのはだいぶ昔だが、来週の金曜までにレポートを出さなきゃならないなら、やれることをやってみるよ。どの哲学者だって？」

「ヒュームとカントと、誰か」

「ショーペンハウエルだな」

僕はキッチンのテーブルに座っている。部屋は暗く、壁に取り付けられた小さな白熱灯だけがチラチラとほのかな黄色い光を投げかけている。部屋の隅、冷蔵庫の近くにはピンクのうさぎのぬいぐるみと、何種類ものおもちゃの兵隊が並んでいる。タバコの煙が立ち昇り、天井あたりに灰色の靄を作っている。

ボブ・ドミニクがタバコの箱をすばやく振ると、白いタバコの先が三本出てきた。「吸うかい？」

「やめました。高いから」

「確かに。今は一箱二十五セントもするからな。たった十五セントだった頃を覚えてるよ。コーヒーをもう一杯どうだい？」

ボブがカップに熱い液体を注ぐとき、細いヒビがカップを縁取っているのに気づく。目で追うと、やがてそのヒビは、底から半分あたりで姿を消し、陶器の表面だけが残った。

「私は君のためにレポートを書いて、君から金をもらってもいい。しかし問題が二つある。君は金に困った大学生だし、それに私は物書きではない。というわけで、自分でがんばって仕上げるしかなさそうだな」

「大学は好きですが、これほどたくさんレポートを書かされるとは思ってませんでした」　僕はコーヒーをちらりと見る。カップの縁に明るい茶色の泡が見える。

「大学はとても楽しいものだが、結婚と似ている。屈辱的作用が起こるからな」

「屈辱的作用？　蓄積作用じゃないの？」

「いいや、屈辱的だ。先に進むにつれ、屈辱的になっていく」　ボブはタバコをふかすと、灰皿でもみ消した。「そうだな、哲学のレポートのテーマが必要なら、唯心論について書くといい」

「なんですか。それ？」

「唯心論とは、すべては心に存在するという理論だ。たとえばすべてが頭の中にあるとしたら、君がそこに座っていて、今にも眠りこみそうに見えることも、確かとはいえない。すべて私の想像だったら、どうする？」

これはとっても面白い状況だと僕は気づく。かつての知り合いの映像が、僕自身の存在に疑問を投げかけているんだ。外は暗く、真夜中だ。ということは僕は一晩中起きているんだろう。ソファの上に毛布と枕が見える。ドミニク家を訪ねた時は、このソファに寝ていたのだろう。

「しかし、君がここに存在するはずだと、私は思う」　ボブ・ドミニクが続ける。「君の行動は理性的だ。このまずいコーヒーを飲んでない」

「おいしいですよ」　僕は言う。「本当です」

「君はコーヒーを飲まないと、レイチェルから聞いたよ。ということは、失礼にならないようにと気を使ってるんだろう。そう、ベス・コーラがあるんだ。もう一週間前からある。ブラッドレーがフタを開けっ放しにしたので炭酸が飛んでしまったが、それでもまだなんとか飲めるだろう」

「その唯心論の話を、もっと聞かせてください」

「正直言うと、唯心論を勉強してから何年も経ってるんだがね。――　なぜ現実だと分かるのか？これは昔から存在する問題だ。つまり、君の存在は現実なのだと、私には思うことしかできない。君はうちのまずいコーヒーを飲まず、うちの娘と付き合っていて――、つまり少なくとも、娘はだれかのクラスリングをはめていて、それには君の名前が彫ってある、――　だから、私は君が現実なのだろうと思う」　ボブは言葉を切り、箱からセーラムをもう一本取り出し、テーブルに置く。

僕はあたりを見回し、長方形の小さなキッチンの黄ばんだ壁紙と、リビングルームの青い壁紙を見る。黒い長方形のハイフアイセットの横には、毛布と枕が置かれた緑色のソファが見える。そして周辺視野の隅で、まるで黒いアイコンのようにゆらゆらとうごめいている板張りのキャビネットに意識を集中させる。こういうものを最後に見てから、長い年月が流れたんだ。

誰かが玄関に立っている。膝まで届きそうなほど長くて白いTシャツを着た小さな女の子だ。女の子の黒髪には、ピンクのヘアカーラーがいくつも突き刺さって、まるでヘアカーラーの森のようだ。不意にこんなことが頭に浮かぶ。レイチェルがカーラーを巻いてない時なんて、ほとんどないんじゃないか。

「明かりのせいで眠れないのよ。　一晩中話し込むつもりなの？」

「そういう予定だった」　ボブが言う。「一緒にどうだい？」

「やめとく」

「コーヒーは？」

「いらない。眠れなくなっちゃうもの」

「どっちにしろ、眠れないんじゃなかったのか」　ボブが言う。「私たちとコーヒーを飲んだっておんなじだ」

僕はレイチェルを見る。真っ暗なキッチンにぽつんと立っているレイチェル　―　僕の頭の中で。

彼女は言う。「もし話を続けるなら、せめて電気は消して。ベッドに戻るわ。―　明日の朝、私を起こしたりしないでよ。遅くまで寝るんだから」

「レイチェルについて、ひとつ知っておいたほうがいい」　ボブが言う。「あの子は哲学の話はしないぞ。実際的なんだ。母親とそっくりだ」

ボブはタバコをたたいて灰を落とす。僕は薄暗くセピア色をした映画を見ている。まるで古いプリントのようだ。人がセピア色が好きな理由が分かる。セピアは記憶の色なんだ。

灰は空中で凍りついたように止まる、その瞬間の重力だ。画面が瞬くと、世界は早朝の光が差し込む濃い紫へと変わる。

目を覚ましたレイチェルは、目をこすり僕にすばやいキスをする。カーラーはなくなっていた。

レイチェルの顔が僕の顔の近くにあり、頭は僕の肩に乗せられている。唇は輝き―、彼女は何を使ってたんだっけ？　僕はリップグロスと言ってなかったかな？　わけの分からないことが頭に浮かぶ。何年も前の過去の人生で、僕はレイチェルの唇を味わい、そしてそれを忘れてしまった。今、彼女の隣でとベッドに横たわっていると、なぜ忘れることができたのだろうかと思う。

「すぐ戻るわ」　レイチェルが囁く。

彼女がベッドを降りるのを僕は見つめる。堅木張りの床を裸足でペタペタと歩き、ベッドルームのドアを抜け廊下へと出る。さらに足音が聞こえ、今トイレのドアの閉まる音がした。

レイチェルは、僕がカンザスシティで彼女のために買った青と黒のストライプのナイトシャツを着ている。次の瞬間、イメージが押し寄せてくる。その店はメトカルフ・サウス・プラザの「メイラーズ」だ。値段は十三ドル五十セントだった。まるで先週の出来事のようにはっきりとして鮮明なイメージがさらに押し寄せる。 僕が若い店員に二十ドル札を渡すと、彼はおつりとショッピングバッグを差し出す。僕はレシートをジーンズのポケットに押し込み店を出る。十二月初旬の寒く晴れ渡った日、僕は駐車場まで歩いていく。この記憶が僕を待っていたのかというのか？

今、この場所でぼんやりと天井を眺めながら、頭の中に浮かぶ映像を僕は見つめている。車を運転するカンザスシティからの帰路、ドアに歩いていき、レイチェルの母親が、レイチェルは病院から戻ったと話す声を聞く。

病院？

水の音。―― レイチェルが歯を磨いているんだ。窓の外では、通り過ぎるトラックが車体をこすったらしい。レイチェルがベッドに戻り、僕の隣ですばやくシーツと毛布のあいだにすべり込む。

「もう一度キスして。―― 今度はもっとゆっくりとね」 僕は唇で彼女の唇に触れ、その柔らかさを感じる。上唇の中央にある弓状の縁にすばやくキスをして、ゆっくりと口の端まで唇を這わせる。そして今度はふっくらとした愛らしい下唇に戻っていく。レイチェルが少し顔を上げると、二人の唇がもう一度真ん中で重なり、完璧なX型を作り出す。レイチェルは一瞬身を引くが、すぐに戻って僕の下唇を軽く噛み、前後に動きながら何度も触れてくる。まるで絵筆で最後の仕上げを付け加える、絵描きのように。外では朝の藍色の光が、明るい青へと変わっていく。

こんなことすべてを、どうして忘れてしまうことができたんだろう？

「うーんん、今度はねー」 レイチェルは途中で言葉を切ると、また唇を這わせる。彼女の舌が僕の下唇に触れるのを感じ、脚が僕の足首に絡みつく。「ーキスして」

その瞬間、画面が瞬き、気づくと僕はまた暗闇にいる。

床の上を影が躍る。廊下で何かが動いているんだ。僕は起き上がる。廊下へ続くドアは少しだけ開いている。

外では風が強くなって、雨混じりの風が窓を叩いている。

ドアが開き、誰かが部屋に入ってくる。

僕が起き上がると、シーンは動きを止め、そのまま暗闇に変わっていった。

世界と世界のあいだの暗闇で、僕は声を聞く。

いつまでも覚えていて。

だが僕にはできない。それを繋ぎ止めておく錨がないから、シーンは揺らめき、色褪せ、やがて古い写真のようになってしまう。ー　キッチンも、鉄橋や列車も、ベッドもナイトシャツを着た誰かも。かつて知っていた誰かもだ。井戸の底にある写真のように、みるみるうちに消えてしまう。

目を開けると、見知らぬ部屋にいた。ここでは窓のカーテンは閉じられ、ただ一筋の光だけが差し込んでいる。シーツは違う香りがする。僕はゲイルの部屋にいる。彼女のベッドにいる。

ゲイルが僕の方を振り向き、近寄ってくる。薄暗がりの中、僕は自分の指にしっかりと結婚指輪がはめられているのを見る。まだそこにある。

「マイケル…ううん」　寝言でゲイルは僕に何か言っている。返事をしないと、ゲイルは寝返りをうって右側を向く。　また寝息がリズミカルになってきた。きっと屋上の夢でもみているんだろう。僕は時計を探し、見つける。小さな四角い旅行用の時計で、窓枠の側に置いてあった。なんてことだ、午後一時だ。

だが、今日は週末じゃないか。

ゲイルは少し体をずらし、足の裏で僕の脚に触れる。目を覚ましそうだ。今頃、リンダはどうしているだろうと、僕は思う。

……★……

火曜、午前九時四十五分。

僕は緑色の手術着を着て誘導チェアに座り、レオナルドが機器の最終チェックを終えるのを見ている。数分前に、ゼイと看護士がやってきて、僕の生え際の少し上あたりにシータ波検出器を取り付け、胸部に心電図リード線を取り付ける。

「腕のバンドは?」　背が高くて顔の丸いきれいな看護士に僕は尋ねる。

「ああ、こういう長いセッションでは、血圧と酸素のプローブは誘導が終わってから取り付けています。ご希望なら今つけますけど」　彼女は微笑む。「起きてから何も飲んでいませんよね?」

「ああ、飲んでない…」

「もし飲んだのなら、カテーテルをいれますよ」

「大丈夫だ。必要ないと思う」

「六時間向こうへ行くことになりますが―」　看護士は注射器を小さなビンに入れ、透明な液体を吸い上げる。「―　緊張する必要はありません。筋肉弛緩剤を少しだけ注射しますね。腕とお尻とどちらがいいですか」

「腕に」

「私はお尻にされるほうが好きです」　彼女はそう言うと、アルコールで湿らした脱脂綿で左腕をこする。

「それほど痛くはありません。はい、じゃあ『テリ、痛いよ』って言ってください」

彼女が透明な液体を僕の腕に注射し、そして針を引き抜くと、鈍いずきずきとする痛みが後に残される。「降下する時になっても注射した箇所が痛むようでしたら、教えてください。そのための処置をします」

「教えるよ」　僕は腕をこすり、痛みを揉み散らそうとする。

「ご承知のように、長時間のランには安定剤を使用しません―」　彼女は言葉を切ると、使い終わった針を赤いプラスチックの箱へ捨てる。「―　声帯が弛緩しすぎて、正常に働かなくなるんです。そうなるとあなたが向こうで言おうとしてることが、こちらで聞き取れなくなるんです」

「実際には、それは翻訳機の問題なんですよ」　レオナルドが言う。「ほとんどの場合、音声器の翻訳回路は、あなたが言わんとしてることを把握できます。ただしインプットが適正値を下回ると、音声器はルックアップテーブルに行って、最も近い翻訳を探すんです。ルックアップテーブルに参照できるものがない場合、回路はマルコフ連鎖を開始します。―　ドリーマーが過去に言った言葉の再読み込みを行い、文法と語彙にプラグインしリフィングを始めます。実はドリーマーと会話してるのではなく、ロボットと会話しているのです。文字通り、『会話ロボット』ですかね。以前ここにいた学校の先生が睡眠剤を大量に摂りすぎて、ハイ状態で訳の分からないことをベラベラとしゃべり出したんです。それでハッシュテーブルが完全にイカれて、翻訳回路は彼女が南プジェット・セイリッシュ語を読んでると判断したんですよ」

「本当にそうだったの？」　看護士が訊く。

「あのね、テリ」　レオナルドが言う。「南プジェット・セイリッシュ語を話せるのは世界でたった三人しかいないし、全員男なんだよ。考えてみろよ。私が思うに、コンピュータが勝手にでっちあげたんだと思うけどね」

「セイリッシュ語なんて聞いたことないわ。そのテープをいつか聞いてみなきゃね」　看護士はヘルメットを僕の頭にかぶせる。

「あまり頭を動かさないようにしてください。t-7波のリード線が緩んだら困りますから」

「どっちにしろ、t-7波なんて役に立ちません」　レオナルドが言う。「防衛省の影響をうけて新たに作られたゴンキュレーターってとこですかね。ガラクタですよ」

「もう、レオナルドったら　—」　看護士はバイザーを下げて僕の目を覆う。

「じゃあ、マイケル、緑の小さなライトが見えますか」

「ああ」

「順調です。目を閉じたまま、上を見るようにしてください、次は下を、左を、右を」

「裸のナンシーおばさんを想像して」　ヘッドフォンをとおしてレオナルドの声がする。「ありがとう。いい瞳孔反応が来ました」

「ほんと、この人最低ですね」　看護士の声が聞こえる

「テリ、このフレーズは、誰にでも抜群の効果を発揮するんだよ」　レオナルドは言う。「もちろん女性には効かないけどね。マイケル、頭のなかで数字をかぞえて」

十から一までの数を思い浮かべると、VOXボックスがそれに反応する音が聞こえる。

「うん、インプットはいい調子だ。順調ですよ」　レオナルドが言う。「今回はマシン誘導を行いますか？」

もちろん。

「腕はまだ痛みますか？」　レオナルドが訊く。

いいや。

「では、行きましょう」

小鳥の囀りのような音が聞こえ、―　それがやがて天使の歌声に変わる。

「同調しました」

僕はチャイムの音を聞く。思考を体から解き放つ深く響き渡る音を聞いて、誘導チェアの表面から、星が瞬く海へと僕は沈み込んでいく。

下方には僕の人生が広がっている。六時間かけて、それを探検できるんだ。どこへ行こうか。子供時代の穏やかで気楽な日々。責任も問題も何ひとつない。そんな気楽さを楽しんでもいい。

僕の後方、もっとも遠くにある光の点を目指す。高速道路の一番先端の停留所だ。

光が僕を廻り、形を取り始めると、曇った灰色の午後へ向かっていく動きを感じる。家族と抱き合っているレイチェル、—今、彼女は僕と車に乗っていて、高速道路の白線がこちらへ向かって飛んでくる。日曜の午後、レイナェルをコリンスの祖母の家へ送りにいくところだ。僕はコリンスから、さらにカークスヴィルの大学まで運転することになる。この運転にはいつもうんざりしてた。なぜここに降りたのだろう。たまたまここに来ただけか？　おそらくそうだろう。

ウェスラヤンを抜けて北に向かうと、空は目に見えて暗くなり、霧雨は強い雨に変わった。前方には、でこぼことした灰色の雲が地平線あたりを東へ動いていく。レイチェルが雲を指差し、あの雲は母親が使う皿を拭くふきんみたいだと言う。「ママはタオルを絶対に捨てないの。ほつれてくると、お皿用のふきんにするの。その頃にはもう本当にボロボロ。　今の空はそんな感じ。お皿のふきんみたい」

レイチェルの話に耳を傾けながら考える。— 僕が未来から来たのだと言ったら、レイチェルは何と言うだろう。バカげた考えだ。— 所詮、彼女は僕の頭の中にあるイメージに過ぎないのだから。それでも、その問いが頭から離れない。彼女のイメージは消えてしまうのだろうか？その瞬間、僕はどこか、過去の違う場所へと行ってしまうのか？　あるいは僕の思考は、現実には起こらなかった偽の反応を作り出すのだろうか？　だが、それはずっと分からないままだろう。それでも、これは、かつて何年も好きだった女の子と一緒にいて、彼女が去ってしまうのが怖くて言い出せないという状況とは違う。何を言えばいいか分からないから、言わないだけだ。

自分の思い出と接触するのを恐れるという、僕と自分自身のあいだの壊れやすい関係。リアルな記憶は本物の記憶ではない。現実の夢は本物の夢ではない。そう言ったのは、誰だっただろう？おそらくレオナルドだ。

コリンスへ向かう途中、雨は止み、灰色のボロボロの雲は、急流のように流れる風に吹かれて巨大な平べったい板のように広がっている。

「見て」 レイチェルが言う。「寒冷雲よ。― 下側が暗くて、上側が明るいの」

強風が車に吹きつける。頭上では空が細かく分裂している。中部ミズーリの町コロンビアを抜ける時、信号機が風で大きく揺れているのを僕たちは見る。

エンジンのノック音が大きくなり、僕の目はゲージをチラチラと見る。― 警告灯のあいだをスキャンしているんだ。当時、針のゲージはなかった。いや当時ではなく、「今」だ。

ノック音が止まった。無意識のうちに僕はシーンをロックし、通り過ぎる車をスキャンしている。これだ。赤と白の一九五七年型フォード。こっちは青い一九六三年型のシボレー・マリブ。

運転をしながらレイチェルの話を聞き、高速道路を見下ろして、道路の表面をスキャンする。路面のヒビは、どれも広がって端のほうで黒くなっている。― 下方へ消えていく白いラインを数え、横を通り過ぎ消えていく黄色いラインをスキャンする。丘の斜面に生えている木々を見渡す。冷たい風の中のこんもりとした低木だ。風景はぼんやりとして、まるで濃い色の縁取りのついた茶色く織りの粗い毛布のようだ。今は夕暮れが訪れて、雲はラベンダー色に縁取られた真珠のよう。真上には、黒っぽい氷をたたえてゆっくりと流れる川のように、厚い雲が東から西へと流れている。

夜が訪れ、僕はヘッドライトを点ける。暗闇のなかを走っていくと、ぽつんと建った農家の白熱灯が見える。ヘッドライトが高速道路沿いの木を照らし出す。ロック、スキャンして、細い枝の一本一本まで数を数えてみる。記憶とは、なんて正確で緻密なのだろうと僕は感嘆する。── これほどの情報をすべてどうやれば保存できるっていうんだ。でも実際、保存されているんだ。

ロックを解除すると、木は滲み、過ぎ去っていく。

ガタガタという音がする。── これはヤバそうだ ── おそらくボールジョイントだ。すぐに故障するんじゃないかな。いや、違った。もう三十年以上前に故障したに違いない。目の前にあるものが今は存在しないということを、どうしても忘れてしまう。

「マイケル、タイヤのジャックがガタガタいってるわ」 レイチェルが僕に言う。「もし止まるのなら、トランクを開けて逆向きにしましょうよ。ある方向だと時速百十キロでガタガタ言うし、もうひとつだと時速九十キロで音を立ててる」

「どうしてだろう」

「分からない」 レイチェルは言う。「でもとにかくそうなの」

時速を百十キロから九十五キロに落とすと、音は消えた。

僕たちは町を通り過ぎる。一瞬だけ、反射のせいでビルディングが、空という天井を支えている太い柱のように見える。瞬きをすると、光線は消えて、天井だった稜線は、星と美しく広がる薄雲に変わっている。

レイチェルがラジオをつけると、歌が車内に満ちる。ザ・ヤードバーズの『ハピネス・テン・イヤーズ・アゴー』だ。レオナルドを呼び出す必要はない。どこにいるのか自分で分かる。この曲を初めて聴いたときのことを思い浮かべる。── 僕はそのときレイチェルといた。これがあの夜だろうか。おそらくそうだ。

夜。両脇にぼんやりと明かりが灯った、制限速度四十キロの村が見える。ＭＦＡ石油のサインと警官。暗闇の中にポツンと浮かぶネオン。ようやくコリンスの町に車を入れる。僕の故郷だ。

レイチェルを祖母の家へ送り届けた後、両親に会いに車を走らせる。過去でこんなに長い時間を過ごすことができるなんて驚きだ。もう数時間経っているように感じる。僕は正面のドアから中に入り、母親と父親に挨拶をする。初期のセッションで過去で両親を訪ねることは奨励しないと言われた。感情が強くなりすぎるあまり、早急に目覚めてしまうのだ。今、過去のこの場所で両親とともにいて、いろいろな感情に襲われるが、その中には予期しなかった感情もある。それは罪悪感だ。皺の刻まれた父の顔を見ると、僕を学校に入れるため父がどれほど懸命に働いたか、父と母が残された息子の僕をどれほど大事にしていたか理解できる。

一時間後、僕は車に乗り込み、大学へと向かう。「もっとゆっくりできる時においで」父親が言う。夏にはコリンスで仕事を見つけると僕が約束するのが聞こえる。

もし、そうしていたなら。

キーを回すと、穏やかでリズミカルなエンジンの唸りが聞こえる。次に水しぶきが見え、小さな４つの影が湖の底に潜っていく。——溺れてるのか。違う。彼らは生きていて、シャツや下着が広がったうずまく海の中を、岸まで我先にと泳いでいく。

彼らは浴槽の端まで辿り着いた。——さあ、また水の中へ戻るぞ。しかし今度は水面が泡で追われている。水面の下には、一体、何があるのだ。ジーンズか仕事着か？　それともタオルか？

「そこでおもちゃをなくさないでね」母親が言う。「搾り機の中を探したくないでしょう」母親は手を止め、メガネの曇りを拭き取り、顔にかかった髪をかき上げる。そして決心したような表情を浮かべ、白いシーツを搾り機にかけはじめる。

「気をつけるよ。ママ」

アイボリー色の洗濯機の側面に、「メイタグ」というプレートが見える。— その下には赤い取ってのついた吸盤の形をしたおもちゃがみえる。これは何に使うんだ？　知るもんか、でもかっこいい。世界はこういうものをもっと使うべきだ。吸盤とか車輪とか、手を水で濡らすような機械。いうまでもなく、僕はそう思う。だって僕は今、子供なのだから。

周りを見回すと、湿った地下室の匂いを嗅ぎ、素足の下の冷たく濡れたセメントの床を感じられるような気がする。僕が裸足なのは絶対に確実だ。— だって、あの頃、夏になると僕は必ずといっていいほど裸足になっていたから。

地下室の窓を見上げると、並んで干されたシーツが強い夏の強風を受けて大きく膨らんでいる。シーツと枕カバー、服、作業服、ブルージーンズ、シャツ。申し分ない。戻ってくるにはもってこいの場所だ。これは覚えておこう。

母親がシーツを絞って、かごに移すあいだ、僕はおもちゃを濯槽に戻し、もう一度水底に沈むのを見ている。その時、何かが聞こえた。

「マイケルー」

この声には、聞き覚えがある。

ロックだ。シーンをスキャンする。母親はここにいて、洗濯機も地下室も、この時間もまだここに存在してる。なのに、何かが僕をこの場所から引き離そうとしている。— あの時間の川へと僕を引き戻そうとする。

「これ、きっとポテトサラダのせいよ」

レイチェルだ。

彼女はソファに横になって、何かが半分ほど入った洗面器の上に頭を覆うようにしている。

洗面器の中身は嘔吐物だった。

レイチェルは小さなハートが前にプリントされた白い綿パジャマを着ている。縁のあたりに赤く細長い布が見える。エクササイズ用の短パンだ。

この忌まわしい夜を僕は思い出した。ドミニク家族はまだチェロキーに住んでいて、ボブとワンダは子供たちと、家から二十分のところにあるドライブイン・シアターに行っていた。

「レイチェル、今、医者を呼ぶから」

「この町には、医者なんかいないの。自分でなんとかしなきゃ、自分でー」

彼女は不意に黙ると、洗面器のなかに嘔吐する。僕は湿ったフェイスタオルで彼女の口を拭う。

「もーやだ、私、眠りたい。死にたいよー」

感覚はないのに、どうしてなのか、部屋が寒く見える。自分自身の思考がフル回転しているのが聞こえる、ー　ボブとワンダはどこだ？

「ねえ、ママのつわり用の吐き気止めが薬棚にひとビンあるから、持って来て」

「わかった」

映像がソファから玄関へ、そしてタイルで覆われた長方形の浴室へ移る。僕は薬棚のなかを探している。慌てふためいているのだろう、シーンが波打っていて、上部は灰色になっている。まるで調整が必要なテレビ画面みたいだ。見ていると、僕は棚をあちこち引っ掻き回している。

ロックしてしまおうか。どうせこれは三十年以上前に起こってしまったことなんだ。

いやそんなわけにはいかない。レイチェルが病気なんだ。僕の手が、半分なくなったクレストの練りはみがきのチューブや、子供用アスピリン、少し溶けかかったゼストのせっけんを不器用に引っ掻き回しているのが見える。　薬を探しているんだ。あるいは何か別のものを。

「レイチェル、ここにはないよ」

「あるはずよ。ちょっと待って」　僕がレイチェルを振り向くと、彼女はよろよろと浴室に入ってくる。顔色が真っ白だ。「私が見つけるわ。ああ、ここにあった」

シーンが細かく波打ち始め、次第にぼやけてくる。僕はこの場を去ろうとしているのか？　ロックする。

「レオナルド？」

「はい、そっちの様子はどうです？」

「僕を戻そうとしたか？」

「いいえ、私が戻したいと思えば、今頃とっくに戻ってますよ。どうしたんです」

「なんでもない。あとで話そう」

ロックを解除すると、部屋はグルグルと回り、訳が分からない混乱状態になっている。視界の下の隅から、なにかネトネトした緑色の筋が便器に向かって延びている。

この夜、僕も具合が悪かったのか？

「レイチェルー？」　彼女がいない。

僕はトイレの水を流すと、顔に水をぱしゃぱしゃとかけて、リビングルームによろめきながら戻っていく。レイチェルは真っ青で、胎児のように体を丸めて、目を閉じている。あっという間に寝入ったらしい。少なくとも眠れたんだ。

もう一度、浴室へ行く。

こんなのちっとも楽しくないぞ。ここを離れて、洗濯をしている母親のいる地下室に戻れるかもしれない。— 初めて生でロックンロールを聴いた楽しかったストリートダンスでもいいだろう。裏庭のポーチに両親と一緒に座っていた時でもいい。あるいは家族との夕食でも—。

ダメだ。

「マイケル。大丈夫ですか。血圧が急激に下がってます。どうしたんです」

「平気だ。ここから出ようとしてたんだ。あと少しで戻るよ——」

ロック。だが滲んだ便器しか見えない。僕の胃から胃液が吐き出される。一体どうしたっていうんだ。誘導チェアに座る前に食べた朝食のことを思い返す。あれはなんだっけ？　メキシカンブレックファストみたいなものだった気がする。— 参ったな。あれも腐ってたとしたら、一体どうするんだ。上の僕も気分が悪くなっているのなら、すべておしまい、サヨナラだ。おそらくヘルメットの中に吐いてしまうだろう。

ロック。すぐ解除。なにも変わらない。見ていたらこっちまで気分が悪くなってきた。レイチェルはどこだ？

その時シーンがジャンプする。僕はリビングルームにいて、レイチェルの向かいに座っている。レイチェルは動かない。そして僕はあきらかに、ここ数分間に吐いた形跡はない。おそらく薬が効いたんだろう。僕も薬を飲んだのかと、思い出そうとする。

　これを見ていて、次第にすべてが薄暗くなっていくことに気づく。―　まるでここにいる僕と、過去にいる僕とのあいだでショートが起こったみたいに。ソファの上に茶色いビンが転がっているのが見える。拾い上げると、フタはなくなっていて、ビンはカラだった。薄暗くなるなか、僕は手のなかで、ラベルが見えるまでビンを回す。ボブ・A・ドミニク　セコナール一〇〇ミリグラム　就寝前に一錠服用のこと。

　シーンをロックする。光が消えて、薄暗い。レイチェルはソファの上で胎児のように眠っている。ぴくりとも動かない。レイチェルはこれを飲んだせいで、眠っているのか？

「マイケル、レオナルドです。心拍数が尋常じゃなくなっています。百を超えたら、リールを巻いて、あなたを連れ戻さなきゃなりません」

　待ってくれ！　ダメだ！　電話しなきゃ、彼女を助けなきゃ―

　電気が体を走るのを感じる、僕は観覧車のように立ち上がる。立ち上がって後ろを向き、レイチェルから遠ざかっていく。

　ダメだ！

　シーンをロックしようとする。オペレータに電話しなきゃ。オペレータに電話して救急車を呼んでもらうんだ…住所は一〇二　メイン、チェロキー

　そのとき、歯車が僕を吊り上げた。どこか別の所へ。

　僕は今、プールの脇のラウンジチェアに寝そべっている。頭上のからりと晴れた青空には、ところどころに青と金色の雲が浮かんでいる。近くでは道路工事の作業員が街路を掘り返している。

自分がどこにいるか分かる。—　一九七四年の夏だ。

リンダはまだ部屋にいて、薄いシーツの下に体を横たえている。素足が片方シーツからはみ出し、そのつま先の先には、テイラーズ・ニュー・ヨークの空のワインボトルがある。左の手には、昨夜僕が渡したダイヤの指輪が輝いている。

ジェット機が上空で轟音を立てる。空港の近くにいるんだ。ここで思い出を探すことができるだろうか。昨日の夜のイメージが浮かぶ。滑走路を見渡せる丘に止めた車の中から、ジェット機が着陸するのを見ていた。

ノートに視線を落とすと、一遍の詩が目に入る。『稲妻のような君へ』—、軍隊にいた頃に書いた昔の詩だ。さらにイメージが現れる。リンダはそれを読むと、歯を磨きに洗面所へ行く。彼女の脚が美しくすらりと伸びていることに僕は驚く。

リンダは蛇口をひねり、練り歯磨きをしぼりだす。「素晴らしい詩よ、マイケル。—　英語を専攻すればよかったのに」

「歴史がいいよ」

「学科の人たちに見せて回ってもいいかしら。みんな気に入るわよ。—とくにヘンリー教授は絶対に。たぶんAの成績をもらえるわ」　リンダは鏡を覗き込み、少しの間、熱心に歯を磨くと、僕の方を向き直る。口のまわりに泡がついている。「ヘンリー教授はすごく厳しいのよ、知ってるでしょ」

戻らなければ。

どうしても

この部屋が—ベッド、床、壁、口のまわりに泡をつけたリンダ、すべてがプラスチック膜のように引き伸ばされ、ある一点で砕け散った。ほんの一瞬のあいだ、僕は歯車のてっぺんにいて、その歯車は今動き出そうとしている。

過去へ。

そして下方へ―、混沌の只中へ。

僕たちは浴室にいる。便器にかぶさるようにして体を二つに折っているレイチェルを僕は支えている。彼女の足がもつれる。

僕たちはよろめき、倒れてしまう。さらなる混沌だ。

「吐いたのか?」

「ううん、―　眠らせて」

僕はレイチェルを立たせて、便器にかぶさるように体を支える。さらに何年も前の懐かしいイメージが浮かぶ。僕の具合を悪くさせているものを吐かせるまで、顔が洗面器にかぶさるように母親が支え続けてくれた。

「離して」　レイチェルが言うが、彼女の声は消え入りそうだ。「もうこれ以上吐けないよ。痛いよ」

「頼むから」

「痛いよ。離して」

「ダメだ、レイチェル!　ポテトサラダのことを考えろ!」

レイチェルは便器に顔を少し入れて、口を開けるが、何も出てこない。僕は向き直り大きなピンクのコップに浴室の蛇口から水をなみなみと注ぐ。

「これを飲むんだ」

「もう吐きたくないよ。できない」

「お願いだから」

レイチェルは僕のシャツに水を吐く。僕はもっと水を注ぎ、彼女に飲ませる。そして便器に彼女の体をかぶせるようにする。

「レイチェル、本当のことを言うけど、この水はトイレから取ったんだ」

「あぐぐううー」　レイチェルはヒジを僕の目の前に直角に突き出す。目の前に、赤い蜘蛛の巣が張り巡らされた丸く黄色い光が広がった。そして赤と緑の光の点に変わる。レイチェルの浴室がもう一度現れたとき、すべてはぼんやりと二重に見えた。ちょうどその瞬間、レイチェルが便器に、壁に、僕に向かって、黄色いゲロをたっぷりと吐き出した。僕が考えていたより、ずっと大量のゲロを。

「一体、どうしたんだ！」　僕は振り向く。ボブとワンダ、子供たちだー。レイチェル以外の家族全員が、恐怖のあまり大きく口を開けて、玄関に立っていた

「レイチェルと僕は具合が悪くてー、薬を飲んだと思うんです」

「なんてことだ」　ボブの目が見開かれる。「何錠飲んだんだ」

「分かりません。床にビンが転がってます」

「レイチェルを押さえてろ」

「ボブ」　ワンダが指示する、「浴槽につめたい水を張って。ブラッドレー、製氷皿をあるだけ持ってきてパパに渡して。レイチェルの目を覚ますのよ。ボブ、救急車を呼んで」

「もう電話しました」　僕はワンダに言う。「でも誰も出ないんです」

ボブは僕に近寄り、蛇口をひねり、僕の腕からぐったりとしたレイチェルを抱き取ると、吐いた跡だらけの服ごと浴槽のなかへ入れた。そこには赤い跡もあった。

血だ。

視線を落とすと、シャツの上に、僕の手の大きさほどの黒いしみが見える。これは一体なんだ？

「鼻は大丈夫か」　ボブがかすかな笑みを浮かべてみせる。「腫れ上がってるぞ」

「折れたんだと思います」

「鼻から息が吸えるか？」

「はい」

「じゃあ、ただのアザだろう」　ボブは振り向き、意識が朦朧としたレイチェルに水をかける。「私の鼻は折れてるといつもみんなに言ってるが、実はもともとこういう形なんだ。折れてるように見えるだけさ」

ワンダが現れる。「ボブ、回線が混雑してる」

「一番近い病院がウェスラヤンにある、行こう」

数分後。ドミニク家の私道でタイヤが軋む音を立て、起伏のあるアスファルトの上をボブがポンティアックを走らせ、ウェスラヤンのコミュニティ病院へと向かう。助手席には三人の子供たちが身動きひとつせず、まっすぐ前を向いて座り、後部座席にはワンダと僕がレイチェルを挟むように支えている。僕は車が揺れるたびレイチェルを押さえ、氷で濡らした布を自分の鼻柱に押し付けている。

僕は丘を数える。八つの丘、そして四回、ほぼ直角に近い曲がり角を曲がった。スピードメーターの針が右へと大きく傾いていく。数分後、タイヤは高速十三号線の交差点で軋んだ音を立てる。さらに数分後、車は町外れに近づく。――ガソリン・スタンド、ハンバーガーショップ。すべて閉まっている。

信号だ、赤。

ボブは非常灯を点け、クラクションを鳴らしながら通り過ぎる。

次も、次の信号もすべて赤。ボブはスピードを上げて信号を通り越す、数分後、パトカーが僕たちを追ってくる、ボブは車の窓を下げ、ついて来てくれと手で合図する。ありがたいことに、道路に他の車はいなかった。僕はレイチェルに回した腕に力を込め、車は角を曲がって、病院の緊急入口へと入っていく。

レイチェルを抱きかかえて白い廊下へ入っていくと、ドアが大きく開く。数秒後、係員が僕の手から彼女を引き取った。

時計が時を刻むのを僕は見ている。一秒、また一秒。僕たちの脳にも、時はこんなふうに記録されているのか。こんなふうに一秒ごとに？　僕はどのくらいここにいるんだ？　僕は自分の腕を見る。時計には乾いた嘔吐物と血がびっしりとついていた。ポテトらしきものの跡も、そこに見つかった。あるいは玉ねぎかも。僕は一生ポテトサラダは口にしないと決心する。今も食べないし、過去にも口にしなかった。

そしてこれからもだ。

「ドミニク牧師、医師のブライアン・ウォーカーです」　医者は短い金髪と、とても疲れた目をした中背の人だった。「お嬢さんの胃を洗浄しましたが、何もありませんでした。セコナールのビンのラベルは一九六二年六月で、五日分、最高量は五粒です」　医者は僕を見る。「君もいくらか薬を飲んだのかな？」

「飲んでないと思います」

「はっきりしないのかね」　医者は苛立ったような顔を僕に向ける。

「いえ。つまり、飲んでません」

「眠くないかな」

「気持ちが悪いだけです」

「胃の洗浄をしようか」

「いえ」

医者は困ったような薄笑いが浮かべ、ボブとワンダに向き直る。「お嬢さんは少し発熱していますので、インフルエンザか食中毒だと思われます。セコバルビタールと嘔吐抑制剤を間違えたのでしょう。すべて体内から取り除きましたが、ひどい脱水状態になっています。ですから一晩入院したほうがいいでしょう。水分を補給して、通常の状態に戻します」　医者は僕を見る。「診察を受けなくて、本当に大丈夫かね」

「大丈夫です。すべて吐いたと思いますから」

「原因はなんだと思う？」

「ポテトサラダ」

「そうか」　医者は頷く。「ポテトサラダはひどいんだよ。そうかー、あれとターキーがね。感謝祭後の週末にここに見に来るべきだったな。町中が具合が悪くなったんだ。ターキーインフルエンザと我々は呼んでる」

「彼女と一緒にいたいんです」　僕が言う。「もしみんながよければ」

医者はドミニク氏を見る。

「もちろん、私たちは構いませんよ」　ボブはそう言うと僕の方を向く。「ワンダと私は家に帰るよ。―　子供を寝かしつけたら、君に着替えを持って来よう。君に合いそうなズボンを持ってたんだ」

僕は病室の暗闇に座って、ベッドに寝ているレイチェルを見つめ、彼女の胸が息を吸うごとに動くのを見ている。点滴のボトルが古いタイプだということに気づく。ガラスだ、そりゃそうだろう。一九六六年にプラスチックの点滴袋なんてなかった。

僕は見ているだけなのに、ある種の疲れを感じている。自分がまるで実際にこの出来事を体験したかのようだ、しかもまるで初めて体験することのように思える。

シャツを見下ろす。―　小さなポケットプロテクターのついた、半袖で白い綿の仕事着だ。ボブ・ドミニクの気遣いだ。―かつては白いジーンズであったはずのものは、隅にたたんで置かれて、僕はその代わりに、ゆったりとした手術用のズボンをはいている。

鼻を腫らした僕は、暗闇の中ここに座って、ベッドの上の女の子を見ている。チューブから点滴液が落ちるのを見つめ、レイチェルの寝顔を見つめている。

そして今、僕はもう一度見つめる。もう一度だ。僕の過去から来たこの女の子は、青白い顔をして身動きひとつせず暗い病室で眠っている。今僕のいる場所から、何千キロも、何十年も離れたところにいる。

僕は思う。もしここで僕が眠ったら、反対側で目覚めることになるだろうか。

やってみよう。

LAXIE

十六　一九六六年十二月

記憶の中で朝が来た。病院の金属製のイスで窮屈な一夜を過ごした後も、驚いたことに、僕はまだここにいる。もし夢を見たとしても、それは覚えていることができない。僕は未来の映像を見たのかもしれない。あるいは、夢を全部飛び越して、無意識の中へ入ったのかもしれない。

なんにせよ、目が覚めて、ベッドの中から勝気な笑顔を僕に向けているレイチェルを見て、朝一番に彼女の声を聞けるのは、嬉しい。

「ハイ、ここで夜を明かしたの？」　レイチェルはゆっくりと喋った。まるで世界の時間はすべて自分のものであるかのように。

「ああ、ここに泊まった」　僕はあくびをして伸びをし、目をこする。「あんまり眠れなかったけどね」

「パパのシャツを着てるのね」

「信じないかもしれないけど、同じサイズなんだよ」

「同じだと思ってた。だって二人は似てるもの」　レイチェルは片肘をついて僕を見つめる。「背の高さも同じだし、二人とも黒髪よ」

「そうだね」

「マイケル、ひとつ知っててほしいことがあるの——」　レイチェルの声は穏やかで、ほとんど囁き声と言ってもいいくらいだ。「朝一番にあなたの顔を見るのが、私は本当に大好き。その前の夜に、吐いたとしてもね」

「ありがとう、レイチェル。僕も同じように感じてる」

その後すぐ、ワンダとボブが洗い立てのジーンズ、シャツ、靴下、下着を持って現れた。僕はすばやくシーンをロックしスキャンする。ジーンズは薄いブルーのリーバイスで、シャツは水色のオックスフォード、靴下は青と茶色のアーガイル、下着は白いケリー・ニットだ。未来には持って帰れないものばかりだし、持って帰りたいとも思わない。

八時三十分、別の医者が現れる。温厚そうな、茶色い髪をした背の低い人だ。僕らは部屋を出て、数分後に戻ってくる。「少しだけ発熱しています。おそらく心配することはありませんが、大事をとって、もう一日病院にいたほうがいいでしょう」

がっかりだ。

部屋に戻ると、レイチェルは病院のガウンについてひとしきり不平を述べた後、静かになった。少しすると目を閉じて、眠りについた。レイチェルは、まだ病院にいるほうがいいかもしれない。僕はガウンを見下ろす。前が開くようになっていて、首から腹にかけて素肌が見える。彼女がガウンの前後を間違えて着ていることに僕は気づく。その日の昼前、チェロキーのドミニク家に戻って、魚のフライとボローニャサンドイッチ、ベス・コーラで早い昼食をとった後、僕は車で高速五十号線を下り、カンザスシティへ向かう。通り過ぎる景色を見ながら、なぜ僕はカンザスシティへ向かっているのか思い出そうとする。僕自身の思考に耳を傾けるが、聞こえてくるのはラジオの音ばかりだ。ラジオ局は一九六六年の曲を流している。それもそのはず、僕はまさに一九六六年にいるのだ。曲はザ・フォア・トップスの『リーチ・アウト』。

前に、僕は大企業にこの曲を使うように提案したんだっけ。思い出すことができない。過去にいて、未来を思い出すのはひどく難しいときがある。まるで、この時間、この場所での記憶が、ほかの記憶を締め出してしまうかのようだ。だがそれは理にかなってる。人生の川は記憶で作られている。たまたま僕は今一九六六年の流れに身を浸していて、この瞬間に僕が知っていることは、ほどんどがこの場所からしかやってこない。

これは面白い現象じゃないか。戻ったら誰かにこの話をしてみよう。誰に話せばいいのか見当もつかないけど。

　僕は腰を落ち着けて、シーンをスキャンする。カンザスシティの東のはずれは、リースサミットの町から始まっている。上空高く広がる薄い絹雲の下に、車のディーラーや高速沿いのレストランなどの商業施設が並んでいるのが見える。さらに数マイル車を走らせ丘を越えると、カンザスシティのぎざぎざとした灰色の街並みが目に入る。道路わきの草はまだ緑ではあるが、大部分が茶色い葉っぱに覆われている。街に近づくにつれて、次第に寒くなってくる。

　カーラジオの二つ目のボタンを押し、ボリュームを上げる。曲は、ポール・リビアとザ・レイダーズの新曲『グッド・シング』だ。そのすぐ後に、ジミー・ラフィンの『アイブ・パスト・ディス・ウェイ・ビフォア』が続く。『昔来た道』か、皮肉が利いていて面白いと思うけど、なぜ面白いのかよく分からない。僕の論理プロセスは、未来のと、この場所のとがごっちゃになって、おかしくなっているようだ。僕の意思と感覚は、一九六六年に住む「僕」によって司られている。だがその一方、自分が自分に話しかける言葉は、未来の現実に住む僕から発せられる。さらに、おそらく単に何かが混乱したせいだろうが、そのふたつの僕の混合体が、自分の中に存在しているように感じる。過去で長い時間を過ごしすぎたせいかもしれない。

　ほかにも気づいたことがある。僕の想像に反して、過去での経験に既視感が伴うことはほとんどない。ただ既視感がある時は、その感覚はとてつもなく強烈だ。この曲を聴いて、初冬の晴れた日に通り過ぎていく景色を眺めていると、数秒後の未来に何が起きるのか分かるような気さえしてくる。

いや違うな、そんなことはない。この一九六六年の冬の日、やたら音のうるさいポンコツの一九六四年型フォードフェアレーンに乗っていると、目前にどこまでも広がる未来は、いつもそうだったように不透明で手が届かない。現実の世界でそうであるのと同じだ。

西に向かって車を走らせ、美術館、何件ものハンバーガーショップ、バロック式の噴水を過ぎ、ようやくザ・プラザに到着する。カンザスシティに初めてできたショッピングセンターだ。驚いたことに、ショッピングセンターの屋根は、スペイン風の装飾が施された凝った瓦で覆われていた。十二月初めの冷たく青い光の中で、そこはまるで別世界に見えた。

車を惰力で進ませ、買い物客を避けて進む。数キロ行くと州の境界線を越える。ここはカンザス州だ。シーンをロックする。ここの車はミズーリの車より、大きくて四角張っている。僕の十代の感覚がそう見せるのか、あるいは単に、カンザス人たちは大きな新車が買えるほど金があるということなのか。

もうひとつ気づいたことがある。— ここカンザスの東のはずれは、太陽の光がもっと灰色味を帯びている。西から流れてくる、空高く浮かぶ厚い高積雲のせいで、日差しは翳り寒さが増す。西カンザスの茶色い平原からは、冷たい空気が流れてくる。クロム製のヒーターのスイッチを右側にひねりファンを回し、茶色いレンガ造りの建物に向けて車を走らせる。看板が見える。『メトカルフ・モール』。僕は今、プレーリー・ビレッジの郊外にいる。

車を停め、コートのジッパーを上げ、ショッピングセンターへ歩いていく。それを見れば、きっと分かるだろう。あったぞ、ウィンドウの中に。ぴったりだ。

今、僕は店の中にいて、財布に手を伸ばしている。男性服の店で、僕は青と黒のストライプのナイトシャツを買おうとしている。綿のプルオーバーで、太い横縞が入ってる。半袖で襟には透明なプラスチックのボタンがついている。十代の僕は、レイチェルがこのシャツを気に入ると信じているようだ。僕の中の何かがそれに同意する。細い縦じまのスーツを着た大学生の店員に代金十三ドル五十六セントを支払い、彼がごわごわとした茶色い紙にナイトシャツを包み、『ミリアーズ　二十二オン・ザ・モール』と書かれた袋に入れるのを見ている。店を出て、歩きながら釣銭をポケットに突っ込み、駐車場を目指す。

ノイズの中から、声が聞こえてくる。「これでレイチェルは、あの変な病院のガウンを着なくてすむ」

チェロキーへの帰路、洋品店は、デザインのデータを集めるのにまたとないチャンスだったことをふいに僕は思いつく。ステッキ、サスペンダー、ペイズリー柄のネクタイ、ベスト、ハンチング・キャップ、手袋、あちこちに置かれたブラットのボトル。ブリティッシュ・ステアリングやカヌー、バイ・ジョージやルシアン・レザー、そしてジェード・イースト。一九六六年十二月三日頃の最先端のファッションだ。それなのに僕は、一度たりともシーンをロックしなかった。だが、なぜシーンをロックする必要があるんだっけ？

高速五十号線を東へ走る間、最近見たシーンの記憶に意識を集中する。数週間、あるいは数か月前に経験したシーンだ。はじめは何も出てこない。だが突然、僕とレイチェルが雨の中をドライブしている場面が見える。僕たちが死にかけた原因であるポテトサラダのボールを、レイチェルがバックシートに置くのが見える。彼女の一泊用の緑のスーツケースの横だ。暗くなるにつれ、レイチェルが僕に体をすりよせてくるのを感じ、前歯が大きくてシマリスみたいだとぼやくのを聞いている。

君はきれいだし、完璧だと僕はレイチェルに言う。

思い出は消え去り、僕は独り車の中にいて、ウェスラヤンの出口で南へと向かう。　大通りに面する小さな家々に今にも消えそうな明かりが灯る、陰気で寒い―　一九六六年冬のウェスラヤン。マーケット通りと町を抜ける大通りの交差点に、アスファルトの駐車場の真ん中で光り輝いている、四角いガラス張りのクク・バーガー・レストランが見える。ここはレイチェルのお気に入りの店だ。二十分後、チェロキーに向かって州道二号線を西に折れる頃には、雲が厚く、雪で暗くなってきた。

　曲がりくねった道をうまく切り抜けるうち、最初の白くて柔らかい一片がフロントガラスに落ちる。曲がりくねった二車線のアスファルトが走る丘を数える。—　全部で八つ。三つの穀物貯蔵庫を通り越した後、道は南に向かってうねうねと伸びている。そして今、道路はうっすらと積もった雪で覆われている。だがもう大丈夫だ、チェロキーまではあとたった二マイルだから。

　左に折れて、レイチェルの家へ続く砂利道に入った時、強風が車に吹きつける。さあ、着いた。給水塔と教会に挟まれた小さな羽目板造りの家。あたりには何もない東の町外れだ。少しすると、僕はひび割れたセメントの小道を玄関に向かって歩いている。おそらくこれから家族をフォードに乗せて、レイチェルに会いに病院へ連れて行くのだろう。

　正面の階段につく前に、ドアが開いてワンダが中から僕を出迎える。「マイケル、心配していたのよ。カンザスシティで迷子になったかたと思ったわ。ボブは遅くまでスーパーで仕事になりそうなの。またオレンジの在庫管理をしなきゃいけないの。だから家には私たちだけよ」　彼女の声に高揚が感じられる。レイチェルは大丈夫だろうか。後ろを見るとリビングルームでエイミーとブラッドがおもちゃで遊んでいる。キッチンでは、金髪を振り乱して、両手に大きすぎる鍋つかみをはめた七歳のステイシーが、オーブンの中を一心に覗き込んでいる。オーブンの中身は、彼女が作ろうとしたものとは、あきらかに違うらしい。

「マイケル」　僕のジャケットをとりながら、ワンダが言う。「ステイシーが魚のフライを作ってるの。あなた、好きかしら」

「ええ、大好物です」

「ほうれんそうとビネガーがもあるの。ボローニャサンドイッチもね」 ステイシーが深刻な面持ちで頷く。「魚のフライがうまくいかなかったときのためよ」

ワンダは僕を振り向いて、ほがらかな笑みを浮かべる。「マイケル、びっくりさせることがあるの」

「そうだよ」 そっくりな三つのバービー人形から顔を上げて、四歳のエイミーが言う。「レイチェルがおうちにいるの」

ワンダが言う。「あの子、二時ごろに電話してきて、もうよくなった、あなたがどこにいるのかと訊くの。カンザスシティに行ったと聞くと、今すぐに帰りたいって言うの」 ワンダは振り向き、細い廊下を通って僕をレイチェルの部屋へ連れて行く。

「お医者さまは、最後には了解したわ。あの子がしつこく説き伏せたんでしょう」

僕は暗い部屋に足を踏み入れ、重ねられた服の間を縫ってベッドへ近づく。「レイチェルー?」

「ハイ、マイケル」 彼女の声が遠くから聞こえる。「午後中ずっとあなたを待ってたのよ」 目が暗闇に慣れると、レイチェルの髪はもつれ、目が腫れているのが見える。「散々な気分だったけど、よくなったわ」

「急性の胃炎なので、数日は流動食にするようにお医者さまに言われたわ」 ワンダが言う。

「そう、あのポテトサラダには、ひどい目に遭わされちゃった」 レイチェルがつぶやく。「ママとパパが、今夜ここに泊まっていいって」

「ここに?」 僕は振り向いてレイチェルの母親に目をやる。「この部屋にってことですか?」

「レイチェルを見ていて欲しいのよ」 ワンダが言う。「家に帰るほど回復してないとパパも私も思うのだけど、この子は一度決めたら、頑として考えを変えないから」

「あの人たち、私に変なシースルーのガウンを着せるから、おっぱいが見えちゃうのよ」　レイチェルが言う。「別に大して見るものもないけどさ。でも恥ずかしいの」

「前後を逆に着ていたからよ」　ワンダが言う。

「なんでもいいから、帰りたかったの。そうすればいつも着てるパジャマとかTシャツとかを着られるから」

ワンダが言う。「マイケル、ボブは帰るのは一時過ぎだし、疲れきってると思うの。それにエイミーがまた喉が痛いと言い出して、そっちで手が離せないのよ。熱の測り方は分かるかしら」

「ええ、はい――」

「よかった」　ワンダはガラス製の体温計を僕に手渡す。「振って、水銀をガラス球まで下げるのよ。そうしたら右わきに挟んでちょうだい。もし三十九度を超えたら私たちを起こして。もし胃の調子が悪くなった時にも起こしてね。私たちは眠りが浅いから、ドアをノックするだけで済むわ。浴室に洗面器を用意したから、吐きそうな時は浴室へ連れて行ってね」

「分かりました。でも――」

「床にキルトを敷いたわ。枕はソファの上にあるのを使ってね」　ワンダが言う。「寒かったら、玄関のクローゼットにもっと毛布があるわ。あの古いソファで寝るより寝心地はいいと思うわよ」

「あー、そうですね。ありがとう」　僕はレイチェルの方を振り向く。「本当に大丈夫なのか」

「サイテーの気分」　レイチェルは気分が悪そうだ。「生理の時みたいに、胃がキリキリするの。それより何億万倍もひどいけど」

「病院にいたほうがよかったんじゃないのか」

「そう？　私にわざわざ会いに来たんじゃないの。あなたの大学はここから三五〇キロは離れてるのよ、知ってた？」

「いや、知らなかった」

ステイシーがドアのところにやってきて母親に近づく。「お魚のフライができたよ。レイチェル、ー　お魚にタルタルソースかける？」

「そんなもの私に見せないで」　レイチェルは毛布をかぶる。「タルタルソールのことなんて、考えたくないの」

「ほろほら、ステイシー」　ワンダはステイシーの肩を叩く。「コーラの氷を取ってきてちょうだい」

僕はレイチェルに包みを渡す。「まだ病院にいるだろうと思って、これを買ってきた」

「すっごい！」　レイチェルは起き上がる。「プレゼントよ」　包装紙をしばらくゴソゴソとやって、袋のなかから品物を取り出す。「すてき」　そして沈黙。「で、これなあに？」

「ナイトシャツだよ。寝る時に着るんだ」

「寝る時に着るのね」

「うん」　僕は言う。「病院で着れるようにプレゼントしたかったんだけど」

「どうして、マイケル。すっごくステキよ」　レイチェルはにっこりとする。「今、着てほしい？　Tシャツの上から」

「ああ、着てみろよ」

レイチェルが体をよじって青いナイトシャツを着ようとしているあいだ、吹きつける風の音と、それに続いて何かがキーキーと軋む音が聞こえてくる。木々の枝が家に当たる。一九六六年の十二月初旬の凍えるような暗闇の中、木々と木々がこすれあっている。

「ほら」 レイチェルはそういうと、大きく腕を開いてみせる。「似合うかしら?」

「最高だ」 僕は言う。「よく似合うよ」

そのあと、ワンダと子供たちと、魚のフライとほうれん草を食べ、インスタントコーヒーを飲み、暗闇の中でレイチェルと数時間しゃべった後、僕はブーツと靴下を脱いで床にすべりこむ。目を閉じると、世界が遠のいていった。

もう一度目を開けると、胸と脚のまんなかあたりで、柔らかい大きなボールのように毛布が丸まっていた。顔から約十五センチのところに僕のブーツがある。近くでは積み重なった服の上から小さな象のぬいぐるみが僕を用心深そうに見つめている。視界をスキャンすると、僕を囲んでいろんなものが森の木々のようにそそり立っているのに驚く。— 暗闇なのではっきりと見えるのはほんの少しだが。一揃いの女の子用の白いブーツ、宝石箱、トランジスタラジオ、裁縫セット。真正面にあるベッドの下をスキャンする。この暗闇には、何足もの靴がうじゃうじゃと集まっているのだろう。

音楽が聞こえる。遠くで聞こえる『ヘイジー・シェイド・オブ・ウィンター』。その時、誰かが寝返りをうちベッドが軋むのが聞こえる。そして囁き声、「ねえ、マイケル。起きてる?」

「起きてるよ、レイチェル。気分はどう?」

「まだ頭が痛い。胃もキリキリするの。もちろんただの生理痛かもしれないけど。私の生理痛はひどいの。鎮痛剤がないと生きていけない」

僕は肘をつく。「何か持って来ようか。水がいいかな」

「うん、水が欲しいな」

僕は立ち上がり、躓きながら部屋を出て行く。僕の足が廊下のカーペットからキッチンのリノリウムの床へ歩いてくのを僕は見ている。僕は白いTシャツとブルージーンズを着て、足は素足だ。戸棚を開けてコップを取り出し、水をくみベッドルームへ戻る。

レイチェルはベッドに起き上がって、グラスを受け取る。まだ青と黒のストライプのシャツを着ている。首には金のチェーンを下げている。僕のリングが下げてあるのか。多分そうだろうが、よく分からない。

「西ミズーリの水道水って大嫌い。どこかの地下水を汲み上げてるのよ」　レイチェルは一口飲むと、顔をしかめる。「この水、白く濁ってるって気づいた？　ミズーリ州チェロキーの水はゼストのせっけんの匂いがするってステイシーが言ってたわ。飲んでみる？」

「やめとくよ」

レイチェルオが手を伸ばしナイトテーブルにコップを置く時、ナイトシャツの下にTシャツとパジャマのズボンを着ているのが見える。赤い小さなハートがついた白いパジャマ。最初に具合が悪くなった時、着ていたパジャマだ。

「じゃあ、床に戻るよ――」

「ここに座って、お喋りしましょうよ」　レイチェルはベッドを叩く。「大きな声で喋らないでね。パパとママは本当に眠りが浅いの」

「問題にならないんだったら、いいけど」　僕はベッドの端に座る。

「ならないと思うわ。パパとママはあなたを信用してるもの。薬を吐かせて、私の命を救ってくれたと二人は思ってる、それにこの三晩、あなたは床で寝続けたけど、何にもしようとしなかった。だから安全だって思ってるの」

シーンをロックする。だが見えるのは、濃い灰色の輪郭だけだ。三晩？　僕は未来にジャンプしたのか。逃してしまったレイチェルとの時間のことを僕は思う。いつか戻ってきて取り返そうと決意する。

ロック解除。

「パパとママは僕を安全だと思ってるんだね」　僕は体を近づけ、レイチェルにキスをする。

「本当に安全ね」　レイチェルが微笑む。「そうしたいって言えば、ベッドで一緒に眠らせてくれたわよ、―　洋服を着たままならね。私は赤いスポーツパンツをはきたいな」　彼女は僕を見る。「ジーンズをはいて気持ちよく眠れるの？」

「ああ、ジーンズをはいて寝たことは何度もあるよ。ボーイスカウトにいたころ、ある年四月に大会があって、気温が零下まで下がったことがあった。三日間、一度もジーンズを脱がないで過ごしたんだ」

「気持ちが悪かったでしょうね。トイレはどうしたの？」

「まあ、トイレなんてどうでもいいのさ」

「森の中のトイレへ行くなんてぞっとするわ。友達のジャニー・コリンズが、いとことキャンプに行った時、一番嫌だったのはトイレだって言ってた。―　というより、トイレがなかったんだって」

「頭痛はどう？」　僕はレイチェルの目にかかった髪を掻き揚げる。

「よくなるわ。痛いのは胃のほう」

僕は立ち上がり、キルトと毛布にくるまれた女の子を見る。

「あのね、レイチェル―」

「注射のとき血管を外されたせいで、腕がはれ上がったって話したっけ?」 レイチェルは僕に腕を見せる。「平気よ、でも神経損傷を引き起こしたかもしれないって言われたわ」

「僕は床に戻るよ」

「マイケルー」

「ん?」

「パパたちは何も言わないと思うわ。つまり、あなたがベッドに寝てもね」

「レイチェルー」 僕は彼女を見る。「僕は君が大好きだし、君のパパとママのことも好きなんだよー」

「パパたちもあなたが好きよ」

「どんな理由にしろ、二人を怒らせたくないんだ。だから僕は床で眠るよ」 もう一度、彼女にキスをすると、ベッドを回って、壁の横に敷かれたキルトへ戻る。

「マイケルー」

「なに?」

「おやすみ」

「おやすみ、レイチェル」

僕はラジオに耳を澄ます。流れているのは滅多に聞かない曲、『ホワット・ビカムス・オブ・ザ・ブロークン・ハーティッド』。レオナルドをコールしてデータを調べてもらうこともできるが、もし僕が眠ってしまったら、どっちにしろ数分のうちにレオナルドに会うことになるだろう。この場所に何日もいるように思える。何時間ここにいる予定だっただろうか？　六時間？　以前ゲイルが時間を拡張させる薬について話していたこと思い出す。おそらくその薬が点滴液に入っているのだろう。

「マイケル」　レイチェルがささやく。「パパたちのところへ行って、聞いたらどうなるかな？」

「聞くって何を？」

「マイケルがベッドで私と一緒に寝ていいかって聞くの。ジーンズを着てね。もちろんシャツもよ。あなたがよければ、ジャケットも」

「どうかな、そんなことするのはどうかと思うけど――」

その瞬間、誰かの声が聞こえるのに気づく。内側から聞こえてくる。過去の僕の思考だろうか？

シーンをロックし、耳をすます。

そう、ここだ。、感覚がどこか深い場所から浮き上がってきて、表面近くに来て、思考とそして言葉と合体する。三十年前の僕自身の思考が響き渡る。

完全にロックされてピクリとも動かない映像を目の前に、僕は興味津々で耳をすます。**「女の子と一晩中寝たことなんてないんだ。一度もない。どんな感じなんだろう。朝になったら、両親になんて言えばいいんだろう。そんなことできるのかな――」**

やがて声は小さくなり消えていき、僕は静寂の中に残される。鶴の群れをほんの一瞬垣間見た猟師のように、僕は今聞いた言葉のエコーを探して、静寂の中に耳を澄ます。

何も聞こえない。

考えられない質問が浮かぶ。僕は記憶の内側にいるのに、なぜ思考はめったに聞こえないのだろう?思考はまるで渡り鳥のように、時間という景色の遥か上空を飛んでいるのかもしれない。

そうだとしたら、思考はどこへ帰るのだろう?いつかそれを見つけ出してみようか。

ロック解除。

「ねえ」レイチェルが言う。「私が病院から戻ってからずっと、あなたはその固い床の上で寝ているのよ。パパも言ってたわ。『何かをやろうとするなら、すでにやってしまったも同じ』だから私、聞いたほうがいいと思う」

「やめたほうがいい。いいね?」

「分かった」レイチェルは一瞬口をつぐむと、毛布を押しのけるとベッドから降りる。

「どこへ行くんだい?」

「トイレよ。さっきくれた水のせいよ」レイチェルは後ろ手でドアを閉める。別のドアが開く音が聞こえる。そして水が流れる音が続く。僕は目を閉じる。ラジオから、一九六六年の懐かしい名曲『イッツ・ナウ・ウィンターズ・デイ』が流れてくる。

緑の草は消えて　木々は茶色に
空は灰色に変わる　今は冬の日

五分ほどすると、レイチェルが戻ってくる。「ねえ聞いて!」彼女がささやく。「パパたちがいいって言ったわ!」

「なに?　二人に聞いたのかい?」

「二人ともよ。パパは『ああ、いいよ。早く寝なさい』って言ったわ。ママはナイトシャツの下に運動用の短パンをはきなさいって。だから目を瞑ってて。いい？」

「いいよ」　暗闇が訪れる。引き出しが開く音と、服のこすれる音が聞こえる。

「もういいわ」　ベッドのスプリングが軋む音がする。「これで床から離れられるわよ」

僕は毛布を引き上げ、レイチェルの隣に滑り込む。彼女が脚を僕の脚に重ね、隣で丸くなるのを、感じられるような気がする。「よく二人を説得できたね」

「パパたちはすごく眠かったの。眠い時は、何を訊いてもいいって言うの。それにね、あなたがベッドで寝てはダメなら、私が床で一緒に寝るって言ったの。おやすみのキスをして」

僕たちはキスをし、レイチェルは僕の腕の下で体を丸める。数秒後、彼女は眠った。僕は目を閉じかける。だが見えるのは火花だ。

そして雷。

未来からの呼びかけなのか？あるいはただの嵐かも——。

「マイケル、レオナルドです」

「ここだよ」　がっかりする。

「連絡が遅くなって、すみません。シータ波検知器がまたイカれたんで、午後中それにかかりきりだったんです。どうやら操作不能のようです。あなたを戻さなくちゃいけません」

「わかった、でも少しだけ待ってくれないかな」

「悪いけど、パウンドストーンが様子を見に来るんです。しっかりつかまって」

僕は目を開ける。現実時間の午後四時だ。

十七　コルトレーン

午後五時。僕は部屋にいて、さっきから少なくとも一分以上は電話がなり続けている。出たほうがいいだろうかと考える。

たぶんゲイルが一緒に夕食を食べようというのだろう。断る理由はない、でも―

電話のベルが止む。僕はベッドに戻ると目を閉じて、僕が今いた場所のあるシーンを再現しようとする。―　いや、どのシーンでもいい。

再び電話のベルが鳴り始める。

受話器を取る。

「ミッチ？　ジェリーだ。どうしてる？　君は部屋にいるとセキュリティに言われたのに、誰も電話に出ない。だから眠っているのか、シャワーでも浴びてるのだろうと思ったよ」

「ジェリー」　背中からベッドに倒れこむ。「どんな調子だい」

「ミッチ、絶好調とはいえないな。昨日、君から電話がかかってきて、いつの飛行機で帰るのか聞けると思ってた。だがどうなったと思う？　ひどい話さ。君は電話してこなかった。なぜ電話しなかったのか、説明を聞きたいね」

「じっくり考えてたんだよ、ジェリー。だから電話しなかった」

「ミッチ、今朝スタッフに話をしたんだ。―　どんな話をしたか分かるか？　こう言ったんだ、いいか、大学生のころから僕はマイケル・ミッチェルを知っていて、僕は彼の息子の名付け親でもある。娘の結婚式では付添い人をつとめた。―　しかも二回ともだ。僕はマイケルを知ってる。立派で、思いやりがあり、責任を取る男だ。僕たちを落胆させるような男じゃない。日本人が財布を渡しに来る時には、マイケル・ミッチェルはここにいて、彼らから財布を受け取る、ってな」

「ジェリー、その仕事はできない」

「ふざけるな、なんでだよ！」

「八月末まで研究所に残ると決めたんだ。もしかしたらもっと長くなるかもしれない」

「冗談じゃない！　会社を潰したいのか！」

「潰すつもりなんかないさ。君が彼らと話せばいい」

「ばかやろう、僕は四十二歳だぞ。僕が昔の本物のロックン・ロールについて語ったりしたら、笑い飛ばされる」

「何日間か徹夜して、少し白髪でも作ったらどうだ。白髪があると老けて見えるからな」

「ミッチ、頼むよ！」

「ウッドストックでLSDをやってたと彼らに言ってやれ。何を言ったってかまやしない。ただ僕が会議に出席するとは言わないでくれ。だって、僕は出席しないからさ」

「ミッチ、僕は君のパートナーで、僕たちはお互いを昔からよく知っている。なんとか解決しようじゃないか。君が彼らとサン・アンジェロで会うのはどうだろう？」

「僕がいる場所はサン・アントニオだよ」

「アンジェロ、アントニオ、どっちでもいいさ。なあ、コーヒーショップかなにかで彼らと話せばいいさ。一日休みをとって観光に連れて行くんだ。そしてカメラ店かアミューズメントパークを見つける。彼らはカメラとアミューズメントパークに目がないからな。そしてボストンに送り返した後、契約を取ればいい」

「また連絡するよ」

「明日だ。明日までに電話して確約してくれ」

「連絡するから」

僕は電話を切り、窓の外を見渡す。空はまるで悪意を隠しているような濃い青に変わっている。

数時間後、僕はジーンズをはいた脚を組んで、ゲイルのベッドに座っている。太陽は沈み、開けられたブラインドから、暮れていく紫の空が見える。

ゲイルは角切りのチーズが乗った皿を僕の方へ差し出し、ベッドから立ち上がる。彼女はブリーチタイプのほつれたカットオフジーンズをはいている。――一九六六年に見たものを含めても、こんなに短いジーンズは見たことがない。縁はへそのはるか下にあり、後ろから見ると、日焼けした形のいい尻が少なくとも三センチは見えている。シンプルなTシャツのすそは一番したのあばらの少し上で、なめらかな腹とまんまるのへそを露わにしている。小さめのシャツが胸の形を浮き立たせる。――もちろんノーブラだ。

長くて滑らかな脚とポニーテールのせいで、ゲイルは三十代前半の美しい人妻、そしてセックスパートナーに十分見えるだろう。彼女と一緒にベッドで過ごすなんて、かなり気持ちの高まる想像には違いない。だがなぜだか、僕はそれほどの高まりを感じない。

「聞いたと思うけど」　ゲイルがキッチンから言う。「ケラーの意識が戻ったわ」

「そうなのか？　どんな具合なんだ？」

「よくなってる。どうやらカップの勘違いだったようよ。何かの部品がショートして、回線が切れたらしいの」

「じゃあ、結局フラットラインにはなってなかったのか」

「それが会社としての言い分よ」

「彼らが本当のことを言ってると思うかい？」

「そうね、カップの言葉を借りれば、『明らかに何かがケラーに起こった』」、ゲイルは言葉を切ると、ワインのコルクを抜き、キャビネットに手を伸ばしグラスを取り出す。「もしかしたらただの緊急停止だったんじゃないかしら。でもね、私としては――」　一息おきワイン注ぐ、「ケラーのチャートをぜひ見てみたいわね」

ワインの入ったグラスを2つ手にゲイルが戻ってくる。「さあ、あなたがどこへ行ってたか教えてよ」

僕はゲイルを見上げる。

「それがフェアでしょ。私は話したわよ」　グラスをナイトテーブルに置くと、ベッドに乗り、僕の隣に座る。「誰かと遊びまわった？」

「いや」　僕は言う。「一九六六年に戻った。友達が—、いや正直にいうよ、昔のガールフレンドが何か食べて、具合が悪くなった。彼女を病院へ連れて行ったんだ」

「すごく面白いじゃない。どうしてわざわざその場所へ出かけたの」

「いや、前にも彼女に会いに戻ってるんだ—」

「本当？」　ゲイルは目を輝かせる。「それはかなり重要だわ。もっと話して。　彼女の名前は？　どんな子だったのかしら。可愛かった？」

「レイチェル。レイチェル・ドミニクだ。身長は百六十五センチで、髪の色は黒。いつもニキビのことでグチをこぼしてた。自分はブスで胸が小さすぎると思ってるんだ。おなかが出てるとも言ってた。最後に戻ったとき、自分はシマリスみたいだって言ってたよ」

「女の子が言いそうなことね」　ゲイルが言う。「彼女、綺麗だった？」

「あのころ、世界中で彼女が一番美しいと思ってた」

「メロメロだったのね」　ゲイルは笑う。「本当にそうだったの？」

「本当に何だって？」　ゲイルを見る

「本当に世界で一番美しかったの？」　ゲイルは身動きひとつせず、じっと答えを待っている。ゲイルは質問の答えを心から知りたいんだ。

「そうだな、僕の世界においては、イエスだな」

「それってあなたが訪れている過去の世界？」　ゲイルは脚を組む。「あなたが十九歳か二十歳だった頃の話かしら」

「こんなことがあった。それから数年後の一九七四年のことだ。僕は美しい婚約者のリンダと一緒にモーテルにいたのだけど、もしレイチェルと入れ替わるなら、僕はどんなものでも差し出したと思う。どんなことでもしたさ。比べ物にならない。まったく違うんだ」

「どうしてその子と結婚しなかったの」

「別れた」

「どうして？」

「僕が浮気してると思われた」

「浮気してたの？」

「ある意味そうかな。僕は大学の一年生のとき、レイチェルは妊娠したというんで、僕は現実を見なきゃいけないと思ったんだ。間違いなく、気軽に遊びまわる日々は終わった。一九六六年の春の終わりごろ、僕の大学に編入してきた昔の彼女から電話がかかってきた。僕が婚約したと聞いてお祝いを言いたいと言うんだ」

「あー、なるほどね」　ゲイルが微笑む。「彼女、あなたと話したかったのよ」

「まあ、そうだね。実際、僕たちは話しただけだった。二十分ほど僕の車のなかで、どの教授が点が甘いとか、どの教授は避けたほうがいいとか、そんなことを話した。そうしたら突然、彼女はレイチェルとの結婚をひどい言葉で責めだしたんだ。残りの人生をどぶに捨てることになるだろうとか、そんなことはさせられない、とか」

「本気でそんなことを？」　ゲイルが尋ねる。

「まるっきり本気さ。寮の部屋まで彼女を送ったら、彼女はレイチェルに電話して、また二人は付き合うことになったと言ったんだ。それはウソだった。でも僕は事態をさらに悪くしてしまった。彼女には会ってないと言ったんだよ。二度とウソをつかないとレイチェルに約束したのに、— ウソをついた」

「そして—？」

「だけどウソをついたことが後ろめたかった。だから正直に言ったんだ、そう、またブレンダ・レイシーと会ったって。だって、ブレンダは僕の大学に通ってたんだからね」　そのことを考えて僕は言葉を切る。「ブレンダが編入したことを僕はレイチェルに黙ってた。大したことじゃないと思ったからさ。でももちろんレイチェルにとっては、大したことだった。ある金曜日、レイチェルに会いに車を走らせている時、まずいことになることは分かってた」

「確かにね」

「実のところ、大惨事になったんだよ。春のある土曜の朝に、僕たちは彼女の部屋で、結婚式やこれからの人生、子供のことを語り合っていたのに、そのとき、昔の彼女から電話があったとレイチェルが言った。だから二人で会ったことを話したんだ。レイチェルは手を伸ばして婚約指輪を自分の指からはずすと、僕に返した」

「イタタ…」

「なにもかも返してよこした。— 指輪も。古い花火も、古いナイトシャツも、— すべてをね。その朝、僕の世界は終わりを告げた。まるで誰かが手を伸ばして明かりを消したみたいに」　僕は深く息を吸う。

「僕はレイチェル・ドミニクのことはすべて忘れようと決めた。出会ったときから、僕たちが―いや、今までのことすべてを。僕はドアを閉めて新しい人生へ向かって歩き出し、前の人生を忘れられることならなんでもした。妻は死んだ、と軍曹に言ったこともある。それは僕の人生のある部分が死んだという意味だったんだろう」

「忘れるために、人生を費やしたのね」

「ああ、でも僕はかなりうまくやったと思うよ」　僕はゲイルを見る。

「今までは」

「今まではね。本当におかしな話だ。僕は過去を事細かに分析する職業を選び、なんとかしてかなりの成功を収めた。株主も満足してる。大体の場合、取引先も満足しているし、妻も昔は満足していた」

「あなたは満足してる？」

「そんなことどうでもいい。大事なのは、僕がここにいて、ワイヤと喉頭マイクと点滴の力で、記憶の中を泳ぎ回っていることだ。そしてその中の記憶のひとつが僕を苦しめようとしてる」

「何処で彼女はあなたに指輪を返したの？」

「それだ。それが僕の世界が変わってしまった場所だ。その場所をもう一度訪れたいとは思わない。なぜって、その場所は直接現在の僕まで繋がっているから」

ゲイルは僕の腕を軽くたたく。「ねえ、マイケル、それはただの記憶、それだけなのよ。たぶん抑圧されるのに嫌気が差したのよ。しっかり受け止めて、克服するべき時なんじゃないかしら」

「何が問題なのか分からないけど、あの場所に戻ったことを残念にすら思う。あの時代をもう一度経験したくなんかない。一度で十分だ」

「じゃあ、行かなければいいわ」　ゲイルが言う。「どこへ行くかコントロールできるんでしょ」

「でも昨日のロングランで、トイレで死ぬほど吐いたときに戻ってしまった。それを考えれば、僕のナビゲーションスキルがどの程度か分かるだろう」

「私もいつもエリックと一緒にいるわけじゃないのよ。―　楽しくない頃へ行ってしまうこともあるわ。そんな時はなるべく早く忘れるようにしているの」

「エリックね。芝刈りの友達かい？」

「そうよ」　ゲイルは微笑む。「ミシガンの庭にいた私のプレイボーイよ」　ゲイルはあおむけに寝そべり天井を見つめる。

「エリック・ドウェイン・フェンスター・ジュニア。立派な名前だと思わない？　スカンジナビアの名前だそうよ」

「フェンスターってドイツ語で『窓』という意味だろう？」

「ぴったり」　ゲイルは目を閉じる。「ええ、ぴったりよ。エリック。ドウェイン・フェンスター・ジュニアは、私の窓を開けてくれた」　ゲイルは穏やかに少し笑う。「あなたなら、彼は窓を掃除したんだと言うでしょうね。その可能性も考えさせて。―私が失ったものは何かしら」

「彼はその後どうしたんだい？」

「ああ、ミシガンの家へ帰ったわ。私たちは手紙を書いて、また今度会えるまでの日々を指折り数えた。五月になる頃には、私はとんでもないことを仕出かした。私が彼にどんなことをしてあげたいか、ものすごく赤裸々に詳細に書いたとても長い手紙を送ったの」 ゲイルは決まり悪そうに笑う。「彼の母親がそれを読んじゃったの。で、私の親に電話してきて、それを読んで聞かせたのよ。何をしたんだ、いつしたんだって訊かれて、ウォーターゲート事件の公聴会に呼ばれた政治家みたいな気分だった」

「その後、彼に会ったのか？」

「ええ、高校時代はずっと手紙を交換したわ。ほとんどはお互いの家族に没収されたけど、何通かは無事に届いた。私たちは他の人とデートしたけど、でもしっくりする相手はいなかった。ゲイル・リンはもう理想の相手を見つけてしまったように思えた」 彼女はため息をつく。「そして私は大学へ行き、社交クラブのパーティでフィルに会って、妊娠して、結婚したのよ」

「それでエリックは？」

「結婚のことを手紙で知らせたわ。どれほど私が後悔しているか、そして私のエリックへの気持ちも伝えた。一か月後、『転居　転送先不明』とスタンプが押された手紙が返送されてきた。私は打ちのめされた。どん底まで突き落とされたわ。それ以来、エリックはどうしているだろうと思い続けてきたの。私の気持ちを伝えたかった。数千ドル払って私立探偵も雇ったし、ありとあらゆる検索エンジンを使って、彼のメールアドレスを調べたわ。—　でも成果はゼロ。最後には諦めるしかなかった」

「どうしてレオナルドに頼まないんだ」

ゲイルは僕を見る。「レオナルド？」

「なあ、ジュークボックスを使えば、レオナルドはどんなことでもやってのける。スカンジナビアのエリックを探し出せるかもしれない」

ゲイルは笑みを浮かべる。「彼は太ってハゲてるかもしれないわ」

「嫌かい？」

「本気なの？」　ゲイルは笑う。「レオナルドがエリックを見つけられると本気で思うの？　あなたに言われたら、私もそんな気がしてきたわ——」

「訊いても損はしないだろう」　僕はチップに手を伸ばす。「もちろん対処しなきゃいけないことはありそうだけど。——たとえば結婚とか」

「なに？　私の結婚のこと？　それなら任せて」　ゲイルの顔から微笑が消える。「結婚の対処にかけてはエキスパートなの。例えば——」　ゲイルは言葉を切ると、ワインをひとくち飲む。「バンクスの『夫の浮気を見つける法則』を聞きたい？」

「聞きたいね」

「いいわ、法則一、——　もし夫が浮気をしているかもしれないと思うなら、浮気の可能性あり。法則二、——　浮気してないという確信がある場合は、百パーセント浮気してる」

「法則三もあるのかい？」

「あるわよ。法則三、——　浮気の証拠を押さえた場合、夫は必ず、浮気に追い込んだのは妻だと責める。法則四。——　そして浮気は必ず、必ず妻の料理に対する不満から始まる」

「必ずかい？」

「例外なし」　ゲイルは頷く。「どっかのあばずれが、キャンドルを灯した食卓でステーキを食べさせて、男を骨抜きにしちゃうの。そして法則五につながるわ。——　遅かれ早かれ、夫はセックスにも飽き始める」　ゲイルは一息つくと、考える。「これで本を書こうと思ったくらいよ。少なくともウェブサイトでも作ろうかしら」

「それは個人的な経験からかい？」

「残念ながらそうよ」　ゲイルはうなずく。「フィルは決して懲りない人なの。私が妊娠した時でさえそうだった。いつでも誰か相手がいたわ。いつもよ」　ゲイルはグラスを見つめる。「私は少し時間を使って、情報を集めて、名前を突き止めたの。そして証拠を突きつけた。『これよ、フィル。今回はどう言い訳するの？』ってね」

「彼はなんだって？」

「すごく攻撃的になる時もあったし、泣き叫ぶこともあったわ。でも大抵は取引を申し出るの。―　もし私が友達や両親と会わないなら、自分も女と別れるって。というのも、浮気の原因は、私が友達や両親と会いすぎて、―　妻や母として失格だからですって。そしてまた堂々巡り」

「友達や家族を捨てなきゃ、浮気をやめないっていうのか」

「一度、そうしたことがあったの。友達と連絡を取らず、家族とも会わず、家事に専念した。―　でもやはり別の女を見つけたの。その時は、一緒にいても楽しくないって言われたわ。―　私が興味があるのは家事だけだからって。いったい何を言ってるのか、すぐには理解できなかった」

「じゃあ、男はどうすれば妻の浮気を知ることができるのかな？」

「マイケル」　ゲイルは笑う。「これはロケット科学じゃないの。奥さんの浮気をしてるかどうか知りたいなら、強い見方は電話よ。私は毎日リダイヤルで電話をかけてみた。半分は女が電話に出たわね。私の友達が出たことも一度あった」

「絶対に本を書くべきだよ」

「二年前の夏、私が子供と一緒にシアトルで過ごした時、フィルにブリッジスポートの自宅に毎日電話しろと言われたの。――　だから電話したわ。毎晩、家に電話したら、毎晩フィルが出た。――　とっても優しくて、今テレビで何の番組をやってるとか、向かいの家のご主人が、芝を刈ってるとか話すの。事細かくね。だけどそれで、フィルは家にいないと直感したの」

「そうかな？　完璧のように聞こえるけど」

「ええ、完璧すぎるのよ」　ゲイルは言う。「ピンと来て、電話会社に電話して、私の番号から家へ電話をかけると、どこへ転送されるのか訊いたわ。思ったとおり、オペレーターはフィルの秘書のアパートにつながるファクス回線の番号を教えてくれた。まったく大したものよね。フィルの浮気の才能は驚異的だったわ」

「だった？」

「いえ、おそらく今もそう。でも、もうどうでもいいの。こういうことって、本当に消耗するのよ。　誰かさんの浮気の証拠を掴むたびに、――　自分に何が残ると思う？　自分の家庭が、自分が払ってきた努力に値しないものだと知るために時間を費やしたも同然なのよ。これからは無視するわ」　ゲイルは天井を見つめる。「私も浮気をしてやろうかと思ったけど、うまくいかなかった。自分で自分が嫌になるの。この何年ものあいだ、フィル以外では、あなたが初めてよ」

「なあ、どうしてあの懐かしいスカンジナビアの窓拭きを探さないんだ？」

しばらくのあいだ、ゲイルは僕をじっと見つめる。「レオナルドに探せると思う――？」

「エリック・フェンスターを？」　僕もゲイルを見る。「レオナルドならできる、それって名案じゃないか！」

少しの間、ゲイルは僕を見つめる。「ねえ、あなたって本当にいい人ね」

「いい人は、貧乏くじを引くのさ」　僕は言うと、ワインをひと口飲む。

「でもね、だからこそ―」　ゲイルはTシャツを頭まで捲り上げる。「いい人は、いい人なのよ」

時計は十一時十五分を指す。愛し合ったあと、ゲイルは僕から十数センチ離れたところで眠っている。僕のことをエリックと呼んだことに自分で気づいただろうか。彼女が夫の元へ戻る前に、注意した方がいいかもしれないな。こんな呼び間違いを、快く思いはしないだろうから。

僕はゲイルの身体を見下ろす。ほっそりとして滑らかな身体、丸く形のいい胸。ゲイルの身体はどこかリンダと似ていた。そしてゲイルの愛し方も数年前のリンダと似ていた。

僕は天井を見つめる。僕はたぶん「浮気のお返し」と言われることをしているのだろう。一日一度のセックスと比較セッション。「私、それ本当に好きよ。フィルは私が何が好きかなんて一度も訊かなかった。奥さんもそれが好きだった？　好きじゃない？　好きじゃない人がいるなんて信じられないわ」

ゲイルと愛し合うと、僕はばかげた絶望感に襲われる。―　まるでスポーツクラブですべてのマシンを一度は試さないと気がすまない健康オタクみたいだ。「新しい電子ローイングマシンは悪くない。でも、胴回りのツイスターを試したか？　ラット・シェイパーの隣にあるやつさ」

そして今、すべてのマシンを試して、僕はここに横たわっている。くたくたでシャワーをすぐにでも浴びたい気分だ。明日も、同じスポーツクラブだろう。違うマシンを試すかもしれないが、だが同じクラブだ。今、必要なのはこんなことじゃない。本当に、こんなことじゃないんだ。

僕は目を閉じ、断片的な夢へと彷徨っていく。

聞きなれた声がする。「どんな未来が待ってるのか、もう一度話してくれよ」

アールだ。ベッドに起き上がって、片手に雑誌を持っている。小机の上にはトレイがあり、背の高いペプシコーラのビンと食べかけのサンドイッチが置いてある。「僕は早死にするのかい」

「ああ、そうだよ、兄さん」

アールはにやりと笑う。「どっかのやせっぽちの女と、痴話ゲンカでもするんだろう。違うか？」

「飛行機事故で死ぬんだよ。ケネディが撃たれた直後に」

「誰が撃たれたって？」

「ケネディ大統領。一九六二年の選挙で勝って、一九六六年に暗殺された。兄さんの飛行機が墜落した日さ」

アールはタバコを灰皿でもみ消す。「俺はジェット機に乗ってたのか？」

「軽飛行機だよ。飛行訓練を受けている時、エンジンに問題が起こったんだ。父さんはキャブレターの氷結が原因かもしれないと言ってる。トンプソン農場の畑に墜落したんだ。川の近くさ」

「フレッド・トンプソンのあの荒れた畑で、軽飛行機が墜落して死んだのか？」　アールは首を横に振り、顔を上げる。「まったく、なんて間抜けなやつなんだ、俺は。それより、撃たれて死んだ人のことを教えてくれよ—」

「ジョン・ケネディ。マサチューセッツ州の上院議員だった。選挙戦でリチャード・ニクソンと戦って勝ったんだ」

「マイケル、誰だよそれ？」　アールはサンドイッチにかぶりつく。

かすかにラジオからコーラスが聞こえる。ダブリュー・エル・エス、シカゴー。続いてその後に、ディオン・アンド・ザ・ベルモンツの「ノーワン・ノウズ」が流れる。この曲はいつリリースされたんだっけ？

思い出せない。

僕は暗闇にいる。廊下に誰かがいる。

聞こえるのは囁き声だ。「なんでもないわ。ステイシーが水を飲んでるだけよ」

振り返ると、レイチェルが片肘をついて僕を見ている。顔はベッドルームの窓から差し込む黄色い光で照らされている。「お兄さんのこと、なんて言ってたの？」

「変なんだ。今、兄さんと話したばかりみたいな気がする」

「でも四年前に飛行機事故で死んだんでしょう」

「そうだよ。でも今、兄さんと話してたんだ。ある意味、本当に話したんだよ」

「マイケル、それってかなりヘンよ」　レイチェルは起き上がる。「どういうことなのか説明して」

「できないよ。とてもややこしいんだ」

「わかった、じゃあ推測すると…」　レイチェルの顔がパッと輝く。「分かった！」

僕は彼女を見る。

「あなたが全部、でっちあげてるんでしょ。そうよ、違う？　優しくておつむの弱い、可愛そうなレイチェルをまたかつごうとしてるのね。大学から戻ってこないって言ったくせに、実際には戻ってきてクローゼットに隠れていた時みたいに。電話で長い冗談を聞かされて、それが本当はテープレコーダだった時みたいに。ここに座って電話であなたの話を聞いてたのに、本当はあなたは玄関にいたのよ。あなたとパパが組んで、くだらない悪ふざけをしてるに決まってる―」

「違うんだ。レイチェル―」

僕は目を開ける。

真夜中を過ぎていた。ゲイルを起こさないようになんとかしてベッドからすべり降り、今、僕は道路を一人で歩いている。いや道路ではなく、暗く誰もいない廊下を歩き、建物の最上階へと向かっている。

深く息を吸い、壁やカーペットの化学薬品の匂いを嗅ぐ。靴を脱ぎ捨て、足の下の荒い繊維を感じる。窓の所で立ち止まり、外を見渡す。サン・アントニオの街の上空で、また嵐が起ころうとしている。僕が来てから、おそらくこれで四度目の嵐だ。

窓の外は夏だが、窓ガラスを触ると冷たい。だが少なくとも、僕は感じることができる。明日九時になれば、僕は誘導チェアに座り、過去へと落ちていくだろう。そして数日間―、もしかしたら数か月間、唯一の感覚は視覚と聴覚だけになる。味覚、触覚、そして嗅覚は、温かい真綿の雲の下に覆い隠されてしまう。―　身体から切り離された過去を旅する心には、それがふさわしい入れ物なのだ。

廊下が交差したところで左下を見ると、赤いバーが取り付けられたスチールのドアが見える。無音警報装置だ。とにかくやり通して、現実の世界へ帰ろう。―　この研究所を永遠に去るんだ。過去への旅はもういい。家族や友達を訪ねることもない。レイチェルも、一九六七年の春に立ちはだかる壁へと向かうランナウェイ・トレインも、もう終わりにしよう。

前を見ると、廊下は右側へ曲がっている。廊下の突き当りには壁一面に街を見渡せるスカイボックスラウンジがある。腕時計を見ると、ちょうど午前一時。僕のほかには誰もいないだろう。

スカイボックスへ歩いていくと、稲妻が弧を描いて空を走るのが見える。暗いラウンジに足を踏み入れ、窓際の席に座り稲妻を見る。

「真夜中過ぎの散歩か。パッツィー・クラインの歌だったっけ？」

驚いて僕は振り返る。デニムシャツとジーンズを着た背の高い人影が近づいてきて、僕の傍に座る。縁なしの丸い眼鏡に映った赤味を帯びた稲光がチラチラときらめき、痩せこけた顔立ちを照らし出す。「やあ、ラッセル、こんな時間にどうして？」

「君と同じさ」　コルトレーンは笑みを浮かべる。「嵐を見にきたんだ」

「明日、ロングランをすることになってる。現実を離れる前に、もう一度ここへ来たかったんだ」

「ああ、言っていることは分かるよ」　コルトレーンはうなずく。「そういう気持ちが大きくなって―、おい、見ろよ！」　コルトレーンは空を指さす。「見事な積乱雲じゃないか。強い嵐になりそうだ」

「君の故郷の嵐も、こんなふうかい？」

「ワイオミングに嵐が来るかって？　こんな話があるんだ」　コルトレーンは腕を組み、椅子の背にもたれる。「僕はサーモポリスに引っ越す前、コーディの町外れに小屋を持ってた。1956 年に竜巻がその小屋を吹き飛ばしたんだ。僕は柵にしがみついて、竜巻が道を渡ってやってくるのを見た。そして馬の尻を叩いて、一緒に水路へ逃げた。竜巻はおそらく僕らの 20 メートルか 30 メートル近くを通り過ぎたよ。僕のシャツは背中から剥ぎ取られ、あちこちに切り傷ができた。馬は飛ばされずになんとか地面に留まることができたが、どうやったのか不思議なくらいだ。小屋に戻ったときには、小屋は吹き飛ばされて跡形もなかった」

コルトレーンは少しの間雷を見つめ、話を続ける。

「ホピ族のガス・クアという男が近所に住んでいてね。『クワ』はクァマホンゲワを短くした呼び名さ。

とにかく、僕はこう言った。『ガス、竜巻に小屋を吹き飛ばされた』　するとガスは言った。『コルトレーン、―　あの小屋はなくなってはいない。―　今、そのことは起こっていない』　僕は訊いた。『ガス、じゃあ、いつそれは起こるんだい』　ガスはこう言ったよ。家が消えてしまったという事実を僕が受け入れなければ、そのことは起こらない、すべての可能性は開かれている」

「その考え方は好きだな」　僕は言う。

コルトレーンは眼鏡越しに僕を見る。「ガスは相手によって、人をからかうところがあった。だが彼は以前アリゾナで祈祷師をしていたと聞いていたし、僕は若くて、どんなことでも信じる心を持ち合わせてた。―　だから、信じてみるかと思った。何か起こるか数日間待ってみよう。小屋が戻ってくるのかもしれないってね」

「戻ってきたか？」

「いいや」　コルトレーンは首を振る。「だからそこを売り払って、石油精製所で仕事を見つけたんだ」

幾筋にも分かれて空を走る稲妻が、笑みを見せるコルトレーンの顔を照らす。

「何回かロングランをやったそうだね」

「ああ、やった。二日以内に次が予定されてる」

「ロングランには問題あると聞いたよ。たとえば多重人格が現れることがあるらしいね」

「多重人格がどうして問題になるのかね？」　コルトレーンは悪戯っぽくにやりと笑う。

「チームで仕事をしてると、もっと多重な人格が現れることがあるだろう」

「僕はチームプレイヤーじゃないんでね」　話題を変えることにした。

「このドリーマープロジェクトに関して、まだ疑問に思ってることがあるんだ」

「たとえば？」

「そうだな、今まで何回か過去を旅した。ロングランではないけどね。だけどいつも同じ時代に帰ってしまう」

「なにか理由があるんだろう。女性が関係してるのかな？」

「かもしれない。そのころ彼女がいたんだ。彼女の存在が僕の中で大き過ぎたんだろう」

「それが原因らしいな」コルトレーンは頷く。「まるで魔法のような力を持ってる女がいる。どこにいたって、その女のもとへ帰ってしまうんだ。妻もそんな女さ」彼は胸の前で両手を組む。「僕たちはサーモポリスを南へ数キロ離れたところに小さな牧場を持ってる。チャンスがあれば、すぐに私はそこへ帰ってしまうんだ」

「奥さんはひとりで牧場を切り盛りしてるのか」

「いいや」コルトレーンは深く息を吸う。「一九八五年の夏、ガスの言葉を借りれば、妻は「存在すること」を止めた。だから私は一九八五年以前の妻に会いに行くのさ」

「それは気の毒だった」

「いや、大丈夫さ。―　過去トリップで会える」コルトレーンは言う。「君はいつもどこへ戻る？」

「ほとんどの場合、一九六〇年代だ。実を言うとね、僕は仕事のために当時のデータを集めにきたんだ」僕は首を振る。「だが、一ヶ月して、長い間押し殺してきた記憶を取り戻し始めている」

稲妻の光がコルトレーンの顔を照らす。「さっきも言ったが、それには理由があるんだよ」

「あれこれと考えたよ」僕はコルトレーンを見る。「当時の人生を見ていると、まるで初めて経験することのような気がするんだ。他に言いようがない。どんな小さなことでも、何かを意味しているような気がする」

「人生には、常に意味がある」　コルトレーンは言う。「誰にとっても、どこにいてもね」

「ああ、それにあの頃にいるとすごく楽しいんだ。できれば向こうで、ハンバーガーを味わい、焚き火の匂いを嗅ぎたい。それに——」　僕は一瞬言葉を切り、思考を制御する。「感じてみたい。もっと言えば、あのころ感じたように感じたい」

「まず、過去は、現在で目にするものと同じくらい『現実』なのだと理解する必要がある」　コルトレーンは僕が理解するまで、一瞬間を置く。「そして君の人生の過去を、現実だと君が受け入れた時、過去も君を受け入れる」

「ラッセル、君が何を言っているのか、さっぱり分からない」　僕は言う。「でも、なんだかすごいことのような気がする。」

「そうだな」　コルトレーンはソファから立ち上がりながら言う。「もう行くよ。楽しんできてくれ。明日会えない時のために言っておくよ。ガールフレンドによろしく伝えてくれ」　彼は微笑む。「もし覚えていたら、な」

コルトレーンが立ち去ると、雲が水滴になって街に落ち始めた。どしゃぶりの雨のなか、下に広がる街路が滲んでいる。


経験を重ねたトラベラーらしく、僕はいとも慣れた様子で誘導チェアにすべり込み、看護士がセンサーを頭に取り付ける間、黙って座っている。

「長い間向こうへ行くことになりますから、喉が渇かないように、これを使いましょう」　看護士は静脈点滴用のバッグを提げたスタンドを椅子のそばに引っ張ってくる。

「点滴が必要なのか？」　僕は尋ねる。僕の声はまるで機械の音のように響く。

「食べ物を摂らないで過ごすには、四十八時間は長すぎます。それに——」　彼女はゴムのバンドを僕の腕に巻く。「電解液を安定にしておきたいんです。手を握って」

言うとおりにすると針が注射されて、食料と水の補給装置に接続される。「ロングランでは点滴を使うようにしてるんです」看護士は明るく言う。「医師が薬を投与すると決めた場合でも、注射する必要がありませんからね。―すでに腕に流れている液に追加すればいいんです。簡単でしょ?」

「簡単だね」眠っている間に、何を点滴に入れるんだろうと、一瞬だけ疑問に思う。もちろん僕は無条件の委任書にサインしているので、今さら心配したところで、どうしようもないのだが。だけど―、「オーケー。どんな薬を投与するんだい?」

「薬ですか?」看護士が心電図のプローブを足首にセットしながら言う。「ロングランでロックアップしてしまって、筋肉弛緩剤が必要になる人がいるんですよ。もし向こうであまり楽しいとはいえない経験をした時は、弱い安定剤を投与します―」彼女は言葉を止めて、僕の胸に金属のディスクを何枚か貼り付ける。「心拍数が高くなりすぎた時は、ベータ遮断薬を投与します。呼吸停止や心臓停止になった時には―」

「もういいよ。だいたい分かった」

「いろんな薬ですよ」彼女は言うと、心電図モニターのダイヤルに向き直る。

「テリは、刺激的なものが好きなんです」レオナルドが言う。「ここに来る前は、サン・アントニオ心的外傷センターで働いてました」

「いつか私も過去に戻ってみたいわ」彼女は手を止める。「過去のすべてが現実で、今がすべて夢だと思うんじゃないかしら」

「テリはよくサン・アントニオをダラスと間違うんですよ」　レオナルドは意見を述べる。「実を言うと、これは国防総省の最高機密なんです。過去で見るものは何一つ現実ではありません。―　目の前のこれさえもね。実は誰かにLSDを注射されてるんです」

「もう、レオナルドったらー」　テリが言う。「その映画見たわ。『洗脳者』でしょ。CIAはある男に誰かを殺させるため催眠をかけるのよね。でしょう?」　彼女は僕に笑いかける。「ここではそんなことしませんよ」

「想像力が足らないなあ」　レオナルドは一瞬黙る。「テリ、スクリーンの心電図を見て。シグナルは順調だ」

「ねえ、君たち」　僕は聞く。「ロングランでフラットラインになったドリーマーはいないって確かかい?」

「僕のシフトの時にはいませんよ」

「ああ」　テリが言う。「コルトレーンさんの時は心配しましたが、あれはコンピュータの問題だったと思います。センサーが彼のシグナルを正常にキャッチしなかったんです。ケラーさんの時に起こったのも、同じことです」

「ゴンキュレーターの不発です」　レオナルドが肩をすくめる。「第十ラボの古い大型コンピュータが少しの間動作を停止したんで、シータがシグナルを見失ったんです。コンピュータがイカれたっていう話が一番信憑性が高いでしょう」

「何が原因だったんだ」

「分かりません。黒点かニュートリノの染みか、あるいはボゴンアタックか高アノマロン流か」　レオナルドは眼鏡を押し上げる。「おそらく、どっかのお偉方が電源コードに躓いたんでしょう。なんにせよ、何かの理由でコンピュータが停止し、ショーは取り止めになった」

「じゃあ、問題を抱えて帰ってきた人はいないんだね」

「裁断されて戻ってきたっていうことですか」　レオナルドが尋ねる。「いません。でも国務省から来た男が多重人格を持つようになりました、まるでラッシュアワー時のロサンゼルスみたいになって、帰ってきたんです」

「レオナルド、あの人は多重人格になったわけじゃないわ」　テリが言う。「そんなことになった人の話は聞いたことがありません」

「オーケー」　レオナルドは言う。「でも彼が帰ってきた時に、コアの人格が捨て去られていたのは確かです」

「その映画も見たわよ、レオナルド」　テリが苛立たしそうに言う。『私が六歳のころ』ね」　彼女は戸棚から白い紙の包みを取り出す。「ミッチェルさん、カテーテルはあなたが向こうへいくまで待ちましょうか」

「それがいいな」

「だいたいの人は待つと言いますよ」　彼女は言うと、カウンターの上に包みを置く。「誘導の前にカテーテルを入れたいと言ったのは、オットーさんだけです」

「そうだろうね」

「オットーさんは、とてもいい人ですね。第十二ラボで明日七十二時間のランを始めるんですよ。三日間も向こうに行くんです。大したものですね　また奥さんに会いにいくんでしょう」　テリは一歩後ろへ下がる。「さあ、ミッチェルさん。配線も済みましたから、出かける準備はすべて整いまいした。向こうで不愉快なことがあったら、いつでもコールしてください。ミダゾラムを投与します」

「待ってくれ、それは—」

「健忘剤です」　テリが言う。「記憶している出来事を抹消する選択薬です」

「ええ」とレオナルド。「ある十年間がお気に召さなかったら、テリが処理してくれます」

「レオナルドったら」　彼女はレオナルドをすばやく見る。「ミダゾラムは非常に安全な薬です。特に、副作用がありません。セッションで見たものをただ忘れさせてくれるんです」

「永遠にね」　レオナルドが口を挟む。「僕はそれを使って、高校一年生の一年間をすっかり抹消しました」

「この人って、最低ですね」　テリが首を横に振る。「ヘルメットと喉頭マイクを、今着けますか？」

「特別なものが必要になることはないと思う」　そういう僕の目は、プラスチックの点滴袋を見つめている。パウンドストーンは経験を除去することができると言っていたが、このことなのか。僕の過去を消し去る力を彼らが持っているという考えに圧倒される。部屋が暖かくなるのを感じる。暑いほどだ。

「まあ、ミッチェルさん。心拍数が百を超えています。取り止めますか？」

「いや、いや大丈夫だ。行こう」　ヘルメットが頭にかぶせられると、鼓動が収まっていくのを感じる。

「マイケルは大丈夫さ」とレオナルド。「ここにいる誰よりも冷静な男だからね。心拍数が百十以上に上がったことはないんだ」

レオナルドは正しい。僕は冷静な男だ。セラミックのマイクが喉元に取り付けられ、その冷たさに安心感を覚える。テリはあの薬を健忘剤と呼んでいただろうか。こういうものにしてはおかしな名前だ。その訳の分からない薬を彼らが投与する理由を何があっても作るものかと、僕は決意する。絶対に。

暗闇が訪れる。そして二つの緑の光が瞬き始めた。

「いつもの手順は知ってますね」 レオナルドが言う。「目を閉じたまま、左を見て、右を見て、上を、下を。― 次のナンシーおばさんの―」

「レオナルド」 看護士がたしなめるようにぴしゃりと言う。「いい加減にしないと―」

「いい瞳孔反応が出ています。青い円を想像して、次に黄色い四角を。百から七つおきに数を数えて―、いいですよ。どうもありがとう。全プロセス完了。生命維持機能作動。ビッグアイロンは起動して作動していますし、テリはカテーテルを手に待っています。カウントダウンしますか?」

もちろん

「十、九―」 カウントダウンが始まり、僕を過去へと連れ戻す天使のコーラスが聞こえてくる。

「八、七―」 数が進むにつれ、体が軽くなる。いや、軽くなっているのは思考かもしれない。

「六、五、四―」 振動が始まり、天使が僕を抱き上げ、すべての拘束から解き放つ。頭の中で僕は鐘の音を聞く。

「同調完了。三―」

天使が僕を地上から連れ出す時、彼らの羽からの風を感じるられるような気がする。

「二、一、〇。いい夢を」

体が沈み込み、僕は星の中へと落ちていく。

一八　窓

一九六六年から一九六七年の薄暗い黄色い冬の日の写真へと僕は落ちていく。写真は一列に並び、闇と光の帯で縁取られている。それぞれが一日なのだろうか。多分そうだろう。写真を一枚一枚眺めて、素っ気無い学生寮の部屋に目が止まる。―部屋の隅には本が積んであり、黒いリボンがついたロイヤルの青いポータブルタイプライターが机の横に置いてある。ルームメートのジャックが一心に何かに没頭している。近くには「ディベート戦略」という本が置いてある。

ここから見ると、ジャックの映像は粒子が粗い。―　明るい茶色の短髪も、べっこうの縁のガラスも、索引カードの束を調べている真剣な表情も、ようやく見分けられるほどだ。

しかし近づくにつれ、ジャックは実体を帯びてくる。明るい色のズボンをはき、この季節には全く不釣合いの緑の半そでシャツを着ている。

電話が鳴り、ジャックが取る。

「ミッチェル、お前にだよ」　ジャックは僕に受話器を手渡すと、机に向き直る。

「ハイ、私よ」

最初、僕は誰の声だか分からなかった。長距離電話だと、彼女の声はありえないくらい若く聞こえる。

「やあ、レイチェル。どうしてる？」

「元気よ」　彼女は言う。「減った体重はすべて戻ったわ。でも戻った分がすべてお尻にいっちゃったの。信じられる？」

「素敵になっただろうね」

「聞いて。パパがウェスラヤンに二階建ての家を見つけて、引越業者が水曜日に来るの。浴室が二つあるのよ。六人家族にとっては便利な家なの。それでね、私のベッドルームの窓は通りに面しているから、家の前で起こってることを観察できるのよ」

「楽しそうだね」　ジャックを振り返ると、今度はディベートのノートの山に取り組んでいた。

「だから今週末には家に来たほうがいいわよ。チェロキーの町を見る最後のチャンスになるから」

「行けるかどうか分からない、レイチェル。―　金曜の夜、両親と夕食の約束をしたんだ。土曜の朝にはそっちへ向かえるかもしれないけど―」

「お父さんたちと一緒に夕食を食べるのは大事だけど、私もあなたに会いたいの。ねえ、ほかにもあったのよ。パパとママに、あながた短パンを、―　つまりカットオフをはけば、一緒にベッドに入ってもいいかと訊いたの。そしたら、いいって。もちろん私がシャツとズボンをはいて、何もしないって約束したらね。もちろん私たちが結婚するまでよ。それってすごくない？　パパとママはあなたを家族の一員だって認めたのよ。どう思う？」

「すごく嬉しいよ」

僕がそのシーンを離れ上昇すると、シーンは広がる空間に刻まれた点となる。前方をスキャンし、金曜の午後へと降りていく。父親が、故障してばかりいたフェアレーンのジェネレータをいじっているのが見える。厚紙と紙バサミで直そうとしている父親を僕は見つめる。夕暮れ時で、母親と祖母がテーブルの準備をしているのを眺め、チキンの揚げ物に挑戦している自分自身を見る。テレビのニュースが視界に入ってきた。―　ベトナムでの戦闘は続き、多くの犠牲者が出ている。

父親がテレビのボリュームを上げ、僕を見て、そして視線を逸らす。心配しなくていいと父親に言ってやりたい。―　軍に徴収されるまで、あと三年ある。それに僕は生き残った。

眼前に僕の人生が広がっているのが見える。― 両親との時間、次の朝、チェロキーまでの長いドライブ、そしてレイチェルの家族と過ごす時間、― その向こうにもずっと、地平線まで続いている。

思考の船を金曜の夜に上陸させようと決める。― 食卓での映像の中に落ちていき、適合を待つ。すると柔らかい音がして、僕はシーンの中に入ったと告げる。今は、シーンの中にいる。

何かが動いている。母親の声が、話の途中から聞こえてくる。

「― どうして今結婚しなきゃいけないのか分からないわ」 母は僕を見る。

「まさかレイチェルは―、つまり―」

「いや、レイチェルは妊娠してないよ」

「確かなの？ クリスマス前に家にきたとき、太ったように見えたけど」 母や祖母の方を振り向く。

「おばあちゃん、そう思わなかった？」

「ううん、分からなかったねえ」 祖母は言う。「あの子のズボンは少しきつそうだったけど、それが最近の若い子の着方なんだよ。ジーンズをはいてから風呂につかって、わざとジーンズを縮めると聞いたよ」

「それどころか、お母さんが会った時、レイチェルの体重は減っていたんだ」 間をおいて僕は言う。「医者は四キロも減ったと言ってた。だけど今は体重が元に戻ったと言ってたよ。また太りすぎたと気にしてる―」

「じゃあ、体重計のせいだろう」 チキンにグレイビーをかけながら、父親が言う。「二つの体重計が同じ体重を表示する見たことがないからな」

「ポテトサラダがいけなかったんだ」　僕はカラリと揚がったチキンのももに手を伸ばす。「ピクニックで出たポテトサラダを食べて、食中毒にかかったんだ」

「悪くなったポテトサラダかね、あれはヒドイよ」　祖母が淡々と言うと、眼鏡越しに僕を見て続ける。「マイケル—」

「なんだい、おばあちゃん?」

「あの子は料理ってものを知ってるんだろうね?」

「そう思う。いつもビネガー付きの魚のフライを作ってる」

父親の顔に笑みが広がる。「楽しい人生が待っていそうだな、マイケル」

「レイチェルはデイリークイーンで働いていたんじゃなかったの?」ママは言う。「ハンバーガーくらい作れるでしょう。ビネガー付きの魚のフライなんて聞いたことないわ」

「マイケル」　祖母が言う。「明日、向こうへ行くなら、弁当を作ってやらなきゃいけないようだね。コールドチキンを持たせるよ。多分週末いっぱい持つだろう」

「ありがとう、おばあちゃん。でも大丈夫だよ」

「私はいつもレイチェルが好きだったわ」　数分たってから母親が言う。「去年の夏、あの子が家へ来た時、マイケルはブレンダと出かけていて、レイチェルは本当に寂しそうだった。かわいそうだったわ」　母は僕を見る。「マイケル、あなたはあの子を大事にしてなかった」

「ママ、僕は結婚を申し込んでいるんだよ」

「それでも、大事にしてなかった」　ママは言う。「あの子、あなたを諦めたほうがよかったのよ」

「でもあの時はレイチェルと付き合うつもりはなかったんだ。レイチェルと付き合う前は、ブレンダと付き合っていたんだよ」

「じゃあ、二人と付き合っていたのかい？」　祖母が顔を上げる。「何か私が誤解してるかね？」

「ブレンダはいい子だったわ」　母親が言う。「本当に礼儀正しくて、いつも私にちゃんと挨拶をしたし…」

母親の話を聞きながら、イメージが流れていくのを見つめる。四月の土曜の朝、ピアノで『キャスト・ユア・フェイト・トゥ・ア・ウィンド』を弾くブレンダを見つめている。コリンズ公園の散歩、彼女の家のプールで、エアマットレスの上で星を見上げて過ごした夜。あの夜、ブレンダはトップレスで泳いでいて、最後には裸になった。

「レイチェルもいい子よ」　母親が言う。「でも静かすぎるわ」

ブレンダの映像は消え、レイチェルの映像に変わる。――　フロントガラスに足を押し付けるレイチェル。祖父のコメットで町中を無免許運転するレイチェル。町の広場で二人が付き合い始めたのを祝ってあげたロケット花火、――　そして病院のベッドで衰弱して、青白くて、怯えている最近見たレイチェル。

「――　あの子を家に連れてきた時も、あの子はただそこに座って、一言も口をきかなかった」　母親が首を横に振る。

「多分話したくなかったんだよ」　祖母が助け舟を出す。「そういう人はいるさ」

「そういう子なんだ」　僕は一息つくと、テーブルを見回す。「レイチェルはおとなしい子なんだよ。とても、とってもおとなしいんだ」

十九　リプレイ

僕は宝石店のカウンターに立っている。店員の後ろには『ウィンスラー・ジュエリー　最高級ダイヤモンド』の文字が見える。そのそばにはありえないくらい美しいブレンダ・レイシー・タイプの女の子が、ありえないくらい長いウェディング・ドレスを着ている。今の、つまり未来の広告と大して変わらない。

いつでも同じだ。

「これを見せてくれませんか」

「かしこまりました」　店員は奥へ引っ込むと、青い小さな箱を持って戻ってくる。店員が箱を開け、僕は六サイズの金の指輪を見る。四つの爪でダイヤモンドが留められている。箱の上には、小さな文字でこうあった、『オレンジ・ブラッサム』

「たった三十五ドル八十セントですよ」　店員は微笑む。

「わかった、これにするよ」　札入れを開けて、二十ドル札を二枚、カウンターへ置く。一時間後、僕はウェスラヤンに向けて、南へと車を走らせている。一月の太陽の下で、気温が安定しているのだろう。―　車の窓は開けられ、コートのボタンは外されている。ミラーに目をやると、長い髪が後ろへと流れている。―　いかにも六〇年代風の若者だ。

ミズーリ川沿いの低地にあるブランズウィックという小さな町の大通りの交差点で停車して、風に吹かれた砂埃、葉、紙くずを舞い上がるのを僕は見る。歩道を歩いているのは、冬服を着た子供たちだ。道路わきには、一九六〇年のビンテージのフォードとシボレーが何台も停まっている。

信号が青に変わり、僕はクラッチを離し、運転を続ける。町を離れる頃に、スピードメータの赤い針が七十を指しているのを僕は見る。風の音が強くなり、僕はラジオをつける。セントルイスの中古車のディーラーのコマーシャルに続いて、曲が流れる。『トゥー・マッチ・トゥ・ドリーム・ラストナイト』。この曲が発売されたのはいつだったか。考えようとするが、できない。レオナルドをコールしようか。

やめておこう。それより音楽を聴こう。マシンに座って、自分の瞳の中に浮いているだけなのに、顔に吹き付ける風を感じられるような気がする。―硬いプラスチックのハンドルを感じることができるような気がする。左に曲がって、ミズーリ・リバー橋へ続く道を南へ下っていく。僕は夢の中で辺りを見回し、一月の風景が視界の端へ向かって行き、消えて行くのを見る。―乳白色の空の下、一列に並んだ茶色、黄色、褐色がどこまでも続いている。川の南に来ると、地形が平らな低地から石灰石と花崗岩の丘へと変わっていく。国道に入るときには、太陽は地平線に近づいていた。僕は日除けを下げて、目を覆う。

ギラギラとした夕日に向かって、高速道路を西に向かう。―ここは一体どこなんだろう？　とにかく、ここが現実であることは間違いない。―僕が見て、聞いていることなのだから。―視覚と聴覚だけではあるけれど。

もちろん世界は見た目よりずっと複雑なものだ。僕が見ているものすべてが、微小な断片で分割されたいくつもの静止した出来事だとしたら。その出来事をひとつひとつ通り抜けて、僕は僕の『時』を創り上げる。いくつものスナップ写真、思考を記録した写真、すべてを一列に並べて、映画のフィルムが出来上がる。三十年以上前に見た写真をまったく同じ写真を、もういちど僕は見返している。

だが三十年以上前に、これと全く同じ道を僕は通った。世界は、――つまり神は、――物事が再び起こることを許すだろうか？現在からの侵入者を、一九六六年の神はどのように思うだろう。もっと言えば、僕の過去の記録バンクの中に、神は存在するのだろうか？それとも、起こると決められたことだけが起こる場所に僕はいるのか？今になって、僕がどうしてここで何の意志も持たないのか、なぜ観察者としてだけ存在するのか分かった。何も変わることのないデッド・ゾーンに僕はいるのだ。変わることのないフィルムのように、この場所は頭の中に存在する。未来から来た人にとっての現在がそうであるのと同じように。

そして、なぜか誰かが僕と一緒にいて、幾つもの映像を通して、運転する僕を見つめているような気がする。未来から来た誰かが、僕を見つめているのか？このデッド・ゾーンの住民は、僕は彼らの仲間ではないことを知らないのか？

プリマス・バリアントが僕のフォードを追い越し、僕の前へ割り込む。ハンドルを握っているのはブロンドでタバコを吸っていた。

こんなことを考える。――ブロンド女の目の奥に、未来から来た誰かが浮かんでいて、その誰かは、一九六六年の世界で、自分の人生の一部分を構成する瞬間の絶え間ない連続の中を通り抜けているとしたら？

世界を再体験しているのは僕だけなのか？　それとも、ここには他にも誰かいるのか？彼らは、僕と同じように自分のいる世界から誰かを訪れて、歌やラジオ、車や天気の情報を未来へと送っているのだろうか？

もしここに、他にもトラベラーがいるとしたら、僕には彼らを見分けることができるだろうか？　もしできるとしたら、どうなんだろう？

どうってことはない。なぜなら僕が見ているのはすべて、僕の思考から来るものだから。光り輝く高解像度の毎秒千六百角形のリプレイだ。僕は自分のデジタルディスクの中にいる。それがすべてだ。

ハイウェイを降り、チェロキーでの最後の週末を過ごすために南へ向かう。

不意に、まるで誰かがスイッチを切ったのように光が消えて、僕は別の時間と場所へジャンプする。見下ろすと、二本の平行線が暗闇の中に消えていくのが見える。僕の前には、二つの人影が見えて、二人が持っている懐中電灯の光が、枯れた低木と線路の茶色い石炭殻に黄色く丸い光を投げかける。ここがどこなのか、僕には分かる。―エバンと妹のパミー、そして僕がもう少しで列車に轢かれそうになった一九五九年二月のあの夜だ。

背の低いほうの人影が空に懐中電灯を向ける。僕は空を見上げ、おそらく頭上三十メートルはある雲の天井に灰色の楕円形の光が当たるのを見る。「ミッチ、あれみて！」　パミーが言う。「空が落ちてくるわ！」

彼女の言うとおりだ。空が地上に向かって落ちてくる。

パミーの兄は薄いジャケットを脱ぐと、丸めて脇に挟む。「なあ、暑くないか。焼けちゃいそうだよ」　覚えている。もう数キロ歩くと、エバンは発熱のせいですっかり疲れ、座り込むことになる。そして、夜の闇が濃くなる中、パミーは助けを呼びに走り、後にエバンと僕と、近づいてくる列車が残される。

また一瞬暗闇になり、パミーとエバンが消えた。

しかしまだ夜だ。隣にいる誰かが空を指差し、僕は細い三日月を見る。三日月の周りは、一面に星が瞬く漆黒の夜空で、そこにはやわらかい羽のような絹雲が浮かんでいる。眺めていると、羽の絹雲は先端でカールし、そりの刃のような形になる。— 地上を遠く離れた、流れていく氷の結晶だ。もうひとつの青白い絹雲の羽が月の前を横切っていき、そこにかすかな赤、緑、黄色の帯が見える。夜空にかかる虹だ。

「あの星を見た？」 レイチェルは手袋をしたまま頭上をまっすぐ指差す。「あれは木星。そして土星があの辺りにあるはずよ」

またタイムシフトだ。

何も感じることはできないが、歯がカチカチと鳴るのが聞こえ、筋肉が収縮するのが感じられる。外は寒いのだろう。ここがどこであっても。

「なあ、レイチェル。いつ家に帰るんだい？寒くて死にそうだよ。それに車のヒーターは壊れてる」

「マイケル。こんな夜空が見えるのよ。夜空が大事だと思わないの？」 レイチェルは、理解できないと言いたげな苛立ちの表情を浮かべる。「付き合い始めたころ、私は科学を勉強すると約束したじゃない。それなのにつまらなそうにするなんて」

「もしバッテリーが凍ったら、こんな何もない場所で立ち往生するんだよ」

「マイケル、あなたって子供ね。ここは何もない場所じゃなくて、ミサイルの格納庫よ。それにパパにここに来るって言ってあるわ。もし真夜中までに戻らなければ、パパが探しに来るはずよ」

夜気のなか、レイチェルの息が見える。今夜は本当に寒い。

「レイチェル。そろそろ十一時だ。明日は早起きして、大学に戻らなきゃいけない」

「もうすぐ帰るから。犬の星座を見せようとしてたの。あのへんにあるのよ。多分、木の近くよ。あった！」

「分かった、分かった。見たよ。犬の吠えるのも聞こえた。レイチェル、本当に、本当に凍えそうなんだ」

「マイケル、私がしないことってなんだか知ってる？」

「なんだい」

「そんなことに耳を貸さないの。星について学ぶほうがもっと重要よ。私にバカな子になってほしいの？　去年の夏、あなたは言ったわ。ブレンダ・レイシーは大学へ行って美術と化学のクラスを取って―」

ロック。家に電話する時間だ。

「レオナルド、そこにいるかい？」

「もちろんです、マイケル。バケーションはどうです？」

「さっきジャンプしたよ。僕がどこにいるか知りたいだろう？」

「いつも知りたいですよ。瞳孔計を見ると、そっちは夜で、あなたは何かに非常に興味を抱いてると分かります」

「今は夜だ。田舎道に立っている。―　ミズーリ州ウェスラヤンの八キロ南だ。確実に今は冬だ。―　えーと、僕はコートを着ている」

「そのほうがいいでしょう。インフルエンザにかかって帰ってこられては困りますから。音楽が聞こえますか？」

「いや、でも星の位置が分かった。木星は東に、土星が西にある。そして西南に三日月が見える」

「木星と土星と三日月ですか。　ウェスラヤンの緯度を考えると、一九六七年冬の真夜中だと断言できます。多少の誤差はあるかもしれません」

「それ以上のことは分からないか？」

「マイケル、テクノロジーにも限界はあります」

「分かった。僕は翌朝、大学に戻らなくてはいけないので、日曜の夜だと思う」

「それはいい情報です。オーケー。封筒をください。あなたの謎の日にちは…一九六七年一月十五日。もし僕が正しければ、コートのボタンをはめておいたほうがいいですよ。気温がマイナス七度まで下がりますから。絹雲も見えるでしょう。前線が近づいているからです」

「ありがとう」

「そうだ、マイケル、『デイ・イン・ザ・ライフ』というビートルズの歌を覚えてますか？」

「もちろん」

「彼らは来週の水曜日あの曲を録音しますよ。もちろんあなたの時間帯でね。数十年後で会いましょう」

数分後、茶色い泥道を照らす自分の車のヘッドライトの白い光を僕は追いかけて運転している、凍った轍の真ん中をタイヤが走るように気をつけながら。厚着をして顔しか見えないレイチェルは、僕の脇にくっついている。どういう理由からか、サイドの窓が開け放してある。おそらくフロントグラスの内側につく霜を防ぐためだろう。機能的とはいえない自然のデフロスターをつけた車を持つことがどんな感じだったか忘れていた。僕が腕をレイチェルに回すと、レイチェルは冷気に震えながら、僕に寄り添ってくる。

車はターンし砂利道に入ると一車線の橋を渡りまた砂利道に戻る。ハンドルを握る手に力が入り、曲がり角で車は加速する。

前方の道へ車を後ろから入れると、ボブ・ドミニクが見える。

ロックだ。

「レオナルド」

「もうお帰りですか？今夜は一体どんなコーディネートなんです？」

「分からない。年ごと、時間ごとにジャンプするんだ。まるでジェットコースタみたいに」

「そうみたいですね。おそらくコーヒーの飲みすぎでしょう。次回はノーカフェインにしてください」

「鞭打ち症になりそうだ。これって正常なんだろうか」

「いまさら正常にどんな意味があるんです。記憶がなぜか同じ場所に保存されているか、あるいは似ているアクセスコードを持ってるんでしょう。時間酔いになったら、コールしてください。じゃ」

シーンのロックを解除する。薄靄は晴れた。ボブ・ドミニクは、ベス・コーラのボトルが置かれたダイニングルームの食卓に座っている。いつもの白い半袖シャツとグレーのスラックスだ。指にはタバコが挟まれている。ボブの隣、僕の向かいに座っているのは妻のワンダだ。ワンダは茶色い髪を短く切り、デニムのシャツを着ている。彼女は道路地図を見ているようだ。

僕はほんの一瞬シーンをロックし、部屋を見渡す。壁は明るい茶色で塗られ、堅木の床には黄色いラグが敷かれ、『最後の晩餐』の絵が掛けられている。間違いなく、ウェスラヤンの新しい家にいるんだ。僕には見えないが、真後ろには、ドアの向かいに階段があるだろう。レイチェルの部屋へ続いているんだ。

これだけは確かだ。僕は一九六七年にいる。だが何月だろう？　窓側の周辺視野をスキャンする。ブラインドは閉じられている。六ヶ月という半径のなかのどこかにいるんだろう。ロックを解除する。

「そして、カントリーとウェスタンの曲しか流れていないころ、ラジオ曲で仕事を始めた」ボブ・ドミニクは言う。

「ハウ・マッチ・イズ・ザット・ドギー・イン・ザ・ウィンドウ…」ワンダが口ずさむ。「この歌、覚えてる？」

「それはカントリーでもウェスタンでもないぞ」ボブはタバコの煙を長く吐き出す。

「そうよ。私のためにいつもこのレコードをかけてくれたわ」

「それは君がラジオ曲に電話をかけてきて、この曲をかけるまでうるさくせがんだからだ。そこで曲をかけると、君以外の町の住民全員から文句の電話がかかってきた」ボブは椅子にもたれると笑った。「そういう時代だったんだ」

「あの牧師の奥さんを覚えてる？」まだ地図を見ながらワンダが言う。「『シックスティ・ミニット・マン』をかけてくれとあなたに頼んだ人よ」

「覚えてないな」ボブが言う。

「ボブったら、覚えてるはずよ」　ワンダが顔を上げてボブを見る。「ウソつかないで」

「ワンダは私の全人生を把握してる」　ボブは僕を見る。「私が何をしていたか、私自身より知ってるんだよ」

ボブは深くタバコを吸い、灰皿に置く。「ラジオの仕事は楽しかったが、新聞社での仕事のほうがさらに楽しかった。六ヶ月の間求人広告や死亡広告、社説まで経験したよ。もっとも、新聞の発行部数はわずか一万だったがね」

「あなたは新聞社での仕事を嫌がってたわ」　ワンダが地図の道路を指で辿りながら言う。

「あれは社説のせいだ。あれが原因で辞めたんだ」　ボブは僕を見る。「はじめに一杯やらないと社説を書くことができなかったんだ。ほどなくして求人広告を書くときにも一杯やらずにはいられなくなった。そして医者に、解毒作用を行う肝細胞がほんの一片しか残ってないと言われた。それで怖くなって新聞社を辞めたし、それ以来一滴も飲んでない。それがきっかけで、説教をするようになったのさ」

「お金より大切なことがあるわ」　地図の上に線を引きながらワンダが言う。

「そのとおりだ」　とボブ。「偉大なる詩人、W・T・グラントが言うように『感情が第一』だ

「あなた、それはE・E・カニングスよ。W・T・グラントはデパートでしょ」

「W・T・グラントも何か大事なことを言ったはずだ」　ボブはワンダを見る。

「たぶん『売り上げが第一だ』かな」

「あのねー」　ワンダが地図をテーブルの中央へ押し出す。「マイケルがこの道路を通ってカークスヴィルへ帰れば、おそらく一時間は節約できるわ」　ワンダは僕を見る。「授業が八時三十分から始まるなら、月曜の朝六時三十分にここを出れば間に合うでしょう」

「本当ですか？」　僕が尋ねるのが聞こえる。

「確かよ！」　ワンダは地図を指差す。「国道ではなく、コンコーディアで北へ向かって。そして高速十一号線に乗るの。まっすぐカークスヴィルにつながるわ」

「覚えておけよ」　ボブがにやりとする。「州警察はいない。いくらでもスピードを出してもいい」

「ボブー」　ワンダがにらみつける。「そんなにスピードを出してほしくないわー」

「マイケルは若い」　ボブが言う。「目がいいんだ。うまくやれるさ。制限速度を十五キロオーバーしていくといい、授業に間に合うし、コーヒーを一杯飲む時間もあるぞ」

シーンをロックする。

「レオナルド。そっちの様子はどうだい？」

「退屈でボーっとしていました。あなたの中はどんな様子です？」

「まだ一九六六年にいる。場所はミズーリのウェスラヤンだ。ここからミズーリのカークスヴィルまでの最短の、一番早いルートはどれだろう？高速十一号線かい？」

「待ってください…オーケー。ええと、マイケル」

「どうした？」

「高速十一号線はやめてください。国道の方がいいでしょう」

「確かかい？」

「間違いありません。六〇年代なら国道を時速百三十キロで走っても捕まりませんよ。ですが道路状態の悪い高速十一号線を行くと、溝にはまってエンジンのせいでひどい目に遭いますよ」

「でも高速十一号線のほうがいいと、彼らは言うんだ」

「彼ら？　いいですか、マイケル。僕はここで最新式のルート選択アルゴリズムを見てるんですよ。二本目のジョルト・コーラを飲んでますから、頭はすっきり冴えてる。退屈ですが、頭は冴えてます。目も覚めてる。それに比べてあなたは、仰向けにぐっすり眠って、夢の中の人たちに耳を傾けてる」

「データをくれ」

「オーケー。国道七十号線は三百九キロ、対して道の悪い高速は二百九十二キロ。しかしこの二百九十二キロは非常に興味深い道です。その人は、あなたを殺そうとしてますよ。失礼、過去にいたその人は、あなたを殺そうとたんでしょう？そっちから帰ったらピザを食べますか？残りはたった四十一時間です」

「いや、ピザはいいよ。また連絡する」

ロック解除。ボブ・ドミニクは椅子の背にもたれかかる。

「…ノベンガーで説教をしたとき、いつもこの道路を運転していたよ。坂やカーブが少しあるから、気をつけなきゃいかん。坂道のてっぺんにきたらハンドルを曲げることだけは覚えておいたほうがいい。そうすれば反対側にカーブできる。少し難しいがコツを掴めるだろう。この地図を持っていくといい」

「でも僕、国道を行こうと思います」

「好きなようにするさ」　ボブが言う。

「もう真夜中だし、私は明日、早朝の礼拝があるんだ」　彼は周りを見回す。

「レイチェルは、もう寝たのか？」

「シャワーを浴びてるわ」　ワンダが言う。「もし近道を行きたくなったときのために、地図をここへ置いておくわ」

「ありがとう」

待てよ。何かがヘンだ。

シーンをロックする。ボブは椅子から立ち上がりかけている。ワンダは瞬きの最中で、目を閉じている。部屋は変わりなく見える。すべてが正常で、いつもどおりの、鮮明な記憶だ。

しかし―

ロックを解除すると、イメージは消えた。

二十　地平線

目を開けると茶色味がかった暗闇が広がり、水の流れる音がする。僕は小さなベッドにひとりで寝ている。―　レイチェルは浴室だろう。シーンをロックして調べてみる。窓のレースのカーテンを通して、四角形の黄色い光が床の上に伸びている。おそらく窓の外の街灯の明かりだろう。一方の壁に沿って、ドレッサーと丸いシンプルな鏡のシルエットが見える。一方、ベッドの向かい、部屋の反対側の隅には、廊下へ続くドアが見える。ドアは少し離れた所にあり、廊下からの光が床の上に撒き散らされている。

ロック解除。

足で毛布をどけて、片膝を街灯の黄色い光線の中に立てる。思ったとおり、―　J・C・ペニーの水色のカットオフのついた白いテリーTシャツを着ている。おそらくウエスト三十一インチのリーバイスのスタープレストだ。結局のところ、僕はあの頃、八キロほど軽かったんだ。いや、あの頃ではなく『今』だ。

いつでもいい。

水音が止まる。床に映った木の枝のぼんやりとした影が、爽やかな南風に吹かれて、黄色い光の中をゆっくりと揺れている。僕はテレビのニュースを思い出す。―　高気圧の地域は、風とともに気温が上昇するだろうと言っていた。

「カツラのお天気おじさんを見よう」　レイチェルはそう言うと、おじさんを見つけるまでチャンネルを回し続けた。彼は担当地域であるカンザスとミズーリを覆う高気圧について喋っていた。

浴室のドアが開いて、そして閉まる音が聞こえ、その後に廊下を歩いてくる力強い足音が続く。ベッドルームのドアが開いた。

「ただいま」　彼女は言うと、ベッドに飛び乗る。「キスして」

軽くキスをした後、唇で彼女の唇をゆっくりと撫でていく。不意に目の前が暗くなるのは、ティーンエイジャーの僕が目を閉じたということだ。聞こえるのはレイチェルの柔らかい息遣いだけ。

「ちょっと待ってて」

目を開けると、太い横縞のナイトシャツを着た背中が見える。一九六六年十二月に買ったシャツだ。

カチッという音が聞こえ、ラジオから曲が流れてくる。—　曲の途中で、ジョニー・リバーズの『ベイビー・アイ・ニード・ユア・ラビング』

　　　毎晩、僕は君の名を呼ぶ
　　ねえ君、もう、昔の僕ではいられないよ

「これでいいわ」　レイチェルは戻ってきて、僕に擦り寄る。「どこまでいってたかな？」

僕がまた目を閉じてしまう前に、シーンをロックする。周辺視野の隅にレイチェルの指に星型の光が見える。オレンジ・ブラッサムだったっけ。そう、確かそうだ。

ロックを解除すると、シーンがまた暗くなった。耳元で彼女の吐息が聞こえる。「マイケル、長い間、あなたに言いたかったことがあるの」

目を開け、レイチェルの頬にキスをする。「じゃあ、言ってみて」

「あのね、本当にぴったりの二人っているわよね。そう思わない？　一緒になるために生まれてきたように見えるの。それは誰が見ても分かるの」

「分かる人もいるだろうね。少なくとも、そう願ってる」

「そんな相手を見つけたかどうかを、知る方法が分かったの。相手の目を見るのよ」

「そうなの？」

「本当に真剣に見なきゃダメだけど、もしその人がそうなら、それが分かるの」

十数センチ離れたところにあるレイチェルの顔を僕は見る。少し開いた小さな口、ほほ骨のあたりの滑らかな肌、黒い眉毛のカーブの数センチ上のところで黒い前髪がギザギザに切られている。彼女の瞳を見つめると、瞳の奥底のレイチェルの魂へと、引き込まれていくように感じる。

違う、レイチェルのではなく、僕らの魂だ。

そして、僕はまるで心の準備ができていない場所へ、過去の写真を追いかけようとしているかのように、恐れを感じている。

僕は身を引く。光が瞬き、僕は未来にいる。一分後か？　一時間後なのか？

レイチェルが話している。彼女は、まるで十歳の子供に、宇宙の神秘を辛抱強く説明しているかのように、穏やかな声でひと言ひと言きちんと話す。「赤ちゃんができると、二人はメッセージを発信して、皆はそれを聞くの。自分たちでは気づかなくても、ある部分がそれを聞き取るのよ。誰かが妊娠するとなぜだか分かってしまうのは、そのせいよ」

「人が妊娠すると分かるのかい？」

「分かるわ！　学校の同じクラスに、女の子がいたの。その瞬間に、私には分かった」

「その瞬間に？」

「つまりね」　レイチェルは微笑む。「その日にってこと。べつにその二人と一緒にいたわけじゃないんだけど、その、私には分かったの。赤ちゃんがお腹に宿る瞬間に、それが分かる人が絶対にいるのよ。たとえば、ママとかね。あなたのお父さんとお母さんも分かると思う」

「そうだね、絶対に分かるよ」　僕の声はどこか悲しそうだ。「僕たちが婚約してからずっと、両親はそれを待ち望んでる」

「マイケル――」　僕を見るレイチェルの瞳は、窓からの光を受けてキラキラと輝いている。「私、本当にそれを楽しみにしてるの。それを分かってね」

レイチェルは僕ににじり寄り、頬を僕の頬にくっつける。僕は耳にかかる彼女の吐息を聞き、部屋に流れてくる歌の歌詞を聴く。

君は僕の冬　君は僕の昼間、そして夜――

突然、何か別のものが輝き始める。僕の周辺視野で輝いている。―　見つめていると、それは奥の方から浮かび上がり、形を成していく。何年も前の、僕の部屋の輪郭だ。ざらざらとしてぼんやりとした壁、灰皿から立ち昇る煙に包まれた部屋の隅のベッドを見る。

映像は瞬き、そして現実になる。兄のアールだ。アールは笑って、灰皿のタバコを手に取ると、素早く吸い、細く長い煙を吐き出す。永遠に思える時間が過ぎ、アールは僕を見る。「お前、本気なのか」

「まだ分からないよ」

「覚えとけよ。自分自身に嘘をついて、その嘘を自分でも信じるようになると、人生を台無しにするぞ」　アールは少しのあいだ僕を見る。やがてその姿は消え、後にはタバコの煙だけが残った。渦巻いて立ち昇る煙が木製のベネチアン・ブラインドを抜け、夜の冷気の中へ流れていくのを僕は見ている。

「ねえ、起きてよ」　レイチェルが僕を揺り起こす。「カークスヴィルへ着くまでに二時間しかないよ」

「今日の授業の始まりは遅くなるんだ。寝かせてよ」

「マイケル、起きて!」

もう一度揺り起こされて、僕は起き上がる。数分後、僕は浴室にいて歯を磨きながら、ぼんやりと鏡を見つめている。少しのあいだだけロックしてスキャンする。まず、僕は明らかに今より若く、ほっそりしている。それに頭にはふさふさと髪がある。そしてもちろん―、鼻のところにみっともない赤い点がある、にきびだ。そして胸毛は少ししか生えていない。

なるほど。

ロックを解除すると、僕はシャワーを浴びる。

シャワーから出ると、腰にタオルを巻き、櫛に手を伸ばす。ドアのノックの音がして、その後カチリと音がする。何の前触れもなくドアが開き、狭い浴室にレイチェルが無理に入ってくる。

「ただキスをしに来たのよ。―　はい」

レイチェルの唇を僕の唇に感じられるような気がする。

ドアが閉じられ、彼女は出て行った。

二十分後、僕はカークスヴィルに向かってフェアレーンを北へ走らせている。ぽつんと走っているトレーラートラックを追い越した時、夜明けの最初の光が東の地平線に降り注いだ。この時間の空は、緑がかった青に、黄色とサーモンピンクの絵の具をところどころに塗ったようだ。

僕は丘を下り、また稜線のてっぺんへと丘を上る。東を見ると、地面すれすれに降りた霧が、日の出を待ちながら、まだ草原を覆っている。―　谷を、池の上を、小川の上を、そして道路から数十センチのところを、霧はいたるところを覆っていた。ところどころグレーが残る空の下を走りながら、僕は雲を縁取る黒いラインの、精巧な網目模様を見上げる。霧は朝の微風に吹かれ、一列に並んだ木々の間を抜け、枝を一瞬だけ覆い隠し、また流れていく。見ているうち、まばゆい朝の光が、東の丘の上に登った。

交差点で停まり、信号が変わるのを待つ。待っているあいだ、シーンをロックし、あたりの野原をスキャンする。―　草についた霜は西側の方が厚く、太陽に照らされた部分は薄くなっている。信号が青に変わり、僕は先へと進む。

太陽は地平線上でオレンジ色の風船のようになり、霧がキラキラと輝いている。頭上では、丸い天空を東から西へと色が変わっていく。―　東の空はオレンジから黄色へ、天頂の緑がかった青は、西へ行くにしたがって濃紺に変わっていった。西の地平線を見ていると、コロラド東部からカンザスの茶色い草原へと渡っていく朝の明るい光を思い出す。

　夕日はきちんとした縞になって差し込んでいることを思い出す。光の当たる雲もあり、当たらない雲もある。しかし朝日は、もっと太い筆で塗ったような光を投げかける。天頂から紫外、黄色、そして赤へと染まっていく雲で、空全体が輝いている。スペクトラムの下方から上っていくのではなく、上方から降りてくるのだ。

　この夜明けを、何年も前のこの日に見たのだろうか？確かに僕は見たんだ。僕の目は同じで、風景はここにある。写真は、存在しているんだ。

国道を降りてアスファルトで舗装された近道へと入る頃、太陽はすっかり空へ昇っていた。ミズーリ・リバー・橋を渡って、西中央ミズーリの平原へと入る時、谷全体を雲の大きな流れが覆い、道路の両脇の平原の上に、土手を越えて雲が流れ込んでくる。

　さらに北へ向かって、時速百三十キロまでスピードを上げ、幾重にもなった上層雲の下を通り過ぎる。雲の下側は、密集した厚いマットレスのようだ。道路の両側の水たまりは、ガラスのような氷で覆われている。

　二時間、北へと車を走らせるうち、空は雪が降りそうな乳白色へと変わる。急傾斜の尾根と谷が連なるでこぼことした北ミズーリへと入っていく。時速百四十キロにスピードを上げると、フェアレーンは推進力で丘のてっぺんまで上りきる。舗装道路までもう少しだ。この加速感は僕の頭に中にあるのか？　いや、これは現実だ。

タイヤが舗装道路に当たる。―　ガタン！　ボブのアドバイスに従い、ハンドルを左に切って、カーブを曲がり次の丘へと向かう。細かい雪片がフロントガラスに当たり、地平線は灰色に煙っている。デフロスターが動かないので、時速百二十キロまで落とし、コートの袖口でフロントガラスを拭く。

十五分後、リアウィンドウに霜が付き始めた車を、学生寮の近くに止める。

その週は、まるで早送りをしたようにぼんやりとして過ぎていった。何回か短いジャンプがあり、最初はその日の二時間目の授業、化学の実験室、次に世界史の授業、そしてゾっとするカフェテリアの食事へとジャンプした。

勉強？　早送りだ。

プレイボーイの最新刊を買いにドラッグストアへ歩く。消えてくれ。

学生寮で友達とフットボール？　オーケー、数分ならいいだろう。そして火曜日にジャンプする。―　その日は家に電話する短い間だけスローダウンして、あとはものすごい速さで通り過ぎる。そして火曜の夜のレイチェルからの電話を待つんだ。

いつものようにルームメートのジャックが先に電話を取る。「ミッチェル、君にだよ」

僕は電話を取り、できるかぎり彼女の声を近くに感じようと、受話器を耳に押し付ける。

「マイケル、すっごくおかしい話を聞かせてあげる。ウワサ好きな近所のラングストンさんを知ってるでしょ？　昨日あの人が寄付を集めに家に来て、あなたは誰だとママに訊いたの。本当は、あなたがうちに泊まってるときに、ソファに寝てるのかどうかを知りたかったの」

「それで？」

「二人が話してる間に、タオルを二枚ブラウスの下に巻いたの。まるで妊娠四ヶ月みたいに見えたわ。そしたらラングストンさん、顎が床につくほど口をあんぐり開けてた。ハ！　今週末来られるの？」

「分からない。—　来週、歴史の試験があるんだー」

「私が何をしないか知ってる？」

「なに？」

「そんなことには耳を貸さないの。聞いて、マイケル。もし本当に来たいのなら、来れるはずよ。なにより、どうしてここに引っ越してこないの。ウェスラヤンの大学に編入して卒業すればいいわ。ここで作った思い出のことを考えてみて」

「君は妊娠しちゃうよ」

「私たちは結婚するのよ、だから問題ないわ。それにね、私、妊娠するようにするつもりよ。だって楽しそうじゃない？　だから、一日おきにがんばらなきゃいけないのよ。たぶん昼間も…」

「レイチェルー。でもそんなに早く結婚するのはどうかなー」

「マイケル。ここまでやってこれたのよ。この先だってやっていけるわ。今週末、ウェスラヤンへ来てね。ここであなたを待ってる」

僕は電話を切ると、水曜日、次に木曜日へ飛ぶ。そしてようやく金曜日だ。—　ここを離れウェスラヤンへ向かう瞬間を存分味わうため、スローダウンする。月曜から金曜までが一分三十秒、それに加えて、両親とレイチェルへの電話だ。もっと訓練すれば、もっとうまくやれるだろう。

その後の一分で四時間の運転時間をカバーする。今、僕はドミニク家の私道に車を入れている。ここでスローダウンしよう。後どのくらいの時間をこの世界で過ごせるのだろう。コールしてレオナルドに尋ねるのが怖い。

ベッドルームのドアが閉じられ、明かりが消え、ラジオがつけられる。レイチェルがベッドによじ登り、今は長くなった彼女の髪が、枕の上に広がる。

「デイリークィーンでのバイトを終えた君を車で迎えに行ったのを覚えているかい？」　僕はレイチェルに言う。「いつも君は、ハンバーガーの匂いがした」

「もうハンバーガーは食べられないの。もうたくさん。あなたは来ないと言ったのに、パパがあなたをこっそり家に入れて、クローゼットに隠したのを覚えてる？　私、気絶しそうだった」

「でも、それほど驚かなかっただろ？」

「冗談言わないで―」

僕は腕をレイチェルに回し、目を閉じる。目を開けた時には、別の場所へ行っているのだろうと、僕は考える。

だが、それは違うのかもしれない。

おそらく夢の中で夢を見ることのできる場所があるのだろう。浮かび上がるかわりに、降りていけるのかもしれない。僕の思考、僕自身の宇宙の中へ。

だから降りるかわりに、僕は横へと一歩足を踏み出す。

気づくと、薄暗い部屋のなかにいて、そこには幼い頃の記憶の中のモノたちが所狭しと並んでいた。── 小さな赤い三輪車、ぬいぐるみのテディ・ベア、子供用の椅子。遠くから、合唱の穏やかな歌声がかすかに響いて来る。見つめていると、取り残された思考が、上から舞い降りてくる。まるで屋根の垂木の隙間から、ホコリが舞い降りてここに落ち着くように。記憶のかけらだ。

窓の外に、砂漠、ピラミッド、そしていくつもの惑星が見える。── おそらく捨て去られた夢の映像だろう。僕は外へ踏み出し、流れていく雲と、藍色の空にそびえる霧に包まれた高い山々を見る。

すぐ傍で、僕の意識である明るい球体、忘れ去られた僕の部分が、広大な天井へと浮かび上がっていく。僕自身の天空の天蓋を、月が渡っていき、あとにザラザラとした軌道を残していく。僕のなかのある部分がここにいる。子供時代に捨てられた、手付かずの僕の世界がここにある。僕は魂の物置小屋で、ぼんやりとした沢山の意味の中から、たったひとつの本物の意味を探す。東にドアが見える。どこへ続いているのか、僕は知っている。

僕はいつかあそこへ行かなければいけない。でもそれは今じゃない。まだなんだ。

誰かが喋っている。時間と空間の彼方から、やさしい声が響いている。

「眠れないの。なにか話して」

「何?」　僕は目を開けると、数センチのところにあるレイチェルの顔を見る。

「何か話して。あのね、何か話して聞かせて。いつまでも続く長くて面白い話がいいわ。スリープ・ジョブの話を聞かせて。あれを聞くと眠れるの」

「夢を見ていたんだ」

「ええ、知ってるわ」

「自分の記憶のなかで、僕は夢を見ていた。そしてこれを—　、よく分からないけど、何かを見たんだ。その中に何が入っているのか、僕には分かってた」

「何が入ってたのか当てるわ—、私でしょう？」　レイチェルは脚を僕の脚の上に乗せる。

「そうじゃないんだ。違うものだったんだ。それしか分からない」

「ねえ、分かったわ」　レイチェルは僕の体の上に乗る。「なかには天使が入っていたのよ。そして天使があなたに話しかけてたの。そういうふうに考えたことない？」

「天使？」

「そうよ。眠ってるときに、天使が話しかけてくるの。夢って一体、なんだと思う？　天使が話しかけてくるときが夢なのよ。じゃなければ、天使が、自分の中の天使の部分に話しかけてくるの」

「僕に天使の部分があるとは思えないな」

「あなたは天使よ」　レイチェルは僕に短いキスをする。「私たちはみんな天使なの。私たちの中の一部分がね。—　いつもは、それを見ることはできないけど、そこにいるの。どうして私たちがこうして一緒にいると思う？」

「そのことをいつも不思議に思うんだ」

「私もよ。でも私たちのある部分はそれを知ってるの。私は本当にそう信じてる」

レイチェルは頭を僕の胸の上に乗せる。「ねえ、こうやってるの好き。今夜はこうやって眠ってもいい？」

「いいよ」　僕は腕をレイチェルの体に回す。「構わないさ」

二十一　稲妻

ウェスラヤンの西にある小さな飛行場を、風がごうごうと渡っていく。滑走路からフェンスまで続く枯れ草は、ほとんど地面と平行に倒され、一面の薄茶色の中に、ところどころこげ茶の波模様を作っている。

「ボブ、こんな風の中を飛べるんですか？」

「飛行教官がなんと言うか聞いてみよう。もし教官がそれほど怖がらなければ、飛べるだろう」

ボブは格納庫の横にポンティアックを停め、風を測る吹流しに目をやる。吹流しはピンと横へ伸び、まるでオレンジ色の堅い円錐のようだ。「横風じゃない。ということは飛んでも問題はないはずだ」　ボブはセーラムを灰皿に押し付ける。「離陸時に飛行機を横向きにしなければいけない状況だと、楽しい飛行にはならないからな」

ボブに続いて、僕は飛行センターへ入っていく。書類や地図が壁に張られた、狭苦しい小さな部屋だ。黄色いテレタイプ用の紙が机と、床の上にも山のように積み上げられているのに気づく。壁にはプレイボーイの折り込みページが貼られている。ブロンドを黒いリボンでポニーテールに結んだ美人だ。彼女は横を向き、背中をこちらに向けている。ピンナップの横には、一九六七年二月のカレンダーが貼ってある。

背の低い禿げかかった男が現れ、にっこりと笑った。「牧師、今日は説教かと思ってました」

「早朝ミサを終えてきた」　ボブが言う。「マーシャル、こっちはマイケルだ。カークスヴィルから遊びに来てるので、未来の娘婿として、いろいろと仕込んでるところさ」

「やあ」　マーシャルは僕の手を握る。「ボブは君を辺境飛行士にさせるつもりかな」

「まさか」　ボブが外の飛行機を見ながら言う。「マイケルにはほかにプランがあるさ。この風はどうだろうね」

「ああ、こんなのそよ風ですよ」　マーシャルが言う。「四十五ノットの突風ですが、滑走路に平行に吹き下ろしています。〇三リマを使ってください。問題ないでしょう」

「四十五ノットの突風か」　ボブが頭をかきながら言う。「そして滑走路に並行ね。おもしろいことになりそうだな」

「リマはガソリンも入ってますし、あなたさえよければ今すぐにでも飛べますよ。ただ、あのジャイロコンパスを使ったスピンに挑戦しようなんて気は起こさないでください。前回のことを覚えてますよね」

「ああ、あの時は悪かった」　ボブが僕を振り向く。「マーシャルは、いつもあのことを忘れさせてくれんのだ。おまけに私は罰金まで払ったしな。九十五ドルも払ったんだ」

　僕たちは建物を離れ、僕はボブの後から風に揺れている飛行機へ向かって歩いていく。気温を感じることはできないが、ボブの羊皮のジャケットの前が開けられているのに僕は気づく。僕はロンドン・フォグの黄色いウィンドブレーカーを着ている。冬にしては暖かいのだろう。おそらく十五度を少し超えたくらいだろうか。

　二十年間も北東部に住んでいたので、西ミズーリの気候が、特に冬の終わりの気候がどれほど変わりやすいかを忘れていた。骨まで凍りつくような寒さが数週間続くと思うと、温かく乾いた晴れの日が続く。そして枯れた草に覆われた丘を渡って、強い風がヒューヒューと吹いて、土埃や紙くず、あるいは折れた小枝を巻き上げるのだ。冬の終わり、ミズーリの風景はまさに「動いて」いる。

　高翼セスナ一七二へ向かって歩いていたボブが、近くに黄色く小さな飛行機の前で立ち止まる。「これが飛行機だ」　ボブはそう言うと、機体を軽く叩く。「百四十五馬力のエンジンを入れれば、シエナ山脈まで飛べるんだがな」

ボブが翼を叩き、翼の下を覗きこみ割りピンをチェックするのを僕は見ている。ボブは動きを止めると、翼にあいた指先ほどの小さな穴を調べている。「これは塞いだほうがいいだろう。一万フィート上空でこの穴が裂けるのはご免だな」

「そんな…」

ボブは立ち止まり、吹流しを見る。「まてよ。風は四十五ノットで滑走路に沿って吹いている。動力時失速をしたら、間違いなく後ろ向きに飛べるぞ」

「別の機会にしませんか」　僕は言う。

「明日はどうだ?」　ボブは言う。「検査が来月に予定されているから、その前に数時間、飛んでおきたいんだ。最近、医者がやたらと口うるさくてね」

「そうなんですか?」

「ああ」　ボブは飛行機をあちこちから眺めている。「運のいいことに、新しい眼鏡が必要になるだろうが、眼鏡を買う金がないときてる」

小さな黄色い飛行機の隣で、ジャケットの前を開けて、黒髪が風を受けるボブを見ていると、この人はきっと優れた辺境飛行士になれただろうと思う。遠く滑走路の端あたりで、ラスコンベ・シルベールが、大きな金属のペリカンのように、音を立てて空へ上っていく。ボブはそれを目で追い、明るい黄色に輝く西の空の薄靄へ消えていくまで見つめている。少しして、ボブは僕を振り向く。

「君のお父さんは飛行士の免許をもっているんだったな」

「はい、でも兄が事故に遭って以来、飛ぶのを止めました」

「あの時のことを覚えているよ。―　新聞で読んだ」　ボブは言う。「君の兄さんだとは知らなかったが、なぜか頭にこびりついて離れなかった」

「ケネディが死んだ日と同じ日でした」　僕は言う。

　ボブが頷く。「君も飛んだことがあるんだろう」

「ええ、いつか飛行機を持って雲の間を飛んで、エルクフォーク川が始まる場所を見に行くというのがアールの口ぐせでした。でも兄にはそれをするチャンスが訪れなかった。だから僕がしなければ、と思ったんです」　僕は滑走路を見渡し、枯れ草を横切っていく風が作る波を見つめる。「それで、―　去年の春、一人で飛ぶようになって、最初に川の源流を見つけに行きました」

「本当かい？」　ボブは微笑む。「どこにあった？」

「高速二十四号線の西を流れる細い水路が始まりです。それが高速道路の下を横切る流れに合流します。そこから平野を抜けて小川になるんです、その小川が川に変わります」

「その小川が海に流れ込むのだろう」　ボブが言う。

「最後にはね」　僕はボブを見つめる。「そういうものです」

「君が飛べると聞いて嬉しいよ」　ボブがにこりとする。「年をとって飛べなくなったら、君と一緒に飛べるな」

「いつでもどうぞ」

「なあ、レイチェルが初めて君に会った日から、―マイケルがどうした、マイケルがこうしたと、― いつも君の話ばかり聞かされた。あの子はおそらくクラスの男の子全員と出かけてたが、― どれも一週間とは続かなかったな。だが、マイケル、マイケル、マイケルと言い続ける日々が二、三ヶ月続いた後、私とワンダは君は特別だと分かったんだ」

「彼女を大事に思ってます」 僕はボブを見る。「もちろん、分かってると思いますが」

「ああ、分かってるよ。二人は何かが特別だということが分かる」 ボブはシャツのポケットからセーラムの箱を取り出す。

「ワンダと私もそうだった。初めてワンダを見たのは、コリンスの雑貨店で働いていたときだった。彼女は正面のドアから入ってきて、洗剤はどこかと聞いたんだ。たしか『タイド』を探していたんだと思う。私はワンダを奥へ連れて行って、洗剤のある通路を教えた。その瞬間、『ボブ、これが君の未来だ』と何かが言ったんだよ。それで、私は上司のデルに相談した。彼女がどれほど可愛いか、どれほど彼女と結婚したいかを話した。― するとデルは、彼女がこの町にきたのは私に会うためだと彼女に言えば、彼女は喜ぶかもしれないと言うんだ。あとで分かったんだが、ワンダはデルの末娘だった」

「一目惚れ、ですね?」

「そうだな、ワンダに言わせると、彼女は一週間続けて店にやってきて、私の気を引くために、品物の場所を聞き続けたそうだ。だが私が覚えているのは、その一度だけだ。結婚してから分かったんだが、デルは私を雇う前に、ワンダ用の商品をすべての棚に並べたそうだ。彼女が十六歳になったときからずっとやってた。誰よりも店について詳しかったよ」

「二人は何歳のときに結婚したんです?」

「私が十八歳、ワンダが十七歳になったばかりだった。私は少し心臓に問題があるというので、軍隊へは行かずにすんだ。それでそうなったのさ。一九五一年には、だれも大学のことなんて考えなかったし、景気は上々だった。戦争が終わったばかりで、そして――」

「僕の大学の教授は、戦争は経済に好影響を与えると言ってます」

「そうだな、教授の言うことは正しい。ベトナム戦争のおかげで、スーパーの商売は活気づいてる。昨夜は、見たこともないほどのオレンジの山を仕入れたよ。五十箱だ」ボブはタバコを吸う。「多分アルバイトを世話できるかもしれん。一晩二時間、自給一ドル六十セント。週末は一ドル九十セントだ」

「それにはカークスヴィルからここへ引っ越さなきゃいけませんね」

「つまり、家族全員でそれを期待してるのさ」ボブは微笑む。「ここの大学は州立だから学費が安い。結婚している学生のためのキャンパス内の住宅は、非常に手ごろな値段だ。それにレイチェルは『クク』での仕事を辞めたいだろうから、君は仕事を二つ掛け持ちしなきゃいけなくなるな」

「仕事を掛け持ち？　それに大学へも行けっていうんですか」

「ラジオ局のマネージャーに知り合いがいるんだ。私がやったような仕事をやればいいさ。――夜勤でレコードをかけるんだ。LP盤のレコードをかけて、マイクロフォンを切り、あとはレコードが終わったら起こしてくれと、エンジニアに頼んでおけばいい。私はそうやっていた。四時間の勤務時間のうち二時間は眠ってたな。そのあとスーパーへ出勤して、あと二時間働いた。人間ってのは実際、それほど睡眠を必要としないもんさ」

「どうかな。もし時間になっても目が覚めずに、レコードの針がプツン、プツンと音をさせてたらどうなるんです？」

「どうせレイチェルと母親以外は、誰も聞いてないさ。所詮十ワットのラジオ局だからな。私ならそんな心配はしないよ」

「結婚や、いろんなことって、本当に人生が激変しますね。仕事を見つけなきゃいけないし、家も探さなきゃいけない—」

「レイチェルを妊娠させずにすめば、二人でなんとかやれるさ」　ボブは声を立てて笑う。「もしレイチェルが母親と似てるなら、ちょっと卑猥なジョークを言っただけで妊娠するぞ。レイチェルは赤ん坊が好きなんだ。　うちにももう一人欲しいと、うるさくせがまれたが、子供四人は多すぎると言ったんだ。そうでなくたって、私はこんな具合に始終働きづめだ」

「どうやってこなしてるのか、想像もつきません」

「ドミニク家の人間はあまり睡眠を必要としないんだ。レイチェルと結婚したら、君も多分気づくだろうし、それに馴れるだろう」　ボブはタバコを地面でもみ消すと、僕を見る。「レイチェルがデートしてた男友達はかならずしも上品とは言えなかった。レイチェルから初めて君の話を聞いたとき、私はレイチェルが間違いをやらかしてるんじゃないかと思ったんだ。君はタバコもやらなかったし、ビールも飲まない、バイクにも乗らん。スピード違反で捕まったこともない。いい家のお坊ちゃんで、大学へ進学する予定で—」

「一度スピード違反で停められたことがありますよ」

「ああ、でもそれは先週のことだろう。計算に入らんよ」　ボブは微笑む。「なにしろ、レイチェルのボーイフレンドで私の説教中に居眠りをしなかったのは君が初めてだ。しがない町の牧師にとって、それが意味するものは大きいんだよ。ワンダと私には、君が特別だと分かったんだ。といっても勿論、レイチェルは自分でこれと決めたら、何があっても考えを変えないがね。だから私たちも何も言わなかった」

僕はシーンをロックし、ボブの気持ちを知る手がかりはないかと表情を見つめる。彼はレイチェルの未来に関する僕の計画に満足しているのだろうか。仕方がないと思っているのか。分からない。これは永遠に分からないことなのだと僕は決める。

少しして、僕はシーンのロックを解除し、ボブが二本目のセーラムに火をつけ、細い煙が風に流されていくのを見る。そしてボブは僕を見る。「重要なのは、私は娘を愛している、ということだ、― そして私は君も好きだ。二人のことでは、君に負担が多くかかると思う。もし経済的にうまくいかなくなっても、たいした助けにはなってやれない。― もちろん一時的に住むところを提供するとか、精神的なサポートは全面的に協力するが」

「軍隊があります」 僕は言う。「どっちにしろいつかは徴兵されるでしょう。もしできれば、大学を卒業するための官給付金をもらえるかもしれません。もし軍隊に残れれば、安定した仕事を得ることもできます」

「残りの人生を、レイチェルと軍隊、両方と戦いながら過ごすのか―」 ボブは僕を見る。「そんなことできると思えるのかい?」

「簡単にできると思いますよ」

ボブは僕の肩を軽く叩く。「ウェスラヤンの近くに仕事を見つけたら、ママがまた妊娠した時に、ベビーシッターをやってもらえるかな」

「いいですよ」

「一週おきに、私の替わりに説教もしてもらえるかもな」

「何を話せばいいのかさっぱり分かりません」 僕は言う。「最後に聖書を読んだのは、十歳か十一歳のころですから」

「思い出すさ。それに私のノートを使えばいい。覚えとかなければいけないのは、いい説教というのは、三つのポイントと詩から成り立ってるということだ」　ボブは指折り数える。「世界一短い説教をしたとしても、長い賛美歌を歌おうと言えばいい。四節のうちのたった二節じゃなく、四節すべて、信徒たちに歌わせるんだ。言葉を切って少し沈黙するのも、時間をかせげる。沈黙だけで、ゆうに五分にはなるぞ」

「それを全部、覚えておきます」

「もし君がその気なら、ドミニク家は賛成だ」　ボブは僕に手を差し出す。「——家族の一員になってくれることを歓迎するよ」

　二時間後、僕たちはウェスラヤンの目抜き通りにある、赤と白のガラスとタイル造りの大きなハンバーガー店『クク』の一角に座っている。ボブはタバコを手に、コーラのラージサイズとフィッシュバーガーを食べている最中だ。未来にいる僕の目からすると、ボブの目は赤く疲れて、濃い黒髪には、グレーのものが混じっている。三十四歳という年齢にしては年老いて見える。ボブは、レイチェルとの生活がどんなふうになるか、僕に語ってきかせている最中だ。

「——穏やかなことばかりじゃないぞ」　ボブはタバコを吸い終えると、灰皿でもみ消す。「レイチェルはどこか母親に似ているからな。——チャンスは一度だけだ。いったんあの子が考えを決めたら、それを変えさせるのは不可能だ。自分が正しい時でも、間違ってると認めなきゃならん時もある。平和を保つためにな」

「多分できると思います」

「いい面を言うとだな、レイチェルは心変わりしない。―　いい時も苦しい時も、君の側を離れんだろう」　ボブは言葉を切り、次のセーラムの箱を開ける。「まあ世の中の仕組みがそうなってるんだが、そうなるとたいてい、いい時のほうが多くなるものさ」

　ボブはまたタバコに火をつけ、長く煙を吐き出し、アルミホイルの灰皿に灰を落とす。僕はスキャンし、シーンをスローにして、灰が灰皿に落ち、そこで砕けるのを見る。窓の外を見ると、灰色の層雲が空を覆い、子供たちが冷たい風に襟を立てているのが見える。あと数時間で辺りは暗くなるだろう。

　20分後、ボブはポンティアックを家の私道へ入れる。ここからキッチンの窓越しになかが見える。ワンダはカウンターのところに立ち、何かしている。レイチェルは視界を横切って行きつ戻りつしている。テーブルの準備をしているに違いない。リビングではおそらく子供たちがテレビを見ているのだろう。月曜の夜だ。

　窓の向こうのレイチェルの動きを捉えて、シーンをロックしてみる。―　レイチェルの髪は乱れている。お気に入りの赤いスウエットシャツを、裏表を逆に着ている。まだ冬だというのに、デニムのショートパンツ姿だ。僕はレイチェルの顔、そして目を見る。これが彼女の世界、彼女の時間だ。

　この完璧な実物の姿を見つめていると、父によく言われた言葉を思い出す。「マイケル、分かるときが来れば、この女性だと分かるものさ」

　今、僕には分かる。そして、これがどんな結末を迎えるかも知っている。レイチェルをもう一度失うことに僕は耐えられるだろうか。もし分別を少しでも持っているなら、今すぐここから逃げ出すだろう。レオナルドを呼んで、連れ戻してもらうだろう。

シーンのロックを解除すると、レイチェルは窓から見えなくなった。

ボブはイグニションを切り、キーをポケットに入れる。そして僕にダブルミントガムを手渡す。「レイチェルは、ワンダを手伝って夕食の支度をしてるんだろう。私たちが『クク』のフレンチフライの匂いをさせてたら、ずっと文句を言われ続けるぞ」

僕は車を降り、ドアを閉め、家の正面へ向かって歩いていく。ポーチの古い木の揺り椅子の上に、誰かが並べたプラスチックの兵隊が一組置いてある。ブラッドレーの仕業に違いない。あの子は大きくなったら軍隊に入るのだろう。

居間の窓から、レイチェルがドアに駆け寄るのが見える。ボブが一足先を歩いている。―　レイチェルは先にボブをハグするだろう。そして僕にキスしすぐに言うだろう。「愛してるわ、―　どこへ行ってたの？」　すべてが現実のように見える。これが頭のなかで回っているフィルム、―　昔の出来事が収められた埃をかぶったリールだなんて、そんなことありえないよ。

ワンダが何か白いものを左手に巻いているのが見える。包帯だ。そうだった。前の週末にキッチンの流しの割れたコップで指を切ったんだ。片手で車のハンドルを持ち、もう片方の手で血だらけのワンダの手を押さえて、病院の救急治療室まで車を飛ばしたことを思い出した。カーラジオから流れていた歌は『マイ・バック・ページズ』。　病院まで警察の車が付いてきて、初めてスピード違反のチケットを切られたことを思い出す。

すべてが過去へ戻っていく。僕は深く息を吸い、肺が空気で満ちるのを感じ、顔に夜風を感じる。

「それが夜に吹く風なの」　以前、レイチェルが言っていた。「毎晩五時半になると、この辺りに風が吹くのよ。いつも必ずね。幸運を運ぶと言われてるの」

何かが空で輝く。シーンをロックし、視界の隅をスキャンする。ロックモードなのに、さらに何かが輝いている。何かが起こっているんだ。

「マイケル。レオナルドです。聞こえますか？」

何かが間違ってる。

「ああ、聞こえるよ」

「あなたを連れ戻さなきゃならなくなりました。理由はあとで話します」

「レオナルド。待ってくれ」

「十をカウントします—」

ロック解除。僕の脚が玄関の階段に振れる。

「九—、八—」

ポーチに立つと、レイチェルが玄関のドアを開ける。「どこに行ってたの？　夕食がもうすぐできるわよ」

「七—、六—」

「寄り道してコーラを飲んできたんだ」　ボブは僕を見る。「だが二人とも腹が空いて死にそうだ、な、マイケル？」

「そうなんだ」

「五—、四—」

レイチェルは父親をハグし、僕に近づく。「こっちに来て」

「三—、二—、一—」

数センチ先にいるレイチェルを僕は抱きしめようとする。美しい瞳を、この微笑を。レイチェルは腕を伸ばし、あと数センチで彼女に触れることができる。「愛してる—」

稲妻が光り、僕は駅から遠ざかる列車に乗っている。レイチェルは写真になり、写真は遠ざかってく。そして彼女は消えてしまった。

「マイケル大丈夫ですか?これをはずさなきゃ。テリ――」　近くでレオナルドの声がする。頭の上で誰かが何かを引っ張っているのを、ぼんやりと感じる。

「どうしてー、いて!」　バイザーに閉ざされた暗闇の中で、頭皮からワイヤーが剥がされ、鋭い痛みを感じる。

「確認できました」　テリの声だ。「シータ、オフー、心電図、オフー、カテーテルもはずしました。点滴液もです。すべてクリアです」

誰かがヘルメットを僕の頭からはずし、緑色の光の点が、上へ上がっていく。僕はあたりを見回し、殺風景なラボと機械と、誘導チェアを見る。

「レオナルド、僕はまだ、帰る準備なんてできてなかったのに」

「分かってます。すいませんでした。百四十四の平方根は?」

「十二ー」

「今日は何日です?」

「分からないよ。ここを離れてたんでねー、クソッ、いったい何があったんだよ」

「連れ戻される前、何か異常なことが起きませんでしたか?」

「小さな稲妻が見えた。それだけさ。あれをしたのは君じゃないのか?　緊急停止をしたのか?」

「緊急停止はしてません。もししたなら、今頃白目をむいてますよ。さあ、手を貸しましょう―」　レオナルドは僕を座らせる。

「何が起きた―？」

「まだ分かりません」　レオナルドは言うと、額の汗を拭く。「トレースに問題はないと思った次の瞬間、シータ派の警報装置が鳴り出したんです。右側頭葉のt-4波が、数回短く点滅して、東のハイパースペースへ行ってしまったんです」

「何だって？」

「消えたんですよ。おそらくスクリーンにこういう現象が出たあと、ドリーマーはフラットラインに行ってしまうんでしょう。私のシフトのときに、死にそうな目に遭わせるわけにはいきません。キャリアにかかわる行為ですから」　レオナルドは振り向く。「テリ、トレースのプリントアウトを取れるかな？　パウンドストーンに見せなきゃいけないだろう」

「何が起きたんだ？」　心臓の鼓動が強くなり始めるのを感じる。

「分かりません」　レオナルドが言う。「ここでは分析はしないんですよ。食物連鎖の高レベルのところにないもんでね」

「レオナルド、プリントアウトが出てきません」　テリが、キーボードを叩きながら言う。「反応がないんです」

「あの有名なマニュアルを読まなきゃダメだよ。テリ」　レオナルドは苛ついている。「まずF5キーを押して―」

「すべてロックされてます」　テリはレオナルドを見て、そして僕に視線を移す。「どうやら、ミッチェルさんがコンピュータを緊急停止させたみたいですね」

二十二　観察者

　僕はゲイルの部屋のドアの内側に立って、何が起こったのかを彼女に話している。いつものとおり、彼女はTシャツと短パン姿で、そして裸足だ。

「じゃあ、こういうことなの——」　ゲイルは笑う。「あなたが、——マイケル・ミッチェルが、『ビッグ・アイロン』を緊急停止させたっていうわけ？ それは大したものね。本当に大したものだわ」

「レオナルドはそうは思ってないさ。ゼイとパウンドストーンを呼んだんだ。そして全員で三十分はそれについて話し合った」紙やすりのように髭が生えた顔を、僕は手で撫でる。「結局、彼らはコンピュータの故障のせいだと結論づけた。レオナルドが原因を調べてる」

「コンピュータの故障ねえ」　ゲイルはにやりと笑う。「最高ね」

「ああ、その時は、この先はないだろうと思った。でもパウンドストーンは僕が二日以内にもう一度ランを行う許可を出したんだ。コンピュータが直ってからの話だけど」　僕は言葉を切り、疲れた脳でなんとか考えをまとめようと努める。「コルトレーンはどうしてる？　もう戻ってきたかな？」

「あなたと同じようなヒゲを生やして、朝食に現れたわよ。オットーは今頃、トリップから帰る頃じゃないかしら。何もウワサを聞いてないから、おそらく順調だと思う」

「それはよかった」　僕は床に視線を落とし、顔を上げゲイルを見る。

ゲイルは唇を噛んでいる。「ねえ、もしシャワーを使いたければ、どうぞ入って。それに、そのセクシーなヒゲを剃りたければ、安全カミソリもあるわ―」

「申し出はありがたくもらっとくよ。でも自分の部屋へ戻って、少し眠ったほうがいいと思う。―　ここでは四十八時間だけど、向こうでは二週間を過ごしてきたんだ」

「ねえ、何があったと思う?」　ゲイルがはじけそうな輝く笑顔を見せる。「思い切って、レオナルドにエリックのことを調べてもらったの」

「それでレオナルドが探し出したんだろう?」

「一分もかからなったわ。エリックがどこに住んでるか分かったの」　ゲイルは言う。「彼のアメリカンエクスプレスのカード番号まで分かったのよ」

「オーケー」　僕は壁にもたれかかる。「もっと詳しく話せよ」

「それでね―」　ゲイルは言う。「彼はデトロイト新聞の記者をしていたの。でも記者を辞めて、ウィスコンシン州ミルウォーキー学区の高校で先生になった。四回も全米優秀賞を受賞してるの」

「もっと重要なことだよ。バンクス」　僕は笑う。「結婚してるのか」

「三人子供がいるわ。―　全員男の子よ―」

「それで?」

「でも離婚したの―」　ゲイルの声は、まるで小学生の女の子のように甲高い。「そして来週末、私に会いにくるの!」

「おめでとう」　僕は腕を伸ばし、彼女を抱きしめる。ゲイルの目が潤んでいるのに気づく。泣いているのだろうか。

「マイケル、私が電話したとき、彼はすぐ私が誰だか分かったのよ。まるでいつも私からの電話を待っていたみたいに——」

ゲイルは素早く手の甲で、目元を拭う。「こんなのバカみたい。まるで初めてデートする高校生みたいな気分よ」　ゲイルは僕を見る。「私、綺麗に見えるかな？　痩せすぎてないかしら。目元が——、あの——、老けて見えない？」

「答えはイエス、ノー、ノーだな」　僕はゲイルに言う。「とても綺麗だよ。——　でも僕なら鼻の上のにきびを何とかすると思うけど」

「やだ！　嘘でしょう？」　ゲイルは手で顔を覆う。

「そのとおり、嘘だよ。じゃあ夕食の時に会おう」　僕は振り向いて出て行こうとする。

「マイケル——」　ゲイルが僕の肩に触れる。「これからはもう一緒に寝なくても、いいかしら」

「寂しくなるのは確かだけど…、でも分かるよ。続いている間は、楽しかった。今夜夕食で会えるかな？」

「もちろん」　ドアのところに立つゲイルの栗色の髪は肩まで垂れ、目は涙で赤くなっていた。僕はといえば、大股で自分の部屋へ向かって廊下を歩いていく。

……★……

今は六時三十分。カフェテリアに座って、いつもと同じシーザーサラダをつついている。僕の向かいでは、オットーとケラーがおだやかに論じ合っている。——　おそらく何かの科学概念の話題だろう。一方その近くではローウェルとレオナルドがコンピュータがはじきだした情報の山を指差しながら、ジョー・コードという名の誰かについて話し合っている。

ゲイルは姿を見せなかった。まあ、さっき交わした会話からすると、彼女は現れないだろうと僕は予想していた。ゲイルは、おそらく部屋にこもって、次にどんな行動をとるべきか必死に考えを巡らせているのだろう。でもそれは責められない。こんなセカンドチャンスが巡ってくるなんて毎日あることじゃない。

僕はサラダについて考える。ここで過去についていろいろ考えている間にも、僕の中の一部分が、皿の縁に沿ってオリーブをきれいに並べていた。その向かいには薄切りにされたゆで卵がきちんと積まれ、横にはにんじんスティックがあった。自分の中の誰かがエンジニアになろうとしているらしい。僕の人生はたいして整然としたものではないが、僕のサラダなら、きちんと整えられるかもしれない。

思考がレイチェルの方へと向く。―　僕が彼女と過ごした素晴らしい時間と、そして数週間後に待ち受けている破滅のことを思う。

僕たちが別れたのはいつだったのか。一九六七年の六月だろうか。―　あるいはもっと早い時期か。思い出せない。記憶バンクの中から締め出してしまったから、今必要なその記憶にアクセスできない。

レンガ造りの壁に向かって走る列車に乗っているのに、そのレンガの壁がどこにあるのかを思い出せない、そんな気分だ。一ヶ月後か、あるいは三ヶ月後のことなのか。今度はブレンダと会った時に戻るんだろうか。―　それとも目に涙をためたレイチェルが僕を問い詰めた時だろうか？もしかしたら事故の後病院で過ごした散々な日々に戻るのかもしれない。時間の流れの中央分離帯を僕はわざと越えたのか？　僕の中の一部分はすでに知っていて、今、僕の残りの部分が見つけ出そうとしている。

ひとつ確実に分かっているのは、その瞬間が目前に迫っているということだ。そしてそこへ記録的なスピードで近づいている。

「座ってもいいかな」 声を聞いて、僕は顔を上げる。

コルトレーンだった。


十一時三十分。真夜中近い。

僕はスカイボックスのラウンジにいる。Tシャツとジーンズで、靴下をはいた足を、大理石まがいの机の上に投げ出している。コルトレーンはソファの反対側で、ほぼ同じ体勢で、片方のブーツを机に、もう片方を床につけている。

僕たちはここに上がって来てから一時間以上になるが、二十も言葉を交わしていない。そのかわり暗闇の中に座って、窓の外を眺め、— 下の通りで道に迷った観光客や、街を抜けていく臨時バスや、北の空をポツンと飛んで、飛行場に着陸する飛行機を見つめている。

僕たちは、なんの話もしなかった。ただ見つめ、考えていた。今、すべてのことが何を意味するのか考えていた。夕食の時、レオナルドがラボへ戻ってから、ローウェルとケラーが思考の性質について議論を始めた。ローウェルは我々の人格のある部分がすべてを見守っていて、— 生まれてから死ぬまでの全人生を見越したうえで、最良なことに基づいて決断を下していると主張した。「それで偶然の一致がなぜ起こるのか説明できます」、ローウェルは自信たっぷりに言い放った。

一方ケラーは、ローウェルの立場は半分しか正しくない、と主張した。あきらかに、我々はある偉大ななにかの一部であって、その偉大ななにかが人生ですべての決定を下している。おまけに、どの過去へ戻るかもそれが決めているのだ。イエズス会系の大学へ通っていたことにあるケラーからそういう意見が出るのは当然だとオットーは言った。

ゲイルは何も言わなかった。彼女の思いは誰にも邪魔されていなかった。― ただ微笑んで、フルーツサラダを食べていた。ゲイルは心から幸せそうに見えた。― ここに来てからあんなゲイルを見たのは初めてだと思う。彼女は、自分には完璧なパートナーが存在することを信じていた。結果、― あと数日で、― 何年も待ち続けたあとに― 彼と一緒になれるのだ。ほかのことなどなんの意味もない。ゲイルのために、僕は嬉しかった。

ゲイルを眺めていて、レイチェルの居場所をレオナルドに探してもらおうかと考えていた。しかし見つけることになる人物の存在に僕は耐えられるのだろうか。今頃のレイチェルは中西部のどこかに暮らして、誰かのかけがえのない妻、子供たちの愛情深い母になっているだろう。― 堅実で家を守って、自分の人生と、周りにあるものをしっかりと守る女性になっているだろう。一緒に暮らした最初の数か月で、彼女はそういう女性だと僕には分かった。

しかし確実なことなど何もない。僕らは変わって行くものだ。レイチェルを探して、全くの別人を見つけたらどうなるのだろう。― 彼女の人生を見守るはずの「隠れた部分」が、うまくやれなかったとしたら？ ― それがレイチェルを疲れさせ、微笑を奪い、彼女の人生を傷つけているとしたら？

僕はあの頃へ戻った方がいいのだろうか。― 未来に何が起こるか知っているのに、もう一度レイチェルに会うのが果たしていいことなのだろうか、と少し前にコルトレーンに訊いてみた。コルトレーンはいつものように奇妙で難解な答えを返してきた。だが、百パーセント筋は通ってる。「その時間は君の人生の一部だよ、ミッチェル」 コルトレーンは言う。「いつもそこにあって君を待っている。もし君がそれを望むならね」

窓の外の暗闇の中、果てしなく続く空を見上げる。僕はそれを望んでいるのか？

答えはない。今は真夜中で、哲学の授業へのドアは閉ざされ鍵がかけられている。光は消え、部屋の中から聞こえるのは、時計が刻む音だけだ。

午前九時。

僕は深呼吸して、誘導チェアにもぐりこみ、チェアに体が包まれるのを感じる。隣では、テリが頭の右側に側頭センサーを貼り付けている。「頭のこの部分だけ髪を剃ったほうがいいんじゃないかといつも思ってたんです。― そうすれば剥がす時にそれほど痛くないでしょう。どう思います、ミッチェルさん？」

「なに言ってるんだよ、テリ」　レオナルドが言う。「頭に小さなハゲが欲しい人間なんていると思うかい？」

「多分この辺りになるのかな」　僕はテリに聞く。

「ここですよ」　テリはセンサーを押し付ける。「今度はいい子にしていて、t-4波を失ったりしないでくださいね」　彼女は朗らかに微笑む。「でないと連れ戻されますよ」

「約束するよ」

「これがあなたのランチワゴン」　彼女はそういうと、点滴台を運んでくる。

「マイケル」　レオナルドが言う。「日本の豆せんべい、食べますか？　これから四十八時間、最後の本物の食い物になりますよ」

「ありがとう。でも向こうで魚のフライとほうれん草が待ってるんだ」

「魚のフライトほうれん草?」　テリがゴム製の締め付けバンドを僕の腕に巻きながら言う。「おいしそうですね。羨ましいわ。手を握ってください」

　点滴の針が腕に入る瞬間、僕は顔をしかめ、そして目を閉じる。出てきた同じ場所、―　レイチェルから数センチの所に戻れるだろうか。おそらく無理だろう。あの瞬間にぶち当たる可能性は低い。過去は広大な場所なんだ。

「心電図、アップー、酸素飽和ー、側頭リード良好。一般シグナルの強度もオーケー。いいぞ、テリ、マイケルを押し出して、仕上げだ」

テリはセラミックのマイクロフォンシリンダーを僕の喉に取り付けると、大きな青い瞳で僕を見る。「押し出して、仕上げる?　そんな言葉、聞いたことありますか?　どこでそんなこと覚えるんでしょうね」　テリは振り向く。「ちょっと待って、レオナルド。オーケー、できました。安全ヘルメットですよ、マイケルさん。どうぞよい旅を」

「運転は安全にね」　レオナルドが言う。

「そうするよ」　僕はヘルメットをかぶる。

バイザーが下ろされ、僕は一人きりになる。

だが、それも少しの間だけだ。

四

二十三　一九六七年　朝

通路は大学生でごったがえしていた。遠くから音楽が聞こえてくる。電話と反対側の向こうの部屋では、学生たちがテレビを見ている。「バットマン」だ。おそらく一九六七年、早春の木曜の夜だろう。二月の中旬か下旬ではないかと思う。

僕は受話器をとり、オペレーターを待ち、五十セントを入れてダイヤルを回す。

「もしもし」

「レイチェル？　マイケルだ」

「マイケル！　今週末、会える？」

「ああ。明日、午後の授業が終わったら、そっちへ向かうよ」

「聞いて。明日は先生たちの会議があって、学校へ行かなくていいのよ」

「レイチェル、―　今日は六時に夜の授業があるけど、八時半か九時には終わるはずだ。それに明日の授業はサボってもいいな。今日の夜、そっちへ行こうかな」大学で僕がオールAを取れなかった理由はこれだったと僕は気づく。

「今夜？　来れるの？」

「遅くなるけどね。構わないかな？」

「夜中の三時でも構わない。待ってるわ」

ウェスラヤンの町に車を入れたとき、町には人影がなかった。—　信号が変わる時のカチリという音を除けば、物音ひとつしない。嵐の前、紙くずが通りを舞っている。これより前の数時間のことを、僕はぼんやりと記憶している。教授は九時半まで授業をだらだらと続け、あとの三十分、僕は自分のカットオフジーンズを探していたんだ。

そしてガソリンを入れ—　一ガロン二十八セントだ—　四時間、茶色い道路に書かれた白いハイフンを数え続けるのだ。時々、ヘッドライトの光が溢れ、セミトレーラーの列が二車線の道路をゆったりと通り過ぎ、その場かぎりのマイクロ波の塔となる。だがほとんどの場合、辺りはずっと暗闇に包まれていた。道路のどこかで僕は窓を下ろし、車内に夜の風を入れる。

晩冬の寒冷前線の訪れを告げる雷が、ハイウェイと平行して西の空を時折走るのが見えた。レニックの町の近くには、穏やかな青灰色の霧の山が立ちこめ、地上から百五十メートル辺りの所に浮いている。雲の先端部分は透明で、満月の光を受けて青白い黄色に輝いている。

三十分後、雨雲が入り込み、フロントガラスに雨が当たり始める。ラジオからは雑音しか聞こえなくなった。ある時点で、僕はスイッチを切る。

右に曲がって国道へ入り、三十分走ると、稲妻に照らされたミズーリ・リバー橋を渡る。そしてブラックウォーターに着くと、あたりの暗闇は、フロントグラスに打ち付ける雨の幕で白に変わる。

何台かの車を追い越し、道路わきに車を止める。この道を以前ドライブした時のことを考えていたことを、僕は思い出す。無免許なのにレイチェルはハンドルを握って、道路を真剣に見つめていた。ジンジャーエールのボトルを開け、ポテトチップスの袋を空にしたっけ。

そのドライブで、退屈したレイチェルは僕をビクビクさせたんだっけ。ブラウスを脱いでブラを取って、ウィンドウにジョージとチャーリーを二つ押し付けると言い出したんだ。

実際はしなかったけど。

その代わり、僕たちは運転を交代した。―　レイチェルはすぐ僕の下にもぐりこんできてハンドルを握った。僕はといえば、ハイウェイパトロールがいないかとキョロキョロして、捕まったときの言い訳を考えながら、緊張して座っていた。「そうです。彼女は免許を持っているんです。…いえ、今は手元にないんですよ。…ええ、僕たちは結婚しています。結婚したばかりです。先週に。彼女の父親が式を執り行ったんです。父親に電話できますよ」

ウェスラヤンの出口に近づくころ、雨は止んでいた。あと十数キロは、物音ひとつ聞こえない静寂が続く。車も走っていない。真夜中の十二時前だ。

町に着く頃には、気温は五度も下がっていたが、しかし道路は乾いていた。まだ嵐はここまでやってきていなかったのか。そうだ。

僕は決めなければならない。ドミニク家に電話したほうがいいのかどうか?いや、もう遅すぎる。皆を起こしてしまうだけだろう。それに彼らは僕が向かっていることを知っている。僕は行くといったのだから。

セーフウェイ・スーパーマーケットへと車を近づける。今夜、ボブは在庫を入れているんじゃないだろうか。手伝だってもいい。いや、スーパーの駐車場に車は一台もない。

僕はラジオをつけ、フォアトップスが歌う『バーナデット』を聴く。ハリソン通りの教会を抜け、続けて二回角を曲がると、ドミニク家に着いている。

僕はエンジンを切り、腕時計を見る。午前一時五十五分。家の中では、キッチンに明かりがついているようだ。記憶が甦る。この数週間前、大学からここに来る途中、ガソリンが切れて、その結果、僕は三時間遅れて、朝までフェアレーンの中で眠るはめになった。目覚めたとき、ステイシーとエイミーが車の窓から覗き込み、フロントシートに横たわる薄汚れた大学生を見て笑っていた。翌日、ワンダはキッチンの流しにあった割れたコップで指をざっくり切ったんだ。

疲れ切って、僕はポーチに歩いていく。こんな時間にドアをノックしていいんだろうか?

「おつかれ!」　振り向くと、ポーチの木製のゆり椅子にレイチェルが座っている。ナイトシャツを着て、裸足で、どこにでもあるようなカーラーを髪に巻いていた。

ハグ、そしてキス。レイチェルは僕の手を取ってキッチンへ連れてくと、そこにはボローニャサンドイッチ、ポテトチップス、そして大きなベス・コーラのボトルが置いてあった。

僕はレイチェルのカーラーを見る。「そのアンテナで、どこかのラジオ局の放送を聴くのかい」

「これで何が聴こえるか知ったら、あなた驚くわよ」　レイチェルはもう一度すばやくキスをすると、コーラと氷であふれんばかりの大きなコップを僕に手渡す。「このコーラを好きじゃないの知ってるけど、これしかなかったの。ごめんね」

浴室を使って顔を洗ってから、僕はキッチンに戻る。電気は消され、その代わりに、テーブルの真ん中の小さなキャンドルに火が灯っていた。「今日、あなたから電話をもらったあとに、キャンドルを買ったの」　レイチェルはそう言うと、グラスにコーラを注ぐ。「もっとロマンチックになると思ったんだけど」

「とても綺麗じゃないか」

レイチェルは僕の膝に座って言う。「何か違いに気づかない?」

「いや、なんだい?」

「ナイトシャツを着てるでしょ――」

「それは分かるよ」

「今日はショーツをはいてないの。下着だけ」

「その格好で、僕と一緒にベッドに入るのかい」

「そうよ。――あなたが何もしなければね。あのショーツをはくのは、もううんざりなの。着心地が悪いんだもの」　レイチェルは僕の膝から降りると、ペタペタと歩いてテーブルの僕の向かいに座る。「私たちがもう結婚してて、私が遅い夕食を準備してるフリをしましょうよ」

「遅い夕食はフリじゃなくて本当だよ」　僕はサンドイッチにかぶりつく。不思議なことに、そして素晴らしいことに、未来にいる僕にも――この味が味わえるような気がする。ボローニャハムとマヨネーズとピクルス。

「私、前の仕事に戻ったって話したっけ?」

「いや、どの仕事だい?」

「『クク』よ。信じられる?　突然店に行って、もう一度私を雇う気があるかって訊いたら、イエスって言われたの――」　レイチェルは言葉を切り、サンドイッチをほおばる。――「それでね、ハンバーガーの焼き方を覚えてるかと訊かれたわ。もちろん、覚えてるわよ!　来週の金曜にあなたが来るときには、あそこで働いてるわ」

「コリンスのデイリークリーンで君が働いていた時のことを思い出すよ。君はハンバーガーとたまねぎの匂いをプンプンさせてた」

「で、あなたはお腹が空いちゃったのよね」

「今にも眠りそうだよ。ベッドへ行かないか？」

「食べ終わったらね。チップスも忘れちゃだめよ。ベス・コーラもぜんぶ飲んでね。だって私が準備したんだもの」

「最高の夕食だ」　僕はボローニャサンドに戻る。「うまいよ」

「マイケル」　レイチェルはキャンドルの光の向こうから僕を見る。「私はこうしてるのが大好き。あなたと私と、こうしてテーブルに座ってるのが好きよ。結婚したら、こんなふうになれるといいな」

「たぶんこんな感じだと思うよ。君のパパみたいに、僕は仕事を三つしなきゃならないだろう。多分帰りは遅くなるよ」

「ママが言ってたこと教えてあげる」　レイチェルは身を乗り出す。「ママは私が高校を卒業するまで結婚を待ったほうがいいと思ってたのよ——」　レイチェルは一息つく。「——でも今結婚すれば、ママたちと一緒に住めるわ。あなたがこの大学に入学を申し込んで、二人が既婚学生の住宅に入れるまでね」　レイチェルは身を寄せて囁く。「いいプランでしょ。ね？」

「君のパパとママには感謝してるよ。僕はウェスラヤンの大学に編入して、仕事を三つこなすようになるさ。そして疲れ切って、軍隊の徴兵体力テストに落ちるよ」

「結婚したら、あなたは疲れて体力テストに受からないって約束するわ。本当に忙しく働いてもらうつもりなの」　ちょっとずるそうな笑み。「そう、とにかく一年目はね」

「本当に眠りそうだよ」　僕は皿を押しやる。「ベッドへ行こう」

「オーケー」　レイチェルはテーブルから立つと、僕の膝の上に座る。「でもキッチンで結婚したフリをしたからって、二階でも結婚してるわけじゃないのよ。だから何もしないって約束してね。信用してるんだから」

「何もしないって約束するよ。ー　すごく疲れてるんだ」　そして僕は動きを止めると、視線をレイチェルのナイトシャツに落とす。

「なによ」　レイチェルは眉をひそめる。

「下にTシャツを着てないのか」

「うん」

「ちょっと見せて」

「ダメよ」　レイチェルは膝から跳び下りる　「今よりもっとがっかりさせるから」　彼女は皿を手に取るとキッチンへ持っていく。「とにかくね、ジョージとチャーリーは、遊ぶには小さすぎるの。もし胸の辺りにあと五ポンド体重が増えれば、ーましになるんだけど」

「そのままで大丈夫だと思うよー」　僕の視線はレイチェルの胸から腰へ漂い、脚を眺め、そしてキッチンの床に落ちて、そこで動かなくなった。「もう眠りたいみたいだ」

「チェロキーの学校の保健婦は、胸を大きくしたいなら、グラハム・クラッカーとバナナを食べるといいと言ってたわ。試したんだけど、見て分かるとおり、全然効果なかったの」　レイチェルはキッチンの流しで水を流している。「話したかしらー、クラスの女の子が胸を大きくしたくて、マッサージしたの。でもね、大きくなる代わりに、長くなっちゃったのよ。ハ！」

「たぶんマッサージの仕方を間違えたんじゃないかな。ー　ボーイフレンドにやり方を訊けばよかったのに」

「あなたなら彼女にいいアドバイスをあげられたでしょうね。でももう遅いわよ、だって、もうあなたは私のものだもん」

レイチェルは僕の手を取る。「来て」

目を開けると、ウェスラヤンの黄色く明るい日の光が目に入る。　ベネチアンブラインド越しに太陽が差し込み、反対側の壁とドレッサーの上に、長細い光の縞模様を作っている。

僕は右手をレイチェルに回している。外は寒いが、中は暖かいのだろう　―　レイチェルは片方の脚を毛布から出し、僕の脚の上に乗せている。眠って丸まったつま先から始まって、僕の視線は素足の柔らかいラインを追い、えくぼのある膝を抜け、滑らかく完璧な太腿の曲線へと上っていく。そこで視線は止まり、レイチェルの脚に降り注ぐ黄色の光を見つめている。まるで朝の光を受けるなだらかな峰のように、―　片側は光、もう片側の谷は影に包まれている。

視線を太腿の上へ上げていくと、そこでナイトシャツの縁にぶつかる。ここから紺色の繊維の端が身体を覆い波打っているのを追い、最後に影のできた白い毛布の表面へと辿り着く。

レイチェルは寒いのだろうか？僕は毛布を彼女の脚に掛け、足先だけを部屋の冷たい空気の中に残す。レイチェルの小さな柔らかい身体を眺め、彼女を近くへ引き寄せる。それに応えて、レイチェルのつま先は一瞬丸まり、足先は白いフランネルのシーツの下へ消えた。一九六七年のどこかで、僕の脚に乗せられるのレイチェルの脚の重さを、もう少しで感じることができそうだ。

三百五十キロ離れたカークスヴィルの町で、僕が出るはずだった授業は始まっていて、意味論の教授は僕の名前に欠席のしるしをつけているだろう。そんなことどうでもよかった、今でも、そんなことどうでもいい。

隣でため息が聞こえる。

「レイチェル、目が覚めたのか？」

「うーん」　レイチェルは擦り寄って、体を僕の体に押し付ける。

「本当に目が覚めたのかい？」

「うん」　レイチェルが脚を絡めてくると毛布が動く。「んー。ねえ知ってる？」　柔らかな囁き声でレイチェルが訊く。

「今日、学校がお休みなの」　彼女は重く眠そうな瞼を開ける。「素敵じゃない？」　伸びをして、ため息。「一日中、ベッドの中にいようよ」

「夕方の六時ごろになったら、パパとママが心配し始めるだろうな」

「あのね」　レイチェルは微笑む。「夜が明けても起きてこなかったら、二人は心配するのよ」

「そうだね」　僕は長くゆっくりとしたキスをする。「じゃあ、ずっとこんなふうに君と過ごしてもいいな」

「うん」　レイチェルは枕の向こうから僕を見る。「あのね、マイケル、愛し合っている二人には―、本当に愛し合っていたらよ、――二人には、他の人には行くことのできない二人だけの特別な場所がある。そんなふうに考えるのが好きなの。どう思う？」

「すごく素敵な考え方だと思うよ」

「もし私たちに特別な場所があるとしたら」　レイチェルは言葉を切って、軽いキスをする。「そこはどんな場所がいい？」

「屋外の場所がいいな」　僕は言う。「緑の丘の上とか」

「うん、そして春なのよね」　レイチェルは言う。「空はただ青いの。そこに大きくてフワフワとした雲が浮かんでいて、風が吹いている。私、風が大好き」

「僕もだよ」

「近くには田舎風の小さな教会があって、そこで結婚式を挙げられるわ。そこが私たちの場所よ。いい?」

「いいね」

「永遠に、私たちだけの場所。いいわね?」

「決まりだ」　僕はまたキスをする。階下でナベがガス台に当たる音がする。「聞こえた?」

「うん、ママが起きたみたい。すぐにみんなも起き始めるわ。もし浴室を使いたいなら、すぐ行ったほうがいい」

「先に行っていいよ」

「ありがと。私、息が臭いのよ」　レイチェルは毛布を押しのけるとゆっくりとベッドから降りる。ナイトシャツを着たレイチェルがベッドルームを横切り、青い服の下で腰が揺れるのを僕は見ている。下着のラインがないことに僕は気づく。おそらく昨晩はこのシャツだけを着て寝ていたのだろう。僕の視線は背中から首へ移り、金色のチェーンを通り過ぎ、昨日の夜から乱れている濃い黒髪へ移る。ドアを開けるとき、レイチェルは頭を掻き、素早くかがむと右足のアザを叩いた。それは生まれつきの運動選手のような、流れるような、素早い動きだ。

レイチェルが廊下へ消えると、僕は毛布を整えようとする。

「ねえ、マイケル」　レイチェルが廊下から呼ぶ、「ちょっと来て」

僕は毛布を押しのけ、レイチェルの後をついて廊下に出る。彼女は腕を堅く組んで、震えながら窓の脇に立っていた。

「あれを見て、綺麗だと思わない?　こんなものを見るのは初めてじゃないかな」

裏庭の木々の輪郭は霜で真っ白になり、早春の太陽のなかでキラキラと輝いている。見つめていると、スズメが高いところにある細い小枝に止まり、羽のような輝くクリスタルのかけらを、地上へと落とした。

一般科学の授業で習った知識から、今見ているものは、霧と気温と微動だにしない空気の、正確なコンビネーションから作られる結果だと僕は知っている。この現象がこの土地特有のもので、— どこかのデータベースに記録されているものではないことも知ってる。これは人生のたくさんの出来事と同じように、時間という灰色の流れのなかで、明るく輝く小さな驚きの島なんだ。— そこにアクセスできるのは、記憶だけだ。

「散歩しようよ」 レイチェルは言う。「散歩するのにぴったりよ」

「ベッドにいるんじゃなかったのかい」

「こんなきれいなものが外にあるのに？ 冗談じゃないわ。最初に浴室を使わせて、次はあなたよ」 レイチェルが浴室のドアを後ろ手で閉めると、僕は廊下にひとり取り残される。

僕は浴室のドアをノックする。「レイチェル、こうしよう、君がシャワーを浴びている間、歯を磨かせてよ」

「だめよ、結婚するまでシャワースーツ姿は見せられない」 蛇口から水が流れる音、トイレの流れる音が聞こえる。さらに水の音と、すさまじいばかりの歯磨きの音がする。「いいわよ」 ドアが勢いよく開く。「あなたの番。あまり長くならないでね」

僕は後ろで浴室のドアを閉める。なぜかこの場所は、どこよりも六〇年代の雰囲気を漂わせているように思える。洗面台に置かれた半分溶けかけたゼストの石鹸。排水管に流れ込む、青緑のドロドロとしたライン。他に浴室にあるものといえば、使いかけのキャップのないクレストの練り歯磨き。フタの開いたマニュキアは、乾いて赤い塊になっている。ノグセマの洗顔料、ストライデックスの薬用パッド、マイクリンの口臭剤、プレルのシャンプー。

「早くしてね。もう氷が木で溶けかかってるわ」

僕は歯を磨く手を速める。見上げると、若くて痩せた顔、黒く短い髪と、頼りなげな口元ににきびが見える。口に残った練り歯磨きを流しに吐き出すと、僕はカットオフを脱ぎ、下着を脱ぐ。白いケリーニットのブリーフだ。こんなものを一体どこで買っていたんだろう？

シャワールームで、僕は注意深くシャワーカーテンをバスタブの中へ引き入れる。―　初めてここへ来た時―1月の第一週だった―　僕はカーテンを外に出しっぱなしにして、床を三センチほど水浸しにしてしまった。

シャワー口を調節し、水温が適温かどうか確かめる。そして手を伸ばし、シャワーのノブを引き上げる。ゴボゴボと音がしたかと思うと、シャワーヘッドから温かい湯が勢いよく溢れ出る。完璧だ。まるで夏の激しい雨のよう。もう少しで感じられそうだ―。

突然、シャワーカーテンが開き、レイチェルがバスタブの中に入ってきた。「一日中シャワーを浴びてるから、待ちきれなかったの。目を瞑ってるから、あなたのことも見えないわ。さあ、脇へどいて、早く！」

レイチェルはシャワーキャップをかぶり、下着をはき、腕で胸を押さえていた。「早く！　石鹸を取って」　彼女の目は堅く閉じられている。「ゼストじゃなくて、洗顔石鹸よ。隅に石鹸があるでしょ」　石鹸を渡すと、レイチェルは一歩下がって、素早く白い泡で顔を覆う。「いいわ、シャワーを貸して。ホースを持っててね、すぐに済むから…ねえ、プレルシャンプーって新車の匂いがするって知ってた？」

「気づかなかったよ」

「そうなのよ」　レイチェルの目はまだ堅く閉じられている。彼女はまた僕を押し出し、シャワーの中に顔を突き出す。数秒すると、彼女がシャワーから身を引くと、化粧のあととともに石鹸の泡は消えていた。「返すわ、ありがと」

カーテンが開き、レイチェルは外へ出る。シャワーを止めると、彼女が濡れた下着を脱いでいるのだろう、ゴムのようなパシパシという音、続いてタオルがこすれる音が聞こえる。「これから髪を乾かすけど、タオルを身体に巻いているだけだから、見ないでね」

「水が冷たくなっちゃったよ」

「マイケル、嘘つきね。うちの給湯装置はウェスラヤンで一番大きいのよ。髪の毛を乾かすまで、待ってなきゃダメよ」

驚くべきことに、僕はレイチェルのほうを見なかった。その代わりシャワールームの中を見回して、磁器に似せたピンクのタイルをじっと見つめている。蛇口の取っ手が合っていないことに気づく。タブの底から半分くらいの所に、金属のチェーンで蛇口と繋がった白いゴム製の排水栓がぶら下がっている。

不意にレイチェルの声がする。「いいわよ。髪の毛が乾いたわ。さあ、早くしてくれないと、霜を見逃しちゃう」

少し待っていると、ドアの閉まる音が聞こえる。あと数か月で僕は彼女を永遠に失うことになるのだ。

もう一度、失うのだ。

二十四　スカイライン

金曜の夕方近く。天候は二月末にしては珍しいほど暖かい。――十度をゆうに越えているだろう。僕はセーターとジーンズの上に青いウィンドブレーカーを着て、車の中に座っている。レイチェルは新しいジーンズとフードつきの薄いピンクのスウェットを着ている。車の中のどこかに彼女のウィンドブレーカーがあるはずだ。おそらくきちんと四角にたたまれて、床の上においてあるのだろう。

エンジンをかけると、レイチェルがドアを開けて車に乗り込んで、何かをバックシートに投げ込む。「飛行機を見ていてお腹が空くといけないからって、ママがおやつを用意してくれたの」

シフトをリバースに変えるが、車を動かすより先に、ボブが僕の側の窓を叩く。僕はウィンドウを下ろす。

「ジェット機を、一緒に見に行きますか？」

「いや、今日は学校へ行かなきゃいけないんでね。いいかい、二人で町へ行くんなら、サムを持っていったほうがいい」ボブは僕に大きな金属を手渡す。

「もう、パパったら。そんなもの必要ないわよ」レイチェルが金切り声を上げる。

「コルト四十五口径、オートマティック。1911A1型だ」ボブは銃を見てにやりとする。「グレインバレーの保安官のところで働いていたとき手に入れたんだ。実際に使ったことはなかったが、いつも持ち歩いてた」

「オーケー…見せてちょうだい」レイチェルは手を伸ばし銃を取ると、すばやくグリップの左側にある装置を親指で解除する。クリップはされるがままにグリップの底からレイチェルの手に滑り落ちた。

「忘れるなよ」　ボブが言う。「フレームの左側にグリップの安全装置と親指の安全装置がある…」

「うん、分かったわ」　レイチェルが銃を裏返しにすると、銃身が僕の方向を向く。

「これを使わなきゃならないことになったら」　ボブは手が僕の前を通って銃を取る。「―　引金を引くときには、こうやって親指の安全装置をはずし、片手でグリップの安全装置を強く握る。クリップには七弾、薬室には一弾、弾が入っている。ここだ」　ボブは娘に銃を手渡す。

「了解」　カチャ。レイチェルは手首でクリップを銃に戻し、人差し指でその大きな銃をくるくると回してみせる。

「やめなさい、レイチェル」　ボブが厳しい口調で言う。「足を吹っ飛ばすことになるぞ」

「じゃなかったら、おっぱいをね」　レイチェルはニコリともせずに言う。「もちろん、吹っ飛ばすものなんて何もついてないけど―」

「ふざけるのをやめないと、貸すわけにはいかないぞ」　ボブが言う。「ダッシュボードの小物入れの中に入れて、トラブルが起こったとき以外は、誰にも見せないようにしなさい」

「わかった」　レイチェルはダッシュボードの扉を開き、銃を中に入れた―、銃身は僕のほうを向いてる。「さあ、空港へ行きましょう」

2時間後、僕たちはカンザスシティのエイトストリートとパターソンストリートの角の公園にいる。公園は崖の上にあるので、ミズーリリバーの流れがカーブした所にあるカンザスシティ市の空港が見渡せる。この高台からだと、僕たちと　―　それから同じように駐車している他のカップルたちは、――わずか数キロ離れた辺りを目の高さで飛んでいく、空を渡る巨大なジェット旅客機を見ることができるのだ。

完璧だ。ようやく使える情報が見つかった。この機会にコールしようと決める。ロックだ。

「レオナルド」

「ランプマン監視システム、レオナルドです。そっちの様子はどうです?」

「上々だ。カンザスシティのエイトストリートとパターソンストリートの角にいる。空港へ着陸する飛行機を見に人が集まる場所なんだ」

「その頃のカンザスシティにはテレビはなかったんですかね。映画はどうです?」

「とてもおもしろいね。もっとデータが欲しいかい?」

「もちろん。サーチエンジンに仕事をさせましょう。何が見えますか」

「えーと、シボレーの六二年型ベル・エア・ステーションワゴンが見える。赤のコルベア・モンザ、新車のオールズ442、隣に停まってるのはシボレーのインパラだ。一九六三年のモデルかもしれないけど、よくわからない」

「オーケー、ラブ・ワゴン、欠陥車、マッスルカーですね。最後のはなんです?」

「シボレーのインパラ。たぶん六三年型だ」

「オーケー、リストによると、当時三千八百四十九ドルでした。今度はラブ・ワゴンの調査をしてます。他に何かおもしろいものはありませんか。ラジオから曲は流れてませんか?」

「ラジオは切ってある。でも『フォア・ホワット・イッツ・ワース』が遠くから聞こえるような気がする。あと、僕たちは薄いジャケットを着てる。雲が空を覆っていて、気温は十五度から二十度くらいだろう」

「わかりました。曲から判断すると、一九六七年二月から五月のあいだです。他の曲が聞こえたらコールしてください。もっと時間を特定できますよ」

ロック解除。

「ラジオをつけよう」　僕が言うのが聞こえる。

「それよりいい考えがあるわ。もっと空港のそばへ行きましょう。ここは人が多すぎる」

少しすると僕たちは空港と川を隔てる小高い土手と平行に車を走らせている。左手には滑走路を照らす青と赤のライトがまるでカーニバルのように輝いている。ゆるやかな坂を上りきると、看板が目に入った。「低空飛行の飛行機に注意」　他の車の列の近くに、フォードを停める。

少しのあいだロックする。一九六九年型の白いフォードギャラクシー、シボレー・ノーバ、そして、一九六一年のプリマスフューリー。フューリーの吊り上った「まゆげ」の下から四つのライトがこちらをにらみつけている。　どの車も最高だ。見事なレトロのデザイン。

それが意味するものなんて、もうどうでもいい。

ロック解除。僕たちはフューリーの隣に車を停め、エンジンを切る。—　フューリーの車内に、大人二人と子供が三人見える。銃が必要になるような場所には見えない。

「本当にラジオを聴かないのかい?」

「つけて、KかWか、どちらでもいいわ」

ラジオをつけると、エルビスの曲の途中だった。『キャント・ヘルプ・フォーリング・イン・ラブ・ウィズ・ユー』

「すごい！　エルビスよ」　レイチェルが言う。「ママはエルビスが大好きなの。でもパパは我慢がならないって。パパはナット・キング・コールが好きなのよ。―　ねえ、マイケル、この話は知らないわよ。この歌は、エルビスが飼い猫のシェリーに歌って聞かせてるの」

「シェリー？」

「そう、シェリー」　レイチェルはうなずく。「耳を澄ませると聞こえるわ。聞いて、こうよ。「川が流れ…　ニャーオ…　シェリー、海へ辿りつくように…ニャーオ…　シェリー」

「それは猫の鳴き声じゃなくて、スチールギターの音だよ」

「実際に見たことあるの？」　レイチェルは眉間に皺を寄せる。

「ない」

「じゃ、分からないでしょ。違う？」

次の瞬間、エルビスと猫の声は耳をつんざくような轟音にかき消される。

「見て！」　レイチェルが窓から頭を突き出す。

見上げると、ボーイング七〇七のライトと機体の腹から突き出た車輪が見えた。頭上で轟音をとどろかせ、数百メートル先の滑走路へ滑り込むように降りていく。数秒後、ゴムがコンクリートを打つ、ボンというはっきりとした音が聞こえる。

「すっごーーーーーーい！」　レイチェルが言う。「次のはいつ来るの？」

「分からない」　ラジオから、次の曲が聞こえている。ニール・ダイヤモンドの曲「ユー・ゴット・トゥ・ミー」だ。僕は曲名をレオナルドに伝える。

「オーケー、それで多少は特定できますね。その曲は一月二十八日にリリースされ、正確に八週のあいだチャート入りしています。そこは一九六七年二月の最終週でしょうね。天候データも合致します。なにか変わった車は見えませんか」

「少しね。帰ったら報告するよ。そうだ、一九六七年二月、カンザスシティ着の航空スケジュールは入手できないかな」

「まったく。私を誰だと思ってるんです？　スミソニアン博物館じゃなんですから」

「悪かった。次の飛行機がいつ来るのか知りたかっただけなんだ」

「いくつかデータをチェックしてみましょう。ジュークボックスを開いて、サーチエンジンを立ち上げますよ。ふむ、今日はやたらと遅いな。よし、立ち上がりました。一九六〇年代の中頃、もっとも発着便が多かった空港はオハラ空港です。三秒ごとに便が着陸していました。カンザスシティ市空港は、その空路の先端にあります、平均して五分に一機というところですかね。役に立ちますか？」

「ありがとう」

僕はラジオを消して、レイチェルのほうを向く。「散歩するかい？　すごくいいものを見せたいんだ」

「うん、退屈してたの」

車をロックして、レイチェルの手を取り、駐車場の裏のアスファルトの道路へ歩いていく。

「どこへ行くの？」　レイチェルが聞く。「銃を持って行ったほうがいいかもね。強盗に遭うのはイヤだもん」

「大丈夫だよ」　僕たちは道路を横切り、空港と周りに広がる丘を隔てているハリケーン用に作られたフェンスの穴を通り抜ける。背の高い草むらの中を数分上っていくと頂上に着いた。数十メートル下方には、冷たく漆黒のミズーリリバーが流れている。川の向こうには街の光が見える。レオナルドは着陸は五分おきだと言っていた。ここに上ってくるまでおそらく三分はかかっただろう。

「きれいだろ？」　僕は訊く。「川の向こうの街が見えるかい？」

「きれいね、でもやっぱり銃を持ってきたほうがいいわ。強盗に遭ったら、空手で闘えるの？」

「いや」　この瞬間、顔に霧があたるのを感じるような気がする。そしてその感触は消えた。あと二分だ。

「私が助けを呼びに行っている間、あなた、強盗と闘かわなきゃいけなくなると思う」　レイチェルはびくびくしてあたりを見回す。「キン蹴りとか、しちゃえばいいわ」　彼女は川へと続く丘の斜面から遠くを見やる。「どうして飛行機がないの？」

「分からないな」　静かだ。聞こえるのは、数キロ先の国道を走る車の音だけ。それに、穏やかな風の音だけだ。風の音は少しずつ強くなっている。

一分。

赤いライトが瞬いた。地平線あたりを何かが動いている。何か大きいものが。それも目の高さあたりで。

「レイチェルー」　僕はまっすぐ前を指差す。「あれを見て」

その瞬間、着陸灯の目を射るような眩い光が空を覆い、丘を照らすその光は、まっすぐこちらに近づいてくる。

暗闇は後退し、光の奥にある巨大な物体が姿を現した。—　エンジンを三機積んだジェット旅客機のタカのような前方部分だ。轟音とともに丘が震えだす。レイチェルは耳を押さえて、叫び声をあげた。

巨大な車輪部分が空を埋め尽くした。何列もの光とチューブ、金属のパネルとゴムのタイヤが、おそらく頭上十五メートルのところを通り過ぎていく。そして風が僕たちを打つ。熱く、巻き上げられた土や草が混ざった風が、ジャケットと髪に吹き付ける。目に入った草や土埃をぬぐい、振り向くと、巨大な金属の鳥はゆっくりとコンクリートの滑走路に下りていった。

ボンッ、ーボン。

振り向くと、隣にはレイチェルが立っている。彼女のスウェットシャツは一面、草の茎とアザミのトゲだらけで、髪の毛は後ろへ流されていた。少しすると、レイチェルは首をブンブンと振り、アザミと草の切れ端を、丁寧にスウェットから、そしてズボンから取り除き始める。

「これでいいわ」　彼女は言うと、髪の毛を整える。「見せたかったのはこれなのね」

「ジェット機さ」

「見たわ」　レイチェルは神妙な顔をして頷く。「頭の上三センチの所を飛んでいった。でもね、私おしっこをもらしちゃったみたい。すぐに家につれて帰って」

二十五　帰還

僕はベッドで目を覚ます。—　誰もいない。サン・アントニオに戻ったのだろうか？目を開けると、レイチェルがドレッサーのところで引き出しを覗いているのが見える。

よかった。僕はまだここ、ウェスラヤンにいるのだ。目を閉じて考えようとする。ここに来たときは木曜だった…、そして昨日は日曜…

今日は月曜だろう。どうして僕はカークスヴィルに帰ってないんだ。春休みに違いない。

別の引き出しが開く音が聞こえる。「もう、なんでなの！」

「どうしたんだ？」　僕はもう一度目を開ける。黒と青のストライプのナイトシャツを着たレイチェルが引き出しのなかを引っ掻き回している。彼女の下着のラインを探す。見えない。昨夜もはいてなかったのか。

「ピンクのパンツしかないわ。今日は月曜なのに。月曜にピンクをはいていくと、おかしなことばかり起こるのよ。昼食カードを忘れたり、お財布をどこかへ置いてきたり。そうじゃなければ、雨が降るわ」

「今日は学校は休みだろう」

「そうよ、それでも正しい色の下着を見つけなきゃいけないの。黄色を見つけるわ。月曜は、黄色なら大丈夫なの」

「ブラも黄色なのかい？」

「ブラは白しかもってない。違いはパンツなのよ。黄色いのはどこへしまったかしら。　昨日はいていた？」

「シャワーを先に浴びてもいいかな?」　僕は毛布を押しのける。いつもどおり、僕は青いカットオフとタオル地のTシャツを着ている。

「うん、いいわよ――　」　レイチェルは呟く。「ええっと、――　土曜日に小さなハートのついた白をはいたわ。昨日がピンク。そっか、青をはけばいいじゃない」

僕はベッドを降り、レイチェルの頬にキスをする。「すぐに出るよ」

「オーケー」　彼女は引き出しを閉める。「間違った色の下着で出かけると、トラブルを招き寄せるのよ」

シャワーを浴びたあと、ジーンズをはいて階下へ行き、キッチンのテーブルに座っているボブを見つける。――　口元に煙草をはさみ、近くにコーヒーカップを置き、――　ノートに何か書き込んでいる。テーブルの反対側には、食べ終わった朝食のシリアルの深皿が四つ置いてある。ワンダと子供たちは出かけて、残されたボブは、知恵を絞って難解な課題に取り組んでいるのだ。

少しの間シーンをロックして、ボブの顔が険しく青白いことに気づく、瞳は小さな黒炭のようだ。――　懸命に集中しているのだ。ペンが小刻みに震えているようだ。昨夜と同じ服を着ているのにも気づく。――　皺の寄ったスラックスと、白い半袖シャツ。机の上には聖書が開かれている。僕はロックを解除し、キッチンへ足を踏み入れる。

「やあ、マイケル」　ボブは疲れきった顔を上げる。「第二コリント書、十二章、二節について、何か知らないかい?」

「知りません。ごめんなさい」

「いいさ。今夜の友愛夕食会で話をしなきゃいけないんだが、お決まりのスピーチはしたくないから、ヒントはないかと探してるんだ」

聖書を凝視しながら、ボブの声はだんだんと小さくなってく。もう一度ロック。ボブの目を覗き込むと、彼の必死さ加減が見て取れる。ノートには、走り書きと線で消された文字が見える。イスのそばの床の上には、丸められた紙が山になっていた。

ロック解除。

僕は冷蔵庫へ行き扉を開ける。「オレンジジュースでも飲みますか？」

「ありがとう。だが胃がムカつくかもしれないな」

「何時間、これをやってるんですか？」　一緒にテーブルに着きながら、尋ねる。

「全部でかい？」　ボブは煙草を深く吸うと、決まり悪そうに笑う。「三十六時間だ。昨晩セーフウェイ・スーパーのじゃがいも袋の上で仮眠した十分を除けばな。そろそろ集中できなくなってきた」　ボブは走り書きをした紙を僕の方へ押しやる。「五時からここにいるが、二時間の収穫は第二コリント書だけだ。だから君なら何かアイデアがあるんじゃないかと思ってね。私はもう限界だ」

「すみません。助けになれるといいんだけど」

「だといいんだがな」　ボブは使い古したノートを開き、ページをめくる。「こうなったらお決まりのスピーチで済ます方がいいかもしれん。三つのポイントと詩だー、どうせ彼らに違いは分からんだろう。コーヒー、飲むかい？」

「いえ、結構です」　二階でシャワーの音が止む。あと数分で、レイチェルが下を降りてくるだろう。よかった。

「まてよ」　ボブはあるページで止まると、目を擦る。「そうだ、これは使えるかもしれない。―　あれ?」

僕は顔を上げる。「なんです?」

「読もうとしてるんだが。文字がページから落ちていくように見える―」　ボブは当惑した表情になる。

「どういうことです?」

「文字がページから滑り落ちていくんだ」　ボブはクスクスと笑う。「こういうものなのかな。―　文字が動いて、ページから落ちていく」　ノートをひっくり返して僕に見せる。「君にもそう見えるか?　―　それとも私の妄想かな?」

「おかしなところはありません―、ボブ、大丈夫ですか?」

「昨夜、スーパーで化学薬品でも吸い込んだかな。店でオレンジに何か吹き付けてるんだろう―」　ボブは立ち上がろうとするが、すぐに座り込む。笑い顔は消え、イライラした表情に変わった。彼の世界が、正常に働いていないのは確かだ。

ロックする。こんなことが起きただろうか。起きたに違いない、だが覚えていない。おそらく何事もなかったのだろう、でも―

「レオナルド」

「大魔術師はここにいますよ。ドリームランドはどうですか」

「脳卒中の症状を教えてくれ」

「あなたがそうなんですか」

「いや。でも、ある人がそうかもしれない」

「ちょっと待って、医学のデータベースを見ましょう。オーケー。卒中—、脳溢血、なるほど。突然の頭痛、めまい、視覚、あるいは聴覚の障害—」

「ありがとう。また連絡するよ」

「どうしたんです？」

「僕の血圧をチェックしておいてくれ。でも連れ戻さないでくれよ、いいね？」

「なにか興味深いところに行ってるようですね。必要になったら呼んでください」

僕は向きを変えて、できるだけ早足で、二階のレイチェルの部屋へ向かう。「レイチェル！」　ドアを開けた。

「なんなの—」　レイチェルはベッドの所に立って、タオルを二枚巻いていた。一枚は腰に、もう一枚は濡れた髪を包んでいる。

「止めてよ、マイケル。服を着てないんだから—」

「服を着て！　パパの様子がおかしい。病院へ連れて行かなきゃ」

「たいへん」　レイチェルはタオルを床に落とすと、すばやく色あせたブルージーンズをはく。「シャツを取って、椅子の上にあるわ—」

一分もしないうちに、僕はキッチンに戻り、レイチェルは後に続いた。ボブはテーブルに着いて、どんよりした目で向かいの壁の一点を見つめている。レイチェルが足を持ち、僕が腕を回す。二人でボブを玄関まで運ぶ。

「いいか、僕が車に乗せるから、レイチェルは病院に電話して」

「わかった」　レイチェルは部屋に戻り受話器をつかむ。

数秒後、ボブをポンティアックの後部座席に寝かせると、僕は車に飛び乗り、ドアを閉める。キーがない。

「キーはここよ、フロアマットの下」　レイチェルはそう言うと、車に乗り込む。「病院の救急室に電話したら、一刻も早く連れて来いって」

僕はエンジンをかけ、ギアをリバースに入れ、アクセルをいっぱいに踏み込む。ポンティアックは唸りをあげてバックし、僕の車の数センチ横を通り過ぎる。

五分後、赤信号を三つ無視したあと、僕たちは病院に着く。

十二時間後、僕たちはまだ病院にいる。―　ステイシーとブラッドは僕といて、―　エイミーはワンダとレイチェルに挟まれてる。子供たちはもう眠って、僕は待合室にあるすべての本を読んでしまった。―　一九六五年の『グッド・ハウスキーピング』が四冊、古い『ライフ』が二冊、それに使い古しのぬり絵が一組。インターコムから聞こえてくるフルオーケストラの『ムーンリバー』は、もう四度目だ。

腕時計を見る。―　午後七時だ。―　そして部屋を見回す。―　最初に味気ない白い壁を見る。そしてオレンジのカーペット、不安げな人々と眠った子供たちでいっぱいのデンマーク風のモダンなソファ。―　僕はデジャヴのような見覚えのある感覚を探す。過去への旅に時々付きまとう、「前に一度見た」感覚だ。しかし僕が思い出せるのは、四ヶ月前にレイチェルが入院したときの記憶だけだ。これはどうしても初めて起こったこととしか思えない。

過去に起こったことであるはずなのに、ボブを救急室へ運んだことを思い出せないのだ。

しかし僕たちはここにいる。―　ブラッドは雑誌を読んでいるし、ステイシーは僕の腕の下で丸くなって眠っている。ワンダの表情はひきつり、立ち上がって看護婦と話している。レイチェルは目を閉じ、黙って祈っている。

背が高く、薄い茶色の髪で、緑の手術帽をかぶった救急室の医者が入ってくる。「ドミニクさんですか？」

三十分後、レイチェル、子供たち、僕はポンティアックに座ってワンダを待っている。レイチェルはドアの横に座り、もうずっと病院の駐車場をまっすぐに見つめている。

「お医者さんはすごく怒ってたね」　後部座席からブラッドレーが呟く。「僕たちをどなったよ」

「私たちを怒ったんじゃないのよ、ブラッドレー」　ステイシーが言う。「パパがたっぷり眠らなかったから怒ったの。お医者さんは、地球上の人間は眠らなきゃ生きられないって言ったわ」

レイチェルは僕を見る。「マイケル、どうして神様はこんなことをなさったの？」

「医者は極度の疲労が原因だろうと言っていた。でも病院にボブを連れてきたのは正解だった。とにかく、―　君のシャワースーツ姿も見れたしね」

「マイケルは、レイチェルのシャワースーツを見たー」　エイミーが歌う。恐ろしいことに、シャワースーツという言い方がレイチェルだけでなく、―　家族中で使われている。

「それってお姉ちゃんが裸だったってことだよ」　ブラッドレーがにんまりと笑う。「二人はそうやって寝てるんだ」

レイチェルはシート越しに体を乗り出す。「ブラッドレー・アレン！　そんなのウソよ！　マイケルと私はベッドでも服を着てるし、それは知ってるでしょう。あんたたち、そんなことをもう一度どこかで喋ったら、ただじゃおかないから！　それは私とマイケルと家族の中だけの話よー　他の誰にも言っちゃダメ！　わかった？」

「わかったよ」　ブラッドレーはぶつぶつと呟く。

「うん」　ステイシーもつぶやく。「私も分かった」

「パパが病気だし、これから何が起こるか分からないのよ。もうこれ以上—」　レイチェルは言葉を切り、口調を和らげる。

「—　トラブルは要らないの、いいわね」

「ごめんなさい、レイチェル」　ブラッドレーは囁くような声で言う。「ごめんなさい、マイケル」

レイチェルは車の反対側の自分の席に戻ると、膝を曲げて胸の前に立てる。—　厳しくて不安定に変わってしまった世界から自分を守ってるんだ。

ロックする。フロアボードにはクク・ハンバーガーの包み紙とソフトドリンクのコップの山の中にテニスシューズが転がっている。車の中はそれほど寒くはないのだが、レイチェルが震えているのが分かる。涙が頬を伝っているのが見える。

ロック解除。

「ねえ、おいで」　僕はシートに手を伸ばしレイチェルの腕をつかむ。「散歩しに行くよ」

「痛い！　待って、靴を履かせて」

「いや、こっちだ」　あっという間に、僕はレイチェルを抱き上げて、濡れた草の上を歩いている。

「マイケル、—何なの—？」

「よく聞いてくれ、レイチェル。—君のパパはよくなる。これはただの過労なんだ。必ず治るし、これからもずっと長生きする」

「どうしてそんなことわかるの？」　レイチェルは僕を見る。彼女の顔まで数センチだ。

「なぜかというと、僕は覚えてるから。前にここに来たことがあるからさ。何年も昔に」　僕は冷たい空気と、湿った草を感じる。自分が裸足だということに気づいた。感覚—、はっきりとした感覚が波のように僕に降りかかり、繋がる先を探している。まるでこの美しい時間の波が、長い年月のあいだ僕を探し続けていたかのように。そして時間は僕を見つけ出した。

綿のシャツを通してレイチェルの体の温かさを、ジーンズの硬い布地を感じる。僕の顔にかかる彼女の温かく速い息遣いも感じる。

そして僕は今、ここにいる。　正真正銘、間違いなくここにいるのだ。

「何を言っているの？　—　『覚えてる』ってどういうこと」　レイチェルは眉をひそめる。

「レイチェル、君に話したいことがある—」　冷たい空気が肺に入ってくるのを感じ、彼女の香水の匂いを嗅ぐ。—　『オカ—』じゃなかったっけ。薄く塗られた彼女のリップスティックを味わう。暗く冷たい夜の中レイチェルを抱き上げ、感覚の洪水に圧倒されている。

「なんなの？　何を話したいの？」　レイチェルは一瞬、笑ってみせる。

「君に言いたいのは—、僕はここにいるってこと」

「気は確か？」　レイチェルは訝しげな表情を浮かべる。

「言いたいことがあるんだ。レイチェル・ドミニク—」　僕は彼女の目を見つめる。「君は、僕の人生の中で、何にも変えがたい最高のものだ。　そして、生涯ずっと、君のことを想ってきた」

「十九年の生涯ずっとね」 レイチェルは言う。「まあ、それってかなり長いわ。キスして」 僕は彼女の唇を感じ、顔を、濡れた頬を感じる。レイチェルは身を引くと、じっと僕を見つめる。「パパがよくなるって、本当に確かなの？ 慰めるためにそんなこと言わないで――」

「必ずよくなる。覚えてるんだ」

レイチェルは僕を見る。彼女の瞳は涙で濡れている。「私たち、結婚できる？」

「結婚するよ」

「いつ？」

「今は――どうだい？」

「今？」 レイチェルは僕を見る。「今すぐってこと？」

「教会があいていればすぐに。君のパパとママがいいと言えばだけど――」

「いいわ！ 結婚する！ するするするする！」 レイチェルは僕の首にしがみつき、抱きしめる。

「パパが結婚式をしてくれるわ。パパが家に帰ったらすぐにしましょう。――考える隙を与えないくらいすぐに。そしてあなたの気が変わらないうちに！」

「今週末にしようか」

「そうしよう！ パパが式をしてくれるし、ママがピアノを弾いて、ステイシーが花嫁の付き人になれるわ。うちのリビングリームで結婚するの。そのあとで本物の教会で式を挙げればいいわ。それなら、私が妊娠しても、問題ないでしょ」

一九六七年二月の世界が、僕に押し寄せてきて、嵐の時の高波のように僕を洗い流していく。冷たい空気、草の霜、強い風でレイチェルの髪が僕の目に入る。レイチェルを抱いたままくるりと回ると、筋肉に、背中に、膝に圧力を感じる。草に押し付けられる体を感じ。腕にレイチェルの重さを感じる。

「マイケル、聞いて」　レイチェルが言う。「私、本気なの。今夜、あなたと結婚したい。今夜がダメでも、なるべく早く、たとえば明日とか、あさってとか。そして妊娠して、赤ちゃんが欲しいの。そうしてもいい？」

僕は彼女を抱いてここに立っている。僕の顔から数センチのところに彼女の顔がある。「いいよ。なんにも問題ない。早ければ早いほどいい」

レイチェルは僕を見る。涙が頬を伝って流れる。「マイケル、私、本当にー、あなたがココナッツクリームパイなの」

「なにそれ？」

『愛してる』以上の言葉を使いたかったの。そしたら大好きな食べ物のことが頭に浮かんじゃったの。ココナッツクリームパイ」

「レイチェル、僕はー、ええと」

「食べ物ならなんでもいいわ」

「わかった。チェリーパイにしよう。僕は君がチェリーパイだ」　彼女の目を見つめる。「そして一生君のそばを離れない。絶対に」

レイチェルは微笑む。「それがずっと私が望んでたことよ」

「レイチェル、聞いて。君に言わなきゃいけないことがある—」

彼女は僕の唇に指を当てる。「後で話して。多分今夜のうちに。いい？」

「分かった、今夜」　駐車場の光を受けてキラキラ輝くレイチェルの瞳を、僕は見つめる。

何かが起こった。

なぜか僕はここにいる。一九六七年二月の夜の波動と振動と、そして感情が僕を捕らえてしまった。どこかが、思考の奥深くのある部分が、時の流れの中のこの瞬間の感覚にのみ込まれた。他の記憶が遠ざかっていくのを感じる。どこかの街での別の人生、かつて知っていた人たち。

だけど今、暗い夜のテイルランプのように、その記憶は遠くへ遠ざかっていく。

そして消えた。

今は早朝だ。レイチェルは僕の腕の中で寝ていて、片方の脚を僕の脚の上に投げ出ししている。外で降りはじめた雨の最初の一粒が窓に当たる音を聞く。寒冷前線がやってきたんだ。今週の半ばには、雪になるだろう。春休み中でよかった。—　こんな天気のなか、カークスヴィルまで運転するなんて冗談じゃない。

レイチェルは少し震えると、毛布を引き上げる。外で車が通り過ぎ、タイヤが濡れた砂利道で軋む音が聞こえてくる。僕は車を十分に道路から離して停めただろうか。

僕は腕をレイチェルの体の下から抜いて起き上がり、窓の外に目をやる。雨でフードが濡れた僕の車は、無事のように見えた。

部屋の中を見回すと、壁は街灯の光に照らされている。ワンダと子供たちは眠っているだろうか。たぶん眠ってはいないだろう。エイミーはいつも朝 3 時か 4 時まで起きているのだ。僕はもう一度横になると、レイチェルの下に腕をすべりこませる。それに応えて、レイチェルは寄り添ってくる。

彼女を見つめながらこの数時間のことを思う。— 病院から帰ってきて、『ザ・モンキーズ』の最後の数分を見て、— 魚のフライ、ボローニャサンド、ベス・コーラの夕食を食べた。僕は『モンキーズ・ショー』のエンディングテーマ『ユー・ジャスト・メイ・ビー・ザ・ワン』のことを考える。十時にシャワーを浴び、ベッドに入った。

そして今、ブラットとオカー、ゼスト石鹸とクレストの練り歯磨き、そしてフロストのリップスティックの香りの中、僕たちは横になっている。レイチェルの手が僕のシャツの下の胸に当てられ、素足が僕の脚にからみつく。

「マイケル？」

「なんだい？」

「Tシャツを脱いで」

僕は頭からTシャツを脱ぐと、壁の横に置く。何も言わず、レイチェルはナイトシャツを頭から脱ぐと、ベッドの脇に投げた。

暗闇の中の彼女を見る。美しくて完璧だ。

「こっちに来て。抱いていてほしいの」

腕を回し、彼女を引き寄せる。— 小さくて柔らかい乳房が僕の胸に押し付けられるのを感じ、裸の背中に触れる。顔とか顔が向かい合い、唇で彼女の唇をなぞる。最初は軽く、口の端から始めてもう一方の端へ、そして戻っていく。今度は真ん中で止まり、舌先で彼女の上唇のくぼみに触れる。

練り歯磨きと口紅とコーラの味だ。でもなにより、レイチェルの味がする。彼女の唇と舌、前歯の先を味わっていると、その前歯が僕の唇を噛んだ。顔、目、首、鎖骨にキスをし、そして裸の肩へと移っていく。そこから彼女の肘のくぼみへと唇を這わせ、手首、手のひら、指のあいだへと移っていく。そしてまた鎖骨に戻り、のどの小さな三角に触れる。

レイチェルの息遣いが激しくなり、息が僕の顔に当たるのを感じる。「マイケル―」

僕は指を彼女のうなじに這わせ、背中へと下ろしていく。すべてのくぼみ、すべての筋肉に触れながら腰まで下がり、また首へと戻っていく、そしてまた下へ。

シーツの下で、彼女が足の内側を僕のふくらはぎに押し付けるのを感じる。僕は手を下へずらし彼女のつま先に指を這わせ、足の甲へ、そして膝へ。そしてなめらかな太腿に触れ、腰へ。ストップ。

「レイチェル、―下着はどうしたんだ」

「はいてないの」　彼女は僕を見る。二人の顔のあいだはわずか数センチしかない。

「裸ってこと?」

「シーッ!　そうよ、素っ裸なの」

手をウエストから背中へと移す。

「でももしママが―」

「絶対に部屋には入ってこないわ。それにエイミーはぐっすり眠ってるし。見てきたのよ」

「どうなんだろう。妊娠したらどうするんだ?」

「どうなるっていうの?　どうぜ数日のあいだに結婚するのよ」

暗闇の中、数センチのところにあるレイチェルの顔を見つめる。そして何も言わずに僕はカットオフジーンズのボタンをはずしジッパーを下ろし、ゆっくりと脱ぐ。冷たいシーツが体に当たるのを感じる。一瞬、僕は心もとなく、ひとりだと感じる。だがレイチェルの手が背中に当てられ、僕を引き寄せ、僕たちの体が初めて触れ合うのを感じる。そして僕の脚を這う彼女の柔らかくて冷たい脚が、やがて温かくなっていく。彼女の息が僕の顔にかかり、胸に柔らかい乳房を感じる。不意に僕は守られていて安全だと感じる。愛に包まれている、この瞬間を僕は永遠に覚えているだろう。

外では雷が光った。もう一度。そしてもう一度。すべてが映画のようだ。だが突然、目の前の光景が写真に変わった。

雨の音が聞こえない。レイチェルの息遣いも。すべてが止まった。

もうレイチェルの重みも感じることができない！

「ええとー、ザ・モンキーズがテレビショーでその歌を歌ってるなら、おそらく二月二十七日か、二十八日の早朝でしょう」

「さっきシーンをロックしたんだ。外では雨が降っているみたいだ」

「オーケー、じゃあ夜中の二時から三時のあいだでしょう。ミズーリ州ウェスラヤン。外に出なかったらいいんですが、気温が五度しかありませんよ」

「そんなに寒いとは気づかなかったよ。ラジオはついてない。でもさっき『ユー・ゴット・トゥ・ミー』と『フォア・ホワット・イズ・ワース』が聞こえた」

今度は頭の中でラジオが鳴っている。これは悪夢なのか？　悪夢に違いない。でも僕は今、起きているのに！

「マイケル、今この瞬間に、ビートルズは『ルーシー・イン・ザ・スカイ・ウィズ・ダイアモンド』のリハーサルをしています。それにエルビスの体重は、さらに五ポンド増加中です」

おそらく僕の中の何かがシグナルをキャッチしているのだろう。何かの資料で読んだことがある。でもどうしてすべてが止まってしまったんだ。

「…もし雨雲が空を覆ってなければ、二千二百キロ上空の南の空にレグルス、西にはプロキオン、ほぼ天頂にアルクトゥルスが見えますよ」

「すべて順調ですか?」

「情報ありがとう」

「いまのところね」

「側頭葉のリードに少々障害が出始めました。この前と同じですね。本当にそっちで問題はありませんか?」

「確かだ。すべて順調だよ」

「t-4波の動きが気に入りませんね。戻ってくれると、気が楽になるんですが」

この声には聞き覚えがある。前にも聞いたことがあるぞ。過去に見た映画の中だろうか?だけど、なぜそれが今聞こえるんだ?僕は気が変になっているのだろうか?精神の異常はもっと早期に発現するんじゃないのか?十代の終わりごろに?

「レオナルド、訳の分からない声が聞こえるのは確かだが、多分ここで僕があれこれ思ってることが聞こえるんだろう。だから大丈夫だ。本当だよ」

「シートベルトを締めてください。あと十秒です」

「やめてくれ、レオナルド!　あとでコールするよ」

暗闇のなか横にいるレイチェルが見える。彼女の目は閉じられ、顔は僕の数センチ先にある。

九—、八—、七—

レイチェルにキスをしたい。愛していると言うんだ。もう二度と、絶対に君を傷つけはしないと。

六—、五—、四—

レイチェルに言わなきゃ

三—、二—、一—

絶対に君のそばを離れないと—

二十六　信徒たち

僕は濡れたタオルを腰に巻いて、部屋の窓際に立ちサン・アントニオの街を眺めている。夕暮れ前の空にほとんど雲の影は見えず、眼下に見える通りの気温はおそらく三十五度を超えているだろう。

この世界での、きっかり二時間前は一九九九年午後三時三十分。だが僕の頭のなかの二時間前は一九六七年二月二十八日、午前三時だ。僕はふたつの世界の間に挟まれている。―　ひとつは僕の周りに広がる世界、でも僕はそこの一員ではない。―　もうひとつの世界は頭のなかにあり、その世界こそ僕の一部分なのだ。

シャワーを浴び、誘導チェアで過ごした二日間の垢を洗い流しながら、自分が持っている選択肢について思いをめぐらせた。シャワーを終える頃には、分別ある選択肢がひとつ残された。―　荷物をまとめて、プログラムから手を引き、ボストンへ帰る。そうでない場合は、残りの人生を過去の中で過ごし、屋根裏に魅せられた愚か者のように、過去をあちこち掘り返しながら生きるのだ。

もちろん、ゲイルの方法を試すこともできるかもしれない。―　レイチェルがどうしているか見つけ出すのだ。―　彼女が元気だと分かればそれでいい。いや、無理にきまってる。この数週間、半年間をレイチェルと過ごした今、確実に僕は手紙を書きたい、電話をしたい、ひと目会いたいと思うようになるだろう。そしてこう言うのか。　覚えてるかい？　君を傷つけた男だよ。僕たちの人生を台無しにした男さ。

そんな状態で関係を続けられるはずはないだろう。言うまでもなく、レイチェルが結婚していたらすべては無意味だ。そして確実に、彼女は結婚しているだろう。今日か、昨日だったか、子供が五人欲しいと言ってたじゃないか。そうだよ、あれは二晩ほど前のことで、そして三十二年前のことだ。

それにリンダのことはどうする。結局のところ、僕はまだ結婚しているし、責任も義務もある。当然、過去の古い恋にのぼせ上がってる時間などないはずだ。それが皆に対してフェアってものじゃないか。— 誰よりもレイチェルに対して。

それなのに僕は、過去は自分の人生の一部であり、現在と同じように「現実」なのだと言ったコルトレーンの言葉についてまだ考えている。僕は過去を旅して、見たくない場所を避け、売れそうな歌とこまごましたものを探して、他の安全な場所を掘り起こしに来たはずだ。それなのに、僕が忘れようとしていた正にその場所へと、何かが僕を連れ戻した。レオナルドならこう言うだろう。僕はそこをダイクしたけど、ニュークしそこねたと。

実際のところ、過去に掘り起こされたのは、僕の方だ。

ラボに行くと、レオナルドは使われてないコンピュータのキャビネットの足を乗せて、机で『キララ』という日本のマンガを読んでいた。

「やあ、マイケル」　レオナルドは言うと、マンガを脇へ置く。

「レオナルド、頼みがあるんだ」

「いいですよ」　レオナルドはメガネの位置を直す。「ランダム・アクセス・メモリをあまり大量に使わないことならね」

「人を探して欲しいんだ。現在で」

「悪いんですが、バンクスの友達探しの件で、上から注意を受けたんです。もう一度やると、パウンドストーンに追い出されかねません」

「レイチェル・ドミニクを探したい。僕が話すのを聞いたことがあるだろう。どういう人か知ってるはずだ」

「レイチェル・ドミニク、ですか」　レオナルドは片目を細めて僕を見ると、首をかしげる。エバン・カースウェルが百万回もやっていた仕草だ。

「大事なことなんだ」

「説明しますよ」　レオナルドはイスを回して、僕に向き直る。「バンクスの『ちょっとした内緒のお願い』を聞いたおかげで、言ってみれば、一切認められていない、施設内ガイド付きツアーを彼女にすることになったんです」

「知ってるよ、でもー」

「おまけに、コネチカットに住む特定の人物から、研究所に脅迫メールが山ほど送られたんですよ。そんなことがあったんで、階下のお偉いさんの間で、私の評判はガタ落ちです」

「それは気の毒だった」

「分かってくれてよかった。もしあなたをデータベースの中に入れたことがバレたら、彼らは激怒モードに入りますよ。つまり、私のクビも危なくなります。キャリアにかかわりますからね。申し訳ない」

「それじゃ、僕が激怒モードになるぞ」

「なんですって?」　レオナルドは眼鏡の上側から僕を覗き見る。

「レオナルド」　僕は手を近くのイスに置く。「僕は君は好きだ。本当にね。だがもし君がレイチェル・ドミニクを見つける手助けを、今すぐにしてくれないなら、何か大きくて重いものを持ち上げて、ビッグ・アイロンに向かって投げつけて、へこみができるかどうか見てやるよ。ローチされた機械と、ぶち切れたドリーマーはどうだい？」

「へこみ？」　レオナルドは、僕がつかんでいるイスに目をやる。金属のアームデスクがついた重厚なオーク製のイスだ。

「へこみだよ。大きいやつだ」　僕はイスを持ち上げる。「陛下のお偉いさんたちに説明するといい」

「ええ、もちろん。へこみですね」　レオナルドは頷くと、キーボードに向き直る。「エヘン、データベースを見てみましょうか。ハイビットでお願いします」

「名前はレイチェル・ドミニク。レイチェルのスペルはEが入ってる」

「助かります」　レオナルドは名前を打ち込む。「それはそうと、マイケル―」

「なんだい？」

「覚えておいてください。ハードウェアは『ローチ』しません。ローチするのはソフトウェア。ハードウェアは『トースト』するんです。他は合ってますよ」

「ありがとう」

「どういたしまして。役に立つのが仕事です」　レオナルドはスクリーンを覗き込む。「ふむ、なるほど、手がかりなし。生年月日は？」

「一九五九年五月九日。ミズーリ州コリンス…、―　ロカスト通りで生まれた、―　両親はロバート・ドミニクとワンダ・ドミニク―」

「ああ、分かりました、たぶんこれでしょう。レイチェル・サラ・ドミニク。一九六八年に一家はウェスラヤンを離れ、ミズーリ州ブルースプリングスに転居。そこから一九七〇年ミズーリ州ノーベンガーへ。ノースウェスト・ミズーリ州立大学に七二年から七三年に在籍。学位はなし。一九七三年ジャッキー・W・ウォーデンと結婚。クレジットレーティングは優良、家を購入、車一台、トラック一台、子供ひとり」

「赤ん坊を産んだんだ」

「そのようです。そしてノーベンガーから引っ越しています」

「その後は？」

「それだけです、そこで記録が止まってます。あとは空欄のみ」

「両親はどうしただろう。　たぶん見つけられるんじゃー」

「ちょっと待って」　レオナルドはキーボートに打ち込む。「両親の情報もありません。おそらくアメリカを離れたんじゃないですか。職業はなんです？　CIA？」

「まさか。弟や妹はどうだろう？　エイミー、ステイシー、ブラッドレー」

「ありました。ブラッドレー・アレン・ドミニク…一九五八年生まれ…、これでしょう？」

「だと思う」

「これによると、彼はコンピュータサイエンスで学位を取って、プリンストン大学へ行っています。ですが手がかりはそこで終わり。住所も電話番号もありません。他の家族の情報は皆無です。おそらくこのコンピュータおたく、ー　いえスペシャリストが、家族にプライバシーの守り方を教えたんでしょうね」

「ありがとう、レオナルド。感謝するよ」

「どういたしまして。そうだ、ジュークボックスは、予備のサーチエンジンなんです。他にもソースがあります。何か見つけたら電話しましょうか」

「ああ、そうしてもらえると助かる」

僕はラボのドアを閉めて、部屋に向かう。

少なくとも、レイチェルは一人子供を持てたんだ。


自分の部屋のドアを開ける。ベッドは整えられ、壁のスピーカーからはベートーベンのゆったりとした曲が流れていた。カーテンが開いているので、街のオレンジ色の光が見える。記憶の中の六〇年代の光景と比べてみる。あの頃の街の明かりは青と白で、オレンジではなかった。そしていつでも、早春でさえ、焼けた葉と草の匂いがした。そして、もっと雨が多かったように思う。

もちろん、僕がサン・アントニオで育ったのだとしたら、もっと違う思い出を持っているだろう。でもあの頃僕は僕ではなく、世界は別の世界だった。レイチェルのいない世界だったんだ。

僕の人生は僕の人生だ、―　僕のものである人生。人生のものである僕。

ドアにノックの音。ドアを開けると、微笑んだゲイルだった。隣に誰かがいる。「マイケル、会わせたい人がいるの。エリック・フェンスターよ」

ゲイルが紹介したのは、中背で筋肉ががっしりとして、短い金髪とはにかんだ笑顔の男性だ。スカンジナビア地方から抜け出したような顔ー、どこか雨風にさらされたような肌に、目じりの皺が刻まれ、目は鋭く青い。彼の握手は固く、力強くかった。そして見るからに高校教師という雰囲気を漂わせていた。

「今朝、エリックは着いたの」　ゲイルは言う。「空港から直接来たのよ。アラモ砦もリバー・ウォークも見てないんですってー」

「そのために来たんじゃないからね」　彼はゲイルに微笑みかける。彼の声は穏やかだったが、確信に満ちていてた。そして、そこには他にも何かがあるー、ゲイルの声に聞き取れるものー、明らかな陶酔。

「エリックは、私がプログラムを終えたら、また戻ってくるの」　ゲイルは言う。「そのときには一緒にサン・アントニオを見物するの。素敵でしょ?」

「ほんとだ」　二人を見ていて、レイチェルが言った言葉を思い出した。ー　つながっている二人は、誰が見てもそうと分かる。ゲイルと彼女の昔からの友達を見ていると、二人がそうであることは明らかだった。

「マイケルー」　ゲイルが言う。　「ありがとう」

「なんだよー、役に立つために僕はいるのさ」

「そして、あなたは理解してくれる」　ゲイルは背伸びをして僕の頬にキスをした。　そしてエリックの手を取って、廊下を戻っていく。

僕はドアを閉め、部屋を見回す。カーキのズボンにアイロンがかけられ、キチンと机の上にたたまれているのを見る。—クローゼットにはスーツと不釣合いな一組のネクタイ、ピンストライプのシャツ、タブカラーのシャツ、ロックポート—。すべては数週間後にボストンへ帰る旅を待っているのだ。

でも、ここには人生の証しはない。

ここにはペニーのスタプレストのカットオフとテリーTシャツも、オカーとブラットの香りがする青い縞のナイトシャツの証しもない。ゼストもマイクリンもない。魚のフライとビネガーも—、ボローニャサンドイッチとヴェスコーラもない、そしてレイチェルがいない。

すべては別の時間、別の場所—、別の国のものなのだ。ここからそこへはたどり着けない。

僕はベッドに倒れ込み、天井がぼんやりとして、やがて灰色になるまで見つめている。そして目を閉じ、コルトレーンが言ったことを思い出そうとする。「過去はいつもそこで君を待ってる。—　もし君がそれを望むなら」

レイチェル、君が僕の望みだ。なによりも欲しいものだ。—　今、君はどこにいるんだ?結婚しているのか、子供は五人いるのだろうか?僕の声が君に聞こえたらいいのに。僕が君の元へ行けないのなら、君が僕の元へ来てくれ。

「アラモ砦で何があったか覚えてる?」　声がする。

夢のなかで、僕はニットのトップス、ジーンズ、テニスシューズをはいた小さな女の子を見る。彼女の黒い髪は後ろでポニーテールになっていた。彼女は短い木の枝をとる。「ここに残るなら、このラインを踏み越えて」

その子が僕を見る。見慣れた顔。不意に僕は新しさを感じる。何かと比べて新しいのではなく、ただ「新しい」のだ。僕の古い身体を、新しい身体と交換したわけではない。これが新しかったとき、また僕自身の身体になった。もう秋ではない、春なのだ。永遠の四月であり、僕の春なのだ。

レイチェルがベッドに座っている。身に着けているのはTシャツと下着と、そして新しい指輪だけ。

顔に触れると、彼女は微笑み、僕に向かって手を伸ばす。光が消えた。レイチェルは毛布を引き上げる。冷たいシーツの下、僕から数センチのところに彼女がいる。そしてさらに近寄り、―　小さな身体の温かさを、胸にあたる乳房の柔らかさを、僕の脚に絡む脚を感じる。

外では雨が降っている。ラジオから新しい曲が流れてくる。―　聴いたことのない曲だ。

彼女の唇、顔、肩にキスをすると、彼女の筋肉が緊張し、腕で僕を抱きしめる。この地球上で長い時間を過ごしていない二人の会話。

「しっかり抱いてね。離さないで」

「離さない」

「愛してるという言葉じゃ足りない。あなたに伝えられたらいいのに、本当に、本当にあなたに伝えられたら―」

シーンは消え、丘に立つ小さな田舎風の教会のドアの前に僕は立っている。三月初旬の日曜で、そよ風が湖の波のような背の高い草の間を渡っていく。

頭上では、青空に大きな雲が渦巻いている……雲の影は小麦畑や茂った草を急いで横切り、教会を通り過ぎて、東の地平線へと走り去る。

振り向くと、横にレイチェルが立っている。

僕たちが教会に入ると、信徒たちが立ち上がって賛美歌の第一節を歌っている。何年も前に聴いたことのある曲だ。

僕はこの人たちを知っている。―　昔から知っている人たちだ。子供のころに出会った人たち、人生で出会った人たち―

僕の人生で。

教会では、聖歌隊が第二節を歌い始めると、アーチ型のステンドグラスを通して、光が差し込み、壁を支える柱ほど強くくっきりとした光の柱を作り出す。

私たちは一部分なの―

聖歌隊が第三節を歌い始めると、教会の光が広がり、―　ステンドグラスや壁を越えて、空へと昇っていく。

お互いの一部分―

聖歌隊が第四節を歌い出すと、鐘の音が聞こえる、音は外から、至るところからやってくる。天使たちだ。

手に持つ讃美歌集に目をやると、誰かが一緒に手を添えている。

レイチェル。

「マイケル―」　彼女は僕を見る。「ここが私たちの特別な場所よ。私たちの場所」

電話が鳴った。

僕は暗闇の中起き上がる。

もう一度ベルが鳴る。受話器を取る。「もしもし」

「マイケル、レオナルドです。起こしちゃったかな」

「ああ、いや、大丈夫だ。どうした？」

「友達のレイチェル・ドミニクの居場所をつきとめました。ラボに来ますか？」

「ああ、もちろん。すぐに行く」

二十七　パイロット・ウェイブ

僕は暗いラボに座って、コンピュータの画面を見つめている。数分前に、どうやって、情報を探しだし、インターネットで調べ、さまざまなデータベースを探し、ようやくレイチェルを見つけ出したのかをレオナルドは説明してくれた。

僕はつばをごくんと飲み込み、ひりひりした喉のあたりの痛みを消そうとする。

「これですよ」レオナルドはそう言うと、スクリーンを指さす。**一九七五年一月二日。ミズーリ州ノーベンガーのジャクソン・バージル・ウォーデン（二十六歳）が運転するトラックが―**

何度も何度も、その一文を読み返していると、文字がスクリーン上の染みのようになった。やがてその染みは滲み始める。

頭に浮かぶのは、木の枝で、地面に線を引いたあの小さな女の子のことだけ。

―二台の車の正面衝突に巻き込まれ―

レイチェルの顔が、瞳が見える。笑い声が聞こえる。

「私、ロカスト通りで生まれたの。虫の名前がついた通りで生まれるなんて最低じゃない？」

―場所はセダリアの北二マイルのミズーリ国道六十五号線、時刻は昨夜午前二時。衝突で死亡したのはウォーデン氏の妻―

「私、あなたがココナッツクリームパイなの」

―レイチェル・S・ウォーデン、二十四歳。ウォーデン氏は多発性骨折により重症。相手の車の運転手は未成年で名前は非公開だが、重症だが状態は安定している―

何も感じない。世界は意味を失った。「レオナルド、本当にこれは彼女のことだろうか」

「間違いありません。保険のデータベースでダブルチェックしました」

「子供はどうしたんだ。赤ちゃんがいたはずだ」

「記録がありません。おそらく親戚に預けられたんでしょう。知りたければ調べますが――」

「どうしよう。考えさせてくれ」

「お気の毒に。マイケル」　レオナルドは僕の肩を叩く。「本当にひどい話だ」

午前三時二十分。失敗の時刻。僕はスカイボックスのラウンジのソファに座り、靴下をはいた足を窓に押し付け、ガラスの上についていく水蒸気を見つめている。僕の車のフロントガラスに、レイチェルはこんなことをしてなかったっけ?そうだった。

私、縄張り意識が強いって話したかしら?　他の女の子がこのフロントガラスを見たら、私が助手席にいたって分かるでしょ。

暗闇の中、ソファの反対側にはラッセル・コルトレーンが座っている。彼の顔には深い皺と影が刻まれている。ブーツを履いた片足を床に突き立て、もう片方をテーブルの上に載せている。地平線の辺りに、かすかな雷光が見えた。

「ラッセル、今夜、君がここに来てくれて助かったよ」

「いいさ」　コルトレーンは肩をすくめる。「君がどんな思いを味わってるか分かるよ。私だって幾夜もここへ一人で上がってきて、窓の外を眺めていたもんだ」

「今日、トリップの後、レイチェルの夢を見たんだ。――実際には二回ね」

コルトレーンは僕の方を向く。窓からの光に反射して、眼鏡が二枚の黄色い円盤のように見える。

「彼女と一緒にベッドにいたんだ。そして彼女は指にもうひとつの金の指輪をしていた。オレンジブラッサムの隣にね。その日に僕達が結婚式を挙げたんだと分かった」

「それはとてもいい夢だな」

「もうひとつ夢を見た。――　さっき見たばかりさ。僕たちは教会にいた。人々が歌っていて、僕は彼らの一員だと感じた。おそらく結婚式が行われた場所だったのかもしれない。分かるのは、そこが世界一美しい場所だったということだけ。彼女との未来に起こりえたことが見えたんだ。でもそれは実際には起こらなかった」

「その夢は現実だったか?」

「結婚する前に、僕たちは別れた」

「私が訊いたのは、そういうことじゃない」　コルトレーンは穏やかな声で言う。「それを現実だと感じたか、と訊いたんだ」

僕は彼を見る。「今まで知っている何よりも、現実だったよ」

「それなら、それは実際に起こったことなのさ」　コルトレーンは微笑む。「君の人生のどこかでね」

「僕が覚えている人生では起こってない」　深く息を吸う。「僕が覚えている人生は、全くそんなんじゃない」

「私の話をしよう」　コルトレーンはソファに座り直す。「美しい妻に初めて会ったのは、私がワイオミング州ローベル郊外の小さな製油所で働いていた時だった。妻はそこの学校の英語の教師だった。――　純血のショショーニ・インディアンだった彼女は、自分たちの居住区へ戻って教えたいと願っていた。私はそれもいいと思ったので、サーモポリスに小さな家を買った。仕事を見つけてウィンド・リバーに牧場を買うつもりだった」　コルトレーンは一瞬、言葉を切る。

「二人が手に入れるものについて、夜更けまで話したのを覚えてるよ。やぎとか、羊とか。牛もね。牧場は居住区のすぐ外にあったから、妻は車で毎日通えるはずだった。紙に書き出してもみたさ。― どんなベッドルームで、キッチンはどんなふうで、暖炉はどこにあって…」

「楽しそうだ」 僕は言う。

「だがうまくいかなかった」 コルトレーンは静かに言う。「私にはいい仕事が見つからず、その小さな牧場を買うことができなかった。数年後、妻は身体をこわして、それ以上教師を続けられなくなった。だがな、私たちは座って、一緒に牧場について語り合った、まるで現実のようにね。そういう時間は確かに存在した」

「終わりのころに彼女が言った。『― ラッセル、私たちは牧場を持っているのよ。それは現実だし、私たちの牧場で、私たちは本当にそこにいたの、いつかあなたにも分かる日が来る』とね」 コルトレーンは僕を見る。「長い年月がかかったが、彼女の正しかったと今は分かる。なぜって、私の中の一部分が、今そこにいるからだ」

「でもラッセル、その場所は現実の世界にはない。それは―」

「マイケル」 コルトレーンは身を乗り出す。「君が戻るその場所を、僕が探そうとしたなら、長い長い間探し続けるだろう。でも君はそれがどこにあるのか知っている。そうだろう？」

「言いたいことは分かる、でも―」

「もうこれ以上、信じないのか」 コルトレーンは僕をじっと見つめる。「自分の人生を信じないのか」

「もちろん信じてる、でも―」

「それなら、人生はいつもそこで君を待ってる」

「ああ」　僕は気のない笑顔を作り、独り言のように呟く。「でも記憶は―、頭の中だけに存在するんだ」

「そうかもしれない、でもそうじゃないかもしれない」

午前四時。　決断の時刻だ。

僕は一人、自分の部屋にいる。カーテンは引かれ、僕は天井を見つめたままベッドに横たわる。できるだろうか？

目を閉じると、濃密で自分を守ってくれる雲ような暗闇があたりを包む。

―時には複数の人格の出現が起こります。結局のところ、私たちは人生のそれぞれの舞台で、別の人格を生きているのです―

緊張とリラクゼーションの波を送る。

―しかし他の人格を統率するコアの人格が存在するのです―

身体が重くなっていく。鉄のように、鉛のように、沈み込んでいく。

―なぜなら光を含めたあらゆる物質的総合作用には、二つの波が存在します。一つは未来へ旅する波、もう一つは過去への波です―

僕は水銀になって、ベッドのシーツからすべり落ち、床を通り抜け、空間へ入り、時間のドアを抜けていく―

―パイロットウェイブは時空を抜けてあらゆる可能性のある出来事を抽出します―

空に向かって落ち込んでいくと、下方には人生の川が広がっている。

「我々の横に存在している現実世界を見るには、その波を追うだけでいいのです」

エレベーターを思い浮かべると、エレベーターが現れた。

「道は私たちの中にあります。それが記憶と呼ばれているのです」

目を開けると、部屋の暗闇が見える。どこに行かなければいけないか、僕は知っている。これが最後だ。

午後三時四十五分。午後の太陽が部屋の壁に明るく黄色い光を塗りつけている。今日はサン・アントニオでの最後の日だ。

すべての準備は終わった。数々のミーティングも別れの挨拶も、飛行機の予約も。あと少しだけやり残したことがある。

僕は受話器を置き、ブラインドを閉める。

そしてもう一度受話器をとり、今度は別の番号にかける。

「リサ？　マイケル・ミッチェルだ。ジェリー、いるかな。よかった。電話口に出してくれる？」

「ミッチ？　お前か？　どこにいるんだ？」

「サン・アントニオ」

「なんだよ、まだそこなのか。まったく、そうくるだろうと思ったよ。ミッチ、日本人は明日の午後来ることになってて、君に会いたがってる。他の誰でもない、僕じゃない、米国大統領でもない、エルビスでもない、君に会いに来るんだ。いいか？　聞こえるか？　今ひざまずくから――。リサ、言ってくれよ」

「ひざまずいてますよ。マイケル。本当にひざまずいてます」

「な？　な？　お前に頼んでるんだよ。ひざまずいたままオフィスを歩き回って、お前が帰ってきて会社を救ってくれるように――」

「ジェリー、明日の正午に帰るよ」

「僕は—、なんだって?」

「飛行機のチケットをもう買った。もう一度だけ六〇年代に戻って情報を仕入れてから、ボストンへの飛行機に乗る。今夜九時の飛行機に乗るよ」

沈黙。—「ミッチ、ありがとう。心の底から礼を言うよ。ケータリングを頼んで、ハンバーガーを山ほど注文しよう。僕たち全員で髪をDAスタイルにしてもいいな。それこそ六〇年代のスタイルだ」

「ありがとう、ジェリー、でも僕にはそれほど髪が残ってないな。きちんとしたスーツを着て、机の上に彼らの名前のリストを置いといてくれ。それからジェリー—」

「なんだ」

「DAは五〇年代に流行ったんだ」

僕は電話を切り、もう一度ダイヤルする。

「ヘンダーソン・コハン・ミッチェル・ランバート法律事務所です」

「やあ、ケイジー、マイケル・ミッチェルだ。リンダ、いるかな?」

「まだ出社していないと思います。伝言を伝えましょうか」

「今夜帰ると伝えてくれ」

「あっ、ちょっと待ってください—」

「マイケル、リンダよ、どうしたの？」

「家に帰る。ローガン空港に今夜一時十五分に到着する予定だ」

「本当に──、今夜帰ってくるとは思ってなかったの、あの──」

「家にいるかい？」

「あの──、聞いて、マイケル。あなたに話さなきゃいけないことがあるの」

「あるだろうね。残らず話を聞かせてもらうことを楽しみにしてるよ。それに、僕が帰る前に、電話の転送を家に戻しておいてくれると助かるな、君の友達は余計な電話がかかってきてほとほと嫌になってるだろうからね」

沈黙。

「リンダ。そこにいるのは分かってる。君の息遣いが聞こえるよ」

「説明するチャンスをちょうだい──」

「帰ってから説明を聞くよ。じゃあな、リンダ」

電話を切り、部屋を見回す。これで終わり。さよなら、サン・アントニオ。何をしなければいけないかは分かってる。あと一回、電話をするところがある。あと一回、さよならを言わなければ。

「レオナルド、マイケルだ。準備はいいかな」

「いいですよ。来てください」

ヘルメットを頭にかぶり、セラミックの喉頭マイクを取り付ける。レオナルドが手順を進める声が聞こえる。

「オーケー、マイケル。数を数えて…、ありがとう。大きくはっきりと。完璧なシグナルです、いいですよ。心電図も順調、パウンドストーンは、あなたが帰ると聞いてなんと言ってました？」

「とても感じのいい対応だったよ。またいつでも来てくださいと言ってた」

本当のことを言うと、パウンドストーンはがっかりしたようだった。プログラムをやめる本当の理由を、パウンドストーンには言わなかった。すべてを混乱させるだけだと思ったからだ。際限なくことがややこしくなる。パウンドストーンは知らないほうがいいだろう。僕は深く息を吸い、バイザーを下ろす。緑の光が瞬いた。

ヘッドフォンからレオナルドの声が聞こえる。「左を見て、右を。上を見て、次に下を。青い四角形を想像してください。…ありがとう」

この場所、ここで会った人たちを僕は懐かしく思うだろうか。もちろんだ。ゲイル、コルトレーン、そしてレオナルド。特にレオナルドだな。頭の中で過去のデータを伝える、あの奇妙でなんともおかしな声を僕は懐かしく思うだろう

「―　オーケー、マイケル。百四十四の平方根は？　これは簡単ですよ。ありがとう。テリおばさんが裸になってます。前頭葉に非常にいいシグナルが来ました。もちろん、これは責められませんね」

だが僕の頭の大部分を占めているのは、これから訪れる場所、―　そして最後に会うことになる人のことだ。

「t-4の側頭葉のリードにエコーがありますが、おそらく機械のせいでしょう。今日の予定に緊急停止はなさそうです」

ゲイルは僕をハグし、エリックとの今後の計画を話してくれた。そしてフィルと今後どうするかも。よかった。ゲイルは本当に幸せそうだ。彼女は本当に運がよかった。

「さあ、マイケル。エレベーターが来たようです。シートベルトは締めましたか？」

イエス。

機械の唸るような音が聞こえ、それはヘッドフォンのなかで高い音に変わる。そして天使の歌声だ。

「シータ派をキャッチしました、…同調完了…」

人生の上に広がる空へと、僕は落ちていく。

光に向かって、僕は降りていく。壁が僕の周りでくっつく。土曜の朝のレイチェルのベッドルームだ。―　おそらく僕たちが別れた月だろう。もし僕が思った通りの場所に来れたのなら、すでに僕はブレンダと会っているはずだ。そしてブレンダはもうレイチェルに電話しているだろう。そうなら、僕は、いつも忘れようとしてきた一時間に、ちょうど降り立ったことになる。そしてこれがレイチェルと過ごす最後の一時間になる。一生でこれが最後だ。

光が安定し、僕はここにいる。

家は静まり返っている。ボブは学校で講義しているか、教会で説教の下準備をしているのだろう。ワンダは子供を連れて買い物へ行ったようだ。僕はイスに座り、四角い窓から入る太陽の光が、ベネチアンブラインド越しに差し込み、ベッドシーツの上に美しい模様を描き出すのを見ている。

僕はジーンズをはき、ブルーのシャツとナイロン製の緑のジャケットを着ている。靴下をはいた足はベッドに押し付けられている。大学から運転して、今朝ついたのだろう。

レイチェルは半分整えられたベッドに座り、シャツのボタンを縫っている。おそらく一ヶ月前、僕が誕生日にプレゼントした青いデニムの短パンをはいている。そして白いブラウスを着ている。ボタンを留めてない。首にかけた金のチェーンに吊るされた僕のクラスリングが、ゆっくりと揺れてレイチェルの素肌に当たる。レイチェル自身は気付いてないかもしれないが、いつもと違ってとても大人しい。もう知っているのか?ブレンダから電話を受けているのか?

ブレンダの映像の記憶をスキャンする。大学でのユニオンカフェでの一時間—。

「ねえ、マイケル、教会での結婚式のことだけど、ある場所しか思いつかないの」　レイチェルは縫い物を見ている。「ノーベンガーの近くで、パパが説教をしていた場所の近くにある小さな教会よ」　顔を上げて僕を見る。「丘の上の小さな教会で、雲に届きそうな場所。すごく綺麗なの。パパはそこへ引っ越そうっていつも言ってたわ」

僕はブレンダと過ごした時間の映像をサーチして、見つける。—　彼女の学生寮の前に僕たちはいて、—　ブレンダは僕に向かって金切り声を上げている。—　レイチェルと一緒にいるなんてどうかしてる、と。「あんな子供と結婚したら、人生を諦めることになるわ。—　残りの人生を台無しにするのよ。そんなこと私が許さない!」　ドアがバタンと閉められ、僕は金曜の夜の中に取り残された。—　昨日の夜のことだ。

そして僕がコリンスへ向かう間に、ブレンダはレイチェルに電話して、僕と一緒にいたといったのだ。

間違いない‥　マシンは僕を人生最悪の日に送り込んだ。

「ママと私は、先週ずっとアパートを探してたの」　そう言うレイチェルの声は静かだ。「でもあんまり高すぎた。だからママはしばらくの間、一緒に住んだ方がいいって言ったのよ」

「レイチェル、妊娠したと思うかい?」

彼女は顔を上げる。「今朝、生理が始まったの」　瞳の中に悲しみが見える。「妊娠したと思ったのに。感じたのよ—」

「感じたって、何を?」

彼女はまた縫い物に目を落とす。「まるで葉っぱが水たまりに落ちて、―　さざ波が広がるようだって話したのを覚えてる？　そのさざ波を感じたのよ。本当に感じたの。素敵な気分だった」

さっきは気づかなかった「痛み」を彼女の瞳の中に僕は見つける。この三十年間、僕は自分の痛みだけは覚えていたが、―　レイチェルもまた大きなものを失くしたのだということを忘れていた。

僕は部屋を見回して、もう二度と見ることのないものを見る。―　青い壁紙、白いベッドカバー、青い枕カバー、小さな花模様のついた青いシーツ。―　ドレッサーの上には、オカーのボトル、コルクのふたのついた「トロピカルライム」コロンのボトル、ピンクのぬいぐるみのうさぎ、雑誌の山―、「シックスティーン」みたいだ。部屋の隅にはおもちゃが並んでいる。おそらくエイミーのものだろう。僕はいつも暗闇でこのおもちゃにつまずいたっけ。これらすべてを、僕は懐かしく思うだろう。だが何より、美しいレイチェルのことを何よりも懐かしく思い出すだろう。

「ねえ、ママとパパは最初からあなたを気に入ってたのよ」　レイチェルは糸を凝視すると、針をトマト型をした小さなピンクッションに戻す。「パパは本当にラジオ局の人に電話して、このディスク・ジョッキーは知りあいだって言ったのよ」　レイチェルは顔を上げる。

「そうなの？」

「うん、その話を聞いたとき…」　またボタンに視線を落とす。「どんなだろうって、考えたわ。私は赤ん坊とここにいて、電話してリクエストするの。こう言うのよ。マイケルとレイチェルと赤ん坊のために『サマー・イン・ザ・シティ』を聴かせてって、そしてあなたが曲を流してくれるの。そうしてくれる？」

「ああ、そうするよ」

「それからザ・ライチェス・ブラザーズかロネッツの曲もかけるの。あと『イッツ・ナウ・ウィンターズ・デイ』と『スウィート・ピー』も。あとこれは新しい曲だけど、『ラブ・アイズ』。この曲、大好きなの」

僕はシーンをロックする。『ラブ・アイズ』　どうしてこの曲を忘れることができたんだろう。

「レオナルド、『ラブ・アイズ』という曲のデータがあるかな？」

「分かりました。入力してみましょう。オーケー、『ラブ・アイズ』。ナンシー・シナトラ。三月二十五日から五月二十五日までチャート入りしています、今、聞こえているんですか」

「いや、ちょっと知りたかっただけだ」

「急いでください、マイケル。言いにくいんですけど、飛行機に乗り遅れますよ」

「あと数分で帰るよ」

シーンのロックを解除する。

レイチェルが僕を見上げる。「昨日の夜、ブレンダ・レイシーが電話してきたわ」

「知ってる。昨日、彼女に会いに行った」

「彼女もそう言ってた」　レイチェルは婚約指輪に触れる。ここで彼女は指輪をはずすのか？僕に返すのか？この瞬間をもう一度味わうために、僕は戻ってきたのか？

「時間切れです、マイケル」

「すぐに戻るよ、レオナルド。これを済ませないと」

突然、レイチェルは僕を見つめる。「ダメよ、マイケル」

「ダメ—？」

「帰らないって、あの人に言って」

「マイケル、大丈夫ですか？　脈拍が十パーセントも増加しています」

レイチェルを見つめる。「何て言ったんだ？」

「あなたが行くのがどこであってもね。未来であっても、—　どこの場所でも」

「どうしてそんなふうに思う？」

「すごく些細なことよ」　抑揚のない声でレイチェルは言う。「私は知らないと、あなたが思ってること。でも私、気づいてるのよ。あなたはラジオで何の曲がかかるか知っていたし、ジェット機がいつ飛んでくるかも正確に分かっていた」　レイチェルは微笑む。「それにいつも、レオナルドっていう男の人と話してたわ」

「マイケル、側頭のリードが不規則な動きを示してます。大丈夫ですか」

レイチェルはまっすぐに僕を見つめる。「マイケル、私はあなたが誰なのか知ってるわ」

「レイチェル、僕は—」

「そして、なぜあなたが戻ってきたのかも知ってる…」

レイチェルの部屋は何もかも同じに見えるが、別の光が当たっているようだ。嵐が来る直前のように、暗い。

「なぜって、私があなたを呼んだからよ」

「何てことだ！　マイケル、t-4波がハイパースペースへ飛び出しました。待ってください、連れ戻します」

「今回は無理よ。レオナルド」　レイチェルが言う。「今度は、マイケルはここに残るの」

次の瞬間、空が部屋に落ちてくる。壁、床、天井が瞬き、そして突然消えたかと思うと、果てしない深い青い空間に変わった。頭上高くで、絹雲がドーム上の漆黒の空をものすごいスピードで渡り、遥か遠くの明るい地平線へと消えて行く。

そして下方では、僕の人生の風景が空間いっぱいに広がっていく。真ん中には、子供時代の明るい緑と黄色の小路が見え、それが道路に、そしてハイウェイへと変わっていく、地平線の向こうにはコリンスでの生活が見える。そして大学時代が、ボストンでリンダと暮らした日々が。そしてサン・アントニオへ向かう飛行機に乗りこんでいる自分。現在のこの瞬間だ。

まだ他にも見える。―　僕が選んだ別の道が。僕が見た別の場所が。エバンが死んでしまった場所。エバンが生き続けている場所。アールが生きていて、結婚して、家族を持っている場所が見える。僕の人生が終わっている場所もある。僕が結婚し、家族を持ち、コリンスで暮らしている場所もだ。工場で腕を失くした場所もある。どの道も、どの人生も、遥か遠くの明るい地平線へと伸びている。

そして、他にも見える…　レイチェルの人生だ。コリンスで生まれた時。そのあと数年間メキシコで暮らした時。ミズーリでの子供時代、初めてのデート、病院で彼女が死んだ「時」も、彼女が生き続けた「時」も見える。北ミズーリでの人生、ネブラスカでの人生、ニューヨーク、カルフォルニア、ノーベンガーから来た若者との人生―。

そして、レイチェルが僕と生きた人生。

今、円は収縮し、僕は丘の上に立って、茂った草を揺らす風に吹かれている。地平線は嵐の厚く暗い雲に覆われてよく見えない。この嵐を僕は知っている。以前に見たことがある。

「レイチェル、向こうには僕の人生があるんだ」

彼女は一歩踏み出し、僕に近づく。「マイケル、私たちは二人とも向こうに人生があるのよ。そしてそのどちらの人生でも、私たちは離れ離れなの。たったひとつを除いてね」

雷が近づいてくる。

「もう一人のマイケルが向こうへ帰るわ。彼には彼の人生があるの。その人生を生きさせてあげましょう」

「そんなことできるのかい?」

「あなたには何でもできるわ。あなたが望むことなら」

茂った揺れる草の中に、一本の線が引かれていく。それは古い人生と、僕が手に入れかけた人生の境界線だ。

いや、僕が手に入れた人生だ。

どこかで。

「マイケル、ただこの線を踏み越えればいいの、それだけよ」

嵐が僕たちの頭上にある。—— 他の選択肢などありえない。

僕は、今度は一歩前へ踏み出す。

二十八　終章

暗闇。

どこか遠くで、広い家の立派なベッドルームで誰かが目覚める。―― 新しい車を運転して仕事へ向かう。遠くから来た人々に会う。懸命に働き、成功を収め、人生をもう一度築き上げている。

一方この場所では、まるで温かい毛布のように僕の回りを暗闇が包んでいる。遠くで音楽と、そして寝言のような穏やかな話し声が聞こえる。

ドアが開き、光が空間を埋め、床の上に広がるのが見える。誰かがここいる。生涯をとおして僕がずっと知っている誰かが。

「ママ、今夜はママとパパと寝てもいい？」

「いいわよ。ママとパパの間で寝なさい」

レイチェルが毛布を引き下ろす

「でも蹴らないって約束してね」

僕たちの幼い娘がベッドによじ登ると、レイチェルは僕を振り向き、軽いキスをする。

僕は二人に腕を回すと、毛布でしっかりと覆い、暗闇から二人を守る。

そして二人の穏やかな寝息と、窓の外に降る雨の音を聞きながら、僕はゆっくりと眠りにつく。

DREAMER

A Novel By
Richard L. Miller

Two-Sixty Press

"Just as there is an infinity of actual pasts which have led to the present state, so there is an infinity of really existing futures which evolve from the present state."

– Frank Tipler, *The Physics of Immortality*

1

Signal

Nine p.m. Lab 14 is absolutely quiet. I sit in the black leather induction chair for a moment, reclined to horizontal, waiting for the drug to take effect. It should be about thirty seconds. Sure enough, the room is getting cottony and, despite the chill of the ventilation system, becoming quite warm. Like someone turned up the heat. I attach the throat microphone, then strap on the helmet. Suddenly Leonard's voice crackles over the headset.

"Mike. Can you hear me? Give me a count."

Without moving my lips, without opening my mouth, I breathe, *think* the numbers one through ten.

"I hear you loud and clear. You can stretch out for a minute. I have to key in your vox signature."

I take a deep breath, look up and do what I usually do just before induction: count the holes in the ceiling tile. I get to fifty-nine when Leonard's voice returns. "Okay, Mike. You comfortable?"

"Yeah. I'm fine." I hear my own voice echo in the headset—a metallic, robotic strip of noise that sounds like the whine of an automatic bank teller machine. I hate it.

"Give me a full-body signal."

I take a deep breath and *will* movement through the left side of my body, feel the buzz ripple down my spine then back up, reaching a point at the top of my head. Another deep breath. In my headset I hear Leonard's steady drone: "Lessee—everything looks fine. EEG's good. Surprisingly, everything is up and running...okay, Mike, think of a blue

square...thank you. You may close the visor, now."

I reach up and slide down the metal shield. Now the world is dark. The last thing I'll see are twin green dots floating in the darkness—an effort by the machine to track my eye movement while I'm down there.

"Look up. Down. Sideways. Now, think of your Aunt Nancy naked. Heh. Just kidding. Hm. Looks like the pupillometer is tracking okay. We're almost ready."

"Good." My own voice echoes in the headset. It sounds metallic, lifeless.

"Remember, it's lock, then scan. Then unlock. Always lock before you call."

"Right."

"If it's night, try to get a shot of the television. Outside, try to notice the stars and the position of the moon. Remember, twilight ends when the sun is 18 degrees below the horizon."

Amid Leonard's words I hear the whirring of the machine and a dissonant chirping emanating in the headset. And now there is another sound, like an elevator switching on.

"—If you happen to hear a radio playing, let me have the song title. And always try to get the time and weather. If there's precipitation, that's significant—"

As the elevator sound increases in pitch and volume, I feel my body grow lighter, probably the result of the preinduction hypnosis. I imagine myself floating off the chair. Up and into another dimension.

"Now let's take a look at your math coprocessor. Give me the sum of twelve and ninety-one...thank you. Visualize wherever it is you hope to visit. Thank you. *Very* good signals in both frontal and occipital lobes...now, recite the Gettysburg Address."

"I don't know the Gettysburg Address."

"Okay. I'll take anything. How about the Beatles? You're a Beatle's fan, aren't you?"

I hear the music in my mind. A song from the spring of 1967 flows around me like a river.

Nothing is real.

"Got it. We have theta...and...entrainment.

Good afternoon, Mr. Mitchell, have a nice dream."

I sink into the pulsating circuits of my cortex, down past the great pyramids of Betz, past the great curved fornix. Like liquid, I dissolve

through my skin, through the black chair and fall into the clear sky below.

It's Tuesday, 10:00 a.m., exactly fourteen hours after my induction. I'm embedded in a thick leather chair watching the Lab Director, David Poundstone, rummage through his desk. Every few minutes, he pauses to brush his thin brown hair from his eyes or to push his round, rimless spectacles back up the bridge of his nose. With his ragged beard, short-sleeved oxford shirt and khaki slacks, he resembles an Oxford University paleontologist on a dinosaur dig.

I glance behind him through the window to the skyline of summertime San Antonio, Texas—a brown landscape of brick and glass and the occasional mesquite tree. Even though we're not allowed newscasts, I'm sure the outside temp is pushing one hundred. Probably could fry an egg on your forehead. No way I would step out into that furnace, even if the Lab allowed it.

"Forgive me, Michael, I always manage to misplace exactly what I'm looking for—ah! Here's your file!" Poundstone chuckles apologetically. "Was on the desk. Heh."

"Heh." I echo the laugh and flash my most genial smile. I don't want to get on Poundstone's wrong side—it would be bad for my personal history.

"There. Yes." He opens the file and adjusts his glasses. "You've been here two weeks now—and last evening was your tenth induction." He looks up. "Did you remember anything about it?"

"Not much." I shake my head. "But after I went to bed I dreamed like crazy—very vivid images—a lot of it from my grade school years."

"Yes, that's a fairly common occurrence," he nods. "The brain's initial response to the induction techniques is through lucid dreaming. Were you able to control it at all?"

"No." I pause, afraid to ask the question. But what the hell. "Do you think I'll ever be able to control where I go? Say, for example, I want to visit a certain day in 1966—will I be able to do it?"

Poundstone's eyebrows rise in one of his Oxford shrugs. "Well—the chances are against it. As I told you early on, it's theoretically possible—some subjects have excellent control—Otto Pleer and that Coltrane fellow come to mind. But the vast majority aren't so fortunate. We explained that to you on the first day."

"I know." I can imagine what's coming next. I'm in the fat part of

the bell curve. In there with all the average guys who have *no* choice over where they go. One minute sitting through a second grade arithmetic lesson, the next puking up a bad school lunch. "I was hoping—" I let the words trail away into a barely audible whine.

Poundstone smiles. "Yes, I realize most people want to control where they go. But very few ever do. Like most of the others, Michael, you will doubtless fall into your memory banks on a purely random basis."

Great. Just great. Fourteen thousand dollars and three months out of my life—to visit my first sandbox. I should have booked that one-way flight to Vladivostok.

Poundstone pauses to scribble a note to himself. "Why not schedule another hypnosis session for you. This afternoon okay? At our regular time?"

"Sure. Fine." I watch him write down the time in his notebook, a little black job with some sort of latching cover. Probably a Japanese design. Professionals like Poundstone are suckers for Japanese design. Retro-sixties. Do you suppose they're ahead of us in memory-travel too?

"I'll do a regression to loosen things up," Poundstone is telling me. "After that, you should begin to retain at least some information." He looks up at me over the top of his spectacles. "You understand, of course, not all the memories back there are pleasant—"

"I understand that."

"Actually, I suspect the existence of unpleasant material is the most common reason for recall failure. The subconscious simply doesn't *want* to remember." He pauses, a tentative smile on his face. "Perhaps that's the case with you, Michael."

"I seriously doubt it." I rise to leave. "This afternoon, then?"

"This afternoon." Poundstone says, shaking my hand. "At four."

Walking down the empty hallway to the elevator, I wonder whether I should stay with the program at all. Why waste all this time and money if I can't recall where I go?

I press the "19" button on the elevator and ride to the window-rimmed top-floor lounge. As the doors slide open, I see that it's empty. Just a big gray, carpeted room overlooking the brown, strangely baroque San Antonio skyline.

I walk across the carpet and collapse on a couch next to the window. Outside, maybe eye-level with the nine-foot-tall window, are

three scruffy white clouds. Directly beneath them is a clump of about a hundred automobiles—all motionless in a Texas-style freeway traffic jam. As I watch, the clouds disappear, dissolved by the heat from the altercation below.

Now, all that's left is a dusty blue sky.

My thoughts drift back to my first day here, listening to Poundstone address the group of time-travelers, his voice resonating through the auditorium, telling us that despite the restrictions—no current news, no television, no radio, no leaving the building, no anything—the journey would be worth it. He congratulated us for our courage, called us "pioneers in the truest sense of the word, embarking on the most remarkable journey since the leap to space—the leap into *memory*."

Wedged in that tense audience, I mentally catalogued all I would see, hear, feel, *experience*: the CBS Evening News, November 19, 1963 when Cronkite showed the clip of the Beatles at the Palladium—that day in 1964 when the very first Ford Mustang rolled into town. I'd take notes, then jump back a few years earlier to see cars with grille bombs, bat-wings, push-button transmissions and wrap-around windshields. Cars that grinned chrome teeth like Dick Tracy villains.

Back a little further, I'd enter another world entirely—a world cluttered with drawings of boomerangs, starburst patterns, asterisks, delta shapes and rockets. There would be flying saucer lamps, Calder mobiles, sensitive lines and handles on everything, no matter how heavy.

And radios with tubes. Radios that played songs in the night: Sam Cooke, The Platters and the very first record by Little Stevie Wonder—"Fingertips Part 2."

Real American history. A damn good place to run back to.

And even if I couldn't stay, I could at least make a few bucks on the trip.

I look at the buildings of San Antonio, giant rectangular crystals sticking up out of the concrete. It's an even bet someone—*someone* out there—is calling my ad agency in Boston right now, wanting help to sell their product. And they all say the same thing: "We'd like a *sixties* feel to this—the baby boomers have all the purchasing power, you know—"

"Yes, sir. It's a very popular and effective tool. Perhaps we can place it with an early soul song—have you heard of *The Four Tops*? No? How about *Tommy James and the Shondells*—"

There might be another client like that twenty-something Hollywood producer, the one with the green silk suit and no hair except for a ponytail. The one who wanted to make a movie based on a song from 1968—*any* song from 1968. "Listen," he said, "you find the song, I'll find the story—I heard there was a lotta *serious stuff* goin' on back then."

I never saw the final movie, but my partner Jerry did. He said it was "confused." Just like the sixties. But like everything else about the sixties, it made a lot of money.

So, if I can't run away and hide in my own attic maybe I can at least inventory the damn place. Maybe there's something valuable, you never know.

"Your band wants to remake a 1960's song? Try 'Drivin' Wheel' by Little Junior Parker. Charted in May, 1961. Want a more urban sound? How about 'Village of Love' by Nathaniel Mayer and The Fabulous Twilights, 1962. Detroit band. Very obscure, but excellent. The public will think it's a current original."

I remember the dark February night I heard that song for the first time, roaring out of my old RCA tube-radio set like a runaway freight train. I turned the radio up so loud it woke my brother, Earl. "Good song, Scout," he'd said. "Guess ya got some class after all."

Well, Earl, you were wrong, but that's okay. At least I got the songs down. And maybe with some luck, I'll get to hear you say that again.

Maybe Poundstone's wrong, too. Maybe Mike Mitchell isn't in the big part of the bell curve—maybe I'll really be able to pick the time. I'd see my folks again, and like virtually every other guy in the program, take side trips to visit the loves in my life.

Brenda Lacey would be first. Green eyes, soft blonde hair, compact body, quick temper, a recognized expert in innovative kissing. I'd visit that perfect snowy prom night in March when she wore a low-cut yellow formal and played "Moon River" on her mother's Steinway. Oh, yes, Brenda would be number one—and probably two and three.

But maybe I'd appreciate Jill Jackson more. Pretty—a little too tall—but with penetrating blue eyes and long brown hair always tied in a ponytail. The only girl ever to pull a switchblade on me in public—I never knew why, but all my friends were impressed. I would probably go back to the time we biked to her father's cabin on Elk Fork, then lay on that little cot with the striped mattress and listened to the

sounds in the night.

Or maybe I would travel all the way back to my freshman year in high school to see Pam Carswell. Pam with the heart-shaped face, hazel eyes and full, almond lips. I would go back to the night we both sat shirtless on the diagonal supports of the railroad bridge, talking about God and looking for shooting stars. Dressed only in cutoffs, high above the rails, she was an angel in the moonlight.

But after Pam I'd return to Brenda Lacey again. Incomparable Brenda—with her brilliant smile and smooth, perfect legs. Why on earth did we ever break up? Did it have to do with—what?

I draw a blank.

At the orientation session, we were told men and women tend to remember different things from their past—and generally travel back to different events. Given the choice, women in the program usually opt for the high road, visiting family and friends—while men immediately head for the underside of the cerebral cortex—searching through the heated little memory packets where their favorite girlfriends reside.

I came here looking for that, I'll admit it. I wrote the check, packed my suitcase, said goodbye to everybody, boarded the plane and came down here—with all that in mind. I had planned to spend an hour and a half each night touring the enjoyable part of my life. No cares, no responsibilities. Just nice warm, friendly memories. Jump on the cerebral highway and travel to the best places—bright little spots on the neural roadmap.

Now—after the checks were cashed, of course—Poundstone tells us there *is* no roadmap. Not even a signpost along the way.

The memory banks are nearly impossible to navigate.

Sorry.

I look out the window at the cloudless sky. In my mind I hear Poundstone's voice. "Take heart. At the end of the course you should be able to retrieve at least *some* information..."

Some isn't good enough.

I'm here to get it *all*.

2

Memory Channel

Noon. I'm in the cafeteria trying to work my way through a bowl of five-alarm chili and some suspicious material the cook calls *migas nachos*.

Across the table from me, rotund Otto Pleer, attacking his second helping of the mixture, is smiling and talking. Otto, like me, is assigned to Lab 14. He's a retired physician—a neuropsychiatrist—so I take his enthusiasm for the food as a sign it's probably not toxic. At least in small quantities.

Next to him, the bluff, friendly Jim Keller is carefully polishing off a Greek Salad. Like Otto, he is in his late sixties and probably packing twenty extra pounds, but unlike Doc Pleer, Keller hasn't visited the past for any great lengths of time. He's scheduled for his first long run this week.

Despite that, he doesn't seem particularly nervous. Half the time he's tossing out gibes and jokes based on arcane chemical concepts from his years teaching at Texas A&M. "Here, Ott, lemme borrow your pen, 'cause I wanna show you the chemical structure for my latest patent—*amino-world*. Get it? A mean-old-world—?"

Right. Everyone's seen the little diagram before, but we chuckle politely, even the normally acid-tongued Gail Banks, seated next to me. Gail is picking at a small bowl of fruit salad—kiwis, honeydew chunks, grapes. Keller told me last week Gail was once a clinical psychologist—or a nurse. Or maybe a newspaper reporter. Something like that, he wasn't sure.

"Hey, Otto," Gail says, giving us her best sneer. "You know what 'migas' means in Spanish? It means *ants*."

"Ants huh?" Otto raises his bushy eyebrows. "Well, I think they're delicious!"

"Anybody hear how Russell Coltrane's doing?" I ask.

"He isn't." Gail forks out another grape. "Twenty-two hours into the run, Leonard had to scram him. Said the trace was going flatline."

"You're kidding," Keller says. "Coltrane is the best there is."

"I saw the printout," Gail says. "You could barely see a wave pattern. Looked like static. Leonard thought ol' Russ was heading for an eclipse, so he hit the red switch. Brought him right back."

"Leonard scrammed me a month ago," Keller says. "I was in 1952, it was summer and I was walking along Pennsylvania Avenue in D.C. Beautiful night. I heard Leonard's voice. He asked me where I was."

Gail glances at me. We've heard the story.

"Well," Keller chuckles, "I decided this was *my* night, so I didn't answer him. I guess I went another five or ten minutes—then the lightning hit. When I came back I threw up all over the induction chair."

"I'm not surprised," Otto says. "That scram is an electroshock straight to the cortex. I try to avoid it whenever possible. How's Mr. Coltrane doing?"

"All right, I guess," Gail says. "Leonard says it didn't really seem to bother him. Just got up off the chair, shook his head and went to his dorm room."

"Coltrane's a tough old bird," Keller says.

"He's a *strange* old bird." Gail stabs a chunk of a green-tinged cantaloupe. "I heard he could do long runs the second week he was here—two days in the chair."

"He's good," Otto smiles. "It took me a month to work up to the long run."

"It must be strange to spend all that time in the past," Gail says.

"*Eh*," Otto shrugs. "It's no different than your standard one-hour session—you're just in the movie for a longer period of time. You can still only observe."

"That's the only part I mind," Gail says, glancing up at me.

"After you spend more time in the past," Otto glances at me, "you'll hear this talking in the background—it will sound like a radio."

"Radio?" I ask. "You're tuned to a *radio*?"

"It's your mind," Keller interjects, aiming a long finger at my

forehead. "You've got a memory record of your own thoughts too, y'know. If you listen real close you can hear them. Whatever they were at the time."

"So I was only a tape recorder back then, huh?" I lean back in my chair. The lunch has lost its appeal.

"That's right, Michael. A tape recorder," Otto smiles. "That's what we humans do—we make tape recordings of our lives. Heaven knows why, but that's what happens. And with hypnosis and the chair, we can go back to any part of the tape—and stay there as long as the IV fluids hold out."

"Hey, Ott," Keller says, "tell 'em about Gus Giordano."

"Oh, yeah," Otto nods, "Gus was the best. Stayed down the longest and brought back the best information. I heard he could tell you what was playing on the radio on some Tuesday in 1941. Could even tell you what the radio looked like down to the nick on the dials. Zey said Gus had the best peripheral vision of anybody he's ever seen. A natural. King of the navigators."

"I can't imagine going back that far," I mumble. But it's a lie. I *can* imagine it.

"You know," Otto says, "you can only go back to a time after your birth. None of this past-life mumbo-jumbo."

"The time distance isn't important," Keller says, retrieving a cheese wedge from his salad. "It's how the brain arranges the memories. You might have the memory of your first birthday stuck next to something that happened to you a month ago. That's what makes this whole thing interesting. When you travel back there, you don't know *where* you're gonna end up."

"Especially during the long runs," Otto nods.

"Yeah?" Gail stabs the final melon chunk. "I think staying in the chair for more than two days at a time is *weird*. I've had a little psychology training myself and I know there's all kinds of things that can happen to you down there—dissociation—appearance of multiple personalities. Leonard says he's seen some dreamers come back shredded like an old newspaper."

"That sounds like Leonard, all right," Otto chuckles. "Listen. Every normal personality is composed of multiple intelligences. Otherwise, you couldn't drive a car, carry on a conversation and listen to the radio at the same time—"

"I don't want any of mine splitting off to start their own band,

okay?" Gail interrupts. "This shredding stuff gives me the creeps."

"Well, the multiple personality stuff doesn't bother me," I say, looking around the table. "I just don't think I'd like a needle stuck in my arm for two days."

"Hey," Keller gives me a Texas grin. "Ya gotta *take in fluids* while you're down there. Th' thing *I* don't like is the catheter they—" he glances at Gail. "Well, *you know*."

"Boys, just remember this physiological principle—" Gail gets up from the table, "if yer gonna drink, yer gonna pee."

We watch her straight-arm the cafeteria door, her polka-dot skirt a flurry of activity.

"I sure do like that woman," Keller says after a minute. "I bet she'd be fun to run a double-time with."

"Double-time?" I look at him.

"Jim's favorite fantasy," Otto says. "It's when you send down two people who knew each other to their shared past—and then have them talk to each other using the larynx mikes. The two people can experience the past together and comment on it."

"*Comment*, huh." I laugh.

"Well, yeah!" Keller turns back to me. "Leonard told me there was a couple in here two months ago that tried to do that. I guess *something* worked pretty good. The got outta the chairs and went straight to their room—an' it was the middle of the afternoon."

"Leonard told me about them," Otto says, turning to Keller. "They were both about our age, Jim." He slaps the Texan on the back. "Maybe you should bring your wife down here."

"Louise wouldn't do it." Keller shakes his head. "She doesn't buy into any of this booshwa. Real practical woman."

"My wife's the same way," I tell them.

"That's too bad," Keller shrugs.

"Yeah," I say, getting up from the table, "it is."

·····✦·····

"Henderson, Cobham, Mitchell, Lambert."

"Hi, Kazy? This is Mike Mitchell."

"Oh. Hi, Mr. Mitchell. You want to speak to Mrs. Mitchell?"

"Is she in?"

"She was just leaving. I'll see if I can catch her."

There is a click and I'm listening to a traffic report for the highways around Boston. A mid-day jam in the tunnel, a fender-bender on Mass Ave and an auto-pedestrian on Boylston. Then another click followed by a familiar voice. "Linda Mitchell."

"Hello...Linda?" It sounds tentative. Like a question. Maybe it *is* a question.

"Mike! How are things in Texas?"

"Boring. The food's not bad, though—"

"Well, have you *found yourself* yet?"

"No. Have *you*?" I shoot back.

"Hey, Pal. You're the one running away from everything," she says. "Last time I looked I was still earning a living."

"Give me a break. I'm down here on business. I'm getting sixties material for the ad campaigns—"

"Oh, please, Michael. Spare me. The only business concern you have down there is of the backseat variety. What was her name?"

"Who?"

"The chubby little blonde who ditched you in high school or whenever. What was it—Brenda Lucie—"

"Lacey. Brenda Lacey. And if I happen to see her, I'll tell her you said hi."

"I'm sure you will."

"Look. To be honest, I've been through ten sessions in the chair and I still can't remember anything."

"Right. Michael, you're starting to sound like one of our criminal clients—'that's not the real reason I did it—and besides, I don't remember anything—'"

"Come on, Linda."

"Justaminute. Can I put you on hold?"

The traffic report comes on again. The auto-pedestrian accident on Boylston has cleared, but the tunnel is still jammed.

"Okay. I'm back. Had to take a call from our office in DC. I think our client's going to be indicted. Seventeen counts."

"That's too bad."

"For him. Lots of billable hours for us. Uh—so tell me—how's the food down there? Have you found any good Mexican restaurants?"

"I haven't seen them." Just like Linda. Push the opponent to the edge of the ledge, then change the subject.

"One of the senior partners will be in San Antonio next month.

He wants to know some good restaurants. Van has a book on restaurants around the country and San Antonio isn't on the list. I thought you might know of some good ones."

"The dreamers aren't allowed to leave the building."

"You spent fourteen or fifteen grand or something on this little getaway and they won't let you leave the building. What is that place, a fat farm?"

"Dammit, Linda, being sequestered in the building is part of the deal."

"Yeah, I knew that, but I couldn't resist. Sorry. It just sounds so weird—like you're in some kind of high-rent pokey. Do they lock you up at night? Do you have to wear a little electronic leash or something?"

"No."

"Oh, don't sound so sullen. I'm just having a little fun with you. So tell me about the rations. Do you get three square meals a day?"

"The food in the cafeteria is pretty good. It's been tough to lose weight."

"You should really do that, Mike. That's getting to be some spare tire you have." She pauses, allowing me to stare momentarily at the front of my shirt before launching another mortar round. "Hey. When you go back to see Brenda, are you going to tell her how much weight you've put on over the years?"

"If she asks." I'm looking down at the roll of fat around my waist. My size 32 belt is out to the last hole. Thinning hair, flecks of gray, and now getting fat. Unidentified middle-aged man. If you know this man or have seen him, please contact—

"Michael? You still there?—Mike?"

"Yeah. I'm here."

"Stay away from the Mexican food, okay? I hear it's loaded with fat. I don't want you to have a heart attack. I saw on television that a single cheese enchilada has over a thousand calories."

"You're watching television again?"

"There's some good things on TV. Besides, Van has a book that shows the calorie count of every damn food under the sun—"

"Is Van your private librarian now?"

"No, but he reads books. Not biz mags, but real books. Do they let you read books down there, Mike?"

"Look, Linda, I gotta go—"

Silence. I can almost hear her shift gears, changing subjects, backing away from the ledge. I glance at my watch. Five minutes with Linda is like going fifteen rounds with a pro boxer.

"Paul called last night. He said they're reading his script."

"They're reading Paul's script? That's great news!" I pull the phone closer. Thankfully, conversations about the kids are in the demilitarized zone.

"Someone at some agency said it had great potential for a sitcom. And the reader's fee is only three grand."

"Three thousand dollars? To read a script?"

"That's the way things are out there. You know that. You deal with those people all the time."

"*Three* thousand dollars? Hell, Linda, I would've read his script for free."

"You make television commercials, not sitcoms. You have zero clout with the studios. Besides, you're down there in Texas—trying to find your—"

"You didn't actually send the money, did you?" I interject.

"Of course I did. He's our son. Besides, what's a measly three grand?" Her voice picks up the edge again. I hear the big guns roll out, hear the shells drop into the chamber. "Listen, Michael. Three grand is chicken feed compared to what you've spent on your *little vacation in Dreamland.*"

An impressive performance

"Mike? Mike, are you there?"

"I'm just cleaning the venom out of my ear."

"Nice try, but I heard it already. Look, Mike, I gotta go. Gotta make some money. When you get back we still have these things to talk about."

"Yeah, like who gets the house?"

"Hey. I told you. You can *have* the house. I just want what it's worth. *Sweet Dreams, 'Lil Nemo.*"

Click.

I stare at the dead receiver. All I hear is the hiss of the ventilation system.

.....✦.....

4:00 p.m. My stomach still churning from my encounter with Linda, I open the door to Poundstone's office. Maybe a dark room and

a little hypnosis will help me relax.

And maybe not. For some strange reason, Poundstone has the blinds open: I'm met with the bright yellow glare of the afternoon sun.

"Please have a seat." Poundstone motions to a chair in front of his desk. "Enjoy lunch?"

"I had the nachos." I blink my eyes: the sun is directly behind Poundstone, giving him the appearance of some fiery, glowing being of light.

"Nachos, eh?" Poundstone says, his spectacles flashing like little halogen beacons. "Well, it's been four hours, so it's probably okay. Most psychiatrists won't admit it, but straight-on hypnosis can make some people a little queasy." He glances at something on his desk and a ray of sunlight ricochets from the bald spot on the top of his head, hitting me squarely in the eye. "Leonard claims it's the cafeteria food here, not the hypnosis that makes people nauseated. Sure you're feeling okay?"

"I'm fine." In truth, I want to leave. Leave the Institute, leave Texas. Leave this part of the world.

"I'll darken the room a bit," Poundstone says, rising from his desk. "And while I'm doing that, I'd like to ask you to focus your attention on the little statue on my desk."

As Poundstone walks around the room closing the blinds, I concentrate on the object: a green copper angel holding a sundial. The angel's wings curve gently out and down around her sides as though she's landing. Or taking off, I'm not sure which. As the room darkens, slivers of light seem to advance up the angel's wings, followed by rivulets of shadow. In a moment, the angel is in shadow, a mere outline in the darkened room.

"Michael," Poundstone returns to his desk, "if I were to ask you to return to any specific year in your life—and made sure you could remember it later—would you go?"

"Of course."

"Even if there was loss?"

"Yeah. I'd still go."

"Then you will."

The couch is similar to the leather induction chair—soft and smooth with an almost liquid texture. In my first week here, I learned all about hypnosis. What it is, what it isn't, how it works, and how to

help it along.

Calling on what I learned that first week, I send waves of tension and relaxation up from my feet through my center and finally out my head. Then, as the last wave leaves, my body becomes heavier, a solid, leaden weight, sinking into the couch.

I focus on Poundstone's voice, locking it in like a radio station amid the stray signals of my own thoughts. Soon he'll introduce the metaphors for the trance state. Here's where he calls on my beliefs, experiences and background to help coax me into the dark center of my midbrain.

The elevator. He'll probably use the elevator.

"...You will relive all the experiences of that time in your life. You will enjoy what is there with all of your five senses. You will hear what is there to be heard, see what is there to be seen..."

As I listen almost absentmindedly, somewhere deep in my thalamus, some part of me is watching, listening—checking off the phrases as they come—the authoritative "you will," the sensory commands, the assurance of a pleasant experience. The standard stuff. If it was to be a deep trance, Poundstone would try other techniques—affect bridge, pyramiding, pressure, confusion—perhaps all of them at once.

"Michael, you will remember the feelings of the year 1963. The sights, the sounds, the music. The smell and sensations of 1963. Concentrate on that feeling and experience it again...and while you are experiencing it, I want you to picture yourself in an elevator."

The elevator again. Hypnotists must like elevators.

"...It is now the present and you are on the top floor, while 1963 is the ground floor. As the elevator descends, you are going into a deep, peaceful sleep. You will see the images of your life as you descend to your home in 1963, all the while feeling safe and protected, feeling the sights and sounds of 1963 more and more...and you will be able to tell me what you see—"

And now, there is silence. It occurs to me I'm lying on my stomach and holding on to something flat and metallic. Though it is dark, I can tell I'm at a slight angle with the horizon.

"Hey, Mitchell." I hear a child's voice call my name. "What time is it?" The voice belongs to my best friend from eons ago. His name was—*is*—Evan Carswell.

"I can't see my watch. It's too dark." My own voice, high-pitched, reedy and choked with fear.

"Yeah? I thought you said it had radium in it, so you could see it at night."

"I guess it doesn't work." I look around inside the darkness, watch the shapes from background—outlines of a superstructure.

I'm on a bridge. I'm on top of a railroad bridge sometime in the late fifties or early sixties.

There is a bright light near the periphery of my vision: a crescent moon with a background of stars. In the distance, I hear the distinctive nasal wail of a train horn.

"He's passin' the first crossing," Carswell says. "There should be two longs, a short and a long."

He's right.

"It's around the bend," he says. "Just before the trestle." I hear his voice, but I can't see him. Of course. My eyes are squeezed shut. There's a click. Then another. My heart is trying to hammer its way through my chest.

Evan laughs. "I asked my dumb brother to come ride the bridge with us when the train came through. He said he had better things to do than get killed. Big pansy-ass."

I open my eyes for a second. The steel girder I'm on is about two feet wide. My hands are gripping the edges so hard my arms ache. Thirty empty feet below me is the vibrating train track. Another sixty feet below that is the dark, flat surface of the Salt River.

Without warning, a blinding white light arcs across the horizon, searing the trees in its path. Now I hear the low thrum of the diesel locomotive.

The bridge begins to shake.

"This is cool," Evan says. "Better than the water tower."

I try to breathe, but can't. All my muscles are locked.

The beam of light swings around, skimming the nearby trees, then aims in our direction. I see the nose light is actually a rotating beacon, swinging the beam in a counterclockwise fashion, a cyclone of light.

The bridge superstructure begins to flash, alternating between pitch dark and a blinding, searing white. I see my hands, covered with grime, gripping the edges of the girder, welded to the metal, flashing in unison with it.

The diesel starts across the bridge, horn howling.

The girder rattles violently, then unexpectedly moves from side

to side. To my left, on the opposite truss, I see Evan roll back and forth, one leg dangling down from the girder. I squeeze my eyes shut.

Minutes later, the rumble subsides and I look around. Across from me, I see Evan's outline on the bridge, sitting on the girder, his legs dangling into empty space. The scene shifts to follow the train—the beacon now illuminating the buildings at the outskirts of town. And finally, the last car, the caboose, follows the train down the track, a dot of glowing red, receding into the distance. I feel the breeze on my face. Someday Evan will be gone and his younger sister will come here with me to cry over him.

I slide down the black bridge girder, toward the present moment. Then stop.

I'm in my upstairs room back in Corinth. It's late evening and I'm in bed reading *The Mystery of Marr's Hill*. Across the room, lying on his bed next to the window, is my older brother, Earl. He looks like I've always remembered him—an eternal 17-year-old with a crooked, amused grin and dark brown hair growing out from a butch flattop. He's in his pajamas, the stupid ones with the diamond pattern. And he's wearing socks—the only person I've ever known who wears socks to bed—even in the summer. His rationale: he wants to be ready in case one of his cigarettes burns the house down. Sensible.

My gaze wanders to the dresser, reddish-brown in the glow of a small lamp. Outside, I hear the steady drone of summer locusts. The alarm clock on my bedstand reads ten after one. It all seems real.

Earl looks up from the magazine. "Hey Scout. I'm gonna raid the icebox. Get a Pepsi and maybe fix a cheese sandwich. With chips. Want me to bring you something?"

"I can get it." I hear my voice, still high-pitched. A child's voice.

"You sure?" Earl flashes the crooked grin. "I don't wanna take you away from that book."

"That's all right. I've read it once already. Besides, I'm starving to death."

"Don't wake the folks."

I'm downstairs now, rummaging through the refrigerator—mayonnaise, hamburger buns, Kraft sliced caraway cheese, some tall bottles of Pepsi. And a bag of Guy's potato chips. So greasy they're *translucent*.

Waitaminute. My family kept potato chips in the refrigerator? Must have been a sixties thing.

I pack it all on a tray and head back upstairs. It occurs to me Earl must have done okay on his date with Sally. Making out with her always makes him hungry afterward. "It'll happen to you too, Scout," he told me once. "Wait and see."

I doubt it. But I have to admit, his girlfriend *is* cute.

Back upstairs, I hand him the tray, grab a sandwich and return to my book.

The clock ticks forward.

I watch Earl take a huge bite of sandwich and switch on his little wooden radio. From the brown fabric speaker I hear a chorus singing *double-you-ell-esssss—Chicaaago—.*"

I close my book and set it on the nightstand. I *am* eleven years old. That really *is* my big brother over there, reading his magazine. Down the hall, my mom and dad really *are* in their room asleep. And across town, my best friend Evan Carswell probably has his radio on too, listening to WLS or KAAY or whatever it is he has tuned to in this world. I close my eyes and the darkness reaches out.

Fragments drift in from the periphery of my vision—from somewhere else. They overtake the scene, coalescing into an image of my mother's eyes, red from crying. She looks impossibly young, younger than I am now.

"How come we didn't get any cards from them?" she asks. "We've known them ever since Earl was a child. He once dated their daughter, for god's sake."

A blur. Things seem to be moving too fast. I see a man. My father, dead these twenty-odd years, also young. He shrugs. It's eloquent, perfect, and so very familiar.

Then, his voice, deep: "Some people can understand what another person feels. Some people can't. It's not that they're bad, they just don't have the equipment. I'm not gonna hold it against 'em."

"We sent them flowers when Joel was in the hospital."

"And we'd do it again." Dad is grim. "Come on. We have to get to the cemetery. Mike, you okay?"

"Sure, Dad." Everything is blurry. My throat hurts. I see the cold, gray November day, the flowers, the row of bright gladiolus—the worn rug at the funeral home, the organ music. The townspeople crowded around. Filing past the closed casket. The bronze coffin where my brother is lying.

Not long ago I watched the evening news with him. There was a

British rock band on. All I can think of is that song, it goes over and over in my mind—*From me to you*—

The future and the past are the spokes of a huge wheel. And the wheel has rotated. What is future is now past. And is fading from view. Gone.

Abruptly, I'm in Poundstone's office again, my face wet with tears, my throat constricted from the pain of what I'd seen. Of where I'd been.

"Here," Poundstone hands me a tissue, "use this."

"Sorry. I thought—I mean, this is really stupid—"

"Don't worry about it," Poundstone pats me on the shoulder. "I thought maybe you were trying to do too much."

I blow my nose, then collapse into a helpless wash of tears—a whimpering, drizzling idiot.

·····✦·····

It's night in San Antonio, and the scenes remain. Dark, wet, cold. Menacing. Is this what it's like to remember? I hear Poundstone's voice, vivid amid the soft hiss of the ventilation system: "the retrieval of verifiable information through simple memory channels—"

Channels? Is my memory tuned to that night on the railroad bridge? To my brother's death? Where are the nights with my mom and dad, like that evening we watched a satellite drift across the black summer sky?

Simple memory channels, *right*. At least I remembered.

That's something.

I look out the window, at the expansive city sparkling orange and yellow under a low, wet cloud deck. Though it's summer now, the scene doesn't look much different than it did that army autumn thirty years ago.

I search for the channel, find it. Change it.

There's a Frontier Jet landing with a hundred shaved-head recruits fresh from basic training in cold November Missouri. We step from the plane into humid air, walk across the flat concrete tarmac, climb the corrugated metal steps into the waiting green buses. Some stop to admire the St. Augustine grass, dense as living-room carpet.

San Antonio is a city from science fiction: trees green in winter, shirtsleeve weather that could drop forty degrees in a half-hour, downtown spotlights shining against billowing orange clouds, a huge

tower that rises from the city like some Albanian minaret.

And then there is the River, winding through the city like a memory, a long, sinuous stream of translucent green water escorted by a wide cement walkway. It has no beginning or end, only an endless loop of water and grass and trees and sidewalk and sun.

I change the channel to San Antonio 1970—to that Friday in February when the drizzle made the city look like a watercolor in the rain. Out of the Post, board the Kelly Street bus and then to the River. There, at one of the restaurants, I write a long letter, the words coming in confident blue strokes. Another beer, another page, and I write until the words become blurry as the windowpanes. Then the restaurant closes and I return to the barracks along with letters I can never mail.

And they always begin the same: Lightning-wife.

I smile at the thought, turn the channel back to the starting point. Here and now.

I've got to call home.

"Michael? Is that you? What time is it?"

"It's ten thirty. I thought you'd be up still."

"Well, I'm not. I'm in bed with a 300-page deposition."

I hear something.

"Is there someone on the downstairs phone?"

"No."

"You sure?"

"There's no one here except me. Look, if there was someone here with me, I'd *tell* you."

"I only wanted to call. To see if everything is going okay."

"Well, it is."

Standard Linda. The best defense is a good offense. Besides, if there *was* anyone there, she *would* admit it. Just for the hell of it.

"I just wanted to know what's going on in the real world. Fill me in."

"If you mean about what's going on in the news, you know I can't do that. It's part of the agreement."

"Tell me about your job then. Any of your clients go to prison?"

"Only the ones that can't afford us. In fact, we have a client who suddenly discovered he's got four toxic waste dumps on his property. Actually, the feds discovered it and pointed it out to him. I was reading his depo when you called—hey, did I tell you Paul's got a new girlfriend?"

"No."

"Yeah. Our son's got him a California girl. Blonde hair, blue eyes. Has a pair of in-line skates. But I think he's getting fed up with her demands. She wants him to write her master's thesis: *Deconstructing Babette's Feast*."

"She wants him to *write* it for her?"

"That's what he said. *And*...she doesn't want to pay him anything to do it. She said that if he wrote it it would be good experience for when he has to write his own thesis. I told him, I said—Paul, you should get paid *something*. It's only fair. It's not easy writing a master's thesis for somebody."

"*Deconstructing Babette's Feast*? What's he supposed to do—analyze recipes?"

"How should I know? I thought it was a Norwegian cook book."

I hear a shuffling noise, like paper rattling, then another click. I press my ear to the phone. "Linda, are you sure—is there a way to see if our phone is tapped?"

"Mike, our phone is *not* tapped. It is illegal to tap a phone without a person's knowledge. There's a bad thunderstorm here tonight. Maybe the lightning is doing it."

"That's probably it."

"Look, we're not supposed to talk more than a few minutes each time, that's part of the agreement."

"Yeah, I know. I wanted to hear your voice. I just wanted a taste of civilization. This place is starting to close in."

"I'm sorry. But you signed up for it."

"I know."

"Look. I gotta get back to work. I'm deposing this toxic waste expert tomorrow and I don't know a damn thing about the specialty. Okay?"

"Sure."

"See you, kiddo. Bye."

"Bye."

I put the phone down and walk to the window.

Outside, the old buildings glow gold under a burnt orange cloud cover. Not far away, the Tower of the Hemispheres still reaches 600 feet into the mist, just as it did in 1969. And of course the River is still here, only now there are more restaurants and bars lining its length. More lights, more tourist boats, more concrete, more of everything. And much less than I remember.

I draw the curtain, remove my shirt and shoes and collapse on the bed. No television in this place—Poundstone and his staff won't allow us access to outside broadcasts. There's only a beige metal speaker in the wall near my bed, pouring out a spare, barely audible version of what I think is the Gayne Ballet Suite. The first time I heard it was in the movie 2001—while watching a lonely spaceship float past Jupiter.

I take off my slacks, pull up the covers and turn out the light. In the background, against the ethereal space music, I hear the soft woosh of the ventilation system. Across the darkened room, the last thing I see tonight is the window curtain glowing orange from the sodium lights of San Antonio.

The Gayne overflows into the hazy brown world behind my eyes, conjuring up random images—my first meeting with Linda, the woman who would be my wife. A wisecracking transfer student from the east coast, she knew the right things to say, the right places to go. Hamburgers at the Village, then all-night lovemaking in that Kansas City hotel. Later, her law school in Boston, *my* flights to Logan International, the final move away from the midwest. Sayonara, Kansas City.

I see my first job as an ad agency intern, the rented ranch-style house in Lexington, not far from Walden Pond. The day we brought Paul home from the hospital. Linda's first big defense case, the celebration, then our first real home—painted battleship gray. Paul with the video camera, following the big white ducks. Five white "Donalds" and they all looked the same. They all came when called.

I like the Boston area. Fair amount of woods and expansive fields, not the bleak, rocky edge of civilization I had once thought the east coast would be. After a few years I even got used to the subways, old dark libraries, brilliant autumn days, bone-chilling winters, and long, bleak commutes to New York City. Well, actually, I guess I never got used to it—any more than Linda and I got used to each other.

Static.

Guess I gotta switch the mind channel to a friendlier station, like maybe a nice New England winter sunset—driving along the pike in our beat-up Chevy Suburban—Paul asleep in the back, Debbie chewing on her Mr. Bear. A song comes on and Linda turns the volume down. "Okay Mike. Name it."

"Good Vibrations. Beach Boys. First hit the charts in the third week of October, 1966. Went to number one. Charted about fourteen weeks."

"I can't *believe* you know that stuff."

"It's my job." I turn the volume up and see someone else. Someone far away. Now the sunset is gone and with it the Suburban and my family—I watch them as they drive north toward Lexington. But as I float away toward the music, I hear another voice—Poundstone's. It is from his initial address in the Institute's auditorium, welcoming the new dreamers.

"Of course, we have our own program goals to consider—namely the retrieval of verifiable information. It's a goal we share with our funding agencies who are interested in how much the mind can retain over the years."

"Here," she says. "Here is where spring starts. Right on this spot."

The weeds have given way to an expanse of dense grass. Ahead of us is a small gray pond, its surface corrugated by the wind. Her sweatshirt is gray, the color of an overcast sky. I feel the earth beneath us, hear the soft rustle of grass.

"Spring'll be here any minute." I hear her voice, young, familiar. I know her. And now I feel her fingers interlocked with mine.

The sun breaks from behind a veil of high cirrus, and a quick burst of wind rattles the reeds, ripples across the grass and across my body, a cold breath from the blue sky.

High above us, tiny dots of silk drift by, spiders in their parachutes, riding the wind.

"Tell me," she says, "tell me about Evan."

"The subjects will learn to access their own information through simple memory channels. The data will be evaluated and scored by an independent laboratory. In this way, we can improve our techniques for memory retrieval. Currently, we're close to the magic 95 percentile confidence interval..."

"I tell you, Mitchell, we can sell these things. Maybe get good money." Evan turns over a rock with his tennis shoe. "You'd think there'd be a bunch of them here."

"There are no lizards here," I tell him.

"Sure there are. They're all over the place. Listen. We can put them in a box. Keep them as pets for awhile. *Then* sell 'em."

"My dog would eat them."

"Then *stop* your damn dog from eating them." He aims his flashlight at the ground and nudges another rock. There is nothing there. He removes his ratty baseball cap and wipes his forehead with his sleeve.

"Hey. Whatcha doing?" The voice is pitched high like a child's.

Evan turns and aims his flashlight at the voice, illuminating two

little girls—probably no more than ten or eleven—warily watching us. The taller one has long blonde hair and a pretty smile. The shorter girl has a small oval face and a serious, no-nonsense look. She's wearing a red knit sleeveless top and jeans with tennis shoes. I notice her thick, dark hair is pulled straight back into a ponytail.

"We're looking for lizards," Evan says evenly. "So get outta here. You'll scare 'em away."

"Lizards?" the smaller girl says. "That's a stupid thing to be doing in the dark. Bet you didn't find too many, didja?"

"We're too busy to be talking to little kids," Evan growls.

"Oh, you're *real busy*," the smaller girl snaps back. "*Real* hard at work, you and that little flashlight of yours. Looks to me like it needs batteries. The light's already yellow. Probably go out any minute—"

"You know, the band is gonna play at the pavilion in a few minutes," the taller girl says. "You two want to come down and dance with us?"

"We're too busy to dance," Evan says, nudging a rock loose.

"Okay." The smaller girl folds her arms. "Anybody see Davy Crockett at the Alamo?"

Evan and I look at each other.

"Didn't think so," she smiles, picking up a long stick. "So I'll tell ya about it."

"Look—" Evan says.

"Shutup and listen," the girl continues. "This is important: When the Mexicans were getting ready to *charge*, Travis called everybody together and he said, 'okay—there's a lot of Mexicans out there, so ya gotta either fish or get off the pot.'"

The taller girl gives her a puzzled look. "Rachael, did Travis say that? Or was it Davy Crockett?"

"Doesn't matter," the smaller girl says, "—because *then*, he took out his sword and drew a line on the ground. And he said—if you're gonna stay, cross the line. If you're not, then *beat it*."

Evan gives me a confused look. "What the hell is she talking about, Mitchell?"

"Now, if you guys would like to escort two *very personable young ladies* to the dance—all ya gotta do—" she drags the stick across the gravel walkway, "—is step across this line. Simple, huh?"

"Forget it," I tell her. "We don't dance with little girls."

"Bad decision," she says, "I won't hold you to it—I mean, everybody deserves a second chance—even guys like you. Right, Connie?"

"*These* guys?" The blonde curls her upper lip, Elvis-style. "I really don't think so, Rache."

"The band's gonna start any minute now," the smaller girl says. "What's it gonna be?"

Evan gives her his best scowl. "Get lost."

"Okay. Y'had your chance," she tosses the stick aside. "C'mon, Connie. Let's leave these jerks to their lizards."

The lights come on and the dome of sky changes from black to blue. Evan's here, wearing his brown baseball cap and a striped orlon shirt. I know he isn't real, yet I see him now, Scout backpack, canteen. Same orlon shirt as always.

It's early afternoon, I know it's a Saturday, and we're walking along a gravel road, near the railroad tracks. Evan is talking.

"You know that guy who plays Chester in *Gunsmoke*? Anyway, he'd done something and they were going to execute him for it. Put him in the electric chair. And he told them it wouldn't do any good because he was dreaming the whole world. But they executed him anyway."

"What happened?"

"The lights went out. Then the whole thing started all over again."

"The whole show?"

"Nah. But you knew that was going to happen." He flashes a lopsided grin, his right eye squinting in the sun. "Did I ever tell you about the guy who jumped from the train?"

In the distance there is the sound of a locomotive.

Poundstone's voice again: *"Some researchers have said that the past is a dangerous place to be. That it's inaccessible for a reason. We at the Institute, of course, don't agree with that philosophy—"*

My brother Earl is looking at me, shaking his head. He's wearing his only suit, his only tie. "Scout, it's all a film. That's all it is."

I can't cry. I'm not *supposed* to cry.

"It's all up here in your head. Like on a big reel. It goes through a projector or somethin' and that's what you see."

"But where does it go? I mean when it's done?"

"It goes onto another reel. And when you die, you get to see it again. It's a movie of your life."

"Is that what Evan's doing now? Watching his movie?"

"That's what he's doing, Scout." Earl nods his head slowly. "He's sitting in his own theater, with his own personal guardian angel. And

they're watching his movie."

"What happens when he gets to the end? I look up, all blurred. "To when he got killed?"

"Then they get up and the guardian angel takes him out of the theater," Earl says, his dark eyes glistening under the rainy sky.

"And then they go to heaven?" It's a demand.

"Yeah," Earl puts his arm on my shoulder. "They go straight on to heaven."

I open my eyes. Evan and Earl are gone, but the rain is still falling. I can hear it.

It's falling from the sky, outside my window. Falling onto the empty streets of the world.

3

Magnetic Tide

It's finally morning.

Outside the rain-spattered window the sky is an angry indigo. A rumble of thunder sends a nervous rattle through the venetian blinds. Standing slump-shouldered and sleepy in the energy-conserving, lukewarm shower, I realize I probably shouldn't be taking a shower during a thunderstorm. I envision a lightning bolt hitting the building, traveling through the pipes into my shower stall, turning my naked ass to steam. I quickly turn off the water only to hear the phone. Sliding into the bedroom, I catch it on the third ring.

"Mike? This is Linda. Did I get you up?"

"No."

"Look, I'm sorry I was so short with you last night when you called. I've been overloaded with work—it wasn't a good time. You're not mad, are you?"

"Not anymore. How was the deposition?"

"Which one are you talking about?"

"Didn't you tell me you were studying for a deposition?"

A minute of silence, then, "Oh, that one. It was reset for next week sometime."

"Oh."

"But I wasn't actually going to take the depo, one of the junior partners was going to do that."

"That right? For some reason I thought you were studying for it." Here I am, sitting soaked and naked on the bed, quizzing my wife long

distance. There *must* be more to life than this.

"Michael, June is always a bad month for the firm, and we're short-handed after Tom quit. I've had to work morning, noon and night. And on top of it, there's this *thing* you're doing down there in—in—*Texas*. Why Texas?"

"San Antonio is a big military town. This thing probably had some funding by—"

"Texas—San Antonio—I don't know how to make sense of it. I'm under a lot of pressure, and you're not helping."

"Probably not," I pause for a moment. Why not be honest with her? "I was thinking about quitting the program and coming back home."

There's a long silence. She wasn't expecting something like *that*. "Michael, you want to *quit the program*? After all the money you spent?"

"Yeah. You've convinced me that it's a waste of time. So, I'm going to quit and ask for a refund."

"What if they don't want to give you a refund?"

"You're a lawyer. You can get the money back."

"I saw the contract. It's bulletproof. You quit and you can kiss that money goodbye. What was it, fourteen thousand plus ninety bucks a day for the room?"

"Something like that."

"You've spent the money, you may as well go through with it. After all, it's *your* mid-life crisis."

"At least I didn't run away to Russia. I was really thinking about doing that. I was going to get a ticket to Vladivostok."

"That was *last* month's plan. The month before that you talked about opening an office in Seattle. And before that, you were going to sell out and move to upstate New York to what—work on bicycles? At least with this *brain thing* in Texas, you're actually going through with it. That's something, anyway. And didn't you say it might be good for your business?"

"Oh, I'll probably find an old song or two back there, but—"

"Look, there's a call coming in from our Mexico office. I gotta run. We can talk about this later."

There's a click and I find myself sitting on my bed, staring at a dead hotel phone.

Suddenly, there's a flash—and now it's raining outside.

·····✦·····

Breakfast this morning is as dreary as the weather—a choice of corn flakes, shredded wheat or oatmeal. Lowell Anderson, a tall, taciturn dark-haired kid in his mid-twenties, refuses to even consider the stuff. Instead, he has somehow managed to round up a plateful of melon cubes.

"The neuros threw a party last night," he says in a slack, Southern California drawl. "Catering forgot to send down the snacks."

Gail Banks eyes him critically, then glances over at me. This morning she's going casual—tank top and baggy shorts, her long honey-blonde hair tied in a ponytail. Though she's probably in her mid-thirties, this morning she could pass for a trim twenty-six.

"Hey," Lowell continues, "I have some smoked oysters and fajita nachos in my room. You guys can have some if you like."

"I know I'll be there." Keller looks up. "Usually, I stay away from oysters, but I'll eat a *cooked* one. Don't have to contend with the *vibrio*."

"Let's have a picnic on the roof." Gail glances at me. "We can sit in the elevator house and watch the rain."

"We'll get *soaked* out there," Otto says, stirring his oatmeal. "Besides, they haven't mowed the grass up there in a week."

"Any *other* wet blankets in the audience?" Gail looks around the table. "Or is Otto the only one?"

"You could ask Coltrane," Keller says. "He'd probably go."

"Come to think of it—" Gail looks around the table, "where *is* Coltrane?"

"He's still in his room," Keller says. "With his scram migraine."

The table erupts in laughter, while I smile and eat my cereal. Years ago, one of my college professors told me that, psychologically, women never age past sixteen, while men are lucky to get past twelve—and generally stop at nine. I don't know where he got the idea, but surrounding me this morning is the hard evidence.

"Y'know," Keller says, "Leonard's got a quick trigger finger all right, but he sure knows how to run that jukebox. Yesterday, I was passing through the seventies and caught a show on the tube—'Hawaii Five-O'—and I wanted to see if Leonard knew where I was. So I told him what the show was about—a physicist was threatening to blow up Honolulu with a nuclear bomb—"

"I remember that show," I nod. "Spring of '69, right?"

"Not even close," Keller shakes his head. "November 27, 1973. Took Leonard a minute and a half. *Then*, he told me that it was a

Tuesday night and if I was in Georgetown—which I was— it's raining outside." Keller's eyes are wide. "I locked the scene and checked my peripheral vision—and sure enough. It was raining to beat the band."

"Yeah," Gail nods. "When I was a kid I used to watch 'Mannix' all the time. Now I tell Leonard the plot and he tells me the date."

"I have a story for you," Otto says. "My wife used to be interested in astronomy. One night, I think it was 1951, I heard her mention that Jupiter was directly overhead—and some such star was on the eastern horizon. I locked the scene and told Leonard. You know, it took him no more than a minute to pin the date, the time and the weather. He's truly amazing."

"Leonard's good all right." Gail looks at Otto. "But it's still kind of weird, when you're down there talking to this goofy-sounding electronic voice in your head. And you know it's coming from this big computer nerd with long, greasy hair and little round glasses. It's still hard getting used to."

"You know—" Otto leans forward conspiratorially. "I've been thinking of some way to fool him—and I think I've found it. If I can get to the right place and time, I'll be able to send him data that will be nearly impossible to verify. He won't even get the year right."

"What are you gonna do, Otto?" Gail asks.

"I'm not telling. But you can come and watch." Otto gets up from the table. "I'm going under at ten this morning for a group of visiting neuros. You can sit in the gallery above the lab."

"So you're gonna fool Leonard," I say. "From down there."

"From down there," Otto taps his forehead. "Stop by and watch."

It's 9:45 when Keller, Gail and I step through the thick, smoked-glass door into the dream lab. Other than Leonard, hunched over the computer "vox box," we're the only ones here.

"Hey, guys." Leonard looks up and adjusts his wireframes. In the half-light from the instruments, he resembles a denim-shirted, pimple-flecked graduate student. "You here for Otto's trip?"

"Yes," Gail says. "He invited us."

"Otto's excellent." Leonard pushes his glasses up and returns to the task of attaching a cable to an electronic switchbox. "Gives a performance completely indistinguishable from a rigged demo."

We walk up the carpeted stairs surrounding the lab and take seats in the front row of the gallery. Twenty feet below us is the empty

leather induction chair, the black plastic helmet resting on a gleaming metal cart. As Leonard putters about, I visually trace the medusa of cables sprouting from the helmet back to the gray plastic manifold connected to the machine. The Big Iron. The Engine. The *Cray-ola*. I've heard Leonard call it all those things. To me, it's an irritating signal, a chirping sound in the speakers of my headset that grabs my brain waves and holds them until my body goes to sleep.

"What are you working on, Leonard?" Gail asks.

"Replacing some memory boards. One of the dreamers from the B group nearly pulled an eclipse this morning, then did a fandango on the core. Absolutely smashed the stack. Had no idea where we were."

"Sorry."

"It happens. Every time this guy gets in the chair, he hoses the system." He taps his head. "I think he's got a misfeature up there somewhere that lets him slide off into hyperspace."

"Oh, come on, Leonard—" Gail says.

"You see it with computers too, like that bletcherous old dinosaur in Lab 10. Have to watch it all the time, otherwise it'll lose the vertical and go flat. Chugging away in its own little universe. Just have to throw the red switch and start over."

"Leonard," Gail shakes her head, "you are truly a geek."

"Be nice to me, Banks." Leonard pushes up his glasses. "When you're down there, I'm your only link to reality. In fact, it was me who talked them out of using the Penfield probes."

Gail rolls her eyes.

Leonard looks at me and smiles. "Penfield probes. Named after Wilder Penfield—neurosurgeon who operated in the thirties and forties. During surgery he'd use an electric probe to touch the patient's brain—and the patient would relive some particular event in his life."

I glance over at Gail, who's shaking her head in disgust.

"One of the neuros here was trying to figure out a way to actually touch the patient's cortex." Leonard grins. "The effect would be the same—instant memory. I guess the idea was to attach a video board and see what's going on. He probably saw too many sci-fi movies. Brain pirates from the future."

"They were actually going to do this?" I ask.

"Oh, yeah!" Leonard laughs. "They were heads-down serious. Wanted to use a photon gun or microwave or something. Pinpoint precision. Same principle as a disk drive and probably as reliable." He

shrugs. "I told them it wouldn't sell. Who wants their neurons toasted? Besides, it would have put me out of a job."

"Thanks, Leonard," Gail says.

"Of course, the approach was elegant," Leonard says. "Anyhow, the neuro who came up with the idea left the Institute."

"Where did he go?" Gail asks. "The CIA?"

"Nah," Leonard shrugs. "I think he was hired by one of the cable networks."

At ten sharp, the door opens and Otto shuffles in, wearing the standard surgical green shirt, pants and booties. After a few words with Leonard, he waves at us, removes his spectacles and slides onto The Chair. After getting into position, Otto puts the helmet on and slaps down the smoked glass visor.

Leonard pulls on a microphone headset and throws a switch. "Can you hear me, Dr. Pleer?"

"I can hear you fine, Leonard," Otto replies, folding his hands over his chest. "Mind if I catch a few winks?"

"Try to appear alert until show time, okay?"

"Where would you like me to go this morning? Early fifties?"

"That's up to you," Leonard shrugs. "Surprise us."

"Maybe I'll go back to Manhattan in November, 1940. That's a good time. My wife Gina and I take a little vacation in the Catskills on October 16. Crisp autumn air. Trees turning colors. You should see it. It's delightful."

"I *can't* see it, Otto." Leonard flips on a set of switches. "Only you can see it."

"Yes, and that's too bad. It's really beautiful."

"Maybe we should glue a television cathode onto your occipital cortex. Then everybody can see how nice the trees are in there." Leonard grins at us, then lowers the lab lights to a soft red glow.

There is the muffled thump-thump-thump of people coming up the stairs. In the dim light a group of figures appears at the stairway entrance—neuros, here to watch Otto's session. Silently they file past and take their seats in the row of chairs circling the lab.

The door swings open and Poundstone enters the room, followed by short, stern-faced Dr. Tom Zey. As Poundstone whispers to Leonard, Zey carefully attaches a long black glove to Otto's right arm and adjusts a strap near his elbow. From experience I know it will be

used to measure respiration, heart rate, blood pressure and partial pressure of oxygen. If necessary, it will also be used to deliver some sort of anesthetic into a wrist artery. Liquid sleep.

I've had it myself: a brief tap from the glove needle and then the sensation of ice water coursing up toward my neck.

And all the while, there's the chirping from the headsets.

We watch Zey attach the sensor apparatus to Otto's throat and place the thick ceramic cylinder over it. The super-sensitive throat microphone.

"All right, Otto," Leonard says. "Think for me. Count to five."

"One—two—three—four—five." The voice coming from the vox box is flat and tinny, but unmistakably belongs to Otto.

A few seats away from us, one of the neuros switches on a chair lamp, illuminating a small oval of red light on his notebook. A second later, there is another light. Then another. Everyone's taking notes.

Poundstone looks up at the balcony surrounding the lab floor. "Gentlemen, it will be only a few more minutes. We're making some final adjustments."

I look up at the acoustic-tiled ceiling glowing red from the writing lamps.

"We're ready," Poundstone says. "Leonard, start the tape." The reels on the tape machine snap into action. High above, chilled air begins to rush through the ventilation ducts and the temperature in the room drops. At the same time, I see the glove on Otto's arm puff up. Is Zey injecting something already?

"Tape rolling," Leonard says. "Induction ninety-six. Subject 1802. Ten-oh-five a.m." Leonard's delivery is crisp and professional.

"Introducing liquid nitrogen into the system."

"It's to keep the electronic detectors cool," Poundstone tells the audience. I look at the body on the chair. A faint crust of ice forms on a small metal cylinder attached to the throat mike.

"We're getting a good signal," Zey says. "Fast fourier transform engaged. Sodium pentothal ready."

There's an electrical whine, like an elevator starting up. I glance at the glove. It's inflated. No doubt: Otto is being helped into the arms of Morpheus courtesy of a general anesthetic.

The whirring sound increases in pitch. The computer engine is scanning, searching through the brain waves for one particular pattern.

"Theta detected," Zey says, his voice tense.

"Signal introduction," Leonard responds.

"The signals are introduced through the headset and serve to keep the conscious mind awake while allowing the body to go to sleep." Poundstone's voice is soft, like an announcer at a golf game. "The subject, of course, has been preconditioned using standard hypnotic techniques—"

"Entrainment," Leonard says.

"Here," Poundstone continues, "the signals from the computer match the brain wave pattern. Some of our subjects claim to be able to actually sense this. We'll give him a few seconds—"

The body in the chair is absolutely still.

"Otto," Poundstone breathes into the microphone. "Otto, can you hear me?"

"I can hear you."

I feel the goose bumps rise. Distant, flat and melancholy, the voice is one of the *eeriest* sounds I've ever heard. Do we *all* sound like that from down there?

"The signal," Poundstone turns to the gallery, "originated in the subject's larynx, was amplified over a million times, then digitized and filtered to remove the associated neural and thermal noise. From there the data is sent to a four-way parallel processor where it is time-adjusted and analyzed to preserve sentence context. The result is a 95 percent accurate transcription of messages from deep sleep—and from the realm of lucid memory."

There is a murmur from the audience. Whatever it was Poundstone said, it got the attention of the neuros.

"I'm going down now."

Listening to the metallic voice, an image forms in my mind of a robot descending into a pool of liquid mercury.

"I'm in."

"What do you see, Otto?"

"Street. Cars in the street." Static. I see Zey glance nervously at Leonard, who in turn fidgets with the control panel, apparently trying to tune in the signal. A pair of nervous Frankensteins with their pudgy little monster. I saw a movie like this once.

"Where are you, Otto? Tell us where you are."

Silence.

"We broke contact." Zey says, his voice tense.

"Nah." Leonard peers at the computer monitor. "He's still down

there. I can see him thinking. He's probably just hiding."

"Hiding?" Poundstone looks both perplexed and embarrassed.

"Yeah, he's done it before," Leonard says breezily. "No prob, though—I've got his theta wave in a hammerlock. Give him another call."

"Otto?" Zey taps his microphone. "Do you hear us? Please come in. You have us worried up here."

Gail leans over and whispers to me. "Otto got away from 'em—whatcha wanna bet?"

After a long, tense moment, the metallic voice fills the room. "I'm still here, Tom. I was just floating around in the ether. I can see my whole life from up there. It's very interesting."

Leonard smiles and reaches for a can of Jolt cola.

"I'm on a city street," Otto continues. "It's Manhattan. Cars look like—yes, 1949. Just a minute. I see—I see a newsstand. It's—it's February 12, 1949. There's rain. It's been raining."

Leonard quickly leans forward and types something on his keyboard. The computer screen responds with a spreadsheet and a map.

"Can you tell us the temperature, Otto?" Poundstone asks.

"I'm wearing a wool coat. I see snow. There must have been snow..."

"Okay," Leonard says. "We know the afternoon temp that day reached 41° F. Cloudy with drizzle over parts of the city."

"Where are you, Otto?" Poundstone asks.

"Walking through Central Park with my wife Gina. She's carrying a package from Macy's. It's a blouse. A blouse with a little blue ribbon..."

"Well, Otto, I can't really verify *that*," Leonard shrugs. I turn to catch the expression on the faces of the neuropsychiatrists. No one is taking notes: They're all staring, some with their mouths open.

"Can you examine your peripheral vision, Otto?" Poundstone asks.

"Yes. Can see almost to the edges. I'm wearing glasses, so it gets a little distorted. Beyond the edges, the usual things. The gray zone, sparks—ah. Drat. I seem to have made a time shift."

"Where are you now, Otto?" Poundstone asks.

"I'm not sure—"

Gail nudges me with her elbow. Is this the beginning of Otto's cat-and-mouse game?

"I'm looking at a movie theater—I don't know the city—"

Leonard, his eyebrows bunched, taps something on the keyboard.

"What is the name of the theater, Otto?" Poundstone asks.

"The Paramount."

Leonard shakes his head. "Otto, *all* the movie theaters back then were named 'Paramount.' What's the film?"

"It's—uh—looks like 'Storm Warning'—"

"With Steve Cochran, Doris Day and—ahem—Ronald Reagan," Leonard says. "That narrows it down to early 1951. And now the weather data please."

"I can't tell—I'm downtown in a city, but everything seems dark."

"Blackout, huh? Thought so." Leonard types on the keyboard, then peers at the computer monitor. "What are you doing out so late?"

"I'm walking back to my hotel."

"Watch your step. You're probably in Boston, and the visibility there is only ten feet. There was an ice storm the day before and some power lines are down." Leonard glances at Poundstone. "I'd say near midnight, February 2nd, 1951."

"Otto?" Poundstone asks. "Leonard says you're in Boston. Is that about right?"

"I—it could be—"

"You've really got some interesting weather down there, Otto," Leonard says. "The jukebox says it snowed the night before, then rained, then froze. Huh. Two degrees. That's cold!" He pauses to type on the keyboard. "And look at this— electrical blackouts in Savin Hill, Cambridge, Revere, Wellesley. I'd stay at the hotel if I were you—"

"I guess I will."

"Want the television schedule?" Leonard asks.

"No."

"Okay. How about sports—" Leonard peers at the screen. "Hm. Looks like Holy Cross defeated Loyola 81-56."

"Thank you."

"If you get a chance, you might hike over to the Astor theater tomorrow and catch 'The Magnetic Tide.' Watch your step. It'll be icy."

Silence.

"Otto?" Poundstone asks.

"I'm back in New York."

"Good move," Leonard says. "How about some data?"

"I'm on the sidewalk. Gina—my wife—is with me. It's raining and we're, uh, waiting for a taxi. I can't feel it, of course, but I can tell

it's cool out. There are little mounds of dark snow here and there. And Gina is wearing a coat, a tan camel hair. Black gloves, nylons. Black shoes. I'm looking up at the street signs now—it looks like Fifth Avenue at Sixty-Third. Yes, there's Central Park—ah, the taxi just went by. Drat!"

I glance at the neuros. They're all leaning forward in their chairs, stunned at the performance.

"Do you have the date?" Poundstone asks.

"No. There's no newspaper stands. But I hear a car radio playing—just a moment."

Except for the swoosh of the ventilation system, the lab is silent.

"It's someone singing 'McNamara's Band'—"

"One minute." Leonard types, then scans the screen. "That song was recorded by Bing Crosby on December 6, 1945 and was a million-seller. He's probably in February or March of 1946. If he gives us a time and temp I can pin it down exactly."

"Did you hear that Otto?" Zey asks. "Do you have the time and temperature?"

"I'm sorry. I'm watching the street. It's raining and the traffic is really terrible. And Gina just now stepped in a puddle. Ah. I hate that."

"Shall I bring you back now?" Zey reaches for a switch on the control panel.

Silence. I stare at the body in the chair. Immobile, asleep. Not a part of this world.

"Otto?"

The room is absolutely still.

"Otto, are you there?"

"Yes. I'm ready."

Among the neuros there is an audible sigh of relief.

"All right, Leonard," Poundstone signals to the technician. "Bring him up. Slowly."

There is a whirring sound, like an electrical motor speeding up. Then a click, followed by an extended rash of static from the vox box. The body on the table jumps as a ripple of electricity passes through.

Leonard shuts off the tape machine. Down below Otto slowly reaches up to lift the helmet from his head.

The show's over.

4

Highway

Otto pokes at the roast beef with his fork and shakes his head. "I don't know how he does it!"

"I was watching the computer," Gail says. "First he listed the Paramount theaters, then narrowed it to the ones showing that particular movie."

"But how did he know I was in Boston?" Otto says. "Tell me that?"

"After you told him it was dark, he called up a list of electrical grid blackouts." Gail shrugs. "He can find anybody anyplace."

"Unless it's Wyoming," someone says. I look up to see tall, Russell Coltrane, dressed as usual in work boots, jeans, blue plaid shirt and round, wire-rimmed glasses.

"Have a seat, Russell." I pull out a chair for him. "I understand Leonard gave you a little headache."

"Yeah." Coltrane folds his lanky frame onto the chair. "I was cruisin' along route 20 south of Thermopolis and forgot to check in, so he yanked my chain." He smiles sheepishly, his grey eyes wide. "It was my own fault."

"I've never been scrammed." Gail leans forward. "Did it hurt?"

"It didn't feel good." Coltrane wraps his huge hands around a cheeseburger. "The fillings about jumped outta my mouth. There for a minute, I thought I could smell *smoke*."

"Like bein' in the middle of a thunderstorm!" Keller says, nodding vigorously.

Gail glances at Keller with a look of unease.

"Well—" I get up from the table, "I've got a session in the chair this afternoon, and I hope Leonard keeps his finger off the switch."

"All you gotta remember is one thing," Coltrane says between bites of the burger.

"What's that?"

"Never *ever* lose your t-4 wave."

"My *what?*"

"Your t-4," Coltrane says. "It's a little wave signal coming from the right side of your head. Leonard watches it like a hawk. He'd let almost all the other lines go flat before he hits the scram. But if that t-4 starts to look the least bit funny, he throws the switch and pulls you outta there. Boom. Just like that." Coltrane nods solemnly. "Then you wake up with a headache and seein' double."

"So how do I keep my t-4 wave from—uh, getting lost?"

"Ya got me," Coltrane shrugs. "Wish I knew."

"Thanks," I smile. "Thanks a lot."

"You're welcome," he says, returning to the cheeseburger.

.....✦.....

"Henderson, Cobham, Mitchell, Lambert."

"Hello. This is Mike Mitchell. Is—"

"One moment please." Music. An easy-listening version of "Hey Jude." I press the receiver hook and try again.

"Henderson, Cobham, Mitchell, Lambert, can you hold?"

"This is Mike Mitchell. Is my wife in? She's—" It occurs to me that I'm listening to "Hey Jude" again.

And finally, a voice: "Linda Mitchell's office."

"Hi, this is Mike Mitchell—"

"Oh, hi, Mr. Mitchell. This is Kazy. Mrs. Mitchell isn't going to be in the office until next Wednesday."

"She isn't? I talked to her this morning—"

"Oh really? She left to go home at noon. I think the conference in Mexico is supposed to start tomorrow and they wanted to leave tonight—"

"She's going to a conference in Mexico?"

"Oh, didn't she tell you? It's the—oh, excuse me—" The line clicks and I hear the tail end of "Hey Jude." Then, merciful silence—

then a dial tone. The connection failed.

I redial, my fingers furiously punching the keys.

"Henderson, Cobham, Mitchell, Lambert."

"Hi. This is Mike Mitchell and I'm calling long-distance from San Antonio and—"

"One moment please." Now I hear an easy-listening version of "Light My Fire." An excruciating minute later, the receptionist returns. "I'm sorry, Mrs. Mitchell isn't in this afternoon and her secretary is out to lunch."

"Kazy's out to lunch? But I just talked to her!"

"You did? Well, her voice mail is turned on. Would you like to leave a message?"

"No. Is my wife going to be in this afternoon?"

"No."

"Tomorrow?"

"You'll have to talk to Kazy."

"But she's not there."

"I know. She's out to lunch. Would you like to leave a voice message?"

"No. I'll call later." I slam the phone onto the hook.

4:05 p.m. The visor snaps over my face, blocking out the lab. The cuff on my right arm expands to a snug fit. I wonder if they'll use the needle this time.

"Everything okay in there?" The nurse taps on the side of the helmet. "If you need a little muscle relaxant, let me know."

"Uh, I don't think I'll need it." I open my eyes to see the twin dots of green light staring back at me, like the eyes of a cyborg cat. Or something.

"...Blood pressure is a relatively relaxed 120 over 70—"

Leonard's voice in the headset is reassuring, but I'm still a little nervous. Will I remember anything this time? I'm beginning to wonder if Linda was right. Maybe I *should* have spent my money running away to Russia. At least I'd have memories *and* photos.

"...Pulse is a smooth, even seventy-eight. Partial pressure of oxygen is a nice, perfect 100 percent. Heart activity extremely boring. Good QRS. No PVCs. Electroencephalograph is...nice and squiggly with all sorts of questionable spikes and subdeltas—only kidding. If you can hear me, raise your pinkie..."

I raise my hand and speak into the microphone. "Keep away from the scram switch, okay, Leonard?"

"How come you're worried about the scram switch?" Leonard asks. "Don't you plan to come back today, Mike?"

"I heard being scrammed hurts."

"Think of it as tough love."

"Don't do it, Leonard. *No scrams*."

"You've been listening to Jim Keller," Leonard shrugs. "Keller has a very tender scalp. Gets blotchy just after a volt or two."

"Leonard—"

"I *refuse* to believe the scram is that bad—all you feel is a little tingle. You barely notice it. There's more static electricity in a hard rubber comb."

"Ever have it done to you?" I ask.

"No time-surfing for me. I leave the high weirdness and transient scalp pain to you guys."

I realize it's a losing battle. "Just tell me before you throw the switch okay?"

"Try not to misplace your t-4 wave," Leonard responds.

"I'll do my best." I try to get comfortable. Before I came here I didn't even know I had a t-4 wave. Now I'm making deals over it.

"Ohhh-kayyyy, Mike. If you would like music piped in, raise your other hand. One finger for metal, two fingers for psychedelic, middle finger for middle-of-the-road. I've got a great CD here from 'Shonen Knife'—"

I hear the chirping sound, first in one ear, then the other, then both. It picks up speed until it is almost a buzz. Outside, Leonard is watching the monitor, adjusting the rate to match my brainwave pattern.

I close my eyes and the green dots vanish.

"Okay. Roll your eyes up please. Thank you—very nice alpha. Look straight ahead and think of a green square…thank you. Now, a yellow circle…very good. Count backwards from a hundred by threes…thank you. Nice activity in your math coprocessor…now let's see if our expensive theta grabber can catch your wave. Listen to the music…"

The buzz intensifies. In the background I hear a whine.

"…Looks like we have a match. Your escort to the netherworld this evening will be Guy Lombardo. Please hold on to your pants and remember—the memory that is real is not the true memory."

The buzz overtakes me like a swarm of bees. It's happening: my entire body feels out of alignment with itself, like a window slipping on its frame. Then the trap door opens and I fall through.

I *must* remember.

The darkness becomes clouds, and the clouds dissolve to reveal a filigree of lights stretching away to some distant point. A brilliant, glowing highway into the past. There is the sensation of forward movement, of entrainment by some internal jetstream pulling me along. The dark landscape below me is abstract, strange, yet I seem to recognize each glowing light. An intuition, really, like knowing exactly where to turn on an unfamiliar street.

Suddenly I know: I've been here before. I know what everything I see represents. This time, I'll try to go to the part of the web that reminds me of my early childhood. I allow my intuition to pull me along until I see it. The right place.

The lights surround me in a swirling field of color. As I draw closer, memories and emotions well up and encircle me. And now, I hear a siren.

There is a distinct click, like something fitting into place. I'm here, a disembodied presence in front of a screen. Watching. I hear breathing, the soft thump-thump-thump of a heartbeat and the rhythmic hiss of blood through arteries. I tune them out, and the sounds vanish.

The visual field clears to form a forest of chair legs. All around are children huddled on the floor in orderly rows, their hands covering their heads. The field of vision shifts and I'm looking at the underside of a metal desk where someone has scrawled the letters *FUK*.

A pair of slim legs supported by black high heels moves through the scene. *Click. Click. Click. Click.* "Now, children, if war were to break out and a bomb were to drop on Corinth, we would all hear the siren and get under our desks. Isn't that right?"

"Yes, Mrs. Kinnesman."

The boy in front of me has holes in his shoes and a patch on the bottom of his pants. In the next row, a little girl dressed in a green plaid dress is giggling furiously.

"Jill-shhhh. No laughing, please—"

Click. Click. Click. Click. The shoes move away and the little girl peeks out and continues laughing, tears rolling down her face.

Some pencils have fallen from my pocket and are in the aisle next to a crushed piece of hard candy.

"Hey, Mitchell. The Russians are gonna bomb the grade school. Think we'll get a vacation outta this?" I turn to focus on a small, square face—a close-cut flattop and a crooked grin displaying two large front teeth. The right eye squinted almost shut, like a movie tough guy. It's Evan Carswell.

"Did I tell you my big brother found a cable for the hand pulley? He strung it from our treehouse over to the creek this afternoon—and now, he's gonna ride on it. It's about a hundred feet off the ground—I bet he falls and busts his butt. You wanna watch?"

"Yeah!"

The scene dissolves and I'm back, floating over the web of lights.

"Hey, Mike. How is it going down there?"

"Fine, Leonard. I think I was in grade school."

"Already? You've only been under for a minute."

"Seems like it's been longer. I'm up above the lights now—"

"Don't stay out in hyperspace too long. We need something on the tape and there's only an hour left on the clock."

"Okay. I'll get something."

"And don't overflow your buffer."

"Right." I fall toward the lights again.

I open a door and step onto a dark wooden porch. Though I can't feel it, the night air seems cold and thin. About a hundred feet away, a streetlamp spreads a harsh blue glare across the dry, leaf-covered lawn. At the end of the sidewalk is an automobile, a brown 1964 Ford Fairlane—the same car I sold nearly 25 years ago.

I walk down the concrete steps and out to the car, open the door, throw a gym bag into the back seat, get inside. I insert a silver key into the ignition and after a moment of grinding, the engine kicks in with a roar. No muffler.

And no seat belts. This *has* to be in the mid-1960's.

Something clicks, like a slide in a projector, and a darkened hallway comes up to meet me. A dormitory. I recognize this place—I'm heading back from class during my freshman year in college. Nothing here. I recall a technique Poundstone suggested: "Whenever you want to leave a place or time, just fall *up*."

I rise up. In response, the walls, ceiling, floor—all implode into a bright point of light in a black background. In the darkness of my memory, I want to move sideways a week, and—it works. Maybe I

can navigate this place.

"Mike. Are you there?" The words seem to be coming from a stack of books on a long wooden table. *"Give me some info."*

I scan the visual field. Near the edge of the scene, near the border of my vision is a newspaper. Freezing the frame, I make out the words: Frost Warnings Issued for Missouri Tonight.

"I think I'm in the college library. And there's supposed to be frost tonight."

"So we know it's not the middle of the summer. Hear any music down there?"

"It's a library, remember?"

"Oh. That's right. Sorry. Look, I have to change the tape, why don't you take five?"

Leonard clicks out and I'm left alone inside my own film. Something drifts fluidly by: It's a girl, walking between the heavy wooden tables, her green-and-white checkerboard shift reaching past her knees—no socks and plain leather flats. I look at her hair: black, teased into a helmet with a flip at the ends.

Definitely the mid-sixties.

I get a glimpse of a wristwatch, *my* wristwatch, one with a cream-colored dial and luminous hands.

Three-thirty in the afternoon.

I remember losing that watch in army basic training. It seems strange to look at it now. I wonder where it is in the real world? Probably part of some landfill somewhere.

There's a sound like a distant radio: *Great. Time for my last class of the day. Tuesday. Three days to go...*

My own thoughts thirty years removed.

Poundstone said they can be experienced only rarely—a ghost train of words rumbling through and then gone.

The screen blinks and shifts. Two arms appear wearing a long-sleeved striped blue shirt. On the left hand is a class ring. I see a book: *Background of the Modern World.*

Now I detect something forming in the space in front of me. Something else.

"Hey, Mike, you all right?"

"I'm fine, Leonard."

"The detectors are picking up a fast theta from your right temporal lobe. What's going on down there?"

"I'll let you know when I figure it out."

Initially, the image has a brown and white quality, like a grainy film clip projected on a sheet. As I watch, it gradually takes over the scene of the library—almost, but not quite replacing it. With a start I realize I'm looking at a thought within a thought. A mental image from my past: a girl moving inside a mosaic of pastels. No lines, only an impressionistic canvas of blue and gold and yellow and green. A girl, standing in a grassy field, her black hair blowing behind her. In the background I see dark clouds with lightning flashes.

"Anything yet?"

"I'm taking a commercial break."

"Your t-4 signal is acting a little strange. I think maybe you should Control-C whatever you're doing down there and come up for air."

The girl turns to face me.

"Mike, your heart rate's increasing. If it crosses ninety I'm hitting the scram switch."

"No. Not yet." The image dissolves into the pages of the newspaper. Into the lines and words. Something about a party at the lake.

I remember the instructions on how to stop the motion. Lock.

Instantly the movie becomes a photograph, fixed and motionless in time. I carefully scan the scene, looking for artifacts, clues. Eventually, I find it, the top right corner of the campus newspaper: "October 4, 1966." So *that's* where I am.

Unlock. And the scene moves again.

"How much time do I have?"

"I'll let you know."

Two places in my past so far this trip. Will I remember them?

I rise up and the library walls collapse into two dimensions, then one.

I'm looking down on my time spent there. In one direction, I see the line of the past—the first day of college, the summer, the nights at the drive-in, the days at the factory—then, high school. All are part of a three-dimensional cylinder of light receding into the distance.

Looking the other way, I see my time in the military, my wedding, my life with Linda and our kids. Stretching away toward a distant point of light.

Inside space, yet outside time. It's no wonder I can't remember this—my waking mind would never understand or accept it.

"Mike, it looks like you shifted into paradoxical sleep for a minute there. Is everything okay?"

"I'm fine. I'm going in for another pass."

"Keep me posted."

I fall toward another scene, an image that becomes more and more real the closer it gets. One instant, it's like a billboard, then there is motion. The frames snap faster—24 frames a second, then 50, then double that until the image becomes perfectly clear. The third dimension appears, subtle at first, then pronounced. No longer a back-then.

A back-*now*.

And I'm here—standing at a window in the dim half-light of nearly-dusk. The sky is muted, with pale coal-smoke haze obscuring the setting sun. In the middle distance is a long line of scattered clouds that have broken away from a shelf of stratus. Beneath them, a thin, barely perceptible line of haze across the horizon, punctuated by the faint metallic glint of my hometown water tower. On the side, I can barely make out the words: CORINTH. A veil of dark grey haze—probably from burning grass—drifts across the road leading toward town.

A car passes, driven by a man in a dark coat. It occurs to me I'm looking at a past that doesn't exist anymore. The person who was in that car is thirty years older, maybe dead and the car a pile of rust. Or, like my old wristwatch, in some landfill somewhere.

I scan across the street, look at the gray rows of houses beneath the darkening sky. How many still exist? How many of the people living in them are alive today?

From the houses I scan to the street, over the cracks in the asphalt pavement to the crumbling chunks of gravel and tar at the side of the road. Where is this material now, thirty years later? Buried under more asphalt? Or has it been dug up and replaced by concrete?

Another car goes by, a 1961 Mercury Comet, its rear bumper curled down in a sneer by some minor traffic accident. It's driven by a young, dark-haired girl. Thirty years later does she even remember the car? I watch the car disappear over the hill, smoke trailing from the exhaust pipe, red tail lights staring back like two round, bloodshot eyes.

I recall something Keller said once, "You have to make sure not to breathe too deep when you go back—there's so much lead in the air, it'll make you sick *today*."

Everyone laughed at the absurdity of the comment. Yet, looking at the trail of black smoke hanging in the air, it's hard to realize all of this isn't really happening right now. But it's only memory—electrical impulses exciting phosphors in my brain.

I hear static, then a reverse arpeggio in liquid darkness. Barely audible, the notes float from the radio amid jagged bolts of static. And I know *exactly* where I am—5:20 p.m. on a Saturday in early March, 1963.

I'm hearing the song "Pipeline" for the first time. New notes and new circuits. Floating here behind the screen, I can still feel that strange year—dark and angular; stormy and sad. Abruptly, I hear Leonard's voice in my mind: *"Mike, I'm back. How's the view?"*

"It looks like I'm in the first week of March, 1963. Probably a Saturday."

"That right? Justaminute. Fire up the old Jukebox search engine here. And we enter M-a-r-c-h, 1963. Song titles–question mark. Enter. There. History note coming up—next Tuesday the Beatles will record 'From Me To You' at 11:00 a.m. your time."

"Thanks."

"No prob. I'm here to help. Call me if you need me."

A car pulls into the drive—a blue 1956 Ford. It rattles for a minute and stops. A few seconds later, my father climbs out, closes the door and walks around to where my brother's Chevy Streamliner is parked. He pauses to look at something on the left front fender. Probably a new dent.

I move ahead an inch—a half hour?—and now my mother has dinner ready. Swedish hamburger, salad, new potatoes, broccoli, Pepsi. My brother Earl comes downstairs in his blue jeans, cuffs rolled up. I turn off the radio and pull up a chair to join the family.

As I sit down at the table, I see that my mother and father both look younger than I do now. My brother Earl sits down. A quick prayer, then everyone reaches for the food.

From this perspective, I notice more than anything else the pack of cigarettes in my father's shirt pocket. I want to reach out and tell him where I'm from and what I know—that those cigarettes will eventually take his life from us.

But I can't. If I said anything only Leonard would be able to hear me. And, since there is no sense of touch where I am, all I can do is watch. Helpless.

The downside to this experience is profound—seeing loved ones and not being able to touch them. Not being able to make contact. Because this place is gone—it no longer exists, except in my memory. Yet I'm here. Floating among the dead.

I watch myself reach for hamburger, watch my hands carefully place it on the bread, pour on ketchup. A bite. I grab for the glass of cola.

When a photographer takes a picture, he tries not to cast his own shadow. The shadow not only intrudes upon the scene, but also shows someone else is there. Artistically, the photographer shouldn't be there—only the subject.

As I look around the table, I know I'm part of the scene—I can't be here without having first taken part. My shadow preceded me, and now, floating behind my eyes, I'm truly invisible.

I reach for the broccoli. Did I like this stuff then? Guess so. The proof is before me.

"Don't take so much, Mike," my mother says. "Maybe the rest of us would like some, too."

"He can have mine," Earl says.

"Yeah, go ahead Mike," my dad says. "I'm fine."

I know this year—it will be hazardous to us all. My family will suffer. I roll the thought in my mind, then set it free.

Suddenly, I rise up again.

Can I navigate this strange river of memory? Perhaps it would help if I first picked a time—July, 1961 for example—then tried to match my disposition to its own unique structure. First I imagine July, 1961—thin and bright—waiting like a pool of stratus just inside the sixties. I think it, match it, become one with it.

And now I'm down again—this time in a room. It's the one I share with my brother. The window is open and Earl is on his bed, t-shirt, jeans, white socks. On the dresser is his old radio with the brown cloth speaker.

"Listen, Earl, I got this problem—"

"Yeah, what is it, Scout?" He pulls a pack of Pall Malls from his shirt pocket. Stuck inside the cellophane is his Zippo lighter. Decades later it will be in a dresser drawer in Lexington, Massachusetts.

"Earl, it's about Brenda. I think she wants to break up with me."

"That right?" He pauses to light the cigarette. "How do you know that?"

"It's the word around school. She told one of her friends she's getting bored with me."

"Isn't she a year older than you?"

"Yeah. She talks about stuff and I don't know what she's talking about. Like all her music classes."

"That's no good." He takes a drag from cigarette and blows a thin stream of blue smoke toward the window.

"No. She's the only girl I can't fully understand. I'm pretty sure I love her."

"Um-hm." He carefully balances the cigarette on the lip of the ashtray. I watch the smoke drift up and out the window. "So how long you two been going steady?"

"It's been a week now."

"Have you kissed her yet?"

"Are you kidding?"

"Sorry," he shrugs, picking up the cigarette from the ashtray. "Think that might be why she wants to break up?"

"'Course not."

"Okay. So how come you didn't take her to the ball game tonight?"

"I didn't know there was a ball game."

"Scout, if you're gonna date women, you have to pay more attention to—certain things."

"Like what?"

"Like—well, *things*." He takes a drag, blows a quick series of smoke rings, then returns the cigarette to the ashtray. "Listen, Sally and I have a date tomorrow night. I bet we could scratch up someone for you—"

"Can't. I'm going steady with Brenda."

"Did you give her a ring?"

"Earl, you know I don't *have* a ring—"

"Well, my friend, you're not really going steady then." He stubs out the cigarette. "Look. We'll make it a double date. It's the last drive-in movie of the season. And her little sis is a lot of fun."

"Oh, God, not Karen Barrett. She's in high school! And she's *taller* than I am."

"Come on, Mike—"

"Earl, Karen Barrett is almost as tall as you! Doesn't she have any other sisters?"

"None you'd want to date," Earl grins. "Besides, their husbands might complain."

"Mike, you've got about six minutes."

"Thanks, Leonard."

Up. I drift here for a minute, inside the framework of 1961. Searching. Maybe I can navigate this place. Wherever this place *is*.

"Five minutes."

"Okay."

I fall into the light, hoping I can finish the conversation with Earl. But instead of the light forming my own room back home, it becomes something else—my dorm room in college. Somehow, I've slipped ahead five years. A sullen-looking young man is handing me a phone.

"Mike, it's for you. It's a girl."

"Hi, this is me." I hear the voice, but don't recognize it. It's young, impossibly young.

"Hi. Uh, how are you?"

"Mom and Dad said it was okay to call you. Are you coming down here this weekend?"

"I don't think so. I've got a test Tuesday—"

"Hey, guess what? I asked if I could just wear the nightshirt you bought me to bed—that is, if you still promised to wear your cutoffs—and they said yes. I had to promise to keep it on all night, of course. But isn't that something? I mean, they know you're gonna be part of the family."

My vision is suffused with a kaleidoscope of images—glowing, translucent—like the ones I saw earlier while in the library. Memories of thoughts. Memories of memories.

"Three minutes."

I pull the covers over someone—a girl. The window next to the bed is blurry with rain, the light from the streetlamp shimmering against the wall. I sit up and look outside. On the street below, I see my car—a brown 1964 Ford Fairlane.

I look around. I know this place, this year. There is a realness about it. I brush the sheets with my hand as the rain outside the window intensifies. Thunder rumbles in the distance. Is there a storm outside?

"Mike, you're amplitude is dropping. You okay down there?"

In the yellow light from the streetlamp I can make out the room—dresser with a mirror, an old chest of drawers. The half-opened closet door. Clothes on the floor. The diamond pattern on the wallpaper. I've been here before. I'm here *now*.

"Mike, I'm bringing you back."

Suddenly, the scene implodes, evaporating everything in a pure, searing white haze. I scream, but there's no sound. No air. Nothing.

"Hey." The visor lifts and I see four pale blue eyes peering at me through wireframe glasses. "You okay in there?"

"I'm seeing two of everything—!"

"Sorry about that." Leonard lifts the helmet from my head. "Normally, I'd ask you not to speak or clear your throat or anything until I remove the squid mikes. But I think I toasted the circuit with that little scram so you can talk if you like—"

"*Little* scram?!" I grab my head. "You hit me with a sledgehammer!"

"Yeah. It *will* fork-bomb the wetware on occasion." Leonard helps me up. "Would you like an aspirin?"

"How the hell many volts did you hit me with?" I rasp.

"I dunno. Couple thousand. But absolutely no amperage." Leonard unsnaps the microphone and sets it on the table. "The voltage isn't important. It's the amperage that will kill you...your eyes uncross yet?"

"Yeah. I think so. God. My scalp is on fire."

"Really? Lemme see." He runs finger along my forehead. "Yeah—bummer of a burn mark, Mike—"

I try to stand up inside a spinning room. "This is so *painful*. Why didn't they tell me this would be so damn painful?"

"Hey, look. I wasn't getting a response—you had your interrupts locked out and your t-4 was going very nonlinear." Leonard looks like a huge offended housecat. "Seemed like you were ready to wedge."

"Wedge? What are you talking about?"

"Wedge. Eclipse. Lights out. Halt and catch fire. Activating the out-of-body circuit. That's what the theta detectors are for. To keep you from doing that."

"Speak English, dammit." I close my eyes to stop the spinning. It doesn't work.

"Look. This is really not a difficult concept. Your right temporal lobe produces an important little wave called the t-4. If your t-4 goes, *you* go. As in Flatline City. And letting you go to that bad place on my shift would be very evil and rude of me—not to mention *extremely* career-limiting for both of us. Comprende?"

"I think you gave me a stroke."

"Nah, you wouldn't be able to talk. Lemme look at your pupils." Leonard pushes his fat, sweaty face into mine and aims a tiny flashlight at my eyes. "Yeah. You're okay. Maybe popped a few capillaries is all. Probably a misfeature of electroshock. I can call one of the docs if you like..."

"No!"

"Okay. Want some day-old pizza? ANSI standard—pepperoni and

mushroom."

"I think I'm about to throw up—"

"You know, a cola would settle your stomach." He grabs a can from his desk. "All I have is Jolt. Sorry, there's no ice."

"I'll drink it anyway." I take the can. Slowly, the nausea begins to ease. "How many volts did you hit me with?"

"I dunno, I'll have to look—uh—" Leonard squints at me, then hands me a square of gauze. "Better take this—"

"Huh?"

"I think you bit your tongue."

·····✦·····

I'm lying on my bed with a wet towel over my face, trying—and failing—to allay my massive, throbbing, scram-induced headache. To add to my misery, the angry red spots on my temples have blossomed into dime-sized blisters. I feel like that time I was caught up in a drinking match with a couple of Russians on the night train between Milan and Zurich. Jagermeister and Slivovitz and God-knows-what. I woke up feeling like I had a spike driven through my head.

I feel like that now—except for two things—one, my billfold is still with me and two, I'm elated.

That's right. *Elated.* Because, despite the excess electrons Leonard poured into my brain, despite being forcibly returned to the present—

For the first time, I can *remember*.

I close my eyes, reliving the scenes—a few minutes under a desk in my childhood, then up to my college years, back again to visit my brother Earl. Was he setting me up for that horrible date with Karen Barrett? Yes, that was it. I almost never forgave him, but she was cute. Tall, but cute.

Where else did I go? Maybe nowhere—the rest is a blank.

I slowly get up from the bed to retrieve another three aspirin.

Returning, I see that my wet towel has made a dark circle on the pillow. I look at my watch—seven o'clock—still early.

I replace the wet pillow with a dry one and fall back onto the bed. I can actually visit my past! Go to places I've been, see the people I've missed—my family, my friends. My girlfriends.

Brenda Lacey.

My head hurts but I don't care. It was worth it.

In fact, I might even be able to bring something back for my business—observe close-up the minutiae of an entire age and get it perfect. Right down to the paperclips. I could turn a middle-age crisis into a—well, a business opportunity. That's what I told my partner Jerry when I came down here—now, maybe, I can actually produce something.

I can imagine how he would sell it to our clients: "Want something from 1958? Hey, we got it! Pushbuttons, orbits and atoms, you name it. Stuff you heard about, stuff you didn't even know was back there..."

"Oh, you like 1962 instead? Great year. Very commercial, very successful. Bullet lamps and parabolic curves. Oh, yes—and big, square hand-held transistor radios. That year works with automobiles and small household items."

"You're selling pickup trucks? Then we recommend 1966. Square lines and metal dashboards. And for everything else we recommend compass roses and cork...how do we know all this? Because we were there. *Just this morning.*"

No, no, no, no, *no*. The past isn't just a warehouse of psychological icons, it's a place with some importance—some depth. Before grabbing for everything, I should just cruise the territory first—get the feel of the place. Maybe listen for some obscure but ahead-of-its time song that no one remembers today.

Yeah, that would be nice. I could be there to watch the reactions when it comes on the radio that very first time. I'll be *there*, riding along with my 16-year-old buddies—all of us making comments. And all I'd have to do is *listen*. And if we use the song in a commercial selling trucks or something—well, at least the public is getting a chance to hear a song they would otherwise miss completely.

I could live with that—riding around with my pals in the sixties just listening to the car radio.

Nice.

Of course, when I go *way* back for music, I won't be in a car at all. Instead, I'll be home in bed with the covers forming a little glowing tent—only me and my tube radio. I'd twist the dial carefully, listening for music amid the static. There'd be the signals from space—Kearny, Nebraska—a station in Baton Rouge—a night baseball game from some place in Florida. Another twist of the dial, and there it is—Arthur Alexander singing "You Better Move On."

And then I would no longer be in a house on the plains of eastern

Missouri—I'd be in Chicago, caught in the currents of a dark, roiling river of sound. Another twist and I'm in yet another fifty-thousand watt universe—this one with Roy Orbison's "Dream Baby" or Sam Cook's "Twisting The Night Away." Liquid music, uncomplicated romance, a glowing yellow dial.

I pull the towel down over my eyes, taking care not to break my new blisters. Perfect.

Perfect, perfect, perfect.

The phone rings.

"Hey Mike. It's Gail. I'm with Keller and Lowell and we're down here at the bar waiting to buy you a drink."

"A drink? No thanks, I've already got a splitting headache."

"*We know—that's why.* All new members of the scram club get a free margarita. Offer expires in fifteen minutes."

"Okay. You talked me into it. I'll be there."

5

Static

It's night, but you'd never know it. Like most bars, this one has no windows. Still, as saloons go, it's not a bad one—Spanish Inquisition-style red lampshades, lots of dark wood-paneled walls and a fake brick floor. The bar as dungeon. It reminds me of half the roadside watering holes between Bar Harbour, Maine and Providence, Rhode Island.

After four rounds of Corona Extra and fifteen or so chemistry jokes, Keller folded his tent and rode into the sunset. Now the rest of the party—Lowell, Gail and me—hover over black coffees and greasy nachos and woozily discuss our reasons for being here. After enough alcohol and coffee, I finally admit why I'm here. Not what's on the application form—that snappy booshwa about looking for "historical and cultural icons"—but the real reason.

"What it all comes down to is," I tell the others in my most dolorous voice, "I'm tired."

"Tired?" Gail echoes, her eyes severely bloodshot.

"Tired. Tired of hassles."

"Right." Lowell smacks the table with his fork.

"Tired of arguments—"

"Amen, bro," Lowell nods sagely.

"—I'm tired of arguing with clients and lawyers and my wife and my kids. I try to take a vacation somewhere, and I'm arguing with a travel agent who forgot to get my tickets."

"And when you get on the plane," Gail says, "the idiot in front of

you wants to lean the seat all the way back in your lap."

"Yeah, right. Those guys," Lowell nods vigorously. "They want to take your space on the plane. I just spill my Coke on 'em. Or get up to go to the restroom a hundred times. They're greedheads. I'll do anything to make their flight miserable."

The normally taciturn Lowell now appears momentarily annoyed. Guess I've touched a nerve.

"And listen—" Gail says in a raspy voice. "When you—when you *get*—to where you're going—" she looks around the table. "The bags aren't there. They're in Montana or some place."

"Or the hotel has lost the reservation," I shake my head.

"Yeah," Lowell says. "That *always* happens to me."

"That happens to all adults," I respond. "That's why I came here—I want to be a kid again for awhile. No responsibilities. Nobody giving you serious trouble."

"Yeah?" Gail says. "That's 'cause you grew up *male*. Males get to do what they want when they're kids, get to roam around with their little buddies—like packs of wild dogs."

"Hey, girls do that too," Lowell says. "You should see my little sister and her pals."

"It wasn't that way when I was growing up," Gail says. "My folks had me under lock and key—practically handcuffed to the house. In high school, any boy who wanted to visit me had to pass a lie detector test. 'Have you ever been in trouble with the law—have you ever gotten any grade lower than C—have you ever had your hand down a girl's blouse—'"

"Aw, Gail," Lowell looks at her skeptically. "Your folks really didn't have a polygraph, did they? I mean, isn't that *illegal* or something?"

"Listen," Gail says. "My father would stare at the kid over the top of his glasses—really bore into his brain with these beady eyes. They were like ray guns or something. And at the same time he'd just really *torture* him with all these questions." She laughs. "And if the kid flinched—or even *blinked*, Pop figured he wasn't telling the truth. It was really pretty terrible, but kind of funny too. The only boys I finally got to date were these pathological criminal types who could lie perfectly under pressure. I could never trust them, 'cause I knew they'd lie to me too. But my pop always thought they were great."

"So how come you go back?" I ask her. "If you didn't have a good time—"

"Oh, I did okay—" she smiles. "It wasn't *all* bad. I guess going back to my past is like a vacation for me too. Parts of it anyway."

"How about you, Lowell?" I ask him. "What's your reason for being here? I can't imagine *you* running away from anything."

"To tell the truth," Lowell says with a sheepish grin, "my graduate advisor was *supposed* to be here, but she had a conference in Paris. Quite a choice, huh? Visit your past or visit the Louvre."

"So you came in her place," Gail says.

"The school had already paid the money, and I needed some graduate credit for my doctorate. So here I am."

"So how do you like visiting your past?" Gail asks.

"Oh, it's interesting. Of course, I don't have to travel as far as some of the dreamers here—" he looks up slyly.

"Thanks, Lowell," Gail says. "We really appreciate that."

"But, sure, I like to go back—usually to when I was about fifteen." Lowell immerses himself in the memory. "That was a pretty happy time for me. Last time I was in the chair, my dad took me in his sailboat on the Columbia River at Astoria. Then we went out to watch the whales. It was fun. When I get out of here, I'm gonna give him a call. Tell him all about it." He polishes off the coffee and gets up from the table.

"You leaving already?" Gail asks.

"Got to get some sleep." Lowell stretches. "I got a session in the morning right before breakfast."

"Before breakfast?" Gail asks. "Is Leonard gonna take you down?"

"Leonard?" Lowell laughs. "No way! He's too quick on the scram switch. I like Dr. Zey a lot better. With him it's set and forget. I've heard he doesn't even stay in the lab."

"I'll stick with Leonard," Gail says. "He keeps me out of trouble down there."

"I can't imagine what kind of trouble you can get into," Lowell shrugs. "It's only your memory. See you guys tomorrow."

"The kid's got the right attitude," I tell Gail.

"That's because he's still young," she says. "Wait until he's our age. Then he'll be complaining about the same kinds of things we are—idiots on the freeway, telemarketers trying to get you to invest in something, commercials that make you think you're the only one in the country still driving an old car—"

"Hey, be nice," I tell her. "If it wasn't for commercials, you wouldn't get such great television."

"Great?" Gail laughs. "You call television *great?*"

"Well, it would be worse without commercials." I finish my cup of cold black coffee. "Believe me."

"'Cause you make them, huh?" Gail says.

"Yeah, sort of," I nod. "I own a service agency for advertisers."

"So what kind of—services— do you *perform*—" Gail leans closer, "—for these *ad*-ver-*tisers?*"

I stare at the empty cup. "Ever heard the Four Tops sing 'Reach Out—And I'll Be There?'"

"Sure. It was a little before my time—"

"Do you watch television?"

"Only when I have to," she grins. "Is this a trick question?"

"No. When you hear The Four Tops sing 'Reach Out,' what do you think of? What's the *very first thing* that comes to mind?"

"Long-distance service."

"See? Okay. How about 'Wouldn't It Be Nice?'"

"Well—that's another song that was before my time—"

"Think of the *very* first thing," I tell her.

Her eyes roll up in thought. "Okay. Buying a house."

"'Up and Away.'"

"That's an easy one," she says. "Taking a picture—with those little green cardboard vacation cameras. With funny lenses that *seem* panoramic, but really aren't."

"See?" I shrug. "That's the kind of thing I do for a living. I mean, how many people remember the Fifth Dimension?"

"You mean, those songs weren't written *especially for the commercial?*" she deadpans.

"You asked what I do. Well, I'll tell you what I do—I stripmine the past. I'm the guy who steals old songs and uses them to sell cars."

"So you're the perpetrator, huh?"

"My partner and I send a dragline through the swamp of the fifties, sixties and seventies. We go after glass milk bottles, metal toys, original Barbie dolls, streamlined appliances, old sewing machines... the actors in the commercials tell us after a day on the set they think they're in a time warp."

"And this *works?*" She seems incredulous.

"It works. A big chunk of the consumer demographic grew up during the sixties. And these consumers tend to remember that past with a certain fondness."

"So you supply nostalgia for the commercials," she nods.

"That's what I do," I slump in my chair. "I replace personal memories with those of pickup trucks and real estate offices."

Gail looks at me sternly. "You came here to get material for your business?"

I shake my head. "That's what I'm telling everybody back home. But earlier when I said I was running away—well, that was the truth."

"That's a relief." Gail leans back in her chair. "I was worried for a minute."

"I guess I'm just like most everybody here."

"Well," Gail says after a moment. "I have to confess I *am* interested in the science and psychology aspects. I really like being a pioneer in something that has to do with the mind. It's a whole new dimension of human experience."

"You lifted that quote from Poundstone's speech."

"Yeah, but he was right," Gail says. "This is a neat thing we're taking part in."

"So you're here for totally altruistic reasons?" I ask her accusingly. "None of this going back to frisk some boyfriend in high school, none of this searching out nice memories just to make you feel good—"

"Well, *sure*, I spend more time in some places than in others," she allows a smile. "But think about it—this whole thing of being able to walk around in your memory banks is—well, it's—it's revolutionary."

"You're drunk," I say evenly.

"Or course I am," she says. "But it doesn't change my opinion about the program."

"What if there's trouble?" I ask her. "What if there's something about this that they're not telling us? I mean, we did have to sign a hold-harmless agreement before we signed up—"

"Nah." Gail shakes her head. "If there was the potential for real harm, I don't think Poundstone would let us do it. I mean, we're only fooling around in the place where our memory is stored. It's not like we're gonna get *lost* down there or anything—"

"Okay, then," I lean forward. "What about that thing that happened to Coltrane? That—what did you call it—an *eclipse*?"

"Oh, *that*," Gail shrugs. "Coltrane was on a long run when that happened. Besides, it wasn't a real eclipse, because his brainwaves didn't really go flatline. I mean, when you have a flat trace, *that's it*. You don't come back."

"So you think this thing *is* safe, huh?" I look at her warily. "I mean, I don't want to spend fourteen grand on anything that might kill me—I don't care *how* neat it is."

"As long as you stay away from the weird stuff, I wouldn't worry about it," she says. "The only hazard is to our fragile little *egos*."

"Well, lately, mine's pretty fragile." I stare at the empty coffee cup.

"You seem pretty solid to me," Gail says. "Besides, it takes a lot of courage to look down at the ribbon of your own life—stretching back into the past. Seeing your whole life in one instant takes it out of you. And when you get down into that ribbon—" she pauses for a moment, as if searching for the right words. "All those pictures and feelings and people are *right there*, and you can't really look away. It's like the life-review you get when you die."

"See," I tell her triumphantly. "It *is* like dying."

"So what?" She shrugs. "And who cares? Whether it's in the induction chair or at the end of your life—it all takes place in that little-bitty movie projector between your ears. When you lock the scene, you're just stopping the projector. So what if the same thing happens when you die? It doesn't mean you're going to code out in the chair. After all, you're not seeing the last big movie of your life—you're only looking at the previews."

"Who told you that?"

"Came up with it myself," she says. "You're not the only one who thinks about this stuff. I'll bet all the dreamers have a theory. Otto thinks everything you see down there takes place inside the brain. Keller thinks the brain is actually sampling the past and your consciousness follows some kind of memory wave. Lowell hasn't said, but he's probably got his own ideas, too. Everybody tries to make sense of what they're seeing when they go back."

"And you think it's a little movie projector in the brain, huh? What happens if you lock the scene too long? Will the film catch fire?"

"That's right. Smoke'll come out your ears." She bites into the nacho. "And I can say that, because I'm a nurse."

An hour later, I'm wobbling with Gail through the door and into the elevator. As the doors slide open, the saloon jukebox—a real one—begins to play "Who'll Stop The Rain." For a moment, we consider dancing to the music, but think better of it.

As the elevator takes us to our floor, Gail turns to me. "What does

your wife think of all this?"

"She thinks I'm having a midlife crisis and refusing to face reality. As for the Institute itself, I don't believe she has much of an opinion one way or the other."

"Is that right? My husband really hates me being here. He wants me to come home. Guess he's tired of fixing his own meals and taking out the trash."

For the first time, I glance at her left hand. Sure enough, she's wearing a wedding band studded with rows of tiny diamonds.

As the elevator takes us up, I watch through the glass as the lights of San Antonio drop away below. The complex of streets and thoroughfares shimmers in a blurry network of silver and gold. On the horizon, I can barely make out the outline of the crescent moon. In the distance, a flash of orange illuminates the cloud deck. Another storm on the way?

The elevator arrives at our floor and I walk Gail to her room. She presses her hand against the security plate on the door and then steps inside. "You know, if there's too much alcohol in your system, the door won't open. I heard Keller got locked out last week and had to sleep in the hall. The maid found him curled up on the floor next to the fake potted plant. Want some water?"

"Sure." I wait as she kicks off her shoes and walks into the kitchen. Her room is the picture of entropy—clothes scattered about, a desk covered in notebooks, a bottle of red nail polish left open on the window sill.

"Here." She hands me a glass. "This stuff is supposed to come from the Guadalupe River or some such thing. Probably get it from the tap..."

"Thanks. Guess I'll go to my room now."

I close Gail's door behind me and walk down the corridor to my room. The hallway smells like a college dormitory—a combination of Right Guard, varnish and formaldehyde. Maybe the maintenance crew has shut off the air conditioner.

I place my hand on the security plate, hear the click, push the door open and step inside my dark room. Through the window, I see the crescent moon is now partially obscured by a thin layer of black cloud. Definitely rain.

After undressing, I turn out the light and fall into bed. After a

moment, I hear the soft music from the wall speaker. For tonight, they've replaced classical with blues and soft jazz. Wes Montgomery's "Road Song," then something by B.B. King. Linda would like this one, she's a big blues fan.

I look at the phone, my link with home.

After a few false starts, I finally get the numbers right. After four rings the phone picks up and I hear Linda's voice.

"Hello. You have reached the Mitchell residence. No one is home to take your call, so if you will leave your name—"

I hang up the phone and look at my watch. Midnight—1:00 a.m. in Lexington. Where the hell is she—*Mexico*?

Wait a minute. She *is* in Mexico. With that other lawyer.

But maybe not. Maybe she changed her mind. Maybe she decided to stay in Lexington.

I try again.

"Hello. You have reached the Mitchell residence. No one—"

I place the phone back on the hook. In the darkness, I listen to the dark currents of the number, an old hit from early 1970: "The Thrill Is Gone."

Looking out the window, I see another flash. The storm is closer. I close the curtains and listen to the notes ripple through the matrix of my mind: The thrill is gone.

The thrill is gone away.

The dream comes slowly, drifting in from the edge of my vision like hazy autumn smoke from burning leaves.

"We're not completely sure of how the process works. While it is obviously an activity taking place entirely within the confines of the brain—"

The sun breaks through, forming leaning gray columns between the trees. In the yard, Earl, dressed in his red plaid work shirt, tinkers with the white Chevy. My father, never without his green baseball cap, rakes the remaining lawn scrap into a small pile near the smoldering fire. Inside our white clapboard house, my mother is finishing the dishes.

I marvel at the color, the reality of the scene. Has my time here sharpened my senses? Or has it merely allowed the film to be played again—one more time? It doesn't matter. I enter the image, follow its current away from the present. To another place entirely.

"It may also be the result of a simple standing wave pattern—"

I look up and watch the sky go dark, as if turning out a light. It's early morning, well before sunrise. A full moon hovers over the frost-covered landscape. In the distance, I see the bright red lights from some arcane tower, eleven long miles away to the horizon.

My hands numb from cold, I switch on my transistor and hear a song from three years before, "Walk Don't Run." Five kids heading west on the deserted pavement. A fifty-mile hike into spring.

I hear the sound of an engine revving. It's Earl, inching along in his '48 Chevy, holding a handful of lunchbags out the window. "Mom wants ya'll to take these. She's afraid you're gonna starve out here."

Then he drives off.

"Your big brother is really cool." One of the boys digs into his brown paper bag.

"Yeah," I smile. "He's all right." I turn up my transistor radio and hear the guitar sounds ripple across the frozen highway.

"Some of these trips back can be quite traumatic. It's certainly taking a chance..."

The scene glides away, and in the darkness I hear a silky voice:

"I think you look wonderful in a suit. It matches your personality—so formal—"

Yes. It's Brenda Lacey at last, even if it's only a dream. She's standing before me, dressed in a strapless yellow chiffon gown, her blonde hair piled high. "Here, let me pin this corsage on you—" She slides a carnation through the buttonhole in my lapel.

The band begins to play an unsteady version of "Moon River" and the kids file onto the starch-sprinkled floor of the gymnasium. It seems the entire building has been decorated in crepe, glitter. There are at least three cardboard wishing wells and four gazebos, each decorated in various well-known celestial objects, including stars, moons, comets and the planet Saturn. On the brick wall someone has constructed the outline of a city in white poster board and magic marker.

I swing Brenda around and the band comes into view—a six-piece group wearing black suits and patent-leather shoes. At each side of the band are two rotating Christmas tree lights. As the guitarist begins his solo, the lights rotate to red and green, now yellow and orange, now blue and green. The guitar player misses a note, makes a face and looks back at a diminutive woman playing an electric piano. The song stops cold and everyone stops dancing, frozen in place on the wooden dance floor. Then abruptly, the song starts over again and the crowd

continues dancing as if nothing happened.

Brenda moves closer. "I don't have to be in until four tomorrow morning."

"Four? I've got the car until two-thirty."

She looks up at me, her eyes wide, "*Just* two-thirty?"

The scene flickers, then fails totally, going to black as if some unseen hand changed the channel.

"Whattaya want? The W's or the K's? We can get WLS in Chicago or KAAY in Little Rock." This voice is different, not silky at all. Instead it comes at me clipped and fast, like a staccato burst from a machine gun.

The girl brushes black hair from her eyes and twists the car radio dial. "Or maybe KOMA in Oklahoma City. Did you hear they had flying saucers down there last week? Landed on somebody's car. That's what my mom heard anyway. She's a phone operator so she gets all the news—here it is—KOMA."

Static.

I steer the car out onto the highway. Somehow, my prom night has vanished—perhaps floating out there in the stratosphere with the UFOs.

Another twist of the dial.

"Did I tell you what Daddy did last year? Somehow he rigged up some kite sticks, a candle and a plastic dry cleaning bag to make a little hot air balloon. And it worked—it floated over town and then the bag caught fire and exploded. The drunks at Dubs tavern thought a UFO was shooting at them. One guy hid in the restroom and wouldn't come out. I laughed so hard I wet my pants. Had to actually go home and change."

Somehow I've fallen into a sideroom attic of my memory, some dating purgatory. *Where* is Brenda? Where is my prom night?

"The mechanism for choice is still elusive..."

"I'm only here because I have to be here." It's Brenda's voice, barely discernable in the din of a band playing *Louie Louie*. "It's the campus-wide mixer."

I press the phone to my ear. "Are you *with* anybody?"

"I can't hear you, Michael. There's too much noise."

"Did you get my letters?"

"Yes, but I haven't had a chance to read them yet. I've been real busy. Water—"

"What?"

"Watercolor class—I'll be a minute—look, somebody wants to use the phone so I'm going. Write me. 'Bye." I hang up the phone, just as lights appear in the window—my ride to work. "Only a month to go and she'll be back—"

"We're exploring a dimension of human existence..."

The rain blows against the bedroom window like sand against glass. I hear the faint scratch of a tree limb against the house. Then, a whisper in the darkness, soft and slow. "The way I see it—when a soul comes down from heaven and starts up a baby, everybody knows. Deep down. It's like when a leaf drops into a pond and makes ripples. You know what I mean?"

"Yeah, I know what you mean."

"...we had never known existed—of course, it was there all along—"

I sit up, scanning the haze of brown darkness. Am I back in San Antonio? Am I awake yet? Then I see it—a door, open only a crack. Beyond it is the hallway, the bathroom light left on. To my left, at shoulder height, is the window, with its blurry streetlight. I hear it, the soft hiss of rain with the steady clink of water streaming down the roof and through the gutter.

What time is it? No watch.

There must be a clock around here somewhere.

Has to be.

The door opens and an expanding wedge of light travels across the floor toward the bed.

"Linda?—Is that you?"

"Michael—?"

I open my eyes, and the scene vanishes into darkness. From across the room, the partially obscured window is a lantern of lightning flashes. I hear a wash of rain hit the building.

The clock next to the bed reads 5:51.

I rub the sleep from my eyes, watch as the digits proceed to 5:52. Then 5:53.

Almost six—seven in Boston. Linda should be getting up right about now. Should I call?

Yes.

I punch in the numbers and wait, listening to the static from the thunderstorm outside. After two rings, someone picks up.

"—I got it. *Hello*."

"Linda, this is Mike."

"Mike, what's wrong. Where are you?"

"I'm in San Antonio. I think I was dreaming about you."

"Sure it wasn't a nightmare?"

"No, it was—only a dream. And I wanted to call. I couldn't get you yesterday and you didn't answer last night—were you—?"

"Look, I really can't talk. The taxi's here—"

"Taxi? Is something wrong with the car?"

"Didn't Kazy tell you? We're opening an office in Mexico City and it's been chaotic. Van and I are flying down again to meet with our new partners and I don't know a word of Spanish."

"Again? You're flying down *again*?"

"It's been like this for two weeks. It's really hectic and I didn't want to bother you."

"Van's going along?"

"He has to. He's in charge of international trade and he's fluent in Spanish. Listen, I'll probably be back tonight, but in case we have to stay over, Deb and Paul will have the number of the hotel. Look, the cab's here—I gotta run. 'Bye."

I stare at the dead phone, a weak, uneasy feeling in the pit of my stomach. I don't like this. I don't like this *at all*.

9:45 a.m. The rain has tapered off and now San Antonio is resting beneath a thick blanket of low nimbus. I wonder if it is raining in Boston.

"Henderson, Cobham, Mitchell, Lambert."

"Hi. This is Mike Mitchell. I'd like to speak to my wife's secretary."

"This is Kazy."

"Kazy, this is Mike. Do you happen to have the phone number for Linda's hotel?"

"You mean in Mexico? Let's see—I think maybe Van's secretary might have that. Hold on—" The phone switches to an easy-listening version of "Marrakesh Express." After an eternity, Kazy returns. "Mike, I'm sorry but Donna doesn't have it. I don't even know if they've got a hotel yet. But you know, I think our Mexican partners are arranging the lodgings."

"What's *their* number?"

"You mean in Mexico City? Oh, it's around here somewhere—

they have an office in Cancun, too. Anyway, it's *one* of those islands down there. Hm. I really can't find it—and she never takes her beeper with her. It's only for tonight—"

"Are you *sure* you don't know where they're staying?"

"I have your number in San Antonio—when I get the number of the hotel, I'll call you back."

"Okay. Thanks."

I hang up the phone. Dead end on the east coast. I'll try Paul. It's 8:00 a.m. in Los Angeles. He probably hasn't left for school yet.

I dial the number.

"Hellooo." It's a girl's voice, sleepy. What was her name—Lois? Lucy?

"Hello, uh, is Paul there?"

"Uh. Whom may I say is calling?"

"This is his father. I'm calling from San Antonio."

"Is this, like—an *emergency* or something?"

"Yes. Tell him I'm calling long-distance—I'm in a Mexican jail on a weapons charge."

"Oh."

Silence. Was I disconnected?

"Hello?"

"Um...can he get back with you—? 'Cause he's kind of—um—*involved* with something right now and—"

"Hey, Dad. *Whew!* How're ya doin'? What do you think of Lisa? Isn't she great?"

"Who?"

"Lisa. You were just talking to her."

"She's a wonderful girl. Have you heard from your mother?"

"Yeah. She's flying to Mexico this morning."

"*Where* in Mexico?"

"Somewhere. There's some kind of meeting or something, I dunno, I didn't pay that much attention. I think it's for the company bigwigs. She won some kind of case and they're, you know, celebrating. I think they made a lot of money."

"They *did?*"

"I guess. But maybe not. Say, do you know if they have 'Babette's Feast' on video down there in Texas? Like in Dallas, maybe? You're not that far from Dallas are you?"

"Has your mother *called* you?"

"Oh, sure. She talked to me last week. Say, did I tell you about my script? My agent says it's good but needs a little more work—"

"Did she give you her phone number down there?"

"Yeah. But I think she's gonna be somewhere else. It's Mexico, you know? But everything's cool. Mom works real hard, so I think you should let her have a good time. I mean, she explained it to me—and it's *okay*...Dad? Are you still there?"

"I'm still here."

"When I hear from Mom, I'll tell her to call you. Okay?"

"Good. Ask her give me a call."

"Absolutely. I'll bring it up the *very first thing*. Bye."

Wonderful.

6

Juke Box

Ten a.m.

I'm sitting at the very back of the room, but it's not far enough. In the dim light, a little guy at a lectern is talking about a thing called the right temporal sulcus. Welcome to gross anatomy. Part of the deal.

Amid the horde of attentive neuros and bored dreamers I see a few familiar faces: Gail, near the opposite wall, squinting at the blackboard. Keller, two rows down, his head on his chest, fast asleep. Coltrane, four seats away, sitting with his arms folded, head erect but eyes closed.

On the pull-down screen is a diagram of a human brain. I learned enough from my psychology courses to know what the main parts are—the cortex, the cerebellum, the thalamus. But it *still* looks like a sponge. Or maybe a chambered nautilus. I'm glad I settled on history as a profession—I would have made a terrible surgeon.

"Okay, nurse, let's put the clamp on that little whatchamacallit in there next to that *tube-looking* sort of thing."

Down front, the speaker tugs at his tie and taps the brain diagram with a long wooden stick. "The right temporal area is clearly the seat of hypnagogic projection and, perhaps for this reason, has been erroneously associated with the famous near-death experiences..."

I have no idea what he's talking about, but the line gets a chuckle from the neuros in the audience. The guy next to me, a standard bald man wearing a tweed coat, smiles knowingly and jots something on his clipboard.

My gloom from talking with my wife this morning has hardened

into a bona-fide depression. First my wife runs off to Mexico, then my own son stonewalls me. And after all that, I'm forced to sit in a room full of brain mechanics determined to remove the word *soul* from the dictionary.

I notice the speaker has only a fringe of red hair around his head, floating above his ears. It's the kind of halo you used to see with big thermonuclear detonations. H-Bomb hair. My partner Jerry should be here—he would push it as the next big fad. He probably would suggest adding sparkles to signify all the nifty radiation.

Now the speaker is talking about activity levels in the various parts of the brain, and the tweed guy next to me nods and jots down another note. I see now that he's not really bald—as in comb-the-last-five-strands-over-your-head bald—in fact, he has a full head of hair. But it's mowed down to within a quarter-inch of his scalp. The last time I saw hair this short was on a jazz musician.

No. It was yesterday, in my brief journey to grade school.

The room blinks and a slide appears on the screen. Another view of the brain, this time in color, with a little red curlique in the exact center.

"We know the short-term memory is processed here, in the hippocampus."

The hippocampus? It looks more like an ear. Or a question mark. A question mark in the center of the brain.

It figures.

"Now, the amygdala here on the right temporal area...processes the *emotional* information. It is associated with norepinephrine receptors and is the reason we more easily remember events which hold a certain excitement for us. It's generally unreachable by hypnosis. It operates well beneath the realm of consciousness."

I wonder what Leonard would call the amygdala. Bare metal?

Perhaps some kind of coprocessor. Maybe what I saw yesterday wasn't a ribbon of light after all, but some internal circuit throbbing with overheated electrons.

I rub my ear—probably a few inches away from some internal filing cabinet.

"Hypnosis, of course, can retrieve most of the information, but the brain, particularly the hippocampus, does most of the work." The lecturer pauses to scratch his halo. "Think of hypnosis as the softwear, the brain as hardware, and machines such as the one Dr. Poundstone and

his colleagues use as peripheral communications equipment."

Perfectly clear. I stifle a yawn.

The halo-man tugs at his tie—a chartreuse number that extends way past his belt. Then he runs his long fingers through the halo again.

I look at my watch. A few more hours and I'll be in the chair again, traveling back to the past. Where will I go this time? Maybe to that time the family sat in the yard and watched the newly launched ECHO satellite. Or maybe I'll go back further, to those cold, bright Sundays reading the funnies in front of the gas stove.

Then I'll try to do some work—check out the fads, locate a few artifacts, catch a movie at the drive-in. Warm Cokes and endless bags of stale popcorn and millions of June bugs popping against the windshield. Then maybe I'll turn on the radio and listen to the absolute latest song by the Beach Boys or the Beatles.

Rummaging around in the attic—right above the question mark.

.....✦.....

One p.m.

"Hey, Mike. Come in." Leonard buzzes the unlock button, and I open the heavy glass door to the lab. Instead of walking the short distance to the empty leather chair, I turn right toward the maze of computer terminals, panels and tape drives.

"I'm a little early. I had a question, and I—"

"I'll have to be in geek mode for another moment here, but I'll be with you real soon now. Make yourself comfortable." He motions toward a row of wooden chairs lined up against the wall. All are covered with stacks of paper. I carefully remove one stack—an EEG trace for someone initialled C.R.—and sit down.

"We had a little storm action last night. The lightning strikes hosed the main transformer upstairs." Leonard adjusts his glasses. "So the system started routing things around. In the shuffle, the Big Iron lost a few cycles, probably some nontrivial problems lurking in the system—"

"Right." I look at the stack of paper beside me. It's covered with numbers. I have no idea what they mean. "Did the Juke Box get hit?"

"Nah. It's bulletproof. Has its own port. Pardon me while I bang on the machine for a moment. He slides back a case and peers into the heart of the box. "Oh, great. This circuit's toast—goodbye throat

modem."

"Excuse me?"

"The lightning nailed the communications box...which means it may have got the theta bus, too," Leonard says, resignation in his voice. "Unless I can patch in a sacrificial cow, you dreamers are on your own." He pauses and strokes his chin. "Or maybe not. I suppose I could hack the workstation—"

"Leonard—"

He looks up. "Sorry. I paged out for a minute. What was the question?"

"I only wanted to see how the Juke Box works."

"Oh. Sure. Okay. No prob. I'll do it right now." He steps through the maze of wires and computer cases and sits down at a keyboard in front of a large monitor. "Okay. High bit, please?"

"Say for example, when I tell you I'm listening to a song—"

"Song. Okay." He scratches his ear and adjusts his glasses. "The Juke is connected to some really neat music databases. They don't show everything, but they come close." He types on the keyboard and a list appears on the screen. "There's the database—"

Another few taps on the keyboard.

"—I use the Robert Mitchum criteria," Leonard says. "Any record database that includes 'Thunder Road' will probably have everything else. Here's a good regional one from the Seattle area—Fleetwoods, Kingsmen, Paul Revere and the Raiders, Ventures, Wailers—now, here's one from the midwest—"

I look at the screen. Leonard enters what appears to be *loc, MDW2* and the screen explodes into multiple windows, each with its own list. He expands one window slightly and reads from it.

"Lessee—" Leonard mumbles. "Chessmen Square, Bob Kuban, The Red Blazers—*Friar Tuck and His Merry Men*? *Saturdays Children*? Performance tapes only. Whoa. These guys include every little dink band that ever played anywhere."

"Suppose I heard a song on a particular station—"

"Then I could find you real easy," Leonard shrugs. "We'd call up the station, get the playlist and cross-check it with the song."

"I have no idea what you're talking about."

"Look," Leonard spins around to face me. "This is real simple. The big stations all used pre-taped playlists. They'd study Billboard's top hundred songs, then they'd record the top forty or so on tape. It was

only forty, 'cause I think that's all the ten-inch reel would hold. Anyway, there's a database that purports to show the lineup for *each* big station across the country. For example—"

He points to the screen.

"From your file, I see that you grew up in north-central Missouri. Okay. Missouri radio in the sixties was dominated in the daytime by two stations—WHB in Kansas City and KXOK in St. Louis. Here, for example, is WHB's playlist for, say—" he types on the keyboard, "November 11, 1966."

A list appears on the screen.

"See? Here's 'Respectable' by the Outsiders, then 'Cherish,'—on up to 'Devil With The Blue Dress,' '96 Tears,' 'Poor Side of Town' and 'Good Vibrations.' Then comes the news and then they start over." He rolls his eyes. "And over and over and over until that song list is inscribed on every little teen-aged cortex in the listening area. Thus were hits made."

"Well, some of the songs back then were never hits."

"Of course not, but it doesn't matter. A teen-ager's brain will remember not only the good, but the bad, the ugly and the truly stupid." Leonard smiles. "With a slight statistical emphasis on the truly stupid."

"I suppose."

"Anyway, you tell me the station and the last two songs you heard, I can tell you approximately where you are, precisely when, about what time of day it is, and what the next song will be. It's all in the playlist. And the playlist for a given station is usually good for a solid week."

"So that's how you do that."

"That's how I do that," Leonard nods. "Let's say you're down there blindfolded, locked in the trunk of your girlfriend's Buick, whatever. You don't know the month, year, where you are. Anything. You can only hear the radio. And you tell me that the last sequence you heard was 'I'm Your Puppet,' 'Psychotic Reaction' and 'Rain On The Roof.' No prob. I run a cross-check and find out that's the November 26, 1966 sequence for the St. Louis station, KXOK. *And*...since that station only broadcast at 10,000 watts, I know you're in Missouri or Illinois and it's sometime between sunrise and sunset. If you can give me the name of the announcer, I could place you within two hours. Stupefyingly simple."

I nod my head. "I'm impressed."

"Look. If you don't tell Poundstone, I'll make you a printout.

Memorize some of these song sequences and it'll save the Jukebox time in getting your location."

"Can you do the weather, too?"

"Don't be silly." Leonard smiles. "*Of course* I can do the weather. I can also do planets, stars, asteroids and the hundred major satellites."

"How about the weather for this past week—in Lexington, Massachusetts? I want to know if there was a thunderstorm there—say about four nights ago. At about midnight, Boston time."

"Lexington Massachusetts, huh?" He looks at me warily, then shrugs. "Sure. Why not?" He turns to the monitor and types something on the keyboard. The screen immediately displays a radar map. "There we are. Cozy little town just outside Boston. Four nights ago, huh? Lessee—" The screen blinks for a moment, then displays a weather map overlay. "Clear."

"Is there a storm anywhere? Lightning? Rain? Anything?"

"Nope. Perfectly clear."

"You're sure?"

"See for yourself." Leonard backs away from the screen.

"Were there any electrical blackouts?"

"That's a second question. You're only allowed one—"

"Come on!"

"Okay—" more keystrokes and a list appears on the screen. "I've just mined the service interruption and police event list for New England. See? No major service interruptions anywhere near Lexington. Nothing. It was a very quiet week. Except for the usual burglaries, of course. And some guy flashed a bus load of tourists." He squints at the screen. "No, that was in Newton."

I stare at the screen. Linda said there was a *storm* causing the clicks on the line.

"Okay. Can you tell if there were any problem with phone lines? Say, at around 10:30 our time?"

"Ah, phones." Leonard smiles. "When you called did you hear an echo?"

"No."

"Then you weren't on a satellite. So the router algorithms must have trunked it through. Let's take a look. I have an auto-ping set up on the network—"

"A what?"

"A ping—it's a softwear packet that can probe the phone network.

Look—" A few more taps on the keyboard and a network of glowing green lines appears on the map. "Okay. That night was pretty quiet. The call originated here—that's your room number—and it was trunked up to Dallas—

"From there it went to a hub in Atlanta—no surprise—and then around to Philly and finally in to the main hub outside Boston. Then, of course, through the local to your house in Lexington. No outages, no hangups, no reroutes. The web should be so simple. Want to see the entire web? Looks like a big bow tie with IBM as the knot."

"No thanks. I'll stick with the phones. Can you get me information on hotels in Mexico City?"

"Mexico City?" Leonard stares at me. "Mike, life is hard. The technology *does* have its limits."

"Sorry."

"No prob." Leonard closes the program. "Just don't tell anyone about the demo, or we'll both be out of here. You still gonna go under today?"

"Yeah, I guess so."

"Well, I should have the replacement theta bus linked up in about an hour, so I guess I'll see you then."

"Fine."

Walking from the lab, I picture the radar screen of Lexington. Clear. No storm. No outages. What the hell is going *on* back there?

·····✦·····

I lie on the chair, visor down, staring at the twin green lights, one for each eye. I'm ready for the trip, but mostly, I'm still thinking about Linda. Why would she lie to me about something as minor as a storm? Was it because I heard the clicks on the phone? Was there someone on the downstairs line?

For a brief moment, I consider going back four days, to that instant she told me. Just to hear it again. But what if I did? I wouldn't be able to confront her about it—she's in Mexico. Maybe going to spend the night there. Just like that time *before*.

"Hey, Mike." It's Leonard. "Your pulse and blood pressure are getting into the nontrivial range. Lighten up."

"Okay. I'll try."

"Think of a blue circle."

All I can think about is Linda—in some Mexican hotel with her law partner. Did they get separate rooms? She didn't the *last* time this happened.

"Mike, both your frontal lobes are starting to look very *interesting*. You sure you don't want liquid sleep?"

"I'm *fine*."

"Not so loud, you'll bark the throat mike. Okay?"

She's probably staying at the Presidente—the big hotel near the Zona Rosa. Probably having dinner with that Van dweeb. Maybe even plans to spend the night with him

"Big drive's locked and loaded...thetas up—hold it—w... have...*entrainment*."

I fall backward into the darkness.

Surprisingly, the anger I had in the chair was apparently left there—sloughed away like a shark losing its skin. I look down at the lights below, knowing they're only images produced by some arcane circuit in my brain. Still, the view is beautiful, like floating above a river of fireflies.

As I ease into one of the lights, I try to take note of the transition from up there to—down here?

The first thing I notice is the sound of my own footsteps. Amazing how I never thought to listen to them before—but apparently, they were there. I hear my own breathing. And the blood rushing though my ears. Now the heartbeat—and from here it spreads out to the wind, insects, birds, treefrogs—everything surrounding me in an ever-widening circle. As I get closer, the circle expands further. I hear cars on the road, their tires whining against the pavement. There is weather, a thunderstorm. People nearby.

The circle expands further.

I begin to see. In the center of my vision is color, perfect, absolute color. The sharp green of the grass, the corduroy brown of the earth. First the greens differentiate into a hundred different shades, then a thousand—blending into blues and grays. There is movement. Bright yellow movement.

Raincoats. I'm walking on a sidewalk, surrounded by yellow raincoats. I stop, look down at the wet sidewalk and flick the metal latch closed on one of my black rubber galoshes.

A voice: "Stupid shoe keeps coming loose."

If I could feel, I probably would discover my socks are soaked.

Locking the scene briefly, I notice tiny rocks in the glistening concrete—and dark puffs of moss at the edge of the walk. Closer, I see the bare outline of a heart carved in the cement.

A schoolbus approaches on the nearby blacktop, lights on, tires hissing in the rain. A spray of water splashes into the ditch.

Headlights are everywhere. The cars pass, their lights shimmering in the early morning rainstorm. All around, pools of stormwater reflect the dark gray sky. On the horizon, gray clouds hang near the ground, trailing dark curtains of rain.

The lights begin to dim as my perception begins to retract. The rainclouds on the horizon are first to turn to a gray haze, then the glistening brown trees, then the road. As I lift away from this place, all I hear are the footsteps.

Up, drifting toward another moving light in this stream, I feel a sense of freedom and anticipation. I'm inside the movie of my life.

Actually, I'm inside Audrey Hepburn's life. At least that's who it looks like from here in the back seat of my brother's Chevy. A beautiful, perfect Audrey Hepburn—twenty feet tall on the drive-in screen.

Across the back seat from me, on the other hand, is a wiry, tomboyish girl with short brown hair and suspicious eyes. The girl in the front seat turns around to face us: "Michael? Karen? Aren't you two going to *do* anything?"

"Doesn't look like it," the wiry girl says, folding her arms.

My brother Earl looks over his shoulder. "Maybe ya'll could take a walk or something—"

I scoot over to put my arm around her, then apparently give her my best shot at a kiss. I can't tell because I can't see from up here. Wherever it is, *when*ever it is, I've got my eyes closed.

Now they open again—and I'm peering into two *other* eyes—no more than six inches away. An absurd thought: is Karen close enough to actually *see* me up here—floating behind my own eyes—watching my own past?

My eyes close again—followed by a quick flash of yellow light. "Ow!"

"Stopit!" A girl's voice.

I open my eyes, still only inches from Karen's. Her eyebrows are bunched toward the center. She's angry.

Sally looks up over the seat. "*What?*"

"Mike got fresh."

"Did not."

"Did. He put his hand up under my blouse so I hit 'im."

"Don't be fresh, Scout," Earl mumbles from somewhere.

"You guys either calm down, or you'll walk home," Sally says. "Both of you. Think about it."

She and Earl disappear behind the seat. I glance at Karen, then move in again.

"No grabbing this time," she says. "Unless I say it's okay."

"Is it okay?"

"No."

On the huge drive-in screen, Audrey Hepburn is dancing with George Peppard. Then the movie slides away as Karen pushes me down into the seat.

"Mike. Where are you?" It's Leonard.

I lock the scene—which is pointless, since I have my eyes closed anyway.

"Leonard, I'm at a drive-in movie watching Audrey Hepburn and George Peppard—"

"Breakfast At Tiffany's. Solid gold, 1961. Theme song is Moon River by Henry Mancini. But of course you knew that."

"Yeah, I knew that. Anything on the schedule at the Corinth, Missouri Drive-In?"

"Sorry. As I've said earlier, there are limits to the technology. Do you have a car radio?"

"Yeah, but my brother has it tuned to a ball game."

"I don't do ball games. Junks up the drives. Call me when you get a song title."

As I unlock, the scene abruptly vanishes, like I've switched a channel to someplace else. Some *time* else.

Now it's morning. The sun is hiding behind a thin, bright overcast. Something is snapping in the wind—the sleeve of my blue nylon jacket—with my arm resting on a metal railing. I see two legs in cuffed new blue jeans dangling over empty space. I sense there is a massive object behind me—a wall of silver-painted metal.

I'm on the catwalk of the Corinth city water tower.

"I wouldn't fool with her if I were you," someone says. It's a familiar voice. "Tell her to get lost."

Far below is a flat landscape dotted with houses, roads, a set of railroad tracks. Seated a few feet away on a corrugated metal platform

is Evan, wearing a brown windbreaker, corduroy jeans and green sweater. As usual, his Scout canteen is slung over his shoulder.

"I'm tellin' you, I *know* her. She *is* my sister."

"Well, yeah, but—"

"She's selfish—did you know that?" Evan says. "When the family goes camping, she squeals to Mom about all the mosquitos. So then she gets my Scout tent and I have to sleep outside. I really hate camping when Pammie's along."

I see a vision of Evan's freckled, taciturn little sister in lantern light—brushing her long dark blonde hair from her hazel eyes, sitting alone on a sleeping bag in her t-shirt and yellow-striped shorts.

Evan waves his hand dismissively. "She'll go on the railroad bridge, sure—but d'ya think she'd ever climb with us *up here*? Forget it. She'd get dizzy and fall off. Then my folks would *really* get mad—"

The scene changes, like a film on quick-edit. The tower is gone, replaced by gently swaying scenery. I'm sitting on a porch swing with someone.

"...My mom is a telephone operator and my dad works five jobs—"

I turn to look at her.

"...He's also going to school and he preaches on Sunday. I know you'll like my folks."

She's about five-feet-four with a slim build, jet black hair and intense ebony eyes. Fifteen years old.

It's *her*—Rachael Sarah Dominic. The drawer in my file cabinet creaks out and stops: summer of 1966.

I *knew* this would happen. Sooner or later it had to. Now, if I can just get out—

"Leonard."

"Hello Mike. World here. I was going to call you."

"Is my blood pressure up?"

"Now that you mention it. And you're sending up a mixed theta trace. Anything special going on down there?"

"How do I get *out* of a particular memory?"

"I can call Terri in to nuke it. Little midazolam drip should send that year to the trash."

"Can you just erase a couple of months?"

"Sorry, Mike. The technology has its limits. What did you run into down there?"

"I'll get back with you." I try to think. Why this? Why *now*? If I

can only find a way to jump—

Nothing happens.

Instead, the film continues traveling across the sprockets of my mind, frame by painful frame. A 1963 Pontiac pulls into the gravel driveway and shuts off the lights. The car door opens and a slender, medium-sized man wearing a white shirt and khaki pants steps out. I quickly lock the scene: his thick black hair is cut short and combed straight back. That, along with his five-o'clock shadow, gives him the appearance of a traveling salesman. Or perhaps a 1920's gangster.

"Hi. I'm Bob Dominic. Are you the guy who's been taking up so much of my daughter's time?"

"Uh, yeah, I guess—"

"Rachael's told us a lot about you. I hope none of it is true, but it probably is. Do your friends call you Mike? You *do* have friends, don't you? Or are you spending all your time with my daughter?"

"Daddy—c'mon!" She turns to me. "He does that to everybody. Try to ignore him. His bark is worse than his bite."

I look at that quick smile—an image responding not to me now, but to one she sees—me at 19. And yet *she* doesn't exist except in my mind.

The image of her father looks at her, back at me, perhaps seeing what she sees. "Bet she's already chased all your friends away. Her mother did that to me—that's why I don't have any friends anymore. Is that how you want to end up?"

"Oh, Bob, what are you telling that boy?" A tall, handsome woman with a round face and short, brown hair emerges from the passenger side of the car. She's wearing a sweatshirt over a pair of plaid coulots. Scanning my lower peripheral vision, I see she's also wearing tennis shoes. She's young—impossibly young—early thirties perhaps.

"I'm Wanda Dominic, Rachael's mother." She smiles and shakes my hand. "Rachael told us how you met." She turns to Rachael. "Hon, you dropped the Sunday paper and he helped you pick it up?"

"Yeah-huh," Rachael glances at me. "Something like that."

Yeah-huh. Like an acknowledgement combined with a sort of non-committal shrug. Is this when I heard that expression first? I thought I got it from Brenda. No, Brenda would never have said something like that. She was way too precise.

I turn to Mrs. Dominic. "I think I met Rachael five years ago. At the Indian Springs picnic. I was with Evan Carswell—"

"Oh, did you know him?" Wanda draws closer. "Isn't that terrible what happened?"

"Yeah. He was my best friend—"

The scene locks in place, a sepia photograph. I see Mrs. Dominic, her lips tight, her eyebrows arched in an expression of sadness. Then, particle by particle, the scene dissolves to brown.

I lock the darkness. My mind is preparing to fall another few millimeters into my past—but where? Does an inch down into the cerebral cortex equal a year? Maybe. And for that matter, where is that ridge or fold in my cortex that contains the Brenda Lacey movies? The night of the prom, for example. It's recorded in here somewhere—I'll just have to find it.

I scan the darkness for a clue. Nothing—only an expanse of grainy brown. It will be like looking for one picture in a million, yet I know it's there. And somehow, I'll find it.

I unlock the scene and the brown begins to lighten. I'm coming up on another memory. Will this be the one?

No such luck.

Instead of being with Brenda, I'm on a gravel road, my brown suede boots kicking up white puffs of dust with each step. My shirt is tied around my waist, and an arm keeps appearing to brush sweat away from my eyes. Amid the trill of locusts I hear a dull rumble. In the distance, I see a slowly moving light approaching a crossing two miles away.

Someone is talking to me.

"So, the guy's dreaming he's on a train that's going through a town where all his old friends are. And he wants to get off, but the train doesn't stop. So he opens the door and jumps. And he gets up and he's really there with all his old friends. Only they're dead. Get it?"

I turn. It's Evan—shirtless, with a bandanna tied around his head. He's not wearing his cap, but the canteen is still there. The one I saw on the water tower the last time I was here.

"Yeah, Carswell, I get it. He was on the train to the fourth dimension."

"Nah," Evan says. "The way I figure it, when he jumped out the door he jumped *into* the fourth dimension. Either that, or part of him went into the town. And part of him got killed."

"Think that's what happens when you die? Only part of you gets killed, and the other part is still alive somewhere?"

"Yeah, maybe," he nods. "In the fourth dimension. Either that or time slows down. Look, here comes the train. You wanna get up on the bridge?"

I look up. Amid the hazy greenery of September, 1961, just outside of Corinth, Missouri, is the tiny white dot of light on an approaching Norfolk and Western locomotive.

"You think we got time?"

"Yeah. The train always stops in town." Evan breaks into a run.

"Evan, wait—"

I watch the chunky twelve-year old scramble ahead of me up the cinder hill toward the railroad bridge. I follow him, but time seems to slow. Now I see the little puffs of brown dust rising behind his shoes as he scales the cinder railbed to the tracks. Now he's on the track and running toward the bridge. The light ahead gets brighter. Something is about to happen, but I can't recall what it is. I *won't* recall what it is.

I lock the scene, scan it for details. A kid and a bridge and a train. I know I've been here before, yet it's happening for the first time. I unlock and the train inches closer. I lock the scene again.

"Leonard."

"Hey. Your heart rate's getting a little high. What's going on down there?"

"I need a railroad timetable for Corinth, Missouri—September 1, 1961. Norfolk and Western. I want to know—did the train stop?"

"Whoa. What a question. Give me a minute."

I unlock the scene and watch Evan begin to climb up the side of the bridge.

"Mike? I've got the transportation archives up. Justaminute...Missouri, September, '61. For the entire month there was a work train that came through each morning at 11:34. No stops at Corinth. Max speed 54 miles per hour. You want me to check the cross-files?"

The train is halfway across the bridge, its diesel horn hammering my ears. I see the rotating light, bright even under the midday sun. *Lock!*

"Leonard. Bring me up."

"*Sure. Only takes a microfortnight. Hang on.*"

I'm still in 1961. Yet not in 1961 either. Instead, I seem to be somewhere in between. *All* places in between.

"Leonard?"

"*There you are. Sorry about the misfire.*"

"What happened."

"I had a little problem with the scram voltage. I thought you slipped off the edge of your cortex. Ha, ha, only serious. Give me a minute, okay? You're exhibiting a very interesting trace in your right temporal—"

"Hurry up. It's a little chaotic down here."

"Mike, if you yell down there, it just clogs up the signal processors and comes out sounding like a bark. Clarity is a virtue, especially where you are right now, so try to enunciate."

I see multiples of Evan, a dense cloud of them, locked in place, some leading toward the railroad bridge, some standing with me. Others walking behind—all blending into one another. And disturbingly, there is another cloud—a cloud composed of a thin, dark-haired boy wearing jeans, boots and a white t-shirt. That cloud also extends to the tracks.

It's the cloud of me.

"Leonard. Get me out of here."

Silence.

"Leonard!"

Nothing.

Somehow the sky above has turned a dark blue, almost black, and I'm drifting toward it. Up. Below I see the road fill with a haze of vehicles, the tracks with trains—all different, all blending with the clouds of Evan and Michael. I drift up, and watch the trees move, blend. In the distance, the town of Corinth is a haze of shapes: buildings, trees, open prairie, forest.

Suddenly, I'm somewhere I've never been.

Part II

7

Rachael

I drift higher into the sky, up through the cirrus, toward the vault of the heavens. Below me, the earth has become a blur—a dense cloud of superimposed possibilities frozen in time. Yet each layer is real. Somewhere down there, in that haze, the train didn't appear; somewhere we both were on the tracks. And somewhere in that blur my own life came to an end.

How can I see this? Am I outside time—wedged between a pair of instants so small the term "now" has no meaning?

"Leonard. Can you hear me?"

Silence.

I rise above the haze, up through the layers of cirrus. A ghost on the wind. Or a radio wave lost between stations.

"Leonard!"

I see a flicker of light in the dark. Heat lightning on some distant shore. Is Leonard trying to reach me? Or is it something else?

As I drift higher, I sense something above me, drawing me to it. At the same time I'm losing density somehow, like sea fog dissipating under a warm sun.

"Leonard—"

No response. Only a dim hiss—like the sound of waves on a distant beach. Above me, the light takes on a softer glow. Am I moving away from it? No.

"Michael." A voice in my mind.

"Leonard, is that you?"

"Hey, Mike, we're getting a signal breakup. You okay down there?"

"Michael, I'm here." That voice again.

Someone is here with me.

"Leonard, get me out of here."

"—I think the capacitors are behaving randomly—pardon me while I bang on this dinosaur—" The signal fades. Did I imagine it?

The light coalesces and the hiss becomes a whine, then a roar. A strange thought: if the house of time has a front door, I'm about to enter through the side window—just before it slams shut. And now, at the last minute, someone reaches out, pulls me through. It's someone I know. Or knew.

The scene snaps into motion and I lean to the side. I'm surrounded by warmth—soft, musty warmth. I'm sitting in the back seat of a car—and next to me in the back seat, wearing a white blouse, shorts and sandals, is a 15-year-old girl eating an ice cream cone.

Somehow, I've returned to a semblance of reality—inside a Pontiac. I hear the car radio. It's tuned to a song, "When A Man Loves A Woman."

"Mike, this is Leonard. Can you hear me now?"

I think: *Lock.* And the motion around me stops. A relief. I'm back where things work.

"Mike—?"

"I'm here."

"You went delta on us for a few minutes—must have had your interrupts locked out. Did you go to sleep down there?"

"Probably. It was a little confusing—"

"You want to come back now? I've got the capacitor charged up."

"No, that's okay. I recognize my surroundings now. Everything is fine."

"Well, everything looks good now. Your theta shows a few spikes, but that's probably from the software. Call me if you need me, I'm here to help."

I unlock with Mr. Dominic in mid-sentence.

"—Driving in Missouri isn't a challenge," he says. "There's a service station every ten miles. You get gas, get your oil changed, tires fixed. Whatever. Try driving in Mexico. There, you have to drive by your wits."

"Tell Michael about that drive to Monterrey, Hon," Mrs. Dominic says. I notice she is holding what appears to be a quart-sized milkshake.

Mr. Dominic leans back and smiles. "Y'see, Wanda was pregnant

with Stacie and there was no hospital in Linares. So when Wanda started into labor, we jumped in the old Buick and headed for Monterrey. We were halfway there when the oil light came on. I stopped at this little roadside stand and picked up some cooking oil. Poured it into the crankcase and it worked great."

"But then we found out we didn't have any gas, remember, Bob?" Wanda says.

"A rock had knocked a hole in the tank," he continues. "All the gas leaked out and the car quit. Here we were, in the middle of the desert, middle of a Sunday afternoon. And I was desperate. And all we had was some of Bradley's baby stuff, rubbing alcohol, soap, that sort of thing."

"So what did you do?" I ask.

"After I found that hole in the tank, I prayed to the Lord for a minute. Then I got the soap and plugged the hole in the gas tank, and poured in the rubbing alcohol. Had to prime the carburetor, but it worked."

"The last time I heard this," Rachael hits me with her elbow, "the fan belt broke too. They fixed it with nylons or something. And the tires gave out and they drove on the rims. Then the headlights fell off."

"So did you make it to the hospital on time?" I ask.

"Yeah. With about a week to spare," Mr. Dominic says. "Turned out it was a false alarm. But that soap kept the hole in the gas tank plugged for a good week and a half." A pause. "You know, this family has had to do a lot to survive, but the Lord's always been there. Watching over us."

"That's right," Wanda says. "Even in Mexico."

"*Especially* in Mexico," Rachael says.

"Okay, Mike. Capacitor's up. You ready?"

"Just a minute." I lock the scene. Will I be able to find Brenda Lacey? Should I even try?

"What do you mean, just a minute? Changed your mind?"

"No. I'd just like to spend a few more minutes here—"

"You've still got some time. Want me to protocol a pizza? ANSI standard. My treat."

"That's okay. I'm having an ice cream cone."

"Suit yourself. See you in a millifortnight."

As Leonard signs off, I try to remember where I was just before this. I concentrate, trying to recall an image, but get nothing. It seems

a door has closed. All I know is I'm riding around in a Pontiac listening to a 15-year-old tell me the story of her family.

"...When Stacie and Amy were born, Daddy started calling our house Rancho Conejo," Rachael is saying. "It means Rabbit Ranch. I think he got it from a movie or something."

"I thought it was appropriate under the circumstances," Mr. Dominic says, steering the Pontiac around a curve. "So, Michael, did you grow up in Corinth?"

I've heard this story before. I'm amazed I bothered to remember it the first time. I lock and scan the scene, looking at the passing cars for any sign of Brenda Lacey. Then it occurs to me—even if I found her, what would I be able to do?

Nothing, that's what. I'm Ahab strapped to the whale of the Dominics. Sighing mentally, I unlock the scene.

"—We used to live in Corinth—on Locust street," Mrs. Dominic says. "Rachael was born there."

"Born on a street named for an insect," Rachael says between licks of the cone. "Grandma still lives there—it's about two miles from your house. Walking distance."

That's right. Walking distance. And that particular walk took the 15-year-old Rachael right past Brenda's house. Every day. Every single day. I begin to remember why Brenda and I broke up.

"So I guess you're a senior in high school?" Mr. Dominic glances up in the rear view mirror.

"I graduated last month. In September I start college in Kirksville. It's about sixty miles north."

"That's convenient," Mrs. Dominic says. "You can visit your parents on weekends."

Rachael punches me with her elbow. "Michael, tell 'em about your summer job."

The universe blinks and I'm plunged into darkness.

"Here." The voice is a whisper.

"Here what?"

"Kiss me *here*. *Then* you can move down a little." In the darkness, I see the outline of a bare shoulder, then the hem of an unbuttoned blouse. Scanning down, I see a ridge of collarbone, then a border between tan and white, then the perfect, round areola surrounding a tiny bump of flesh.

I know this landscape, remember every square inch from thirty years before.

Somehow, *finally*, I've managed to locate Brenda. I watch as the nipple comes into view.

"Brenda, I'm gonna miss you this summer," I hear myself say.

"Mmmmm." It's a reply lost between a whisper and a growl. "Here," she says. "Do this."

The universe blinks again.

"—I work at the die-cast factory in Monroe." My voice. "I started there last week. The pay's pretty good. Dollar-ninety an hour on the eleven-to-seven shift."

I see Mrs. Dominic glance at her husband.

I'm back in the Pontiac.

"You know," Mr. Dominic says, "when I worked at the radio station, I *liked* the graveyard shift. It's quiet. Nobody to bother you."

"I'm trying to get Mom and Dad to move back to Corinth," Rachael says. "But they won't do it. I really like Corinth."

"Cherokee, Missouri is good enough for us," Mrs. Dominic says. "It has a nice school and it's only ten miles from the state college campus."

Another blink and I'm plunged into darkness. I hear a rustle of clothing. What's going on? Am I back with Brenda?

"Put your hand here—no, no—not there—*here*."

I open my eyes to see her other breast, a soft round orb in the moonlight. "Do you really have to go to that Art Camp?"

"Um-hm."

"Why?" I approach the nipple.

"So I can study watercolor—mmmm—don't stop."

I move down slowly past the tan line below her navel—

"Mmmmn. That's right—right along there—"

Blink.

"Cherokee is *such* a pit," Rachael says. "Last year I was on the pom-pon squad—that's like an almost-cheerleader, you know? Anyway, the school's so cheap they only gave us one pom each. We had to pretend we were waving these blue paper torches or something. Oh, and you can't wear miniskirts."

"Well, I'll go along with that," Mrs Dominic says. "Girls really don't look good in miniskirts. Isn't that right, Bob? *Bob*—?"

"I'm out of this," Mr. Dominic says. "I'm a married man. I have no opinions anymore, and certainly none about miniskirts."

"Well, you can't wear 'em in Cherokee High School," Rachael continues. "You have to go into the principal's office and kneel. *And if the skirt doesn't touch the floor*, the principal sends you home. It's really a bite. We can't wear miniskirts, can't bring mouthwash—"

"Yes, that's right," Mrs. Dominic turns to look me in the eye. "In Cherokee you can't bring mouthwash to school."

"And lemme tell you why," Rachael says. "It is *so* stupid. Some freshman girl got into a fight with her boyfriend and tried to commit suicide by drinking a whole bottle of Lavoris."

I scan the car. There is no sign of Brenda. Where did she go? I lock, but the scene remains the same. Absolutely the same. Mr. Dominic is tapping a cigarette into the ashtray, Rachael is pausing for a bite of ice cream cone, and Mrs. Dominic is apparently getting ready to interject something into the conversation.

I try again one more time. *Lock.* The scene shifts a little: the ash falls from Mr. Dominic's cigarette. Another lick on the cone from Rachael, and Mrs. Dominic turns another degree.

Belatedly, I give up and unlock the scene.

"—Not a whole bottle Rachael," Mrs. Dominic is saying, "It was one of those little bottles you keep in your purse."

"Anyway," Rachael continues, "when she threw it back up, it came out red and the teacher about *fainted*. Ambulance came and everything. No more mouthwash. At least no more *red* mouthwash."

Please, God.

Blink.

Suddenly, I'm back with Brenda! At least I *think* it's Brenda. Yes. It *has* to be. I lock the scene. Lock it so tight it will *never* move—ever.

And now, here I am—approximately three inches below her perfect round navel. I scan to each side, looking for the top hem of her underwear, but find only the smooth pelvic ridges and the soft border between tan skin and white. Down, only to find a line of shadow hiding everything.

I carefully unlock, hoping the image will begin scrolling north, but no such luck. Instead it moves down as the camera—my eyes—move *up*—past her breasts to her neck and now her face. While this movie was involved in more interesting activity, I was in some kind of weird commercial break—hearing about miniskirts and Lavoris and fainting

teachers.

Is a replay possible? What button do I push?

The scene moves past full lips, past the pert turned-up nose, finally to the eyes slightly open, blonde hair in disarray. As I watch, she smiles and slowly slides down in the seat. Good. Finally.

Blink.

"Rachael's right. It's a hole-in-the-wall," Mr. Dominic says. "When somebody on the school board heard I was studying sociology at the college, they figured we were socialists. And from there, that went to nudists."

God help me, I've got to get out of this car. *Now.* I lock the scene and concentrate—and nothing happens. The picture remains—Mr. Dominic at the wheel, Mrs. Dominic with her arm over the top of the front seat and Rachael, her eyes closed, in mid-lick on the cone.

I'm trapped. I unlock the scene and Rachael finishes the lick, then begins talking. "Bradley—that's my little brother—used to run around naked," she says. "And I guess somebody saw 'im. Now they think the whole family's like that."

"If I knew who started that rumor," Mrs. Dominic says. "I'd just *shake* 'im."

Blink.

"It's for the whole summer?"

"Yeah." She opens her eyes. "It's for the whole summer. Michael, if you don't *want* me to go, say so."

"I don't want you to go. Please don't go! *Pleeeeese!* This summer won't mean anything without you here! I don't know what I'll do. I'll go crazy!"

"And I'll go crazy without you. But it's too late. My father's already paid for it and I told him I'm going. And I *want* to go." She sits up in the seat. I lock and scan the scene. Yes, I can barely detect the soft, dark triangle at the periphery of my vision. It *was* there after all.

"Maybe I can drive up to visit."

"I don't think it would be a good idea."

"Why not?"

"I'll have a roommate. Besides, there'll be a lot of college people there. You'd probably stand out."

"Huh?"

"Listen. You can write to me. You *will* write to me, won't you?"

"Absolutely."

"And you have a job this summer don't you? You won't get bored. And Art Camp only lasts two months."

"Brenda—"

"Look, I've got to finish packing tonight, so if you want to make out some more, we better hurry up."

"Sure." I look down on her, beautiful and perfect in the moonlight, an angel in the back seat of my Fairlane. No more blinks. Please, no more blinks.

Something flashes in my peripheral vision—a pair of lights.

Carlights.

Blink.

"Yeah," Mr. Dominic says wearily, "we'd really like to move to Weslayan but for now, we're stuck in Cherokee." He pulls the car to a stop in the driveway, then looks back over the seat at me. "Say, Michael. You know anything about *guns*?"

I lock the scene and concentrate. Out. Up...and...*out*.

The scene implodes like celluloid sucked into a vacuum.

The sun is shining.

It's late afternoon.

Blue and silver Greyhound busses are rattling away from a dusty gravel-strewn parking lot, leaving behind small groups of pale young men.

I know this place. It's called the assembly zone. There is chaos as soldiers wearing crisp olive drab uniforms charge through, glaring at the newcomers.

The air is thick with fear: One of the civilians, a young man in plaid slacks and short-sleeved white shirt, is doing pushups in a splotch of brown mud. A black sergeant in a green uniform is standing over him.

"Yer too *tired*?" the sergeant screams. "It's 'cause you been eatin' too good! Straighten up that back!"

The civilian, his huge pink forearms locked and shaking, tries to comply, then collapses into the mud.

Lock. The assailant, a large man with a football player's musculature, is wearing a brown drill instructor's hat. On his shoulder are three stripes up, two down. Sergeant E-7. He's been here awhile.

"That's right! Too damn *fat*!" the sergeant snarls. "Get up and get outta here! I don't want to have to look at yer fat ass anymore! Git!"

The man scrambles away toward a row of parked cars.

"No! Gawdammit! *This* way!"The sergeant points in the opposite direction. "Think yer gonna run away from the fuckin' army, *boy*?"

The fat civilian turns and scrambles back to the relative safety of his peers, a gaggle of helpless, frightened young men.

There is no need to call out coordinates to Leonard. I know exactly where I am: August 28, 1969.

I shuffle with the rest of the rumpled civilians into a squat yellow clapboard building. Everyone is sweating profusely, either from fear or because there is no air conditioning. For once, I'm grateful I can't experience heat or cold.

"You know we're gettin' shots next," one of the young men is telling another. "For the black plague they use the square needle and they give it to you in the *balls*. Hurts like hell. I've seen guys pass out."

It occurs to me now this young man was lying. I try to survey my thoughts, but I hear only a jumble of static mixed with—improbably—the faint strains of a Beatles' song: "I Am The Walrus."

"College boy, huh?" The sergeant, his mouth bent into a deep frown, is looking at my induction papers. "Drafted?"

"Yes, sir."

"It's yes, *drill sergeant*!" He glares at me. "I gawddamn *work* for a living!"

I try again to read my thoughts but they're still mostly static. The Beatles' song, however, isn't playing anymore; it's been replaced by the distinct, rhythmic woosh of blood in my ears.

"It says here you're married. Put your wife's name on this line here. That's so we can send her yer belongings when you get yer ass shot off."

"Excuse me—"

He looks up from his papers. "What did you say to me?" He's looking directly at me, his eyes filled with rage.

"My wife—"

"What!?" The sergeant stands up from his desk. He's hovering over me. His face and uniform fill my field of vision.

"I—I'm not really married."

"Then why did you put it down that you were married, boy? Were you lying to Uncle Sam? Is *that* it?"

"I—mean I *was* married, but I'm not anymore. My wife died. Just this summer."

The sergeant's face softens immediately. "Man, I'm real sorry to

hear that." I notice his huge hand is patting me on the shoulder. I can't feel it.

I decide to leave this place, let the elevator, pull me up. The army building, the sergeant, the surroundings stretch, fade, then dissolve, like a photo left in the sun. The browns and yellows and greens of August, 1969 coalesce into white and the white becomes a point in a network. The silver ribbon, sparkling like an icy highway under a full moon.

"Hello, Mike? Lampman Delivery Service. The pizza's on the way. You want a countdown?"

"No. That's fine."

"Want to surface on your own, huh? Understandable. I'll switch off the throat mikes—"

"—so you won't burn anything out."

As I raise the visor, the lab comes into view. And the scenes that were so clear minutes before are gone.

"You okay?" I hear Leonard's voice in the headset.

"I guess." I take off the helmet and remove the throat mikes.

"Sorry about the little problem earlier," Leonard says, walking over to the chair. "I pulled the chain and the capacitor went no-op. Probably anomalon flux."

I look at him.

"Mike," Leonard steps closer. "Didn't you ask me to bring you back? About twenty minutes ago?"

"I was at my first day of basic training—and before that—I was in a car with—uh—some people. And I think I lost them."

Leonard gives me a fishy look. "Lost them?"

"Stuff that happened years ago." I slide off the chair. I feel the cool tile of the lab floor through my socks. "My shoes around here somewhere?"

"They're under the chair," Leonard says warily. "You still want the pizza?"

"No. You can have it. I guess I'll see you tomorrow." I stumble out the door and head for the elevator.

8

Above The Stars

I breathe in the San Antonio night. For the first time since I've been here, there is no acoustic tile, no copper mesh, no girders above my head. Only sweet black sky, flecked with clouds and the occasional jet.

The management company that previously owned the building thoughtfully decked the roof out in something resembling a midwestern oasis: grass-covered hillocks, three small shade trees and in the center a large lighted pool lined with blue Italian tile. Along the perimeter of the roof is a single row of New Orleans-style streetlamps. I can only imagine what kinds of parties were thrown on this little square of property.

Tonight, though, everything is dark. Quiet, except for the dull roar of the fans in the mechanical room—our surreptitious method of entrance to this nifty place.

I'm lying on my back on the grass—or more precisely, on the quilt Gail brought for the occasion. She tells me she bought it in Hempstead, a little town near Houston. It's an original, maybe thirty years old and has a damp, quilt-like smell. It matches perfectly the essence of the newly cut grass, even the chlorine of the pool. In my old days I would try to distill this scent, turn the memories into chemicals and the chemicals into a marketing strategy. No more. At least, not right now.

"Want a potato chip?" Gail shakes the bag of chips. "Nice and fresh."

"Can't. My tongue still hurts from that scram a few days ago."

"Some wine? It'll sterilize the wound."

"Sure." I close my eyes and listen as the wine washes into the glass. Somewhere, maybe from the street far below, I hear the faint hint of song. Joni Mitchell? The Beatles? No. It's an accordion—a Mexican polka.

"Here." Gail hands me the glass and settles onto the quilt next to me. "Cabernet and potato chips make a great combination, don't you think?"

"Yeah." I open my eyes to watch another jet rumble overhead. "My brother would have appreciated wine with potato chips. We shared a room when I was growing up. He'd always bring in a sack of potato chips, a couple of Pepsi's and cheese sandwiches."

"Cheese sandwiches?" She looks at me. "Cheese? That's all?"

"More or less. Sliced caraway cheese on hamburger buns. He'd spread some mayonnaise on and add crushed potato chips. I guess it was kind of weird, but as far as I was concerned, if Earl came up with it, it was okay."

"I had an older sister," Gail says, stretching out on the quilt. "We fought all the time. Finally she got a job and moved out of the house."

"Earl and I got along. We were pals." I lie on my back, my hands behind my head. "Let me tell you what he was like. Back when I was fifteen, my girlfriend—who was a year older than I was—invited me to the junior-senior prom. I was real excited. Earl and his girlfriend Sally helped me pick out a corsage, sat me down, gave me advice on what to do—the whole nine yards. They had been the prom king and queen a couple of years before that, so they had some *authority* in those matters."

"That sounds like a fun time," Gail smiles.

"The fun didn't last long. Three days before the prom, my girlfriend broke up with me to date a senior. It destroyed me. When Earl and Sally heard about it, they talked Sally's cousin, Joyce, into asking me.

"She had a boyfriend, but he was in college and couldn't make it to the dance. I wasn't old enough to drive a car—so he probably wasn't too concerned."

"Did you have a good time?"

"I had a *great* time. The dance was held at the basketball gym and had all the standard things—a ton of balloons, confetti, wishing wells. They even had a dance band—all the musicians were in tuxedos. They looked like penguins. I had a suit and a clip-on tie. Sixties-style narrow—about two inches wide. All the girls were in these gigantic crepe

dresses with low-cut tops. They looked like flowers. Carnations, maybe."

"They were *supposed* to," Gail says. "That's the idea."

"But of all the girls there, my ex-girlfriend included, Joyce Barrett was the prettiest. Really beautiful. And she even let me walk her to her door."

"You were a fast kid," Gail grins.

"Yeah. And I owed it to my brother. He always watched out for me."

"Did he and Sally ever get married?"

"No. He always wanted to fly. I recall him taking flight training at this little airfield near Corinth. He got his student license in the summer of '63—but then, a couple of months later, he was flying this little Piper Cub and he crashed. Just fell out of the sky. I remember when we got the phone call, telling us he didn't make it."

"I'm sorry."

"I don't think the family ever got over it. I know I never have. And the really bad thing about it, I still don't remember the last time I saw him alive. All I can remember about that day is the phone call. And the funeral." I take a deep breath.

Gail is silent for a moment, then hands me a glass of wine. "Here's to your brother."

"To Earl." As I raise my glass, a fat orange 737 thunders overhead on its way to the airport.

"See that?" Gail points. "Southwest Air. Probably coming in from Houston. It's the official bus of Texas."

"San Antonio must be a busy place."

"It's a tourist spot—and of course, the military's here too." She pauses to pour another glass of wine. "One Army base and three Air Force bases. You go far enough out of town you'll see the missile silos."

"Yeah, I know. I spent some time here in 1969 and '70—fresh out of college and into the army."

"Did you like it? The military, I mean?" She looks at me. A slight breeze ruffles her hair.

"I liked it *here*. It was freezing in Missouri when I left. And when I landed in San Antonio, it was warm and dry. Like being in paradise. They loaded us into a big green troop bus and drove us through the city and into the fort. I looked out the window and saw this huge grassy field, all lighted up. Somebody said Fort Sam's MacArthur Field was

once the largest military aerodrome in the US."

"Aerodrome." Gail tries the word out. "I like that better than 'airport.'"

"I was assigned to Brooks Army Medical Center—it's where they sent all the burn cases from Vietnam."

She empties the wine bottle into my glass. "What was it like for you? During Vietnam, I mean."

"The army was okay—as long as you didn't get sent overseas."

"Yeah. I can imagine."

"But Fort Sam was an interesting place. The circle drive in front of the Brooks Army Medical Center happened to be connected at four points by a central set of sidewalks. Then somebody in a news helicopter noticed the whole arrangement formed the world's biggest peace sign. The brass immediately had the sidewalk torn out and replaced with the world's biggest *upside-down* peace sign."

She smiles. "That's a funny story. Is it true?"

"Sure. Don't you believe me?"

"Yeah. I guess." She looks at me skeptically.

"Well, you should."

"Okay. Then, I believe you."

For some reason, I wonder where my wife is right now. Best scenario: Hanging with a roving band of drunken women lawyers in Mexico City, pinching guys on the ass in the Zona Rosa. Worst scenario: In a hotel room somewhere in Mexico City, *getting* pinched on the ass by a drunken lawyer.

"So." Gail says after a moment. "What do you think of this place? The roof, I mean?"

"It's different—I mean, it's nice."

"Yeah and the skybox lounge is on the other side of the building, so it's secluded here," she smiles. "I come up every now and then, to get away from things. You have to watch out for the police helicopters. They know about this place and they're on the lookout for anyone on the roof. Guess they're afraid of jumpers."

"You're kidding."

"No, I'm not." She gets up and walks to the edge of the roof. "See the tower way over there? A little over a month ago, a guy from Lab 10 freaked out and jumped. He did it from *that* thing. Stepped out over six hundred feet of empty space."

"Did it kill him?"

She turns to look at me. "Kill him? What the hell do you think? They said it sounded like a car hitting a brick wall." She walks back to the quilt and retrieves the bag of potato chips. "I'd met the guy. He was one of the original dreamers—had been here when the Institute started up. The suicide scared everybody. After that, they restricted the dreamers to the building."

"What was he like?"

"He was nice. Pleasant. You remind me of him a lot." She reaches for another chip. "I heard he was from the State Department. He had an assignment in Moscow and they wanted him to recall it—in detail."

"They?"

"Whoever. The government. Somebody," she shrugs. "Anyway. He was doing fine. He'd completed his first long run—48 hours in the chair—and something went wrong. Nobody knows what. When he came out of it, he wasn't the same guy. Like part of him was gone. About a week later he killed himself. Shortly after that, the Lab 10 computer operator quit."

"Think the long run had anything to do with it?"

"Maybe. You spend too much time down there and your personality goes to shreds."

"*Goes to shreds*. Is that a psychology term?"

"It's a Leonard term," she says. "His way of describing the action when a dreamer goes multiple."

"Sounds interesting." I take a drink of wine. "I thought you said this deal was safe."

"Hey." She looks at me. "It's probably as safe as driving on the freeway."

"Good point." I reach for a chip. "So the government guy who went multiple—did he go down as one person and come up five?"

She gives me a disgusted look.

"How'd all those people fit in one chair?" I smile at her. "Was it crowded?"

"Wait 'til Poundstone hypnotizes you to ground," she says. "You'll probably see all the little Mikey's running around. You might even find yourself talking to them." She gives me a sugary smile. "Sure you don't want another chip?"

"All my little personalities are full, thanks."

"Uh-huh." She lies down on the quilt and stretches out. "Then tell me about your session with Leonard today—did you all have a nice trip?"

"It was okay. I was in the army. First day of basic. And before that, I recall some scenes from my home town. I think I saw this childhood friend of mine. Nothing special."

I empty the glass and set it aside.

"Tell me about your childhood friend."

"Sure. His name was Carswell. Real smart kid. Always getting into things. Rockets, molotov cocktails. When he was only nine he and his big brother made a three-story tree house—the biggest in town. It was like an apartment complex. Really amazing."

"His parents named him *Carswell?*"

"That was his last name. The kids I ran with always called each other by our last names. It was a tough-guy thing."

"Tell me some of the things you did when you were a kid." She rolls over on her stomach and props herself on her elbows. I notice her blouse has moved up, exposing an inch of bare skin.

"Well, okay—my mother was always canning stuff, so the place was full of mason jars. With gray metal lids."

"I remember those," Gail smiles. "I think I've still got some of them."

"Yeah. Carswell—*Evan*—figured out they were made of zinc. And he also knew that zinc mixed with sulfuric acid makes hydrogen gas."

"He knew chemistry when he was nine years old?"

"Maybe he was eleven. Anyway, we went around the neighborhood, rounding up all these zinc Mason jar lids. Then we went to the drug store and bought a jug of muriatic acid and some balloons. We'd chop up the lids, stuff them into a pop bottle, then pour in the acid. When the stuff started bubbling, we'd stretch a balloon over the neck of the bottle. Instant hydrogen balloon. It was kind of dangerous. The acid could have put our eyes out, and the hydrogen was explosive. No question we had a whole fleet of guardian angels watching over us."

"What'd you do with the balloons—play Hindenburg or something?"

"No, we attached tags with our names on them. Then we let them go. They'd fly up into the sky and travel east with the wind currents. Carswell calculated the balloons would sail around the world in exactly two weeks. I remember we'd stand watching, you know—*staring* at the western horizon, looking for those balloons. They never came back."

"That Carswell sounds like a pretty smart kid. Did he grow up to

be a nuclear scientist or something?"

"He was killed in an accident. Not long after his twelfth birthday."

Gail is silent.

Looking out to the dark horizon, I see him now in my mind, filling balloons and releasing them into the cold March wind. I watch them go up and up, so far up I can't see the color anymore. Only dots. Finally, they're gone.

I pick up my wine glass. It's only half full so I decide to finish it off.

Flat on the bed, arms and legs splayed out, I lie crucified by the alcohol. A few inches away, the phone is off the hook, ringing my house in Lexington. In a minute, the operator will come on and tell me no one is answering, would I care to try again some other time. Didn't Linda say she was coming back tonight?

Or was it tomorrow morning?

I forget.

The curtain is drawn back and the garish orange glow from the sodium vapor lamps fills the room. The fourth circle of hell. A perfect negative to this scene would be a cold blue mist falling from bright yellow sky. With a glaze of ice covering everything.

I strain to listen for the wall music. The selection is relentlessly smooth. It's a chorus of girls singing a copy of some shameless hit from the late sixties: "Love is all around..."

A little voice inside me: "The Troggs. February 24, 1968. The Fontana label."

Thanks, voice. You got me in trouble with my wife I don't know *how* many times. You would hear a song, identify it, then tell someone else in me to switch off the radio. Then ask Linda to guess who was playing it. And she never could. Voice, you helped ruin my marriage and at this minute she's probably in some Mexican hotel with a guy named Van—so I want you to please shut up now, thanks.

The music changes. It's a downbeat, heavily orchestrated version of—what? "Summer In The City."

Lovin' Spoonful. July 16, 1966.

I shouldn't complain. This part of me, the little circuit that can remember old songs, has made my agency a lot of money. "Mitchell, we want an ad that says '1971'...Mitchell, we want the alpha consumers

who won't respond to old Beatle songs anymore...Mitchell, we want a playlist that includes the money demographic..."

Want, want, *want*.

The sound of a clarinet fills the room. It's an obscure tune from the early sixties, "Above the Stars." July, 1962.

I remember the first time I heard it, lying on the grass in my backyard in Corinth, listening to a Chicago radio station and watching for the newly launched ECHO satellite. Twelve midnight. My mom and dad were sitting in lawn chairs. Earl, his girlfriend and I were sprawled on the grass, looking at the sky. Dad saw it first, a tiny dot moving from west to east across the blackness of space.

Then the disk jockey, a guy named Dick Biondi, announced the song—and the name seemed perfect. It was all a coincidence, but I imagined being above the stars like that satellite, high above the houses and fields of Missouri.

No one wanted "Above The Stars." It never made it to the top ten. No one remembers the artist, Mr. Acker Bilk. And, of course, no one will remember me.

I close my eyes to the orange glare and imagine being in the machine, imagine Leonard attaching the helmet, throat microphone, injection cuff. I hear the elevator sounds from the computer, then the chirping.

"Entrainment..."

"We have cognition."

I drop down from above the stars onto a grassy plain. Into Corinth, Missouri.

I get up, walk to the back porch, and I know it's a dream. But I can get away. Away from Zey and Poundstone and Leonard with his electricity. Away.

I look over and see my father—my memories of him form his body, his shoulders, his face. He's sitting there, in his dark green slacks and work shirt, a baseball cap pulled down over his forehead. It's dark, but I know that he's smiling at something. Perhaps something nice happened to him today. I hope so.

I look at my mother. She's sitting in the lawn chair on the porch, her hands in her lap. She's wearing that familiar blue apron, still damp from the dishes. Did I help her dry them? I don't know.

It's twilight and the sounds of a ballgame drift across the yard. The Corinth Coyote ball team is playing somebody from another part of

this ethereal place. The full maple trees rustle in the night breeze, dark shadows masking the light from the fairgrounds. In my eternal spring, this will always be my certain, true home.

In my dream, it becomes day. Clouds are drifting close to the ground, blocks of cotton hovering low over the earth. The morning warms into spring and the vapor dissolves into a blue sky. It's ten a.m. and only wisps of scud remain, hanging like ragged curtains from the tops of the hills.

A dishrag sky. Where did I hear that? Anyhow, it's a perfect description for the clouds today.

It's dark again. The lights from the fairgrounds draw near and the baseball game has been replaced with the pulse of music.

I kick back the covers and look. Sure enough. There is rain against the window. For some reason, I know there's supposed to be a crescent moon tonight, near Mars. But now there are clouds on the horizon and the storm is building.

And now I'm in my car, driving through a hard rain, watching streaks and rivulets race across my windshield between the beats of the wiperblades. I look ahead and see the gray texture of the rain, the trees, the glare of the pavement, the haze behind the trucks that pass on either side. Scenery without sharp margins.

A splash of water covers the windshield, momentarily obscuring my view of the road. In response, I feel the needle pricks of adrenaline stab my face, above the bridge of my nose. Is there fear in this world? Absolutely.

So why am I here? Why did my dreams bring me to this place?

I turn the switch to increase the wiper speed, then switch on the defroster. In response, a blast of air reflects against the foggy windshield, forming a four-inch circle of clear glass. A thick strip of gray cloud crosses the road ahead of the car, like a barracuda cruising for prey. I turn on my lights and see a yellow glimmer on the pavement.

Another car passes, spraying the windshield. Somehow I know I've been here before. Years before. I glance to my right.

Someone's here—sitting on the car seat next to me, her feet propped up against the windshield forming little vapor outlines against the glass.

It is Rachael Dominic. Fifteen-year-old Rachael Dominic.

A drawer in the mental filing cabinet opens and snaps free, spilling photos across the floor. Here is one of Rachael dropping her newspapers onto the sidewalk, another of her loading her father's

.45-caliber service automatic. Another of her throwing up on my shirt.

And here is a large glossy of me driving her down to see her parents in Cherokee, a village nestled in the rolling hills and plains of western Missouri. The picture moves. Of all the places I could have gone, all the people I could see—my brother, my folks, old girlfriends—of all the wonderful, interesting times I could visit, I drew this—a late, drizzling, miserable Friday afternoon in November, 1966. On my way to Cherokee, Missouri with 15-year-old Rachael Dominic.

The dream continues, frame by frame.

"Did I ever tell ya I can cook a meal on an engine?" She plants a foot on the dash board, leaving a distinct mark in the dust. "Daddy taught me how. First you wrap everything in tin foil and start the car, let it get warmed up. Then, lift the hood and put the food on the exhaust manifold. Tie it down with wire so it won't fall off when you're driving. You can cook something in about a half hour."

The scene moves up and down, apparently the result of my nodding in agreement. In the corner of my vision I see her pause to make more feet-tracks on the windshield, each imprint surrounded by a halo of vapor.

"It's *real* easy. Ya gotta be careful, though, 'cause if you don't seal the tin foil real tight, the food'll taste weird...like a garage *smells*. The potatoes especially."

Perhaps I can get information from this place, bring it back, send it to my business partner, Jerry. I examine the cars on the highway: mostly mid-sixties Fords and Chevies, the kind you see at classic car shows any day of the week.

"That kind of thing *ruins* the flavor, so you have to make sure the tin foil is real tight. I'll fix you a pot roast sometime. We'll get some carrots and potatoes, and the roast, of course. Are you gettin' hungry?"

"I am now."

"If we get in on time, Mom will have something for us. Otherwise, we'll have to get something at the Kuku. You like fish sandwiches? Or maybe we can eat the potato salad I brought. You want some?"

"I'll wait for the fish."

"Actually, potato salad isn't on my list of favorite foods. Did I tell you about my quest?"

"No."

"Everybody should go on a quest—for the one perfect thing they want. I have a quest for the perfect pie. And my favorite is coconut cream. I'm gonna learn to make it from scratch."

"I like cherry myself."

"I guess the thing to do is figure out the high point in your life and then find as much about it as you can."

The rain begins to let up, and the world becomes a palette of soft browns and glistening grays. An old green pickup truck hisses by us on the left, throwing a white spray of water onto my Ford. Ahead, I see the low, gray clouds hanging above the horizon—supported by the shelf of warm southern air. Closer, the trees with their wet leaves look like dark yellow patches of cloud against the light brown landscape.

My car accelerates and I hear a slight pinging sound from the engine. A voice from somewhere: "Damn. Probably water in the gas tank." My own thoughts.

And yet it's only a dream—a lucid dream, but a dream all the same.

More pictures from the filing cabinet, this one of Poundstone telling me I would have these images: "The brain is very tight with lucid memory—but once you unlock the process with the machine, everything becomes easier. You will probably find your dreams filled with memories of your past—some as real as those you encounter during regression—"

Apparently the locks have come off. But I'm still seeing the same things. The same places.

"Did you ever notice," Rachael says, "that cows in the rain look like black and white marbles?"

"Never noticed. I'm having too much fun trying to keep the car on the road."

I look around me, feel the warm air of the defroster and the cool wind from the door. And now, in my dream—I imagine what the smell would be—a damp wet-upholstery-and-oil odor of my car mixed with Rachael's essence of Heaven-Scent, Zest and hamburger. It would be perfect.

I realize, of course, it's only an image—everything I see is long since gone—no rain, no car, no Rachael Dominic. I'm here by myself—isolated within a real dream.

"Did I tell you I have class pictures Tuesday? That's the day my period starts, so my face is already breaking out. Ain't that a kick in

the butt? I'll probably be doubled over in pain. They'll have to hold my face up to the camera."

Another truck passes, and the windshield goes gray with the splash-back.

I'd heard this before, or something similar, from my daughter. "Dad, they won't let us wear our nose rings. They say it disrupts the class."

"It might."

"But everybody has nose rings. Anyway, it's a free speech issue. Mom says we could sue."

"She's the lawsuit expert all right. I make commercials."

"Gawd, Dad. Thanks for all the *support*!"

The rain increases, turning the windshield into an opaque gray screen. "I can't believe this rain!" I turn the windshield wipers to full speed.

Rachael scoots over and puts her arm around me. "Michael, this weather is all your fault. And you know why? It's because you're a storm person. Before I met you I never saw a rainstorm this late in November and now look at it—raining and lightning and everything. And it happens every time you talk like that."

"Like what?"

"You know. About—"

The phone rings and the dream evaporates.

I open my eyes. It's morning and I'm back in my room in San Antonio. Through my window I can see the sky is a dull gray. But who knows what the temperature is out there?

The phone rings again and I turn to confront it. As I do, my stomach seems to expand a foot in circumference. Not good.

Another ring, then nothing.

Good. Whoever is calling gave up.

I roll over on my back and close my eyes. My heart is racing and my stomach is threatening to return its contents for an instant refund. I attempt to sit up.

Success.

But now my face feels like someone has taped twenty-pound weights to it. If I look down, my jowls will stretch to the floor. Did I go somewhere last night? I can't remember. Perhaps coffee will help. What was that dream about—Debbie's nose jewelry?

The phone rings *again*.

"Mr. Mitchell?"

"Yeah."

"You have a package at the front security desk."

"Who's it from?"

"I didn't ask."

"Okay. I'll be down to pick it up."

"And here's a note from Dr. Poundstone. He would like to see you at nine-thirty this morning."

"Thank you. Thank you very much." I hang up the phone and look at the clock. It's 9:29.

9

Core

I quickly shake Poundstone's hand, then collapse into the deep leather chair in front of his desk. "Sorry I'm late."

"Not a problem," Poundstone smiles broadly. "How are you doing? Able to remember things now?"

"Pretty much."

"Having a good time back there? Are you bringing back any *cultural artifacts* useful to your business?" He steeples his long fingers.

"I've seen a few things," I shrug. "Lots of 1960-model Fords and Chevies."

"Yes, I'd imagine so," Poundstone chuckles. He leans back in his chair. "You know, when we first explored this technique two years ago, I made all the trips myself. And I was amazed how different things look from year to year. Car models change. One year you'll see fins. The next year things might be flat and utilitarian, but with more plastic and less metal."

"That's what it seems like, all right."

"Have you experienced any problems with the regressions?" A grin lurks at the corners of his mouth. He probably heard about the scram.

"I guess you know Leonard had to bring me up once."

"He's fast on the trigger, isn't he?" The grin expands. "Has it caused you any problems? Headaches? Nausea?"

"No."

"I've been the recipient of Leonard's technique myself. It's painful but effective." He peers at my scalp. "If those little electrode burns

cause you a problem, let me know."

"Sure."

"Any disappointments with the program?"

"No, why?"

"Some of the subjects aren't too happy when they find their sensations are limited to sight and sound. They want the whole experience—including touch, taste, smells. Does it bother you that the regressions don't offer that?"

"Yes, it's disappointing, I guess. But the sight and sound are still better than any dream—it's almost like the real thing."

"I suppose," Poundstone nods. "You know, in our hypnotic suggestions we always include the lines—'feel what there is to be felt—taste what there is to be tasted' and so forth. Yet no one seems to respond."

"Is that right?"

"I think the problem is a function of the way memory is stored in the brain—we're not able to access everything. But no one really knows. Maybe as we continue the research, we'll understand the process better."

Poundstone looks at the desk for a moment as if considering what to say next. "Michael—I've had a chance to go over the transcriptions from your last five regressions. And I've given this some serious thought—"

I feel my palms go damp. "Is there a problem?"

"Oh, no." He looks at me. "Quite to the contrary. You seem to have excellent control down there. Based on your tapes, it seems your navigation skills are better than anyone else here."

"They *are*?" I look at Poundstone and wonder what is on the tapes.

"I've talked this over with Tom Zey. We'd like to ask you to consider a long run."

"What?"

"You have a good psychological profile—you seem to handle stress unusually well. You're certainly motivated. I think you would make an excellent candidate for a long run." He smiles.

"I've heard multiple personalities can appear—"

"You mean compartmentalization?" He asks. "Yes, I suppose that can happen. After all, we're different people at different stages of our lives—"

"Yes, but—"

"Still, there's one core personality that guides the rest of them

through," Poundstone smiles benignly. "And I'm sure the core is immune to harm from something like this."

"So if I do this, I'm not going to come back as somebody else, right? I mean, I have enough problems with the personality I have."

"I can *assure* you, Michael," he says, his smile broadening, "that nothing will go wrong. And we'll give you a close, careful hypnotic evaluation to make absolutely sure."

"Okay. Will it cost anything extra?"

"Of course not." Poundstone steeples his fingers. "We just ask that you sign an agreement that allows us to publish any results."

"Results of what?"

"Of our work. If we decide to write anything up, that is. And I'm sure we won't. It's just a formality. Something our lawyers make us do. Dot the 'i', cross all the 't's'." He pushes a form across the table.

"I don't know—" I stare at the page dense with legalese. At the bottom are places for my signature *and* initials. I've seen this kind of contract before. "Isn't this a *hold-harmless agreement*?"

There's a flash of irritation. "It's just a formality. You actually signed one as part of the initial agreement, but the funding agencies like to see that the patient has an ongoing understanding of the process and risks involved. I'm obligated to tell you that, but it's nothing we haven't discussed with you before."

"It just seems that if I've signed this when I came in—"

"Besides, for our longer runs we have to use somewhat more invasive support methods—IV fluids for example." He leans forward. "Michael, there is really no reason you can't begin the long runs next week."

"You really think so?"

"Well, medium run starting out. Perhaps no more than 48 hours. Of course, it might be longer or shorter in the memory banks. Otto, for example, routinely goes under for 10-hour runs, and he tells us that his perceived experience in lucid memory is considerably longer—days, sometimes."

"Days, huh?" I think about it: days spent with Brenda Lacey.

"You will be able to communicate with Leonard as you normally would. Just lock the scene before you talk. Otherwise, of course, the microtremors in your larynx," Poundstone taps his throat, "will come too fast for the detector to pick up. I understand we're getting faster computers that will help with the communication, but for right now

we have to make do with the old, slow protocols—"

"*Days* down there, huh? I'll have to think about it." I lay the sheet of paper on the desk.

"Certainly," Poundstone nods. "And in case you decide to go ahead, perhaps we can schedule a brief session of hypnosis—to lower you to state."

"What's that mean?"

"Familiarize you with your consciousness structures. We want to make sure everything is integrated properly before we proceed. It will acquaint you with the various personalities that make up Michael Mitchell, and I hope will assure you that none of them will undergo dissociation."

"Dissociation?"

"Transient confusion." He says dismissively. "It's over in a few minutes. Nothing to worry about."

"I see."

"At any rate, this will be a routine hypnosis, very similar to the preinduction sessions you had when you first came here. And of course, you *will* have to sign the interim release agreement. Just a formality, but I can't proceed until you do."

"Of course." I shift in my chair. "Sure."

"Good," Poundstone nudges the legal form toward me. "Would you like a pen?"

Darkness. My eyes closed, I wait for the session to begin. In my mind I hear Leonard's voice, "Can Poundstone take 'em deep? You gotta be kidding. He takes them down to their *blood*."

I think of the first sessions with him—when I learned to navigate the inner space—learned the various techniques—locking the image; scanning the scenes all the way to the edge; zooming in. The techniques worked—my navigation skills are good. Otherwise they wouldn't be inviting me to do long runs.

Right?

"Michael." I hear Poundstone's voice, emanating from the gray screen behind my eyes. "*As before*, you are feeling your body getting heavier. And *as before*, you are becoming more and more relaxed—more relaxed than you have ever thought possible—"

His voice locks onto my mind, leading it to the edge of sleep as my body becomes leaden, then liquid mercury, and then vanishes

altogether—leaving me behind. "You will descend to all of the parts that make up the complete you."

The voice is everywhere. Sonorous. *"You are inside the elevator going deeper and deeper, seeing each separate part of you without fear."*

I'm suspended inside the workshop of my mind, floating above the roaring superstructure, the thought factory. From here, I can see the many configurations of emotion and logic as they move across the vast network of my being—flickering clouds of mind-fabric, interacting with other clouds to create a vast glowing mental organization that is—me.

"You will travel deeper. Experience the place of your memories. You will experience no fear and no pain."

I look around. In an instant, I see a single note of my childhood, a summer of bright green grass and brilliant skies and white sidewalks. Turning, there is a compact bedroom with blue wallpaper. And now, an instant inside that rainy Friday. Walking to school, black galoshes on wet brown sidewalk in the glare of headlights.

"You will be able to go wherever you want to go. See what there is to be seen, hear what there is to be heard. If you hear me, raise your right index finger."

Somewhere around me, lighting flashes from cells sending signals down my spine and into my arm. Somewhere, some part of me complies with Poundstone's demand.

"You will go deeper. Deeper than you ever have before."

The elevator drops. I hear the steady beat of some internal clock, a fast, steady march. As the sound becomes louder, I realize it is composed of many separate patterns, all in perfect orchestration. Someone down here has left the radio playing.

I go deeper, and amid the din of signals, I hear the spark of my breathing, like the crackle of a distant thunder, twelve beats a minute. I hear its echo—the distinct *snap* and then the slow roar of air. Release. Snap. Release. The chest moves.

I see other rhythms of my body—nerves firing at the precise millisecond, the response in the auricles and ventricles and arteries of this liquid machine.

As I descend I feel myself splitting. In this cavern of waves, I am no longer I, but *we*. One of us is above at the surface, listening to Poundstone, responding to his monotonous, droning suggestions. Others are examining his words for clues, trying to determine what

he means. And we sense the presence of the central being, watching the process as it unfolds.

"Deeper."

Reality is gone—replaced by a haze of continuous, moving snapshots. The haze forms a ribbon of instants, a granular highway pushing into the future, retreating into the past. Spreading to all directions and places not found on any conventional road map. Places *perpendicular* to time.

The elevator stops—just short of the dark chaos at the bottom of the shaft. There is no reason to go deeper—there is no logic in this place, no sense, no love, no humanity. No questions, no answers—only swirling motion.

Gradually, I have become a singular again. The scene coalesces—someone or something is creating substance and form directly from the chaos. I'm standing on the underside of my own gleaming engine—a great humming, clanking factory of sparks and electrons and thoughts—all set in a field of rolling hills. And above, I see infinitely fine ripples of light radiate through a cloudless purple sky.

I step into the elevator, press the up button and ascend back toward the roof of this world—up through the chaos, up past the switching stations, past the portals to distant places, up. And as I ascend, I know I must remember this place—remember the road map here. Because I'll have to return here someday.

"*...You will awake, happy and relaxed...*Poundstone's voice, bringing me back. It's totally unnecessary.

I'm already here.

10

Peripheral Vision

The young lady at the security desk gives me a suspicious look. Her long hair flows down over her broad shoulders, barely concealing a small walkie-talkie. She's probably packing a .45 on her belt.

"Lemme see your ID."

I show her the plastic card on my lapel. She shrugs and pushes out a clipboard for me to sign. Then she hands me a small brown package, about the size of a shoe box. Special courier: no return address.

"You know what's in here?" I ask.

"It's a bottle," the girl says. "Probably some kind of booze. We x-rayed it...it's against the law to send that stuff through the mail, y'know."

"Thanks." I take the package and head for the elevator.

Back in my room, I remove the paper and open the box. The guard was right: it's booze—Mexican brandy. Napoleon Thirteenth. And taped to it is a card:

"Mike. Hope you like this. Bought it at the airport. Spent all day in DF, then caught the plane back. Probably have to go back next week, new partners are being horsey. Hope the brandy makes your stay bearable. Best, Linda."

"*Best?*" I look at the bottle. It's big and gaudy and the label shows a man on a horse with a sabre. The words are all in Spanish. I wonder what an entire bottle of Napoleon the Thirteenth would do for me—probably engrave Mr. Smiley Face on my cerebral cortex.

I place the bottle in the top dresser drawer and hope it doesn't leak

on anything.

·····✦·····

"Anyone here with a hangover?" Gail smiles, carefully adding a sliced jalapeno pepper to her hamburger.

"Not me." I set my tray down next to hers and survey the meal: enchiladas, refried beans, french fries and a version of Caesar salad made with carrots.

Across the table, Lowell and Otto are discussing the finer points of auto racing, while nearby, a taciturn Coltrane carefully works his way through a huge plate of Mexican sausage and scrambled eggs.

"The cars of today are dreck," Otto says. "The best car ever made in the United States was the 1965 Ford Galaxy 500XL. It could do a hundred and fifty right out of the showroom."

"They were gas hogs," Lowell shrugs. "Those boats got no better than eight miles to the gallon."

"I used to own a Ford Galaxy," Coltrane nods at the memory. "Black, with a red interior. Big. Roomy."

"It was a whale on wheels." Lowell shakes his head. "A living room."

"That too," Coltrane nods.

"Ever notice," Gail says, "that males in captivity will turn on each other?"

"As a matter of fact," Otto grins through his beard, "we were originally discussing whether existence precedes essence."

"I think it's vice-versa," Lowell mutters, dipping a french fry into a pool of mayonnaise. "At least according to the transactional theory of quantum mechanics. In fact, it might even have relevance to what we're doing."

"Well, *maybe*," Otto chuckles.

Gail looks up suspiciously.

"Look," Lowell holds up two french fries. "For every physical interaction involving light, there have to be two waves—one traveling into the future and one traveling into the past." He pushes the fries together. "When they meet at the present they cancel each other out. So—" he pops the fries in his mouth, "if waves can travel backward in time, then essence precedes existence. Unless, of course—" he retrieves a curly fry, "—you have a *closed-time loop*."

"You gonna eat that too?" Gail asks.

"Yup." Lowell dips the fry into the mayonnaise.

"I have no idea what you're talking about," I confess. "I was okay with cars, but the philosophy stuff lost me."

"Come on, Mike," Lowell smiles. "We do it every time we get in the machine. Maybe every time we dream."

"What's your major in college, Lowell?" Gail asks, chewing on a french fry.

"Psych," Lowell says. "But I've also got a degree in philosophy with a minor in math."

"That's good. That's very good." I look at my plate. "Can anybody tell me what these little *seeds* are in this salad?"

"Pumpkin," Coltrane says. "They're good for you."

"You know, Lowell—" Otto says, "as a physician, I take issue with your contention that we regress in time during dreams. The science is clear. Dreams are the result of random activity in the deep areas. Probably neurons getting rid of excess calcium."

"Calcium, huh?" Gail mutters. "That's something my body needs anyway."

"And Otto—" Lowell says, "as a guy who keeps up with all this stuff—I'm sure *you've* heard Keller's theory that the brain doesn't dream at all—or store memory for that matter. It just scans space time to sample the actual event."

"Hogwash." Otto laughs. "As they say in Europe, that's a clear violation of the first principles."

"*Europe,* Otto?" Lowell replies. "It was a European physicist who first showed you can change the past!"

"Ah," Otto nods. "Schmidt's retro-pk experiments. Schmidt was employing a clever modification of simple delayed choice. And he has *never* claimed to have changed the past."

"Then how *else* can you explain what he does?" Lowell fires back.

"What," Gail looks at them, "are you guys *talking* about?"

Ignoring both questions, Otto turns to Coltrane.

"Russell, you've spent time with shamans and medicine men. What do you think they'd say about all this?"

"Well—" Coltrane looks at the table for a moment. "The Shoshone would probably say—if it works—use it." He shrugs. "The Shoshone are *real practical*."

"Anybody heard how Keller is doing?" Lowell asks, cooling down somewhat. "I heard he started a long run in Lab 10."

"Nobody's heard," Otto says. "I assume he's doing fine. Probably

walking around in some chemical company in 1951, knowing him."

"Sounds toxic," Lowell mumbles. "Hope he remembered to take his gas mask."

Gail checks her watch. "Folks, I'd love to listen to this discussion further, but I've got a trip scheduled this afternoon, and my hair's a mess."

As she walks out the door, Otto shakes his head. "She's got a regression this afternoon and she's worried about her hair? What's she got going on down there, a *party*?"

"Maybe she does." Coltrane watches her leave. "It'd beat *this* place all to pieces."

⋯⋯✦⋯⋯

"Mike, can you give me a count?" I hear Zey's flat, calm voice in the headset. This afternoon, he rather than Leonard will do the induction. I open my eyes to the blackness of the helmet visor. I think backwards from ten to one.

"Thank you. Now, it'll be just another minute while I enter your voice signature—"

I hear a click, then another. Zey must be fooling with the communication controls.

"Michael, I understand you're planning a long run."

"I spoke with Dr. Poundstone about it this morning. I haven't made a decision yet."

"You show good navigation skills. I'm sure you'd find it interesting—how much time did you want to spend today?"

"I don't know. Twenty to thirty minutes is my usual."

"I see that from your record. We don't have anyone scheduled until eight this evening. Would you like to try for two hours?"

"Two hours?"

"I'll be watching your EKG closely. If you like, I can administer some labeled glucose and switch on the positron emission tomography. You won't feel a thing."

"Uh—"

"It'll keep track of activity in your temporal lobe. If you run into trouble, we'll bring you back. Ready?"

"Okay." I feel as though I'm about to leave for an extended journey in space.

After a few minutes of silence, I hear Zey's voice again. "All right.

We'll wait for that pulse rate to drop a little...there. Everything looks good. Remember not to hyperventilate and we'll get a good induction."

"Okay."

"Michael, you're on the larynx microphone now, so if you have anything to say, please think it—say the word to yourself. All right?"

Sure.

In the headset I hear a distant, metallic bark. Was that *my* voice?

"We've installed a newer device to capture theta rhythm, Mike," Zey says as the machine starts to rev. "It's specially designed to lock the right temporal lobe rhythm. I think you'll be able to see the difference."

An eerie sound emanates from the headsets, like a chorus of schoolchildren singing one note. It gets louder and I have trouble concentrating. My body is getting lighter and lighter. What are they doing? What are they doing to my temporal lobe?

The sound is louder, like an MD-80 jetliner aimed for the earth, filled with screaming passengers and singing angels.

Then, the sound of a bell—a deep, resonating chime that sends vibrations through my body, shaking it loose from my mind and allowing me to drop beneath it, into the shaft.

The lights appear. The ribbon of my life, stretching back to the past. I get closer. Is it real?

"Michael, can you hear me?" It's Zey again.

Yes.

"Good. We'll have you in theta lock. I'd like you to wait a few seconds above whatever it is you see until we can lock you in...thank you. Have a nice dream."

I drift down toward a dark summer night. The moon is a luminous sphere suspended behind feathery cirrus clouds in a pitch black sky. The lights of the nearby houses glow with a yellowish incandescence.

Rachael is holding on to the sleeve of my denim work shirt. "Brenda Lacey's coming back from summer camp next week. Are you going to see her? If you see her I'll just die."

"Look, my ride's here. I have to go to work."

We're standing in front of my house. It's dark, probably 10:15 p.m. I'm wearing jeans, and my blue long-sleeved denim shirt has oil stains all over it. Rachael, by contrast, is wearing light-colored shorts and a sleeveless top. The white rollers in her hair are covered by a thin scarf.

Perhaps to avoid answering her question, I'm now looking directly at the ground. In the light from the mercury vapor lamp, everything looks blue—my black engineer boots, the asphalt and gravel of the street. To my surprise, Rachael is not wearing shoes. Bare feet.

Lock. There are five or six small dots on her legs, probably from mosquitos or the ubiquitous chiggers found in this part of the country. I also notice we're standing outside her car, a light blue Mercury Comet. How could she drive? She just turned fifteen in May. Probably breaking the law.

So it was like this in the summer of 1966—I had to choose between a smart, sexy 17-year old with a perfect tan and great legs—and a loud 15-year-old illegal driver with rollers in her hair and mosquito bites on her legs.

Unlock.

A pair of lights appears and a red two-toned 1960 Chevy turns the corner. The arm resting on the door is huge.

"Look, Ronnie's here. I gotta go."

"Will I get to see you tomorrow?"

"Maybe."

"My folks want to take me back to Cherokee. If they make me go, I'll never get to see you again."

"Sure you will."

"Please don't talk to Brenda Lacey."

"I've got to go, Rachael."

"And be careful tonight. I don't want you to get hurt."

I get inside Ronnie's car and close the door. He is a huge genial guy with tight, curly blond hair. He steers the car by resting his massive hand on the hub of the steering wheel, turning the car with only a twist of his wrist.

"That your girl?" he asks as we pull away from the blue Comet.

"No. It's just a girl I know."

"You two havin' an argument?"

"Yeah. Brenda's coming back from summer camp tomorrow."

"Sounds like trouble."

"It is."

"You'll work it out." He switches on the radio. I notice there is no dial knob—it's permanently tuned to 890—WLS in Chicago. Guitar sounds reverberate into the car—it's a song I haven't heard before.

"Dr. Zey?"

"Yes, Michael."

"Fire up the Juke Box, I have some data. I'm hearing a song now, some group is singing something about, 'these are the ways of the girl you love.' And then there's a line about 'Who's got you holding hands, and what makes you understand—'"

"I'm really not very good with the Jukebox…I'll ask Leonard when he gets in. He can probably find it."

"Thanks."

I listen for the dit-ditditdit-daaah of the 10:25 news break. Continued trouble in Vietnam. Moderate losses.

Ronnie switches the radio off. "I hate hearing that. I just got my 1-A."

"You're kidding."

"Nope. I'll be in Vietnam this time next year. Turned eighteen last week—prob'ly never make it to nineteen."

We sit in silence as he turns the car onto the highway leading to Monroe. The window is rolled down, all I can hear is the wind.

A half-hour later, by my reckoning, I'm in the factory. A luminous white haze hangs near the ceiling, fumes from an enormous zinc pot. There is a constant high-pitched clanking of metal being cut, snapped, dropped, shredded.

I'm operating a trim press, a massive spinning iron wheel with a metal knife fixed to a steel block and a flat plate. I remember this, my summer job in 1966: Hit the foot switch and the block comes down, cutting into whatever is on the plate—a thick piece of aluminum, zinc, anything. No protective guards anywhere on the machine.

Didn't someone lose an arm here that summer? I remember the ambulance, the red lights. Someone rolling on the floor, screaming. An image forms of Brenda, smiling, her shirt unbuttoned, my ring hanging from the chain around her neck. It shimmers for an instant, then vanishes.

My hand reaches out to a stack of untrimmed Holley carburetors on a wooden pallet, grabs one, places it on the block. I watch my boot step on the shiny steel foot lever. I seem to be standing in a pool of black oil and metal shavings.

Click-ka*chunk*. The metal flashing falls into a bucket, leaving the carburetor. My hand grabs another carburetor, places it on the block.

Click-ka*chunk*.

Click-ka*chunk*.

Of all the places I could have visited on a two-hour trip, I end up in a factory working a trim press—white concrete walls, dirty cement floor littered with metal shavings and an assortment of discarded objects. The entire scene flickers under the hard glare of cheap fluorescent light.

To my left are wooden pallets stacked to the ceiling, filled with shiny aluminum and zinc items—automobile water pumps, fuel pumps, headlight housings. To my right are steel bins overflowing with detritus—flashings, shavings and oil-covered steel curlicues from beneath the drill press.

Not far away, a grimy steel hydraulic press slams shut, spraying the operator—a fat man smoking a cigarette—with a cloud of brown oil. At the far end of the building, a door swings open and a yellow forklift whines through with a tub of castings for the zinc pot.

The graveyard shift at Missouri Die Cast.

Click-ka*chunk*. A trimmed carburetor falls into the metal bin, and I reach around to the wooden pallet for the next one.

In the mind of my past I see more images of Brenda, this time playing Moon River on her piano. And now she's in her backyard pool, brushing water from her face, her blonde hair slicked straight back.

Click-ka*chunk*.

It occurs to me that, except for particular moments, most of life is probably like this: a boring, repetitive job. And sometimes, dangerous. The knife slams down, slicing the metal flashing only inches from my hands.

Click.

What the hell? The clutch has failed to trip the hammer. I check the metal wheel—still rotating. The machine is still armed. I kick the lever, and noticing a piece of metal jammed in the clutch mechanism, reach down to remove it.

For some reason, I'm looking up at the knife itself—a sharp-edged rectangular metal box attached to a flat metal plate. I lean closer and notice the edges of the box are shiny—probably from slicing through tons of zinc and aluminum. A rectangular guillotine.

Click. My boot pumps the foot switch. Nothing happens. The steel block hangs motionless. The machine is jammed.

Click. Click. Click. Click.

Bored, I lock the scene. Scanning past the metal guillotine, I see

another young worker dressed in jeans and a plaid shirt, his hand motionless above a drill press. Nearby, another worker has just dropped a cigarette. The tiny white cylinder hangs motionless, halfway to the floor—a snapshot of a cigarette in the arc of descent.

In this frozen, motionless world I detect something strange and unexpected. Just beyond my field of vision, something is *moving*.

Kachunk.

Up here, behind this scene, I feel an ominous presence—something close by—

"Michael, this is Tom Zey. What's going on down there?"

"I'm not sure yet. I have this scene locked, but there's motion along the periphery. I want to check it out."

"You're displaying some unusual patterns in your right temporal lobe. Are you sure you're okay down there?"

"I'm fine." As I move my concentration toward the periphery of my vision, the colors fade to black and white. At the edge, the picture fragments into a haze.

The very edge of vision. The edge of my perception. Yet I still see movement. Beyond this border, something is definitely going on. I decide to scan further, rotating my virtual self farther into the edge—examining the darkness, following my intuition.

As my concentration continues through it, the haze begins to grow lighter, showing outlines of something. Something in motion

I see it: The metal knife is moving—falling toward me, slicing through denim, leather, skin, bone, all the way to the metal plate, leaving spurting blood and disconnected white sinew. In the haze, something drops to the floor. My arm.

"Zey!"

Then I remember, no screaming. The computers on the surface can't handle screams, they just come out as noise. But it doesn't matter. Somehow, I've fallen into some side-door to my past. Some place that never happened. I've stumbled into a nightmare!

Click—

I look for the border, find it, move through it.

The locked scene of the factory returns. Beyond the knife, everything remains motionless in time; the cigarette in mid-tumble still hasn't hit the floor. The rectangular steel guillotine is still suspended—inches from my face—and above my arm. Scanning down, I see the bare skin showing between the leather and blue denim. My arm is

intact, alive, with blood still coursing through it. Nerves. Feeling. Touch. All there. But all still in the killing zone.

Move! Nothing happens—the arm remains fixed. A thought occurs: Have I returned to a time different than the one I left? Will I lose my arm in this place, too?

Unlock: Ka-CHUNK. My hand blurs into movement just as the knife slams into the plate. At the same instant, sparks explode from the machine's electrical box. The metal wheel locks in mid-spin.

A short red-faced man wearing a white coat approaches. "Gawdammit Mitchell. You kill *another* press? *Damn!* If it was up to me, I'd show you th' gate!"

"Yessir."

An echo. The scene—the supervisor, the press, the factory—all collapse into a flat image, into a point, and then are gone.

I'm sitting on the front porch. My dad and mom are in the porch swing. The sun has gone down and a few stars are starting to show through the soft summer twilight.

I hear my dad's voice. "Son, Mom and I are gonna take the car down to the Dairy Queen—maybe get some ice cream. Want to come along?"

"No, I'll stay here."

"You feelin' alright?"

"I'm okay, Dad. I'm fine." I stare at the concrete steps.

"The Dominic girl left that letter this morning," my mother says. "That's what's bothering him."

"You didn't see her?" Dad asks.

"I was out."

"We'll be back in a little while." My dad pats me on the shoulder. "Might bring you something."

After they leave, I unfold the letter. It's written on notebook paper in blue ink. Some of the ink is smeared.

"Mom and Dad came today. I decided it would be best if I went home with them. At least for awhile. They said they really wanted to see you again, and anyway, that's all I talk about. You. If I don't see you anymore this summer, you'll probably forget me, but please don't. Love always and I mean that, too. Rachael. P.S. In case you write, you spell Rachael with an 'e' and Cherokee like this."

"Michael, this is Tom Zey. I don't mean to bother you—"

"Yes?"

"You know that song you asked about an hour ago? Leonard just came in. He says the title is 'Sister Love' by some group called The Liverpool Five."

"Thanks, Dr. Zey."

"Moby Mike. This is fifty thousand watts of clear channel Leonard Lampman. How're things down where you are?"

"Fine. Thanks for looking up that song for me."

"It was kinda' obscure—had to net to the lyric database at Bowling Green. The song was written by the great Curtis Mayfield. Released in July, 1966. Is that where you are right now?"

"I guess so. Thanks."

"No prob. I'll turn you back over to the doc. Later."

I look at the letter, will myself up in an arc over the next few weeks, watching them flow beneath me in a colorful progression. And now, the trajectory takes me down into a bright afternoon in my car—just as I give the steering wheel a hard right turn. The car slides from the street into a wide cement driveway.

A minute later, pretty blonde Brenda slides into the seat next to me, leans forward to give me a quick kiss. She's wearing an expensive-looking knit shirt with extremely short shorts. I glance at her legs—perfectly smooth and perfectly tan.

"Mike! God, I really missed you this summer." Her voice sparkles. "Sorry I didn't get a chance to write, but I was so busy. Do you like your job?"

"Yeah." I back the car out of the driveway. "But I think it might be a little dangerous. I thought about you a lot. How was Art Camp?"

"Lots of fun. Learned watercolor technique." She scoots closer. "I hear you were kind of busy while I was gone. David Wetzell said you were dating his little cousin."

"David said that?"

"That's right. Pretty good source, huh?" She drapes her arm over my neck. "Where's she from? What's that town's name? Chickadee?"

I see an image of goofy, unpredictable David Wetzell. I look at Brenda's face, only inches from mine. Way too close. From my perspective it occurs to me I will never see her tan lines again. "What else did he tell you?"

"Well-l-l, he told me her name is Rachael Dominic, she'll be a sophomore this year—she's kind of a *brat*—and she's going around telling everybody that you two are going to be married someday." She

wiggles closer. "Guess nobody bothered to tell her you're already going steady, did they?"

"I think I told her." My voice sounds tight, pinched, like a trapped animal.

"I'm sure you did," Brenda says. "But in case you forgot or something, I thought maybe you can give me her address and phone number so I can tell her."

"I don't have it. I really didn't date her. We only drove around."

"Drove around," she nods. "*I want her address.*"

"I don't have it."

"Too bad. Guess I can get it from David. I'd really like to meet her. Maybe we can compare notes."

"Okay."

"You can arrange that? Oh, good."

I drive along in silence, perhaps thinking of all the things I'll miss. The nights at her pool, the nights in the car—

"Mike, you're not saying much. Cat got your tongue?" She looks at me. Her pupils are tiny, like little black BBs. In the background I hear my mind rattling away, trying to organize a response, however pitiful or inappropriate.

"I bet you met some guys at Art Camp—"

"This counselor liked me—and would have asked me out. But I was wearing your ring. Wasn't that dumb of me? *I* think it was dumb of me, because he was really cute. Tall. Nice tan. Lifted weights." She shakes her head. "He's a junior in college and plans to go to medical school."

"Ahem. Sounds like a full schedule."

"He wanted to add me to it, Mike. And here I come back to find you're running around with some little *thing* just out of grade school. I guess I was stupid, huh?" I detect a change of tone in her voice—smooth and hard, like plate glass.

"She's gonna be a sophomore," I say finally, steering the car into the Dairy Queen parking lot. "Uh, you want an ice cream cone? Strawberry milkshake, maybe?"

"When is she coming back to Corinth?" Brenda asks, drumming her fingers on my chest.

"Who?"

"That little sophomore girl I-forgot-what-her-name-is. When is she coming back to Corinth?"

"I don't know." Looking down, I notice my high-school ring is missing from her hand. "Aren't you wearing my ring anymore?"

"I left it at home. I didn't want to lose it." She flashes a smile. "Now, about this little sophomore girl. Do you plan to see her again?"

"Doesn't look like it."

"Good. Because if she shows up around here again, I'm going to have a chat with her. I might anyway, if I can get her phone number. Why don't you get me a strawberry milkshake? I'm really starving. Then, after this we could—"

"Michael, this is Tom Zey. We've only got a few minutes left on this, so if you haven't taken any notes back there, now might be a good time."

"Thanks." I lock the scene, then scan the view for something interesting. In the parking lot nearby is a family in a wide-track 1962 Pontiac, similar to the Dominic's car—same split-grille, same huge horizontal headlights, same whitewall tires—but, thank God, it's a different color. Parked next to them is Chick Davis and Jeannie Willis in a birdlike Plymouth Valient. Brenda and I double-dated with them a few months back. Chick and Jeannie were immensely proud of the fact the seat back folded down to make a bed.

At the far end of the lot, I see Tom and Laurie Gennette in their 1961 Ford Falcon, a little blue bar of soap on wheels. Driving in from the street is someone in a rare 1956 DeSoto Firedome convertible. No DeSoto dealers in Corinth—the guy is probably from somewhere else.

My heart really isn't in this. All I can think about is Brenda. Was this how the breakup happened?

"Michael, Tom Zey here. You have about a minute left."

"Thanks."

Finally, I scan to Brenda, her eyes closed in mid-blink, her mouth open in mid-sentence. The yellow knit shirt she's wearing is probably a Bobbi Brooks, but there's no way to tell. The blue striped shorts are just that—shorts. The white sandals are also fairly standard. I see that the red color is chipping away from her toenails and there's a thin line of fuzz on her left leg where the razor missed.

"Thirty seconds, Michael."

What else? Any fillings in that front tooth? Can't tell. What kind of watch? A gold Bulova—yeah, I remember that. She'd always take it off and put it on the dash before we made out. Hm. Is she even wearing a bra today—?

Suddenly the scene dissolves in an ocean of light.

I open my eyes to darkness. Then I see the twin green points of light. The rapid-eye-movement monitors. I guess I'm back.

"Please refrain from talking until we can unhook your throat microphone—there. You can remove the headset now if you like."

"Thanks." I lift the visor, remove the helmet. "How long was I out?"

"Two hours," Zey says. "I think we caused you to miss dinner. Sorry."

"That's all right. I had lunch down there." I glance over at Zey. "At least I *think* I did."

11

Angel Radio

It's been two hours since my trip. I'm in my room, jotting down the thoughts, the memories, before they go away. Outside, clouds are building over San Antonio. According to Leonard, there is a tropical depression in the Gulf of Mexico. It's off the coast of Cuba and heading our way. I've never been inside a tropical depression—I assume it's not a pleasant experience.

I look across the city toward a particularly baroque building jutting up through the blue haze of twilight. It's a structure I recall from my days here in 1970. The roof is singularly impressive—covered completely in gold leaf. I once described this building in a letter to my folks.

I told them about the army—about how my hair was finally growing back out—how I had to walk patrol once a week and how we had to march in parades every Saturday.

As I watch, the spotlights come on and the roof of the building bursts into brilliant pure gold against the black sky. I step closer to the window, trying to record as much detail as possible. If I come back to this place someday, I want my guest from the future to be able to appreciate the view without having to lock the scene first. Are you there inside? Can you hear me? And if you can, what's it like where you're from?

No answer. Perhaps no one's here with me. At least not this evening.

Below, I watch the streetlamps wink on. Not far away, a lone

stoplight turns red, then yellow. Finally green. The street is deserted, but the photons have traveled the distance to my eyes—exploded against my retinas to recreate the image. Or at least *an* image. Is it representative of what is really there? Probably not.

The sad fact is, these colors I see are ones I've created myself, produced by glucose and electrons flitting around inside my brain. None of it is real—only light-shadows of something that existed a millisecond before.

Of course, it's the same as in dreams.

The stoplight glows red again, a lonely dot of light hanging above a deserted street. I put aside the pen and close the book as the phone rings.

It's Gail.

·····✦·····

A few minutes later I'm outside her room. There's the sound of someone talking inside. Maybe she's getting a party together tonight. A roomful of dreamers discussing brainwaves and the meaning of life. Great. Just what I need now.

The door opens.

"Hey, Mike," she smiles broadly. "Come on in. The place is a wreck. Have a seat, I'll get you something. Cabernet okay? It's all I have." She's wearing a strapless cotton dress that reaches past her knees. No bra. It's very casual, very—relaxed. Compared to my standard getup of polo shirt and khaki slacks, she looks comfortable indeed.

I agree to the cabernet and take a seat on the couch. She's the only one here—the sound was coming from her television. "How come you get a TV and I don't?"

"You'll get one after you've been here awhile," she says, closing the refrigerator. "Don't get excited, though—it's closed circuit. All you can get are classical music and psychology lectures. Nothing from the outside world."

She returns with the wine and clicks off the television "Another hypnosis script. Seen it before." She settles onto the couch. "So. I hear Mike Mitchell is planning to spend some *serious time* in his past."

"Word gets around."

"Going to do a long run?"

I shift my weight on the sofa, trying to *look* comfortable. Like a

kid on his first date. "Actually, I haven't decided to take the long run yet. I went down today for only two hours and I think I spent an evening in a factory."

"Lovely." She makes a face. "Did you have a good time?"

"Nope. Something weird happened. I can't explain it—it was like I was being divided up."

"Maybe you went multiple. I've heard that can happen on a long run. Maybe we *should* watch this psychology stuff." She turns the television back on.

"It's probably nothing," I tell her. "Didn't Coltrane go for 72 hours once—"

"That's like I told you about earlier—when he nearly flatlined on them. They thought he was headed for a full-bore eclipse—and they couldn't get to him. The consulting neuro freaked."

"How'd they finally get him back?"

"Zey rolled in the support equipment and waited until he finally came back. Didn't seem to have an effect on him. Guess he's got what they call a robust personality."

I turn to look at the television. The camera zooms to an outline of the brain filled with little cartoon characters.

"I've got this video memorized," Gail says. "This is the part about the hidden observer."

"The hidden observer? What's that?"

"Nobody knows," she shrugs. "It's like some hidden part of our selves. It was discovered back in '72 or '73, but it's difficult to study."

"*Difficult to study*? Is it shy or something?"

"It only shows up in the deepest hypnosis—where the subjects report that time is a meaningless concept." She smiles. "Or so I'm told."

"My kids feel that way—that time is meaningless."

"The guy who's done the most work with the hidden observer was a Finnish researcher named Reima Kampman," Gail continues. "In one study, he questioned the hidden observers of different people. Actually asked them who they were."

"Okay. And they said—?"

"All said the same thing," Gail says. "'*I am soul.*' Pretty fine, huh?"

"Pretty *weird*."

"Hey, if physicists can talk about ten dimensions and parallel universes, why can't psychologists talk about souls? Seems only fair."

"It might be fair, but it's *still* weird. Next you're going to tell me there are parallel me's out there, each with his own soul."

"What if all those parallel Michaels have just *one* soul—one that watches over all of them?"

"Mine would be bored with this particular life. Maybe I should have taken a job with the CIA. I could have brushed up on my Russian, learned to make black bread—"

"Maybe someplace you did." Gail gives me a thoroughly smug look.

"Hey, I've got enough problems without having to deal with *two* lives. Is my wife fooling around with a guy named Van in my other life too?"

"Ask your hidden observer."

"*I will,* the very next time I see him—it."

"You should," Gail raises her glass. "To your hidden observer—and your life in Russia."

"And, to yours." I lift my glass, then set it down. "Gail, you don't really *believe* this stuff, do you?"

"Oh, *of course not*," she laughs. "But it's fun to talk about over a couple of drinks, don't you think?"

"You've had some psychology—"

"Some." She smiles. "A degree in clinical."

"What do you *really* believe?"

"About what? Religion? Politics?"

"The past. What do we really see when we get in the chair and go back?"

"Electrons. Sparks."

"That's *it?*"

"Well, electrons, sparks and chemicals. I mean, whatever it is your memory is made of, that's what we're seeing. Like a little television set in our heads. With a videotape running."

"That's it, huh?"

"What more can there be? I mean—when you watch an old John Wayne film, you don't really think you're back there on that stagecoach *with* the Duke, do you? It's just a film. That's all. And—" she taps her head, "that's the way it is up here. Disappointed?"

"No. Yes. Maybe I am a little." I take a drink. It's true. I'm both disappointed and embarrassed to admit that I'm disappointed.

"Well, Michael, mine is not exactly the *only* view." She gives an eloquent shrug, "But it *is* the standard neuropsych position—as taught at

the University of Washington—be back in a second." In a quick motion, she gets up and walks into her bedroom. I watch her body move beneath the cotton dress. It occurs to me that there are other, equally important questions in the world.

A few minutes later she returns to the room. "Wanted to set my alarm. Have a short run tomorrow at eight with Zey."

"So, you went to school in Seattle, huh?"

"Sure did," she nods, returning to the couch. "In the great Pacific Northwest. Volcanoes and winter storms. Every time I turned on the radio—gale warnings on the Straits of Juan de Fuca. Sleet. Winter storms blowing in from Alaska. I've seen Interstate 5 completely ice-covered all the way down to Portland. Nobody could drive anywhere. I always managed to fall on my ass at least once month." She takes a sip of wine. "I went job hunting in the worst winter storm ever. That's when I found out you can't do much in psych unless you have a doctorate, so I kind of gave up and stayed home."

I only half-listen to her, at the same time wondering what my other self somewhere is doing—riding the train to Khabarovsk, maybe. No, probably just arguing with Linda. For a moment, I wonder about the man who jumped off the tower earlier. What is his other self doing now? Is he still here, at the Institute—and just like the rest of us, planning a trip to his own past?

"You know staying home was a real change," Gail is saying. "The kids were real supportive—they liked having me around the house for a change—but my husband didn't care for it *at all*. He thought the only prestige degree was a doctorate."

"Does he have one?"

"Nope. He's an investment advisor. Excuse me—" she reaches up to dim the floor lamp, then falls back onto the couch. "Yeah, Phil wants me to be a *contributing professional*, but he didn't want me working in the hospital. Guess he was afraid I'd bring home something." She laughs.

"So I took a job with a medical marketing firm—I mean, it made sense—I lived with the perfect consumer—Phil probably has twenty pairs of suspenders, and maybe a hundred power ties. All red. All look exactly the same. To me, anyway."

"I guess I'm kind of like that myself," I tell her. "In the ad business, either you dress to the nines or you go completely in the opposite direction—casual to the point of sloppy. I could never do sloppy, so I

went for the nines. But after being here a few weeks, I feel like going back to a sweatshirt and jeans."

"Yeah, this place'll change you." She takes a drink and stares at the blank television screen. "Phil came to visit about two weeks ago. He was dressed in a suit and tie—here it was, a hundred degrees in the shade and he's in a dark suit. Can you imagine? I was in a t-shirt and cutoffs. And since I've been here, I've gotten used to walking around in sandals—or barefoot. And when I met him in the lobby—" She pauses with a half-smile. "He lost it. Just *lost* it. Wanted to know what had happened to his wife. Really read me out. I came back up to the room—changed into a conservative business suit, nice blouse, expensive shoes. The works. Then we had a *pleasant* meal in the cafeteria—up to the point where I politely told him to go straight to hell. That the next time he comes to San Antonio, he'll have to spend his time at the Alamo."

"What did he say?"

"Nothing. He just glared at me and left. That's his way. The next day he went straight to Poundstone. *Demanded* that I be pulled from the program. Actually threatened legal action. Poundstone called me down to the office and I told Phil to leave me alone. So he left. He hasn't called since."

"Hey, at least he came to visit."

"With Phil it wasn't entirely altruistic. He was just checking up on me. He's real possessive, likes control. It's a relief to be away from him for three months. At least I can talk to other people now." She gets up from the couch. "I'm gonna get a refill. You want one? Got some smoked oysters in the 'fridge."

A moment later she returns with the wine bottle and a small plate of smoked oysters and cheese cubes.

"Tell me what you like best—about going back."

"I'll tell you sometime," she smiles, biting into an oyster. "Not now."

"Come on."

"Okay." She smiles and closes her eyes. "I like it just after they turn on the headsets. You fall into this dark area and below you is the city—all lighted up...like New York City from the air—it goes on and on and on."

"It looks like that to me, too. I wonder what it is?"

"Just the brain fooling the mind." She pauses to bite into another oyster. "Before I started this, Otto told me about the city of lights. And

I will confess, there was a part of me—the kid part, I guess—that thought he meant there'd be an actual *place* down there. A real city."

"A real city in your brain?"

"Okay—a *fantasy* city—with streets named 1975, 1974, and so on. And there would be houses on the streets. Some painted with bright colors. Some with no paint at all. And I pretended someone would say, 'okay, Gail Lynn, this is 1973.' And there'll be disco music and hot summers with our old Wards window air conditioner. And I'll have my long hair and long cotton dresses. And other kids would be wearing *their* own brand of long hair—"

"And bell bottoms."

"—and bell bottoms and looking like little used-car salesmen." She laughs. "Vietnam would still be on the news, of course. Everything would be dry and flat and stupid." She reaches for a cheese cube. "But when I actually went back it wasn't like I'd imagined at all. I felt *different*. It was like I'd been to some other *me*. It was a whole lot more—I dunno, personal."

"Fantasy city in the mind, huh? I like that idea. I'd hate to think the mind was nothing more than a bunch of wires and sparks."

"Sorry, but that *is* probably all it is," she shrugs. "But, what's wrong with that?"

"I attended a lecture a while back and there was this little scientist pointing out all the parts of the brain. He was showing how memory is the result of certain signals coming together. Like a telephone switchboard sending signals to some kind of screen in the temporal lobes."

Gail nods. "Yep. That pretty well describes it."

"And he went on about the near-death experience being no more than so many neurons flashing in sequence. It seems life is just machinery grinding against itself."

"And death is when the grinding stops." Gail looks at the floor.

"Maybe that's why that dreamer jumped awhile back."

"Maybe," she nods. "Some say it was because he went into a long run and came back shredded—all these little personalities fighting for control."

"Well, I'm not sure I'd buy that," I tell her. "Of course, I guess it makes sense in a way."

"Of course it does," she brightens. "It's psychology. I'll bet there's all kinds of little personalities down there inside you."

"I know about one," I tell her. "He's my song trivia expert. I can turn on a radio and listen to some song and he'll tell me who did the song and when it came out. But before he does that, he takes me back to where it was when I first heard it."

"That's a nice personality to have."

"Sure is. One minute, I'm fighting traffic on Mass Avenue and the next I'm in Missouri, and it's March and there's frost on the ground and the radio is playing 'Our Winter Love.'"

"I never heard that song."

"February 2, 1963. Bill Purcell. Columbia label."

"Hey, that little guy is good," she taps me on the arm.

"Yeah. He made my company over two million dollars last year. Helped me snag half the oldies-format radio stations in the country, and he helped two of my clients sell their widgets. And, he probably was the one who talked me into coming down here."

"Your little guy talked you into this?"

"Sure. Have to blame it on somebody."

"Well," she says, "you can blame this on *me*." She pours the rest of the bottle, then reaches around and turns out the light.

·····✦·····

The phone has been busy now through twenty-five tries. It's 1:00 a.m. here, 2:00 a.m. Boston time. Linda is obviously back from Mexico—the line is busy. I replace the receiver and stare at my shoes, then at the floor. Another attempt. Thanks to the wine, my fingers are hitting all the wrong keys. I reach someone in Michigan, then someone else in Carbondale, Illinois. I decide to let the operator do it. She's even-tempered. Probably handles these kinds of calls all the time.

"Mr. Mitchell, we've tried four times now. The line is busy."

"Get me the verification operator for Lexington, Massachusetts."

"We can't do that, Mr. Mitchell."

"Why the hell not?"

"They're on a different system. You'll have to contact them directly."

"How can I do that?"

"You can't. Not from that phone."

"*Thank* you!" I replace the receiver. Then dial again. Amazingly, the call rings through. And rings. And rings. Where is the answer

machine? Probably another misdial. I replace the receiver and try again.

Busy.

I extract the bottle from the dresser drawer. Napoleon the Thirteenth, gift from my wife, attorney Linda Mitchell of the law firm of Something-Something-Something and Other. Where did she get this? I look for her note, but I can't find it.

I put the bottle back in the drawer. It's a gift, after all. I fall onto the bed, ceiling lamp blaring at me, laughing at my poor capacity for Gail's cabernet. In response, I thumb my nose.

There is no reply from the lamp. I rub the scram blisters on the side of my head. Burned, electrocuted—and now I can't reach home. I close my eyes and try to think of pleasant things: the drives up to Maine. The hikes in New Hampshire.

Nope. Sorry.

All I can think about is that phone. First busy, then no answer.

The scenarios flood my mind, all of them involving preening, arrogant lawyers with double-breasted suits and yellow power ties. And suspenders. That annoying damn 1940's Dashiell Hammett look. Was it one of my designers who came up with that? Probably. We billed *somebody* for it.

No. I can't think about that. It screws me up. I have to think of nice things. Pleasant things.

I take a deep breath, hold it, then let it out slowly.

Ducks. That's it. I'll think of ducks. The ducks that live behind our house. White fluffy ducks. They're asleep, but the sounds from the house are waking them up: heavy breathing and ringing telephones.

Nope. Ain't gonna work. I open the drawer and retrieve the brandy. After tearing the wax from the bottle, I extract the cork and take a drink. Napoleon the Thirteenth.

It's two o'clock. The hour of depression. I try the phone again. Linda, I'll say: I'm drinking your brandy. The one you got me as a gift, I'm drinking it now. Mixing it with wine courtesy of the girl next door.

The line is busy. Overcome by the sudden complexity of life, I stagger to the bathroom and throw up a colorful fresco of wine, smoked oysters and cheddar cheese. Some part of me, some hidden persuader-observer-whatever is shaking his head, commenting that the oysters were probably bad. Vibrio toxins or something and I'm going to die, right here on the floor of the bathroom. I examine the floor

tile for imperfections. There are many.

The clock strikes three. The hour of failure. Big blue three. Cold blue-moon three. The hors d'oeuvres are long gone and now I'm thirsty. A glass of brandy would be perfect. It's 3:05. The Age of Enlightenment.

I stare at the wall and think of where I've been over the last few weeks—and especially the last few days. Inside beautiful movies? No, they have to be more than that. They *have* to be.

I simply refuse to believe the places I've been, the people I've seen, are sparks inside two pounds of gelatin no bigger than a *common bathroom sponge.*

The bottle gets lighter by another glass.

Of course, there's that guy in Seattle who claims there's a switch in the brain somewhere. Some sort of ejection seat of the soul.

Maybe that's where I'll go one of these days. Up through the roof.

I rub the blister on my scalp, from Leonard's attempt at execution. It breaks.

Maybe that's what memory is all about—dying.

Another glass of Napoleon. For some reason, I notice the wall speaker has shut up. Silence. No more blues in the night. Too bad, because I'm sick again. Another trip to the bathroom. More canapes into the john. I wonder if Gail is as miserable as I am. I hope not. Doesn't she have a session scheduled early this morning?

3:30 am. The Age of Rationalization. I carefully place the empty bottle on the nightstand, and like storm water searching out the drain, I fall face-first onto the bed.

Now I can go to sleep. Go back to some place where I'm doing something stupid and bad and painful. Of course, there's no pain back there because there's no sense of touch—no cold, no warm, no sharp edges, nothing—only soft cotton everywhere. Because it's only a movie. Only sight and sound allowed.

But I miss the sense of touch, I really miss it. Even if it's just a film in the mind, why isn't touch recorded along with everything else? It's not enough to I see and hear my memories—I want to *feel* them too. But maybe the brain doesn't work that way. There are some things that don't make it to tape. Maybe that part of my experience is truly gone forever.

Doctor, I get drunk and stupid sometimes and then I get in this machine and I visit my past.

Is it pleasant?

Yes and no. I was walking through a dead world—a world that didn't exist anymore—but I loved it. I was with those I loved and I was more alone than I've ever been. Can I go now? Can I go to the tower now and jump off?

No, instead, I'll jump inside. And float above the lights then dive right through them, into the wires and switches and diodes. Maybe I'll find that little printed circuit that stores my songs. And brought me here in the first place.

I open my eyes. The wall speakers are playing some horrible song from 1970. "My Baby Loves Love." Is this some kind of a *joke*? My stomach churns for a moment and then settles down. There is nothing left to throw up.

4:00 am. The Age of Decision. Thank you, Linda, your Napoleon has worked wonderfully. The room is spinning and the grass is blowing like a rippling green carpet. Above, the ceiling has turned dark blue and the clouds are rolling in.

Unexpectedly, a face appears, inches from mine. It is Evan, no more than 12 years old. "So, how do you know I'm not real, Mitchell?" he sneers.

"I don't."

"Right. And it all could be a memory. It's all up there." He points to my forehead. "All this is really inside your head. Somewhere, some time, I'm married with kids and inventing chairs that will take you back to the past."

Nice try, Carswell, but you don't make it to the future.

More clouds, and the room spins away.

I have to puke again and I really hate to puke. In defiance of my stomach, I curl my body into a fetal position. I hear the radio. I imagine that this bedroom, these walls are surrounded by a town, a 500-soul settlement on the plains of western Missouri. There is a church, a grocery store and a railroad track. Not far away, in the darkness, is a water tower. It will be my antenna to this place.

There's a highway before me and I'm driving silently across the brown flatness of November in Missouri. Out in the plains in the heart of the country. Sitting in the passenger's seat, a girl adjusts a strap hidden beneath her blouse. She seems so small and thin. The darkness surrounds us and we move inside a dream.

"Michael, I really want you. Do you know that?"

The lightning flash again.

Rain washes against the window. The rumble of thunder rattles the room and I open my eyes.

The tropical depression has arrived.

I see the bottle of Napoleon has fallen from the nightstand. The memory of the brandy sends an especially strong wave of nausea through me and I arise to weave my way to the bathroom.

Nothing. My stomach is finally bereft of oysters and, after a shot of mouthwash, I return to the sheets. Outside, the storm has picked up, with lightning flashes every few seconds or so.

I hear a car drive by, its tires like sandpaper on the wet street. How can that be?

"It's raining, isn't it?" A young girl's voice. *Her* voice.

"Yeah. Maybe it's the first day of spring."

"Spring in February? I think not. The first day of spring is in March. That's next month." She rolls over onto her back. "I like the rain. It never rained like this in Mexico. Did I tell you I lived in Mexico when I was four years old? Linares—south of Monterrey. My dad was working in a gas plant, don't ask me what that is. Anyway, it never rains in Mexico. Ever."

In the darkness I see Rachael. She's wearing a t-shirt and rollers in her black hair. Antenna. That's what's bringing me back to her across all these years. She's a radio, and I'm only a wave in spacetime. A standing wave from the future.

"Ha. Radio station. I've heard that joke, Michael."

There is a soft tap of rain against the window.

"You know, I've been thinking," she says. "I think you have something to do with this."

"What?"

"Every time you talk like this, it rains."

I sit up in bed. The room is empty. There is no one here. Through the window I can see the sky above San Antonio, still thick with clouds. I get out of bed and walk to the window. It's 8:15 a.m., well after dawn. The streets below are dense with morning traffic. I look for my favorite stoplight: Inexplicably, it is stuck on yellow. In the shadowy, rainy morning, it casts a steady, unyielding glow across the angry snarl of morning commuters.

I draw the blinds, remove my clothes and step into the bathroom. It smells of cabernet, brandy and smoked oysters.

I leave the light off and run the shower as hot as I can stand. The Institute had generously provided a standard flat square of hotel soap. I've replaced it with a bar of Zest, slippery with a sulfurous smell. Someone told me once Zest soap is like olives. Either you love it or you hate it.

In the darkness I feel the water flow over me, washing away the scent of brandy. I add some Prell and stick my head under the shower. Nirvana. It's an old brand that's been around for years. If I close my eyes I could be back in my college dorm.

Or somewhere in my past. It's a shame we can't detect scents and tastes while visiting the past. I think how great it would be to experience the taste of original Vess Cola. Kraft caraway cheese slices. Micrin mouthwash.

I wish I could experience the scent of whatever Brenda Lacey wore those nights in Corinth. For that matter, what about her kiss? Does a kiss actually have a taste, or is it more of a tug on the heart? It *seems* to have a taste.

I turn off the shower, wrap the towel around my waist and return to the window. I see the traffic on the street has come to a complete standstill. Two cars and a huge white truck have all gotten together in the exact center of the intersection, and three burly men are waving their arms and apparently yelling at each other. As a San Antonio police squad car joins the group, I close the blinds and return to the bathroom to brush my teeth. It occurs to me the ventilation system has stopped working and the room has become dark.

The electricity is out.

12

Leonard

It is a generally accepted axiom of this place that lab technicians and operators see the sun only under extreme conditions—such as lightning storms that damage the mainframe computers.

This morning, the cafeteria is packed with them; most are clumped at a table in the back of the cafeteria, arguing over stacks of printouts and sprinkling the air with what Leonard calls "geek flame."

Perhaps for that reason, Leonard is sitting with us, quietly eating a bowl of Frosted Flakes and reading a computer printout. Every now and then, he produces a mechanical pencil and makes a mark next to a line of numbers.

"It doesn't surprise me," Lowell says, stirring his coffee. "One lightning strike in the right place can knock out a whole city. There was a storm in '85 that brought Berkeley to its knees."

"Yeah, but the electrical storm last night wasn't much," Otto replies. "It lasted no more than a half-hour."

"It's not how long it lasts, it's how powerful it is," Keller says, digging into ham and eggs. "A single lightning bolt carries a lot of current."

"Does anybody know where the storm came from?" Gail looks around the table. "Leonard, didn't you say there's a tropical depression out there somewhere in the Gulf of Mexico?"

"The whole Gulf Coast is a tropical depression," Leonard shrugs, circling a line of code. "Always has been."

"Yeah," Lowell says. "We suspected that..."

"Hey, you two!" Gail looks hurt. "You ever been to Disneyland?

And isn't there a big aquarium in Texas somewhere?"

"The storm, Leonard." Otto persists. "What about last night's storm?"

"Well, it was *obviously* nontrivial," Leonard lays the pencil aside. "Real compact. There was no front or anything, it looked like it boiled up right over San Antonio. Cumulonimbus to forty thousand feet. Lots of columns, lots of downbursts, and lots of lightning in a real short time—most of it getting down from the standard source—freezing level. I came in early and firewalled the Lab 14 computer from the grid—diked the main boxes. Didn't want the storm to smoke anything." He takes a drink of milk.

"Did it damage our computer?" Otto asks.

"I hope not." Leonard points to the stack of paper. "If it did, I'd have to go through the code for the FFT circuits. It's evil *and* rude—of course, it was written in ADA. I mean, you would have thought *somebody* would have considered Visual Basic X."

"Job security," Lowell says.

"*Real* job security," Leonard nods. "If I had another year I'd dike and gun half this stuff. Forget the scripts and object code. I'd start over on the bare metal."

"Sounds awful," Otto says.

"Don't worry. I'll run another diagnostic before any of you climb into the chair."

"What could happen?" Otto looks at him. "We wouldn't get electrocuted, would we?"

"Well," Leonard pauses for a another drink of milk, "last year lightning got in and iced the bus in Lab 12 so bad the old theta detectors were crossed up with the modem lines. Every time somebody dialed information, the dreamers went to November 14, 1962. Heh, heh."

"So they can phone home," Lowell adds, "for their Captain Crunch whistle."

"Listen you two," Gail growls. "A joke's not funny if only a tiny percent of a group understands it."

"Okay," Leonard smiles, getting up from the table. "I was referring to the semi-famous issue of the *Bell Systems Technical Journal* that spilled the beans on multiplexing codes. The codes allowed hackers in the old days the ability to call anywhere in the world just by whistling into the phone."

"Yeah," Lowell adds. "Then some guy in the Air Force happened

to discover that the toy whistle in a box of a certain type of breakfast cereal would produce a perfect 2600 cycle tone–the same exact frequency that would trigger Ma Bell's circuits. Before long the guy was phoning all over the world *for free*. The feds called him Captain Crunch."

Gail shakes her head in disgust. "How would anybody except geeks know that?"

"She's right, Leonard," Lowell shrugs. "That joke was *way* too inside."

"Back to the computer, Leonard," Otto interjects. "When will it be ready?"

"Who knows?" Leonard shrugs. "The thetas are probably off the trolley, the scanners are iffy. Of course, they never work anyway, so the difference is epsilon squared—" A pause. "I'd say the Big Iron isn't going to be ready for passengers until late tonight—if then. Sorry, Time Surfers."

As Leonard leaves the cafeteria, Gail whispers to Lowell. "*Free* phone calls?"

·····✦·····

Midnight. Gail and I are in Lab 14 with Leonard, watching as he tries to repair the damage the lightning caused. For the past hour and a half, he has replaced innumerable cables, monitors, power supplies and other, more arcane gadgets having to do with the communication system. Nothing seems to work.

"Oh, feep me harder—this is really bletcherous," he mumbles, shaking his head. Then turning, he smiles sheepishly. "Sorry for that outburst. *Everything* is no-op. Real collision in the hash tables."

"Don't worry, Leonard," Gail shrugs. "No one knows what you're saying."

"It looks like the lightning roached the software for the input filters—"

"What's an input filter?" Gail asks, taking a drink of warm Jolt cola. "Tell us. See if you can explain it in standard English."

"Okay," Leonard says, peering at the monitor. "The signals we receive when you're down there are real weak. The larynx mikes collect and amplify the signals, but they amplify the underflow—excuse me, *random noise*—along with it."

"Where's all this random noise coming from?"

"Teeny tiny electrons bumping into each other. Also, television signals—whistles from lightning strikes—meteors entering the stratosphere. We even pick up electrical storms on Jupiter. Jupiter is a non-trivial noise source. Much of the static you hear on an AM radio is from Jupiter. There's a lot we have to sift through just to hear you guys think. Technology may be pretty but it's not easy."

Listening to Leonard, I begin to feel like the Voyager spacecraft at one of the outer planets.

"Yeah," Leonard continues, "the throat mikes pick up all kinds of electrical noise—even voices—"

"Voices?" Gail asks.

"Citizens band radio, maybe, who knows? If they don't correspond to your particular electrical signature, the system filters them out. With any luck, we can hear what you're trying to say to us down there. Without the filter program, all we'd hear is the underflow, and the computer would drop it out. There would be just a blank place on the tape. You guys might have a great time, but Poundstone wouldn't be happy about it. Which means I have to reprogram the filters before you get into the chair."

"You got anything to eat around here?" Gail asks.

"I'll order a pizza as soon as I finish this," Leonard says. "There's a bag of *nishiki* in the top drawer—"

"What's that?"

"Japanese bean crackers. Very tasty if you don't mind the dried minnow annoyance."

"Forget it. I'll wait for the pizza."

"Yes!" Leonard points to the computer screen. "Zey made a copy of the filters. This is insanely great! I'll download the one we'll use tonight. Who wants to take a trip?"

"You go, Mike," Gail says. "I'll wait for the pizza."

"Okay," Leonard says. "We'll download Mike's electronic signature—bingo. We just have to plug the theta modules in. Wouldn't want you to go to sleep on us." He throws a switch and a hum fills the room. "The brain has an underlying network that is extremely fascist, but the theta module knows how do deal with it. Waits for a four to seven hertz theta signal to show up in the temporal lobes, then introduces a similar signal in the headset until it locks in—"

"Uh, Leonard," Gail interrupts. "Isn't it getting a little late to order a pizza?"

"They're open 'til one a.m. I'll protocol down to the desk in a microfortnight." He turns back to the monitor and types in my name and the date. "You know, in my humble opinion, the theta module is the most important thing in the system. If you slip through theta into delta trace, you go to standard, boring sleep. Or have a lucid dream. Used to happen all the time back when we started. People would drop into a high dream state and bypass the memory bank entirely. *Huge* waste of time."

"So how did you know it was only a dream?" I ask.

"Easy," Leonard shrugs. "They'd describe major geographical landmarks, like mountains and rivers okay, but they'd get the other stuff wrong. Buildings looked different, people would be wearing the wrong kind of clothes. Sometimes they'd see things that looked like highly evolved geckos—little gray lizards with big eyes. At that point we knew they were being kind of *unstructured* down there, so we'd pull their chains and make 'em start over."

"I see."

"There was some borderline strangeness though. I remember one week all the dreamers went lucid and somehow kept seeing the same thing. It was really tense. Zey mentioned it to one of his friends at Lackland Air Base and before you know it we had the military in here. Presto! Department of Defense blurted out all this funding for lucid dream research—real dogwash stuff. Naturally, Poundstone cashed their checks. But then he turned right around and put the money into theta locks. No more little gray lizards."

"What do you think they were?" I ask, wondering whether I want to hear the answer.

"It's an open switch. Bad cafeteria food, maybe—the catering was lousy that year. Could have been a misfeature in the induction software. Nobody really knows." He reaches for a bag of something with Japanese writing on it. "Nishiki anyone? Mucho tasty."

"Leonard," Gail says, "I will *not* eat bean crackers with little dried minnows. I want you to order a pizza. Not 'real soon now,' but *now*!"

"Sure. I can handle that." He picks up the phone. "Hello, Margaret? This is Leonardo. I'm waving a crisp twenty-dollar bill next to the receiver. Can you hear it? Good. Margaret, this bill is yours if you order us an ANSI standard pizza—that's right, giant pepperoni and mushrooms. You know the drill. Send it down with the guard and keep the change and a slice for yourself. Thanks in advance." He hangs up

the phone and turns to Gail. “Happy?”

“Thanks. How much do I owe you?”

“Twenty bucks,” he smiles.

“I’ll pay you back someday.” She pats him on the shoulder.

“No prob. I’ll just have the maid service steal it from your room tonight while you’re downstairs.” He turns to me. “It looks like the Big Iron is ready to board passengers again. Tickets, please.”

13

Respectable

I close the visor into darkness. Outside, the theta module, or whatever it is, has begun to whine like an elevator motor. From the headset I hear Leonard's familiar voice.

"Mike, give me a count, please."

"Sure. One-two-three-"

"Fine. The filter has your signature. Hm. Looks like Lowell canceled his two-o'clock this morning—just a minute."

I open my eyes to the twin green dots of light.

"Mike, Gail's going over to Lab 10. Which means you have an extra two hours if you want it."

"Maybe. I'll let you know."

"You want the cuff?"

"No, I'll do self-hypnosis this time."

"Sure. Just don't hurt yourself, heh. Only serious. Ready?"

"Let's do it."

"Sayonara, time-surfer. Have a good dream."

My body turns to lead and sinks into the chair. Then the vibrations set in and I drop into the darkness, into the area above the starfield, above the highway to the past.

I fall forward into the time-stream. The light expands and forms sky, trees, rocks, river. Someone is sitting near me, cap sideways on his head, no shirt, cuffed jeans. Canteen lying on a nearby rock.

Evan.

He tosses a flat rock across the brown mottled surface of the river.

It bounces over a pair of black water striders, skips three times and sinks with a little gulp. "Mom let Pammie use my tent again last night. She put it up in the back yard and invited those stupid girls from her class in there."

"So?"

"They came in the house and got ketchup and crackers and all kinds of junk. About midnight they started laughing and then the dogs started barking. *Then* they got scared and came back into the house and got *more* chips and stuff. One of 'em even stole some of the old man's Falstaff." Another rock into sails into the water. "Girls eat when they're scared, did you ever notice that? That's why so many of 'em are bigger than guys."

"I guess."

"You know, Mitchell, my tent was a *wreck*. After they left, I had to hose it down. Ketchup everywhere. It looked like they had a food fight."

Floating here behind my ten-year-old eyes, watching this, I can't help wondering where Brenda Lacey is right now. Probably sitting at home in that great window-lined upstairs study practicing on her baby grand piano.

Brenda, oddly enough, was the only girl Carswell thought had any sense. "She's smart, I'll say that," he would tell me, the highest praise he ever had for girls.

Evan's sister Pammie, on the other hand, hated Brenda Lacey. Years later, when she heard I was dating her, she refused to speak to me.

For that matter, I wonder where Pammie is now? Probably at home watching television—Fury or Sky King, maybe.

And Rachael? Rachael is probably in Linares, Mexico. Or maybe in some small Missouri town. I can't imagine her at seven. That's so young. A baby, really.

The river abruptly turns white—and becomes a standard five-hole notebook. Red line down the left side.

"Mrs. Michael Mitchell. Hey, did you realize that was the first time I've tried writing that! Not bad! for a beginner. You. Be. Good! If possible. If not, be sneaky! Guess I'd better stop for now and study good old world history. Love "ya" forever, Rachael. Write me will "ya". PLEASE."

In the center is the huge "I LuV U." Then, at the bottom left corner, "Love again."

The phone rings. My mom makes it there first. "Michael, it's for you. Sounds like a little kid. Maybe it's somebody in your scout troop."

I pick up the phone.

"Hi. It's me." It *does* sound like a kid.

"Hi, Rachael."

"I just wanted to tell ya I got this call from Brenda whats-her-butt last week. She called me at home in Cherokee and then read me all your letters you mailed to her this summer. Read them to me word for word. I bet her parents are gonna be pissed when they see her phone bill."

"Are you in town?"

"Yeah. I'm at Grandma's. And guess what? I'm stayin'—Mom and Dad said I could go to school in Corinth. That is, if I could find a ride down to Cherokee once a month. So you know what that means."

"What?"

"*It means*—you gotta make up your mind. Are you gonna stay with Brenda or are you gonna step across that line and ask me out?"

"Guess I'll ask you out."

"Listen. Goin' with me might be a double handful. It means driving down from college to see me every weekend. It means taking me to see my folks. And most important—it means never lying to me. I'll put up with anything except lying."

"Want to go for a drive?"

"Sure—if we can drive by Brenda Lacey's."

"I'd rather not."

As I switch on the headlights and pull out of the driveway, Rachael kicks off her shoes and plants her bare feet on the windshield, then on the ceiling of the car. I'm surprised how long and muscular her legs appear.

"There," she says.

"Why'd you do *that*?"

"I'm real territorial." She reaches under her white blouse to adjust something. A bra strap? "If some other girl happens to look at the windshield, they'll know I've been here."

"Thanks."

"You're welcome." She scoots up in the seat, then quickly tugs at the cuffs of her blue cotton shorts. "I told Brenda I was *so* pleased for the opportunity to learn so much about you. I think it pissed her off."

"So she actually read you my letters. I can't believe she would do that."

"Better believe it. And I stayed on the line and said, 'uh-huh—hmmmm—really'—you know, to let her know I was still there. After she got through the last one, I thanked her for calling, hung up the phone and cried my eyes out. Then I was okay. *Sort* of okay anyway—"

She pauses to plant her feet on the windshield again. More footprints. I wonder what my Dad thought when he saw them the next morning.

"—Then, after I got back, I called her house, but she wasn't there. I figured she was with you. Guess I was wrong." Rachael sighs and looks out the window. "She's probably out with some other guy. If I were you, I'd ask her for your ring back."

"I didn't have to. She's mailing it to me."

"Good. If you don't get it in a week, let me know. I'll complain to the post office." She smiles at me. "We wouldn't want you to lose that ring—you might need it."

I steer the car out onto the main highway, then turn at a farm-to-market gravel road leading past a stretch of dense woods. Scanning to my peripheral vision I see a small house and barn. I recall it vanished sometime in the 1980's, replaced by a factory. Like these fragile images I see before me now, the past is never safe—it is plowed under, built over—or sold piece by piece.

I can almost feel the car slide on the loose rock. Without the benefit of seatbelts, Rachael and I both lean away from the turn. The speedometer keeps a steady 40 mph—insanely reckless for gravel driving. But then again, I'm eighteen years old—with the nerve and skill of the brand new driver.

The headlights illuminate a haze of gravel dust hanging over the road. Since we've met no other cars, it's a good bet that somewhere up ahead is another car, traveling in the same direction as we are. Apparently, my 18-year-old self comes to the same conclusion—I see the speedometer drop to 35 mph. My left hand hits the headlight switch and the world goes momentarily dark. Amazingly, Rachael says nothing.

Ahead, the white gravel road becomes a snowy ribbon stretching ahead of us in the darkness. After a very long minute, the lights return.

"Wanna park and watch the lightning?" she asks finally.

"There's no lightning tonight—" I hear myself say.

"Sure there is. There'll be some in the east, wait and see. I hate storms, but I'm real good with lightning. Did you know all animals and some people can tell when a storm is coming? I'm one of them."

"An animal?"

"Depends on who I'm with—okay, I'm only kidding, so don't get any ideas. Just tell me when you want to watch the lightning."

I shift into second and hear the soft kachunk of the transmission, followed by a distinct rattle. Did I ever figure out what caused that noise? Guess not. "Want to hear the radio instead?" I ask her.

"Suits me." She kicks off her shoes again and props her feet against the dashboard, then quickly walks them across the windshield. More footprints.

"Tell me about Cherokee." Perhaps I was trying to distract her from marking up my car.

"Okay. It's in the middle of nowhere and has the personality of a snail. Real cheap school. Guess I told you the pom-pon girls only get one pom each—"

"You told me. When your mom and dad took us out to the Dairy Queen, remember?"

"Oh, that's right. Anyway, if they let me stay in Corinth, I'm gonna try out for cheerleading squad. Or maybe twirler...My legs aren't fat. Do you think they're fat? Here, feel—" she grabs my hand and places it on her thigh.

"Not up *here*, down *there*. Right. See? Not an ounce of fat."

"You'd make a great cheerleader, Rache."

"Thank you. I think so, too." She returns her feet to the windshield. "I'm athletic. And I'm a night owl. I get most of my thinking done between ten and two in the morning. Just so you know, in case you decide to marry me."

I quickly lock and scan my peripheral vision. She has her feet on the dash again. It occurs to me her footprints were probably all over the car.

"Not only that," she continues, "I'm a perfectionist and demanding. My mama says I have sharp teeth. And I'll tell you something else—I'm real direct. If I want something, I'll tell you. And if I don't like something, I'll tell you that too."

"I'll try to remember that."

"I'd probably get on the cheerleading team except I'm ugly."

"What?" I look at her again.

"Oh, *c'mon*. I know what I look like—there are mirrors in this world. See these front teeth? I look like a chipmunk. And my butt's a little too big—"

"Listen, I think you're really—pretty." I look at Rachael and see an image of her in a strapless yellow evening dress—with a white corsage. I lock the image and study it—no question about it, this is the image of a reasonably pretty young woman. Not in the Brenda Lacey league, but certainly pretty.

"Pretty, huh?" She says. "Most people say cute. That's what my last boyfriend said. Of course, he also thinks rat terriers are cute—"

"Tell me more about Cherokee."

"Okay. Let me tell you about our house. It's at the side of Cherokee between the water tower and the church. It has two peaks and looks like a rabbit. It also has a burned place on the chimney, but it's the deacon's fault. You know why?" She looks at me.

"No. Why?"

"Last December the deacons at the church wanted to know why we didn't put up any Christmas decorations. So they gave Daddy a plastic Wise Man and put it on the chimney."

"A plastic wise man?" I look at Rachael. By now, she's moved again, leaning up against the door, the bottoms of her feet pressed against my leg.

"Plastic wise man," Rachael continues. "I guess they couldn't afford all three—and we didn't want to get a Santa Claus—they're really expensive."

"A plastic wise man."

"On the chimney. But after we put it up, we forgot about it. And when we started a fire, the wise man melted. The only thing left was his hat. The rest of him ran down the chimney. It's lucky we didn't have a fire."

"What did the deacons say?"

"Deacons? Who cares about them? *You* try explaining a melted wise man to three little kids." She reaches to turn up the radio. It's a Ronettes oldie from three years before: "Be My Baby."

"I really like this song," she says. "It has crickets."

"That's castanets," I tell her.

"Have you actually *seen* them?"

"No."

"Then, *you don't know, do you?*" She smiles sweetly.

As we drive south the radio static increases, threatening to drown

out the music. Maybe she's right. Maybe there *is* a storm lurking out there somewhere. I lock the scene and peer into the darkness beyond the gravel haze. Nothing.

"Leonard."

"Yo, Mike. What's going on down there?"

"I'm in August or September, 1966. Somewhere south of Corinth, Missouri. Did any storms occur back then?"

"You give me a two-month-wide slot in the summer? Can you narrow it down?"

"Okay. I caught the tail end of 'Wouldn't It Be Nice' and when I locked, the radio was playing 'Bus Stop' by the Hollies—"

After a brief pause, Leonard comes back: *"You asked for it—you got it. The Juke says you're definitely in the first week of August, 1966. What station were you listening to, KAAY out of Little Rock?"*

"Looks like it."

"Well, better take this down, it'll be on the exam—KAAY's song rotation for the first week of August, 1966—is—: 'Bus Stop,' 'Drive My Car,' 'Summer In the City' commercial break for Sam's Record Shop in Shreveport, Louisiana, then back with 'Sunshine Superman,' news break, 'Black is Black,' 'Wouldn't It Be Nice,' commercial break for Sam's Record Shop— "

I scan the corner of my vision past the yellow light of the dashboard radio, down to the darkness of the floorboard, then to the outline of Rachael's feet planted against my leg. In this near-haze I can barely make them out.

"If you need the one for WLS or KOMA, just call."

"Thanks, Leonard."

"It's a slow night up here."

"I guess."

Unlock.

"Say, Rache. Want to guess what the next song is gonna be?"

"Sure. You go first."

"'Respectable' by the Outsiders—wait and see."

"The next one? Okay. I say it's gonna be—'Paperback Writer' by the Beatles. If you lose, you owe me another date—and you already owe me four."

"It's a deal." I reach over to shake her hand.

The news is over. I turn the volume all the way to the right. Abruptly, the air is hammered with a drum roll followed by the sound of guitars and horns. *"What kind of girl is this—that's never, ever come home*

late—"

Rachael stares at me, her eyes wide. "Good guess! I *am* impressed." She folds her arms. "Tell me how ya did it."

"It was a good guess."

It *was* a good guess—and an extraordinary coincidence. Leonard had just read the station play list and suddenly my younger self blurts out a song title. I can vaguely recall the original event, over thirty years ago. It surprised me then, just as it does now.

Suddenly another image looms: that of Brenda in her prom dress playing her family's black grand piano. Now, she's in her striped swim suit—

"C'mon." Rachael prods me with her foot.

"What?" The images of Brenda vanish.

"C'mon, tell me how you did it. How'd you know that song was gonna be on?"

"Magic. I can see into the future."

"Oh, Michael—" she looks at me longingly. "You are *so* full of it. C'mon. Tell me how ya did it. And don't smile when you tell me. If you smile, it means you're lying." She edges closer. "See? You're getting ready to fib to me, 'cause you're smiling—"

"Did you love her—?
No, no no oh-oh—
Did you hug her—
No, no no no no no-o-o-o"

"You know," she says, "some Saturdays I used to sit outside on the front yard in Cherokee and watch the cars pass each other on the road. And I'm thinking, I bet in some of those passing cars there are people who know each other. But they never find out—they drive past and never look. I think about that a lot."

I glance over to see she's looking at me. I pause, probably to smile, then return my eyes to the road ahead. As I do so, the scene explodes in a flash of headlights. I steer to the right, nearly going into the ditch.

"Haytruck," I say, returning to the road. I scan to the speedometer—50 mph. On gravel.

Good reflexes, kid.

Rachael reaches to turn up the radio. "I wonder if we'll hear 'Summer in the City' tonight?"

"I've got an idea," I tell her. "We can go back to town—get some ginger ale and then go to the drive in." Would I see Brenda there? Of

course, it wouldn't do any good if I did.

"It's too late," she says. "Let's drive by and see if there's any lights on in the jail."

Simultaneously the sky becomes brighter, as though someone turned on a light. The darkness surrounding the car is gone—replaced by a green, rolling landscape in a gauzy haze of twilight. The gravel road has also vanished. We're now on a concrete interstate.

Rachael is still here, but the shorts and the white blouse have been replaced by jeans and a dark sweatshirt turned inside out. She's in mid-sentence: "—Bradley, who is four years younger than me, and then there's Stacie who's seven and then there's Amy, who's four. You good with kids? "

"I guess so—"

"You better be, cause Amy's learning jokes, and when she tells you, you gotta laugh. Otherwise, you'll hurt her feelings. Her favorite joke is 'what did one dog say to the other dog?'"

"I don't know."

"'*Meet you at the bone-house*.' Isn't that *funny*?"

"Yeah. I don't know why, but it is. Kind of."

"Well, just remember to laugh when she tells it. Want me to drive?"

"No, I'm doing fine."

"I started driving when I was twelve. An Olds Eighty-eight. I figure if I can drive that when I'm twelve, the driving test next year will be a snap."

On the radio, I hear an old Rolling Stones hit, "Paint It, Black." She turns up the volume. "I like it where he talks about the seagull changing colors."

"I think he says something else."

"Nope. It's 'seagull.' In fact, thinkin' about it makes me hungry. Why don't you pretend you love me and buy me a fish sandwich with lots of tartar sauce?"

"Mike, this is Leonard at the one hour mark. How's it going?"

"So far so good. I'm listening to the Rolling Stones. It's twilight and—"

"Control-C, Mike—your signal's coming in too fast.

I lock the scene. "Any better?"

"Yeah. Lock before you talk when you're in turbo mode, okay? The signal almost firehosed the translators."

"It doesn't seem fast down here."

"That's what Einstein said. You want another hour? You've got blanket authorization. Besides, the pizza's already cold."

"Sure. Why not?"

Unlock. And the scene evaporates. I'm in my room in Corinth flat on my back under a mountain of blankets. The light filtering through the window is frost gray. It's winter. I see that Earl's bed is unmade. He's still alive, so I must be in some time before 1963. I'll get to talk to my brother again. Early on, I was told that any elation I feel as an observer would be muted. The colors of emotion go from yellows and reds and blues to a sort of uniform beige. Poundstone said it was a ego-protective mechanism that helps to keep us in the present, in the real world. Still, I look forward to seeing my family again.

I scan the scene—a dark room in winter. It's too bad the sense of touch isn't available to dreamers—I might be able to scan my body, determine if I'm nine or twelve. Maybe check the distance my feet are from the end of the bed.

Unfortunately, all I have here in this strange world is sight and sound.

I pull the covers over my head and turn on my side. I must be cold. I hear a sniffle.

Aha. I must *have* a cold. Is this the horrible winter when I came down with the flu? Endless trips to the bathroom to throw up? Wonderful. Whoever is scheduling my trips is not doing such a great job.

A small hand darts from beneath the blanket to turn on the radio. The song is only vaguely familiar—"Catch A Falling Star." I lock the scene and the music stops.

"Leonard. Fire up the Jukebox. Do you have 'Catch a Falling Star?'"

"Just a minute. Yeah. Here it is—Perry Como—huh. The singing barber. Was on the charts 20 weeks starting January 11, 1958. How's it feel to have the musical tastes of a ten-year-old again?"

"Crummy. I've got the flu."

"Flu, huh? Hold on—yeah, that's possible. There was an interesting Asian strain rolling through the midwest that winter. Justaminute. I'm paging through the health archives—whoa! Bet you spend plenty of time in the bathroom—"

"Thanks for the information."

"No prob. Just ask Mr. Lampman, the answer guy for the rest of us."

I unlock the scene. I'm staring at the ceiling—a bored kid, in bed sick with the flu. My eyes close and I drift away. Suddenly the scene shifts and now I'm walking through the hallway of a house—it's not

mine. I turn the corner and look down at the girl curled up on the couch, her black hair matted, her face pale.

"Rache—wake up!"

I see that she's wearing white cotton pajama tops covered with little red hearts. There is a yellow stain on her right sleeve. I turn to look at something in my hand—a small brown pill bottle. On the label: Seconal. Take one at bedtime.

The bottle is empty.

"Rache—"

Lock. I'm at the Dominic house in Cherokee. It's night—I see my heavy coat on a chair—it must be winter. November? December?

"Leonard."

"Man Behind The Curtain here. How's the surfing?"

"What can you tell me about a drug called Seconal?"

"Just a minute—okay, got it. Secobarbital. Red capsules...100 milligrams. Barbiturate. Street name—red devils. Definitely a bad thing. Where did you see that?"

"What are they used for?"

"Sleeping pills. It says here the docs were pretty loose with them until the late 70's. What's the deal?"

"I don't know. I've fallen into a problem down here."

"Then leave. No need to go through something twice."

"I don't know if I should."

"Your choice. But remember, all of this has already happened. Otherwise, you wouldn't be there again. Right?"

"I guess."

"Think about it. See you in the real world in fifty minutes."

I lift up from the scene and the room recedes into the darkness of December, 1966. Rachael falls away, helpless and alone.

I pass backwards from that time, through November, drift up through college classes in Kirksville, brown fall weekends with Rachael and my folks in Corinth. Up through drives with Rachael down to Cherokee—listening to the radio and the rain against the windshield.

Up toward the beginning of November now, and the last week of October.

The scene slows, then stops. I'm in the front seat of a car. It's a Pontiac. The trees outside are a mixture of green and orange. It's

mid-fall. I see people in suits. It must be Sunday.

"He preaches a good sermon, wait and see," Rachael tells me, glancing at her father. "You're not gonna believe it."

I follow Rachael's eyes to Mr. Dominic, wedged in the back seat of the Pontiac between his bored black-haired son and two youngest daughters—both blonde. He's dressed in a dark blue suit, black shoes, blue tie. With Wayfarer sunglasses he would look like a saxophone player from some bar in Kansas City.

But Bob Dominic apparently *is* a preacher—an experienced one, judging by the way he is scribbling down notes into the margins of his Bible.

I remember this day. He will preach at some church in a little farming community called Huntsdale.

As Mrs. Dominic rockets the Pontiac around a steep curve, she informs me Mr. Dominic preached the Sunday before at a Community Methodist and the week before that at a reorganized community Presbyterian. Apparently there is a certain flexibility among Protestant denominations in rural Missouri.

Wanda cranks the wheel, guiding the Pontiac onto the Huntsdale turnoff. "Ten minutes to go, Hon," she says to her husband.

"Almost there," Mr. Dominic says, scribbling furiously. "How about something from John 14, verses one and two?"

"That's a good one, Bob," Wanda says from the driver's seat. "In my Father's house there are many mansions."

He looks up at me. "Think I should discuss the meaning of existence with the good congregation of Huntsdale this morning?"

"Oh, I'm *sure* they'd like that," Rachael says.

"Better stick to the King James version." Bob pauses to scribble something in the notebook, then looks up. "That's the first thing they always ask—what Bible do you preach out of? Up in this part of Missouri, it's the King James Version only. As dictated."

"To King James," Rachael's mom explains.

"Lessee—" Bob muses, "—many mansions. Maybe when you go on to your great reward, you stroll from one mansion to another—or maybe one room to another...of course, when that happens to *me*, I'll try to find where the coffeepot is. Then probably trip over the rug in the hallway."

"Don't tell them that," Rachael says. "They won't invite you back."

"You know, Michael," Bob says to me, "all the people in this

congregation have great memories. You give a canned sermon and you find them mouthing the words along with you. It's embarrassing." He returns to the Bible to jot down another note. "Yeah, I'll go with the many-mansions. Any coffee left in that thermos?"

"Sure, Daddy, here." Rachael digs under the seat and hands him the thermos.

"Can't think without coffee," he says, unscrewing the top. "One year, I was down with the flu—*and* I'd been up all week studying for finals. Then I got a call—they wanted me to preach the Easter service. Mama fixed me two pots of Maxwell House and I went right in and did it."

"I remember that." Wanda nods. "He was green around the gills. Could hardly walk. I didn't think he was gonna make it. Then he just *straightened right up*—went in and preached a beautiful sermon. And you'd never know he was the least bit sick."

"Tell you what I did," Bob says. "I walked out there, and I saw that all walls were slanted to one side. I knew the walls were vertical, so it must have been *me* that was on an angle. So I kind of *lined myself up* with everything and walked in. Preached the sermon and left."

"After the service, I took him straight to the hospital,"Wanda says, pulling the car into the church driveway. "He had double pneumonia. He was in the hospital a week."

Later, as Rachael's father meets with a group of church elders, Wanda, Rachael, the kids and I circle around to the front entrance of the red brick church. Glancing up, I notice that the stained glass windows are a light blue with white streaks. It happens to be the exact color of the October sky above. It's a remarkable coincidence, and one I'd missed the first time around.

Within minutes, we're seated in the back pew of the packed church. Despite the full house, the church interior looks light and airy, with sunbeams streaming through the narrow windows. Perhaps it's the blue in the stained glass, but the beams of morning light playing across the plaster and wood makes the ceiling seem impossibly high. I almost expect to see clouds drift through the windows. Why didn't I remember this before?

I hear a whisper. "Lemme show ya a trick."

"What?" I turn to look at Rachael. She's thumbing through the pages of the hymnal.

"If you get bored, look at the hymn titles—"

"Yeah?"

"And add—" she leans closer "'*in my bed.*'"

"What?"

"Here." She shows me a page. "'Glorious Things of Thee Are Spoken'—*in my bed*. Neat, huh?" She turns the page. "Here's another one: 'Yield Not To Temptation'—*in my bed*. Or how about, 'I've Found A Friend'—*in my bed*. *Ha*!"

"Rachael, shhhh." Her mother gives her a stern look.

"It's okay," Rachael says to her mother, "I was showing Michael something. In case he gets bored with Daddy's sermon." Without waiting for a response, she rifles through the pages. "Okay. *Here's* a good one—'Face To Face'—*in my bed*. Whoa!"

"That's a good one," I tell her. Glancing up I see a short, genial-looking deacon addressing the congregation. "The youth fellowship party scheduled for tomorrow night in the church basement has been moved to—"

"Michael!" Rachael bumps my arm with her elbow. "Here's a good one—'Why Not Now'—*in my bed*. Hahahahaha."

"—Flossie Green will be in charge of the bake sale next Saturday, we'd like a good turnout—"

"'When I See The Blood'—*in my bed*. Youch. For*get* it!" She turns the page. "'Nearer Still Nearer'—*in my bed*. 'Never alone'—*in my bed*. *Hmmmm*. Sounds like Brenda Lacey. Ha!"

"Rachael!" Wanda hisses. "Will you be *still*!"

"Sorry." Rachael closes the book for a moment.

A minute passes and I hear a snicker and a rustle of clothing as she bumps me with her elbow. Then I look down and see her white gloved finger pointing to the hymn title 'Will There Be Any Stars.'

"—We'd like to welcome Reverend Bob Dominic and his family again this Sunday…I see Bob's lovely family is seated in the back of the church—would you mind standing so we can all see you—?"

Wanda, Rachael and the kids stand briefly, smile, and sit back down. The deacon smiles beatifically at the congregation, then opens the hymnal. "Let us stand as we sing our opening hymn, number 48—'Fill Me Now.'

As the choir begins to sing, I glance at Rachael, convulsed with laughter, tears rolling down her cheeks. An older lady sitting in a pew across the aisle turns and smiles. She's probably seen this before.

I return the smile and, as the music swells, I see beams of light form

columns along the walls. Looking up, I can almost see the clouds race by overhead. It seems I know this place.

I turn to Rache. She's calm now, singing along with the congregation. She looks up and her eyes catch mine.

"You belong with me," I hear her say. "Do you know that?"

Then she smiles and returns to the hymn.

I begin to feel a slow acceleration of motion through time. The church falls away and I ascend to the sky. Where to next?

"Mike, Dr. Mbogo here. See any more drugs down there?"

"No. How much time have I got?"

"About a millifortnight—twenty minutes."

"Okay. I might want to come up sooner than that."

No response from Leonard. Probably back to his pizza.

The church is gone now. I'm walking through the rooms of a small house, escorted by Bob Dominic. He's wearing a dark blue long-sleeved shirt and blue jeans. In my peripheral vision, I see Rachael in the kitchen with her mother.

"We've got a great guest bedroom," he says. "Unfortunately, it's also the living room. You don't mind sleeping on the couch, do you?"

"No."

"Good. The first things you tell a house guest are the location of the refrigerator and the location of the bathroom. The fridge is in the kitchen, and the bathroom's in here."

I follow him through a narrow hallway into a small, pink-tiled bathroom.

"This spring we couldn't get into the house—somebody left his key at home—but Amy saved the day. We boosted her up from the basement through the clothes chute into the bathroom, and then she went in and unlocked the door."

"Good idea."

"But before she was able to do that, she got a little excited and knocked the mirror off the wall near the bathroom door. When Stacie, our second-youngest daughter, tried to fix it, she put the hammer through the other wall. Now there's a six-inch-square hole in the wall opposite the commode."

"Uh huh."

"The other side of the wall is the closet, and I doubt if anybody's going to be in there. But if you really want to make sure nobody sees you, just pull that towel over the hole."

"Doesn't sound like that would work too well."

"It doesn't," Bob laughs. "Sometimes you have to lean forward and hold the towel in place. Makes it kind of hard—you have to decide between your privacy and how bad you have to go to the bathroom."

I peer through the jagged hole in the wall. From here I can see the television set in the next room.

"I've been promising Wanda I'd get it fixed and I probably will, but there's no place in town with any sheet rock. I think I'll tack some cardboard over it. We're moving up the road to Weslayan in a few months anyway."

"Okay." I turn to look away and suddenly it's night again. Now I'm standing in the middle of gravel road somewhere.

"Watch this—" It's Rachael pointing at something in the night sky.

Lock.

"Leonard."

"Back so soon?"

"I think I'm back to where—uh, *when*—I was a couple of hours ago. August or September of 1966."

"Probably stuck in a memory loop. Otto does that from time to time. If you want out, just yell. I'll call Terri in to dike it and nuke it. It'll never bother you again."

Unlock.

A sizzling flash branches across the sky directly ahead of the car, illuminating a massive line of thunderheads stacked atop the horizon.

I turn to Rachael. "How'd you do that?"

"I told you…I'm good with lightning. Always have been—so ya better watch out." She pauses for effect. "Okay. There's a trick to it. All you gotta do—" she lowers her voice to a whisper, "—is *talk* to the storm and ask where the next lightning'll be. If you just *believe* it, it'll *work*. Watch this—" She turns to the darkness. "Hey storm—left to right, okay?"

The storm responds with a burst of light, illuminating the dome of the towering cumulus, then sending a jagged yellow streamer in a breaking curve.

From left to right.

Lock. "Leonard, is there a storm near Corinth during the third week of August, 1966?"

"Interesting question. Justaminute. The Weather Folder please. Missouri, 1966—"

"Leonard?"

"I was just trying to find you on the map. I'm looking at a really bad copy up here, but there seems to be something sitting on Perry, Missouri on the night of August 21st, '66. Is that about where you are now?"

"It's probably close. Can you tell me if—if there's any lightning that night?"

"Mike, summer thunderstorms usually involve lightning."

"Thanks."

"Basic science 101."

"Okay, okay."

I unlock and the sky ahead of me erupts in another blaze of light—this one pushing me completely out of the frame. When the jumble of light and color finally settles into place, it's daylight and I'm still in my car.

The car is someplace else, but this time I know exactly where. I've somehow shifted 160 miles southwest of where I was before—to the small state college town of Weslayan, Missouri. It's the place were Rache and her family moved in January of 1967.

I lock the scene. Directly ahead of the car is a sign: *KuKu Burgers. Fish Stix Fries Orange 75¢.*

As I unlock, the car door opens and Rachael climbs inside, still wearing an apron emblazoned with the caricature of a smiling box of french fries.

"We were *so* busy this afternoon. I don't know what it is about Fridays—I was counting the seconds until you showed up—here, help me get this apron off." She turns her back to me and I fumble with the knot. Finally, it comes undone and the apron falls loose.

"Whew, thanks." She folds the apron into a little square and places it in her purse. "I smell like a burger, I know. Sorry. But I didn't think you'd mind—*c'mere*—" A quick kiss.

"*Slicker!*" I wipe my mouth on my sleeve. "*Argh!* Why do you *wear* that stuff?"

"Why did you smear it all over your shirt sleeve?" she asks, smiling. "How was your drive down from college?"

"It was all right. I took off early and stopped by to see Mom and Dad. They said to tell you hi."

"Tell them 'hi' for me. They still pissed 'cause we're gettin' married?"

"They're pretty much over it. Mom's more worried the army will get me."

"The army won't get you if you have a lot of kids. That's what my friend Melissa said, anyway. Tell your mom we plan to have five of 'em—I come from a very active family." She sets the purse in the back seat and scoots up next to me. "C'mon. I wanna get out of these clothes and take a shower. I smell like a cheeseburger."

"Okay." I start the car and drive west on a cobblestone street toward town.

"Did I tell ya Dad came in? Right after I started my shift. Had his usual. Fish sandwich, fries and Coke. Gave me a tip. He was on his way from school to his job at Safeway. He's working three jobs now."

"Three jobs?"

"Yeah." She counts on her fingers. "He instructs at the college, he stocks produce at Safeway, he had that job at the radio station—lessee, I can only think of *two*..."

"Does he sleep?"

"Sometimes. Oh, I know. He applied for a job with the sheriff's department. But they haven't hired him yet. Mom says it's because he teaches sociology, so they probably think he's a socialist—and that's an *almost* communist."

"I think your mom's pulling your leg." I steer the car onto Rachael's street.

"Listen," she says, "around here, everybody's for sending more troops to Vietnam. If you don't tape the flag on your forehead, they get suspicious."

"I'll probably get sent to Vietnam one of these days—"

"Not if we have five kids." She gives me a quick kiss on the cheek. "Wait—I know what job three is. Daddy preaches at the Methodist church this Sunday. That's job three."

"He's gonna preach? What time?"

"Early services. Which means we'll have to get up early. No staying up and talking, no fooling around. We'll have to go *right to sleep*."

Did she say *no fooling around?* I steer the Ford up to the curb in front of the two-story house. It resembles a tall cube covered in white clapboard siding. Above the porch is a window, and across from the window is a street lamp. It all looks familiar.

There are no cars in the driveway: no one is home.

Rachael leans out the car window, "looks like Mom is still at work. She works on Fridays now. The kids are probably over at Melissa's. She

had to take her cat to the vet for repairs. You want to come upstairs with me while I take my shower?"

"Are you kidding?"

"You can't get in the shower *with me.* I just want somebody to talk to."

I switch off the ignition, open the car door and step out into deep space. Directly ahead, I see a line of thunderclouds, gigantic gray columns rising into the night sky, their tops flickering and glowing with electricity.

"All right. Let's have some lightning straight across the top." It's Rachael's voice.

The thundercloud smolders for a moment—then I hear a *crack*, like a pine board splitting—and a fiery branch of jagged light slams into the earth.

"Guess I better quit," she says. "The cloud is pissed at me for tellin' it what to do."

"Rache—" I turn to look, but her world is a already a photograph rotating sideways, now gone. I'm in the middle darkness again—floating above Rachael, the thunderstorm, my life in the past.

Unexpectedly, I have the overpowering feeling that I don't belong in this place. I pull myself up from the scene, up from the image, up toward the induction chair in Lab 14. I hear an audible click as my mind fits back into my body. Am I here?

I open my eyes inside the visor.

"Back so soon?" I hear Leonard's voice in the headset. *"Don't say anything until I disconnect the throat microphone*—there. Okay. You can talk."

"What happened?" I raise the visor and blink at the overhead fluorescent lights.

"You tell me." Leonard gives me a hand. "You came up like the space shuttle. One minute you're down there in heavy theta talking about meteorology and the next you're up here blinking your eyes."

"I was in 1966, then I jumped to 1967, then back to '66 again. It was very strange."

"Sounds like it."

"You know, I think she could predict lightning. Funny. I'd forgotten that—"

"Predict lightning? Who?"

"This girl I knew once. When a storm came up she could guess

where the lightning was going to be, don't ask me how." I look around the lab. "Is Gail still here?"

"She caught an empty chair at Lab 10," Leonard says. "Look, if this lightning prediction stuff becomes an annoying question for you, I'll try to find out if it's even possible—though I strongly doubt it. You want a caffeine fix?"

"No, what time is it?"

"Big two-oh," Leonard says. "By the way, while you were out, I got an e-mail from Poundstone. He wants to see you in his office tomorrow morning. Nine sharp."

"Thanks." I slide off the induction chair and slip back into my shoes.

Five minutes later, I reach my room and collapse on the bed. Will I dream tonight? I hope not. All I want is sleep. Blissful, empty sleep. Inside a big cavern with stars on the ceiling. And maybe a moon on the horizon. A crescent moon. That would be nice.

Very nice—

Yet all I see is Rachael—curled up on the couch in pajamas. Pale, her hair matted, her eyes closed. Did that happen? It must have happened, yet I can't remember. *I can't remember.*

I'll have to go back.

The phone rings.

I scramble to pick up the receiver, dropping it on the floor in the process. "Yeah?"

"Dr. Mbogo here—with an answer to your weather question."

"Huh? What?"

"It's Leonard."

"Leonard? Do you ever *sleep?"*

"Only when Banks is in the chair. Anyhow, I sent a spam query out to the usenet on your lightning question."

"Really?"

"Yes. And I got an immediate reply from some insomniac at the University of North Dakota."

"Oh. Good. Great." I rub my eyes. What'd they say?"

"He said a thunderstorm discharges electricity based on internal cloud dynamics—which makes the pattern fairly irregular. Though it's possible to statistically predict the strikes, he thinks your little girlfriend was merely lucky. That, or she had a computer plugged into the University of Oklahoma's lightning profiler—which I strongly doubt."

"Me too."

"Did she own a computer?"

"Leonard, it was in *1966*."

"Yeah, that's right. The cretaceous period. Heh. See you next time."

I hang up the phone and look around.

What *time* is it?

·····✦·····

It's nine o'clock.

I'm sitting in Poundstone's office with a terrific headache. By my calculations, over this past week, I've gotten only ten hours of sleep. I wonder if it's possible to sleep while I'm in the past. Maybe find some nice August night when I was nine or ten—throw open the window and let the cool evening breeze in. Of course, I'd have to make sure Earl kept the radio turned down. Yes, that's a good idea. I'd go back to get some sleep. Nice, peaceful—

"So, Michael, have you made your decision?" Poundstone's question jolts me awake. "About making longer runs?"

"I haven't completely decided yet."

"You haven't?" He seems to be surprised. "Are you experiencing any difficulties?"

"Not really. There were a few things that happened that seem strange—once it was like being in two places at once."

"We call that pseudo-bilocation. It's a normal response—the brain is just getting used to dealing with lucid dreaming." He pauses. "Are you still able to control where you go?"

"Lately, I've been spending most of my time in the mid sixties."

"That right?" Poundstone says. "Everyone has their favorite place they return to again and again. One of our subjects even goes back to the same five-week period—over and over. With all the years to choose from, she seems to be comfortable with just that one time period. Very interesting time loop. It's given us a chance to compare the particulars of each visit and helps us learn how memory actually works."

Listening to him, I begin to feel like the dreamers are nothing more than laboratory animals, wired up to a computer. For this I paid over fourteen thousand dollars?

"Well, Michael—" Poundstone smiles.

Should I tell him about the time at the factory? About losing my

arm? "Dr. Poundstone, tell me what happens if I'm in a run and get caught in a place—and can't get back."

He appears taken aback by the question. "Can't get back? Oh, *that* can never happen. We have complete control. We just bring you up, wait a few days, then go back to find the problem. It might be a neural memory loop, could be a psychological manifestation—regardless, we just go back, identify it and ablate the loop itself. Very simple procedure."

"Ablate it?"

"We erase it from your memory—using hypnosis or other methods. None of them are hazardous or painful, I assure you." He smiles. "No surgery. All National Institute of Health–approved. And as for not being able to come back—we are always able to wake our subjects up. Always. *Every single time.*"

"What's the possibility of going flatline?"

"Negligible," Poundstone says. "Infinitesimal. Miniscule. The only way you can go flatline is if there's some prior underlying process totally unrelated to the regression."

"Didn't Russell Coltrane go flatline once?"

"Ah. You've heard that story, have you? While I obviously can't discuss his case in detail, I *can* tell you that Mr. Coltrane slipped into paradoxical sleep—and that is quite another thing from going flatline."

"I—"

"Let me assure you, Michael, paradoxical sleep is perfectly normal and natural and happens every night when you sleep. We don't understand much about it, but we know it's a normal process. Just to put your mind at rest about this, paradoxical sleep is not the same thing as going flatline. Totally different."

"Maybe it's like having a dream within a dream."

Poundstone smiles broadly. "Maybe so."

"Well," I take a deep breath. "I guess I'll continue with the program."

"And that would include a long run—?" He peers at me over his glasses.

"Sure."

"Good. Now, since you're going to be spending more time per session, we'll schedule fewer sessions—" Poundstone flips through his calender. "We don't want to wear you out, so instead of a regression every evening, how about twice a week—like we did at the beginning?"

"That would be fine."

"We'll do it that way, then." He scribbles on the calendar. "And Lab 14 is light this summer, so if you decide to take a heavier schedule, let us know."

"I'll do that." I stand to leave.

"You were a history major in college, weren't you Michael?"

"Yes."

"You're a natural for this, Michael," Poundstone says, patting my shoulder. "I know you'll find the long runs interesting."

14

Gail

The phone rings.

I open my eyes and scan the room. A bright light pours in between the curtains. It must still be daylight. After the chat with Poundstone, I came back and collapsed on the bed. And now—

Another ring.

Someone is trying to call me. I take a deep breath, rub my eyes, look at my watch: 2:35 in the afternoon. Wonderful. These late-night trips are screwing up my sleep cycle. I try to think. Did I dream of anything? If I did, I can't remember.

Another ring. This time I pick up the receiver.

"Mr. Mitchell? This is security. We have a call for you from Boston, Massachusetts. Go ahead."

"Mitch?" There is only one person who calls me Mitch. "Mitch, This is Jerry! How are things? Getting any info for us, Pal?"

"I've just started out. It takes a little time..."

"Yeah, yeah. I guess. Listen, you remember that proposal we sent to Hidaki? The one we thought went south? We got a call last week and some reps came in yesterday. We gave 'em a little song and dance. Showed them our video clips—and guess what—they loved it!"

"That's great, Jer. That's really great."

"These Japanese guys are amazing. They're into old jeans, vintage rock and roll, prom dresses, big boobs. They said the Japanese kids dress up like Elvis, get their boom boxes and dance to sixties guitar music. And they absolutely love surf. Remember The Ventures?"

"I wouldn't exactly call The Ventures *surf music*, Jerry."

"Hey, what do I know? The thing is, Hidaki wants us to manage their market campaign both in the states *and* Europe."

"You can handle it. Let me know how it goes."

"I can handle it? Mike, I was five years old when this shit was popular. I can't talk to 'em about this stuff! They'd know I'm bullshittin' em. The Japanese got a sixth sense for that stuff. We need the expert. We need *you*!"

"Look. I'll be back in a month and—"

"We need you next Friday. Ten days from now. Look, this isn't some Hollywood type wanting to make a movie of *Born To Be Wild*, this is the real thing! We are talking Japanese—the masters of the universe! We need our sixties expert!"

"I'll see what I can do, Jerry."

"And look, Mitch, my friend—I heard about you and Linda. Lexington's a small town y'know, word gets around. If you don't want to talk about it that's okay. But I gotta tell ya, the guy's a real dweeb. Combs his hair *straight back*. Wears those funny little concept shades that look like welder's glasses."

"That was one of *our* concepts, Jerry. You should be happy to see it on an alpha consumer."

"We did the welding glasses thing? We got money for that?"

"It was your account, Jerry."

"You know, Janine saw him up close. She says Linda's got ten years on him, easy."

"Who?"

"The dweeb. The guy with my concept glasses."

"Jerry—*c'mon*. I'll deal with this."

"Okay. But when you come back—and I hope it's soon—Janine and I have an extra bedroom. Got its own TV."

"I'll call you first thing Monday."

I hang up the phone and stare at the floor.

He combs his hair *straight back*?

·····✦·····

I stare at the phone. Should I call her office? Confront her about this guy? Or should I call the office and merely ask for the dweeb—the guy with the welder's goggles?

Maybe I should call home to see if she's there. I pick up the phone.

"Hello." It's her voice—she's home. I feel my heart begin to race.

"This is Mike."

"Hi, Mike." It's her little-girl voice. I've heard that impersonation before. It will probably be followed by a brief period of silence—and I'm right.

"Listen, I've been trying to get in touch with you."

"So I heard. Paul said you asked him for the hotel number in Mexico City."

"Are you seeing anyone?"

"Look. Why don't we talk about this when you get home, okay?"

"Who's the guy with the welder's glasses?"

"The *what?*"

"Combs his hair straight back."

"Half the guys in the office comb their hair back. What's the point in all this?"

"Does this Van guy comb his hair back?"

"Michael, this is really...I mean, you're sounding like some high school—"

"Just tell me who Van is."

"*Van?*" She repeats. Then, there's silence on the phone. I can't even hear her breathing. Did she hang up?

"Linda?"

"Well, if you're talking about Van Edwards, you met him at the New Year's Party. He was the new hire from London. You remember."

"Was I supposed to?"

"Michael, you are such a dope. Van is a colleague and a friend. And we talk. His wife is still in England and they're having some problems. And, yes, I'm helping him with some things. I am *not* going to stand here and give you a minute-by-minute accounting of my activities."

"Listen—"

"No, *you* listen, Mike. We've had these discussions before and they never get us anywhere. I'm on a very tight schedule and I really don't have the time or inclination to be put on the witness stand. So, I'll make it easy. Yes, he's a friend. Yes, we spend time together. And yes, we went to Mexico together. And if you want a play-by-play of what happened down there, what I said, what I did, how late I stayed awake each night, and what I did the first thing every morning, then you're just

out of luck because I didn't take notes. Do you have a problem with that?"

"Linda—"

"Well, *do* you?"

Silence. I find myself staring at the phone.

"Mike?"

"Okay. But we'll talk about it when I get back home."

"If I were you I'd *call* first."

"Call? Why should I call—"

"It would just be better if you did."

"Linda—"

Silence. The phone is dead.

I hang it up, then check the clock again. I should be able to at least make it for dinner with—

The phone rings again. I stare at it through another ring. It's just like Linda to hang up and then call back for another round. After four rings I pick it up.

"Look, Linda—"

"Mike, this is Gail."

"Gail? I'm sorry, I thought—"

"I called to tell you. Something happened to Keller."

I take a seat in the cafeteria next to Gail. Across from us, Otto is discussing the incident with Gene Kapp, a burly lab supervisor.

"Gene, are they sure it was a flat trace?" Otto asks the supervisor. "The amplitude can be so low sometimes—"

"I know that, Doc," the man shakes his head. "I know. But it looked flat. They couldn't even pick up slow deltas."

"How'd it happen?" I ask, leaning forward.

Kapp glances at me, but doesn't reply.

"This is Mike Mitchell," Otto says, then tells Kapp. "He's okay. You can talk."

"Well—" Kapp eyes me suspiciously, then returns to Otto, "we don't know for sure what happened. It was on Joel Zanuk's shift and he's new. The trace record shows the amplitude first dropped in the high temporal leads—" He looks at Gail briefly, then returns to Otto. "—*including* the t-4, and then, *nothing*. The signals just disappeared. All we got was static. Now, like I said, Zanuk is new on the job, but Zey's techs attached the leads, and medical was monitoring vitals. And

they've been doing this for as long as—well, as long as I've been here."

"Did Zanuk apply electroshock?" Otto asks.

"Oh, sure. But the trace showed his signal had been gone for more than two minutes."

"So he was flat for two minutes," Otto narrows his eyes. "Why did Zanuk wait so long?"

"Nobody knows. Either the alarms weren't working or Zanuk just went to sleep. It's a long shift. They're looking into it."

And now Keller's *back*? And alert?"

"Well, I'll tell you what it looks like." Kapp looks around the table, worry etched in the lines on his face. "Keller's awake but just kind of *out of it*. I hear that Poundstone's really bouncing off the walls about this one."

"Hm. I'd imagine so." Otto's eyes narrow. I can almost see the wheels turning behind his eyes. "Any evidence of demyelination?"

"Don't know." Kapp says. "I think they have a CT scheduled."

"Waste of time," Otto says. "Damage won't show on the CT for up to 72 hours. If it was me, I'd send him straight to the MRI." A pause. "Do they want me to look at him?"

"They haven't said anything yet, Doc." Kapp shakes his head. "But I thought you should know about it—in case they ask."

"Sure," Otto looks at Gail and me. "Let's keep this quiet until we know a little more, okay?"

I nod. "Wonder what he'll remember of his experience."

"Most likely, nothing," Otto shrugs. "He'll be lucky if he remembers how he got here."

Gail gets up from her chair. "Mike, let's go for a walk."

After a long, silent stroll through the empty corridors, Gail and I near the door marked Lab 14. As we reach it, Gail looks at her watch. "I really hate that about Keller. He was such a nice old guy."

"Was? Didn't Kapp say he was alert?"

"Kapp said he was *awake*. Awake is not the same as alert." Gail pauses, staring at the floor. "If Keller really went flatline for two minutes—well, that sounds pretty significant. I can't believe he brought back everything that he left with."

"Think they'll stop the long runs? I have one coming up."

"Are you kidding? They stop the long runs, and the grant money will vanish quicker than Keller's t-4 wave." She shakes her head. "I really

don't want to talk about it."

"Maybe he fork-bombed something."

"Fork-bombed?" She gives me a hard glance. "*Fork*-bombed? God, you sound just like Leonard."

"Well, maybe that's what happened. It was a fork-bomb." I suddenly realize I have no idea what I'm talking about.

"Yeah, that's it, I'm sure," Gail says sourly. "Keller's software just got a little mixed up. All the docs have to do is just *reinstall his programs,* reboot and he'll be fine. Like we're all plug and play or something."

"Well, you have a medical background. You think there's some kind of serious risk here?"

She pauses, as if searching for the right words. "Medically, yes. There's a risk. Anytime you put somebody to sleep for two or three days, you have a risk. Your electrolytes could get out of whack, for example. You could throw a clot."

"A clot?"

"Yeah. That's why they put the little pressure booties on your feet—to keep the blood circulating."

"I didn't know that...say, didn't you say this was *safe?*"

"Maybe I was wrong," she says. "None of the staff will even get in the chair—except Poundstone. They leave the dangerous stuff to people like us. Poundstone gets his grant money and we take the risks. I assure you they have no idea why Keller went flatline. And even if they do find out, they'll keep quiet about it."

"Maybe he had a heart attack," I suggest. "Something got him excited down there and he—"

She stops and puts her hand on my chest. "Hey, Mike. You're talking to a nurse, remember? They had him on a heart monitor and an IV. If he had a coronary down there the EKG would have picked it up—and we would have heard about it."

"Yes, but—"

"Listen, Michael," she looks at me. "They don't know *what* happened to Keller. Flatlines aren't supposed to happen but it did happen. And it's probably not the first."

"Do you think we should quit this stuff? Is it really that dangerous?"

"Maybe." A pause. "I really don't know what's worse—knowing all the medical risks with all this, or knowing that I'm too hooked on my past to care about the danger."

"Kind of like cigarettes, huh?"

"Worse," she says. "I was able to quit cigarettes. In the chair I always go back to the same place. It's the only place worth going to." We walk in silence for a minute, both of us staring at the floor. I watch my Rockports keep pace with her bare feet.

"Michael, " she says after a moment, holding her notebook to her chest, "maybe I *should* leave this place."

"Afraid of flatlining?"

"No. It's something else. I'm starting to resent having to come back." She takes a deep breath, then releases it slowly. "Down there—in my dream—I see all those beautiful summer days, see that teenage girl in the mirror, and catch myself counting the seconds that I'll have left before the film ends, the point where I have to come back. Back to all these problems." She takes a deep breath and stops. "No. *No.* That's not right. The truth is, I really miss home, miss my teenagers, my big dumb cat. I even miss my twelve-hour workdays. And Connecticut's pretty in the fall." She forces a smile and resumes walking. "You ought to see it sometime."

"I'd like to."

"How about you? Don't you miss your kids, your work?"

"Oh, sure. Let's see—" I count on my fingers. "I miss my kids—but one's in college and the other recently got married again—so I haven't seen much of them lately...I miss my job, but I hate my job as much as I hate Boston traffic, so that doesn't count either. I miss my wife, but I don't miss all the arguments we've been having lately—so *that* doesn't count."

We stop across from the lab entrance and look out the window at the city's northwest skyline. For a moment, we silently watch soft cumulus clouds drift gently over the expanse of mesquite and thoroughfares. In the distance, there is the brief glint of an airliner descending toward the horizon.

"Do you like the places you go?" Gail asks.

"Some of them, but not all," I tell her. "I sometimes wind up in places I'd rather not be."

"Do like I do." She turns to face me. "Find a place you like and stick with it."

"Guess that makes sense."

"You know what Coltrane told me once?" She folds her arms. "He said you don't find your past, *it finds you*."

"Stalked by your past," I nod. "Kidnapped and held for ransom by your senior prom."

"Michael—" she shakes her head. "I was being serious."

"It could happen to anyone," I tell her in my best 1950s radio voice. "It could happen to *you*."

She brightens. "You know, that's *funny*. Have you always been funny?"

"Up until I got married." It occurs to me that I'm telling her an absolute truth. And there's something else: I notice she's wearing lipstick—and perfume. Chanel? Yes, definitely Chanel.

"You know," I shake my head. "This really feels strange. I'm like a schoolboy walking his girl to class—"

"Yeah," she nods. "It's a little like that, isn't it?"

"I wanted to say I have a really good time when I'm with you—especially that night on the roof."

"There's no roof in Boston?" She smiles.

"Not like the one here. I wondered—if you're not busy tonight, would you want to do it again? Say, around midnight? That is, if you're not down there in your past."

"No," she smiles. "I'll be here tonight."

Two-thirty a.m. Gail and I are lying on her quilt, on our backs, watching the sky from twenty stories up. Somewhere east of the city, for some unknown reason, there were fireworks and now the diaphanous salmon-colored clouds are drifting overhead. Was it a celebration? Maybe someone invaded—perhaps Mexico decided that San Antonio should be taken back. Whatever the reason, the clouds are spectacular—slowly folding and reforming as they float no more than fifty feet above our heads.

Gail kicks her shoes almost to the edge of the pool. The maintenance crew left it lighted tonight, a clear blue-green dot to guide the various police helicopters in their rounds above the city. For all I know, we may be lying sixteen feet from the highest swimming pool in town.

"Do you remember where you went the last time?" she asks.

"I think I was in a church. And then I was driving somewhere. And after that, I was sick with flu—I don't remember much. It's been a few days." I turn to her. "Real exciting, huh?"

"Your memory will get better. All it takes is practice—unless you go flatline like Keller."

"Hey," I tell her, "you said you didn't want to talk about the medical stuff."

She laughs. "You're right. No flatline. Let's start over. Ask me something noncontroversial."

"Okay. How's your recall for the past?" I ask her. "Is it pretty good?"

"Mike, it's *great*. No hazy stuff, no drop-outs." She stretches and smiles. "As Leonard might say, it's as good as digital."

"Tell me about it."

"Ahhh, I don't think I'd better. You'd get the wrong impression of me."

"C'mon."

"You know the rules. Dreamers shouldn't discuss their trips with each other. Especially within a few hours of a regression. It might corrupt the data."

"*C'mon*."

She appraises me for a moment, then sits up and crosses her legs. "Okay. I'll tell you. But you have to promise not to tell anyone. And don't use it in any of your damn ads!"

"Promise."

"Okay." She takes a deep breath. "It was the summer before I started high school. We lived in this community east of Glen Falls, New York. Not far from the Vermont border. It was a little cluster of five houses. Used to be a rail stop and it was about fifteen minutes from the nearest big town. All the other families were old. I mean, like in their sixties and seventies old. No kids. I was it. The only kid in town. My parents worked in Troy, so they would be gone all day from dawn to dusk."

"Sounds kind of boring."

"It was horrible. Here I was, bored, anxious, no car, too young to work and nothing to do that summer but watch soaps and game shows. Then the most amazing thing happened.

"One morning I heard this loud sound coming from next door. So I got up, looked out my upstairs window and saw this *boy*. He was mowing the lawn. He had long blond hair and he was about a head taller than me. When I first saw him he had his shirt off and his skin was nice and tan." She laughs. "Tan was a big thing with me then. As long as they had a tan I'd look at 'em."

"So you introduced yourself?"

"It took about a minute. Splashed around in the bath, brushed my hair, put on a dress. The works. He probably thought I was an idiot—but it was perfect. He had big blue eyes and a real nice smile. He was from Ferndale, Michigan and was spending the summer with his grandparents. And this was his third day there. I was asking myself—'Gail Lynn, how could you have missed this?' I couldn't believe it."

"What happened?"

"For one thing, he didn't know anything about the country. First I showed him all the channels we got on television—I think there were two. That took about a minute. Then, I showed him the barn. Then the tractor. Then the pond. Then, I showed him *me*." She smiles, wiggling her toes in the grass.

"After about a week, we were playing this game called 'too hot.' We'd go to my room and then I'd immediately complain how hot it was and I'd take off my shirt. Then, he'd take off his shirt. And it was *still* too hot. So I'd shuck off my shorts and he'd take off his jeans and then we'd be on the bed in just our underwear." She chuckles. "Of course, that only made things worse. Before long, we were lying there naked, kissing and making out like crazy. It was the first—the first for everything. And it all happened for me that summer."

"Everything?"

"*Everything*," she nods slowly. "The works. We'd wait until my folks left, and then he'd come over. I'd fix him Wheaties and toast and orange juice. Then I'd take his hand and we'd go upstairs. We'd get out of our clothes and fool around in bed until the sun heated the room up—remember, there was no air conditioning. Then we'd go down to the pond and cool off. Or spray each other with the water hose. It was idyllic. Perfect."

"Did your folks ever suspect?"

She laughs. "I don't think so. My mom saw the big dresser mirror tilted down toward the bed once, but never said anything. Anyway, I always made the bed before they got home. It probably never occurred to her there was anything *intense* going on."

"I doubt if I'd catch something like that, myself."

"Yeah, adults see the world differently. Before that summer, I'd always been a bratty kid. Now, when my folks came home in the evening the grass would be mowed. Garden weeded. Fried chicken on the table. Nice salad. Pitcher of iced tea. Instead of being a morose teenager, I'd become kind of perfect little homemaker. Just so *bright and*

cheerful. I'd get the giggles all the time over nothing at all."

"And they never figured it out, huh?"

"Well, of course, it scared my folks to death. They thought I was on drugs, you know, smoking nutmeg or something. My mom wanted to send me to some shrink at the college, but my dad said no. He was afraid I'd revert back to my little punk self again. So they just kept quiet and enjoyed the new improved Gail. Of course, I think the grass finally died from getting mowed everyday."

"What did his grandparents have to say about all this?"

"That was the most amazing thing. They didn't seem to mind. They sort of ignored the whole thing, and they never told my folks. Nobody in town ever did. I guess they were waiting for me to get knocked up. The funny thing is, I didn't really care. It was so perfect. I pretended I was a little frontier farm wife—we'd get naked and make out, then I'd go down and wash the dishes or weed the garden or fix dinner for him. And we'd sit out on the front porch swing and watch the train go by. It was like growing from little kid to adult in two months. It was really a stupid, delirious, erotic time for me."

"And when you go back—that's where you go?"

"That's where I go. To that day I first saw him. Mowing the lawn. I lock the scene and study it—the lace curtains blowing in the wind, the bright green grass, the yellow lawn mower, summer flowers in the garden, and him in these new, incredibly sexy Sears Roebuck overalls. Then I jump to about a week after that. Straight to the *romance*."

"Does Leonard know?"

"Leonard? Nah. He doesn't care what I do down there. He's more interested in the computer. We argue a lot, but Leonard's my big buddy. Lets me go off and play."

"What about Dr. Zey?"

"I have to be careful when Zey's on the board. He knows what to look for. I mean, with some things it's kind of hard to hide. Your body gives you away. For example, when you dream you're raising your arm, the muscles tense ever so slightly. That's why they have the helmet on you—to check what's going on. If the muscles in your, uh, lower back are showing, um, *coordinated movement*, it means you're not only watching, but *doing* something down there."

"I miss feeling things when I'm back there. I see and hear—but nothing else."

"Don't let them kid you. Sometimes you can feel, too. It happens."

She stretches and closes her eyes. "Maybe it's because when I'm back there I can actually see myself with my boyfriend in my dresser mirror, it—um—makes it easier to get into. Pretty soon, I can feel the bed sheets against my back, and how cool they are—and I can feel my hands on him—feel his skin. After awhile, it's like I'm there. Taking my own place. You ever done anything like that?"

"You mean, on my trips to the past?"

"No, in the real world." She turns to face me, her bare legs no more than a few inches from mine, the hem of her dress resting gently against her skin. "You ever do it in a farmhouse with the window open—and the breeze blowing the curtains?"

"No, but in my senior year at college I took my girlfriend to a motel in Kansas City."

"How very romantic," she says drily. "Did you bring a pocketful of quarters for the vibrating bed?"

"Hey, it *was* romantic. We brought along some grapes—rye bread with real butter. Okay. Maybe it was margarine. But we had real Swiss cheese and wine with two glasses."

"That doesn't sound too bad," she nods. "I'll give you a B plus."

"My girlfriend and I would go around the motel and look at the windows—to see which ones were steamed up. We figured *something* was going on."

"That's pretty funny. When I first met you I thought you'd be real businesslike. You know—wear a watch to bed or something."

I move closer and she moves her legs slightly. "I'll take my watch off."

"No," she says, brushing her lips against mine. "Let me do it."

In the distance, I hear a helicopter. Probably the police, searching the rooftops for anything unusual. Couples making out, for example.

"What if someone comes up here?"

"Nobody will," she says, taking my hand. "It's just us."

15

Entrainment

The voice is familiar.

"It's been a long time since I've had a philosophy course, but if you need a paper by next Friday, I'll do what I can. Who did you say the philosophers are?"

"Hume, Kant and somebody else."

"Schopenhauer."

I'm sitting at a kitchen table. The room is dark except for the pale yellow flicker from a small incandescent wall lamp. In the corner, near the refrigerator is a stuffed pink bunny and a variety of toy soldiers. Smoke from a cigarette wafts up and forms a gray haze near the ceiling.

Bob Dominic gives the pack a quick shake and three white filtertips appear. "Cigarette?"

"I quit. Too expensive."

"Yeah. It's up to a quarter a pack. I remember when it was only fifteen cents. How about another cup of coffee?"

As he pours hot water into the cup, I notice a hairline crack that curves around the rim, then disappears into the ceramic surface half-way to the base.

"I'd write the paper for you and you could pay me, but there's two problems. You're a college student, short on cash, and I'm not a writer. So I guess you'll have to knuckle down and do it."

"I like college, but I never thought I'd have to write so many reports." I glance at the coffee. There is a light brown foam on the

surface.

"College is a lot of fun, but it's like marriage. There's a humiliative effect."

"Don't you mean cumulative effect?"

"No, humiliative. It gets more humiliating as it goes along." He takes a drag from the cigarette, then stubs it in the ashtray. "You know, if you need a philosophy topic for your paper, you could write about *mentalism.*"

"What's that?"

"Mentalism was the theory that everything is in the mind. For example, because everything is up *here*, I can't really be sure you're sitting there, looking like you're ready to fall asleep. What if it's only my imagination?"

It occurs to me this is a remarkable event. An image of someone I once knew is casting doubt about *my* existence. It's dark outside and very late, so I'm probably staying overnight. I see a blanket and a pillow on the couch. Probably where I slept when I visited them.

"But I *know* you have to be here," Bob Dominic continues, "I see you acting rationally: You're not drinking this bad coffee."

"The coffee's fine," I tell him. "Really it is."

"Rachael said you don't drink coffee, so I know you're just trying to be nice. Listen. We've got Vess Cola. Had it a week. Bradley left the cap off and the fizz is all gone, but it's still probably all right."

"Tell me more about this mentalism stuff."

"To tell the truth, it's been years since I studied it, but it's the old problem—how do you know what's real? I mean, I can only suppose you're real. You avoid my bad coffee, you're going with my daughter—at least I know she's got *somebody's* class ring and it has your name on it—so I guess you're real." He pauses to tap another Salem from the pack onto the table.

I look around at the yellowed wallpaper in the small rectangular kitchen, blue wallpaper in the living room. A green sofa with blankets and a pillow next to a dark, rectangular hi-fidelity set. I concentrate on the wood laminate cabinet, hovering like a dark icon at the edge of my peripheral vision. It's been years since I've seen one of these things.

Now someone is standing in the doorway. A young girl wearing a long white tee-shirt that barely reaches her knees. Her dark hair is a forest of pink rollers. A thought surfaces unexpectedly: There is rarely

a time when Rachael is without her rollers.

"That light is keeping me awake. Are you two gonna talk all night?"

"We were planning on it," Bob says. "Care to join us?"

"No."

"Want some coffee?"

"No. I won't be able to sleep."

"You can't sleep anyway," Bob says. "Might as well have a coffee with us."

I see her now, a lone image in a darkened kitchen—inside my own mind.

"If you're going to talk," she says, "at least turn out the light. I'm going back to bed—and don't try to get me up in the morning, 'cause I'm sleeping *late*."

"One thing you have to know about Rachael," Bob says. "She won't talk philosophy. She's practical, like her mother."

He taps an ash from his cigarette. I watch this movie, dark and sepia-toned like an old print. I know why people like sepia so well. It's the color of memory.

The ash freezes in mid-air, a gravity-instant in time. With a blink, the world changes to become dark purple with the light of early morning. Rachael wakes up, rubs her eyes, gives me a quick kiss. The rollers are gone.

Her face is near mine, her head on my shoulder. Her lips are shiny with—what was it she used? Didn't I call it Slicker? I have a strange thought: In my past life, the life years ago, I tasted those lips and then forgot them. Lying in bed with her now, I wonder how I could have ever forgotten this.

"Back in a minute," she whispers.

I watch her climb out of bed. She pads across the hardwood floor in her bare feet and steps through the bedroom door into the hallway. More steps, and now I hear the bathroom door close.

She's wearing the blue-and-black striped nightshirt I bought for her in Kansas City. Suddenly the images pour in: The store was Maillairds at Metcalf South Plaza. It cost thirteen dollars and fifty cents. Another image, as crisp and clear as last week: I'm handing a young clerk a twenty-dollar bill. He returns with the change and the shopping bag. I push the receipt into my jeans pocket, then leave the store. I walk to the parking lot on a cold, brisk early December day. Was this memory waiting for me here?

Now, I'm staring at the ceiling in this place, watching the images drift through my mind: the drive back from Kansas City, walking into the front door and hearing Mrs. Dominic tell me that Rachael is home from the hospital—

The hospital?

The sound of running water—she's brushing her teeth. Outside the window, a truck scratches by. She comes back to bed and, in a quick motion, slips in next to me between the sheet and blankets.

"Now. Gimme another kiss—and take more time with it." I brush her lips with mine, feel their softness. A quick kiss on the bow of her upper lip, followed by a lingering graze to the corner of her mouth. Then, back to touch the full, sweet curve of her lower lip. She tilts her head slightly and our lips meet again at the middle, forming a perfect X. She retreats for an instant, then returns for a quick bite at my lower lip followed by a brush back and forth. She is like an artist putting the finishing touches on a painting. Outside, the indigo light of morning is washed with lighter blue.

How could I have forgotten *any* of this?

"Mmm, now *that's*—" she stops mid-sentence, then moves in for another grazing pass. I feel her tongue flick my lower lip, as her bare foot curls behind my ankle "—a *kiss.*"

A blink in time and suddenly I'm in darkness again.

A shadow dances across the floor. There is movement in the hall. I sit up. The door to the hall is open only a crack.

Outside, the wind picks up, spattering the window with rain.

The door opens, and someone enters the room.

As I sit up, the scene stops, then fades to black.

In this darkness between worlds, I hear a voice:

Always remember.

But I can't. With no anchors to hold them, the scenes drift and fade and finally become like old photographs—kitchens and bridges and trains and a bed and someone in a nightshirt. Someone I once knew. Pictures at the bottom of the well. In a moment they are gone.

I open my eyes to an unfamiliar room. Here the curtains are drawn across the window; only a thin streak of light shows through. And the sheets smell different. I'm in Gail's room. In *her* bed.

She turns to me, drawing me near. In the half-light, I see my wedding ring is still intact. Still there.

"Mike-mmmm." She says something to me in sleep. When I fail to answer, she rolls to her right side. Her breathing becomes rhythmic again. Perhaps she's having a dream of the roof. I look for a clock and find it, a little square travel model resting near the window sill. Good grief: It's 1:00 p.m.

But it's the weekend.

Gail shifts slightly, touching my leg with the soles of her feet. She's waking up. I wonder what Linda is doing now.

.....✦.....

Tuesday. 9:45 a.m.

I'm sitting in the induction chair in my green surgical scrubs, watching Leonard go through the final checks on the equipment. A few minutes ago, Zey and one of the nurses came in to position the theta detectors on my scalp just behind my hairline and attach EKG leads on my chest.

"What about the cuff?" I ask the nurse, a tall, pretty woman with a round face.

"Oh, on these extended sessions we usually wait to attach the blood pressure and oxygen probes after you induce...unless you want them on now." She smiles. "You didn't drink anything this morning after you got up, did you?"

"Uh, nope..."

"If you did, we can put a catheter on you.

"That's fine. I really don't think I'll need it."

"You're going to be out six hours—" she injects a syringe into a small bottle and extracts the clear liquid, "—and there's no need to be uncomfortable. I'm going to give you a little shot of muscle relaxant. Would you like it in the arm or the hip?"

"Arm."

"I usually like mine in the hip," she says, rubbing my left arm with an alcohol swab. "It doesn't sting quite so much. Okay. Say 'ouch, Terri, that hurts.'"

She injects the clear liquid into my arm, then retracts the needle, leaving a dull, throbbing ache behind. "If that injection site still bothers you when it's time to go under, tell me. We'll give you something for it."

"I'll let you know." I rub my arm, trying to knead away the pain.

"Of course, we don't give tranqs on these extended runs—" she pauses to drop the used needle into a red plastic box, "—the vocal cords relax so much they don't work properly. Then nobody knows what you guys are trying to tell us from down there."

"Actually, it's a translator problem," Leonard says. "Normally, the vox translator circuit can figure out what you're trying to say. But if the input is less than optimal, the vox goes to a lookup table for the closest translation. When there's nothing in the lookup table, the circuit starts Markov Chaining—reads back what the dreamer said before, plugs in the grammer rules and vocab, and just starts *riffing.* Before you know it, we're not talking to the dreamer, we're talking to our robot. Actually, a *conversation-bot*. We had a schoolteacher in here once that got hosed on too much liquid sleep and started broadcasting from hyperspace. Real collision in the hash tables. The translator circuit decided she was reading us out in Southern Puget Salish."

"*Was* she?" the nurse asks.

"Well, Terri," Leonard says, "only three people in the world speak Southern Puget Salish, and they're men. So judge for yourself. Personally, I'd say the computer was faking it."

"I've never heard Salish. I'll have to listen to that tape sometime." The nurse places the helmet on my head. "Be careful you don't move around too much, we don't want you to pull these little t-7 leads loose."

"The t-7's don't work anyway," Leonard says. "Just another Defense Department–inspired gonkulator. Feeping creaturitis."

"Oh, Leonard—" the nurse pulls the visor down over my eyes. "Okay, Mike, tell me if you see two little green lights."

"Yes."

"Good. Close your eyes and look up. Look down. Look left. Look right."

"Think of your aunt Nancy naked," Leonard says through my headset. "Thank you. Nice pupillary response."

"Isn't he terrible?" I hear the nurse's voice.

"Terri, that phrase works with *everybody*," Leonard says. "Except women of course...Mike, give me a count on mind radio."

I think the numbers ten to one and hear the voxbox respond.

"Yeah, input is optimal. You're okay," Leonard says. "Machine induction this time?"

Sure.

"Arm still hurt?" Leonard asks.

Nope.

"Let's do it then."

The chirping sounds begin—then the choir of angels.

"Entrainment."

I hear the chime, a deep resonating pulse of sound that unframes my mind from my body, letting me drop through the surface of the chair and submerge in the ocean of stars.

There below me is my life. And I have six hours to explore it. Where will I go? To some soft, hazy time in childhood. No responsibilities, no problems. I could use that now.

I head for the point of light furthest back. The furthest stop on my highway.

As the light begins to form around me, I feel motion toward a cloudy, gray afternoon. Rachael is hugging her family—now, she's in the car with me and the white lines of the highway rush toward us. It's a Sunday afternoon and we're returning her to her grandmother's home in Corinth. From there, I'll travel on to college in Kirksville. These were always boring drives for me. Why did I land here now? Was it random? Probably.

Passing north through Weslayan, the sky darkens noticeably and the drizzle turns into a steady rain. Up ahead, ragged gray clouds scrape east across the horizon. Rachael points them out, telling me they look like her mother's dishrags. "You have to understand she never throws towels away. When they get too ragged, she uses them as a dishrag. By then, they're really nothing but pieces. That's what the sky looks like right now. Dishrags."

I listen to her, think to myself—what would she say if I told her I'm from the future? A ridiculous thought—she's nothing but an image in my mind. Still, the question persists. Would her image disappear? Would I instantly go somewhere else—to some other part of my past? Or would my mind create some kind of fake response that never happened? I decide it will have to remain a mystery. Still, the situation is not unlike being with a girl you've liked for years but were afraid to tell her for fear she would leave. You don't know what to say, so you say nothing.

A fragile relationship I have with myself—fearful of making contact with my own memories. The memory that can be real is not the true memory. *The dream that is real is not the true dream.* Who said that? Leonard, probably.

Midway to Corinth, the rain stops and the clouds change from ragged gray to huge flat boards pulled along by the rushing river of wind.

"Look," Rachael says. "Cold weather clouds—they're dark on the bottom and bright on top."

A gust of wind hits the car. Above us, the sky is fragmented. As we pass through the central Missouri town of Columbia, we see a stop-light swinging in the wind.

The pinging in the engine increases and my eyes flash to the gauges—scanning from idiot light to idiot light. No needle gauges back then. Back now.

The pinging stops. Absently, I lock and scan the passing cars. Here, a red and white 1957 Ford, there a blue 1963 Chevy Malibu.

As we drive, I listen to Rachael and look down the highway, scan the texture of the road surface, each crack that spreads and turns black at the edges—count each white dash as it disappears beneath us, scan the yellow lines as they race alongside and then vanish.

I look around at the trees along the hillsides, soft brushes in the cold wind. The landscape is muted and fuzzy, like a rough brown blanket with dark fringes. By now, it's twilight and the clouds are pearl-like, with lavender edges. Directly above, a slab of cloud stretches from east to west, a slowly moving river of dark ice.

Night falls, and I turn on the headlights. As we pass through the darkness, I see the incandescent lights of the isolated farmhouses. The headlights illuminate a tree near the highway. I lock/scan it, counting the branches down to each filament. I'm amazed how precise the memory is—how can all this information be stored? Yet it must be.

I unlock and the tree blurs past.

I hear a rattle—probably something serious—a ball joint maybe. Probably will fail soon. No. It must have failed thirty or so years ago. I keep forgetting that none of what I see exists anymore.

"Michael, your tire jack is rattling," Rachael says to me. "If you want it to stop, open the trunk and lay it the other way. One direction, it'll rattle at 70 miles an hour, the other, it'll rattle at 60."

"Why is that?"

"I don't know," she says. "But that's what it does."

I slow the car from 70 to 65, and the rattling stops.

We pass near a town. For a brief instant, the reflections of the buildings appear as thick columns of light supporting the roof of the

sky. I blink my eyes; the beams vanish and a ridge that was the ceiling is replaced by stars and a wonderful gauzy blanket of cloud.

Rachael turns up the radio and a song fills the car, "Happenings Ten Years Time Ago," by the Yardbirds. No need to call Leonard, I know where I am. I think of the first time I heard that song—I was with Rachael. I wonder if this was that night. Probably.

Night. On each side I see the dimly lighted villages with their 25 miles per hour speed limits, MFA OIL signs and cops. Little spots of neon in the darkness. Finally, I pull into Corinth, my home town.

After dropping Rachael off at her grandmother's house, I drive to see my folks, amazed at how much time I've been able to spend here. Hours, it seems. I step through the front door to greet my mother and father. In the introductory sessions, Poundstone had suggested against visiting one's parents while in the past. The emotions involved were often simply too strong and usually resulted in a premature wakeup. Now, with them at this island in my past, I feel those emotions, as well as one that was unexpected: guilt. Seeing my father's lined face I now understand how hard he worked to put me through school, how much he and my mother cared for me, their remaining son.

An hour later, I'm climbing into the car for the drive to college.

"Come by when you can stay longer, Son," my father says. I hear myself promise to spend the summer working in Corinth.

If only I had.

I twist the key and hear a gentle, rhythmic roar. I see a splash, then four small figures drop to the bottom of the lake—drowned. No. They're still alive, fighting their way back to the surface, around the churning undersea landscape of shirts and underwear.

They're at the side of the tub—now, back into the water. But this time the surface is covered with foam. Who knows what's below the surface? Jeans. Work clothes. Towels.

"Don't lose your toys in there," my mother says. "You don't want them to go through the wringer." She pauses to wipe the steam from her glasses, brushes the hair from her face, then with a determined look starts a line of white sheet through the wringer.

"I'll be careful, Mom."

On the side of the ivory-colored machine I see a nameplate: Maytag—and beneath it, a plunger-style gadget with a red plastic handle. What's it for? Who knows, but it's *neat*. The world could use more things like this. More plungers and casters and machines that

get your hands wet. Of course, I would think that now. I'm a kid.

Looking around, I can almost smell the dampness of the basement, feel the cool wet cement floor beneath my bare feet. And I'm sure they are bare—there was never a summer back then that I didn't go barefoot.

I look up through the basement window to see the sheets on the line, full in the stiff summer breeze—sheets, pillow cases, dresses, workclothes, blue jeans, shirts. Perfect. Not a bad place to come to, I'll have to remember this.

As my mother pulls the sheet through to the basket, I return my toys to the rinse tub, watch them sink to the bottom again. Then I hear something.

"Michael—"

I recognize the voice.

Lock. I scan the scene. My mother is still here, the washing machine, the basement, the time is still here. Yet something is pulling me away from this place—pulling me back into the river.

"I think it was the potato salad."

It's Rachael.

She's lying on the couch, her head hanging over a half-filled pan of something.

Vomit.

She's wearing a white cotton pajama top with little hearts printed across the front. Beneath the hem I see a strip of red fabric: gym shorts.

I remember this evil night. The Dominics still lived in Cherokee, and Bob and Wanda were with the kids at the Weslayan Drive-In, twenty minutes away.

"Rache, I'm gonna call the doctor."

"This town doesn't have a doctor. I'll just have to get over it. I'll—" she pauses to throw up into the pan. I wipe her mouth with a damp face cloth. "Jeeeez. I gotta get some sleep. I wanna die."

There is no sensation of touch, but somehow the room looks *cold.* I hear my own mind racing—where are Bob and Wanda?

"Look. In the medicine cabinet is another bottle of mom's morning sickness pills. Get 'em, okay?"

"Sure."

The picture moves from the couch to the hall and into the rectangular tile-covered bathroom. I'm looking in the medicine cabinet. Perhaps I'm nervous, but the scene is wavy, gray at the top. Like a

television picture that needs adjusting. I watch as I rummage through the cabinet.

Should I lock the scene? After all, this happened more than thirty years ago.

No. Rache is sick. I watch my hands fumble over squeezed tubes of Crest toothpaste, baby aspirin, a few loose bars of Zest, looking for pills. Or something.

"Rachael, they aren't here."

"Sure they are. Just a minute." I turn to see her wobble into the bathroom, her face absolutely white. "I'll find 'em—ah. Here they are."

The scene begins to ripple, then become hazy. Am I leaving already? I lock the scene.

"Leonard?"

"Yeah. How's it going down there?"

"Were you trying to bring me back?"

"No. If I wanted you back, you'd be back. What's going on?"

"Nothing. I'll talk to you later."

As I unlock, the room whirls into chaos. From the lower border of my vision, I see a viscous greenish stream flow toward the commode.

Was I sick that night too?

"Rache—?" She's gone.

I flush the commode, throw some water on my face and weave back into the living room. She's pale, curled up in a fetal position, her eyes closed. Out like a light. At least she's sleeping.

Another trip to the bathroom.

This is not fun. Perhaps I can leave, go back to the basement with my mother washing clothes—or to that nifty street dance where I first heard live rock and roll. Maybe sit with my folks on the back porch. Maybe a nice family dinner—

No.

"Mike, you okay down there? Your blood pressure's sliding. What's going on?"

"I'm okay. I'm trying to bridge out of here. I'll get back in a minute—"

Lock. I see nothing but a blurred commode. More slosh coming from my gut. What the hell is going on? I think back to the breakfast I consumed before getting in the chair. What was it? Some kind of Mexican breakfast—God, what if it was contaminated too? If I get sick

up there, it's sayonara. I'll probably puke into the helmet.

Lock. Unlock. Doesn't matter. I'm getting sick watching all this. *Where is Rache?*

The scene jumps. I'm in the living room sitting in a chair opposite her. She hasn't moved, and I apparently haven't thrown up within the last few minutes. Perhaps the pills worked. I try to remember: Did I take them too?

Watching this, it occurs to me things are getting dim—as though a short-circuit is forming between the me that is here and the me that is back there. I see a brown bottle on the floor near the couch. Picking it up, I see the cap is gone and the bottle is empty. As the light dims, I turn the bottle in my hand until the label comes into view. Robt.A.Dominic. *Seconal 100 mg. Take one at bedtime.*

I lock the scene. Dim, losing light. Rache is in a fetal position on the couch. Not moving. Did she take them so she'd sleep?

Mike. Leonard here. Your heart rate is getting nontrivial. If it goes past a hundred, I'll have to reel you in.

Wait! No! I have to call, have to get those out of her—

I feel the electricity pour into me, lifting me up like a ferris wheel. Up and back, away from Rachael.

No!

I try to lock the scene. Call the operator. Call the operator and have her call the ambulance...102 Main, Cherokee...

Then the wheel brings me up. To somewhere else.

And now I'm in a lounge chair, sitting by a pool. Overhead is a crisp blue sky with patches of blue and gold clouds. Nearby, a road crew rips apart a city street.

I know where I am—summer, 1974.

Linda is still in our room, splayed out under a thin sheet, one bare leg uncovered, toes pointing to an empty wine bottle. Taylor's New York. On her left hand is the diamond I gave her last night.

A jet thunders overhead. We're near the airport. Am I able to search my memory here? I see an image of the night before—in our car parked on a hill overlooking the runway, watching the jets come in.

I look down at my notebook, and see it—Lightning Wife—an old poem I'd written in the army. More images: Linda reading it, then walking to the sink to brush her teeth. I'm surprised how slim and

perfect her legs are.

She turns on the faucet and squeezes Crest onto the brush. "It's a very good poem, Mike—you should have been an English major."

"I'll stick with history."

"Let me show it around the department. Everyone would love it—especially Henry. You'd probably get an A." She looks in the mirror, scrubs her teeth furiously for a few seconds, turns to me, foam in her mouth. "Henry is very big on death, you know."

I've got to get *back*.

I *must*.

The room—the bed, the floor, the walls, Linda with the foam on her mouth, everything—stretches like plastic film, collapses into a point. For a brief instant, I'm at the top of the wheel, and now it begins to move.

Back.

And down—right into chaos.

We're in the bathroom. Rache is doubled over, I'm holding her above the commode, her feet tripping over each other. We stagger, fall. More chaos.

"Did you throw up?"

"No—Lemme sleep."

I pick her up, hold her over the toilet again. I see an old image from years before: my mother holding me face-down over the bowl until I rid myself of whatever was making me sick.

"Lemme go," Rachael says, her voice barely audible. "I can't throw up anymore. I *hurt*."

"Please."

"I *hurt*. Lemme go."

"No! Rache! Think of the potato salad."

She dips her head for the commode and opens her mouth, but nothing comes out. I turn, run the pink plastic tumbler full of water from the bathroom tap.

"Drink this!"

"I don't wanna throw up. I *can't*."

"Please."

She spits the water onto my shirt. I run more and make her drink it. Then I place her over the commode. "Rache. I gotta tell you. I got that water from the toilet."

"Arghhhhh." She aims her elbow squarely at my field of vision.

A round yellow flash full of red spider webs. Then nothing but red and green spots of light. When Rachael's bathroom reappears, everything looks blurred and double. Almost simultaneously, she sprays the commode, the wall, me with a voluminous blast of yellow vomit. More than I'd suspected was there.

"What's going on here?" I turn. Bob and Wanda, the little kids—the entire rest of the family, all in the doorway, their mouths open in horror.

"Rache and I are sick—I think we took some pills."

"Oh, good Lord." Bob's eyes widen. "How many?"

"I don't know. The bottle's on the floor."

"Hold her there."

"Bob,"Wanda commands, "run some cold water in the tub. Bradley, bring Daddy all the ice trays. We have to keep her awake. Bob, you call the ambulance."

"I already called them," I tell her. "There was no answer."

Bob steps over me, turns on the faucet, then lifts the limp girl from my arms and places her in the tub, vomit-stained clothes and all. There is also a trace of red.

Blood.

I look down and see a dark stain on my shirt, about the size of my hand. What the hell is this?

"How's your nose?" Bob allows himself the faintest smile. "It looks swelled."

"I think it's broke."

"Can you breathe through it?"

"Yes."

"Then it's probably just bruised." Bob turns to splash water onto the groggy Rachael. "I always tell everybody my nose was broken, but the fact is, I was born this way. It just *looks* broken."

Wanda appears. "Bob, the line is busy."

"The nearest hospital is in Weslayan. Let's go."

Minutes later, the tires squeal out of the Dominic driveway as Bob aims the Pontiac down the hilly blacktop toward the Community Hospital in Weslayan. In the front seat, the three little ones sit perfectly still, facing straight ahead, while in the back seat Wanda and I support Rachael between us. I try to steady her against the bumps and still keep the ice-wet cloth pressed to the bridge of my nose.

I count the hills. Eight of them, and four near-right-angle turns.

Bob takes them all with the needle lying far to the right. In minutes we screech through the intersection to Highway 13. Minutes later, we approach the outskirts of town—a service station, a hamburger stand. All closed.

A stoplight. Red.

Bob runs the light, leaning on the horn all the way.

Another and another, all red. Bob accelerates through them, and within minutes, there is a police car following us. Bob rolls down the car window and motions him to follow. Thankfully, there are no other vehicles on the road. I tighten my arm around Rache as we turn into the hospital's emergency entrance.

The doors swing wide as I carry her into the white corridor. Seconds later, an orderly takes her from me.

I watch the clock tick. Second by second. Is that how we record time in our minds? *Every* damn second? How long have I been here? I look at my wrist. My watch is encrusted with dried vomit and blood. I detect a trace of what appears to be a bit of potato. Or maybe an onion. I resolve never to eat potato salad again, either now, *or* in the past.

Or future.

"Reverend Dominic, I'm Doctor Brian Walker." The physician is medium height with short blond hair and very tired eyes. "We flushed out your daughter's stomach and didn't really find anything. Your bottle of Seconal was labeled June of '62, and it was only for five days. That's a maximum of five caps." He looks at me. "Did you happen to take any, young man?"

"I don't think so."

"*Don't you know?*" The doctor gives me an exasperated look.

"I mean, no I didn't take any."

"Do you feel sleepy?"

"I feel sick."

"Want your stomach pumped too?"

"No."

He flashes a slight, perplexed smile and turns to Bob and Wanda. "Your daughter's running a slight temp so it looks to me like either the flu or food poisoning. And she apparently mistook the secobarbital for antinausea medication. I think she got it all out of her, but she's very dehydrated, so I'd like to keep her overnight. We're building her fluids back up..." He looks at me. "Sure you don't want me to look

you over?"

"I'm fine. I think I threw up everything."

"Do you know what it was?"

"Potato salad."

"Yeah," the doctor nods. "That'll do it, all right—that and turkey. You should have seen this place the weekend after Thanksgiving. The whole *town* was sick. We call it turkey flu."

"I'd like to stay with her," I say. "If it's okay with everybody."

The doctor looks at Mr. Dominic.

"Sure. Fine with us," Bob says, then he turns to me. "Wanda and I will go on home—put the kids to bed and bring you a change of clothes. I've got some pants that'll probably fit you."

I sit in the darkness of the hospital room watching her in the bed, watching her chest move with each breath. I notice the IV bottle is the old kind, glass. Of course. There were no plastic IV bags in 1966.

Despite where I am, I feel a sense of fatigue. As though I'd actually been through this again. And yet, it seemed like it was the first time.

I look down at my shirt—a short-sleeved white cotton job with a little pocket protector. Courtesy of Bob Dominic. The white cotton jeans—if that's what they once were—are lying in a pile near the corner, replaced by a pair of loose-fitting surgical scrubs.

I sit here in the darkness with my swollen nose, watching this girl on the bed. Watch the IV drip into the tube. Watch her sleep.

And now, I'm watching it again. All over again. This girl from my past, now lying pale and still in a darkened hospital room, a thousand miles away and decades from where I am.

I wonder: If I fall asleep here, will I wake on the other side?

I'll take the chance.

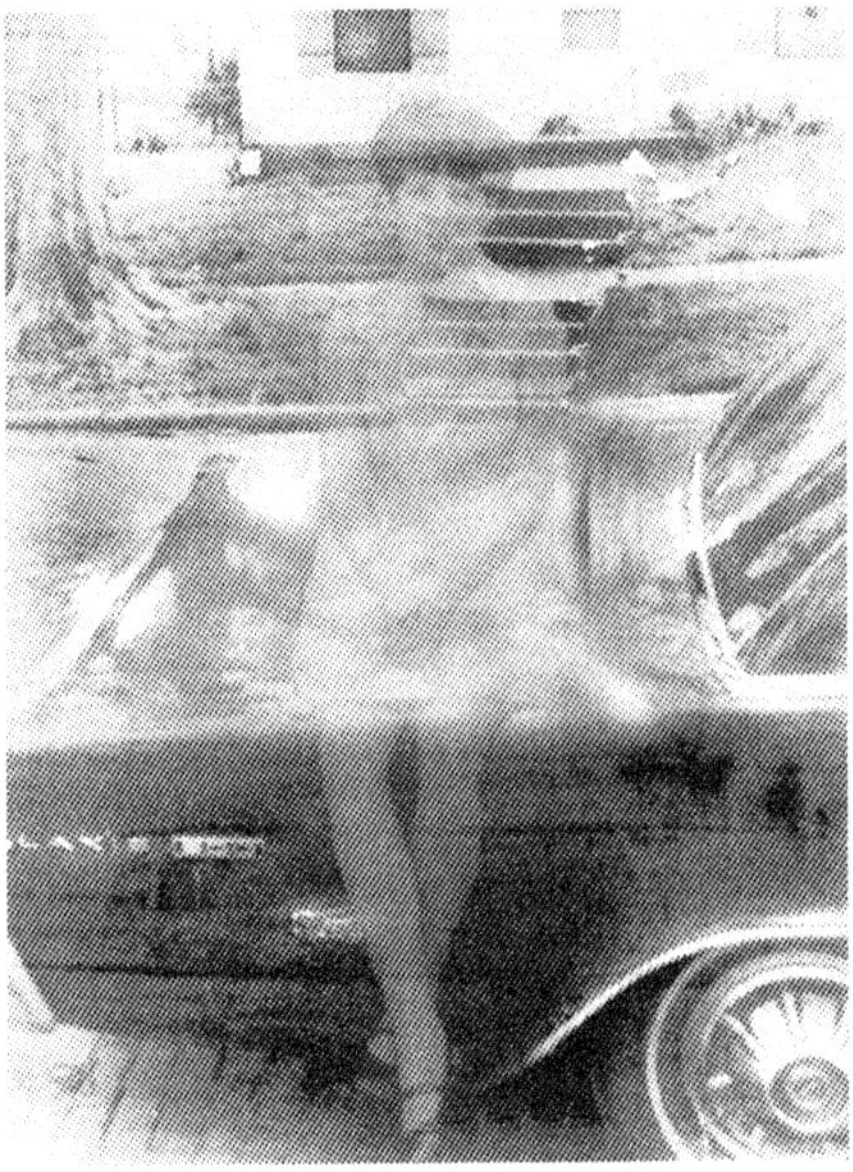

Part III

16

December, 1966

It's morning in my memories. Amazingly, I'm still here—after a cramped night in a metal hospital chair. If I dreamed, I can't remember. Perhaps I had visions of the future. Perhaps I skipped the dream altogether and went for unconsciousness.

Regardless, the nice thing was waking up and seeing Rachael smiling gamely at me from the bed—to hear her voice the first thing this morning.

"Hi. You spent the night, didn't you?" Her speech is slower. Like she has all the time in the world.

"Yeah. I stayed." I yawn, stretch, rub my eyes. "I don't think I got much sleep, though."

"You're wearing Dad's shirt."

"We're the same size, believe it or not."

"I thought you would be. There's a resemblance." She leans on one elbow and looks at me. "Same height, both of you have black hair."

"I guess."

"Michael, I want you to know something—" her voice is soft, almost a whisper. "I really, really like seeing you the first thing in the morning. Even if I did throw up the night before."

"Thanks, Rache. I feel the same way"

Shortly after that, Wanda and Bob stop by with a freshly washed pair of jeans, shirt, socks and underwear. I quickly lock and scan the scene. The jeans are pale blue cotton Levi's, the shirt a light blue oxford, the socks blue and brown argyles and the underwear white Kerry

Knit. Nothing I could take back to the future, nothing I'd want to.

At 8:30 another doctor arrives. He's a short man with brown hair and a bland disposition. We leave the room and return a few minutes later. "She's running a slight fever. Probably nothing to be concerned about, but I'd like to keep her here one more day. Just to be on the safe side."

Disappointment.

Returning to the room, Rachael complains about the hospital gown, then is quiet. Moments later, her eyes close and she's asleep. Maybe keeping her here was a good idea. I look at the gown. Open at the front, I can see a swath of bare skin from her neck to her stomach. It occurs to me that she is wearing her hospital gown backwards.

Later in the morning, after returning to Dominic's in Cherokee for an early lunch of fish sticks, bologna sandwiches and Vess cola, I head the car down highway 50 toward Kansas City. Watching the scenery race past I try to remember why I'm driving away. I try to listen to my mind, but all I hear is the sound of the radio. The station is playing something from 1966—which makes sense, because that's exactly where I am. It's a song by the Four Tops: "Reach Out."

Didn't I recommend that song to a giant—*company*—once? I can't remember. It's sometimes hard to remember the future from back here. It's like the memories associated with *this* time and place crowd the others out. Makes sense, though: the river of my life is made of memory. And right now, since I happen to be immersed in 1966, most of what I know at this instant in time is from this place.

It's an interesting phenomenon. I'll tell someone about it when I get back, only I'm not sure who it would be.

I settle in and scan the scenery: The eastern edge of Kansas City seems to begin at the town of Lees Summit. Here, beneath a high, thin cirrus, I see rows of commercial buildings, car dealerships and highway restaurants. Another few miles and I cross the hill to see the jagged gray outline of the city. Though the grass along the side of the road is still green, most of it is covered by brown leaves. The closer I get to the city, the chillier the day becomes.

I punch in the second button on the car radio and turn up the volume. The song is "Good Thing," a new release by Paul Revere and the Raiders. Immediately after it is Jimmy Ruffin's "I've Passed This Way Before." It's ironic and funny but I'm not sure why. My logic processes seem to be an odd, unwieldy combination of those from the future and

those from this place. My volition, my senses, are directed by the 'me' living in the world of 1966, while the inner conversation with myself seems to be purely from the me located in the real world of the future. And yet, there is a part of me that seems to be a combination of the two, probably the result of simple confusion. Probably from spending so much time back here.

I notice another thing: Contrary to my expectations, most of the experiences back here are *not* accompanied by a sense of deja-vu. But when it does occur, the feeling is remarkably intense. Listening to that song, watching the scenery roll past on this blue early winter day, it seems I can almost see the events just seconds away in the future.

But no, I'm wrong. Here at the wheel of my cranky, droning 1964 Ford Fairlane, on this winter day in 1966, the future rolls away ahead of me, opaque as it ever was, and seconds out of reach. Just like in the real world.

Continuing west, I pass by the Art Museum, several hamburger restaurants, a wonderfully baroque fountain, and finally come upon The Plaza, Kansas City's first shopping center. It's a surprise, covered in ornate tile roofs with Spanish-style ornamentation. In the cool pale light of early December, it's another world.

I coast through, narrowly avoiding the shoppers. Several miles later, I pass State Line Road. Now I'm in Kansas. I lock the scene: the cars here are bigger, more *squarish* than in Missouri. Is it my teenager's perception at work, or simply because people over here can afford bigger, newer automobiles?

Another thing—here on the eastern edge of Kansas, the sun has a much grayer cast. A line of high, dense altocumulus has drifted in from the west to darken and chill the day. Cold air from the sparse brown plains of western Kansas. I slide the chrome heater control all the way to the right, turn on the fan, and steer the car toward a stand of brown brick buildings. I see a sign: Metcalf Mall. I'm in the suburb of Prairie Village.

I park the car, zip up my coat and walk toward the shopping center. I'll know it when I see it. And there it is, in a store window. Perfect.

And now I'm inside, reaching for my billfold. It's a men's clothing store and the object is a blue and black striped nightshirt, a cotton pullover with wide horizontal stripes. It has half-length sleeves and two clear plastic buttons at the collar. Apparently my teenage mind

believes Rachael would love it. Something in me agrees. I pay the clerk, a tall pinstripe-suited college student, $13.56 and watch him wrap the nightshirt in rough brown paper, then put it in a sack marked Mailliard's: 22 OnThe Mall. Walking from the store, I stuff the change in my pocket and head for the parking lot.

A voice drifts in from the static: "Now she can wear something besides that stupid hospital gown."

On the way back to Cherokee, it suddenly occurs to me that in the clothing store I had an excellent opportunity to log in design data. There were walking canes, suspenders, paisley ties, vests, driving caps, gloves and scattered bottles of Brut, British Sterling, Canoe, By George, Russian Leather and Jade East. The best of fashion forward circa December 3, 1966. And I didn't lock the scene once. But why should I lock the scene at all?

As I drive east on Highway 50, I listen to my memory for nearby scenes—those experienced only a few weeks or months before. At first, there is nothing. Then, suddenly I see Rachael and I driving somewhere in the rain. See her place the lethal bowl of potato salad on the back seat, next to her green plastic overnight case. I feel her snuggle against me as the darkness falls, listen as she complains that her front teeth are too big and that she looks like a chipmunk.

I tell her I think she's beautiful and perfect.

The memory dissolves and I'm alone in the car, turning south at the Weslayan exit—the Weslayan of winter, 1966—blue and cold in the dying light with small houses lining the main road. At the intersection of Market and the main road through town, I see the KuKu Hamburger Restaurant, a fat square glass box glowing brightly in the middle of an asphalt parking lot. It's Rache's favorite restaurant. Twenty minutes later, by the time I turn west on State Road 2 toward Cherokee, the clouds have become dense and dark with snow.

Negotiating a winding curve, I see the first soft white flakes hit the windshield. I count the hills on the winding two-lane blacktop—eight in all, one winding around to the south past three prominent grain bins. By now, the road is covered with a thin layer of snow. But it's all right: I'm only two miles from Cherokee.

A gust of wind smacks the car as I turn left onto the gravel road to her house. And there it is, a small clapboard house nestled between the water tower and the church on the dark, lonely eastern edge of town. In a few moments I'm walking up the cracked cement path to

the front door. Perhaps I'll load the family into the Ford and take them to the hospital tonight to see Rachael.

Even before I reach the front steps, the door opens and Wanda welcomes me inside. "Michael, we were worried about you," she says. "Afraid you got lost in Kansas City. Bob'll probably be at Safeway until late. He has to stock oranges again...so there's nobody here but us mice." I hear a nervous lilt in her voice. Is Rache okay? I look past her to see Amy and Brad playing on the living room floor with their toys. In the kitchen, seven-year-old Stacie, her long blonde hair askew and both hands encased in oversize oven mitts, is peering intently at the range. Something inside the oven is obviously not doing what she wants it to.

"Michael," Wanda says, taking my jacket. "Stacie is making fish sticks. You like fish sticks?"

"Ah. My favorite."

"And we have spinach and vinegar—with bologna sandwiches." Stacie nods gravely. "In case the fish sticks don't work out."

Wanda turns to me, smiling brightly. "Michael, I've got a surprise,"

"Yeah," four-year-old Amy looks up from her trio of identical Barbies, "Rachael's home."

"She called us about two this afternoon," Wanda says. "Said she felt fine and wanted to know where you were. I told her you went to Kansas City and she said she wanted to come home—right then." She turns and leads me through the narrow hallway to Rachael's room. "The doctor finally said it was okay. I think she wore him down."

I step inside the darkened room, around the pile of clothes to the bed. "Rache—?"

"Hi, Michael." Her voice comes from far away. "I've been waiting *all afternoon* for you." As my eyes adjust to the darkness, I can see that her hair is matted and her eyes are puffy. "I really feel miserable, but I'm better now."

"The doctor said it was acute gastritis and to keep her on liquids for a few days," Wanda says.

"Yeah, that potato salad really poached my egg," Rachael mumbles. "Mom and Day says you can stay in here tonight."

"Here?" I glance back at Rachael's mother. "You mean *in this room*?"

"We'd like you to keep an eye on her," Wanda says. "Her dad and I didn't think she was well enough to come home, but once Rachael gets something in her head, you can't change her mind."

"They made me wear this stupid see-through gown and everybody could see my boobs," Rachael said. "Not that there was all that much to see, but it was embarrassing."

"That's because you were wearing it *backwards*, Hon,"Wanda said.

"Well, I wanted to come home. That way I could wear what I always wear. Pajamas or a t-shirt."

"Michael,"Wanda says, "Bob won't be home until after one, and he'll be bone-tired. And Amy's acting like she's coming down with another sore throat so I'll be busy with her. Do you know how to take a temp?"

"Well, yes—"

"Good." Wanda hands me a glass thermometer. "Just shake it down, get all the mercury into the bulb, then put it right under her arm. If she gets up above 102 you just come and wake us up. And if she starts to get sick to her stomach again, you wake us up. All you have to do is knock on the door, we're light sleepers. There's a pan in the bathroom, but try to get her in there to throw up, if you can."

"Sure, but—"

"I'll put down a quilt on the floor, and you can use the pillow from the couch,"Wanda says. "And if you get cold, there's some extra blankets in the hall closet. Probably be more comfortable than sleeping on that old couch anyway."

"Um, probably. Thanks." I turn to Rachael. "Are you sure you're okay?"

"I feel awful." Rachael looks queasy. "My stomach's been cramping like I'm having my period, only a zillion times worse."

"I think you should have stayed in the hospital."

"Yeah? After you've come all this way to see me? Your college is almost two hundred miles from here. Did you know that?"

"No, I didn't know that."

Stacie appears at the door next to her mother. "Fish sticks are about ready. Rache—you want tartar sauce on yours?"

"Get it outta my sight," she pulls the covers up. "I don't even want to *think* about tartar sauce."

"C'mon Sissy." Wanda pats Stacie on the shoulder. "You can get the ice for the Cokes."

I hand Rachael the package. "I thought you were still going to be in the hospital, so I got you this."

"Oboy!" She sits up. "A present." After some fumbling with the

paper, she retrieves the article from the bag. "I love it." A pause. "Okay. What *is* it?"

"It's a nightshirt. You sleep in it."

"Sleep in it, huh?"

"Yep," I tell her. "I was going to give it to you to wear in the hospital."

"Why, Michael, that's so sweet." She smiles. "Want me to put it on right now? Over my tee-shirt, that is."

"Sure. Go right ahead."

As she wriggles into the blue nightshirt, I hear a thin howl of wind followed by a creaking noise from outside. Tree branches scraping against the house. Limbs against limbs in the chill darkness of early December, 1966.

"There," she says, holding her arms out. "How do I look?"

"Perfect," I tell her. "Absolutely perfect."

Some time later, after fishsticks, spinach, and instant coffee with Wanda and the kids, and hours of talking in the dark with Rachael, I take off my boots and socks and slide to the floor. I close my eyes and the world goes away.

When I open my eyes again, the blankets are massed in a huge soft ball midway between my chest and feet. Approximately five inches from my face is my boot. Nearby, a small stuffed elephant eyes me warily from a mound of clothing. Scanning my visual field, I'm amazed at the forest of objects surrounding my position—only a few identifiable in the darkness: a pair of girl's white boots, a jewelry box, a transistor radio, a sewing kit. Directly across from me, I scan the underside of the bed. I guess that the darkness harbors a coven of shoes.

There's music, a muffled "Hazy Shade of Winter." I hear the squeak of bedsprings as someone turns. Then a whisper: "Hey. Michael. You awake?"

"I'm awake, Rache. How do you feel?"

"Still got a headache. And my stomach still hurts. Of course, it might just be my period. I have terrible periods. I practically *live* on Midol."

I lean on my elbow. "Want me to get you anything? Glass of water, maybe?"

"Yeah. Glass of water would be nice."

I get up and stumble out of the room. I watch my feet find their way from the carpet of the hallway to the linoleum surface of the kitchen. I'm barefoot in white t-shirt and light blue cotton jeans.

I open the cabinet, extract a glass, run the tap, then return to the bedroom.

Rachael sits up in bed to take the glass. She's still wearing the blue and black striped nightshirt. She's also wearing a gold chain around her neck. Is my ring suspended on it? Probably, but I can't tell.

"I really hate this western Missouri water. They get it from somewhere in the ground." She takes a sip and then makes a face. Did you happen to notice this water is actually *white*? Stacie says Cherokee, Missouri water tastes like Zest smells. Care for a drink?"

"No."

As she reaches over and sets the glass down on the nightstand, I see that under the nightshirt she's wearing a t-shirt and her pajama bottoms. White, with tiny red hearts. The same ones she wore when she first got sick.

"I guess I'll go back to the floor—"

"You can sit here and talk." She pats the bed. "If you don't talk too loud. My folks are real light sleepers."

"Okay. If it isn't gonna cause a problem." I sit down on the edge of the bed.

"I don't think it will. My folks trust you. They think you saved my life by making me throw up that pill. Besides, you've been sleeping down there on the floor *for the last three nights* and you haven't tried anything. They know you're safe."

I lock the scene, but all I get is a dark gray with outlines. Three nights? I must have jumped ahead. I think about what I've missed—lost time with Rachael. I resolve to come back someday to retrieve it.

Unlock.

"Your folks think I'm safe, huh?" I lean over and give her a kiss.

"*Real* safe," she smiles. "I bet they'd let us sleep together if we wanted—if we kept our clothes on, that is. I'd probably want to wear my red gym shorts." She looks at me. "Are you comfortable sleeping in those jeans?"

"Sure. I've spent a lot of time sleeping in jeans. When I was in Boy Scouts, we had a camporee in April one year when the temperature got down to twenty. I went three days without taking my jeans off once."

"Must have been uncomfortable. Didn't you have to go to the bathroom?"

"Well, not counting *that*."

"It must be awful to go to the bathroom out in the woods. My friend Jeannie Collins went camping with her cousins once and she said the bathroom was the worst part—there wasn't any."

"How's your headache?" I brush the hair back from her eyes.

"I'll get over it. Mostly my stomach hurts."

I stand up and look at her, a girl surrounded by quilts and covers. "Well, Rache—"

"Did I tell you they missed the vein and my arm swelled up?" She shows me her arm. "It's fine, but they said it could have caused nerve damage."

"I'm gonna go back to the floor."

"Michael—"

"Yeah?"

"I really don't think they would say anything. If you sleep up here on the bed, I mean."

"Rache—" I look at her. "I really like you a lot. And I like your folks—"

"They like you too."

"I don't want them getting mad at me for *any* reason. I'll sleep on the floor." I kiss her again, then step around the bed to my quilt next to the wall.

"Michael—"

"Yeah?"

"Goodnight."

"G'night, Rache."

I listen to the radio. It's playing an obscure song, "What Becomes of The Broken-Hearted." I'd call Leonard and ask him the stats, but if I go to sleep, I'll probably see him in a few minutes anyway. It *does* seem like I've been here for days. And I was only scheduled for how many hours? Six? I think back to what Gail had told me once about a drug that dilates time. Maybe they're putting that in the IV up there.

"Michael," Rachael whispers. "What if I go in and *ask* 'em?"

"Ask them what?"

"Ask 'em if it's okay for you to sleep with me on the bed. If you wear your jeans. And a shirt, of course. And maybe even a *jacket*, if you want."

"I don't know. I don't know if we should—"

Suddenly, it occurs to me I'm hearing someone else—from somewhere inside. My thoughts back then?

I lock the scene and listen.

Yes, they're here: Little sensate *beings* drifting up from some deep place, coalescing near the surface to agree first on the thoughts, then the words. Echoes of my own thoughts from thirty years ago.

In the stillness of the full lock, I listen, fascinated: "*I've never slept with a girl overnight. Never. What will it be like? What will I say to her folks in the morning? I don't know if I can do this—*"

Then, the voices fade and are gone, leaving me only silence. Like a birder who had only briefly caught sight of a flock of cranes, I examine the void for an echo of what I'd heard.

Nothing.

An improbable question: If I'm inside my own memory, why is it so rarely that I hear my thoughts from then—from now? Is it because they aren't really a part of this place after all? Maybe thoughts are like migrating birds flying high above the landscape of time.

If so, where do they call home? Maybe someday I'll try to find out.

Unlock

"Look," Rachael says. "You've been sleeping on that hard floor ever since I came home from the hospital. It's like Daddy said—if we were gonna do anything, we would have done it already. So I think I oughta' ask em."

"I don't think you should. Okay?"

"Okay." She pauses a minute, then throws the covers off and climbs out of bed."

"Where are you going?"

"To the bathroom. It was that glass of water you gave me." She closes the bedroom door behind her. I hear another door open. Then the sound of running water. I close my eyes. The radio plays a rare oldie from late 1966, "It's Now Winter's Day."

Gone is the green grass, the trees have turned brown—
The sky has gone gray, it's now winter's day—

About five minutes later, she returns. "Guess what!" she whispers. "They said it was okay!"

"What? You asked both of them?"

"Both of them. Daddy said 'yeah, it's fine. Go back to sleep.' Mama said I gotta put some gym shorts on underneath this nightshirt. So close

your eyes—okay?"

"Okay." Darkness descends. I hear a drawer open, then some shuffling of clothes.

"All right." I hear the bedsprings squeak. "You can get off the floor now."

I lift the covers and slide in beside her. I can almost feel her putting her leg over mine, feel her curl up next to me. "I can't believe you talked them into it."

"They were real sleepy. They'd agree to anything when they're sleepy. Besides, I told 'em if you couldn't sleep on the bed, I'd sleep on the floor with you. Gimme a kiss g'night."

We kiss, then she curls under my arm. A second later, she's asleep. I begin to close my eyes, but all I see are sparks.

Lightning.

Is it the future calling? Maybe only a storm—

"Mike, this is Leonard.

"I'm here." I feel my heart sink.

"Sorry I haven't gotten back to you earlier. Our theta detectors went off the trolley again and I've been fooling with that all afternoon. Looks like they're no-op. I'll have to bring you up."

"Sure. But can you wait a few more minutes—"

"Sorry. Poundstone's coming down for a look-see. Hang on."

I open my eyes. It's 4:00 p.m. Real World time.

17

Coltrane

Five p.m. I'm in my room and the phone has been ringing for at least a minute. I wonder: Should I answer? It's probably Gail, wanting to meet for dinner. I don't have an objection to that, but still—

The ringing stops. I settle back on the bed and close my eyes, trying to recapture some part—any part of the place I've just been.

The phone begins ringing again.

I pick it up.

"Mitch? It's Jerry. How're ya doin? Security said you're in your room, but you won't answer the phone. So I figured you were asleep. Or in the shower or something."

"Jerry." I collapse back onto the bed. "How are things?"

"Mitch, they are not going very well. I expected a call from you yesterday telling me when your plane would be coming in. You know what I got? I got bupkis. You didn't call me, Mitch. Can you tell me why you didn't call me?"

"I was thinking it over, Jer. That's why I didn't call you."

"Mitch, I told the staff this morning—you know what I told them? I said, listen, I've known Mike Mitchell since I was a college student. I'm the godfather to his little son Paul. I stood up at his daughter's weddings—both of 'em. I *know* this man. He's a decent, caring, *responsible* man. And I know he won't let us down. When the Japs come to hand us their wallet, Mike Mitchell will *be* here to accept it from them."

"Jerry, I'm not gonna do it."

"You *dick*! Why the fuck not?"

"I've decided to stay at the Institute until the end of August. And maybe longer."

"You rat's ass! You're gonna sink our company!"

"I'm not going to sink anything. *You* talk to them."

"You putz, I'm forty-two years old. I start talking real old time rock and roll they'll laugh in my face!"

"Go a couple of days without sleep. Put a little gray in your hair. Anyone can look older if they work at it."

"Mitch, *please*!"

"Tell them you took acid at Woodstock. Tell them anything. But don't tell them I'll be at the meeting, because *it isn't going to happen*."

"Mitch. I'm your *partner*. We've known each other *a long time*. We can work this out. How about if I tell 'em you're meeting them down there in San Angelo?"

"I'm in San *Antonio*."

"Angelo, Antonio. *Whichever*. Look. Maybe you can talk 'em into getting together at a coffeeshop or something. Take the day off and show 'em around. Find some camera stores or some kind of amusement park. They really go nuts for cameras and amusement parks. Then send 'em back to Boston so we can get that contract."

"I'll let you know."

"Tomorrow. You gotta call and confirm by tomorrow."

"I'll let you know."

I hang up the phone and look out the window. It seems the sky has become a malevolent, intense blue.

Hours later, I'm in my jeans sitting cross-legged on Gail's bed. The sun has gone down and the blinds are open, revealing a deepening purple sky.

Gail pushes the plate of cheese cubes over to me, then gets up from the bed. She's wearing a pair of bleached, ragged cutoff jeans—the shortest I have ever seen, even counting the ones I happened to see in 1966. The top hem crosses her stomach well below her navel, and the rear view exposes at least an inch of tan, perfect derriere. The hem of her plain white t-shirt falls just above her lowest ribs, exposing a smooth stomach and perfectly round navel. The shirt itself is tight enough to outline her breasts—no bra, of course.

With her long, smooth legs and hair tied back she could easily pass

for a thirty-something perfect wife and sex partner. The thought of spending time in bed with her should be an exciting prospect. For some reason, it's something less than the sum of its parts.

"Guess you heard," she says from the kitchen, "Keller's back."

"He is? How is he feeling?"

"Better. Seems Kapp got it all wrong. What happened was some widget shorted out and broke the connection."

"So he didn't go flatline after all."

"That's the company line, anyway."

"You think they're telling the truth?"

"Well, just from what Kapp said, *something* obviously happened to Keller." She pauses to uncork a bottle of wine, then reaches into the cabinet for some glasses. "Maybe it was just a scram, I don't know. I'll tell you this, though," a pause to pour the wine. "I'd *love* to see what his chart looks like."

She returns with two glasses of wine. "Now, are you gonna tell me where *you* went?"

I look up at her.

"Fair's fair. I told *you*." She sets the glasses on the nightstand and climbs onto the bed next to me. "Did you fool around any?"

"No," I tell her. "I went back to 1966. A friend of mine—okay, a girlfriend I once had—ate something that made her sick. We had to take her to the hospital."

"Sounds interesting. What possessed you to travel to that particular place in your life?"

"Oh, I've been traveling back to see her before—"

"Really?" Gail's eyes brighten. "This sounds serious. Tell me more. What was her name? What'd she look like—was she cute?"

"Rachael. Rachael Dominic. She was about five-four, had black hair. She was always complaining about her acne. She thought she was ugly and her breasts were too small. She said her stomach stuck out. The last time I went back she told me she looked like a chipmunk."

"Sounds like a normal girl to me," Gail says. "Was she pretty?"

"At the time, I thought she was the most beautiful girl in the universe."

"Now *that's* a serious crush," she laughs. "Was she?"

"Was she what?" I look at Gail.

"The most beautiful girl in the universe." Gail is motionless, waiting. She really wants to know the answer to the question.

"Well, in *my* universe, she was."

"You mean the universe you've been visiting?" Gail crosses her legs. "The one where you're nineteen or twenty or something?"

"Let me tell you a story. Years later, in 1974, when I was in a motel with my perfect fiancee, Linda, I would have given anything to trade her for Rache. Would have done it then and there. No contest. Not even close."

"Why didn't you marry this girl?"

"She broke up with me."

"Why?"

"She thought I was seeing someone else."

"Were you?"

"In a way. I was in my freshman year of college, Rache thought she was pregnant, and I thought I was looking at serious real life. No question, my running around days were over. So sometime in the late spring of 1967, I got a call from an old girlfriend who had recently transferred to my school. She told me she heard I was engaged and she wanted to wish me the best."

"Yeah, right." Gail smiles. "She just wants to talk."

"Well, yes. But that's all we did. Spent all of twenty minutes sitting in my car talking about which professors graded high, which ones to avoid. Then, out of the blue, she started hammering me for wanting to marry Rachael. Said I would be spending the rest of my life digging ditches or something, and she wasn't going to let that happen."

"Was she serious?" Gail asks.

"Serious as a heart attack. When I dropped her at her dorm room, she called Rachael and told her that we were seeing each other again. It was a lie, but I actually made it worse. I denied even seeing her. I promised Rachael I'd never lie to her—and then I did."

"And—?"

"And then, I felt guilty for lying to her, so I told her that, yes, I had seen Brenda Lacey again. In fact she was attending my college." I pause at the thought. "I hadn't told Rache any of that before, I just didn't think it was important. Well, of course, it was, to Rache. That Friday when I drove down to see her, I knew I was headed for trouble."

"I'd say."

"Actually, it was catastrophic. One Saturday morning in the spring we were in her room talking about our wedding, our life, the kids we would have—and then, she told me this old girlfriend of mine had

called. Told her about the date. She just reached down—took the engagement ring off her finger and handed it back to me."

"Ouch."

"She gave everything back—my ring, some old fireworks, an old nightshirt—everything. My world came to an end that morning. It was like somebody reached up and turned out the lights." I take a deep breath. "I made a deal with myself to forget everything about Rachael Dominic from the time I met her to the time we—well, to the present. I just closed the door, walked away into a new life and did everything I could to forget the old one. I once told a drill sergeant that my wife had died. What I probably meant was that part of my *life* had died."

"Sounds like a big chunk of your life to try to forget."

"Well, I was doing a pretty good job of it." I look at her.

"Until now."

"Until now. It's crazy, really. I take up a profession that analyzes the past down to the finest detail and somehow I'm this big success. Stockholders are happy. My business partner is usually happy. My wife *used* to be happy."

"Are you happy?"

"It doesn't matter. What's important is that I'm down here, suited up with wires and throat microphones and IVs and I'm swimming around in my own memories. And one of those memories is going to get me."

"Where she gave you your ring back?"

"That's the one. The place where my world changed. I'm not looking forward to visiting that place again. Mostly because it leads directly to where I am today."

Gail pats my arm. "Hey, Sport. They're just a bunch of memories, that's all. And maybe they're tired of being repressed. Maybe it's time to confront them and get over it."

"I don't know what their problem is, but I'm almost sorry I went back there at all. I don't want to go through that time again. Once is enough."

"Then simply *don't go there*," Gail says. "Can't you control where you visit?"

"On my extended run yesterday, I found myself in the bathroom throwing up my guts. That should give you an idea about my navigation skills."

"I don't always find myself with Eric either—I've been to some bad

times, too. I just try to forget them as soon as I can."

"Eric, huh? Was he your lawn-mower friend?"

"Yeah," she smiles. "My little Michigan yard stud," she rolls onto her back and looks at the ceiling. "Eric DeWayne Fenster Jr. Great name, huh? It's supposed to be Scandinavian."

"Fenster means window in German, doesn't it?"

"That's appropriate," she closes her eyes. "Yeah. It fits. Eric DeWayne Fenster Jr. sure opened *my* windows," she chuckles softly. "Actually, you might say he *cleaned* them for me. Let me see the possibilities—see what I'd been missing."

"Whatever happened to him?"

"Oh, he went home to Michigan. We wrote letters and counted the days until we could get back together. By the time May rolled around I was impossible. I wrote him this big long letter describing everything I wanted to do with him in extremely lurid detail." She smiles sheepishly. "His mother read it—then called my folks and read it to them. I felt like one of those guys at the Watergate hearings—what did you do and when did you do it?"

"Did you ever see him again?"

"Yeah. We wrote letters to each other all through high school. Most were confiscated by our families, but some got through. We dated other people, but it never seemed right somehow. It seemed as if Gail Lynn had found her one perfect person." She sighs. "Then I went to college, met Phil at a frat party, got pregnant and got married."

"And Eric?"

"I wrote him about it. Told him how I was sorry. Told him how I felt about him. About a month later I got the letter back, stamped 'Moved, no forwarding address.' It *killed* me. Hammered me right into the dirt. For years I wanted to know what happened to him. Wanted to tell him how I felt. I even spent a couple thousand bucks on a private investigator, looked through all the search engines for his email—but got nowhere. Finally I gave up on it."

"Why don't you ask Leonard?"

She looks at me. "Leonard?"

"Listen, he can do anything with that jukebox. He can probably find Eric the Scandinavian."

She smiles. "He's probably fat and bald."

"Would it matter?"

"Are you kidding?" She laughs. "Do you *really* think Leonard can

find him? I mean, you've got me thinking about this now—"

"Doesn't hurt to ask." I reach into the chips. "Of course, you might have to deal with a few things—like marriage for instance."

"Oh, *my* marriage, I can deal with." She loses her smile. "In fact, I'm a real expert at dealing with it. Say—" she pauses for a drink of wine, "you want to hear Banks' Rules on how you can tell if your husband is fooling around?"

"Sure."

"Okay. Rule number one—if you think they are, they probably are...and rule number two—if you absolutely know they're *not* having an affair, they *definitely* are."

"Is there rule number three?"

"Yeah. Rule number three—when you catch them at it, they always accuse you for driving them to it. And here's number four—they always, *always* start out by complaining about your cooking."

"Always?"

"Invariably." She nods her head. "What's going on, of course, is some bimbo is feeding him steak by candlelight, then screwing his eyes out. Which leads to rule number five—sooner or later, he'll be too tired for sex." She pauses at the thought. "I have considered writing a book about this. Or in the very least, starting a website."

"Is this from personal experience?"

"Afraid so." She nods. "Phil was incorrigible, even when I was pregnant. There was always somebody. Always." She looks into the glass. "I'd spend a little time, collect the information, get the name...then I'd lay it all on the table. 'Here it is, Phil. What's the excuse this time?'"

"What'd he say?"

"Sometimes he'd get real aggressive. Sometimes he'd cry. Usually he'd try a plea bargain—he'd quit the floozy if I'd quit all my friends and family. 'Cause the reason for the affair, you see, is because I was spending too much time with them—and not being a good wife and mother. Circular argument stuff."

"So if you didn't isolate yourself, he'd continue the affair."

"I actually went along with it once. I quit all my friends, didn't see my family, devoted myself to the house—and he found *another* floozy. This time, he said I wasn't fun to be with anymore—all I cared about was housework. Took me awhile to figure that one out."

"So how would a guy know if his wife is having an affair?"

"Michael," Gail laughs. "This is *not* rocket science. If you want to find out if your spouse is having an affair, your best friend is the phone. I used to check the redial every day. Half the time some bimbo would answer. Once it was a friend of mine."

"You really *should* write a book."

"Two summers ago, when I was in Seattle with the kids, Phil asked me to phone him back home in Bridgeport every night. So I did it—called home every night and he'd always be there, nice as could be—telling me what shows were on television, telling me the guy across the street was mowing his lawn. You know, minutiae, but it gave me the impression that he was at home."

"So? It sounds perfect."

"Well, it was *too* perfect," she says. "On a hunch, I called the phone company and just asked where the calls to home my number were being forwarded to. Sure enough, the operator gave me the number that was the fax line in his secretary's apartment. You almost had to admire him. His capacity to cheat was phenomenal."

"Was?"

"Okay. Probably still is. I don't care anymore. This kind of thing wears on you. Each time you get the goods on somebody like that—what have you got? It's like spending all this time to prove your home is worth less than what you paid for it. Anymore, I ignore it." She looks at the ceiling. "I thought about having affairs myself, but it'd never work. I'd feel worse about myself. Other than Phil, you're the first guy I've slept with in years."

"Look, why don't you try to find your old Scandinavian window cleaner."

She looks at me for a long moment. "Do you think Leonard could—?"

"Find Eric Fenster?" I look at her. "Sure. And I think it would be a great idea."

She looks at me a moment. "You know, you really are a nice guy."

"Nice guys finish last," I tell her, taking a drink of wine.

"And *that,*" she says, pulling her t-shirt up over her head, "is what is so nice about them."

The clock reads eleven-fifteen. Gail is lying a few inches away, asleep after a round of lovemaking. Did she know she called me Eric? Perhaps I should tell her before she returns to her husband.

He wouldn't appreciate a mistake like that.

I look down at her body, thin and smooth with perfect, round breasts. In a way, her body is a lot like Linda's. And she makes love like Linda did years ago.

I look at the ceiling. I am having what could probably be termed a revenge affair—a once-a-day sex and comparison session. "I really like that. Phil *never* asks what I like...does your wife like it this way? No? I can't imagine why anyone wouldn't."

Making love with Gail, I feel a sense of goofy desperation—like the health geeks at the gym who have to try out each piece of equipment at least once. "The new electronic rowing machine is okay, but have you tried the torso-twister? It's right next to the lat-shaper."

And now, having tried them all, I'm lying here, worn out and ready for the showers. Tomorrow it'll be the same gym. Different equipment maybe, but the same gym. I could do without this right now, I really could.

I close my eyes and drift into a fitful sleep.

I hear a familiar voice. "So tell me again what the future is like, Scout."

It's Earl, propped up on his bed, a magazine in his hand. On the nightstand is a tray with a tall Pepsi and a half-eaten sandwich. "Do I die young?"

"Yeah, you do, Earl."

He grins. "Probably in a barroom brawl over some skinny little woman. Right?"

"You die in a plane crash. Just after Kennedy gets shot."

"*Who* gets shot?"

"Kennedy. He gets elected in 1960. And he gets killed in 1963. The same day your plane goes down."

He stubs his cigarette out in the ashtray. "Is it in a jet?"

"It's a Piper Cub. You're taking flight lessons and something happens to the engine. Dad says it was probably carburetor ice. You crash in a field on the Thompson farm. Near the river."

"I die in a Piper Cub crash—*in Fred Tompson's back forty?*" He shakes his head, then looks up. "Jeez. You'd think I'd do better than that. Now, what's this about somebody getting shot—"

"John Kennedy. He's a senator from Massachusetts. He runs against Richard Nixon and wins."

"Little brothers...whoo-ee." He takes a bite of the sandwich.

In the background I hear a chorus singing *double-you-ell-esssss—Chicaaago*—followed by "No One Knows," a song by Dion and The Belmonts. When did it come out?

I can't recall.

I'm in the dark. There's someone in the hallway.

I hear a whisper: "Don't worry. It's only Stacie getting a drink of water."

I turn to see Rachael, propped on her left elbow, looking at me, her face illuminated by the yellow light from the bedroom window. "What were you saying about your brother?"

"It's weird. It's like I just talked to him."

"But wasn't he killed in that plane crash four years ago?"

"He was. But I just talked to him. Sort of."

"Michael, this is really *so* weird." She sits up in bed. "Why can't you tell me what's going on?"

"I can't. It's complicated."

"Okay. Lemme guess." She brightens. "*I know!*"

I look at her.

"You're really *making all this up*. That's it, isn't it? You're playing another trick on poor, sweet, gullible Rachael. Like the time you told me you weren't coming down from college, but you came anyway, and then hid in the closet? Or the time you started this long joke on the phone, but it was really a tape recorder? And here I was, listening to you on the phone, but you were really at the front door? I swear, between you and Daddy with *his* dumb practical jokes—"

"*No*, Rache—"

I open my eyes.

It's way past midnight. Somehow I was able to slide out of bed without waking Gail and now I'm walking the streets alone—or in this case, the dark, empty corridors in the top floors of this building.

Taking a deep breath, I inhale the solvent smells of the walls and carpet, then kick off my shoes to feel the rough fibers beneath my feet. I pause at a window to look outside. Yet another storm is brewing over San Antonio, probably the fourth since I came here.

Though it's summertime outside, the window glass is cold to the touch. But at least I can feel it. After nine o'clock tomorrow I'll get in the chair and drop into the past. And for many days—perhaps months—afterward, the only sensations I'll experience

are sight and sound. Taste, touch and smell will be buried in a cloud of warm cotton—the perfect container for a disembodied soul exploring his past.

At an intersection, I look left down the corridor and see a steel door with a red bar across it. A silent alarm. Go through and I go back to the real world—and leave the Institute forever. No more trips to the past. No more visits with family and friends. No more Rachael and no more runaway train headed for that wall in the spring of 1967.

I look straight ahead and see the hallway curve to the right. At the end of this corridor is the skybox lounge with its wall-to-wall view of the city. I look at my watch: 1:00 a.m. sharp. I'll be the only one here.

As I near the skybox, I see bolts of lightning arcing across the sky. I step inside the darkened lounge and take a seat at the window to watch the fireworks.

"Walkin' after midnight. Isn't that a Patsy Cline song?"

Startled, I look behind me. A tall figure dressed in denim shirt and jeans ambles in and takes a seat near me. A sheet of red heat lightning flickers from his round rimless glasses and illuminates his rough angular features. "Hey, Russell, what brings you up here at this hour?"

"Same as you," he smiles. "Came to watch the storm."

"I'm doing a long run tomorrow. I guess I wanted to take in this place before I leave it again."

"Yeah. I know what you mean," he nods. "It kinda' grows on you—boy!" He points to the sky, "that's a *fine* thunderhead out there. Bet *that* one packs some wind."

"Are there storms like this where you come from?"

"Does it storm in Wyoming? I'll tell you a story." He folds his arms and leans back in the chair. "Before I moved to Thermopolis, I had a little cabin outside of Cody. A tornado took it out in '56. I was riding the fence line and saw it comin' from across the road. I smacked the horse on the rump and we both headed for the ditch. Tornado went right overhead, probably twenty or thirty yards across. Ripped the shirt off my back, cut me up some. The horse managed to stay on the ground, I don't know how. But when I got back to my cabin, it wasn't there anymore."

He looks at the lightning for a moment, then continues.

"Now, my neighbor up there was an old Hopi named Gus Kwa. The 'Kwa' was short for *Kwamahongnewa*. Anyhow, I said, Gus, that tornado

blew away my house. And he said 'Coltrane—that cabin isn't gone—it just not happening right now.' I said, 'well, Gus, when's it gonna *start* happening again?' He told me as long as I didn't accept that my house was gone, all the possibilities were open."

"I like that philosophy," I tell him.

Coltrane glances at me over his glasses. "Now, 'ol Gus would pull your leg if you let him. But I heard he was once a medicine man in Arizona, and I was young and ready to believe anything—so I figured what the heck. I'll wait a few days and see what happens. See if my cabin'd come back."

"Did it?"

"Nope," Coltrane shakes his head. "So I sold out, and got me a job at the oil refinery."

A bolt of lightning branches across the sky, illuminating Coltrane's smile.

"I heard you've gone on some long runs here."

"Yeah. I've done 'em. Got another one in two days."

"I hear there's problems associated with them. Like coming up with multiple personalities."

"What's the problem with that?" Coltrane grins slyly. "Sometimes you can get a lot more accomplished when you're working as a team."

"I'm not much of a team player." I decide to change the subject. "You know, I still have a few questions about this whole dreamer thing."

"Such as?"

"Well, I've done a few trips, none of them long. But I always seem to end up around the same time."

"Must be a reason. Is a woman involved?"

"Maybe. I had a little girlfriend back then. I guess she meant a lot to me."

"That's probably it," he nods. "Some women have real magic. They'll draw you back from wherever you are. My wife's like that." He clasps his hands across his chest. "We have a little ranch a coupla' miles south of Thermopolis. I go there every chance I get."

"She's taking care of the ranch by herself?"

"No," Coltrane takes a deep breath. "As Gus would say, she quit happening in the spring of '85. So I go back to see her before that."

"I'm sorry."

"No, it's all right—it works," Coltrane says. "Where is it you generally go?"

"Mostly the sixties. In fact, I came here as a business exercise to get data on that time period." I shake my head. "A month here and I'm reliving a lot of stuff that I'd thought I had put aside a long time ago."

A lightning flash illuminates Coltrane's face. "Like I said, maybe it's for a reason."

"I think about it a lot." I look at him. "It's almost like I'm seeing my life back there for the very first time. I don't know how else to describe it. Like every detail means something."

"A life *always* means something," Coltrane says. "No matter who you are—or *when* you are."

"Yeah, but it was more fun for me then. I wish that when I go back, I could taste the hamburgers, smell the burning leaves, feel—" I pause for a moment, reining in my thoughts, "—feel what it's like. Or what it was like *once*."

"First, you have to understand that what's back there is as real as anything that you see here." He pauses to let that sink in. "And when you accept all those times in your life are real—then those times will accept you."

"Russell, I have no idea what you're talking about," I tell him. "But it sounds great."

"Well, he says, getting up from the couch. "Guess I better turn in. If I don't see you tomorrow have a nice time. Say hi to your little girlfriend for me," he smiles. "If you remember, that is."

As Coltrane leaves, clouds drop over the city, obscuring the streets below in a torrent of rain.

I slide into the induction chair with the practiced ease of a seasoned traveler and sit quietly as the nurse attaches the sensors to my scalp.

"Since you'll be out for awhile, we have a little something to keep you from getting thirsty." She pulls the stand holding the intravenous bag next to the chair.

"Is the IV necessary?" I ask. It sounds like a whine.

"Yes. Forty-eight hours is a long time to go without food. Besides—" she ties a rubber band around my arm, "we want to keep your electrolytes stable. Make a fist."

I comply and a needle stick later, I'm plugged into my food and water supply.

"We like using the IV on long runs," she says brightly. "If the

doctor wants to administer anything, we don't have to inject—we just add it to the fluid already going into your arm. Neat, huh?"

"Neat." I briefly wonder what they would put in there while I'm asleep. Of course, I've already signed a blanket authorization, so it probably wouldn't do any good to concern myself. Still— "Okay. Administer what kinds of things?"

"Oh," she says, attaching an EKG probe to my ankle, "some people lock up on long runs and need a muscle relaxant. If your experience down there is less than wonderful, so we could give you a mild tranquilizer—" she pauses to attach a set of metal discs to my chest, "if your heart rate gets too high we can add a beta blocker. If you stop breathing or go into arrest, we can give you—"

"Okay, I get the picture."

"All *kinds* of things," she says, turning the dial on the EKG monitor.

"Terri likes excitement," Leonard says. "She used to work at the San Antonio Trauma Center."

"You know, I think it'd be fun to go back to the past sometime." She pauses. "Of course, I'd probably wonder if everything back there was real and everything *up here* was the dream."

"Terri often confuses San Antonio with Dallas," Leonard observes. "The truth is, this is a top-secret Defense Department experiment. And none of what you saw back there is real—not even this. Somebody's merely giving you LSD."

"Oh, Leonard—" Terri says. "I saw that movie. It was the 'Manchurian Candidate.' Where they hypnotize this guy to kill somebody for the CIA. Right?" She smiles at me. "We wouldn't do that *here*."

"Not enough imagination," Leonard pauses. "The EKG's on the screen, Terri. Signal looks good."

"Uh, guys," I ask. "Are you sure no one has ever flatlined on a long run?"

"Not on my shift," Leonard says.

"Oh," Terri says, "Mr. Coltrane had us scared once, but I think it was a computer problem. The sensors weren't picking up his signals properly. I think the same thing happened with Mr. Keller."

"It was a gonkulator misfire," Leonard shrugs. "That old dinosaur in Lab 10 just quit barking for awhile and the thetas lost the signal. Over there, the casters-up stories have the highest cred."

"What would have caused it?"

"I dunno. Sunspots. Neutrino rust. Bogon attacks. High anomalon

flux." He pushes his glasses up. "Maybe some suit tripped over the power cable. Whatever, it was a showstopper."

"So, nobody came back with any problems, huh?"

"You mean did they come back shredded?" Leonard asks. "Nah. But we had a suit in here from the State Department that went multiple bigtime. Came back like Los Angeles at rush hour."

"Leonard, that guy didn't go multiple," Terri says. "I've never heard of anyone doing that."

"Okay," Leonard says. "But he definitely came back with his core dumped. It was like there was code missing."

"I saw that movie, too, Leonard," Terri says irritably. "When I was *six years old*." She removes a white paper package from the cabinet. "Mr. Mitchell, you want to wait for the catheter until after you're out?"

"That would be nice."

"Most people want me to wait," she says, placing the package on the counter top. "The only one who wants to put the catheter on *before* the induction is Otto."

"I'd guess that."

"He's such a nice man. He's going to start a 72-hour run tomorrow in Lab 12. Three days down. Isn't that something? Probably going to visit his wife again." She takes a step back. "Well, Mr. Mitchell, it looks like you're all wired up and ready to go. If you experience any unpleasantness, just call and we can install a midazolam drip."

"Wait. Isn't that—"

"An amnestic," Terri says. "It's the drug of choice for ablation of the remembered event."

"Yeah," Leonard says. "If a particular decade is annoying you, Terri can fix that."

"Oh, Leonard," she shoots him a quick glance. "Midazolam is very safe. Practically no side effects. You just don't remember anything from your session."

"*Ever*," Leonard interjects. "I've used it to erase my entire freshman year in high school."

"Isn't he *awful*?" Terri shakes her head. "Would you like me to put on your helmet and throat mike now?"

"I don't think I'll need anything *special*," I tell them, my eyes on the plastic IV bottle. Is this what Poundstone meant when he said they could *ablate* the experience? The thought that they have the power to erase my past has suddenly become overwhelming. I notice the room

feels warm. Hot.

"Goodness, Mr. Mitchell, your heart rate is over a hundred. Would you like to cancel?"

"No. No, I'm okay. Let's go." As the helmet slides down over my head, I can feel my heart rate begin to slow back down.

"He's okay, Terri," I hear Leonard say. "Mike's one of our cool ones. That heart rate never gets over one-ten."

He's right. I'm a cool guy. I feel the reassuring chill of the ceramic microphone against my throat. What did she call that stuff? An amnestic? Funny name for something like that. I decide to give them *no* reason to use strange drugs on me from up there. None whatsoever.

Darkness. Then the twin green lights wink on.

"You know the drill," Leonard says. "With your eyes closed, look left, right, up, down—your Aunt Nancy naked—"

"Leonard—" the nurse growls. "You are gonna *get it*—"

"Showing a good pupil response there, Mike. Think of a blue circle, yellow square, count backwards by sevens from a hundred—thank you, thank you and thank you. All processors go. Vital functions go. Big Iron is up and running and Terri's waiting with the catheter. You want a countdown?"

Sure.

"Ten, nine—" The sound begins, a chorus of angels arriving to take me back to my life.

"Eight, seven—" As they get nearer, my body becomes lighter. Or is it my mind that's becoming lighter?

"Six, five, four—" The vibration begins as the angels pick me up, shake me loose. Inside my mind I hear a bell.

"Entrainment—three—" I can almost feel the wind from their wings, as they lift me away from the earth.

"Two—one—zero. Have a *nice dream.*"

I float downward, toward the stars.

18

Window

I descend toward a row of pictures, lined up inside the dim yellow days of winter, 1966-67, segmented by bands of dark and light. Days? Probably. I look at the photos one by one and see the spare interior of my dorm room—a stack of books in the corner, my blue Royal portable typewriter with a black ribbon lying nearby on the desk. Jack, my roommate is carefully poring over something. Nearby is a book: *Debate Tactics*.

From here, Jack appears grainy—I can barely make out his light brown flattop, horn-rimmed glasses, intense expression as he sorts though a stack of index cards.

Closer, though, and he takes on substance. He's wearing light-colored slacks and, improbably for the time of year, a green short-sleeved shirt.

The phone rings, and Jack answers it.

"S'for you, Mitchell." He hands me the phone, then returns to his desk.

"Hi. This is me."

At first, I hardly recognize the voice. Over the long distance lines she sounds impossibly young.

"Hi, Rachael. How are you?"

"I'm fine," she says. "I gained back all the weight I lost, but it's all going to my hips. Can you believe it?"

"I'll bet you look great."

"Listen. Daddy found a two-story house in Weslayan and the

movers are comin' Wednesday. It has two bathrooms, which is real handy with six people in the house. Anyhow, my bedroom window is right across from a street light, so I get to see what's going on out front."

"Sounds nice." I turn to look at Jack, with his new stack of debate notes.

"So you better come down this weekend, 'cause it'll be your last chance to see Cherokee."

"I dunno, Rache—I promised my folks I'd have dinner with them Friday night. I might be able to drive down Saturday morning—"

"You should have dinner with your parents, but I want to see you too. Hey, you know what else? I asked Mom and Dad if you could wear your shorts—you know—cutoffs—to bed with me and they said yes, *if* I promise to wear shorts and a t-shirt. We've also gotta promise we won't do anything. Until we get married, of course. Isn't that something? I think they're resigned to the fact that you're part of the family. Whattaya think of that?"

"I think that's really great."

I lift up from the scene, leave it etched on the fabric of space. Scanning ahead, I drift into Friday afternoon, see my father working on the Fairlane's trouble-prone generator, watch him as he fixes it with a sliver of cardboard and a paperclip. It's evening and I see my mother and grandmother set the table, watch my own attempts at frying chicken. The television news comes on—fighting continues in Vietnam with heavy casualties.

My father turns up the television, glances at me, then looks away. I want to tell him not to worry—it will be three years before the army has me. And I make it out alive.

I look at the terrain of this stretch of my life—see the time with my folks, then the long drive ahead to Cherokee tomorrow morning; see the time spent with Rache and her family—going on and on—all the way to the horizon.

I decide to land my mind-ship here on Friday night—settling in between these images at the dinner table—waiting for the fit, the gentle bump that tells me I am inside the scene. Inside this *now.*

There is movement. My mother's voice comes in mid-speech. "—I don't see why you have to get married now." She looks at me. "Rachael's not—you know—?"

"No. She's not pregnant."

"Are you sure? When she was here before Christmas she looked

like she was putting on weight." Mom turns to my grandmother. "Didn't you think so, Grace?"

"Oh, I don't know," my grandmother says. "I thought her pants looked a little tight, but that's the way the kids dress nowadays. I heard they put their jeans on, then get in the bathtub so's they shrink."

"Actually, Rachael'd lost weight when you saw her," I say after a moment. "The doctor says she lost eight pounds. Rache says she's putting it back on and now thinks she's overweight again—"

"It's probably the scales," my dad says, pouring gravy over his chicken. "I've never seen two scales read the same."

"It was the potato salad." I reach for a crisp brown chicken leg. "She ate potato salad from the band picnic and got food poisoning."

"Bad potato salad. That'll do it all right," my grandmother says soberly, picking up the bowl of cranberry sauce. Then she looks at me over the top of her glasses. "Michael—"

"Yes, Grandma?"

"This girl *does* know how to cook, doesn't she?"

"I think so. She's fixes fish sticks with vinegar all the time."

My father cracks a smile. "Heh. Sounds like you've got an interesting life ahead of you, Mike."

"Didn't Rachael work down at the Dairy Queen?" my mom says. "Maybe she can make you a hamburger. I can't imagine fish sticks with vinegar—"

"Mike," my grandmother says, "if you're driving down there tomorrow, maybe I ought to pack a lunch for you. We can send some cold chicken. Probably be enough to last you the weekend."

"Thanks, Grandma, but I'll be fine."

"I've always liked Rachael," my mother says after a few minutes. "When she came over here this last summer and Mike was out with Brenda, Rachael just looked so *pitiful*. I felt sorry for her." She turns to me. "Michael, you didn't do that girl right."

"Mom, I'm asking her to marry me."

"You *still* didn't do her right," Mom says. "I think she should have broke up with you."

"But I wasn't going with her then. I was going with Brenda Lacey before I started going with Rachael."

"You mean you were going with *both* of them?" My grandmother looks up. "Did I miss something here?"

"I thought Brenda was nice," my mother says. "She's real polite,

always says 'hi' to me..."

I listen to my mother and watch the images pass by: the Saturday mornings in April watching Brenda at the piano playing "Cast Your Fate To The Wind," the walks in Corinth park, the summer nights in her pool, floating on the air mattresses and looking up at the stars. The night she swam topless, then completely nude.

"Rachael's nice too," my mother says. "But she's so *quiet*."

The images of Brenda vanish, replaced by Rachael—Rachael planting her bare feet on my windshield; illegally driving her grandmother's Comet all over town; setting off skyrockets in the town square to celebrate our going steady—and recently, in that hospital bed, weak, pale and frightened.

"—I notice every time you bring her by, she just sits there—doesn't say a word." My mother shakes her head.

"Maybe she doesn't feel like talking," my grandmother volunteers. "Some people are like that."

"That's the way she is." I pause, looking around the table. "She's *reserved*. Very, very *reserved*."

19

Replay

I'm standing at the jewelry counter. Behind the salesman is a sign: Winsler's Jewelry: Finest Diamonds. Nearby is an illustration of an impossibly beautiful Brenda Lacey type in an impossibly long bridal gown. Not too much different than the ads today. In the future.

Whenever.

"Could I take a look at it?"

"Sure." The man goes to the back and returns with a little square blue box. He opens it and I look at the gold ring, a size six. The diamond is supported by four tiny prongs. On the box I see in tiny lettering: Orange Blossom.

"Only $35.80 to go," the man smiles.

"Okay. I got it." I open my billfold and lay two twenties on the counter. An hour later, I'm driving south toward Weslayan. The temperature must be holding steady under the January sun—the car window is open and my coat is unbuttoned. I glance in the mirror to see my long hair flying straight back—a kid straight out of the sixties.

As I stop at the main intersection of Brunswick, a small town in the Missouri River bottom, I watch the wind kick up dust, leaves and scraps of paper. Walking along the sidewalk are groups of children dressed in winter clothes. Along the street is a cluster of 1960-vintage Fords and Chevies.

The light changes, I release the clutch and continue on. As I leave town, I watch the dull red speedometer needle swing toward the 70 mark. The wind picks up and I turn on the radio. A commercial for a

used-car dealership in St. Louis followed by a song, "Too Much To Dream Last Night." When did it come out? I try to think but can't. Should I call Leonard?

No. Instead, I listen to the music. Even though I'm on the machine, floating behind my eyes, I can almost feel the wind against my face—almost detect the hard plastic of the wheel on my hand as I turn it left, following the road south toward the Missouri River bridge.

I look around inside this dream, see the changing January landscape move toward the edge of my vision and disappear—an endless array of browns, yellows and tans beneath a milky sky. South of the river, the geography changes from flat river bottom to limestone and granite hills. The sun is closer to the horizon when I turn onto the interstate. I swing the sun visor down to shield my eyes.

As I follow the interstate west into the glare, I wonder—where is this place exactly? There can be no question it's real—I experience it—even if only in sight and sound.

Of course, the universe is always more complicated than it appears. What if everything I see is just a series of static events—pictures separated by infinitesimal segments of space? By stepping through the events, one after another, I create the time myself: a series of snapshots, pictures of thought, all strung together, that turns into a film. The very same ones I saw more than thirty years ago, and now am visiting again.

Yet I also crossed this same exact path over thirty years ago. Does the universe—does God—allow events to happen more than once? Is He also here in the past, watching me replay this scene again? How would a God of 1966 view this intruder from the present? More to the point, does God reside in the archives of my past? Or am I in a place where nothing happens except what was *supposed* to happen? Now, I know why I have no volition back here, why I'm present only as an observer. I am in a dead zone where nothing ever changes. This place exists in my mind as an unalterable film. Just as the present would be to someone from the future.

And yet, I have this feeling that somehow, *someone* is with me, watching me drive my car through this series of images. Is someone from the future watching me now? Do the inhabitants of this dead world know I'm not one of them?

A Plymouth Valiant accelerates around my Ford, and takes its place ahead of me. Behind the wheel is a blonde smoking a cigarette.

A thought occurs—what if there's a person from the future floating behind the blonde's eyes, stepping through the endless series of instants that make up a segment of her life in this world of 1966?

Am I the only one re-experiencing my world? Or are there *others* here? Are they calling in, as I do, to someone from their own time, relaying information about songs on the radio, and automobiles and weather?

If there were other travelers here, would I recognize them?

Would it matter if I could?

No. Because all I see is from inside my own mind. A glorified, high-definition, sixteen-million polygons per second instant replay. I'm inside my own digital disc. And that's all.

I turn off the interstate and head south toward my last weekend in Cherokee.

Unexpectedly, as if someone threw a switch, the lights go out and I jump a track to some other time and place. I look down and see two parallel lines dissolving into the darkness. Ahead of me are two figures, their flashlights casting perfect yellow circles on the dead brush and brown cinders of the track bed. I know where I am—that warm February night in 1959 when Evan, his sister Pammie and I almost got hit by a train.

The shorter of the two figures aims a flashlight skyward. I look up and see a gray oval of light on a ceiling perhaps a hundred feet above our heads. "Mitch, would you look at that!" Pammie says. "The sky's coming down!"

She's right. The sky is descending to earth.

Her brother pulls off his light jacket and balls it under his arm. "Aren't you guys hot? I'm burning up out here." I remember: Another mile and he would have to sit down, exhausted, burning with a fever. Then, amid the deepening gloom, Pammie would go for help, leaving me with Evan and the approaching train.

Another blink and Pammie and Evan are gone.

Yet it's still night. Someone beside me points to the sky and I look up at a sliver of crescent moon surrounded by soft feathers of cirrus, fronting a black, star-filled sky. As I watch the cirrus feathers curl at the front to resemble the runner of a sleigh—a stream of ice crystals high above the earth. Another feather of pale cirrus crosses in front of the moon, and I see the faint bands of red, green and yellow. A rainbow at night.

"See that star?" Rachael is aiming her mitten at something directly overhead. "That's Jupiter. And I think Saturn's around here somewhere."

Another time shift.

Though I can't feel anything, I hear teeth rattling, sense muscles tighten. It must be cold out here. Wherever *here* is.

"Look Rache, when are we going back home? I'm freezing to death. And my car's heater doesn't work.

"Michael, that's *the sky* up there. Don't you think the sky is *important*?" She gives me a look of perplexed irritation. "I promised when we started going together that I would learn something about science. Now, you act like you're all bored."

"If my battery freezes, we'll get stranded in the middle of nowhere."

"Michael, you are such a baby. This isn't the middle of nowhere. It's a missile silo. And I told Daddy we'd be here. If we're not in by midnight, he'll come looking for us."

I can see her breath in the night air. It *is* cold tonight.

"Rache, it's almost eleven. I gotta get up early tomorrow and drive back to school."

"We'll go in a minute. I was just gonna show you the dog star. It's up there somewhere. Probably near a tree. Ha!"

"Yes, yes. I see it. I can even hear it bark. Rachael, I am really, really cold."

"Michael, you know what I don't?"

"What?"

"*Care*. Learning about the stars is important. You don't want me to be a *stupe,* do you? I mean, last summer you were always telling me how Brenda Lacey was going to college to take art and chemistry and—"

Lock. It's time I called home.

"Leonard. Are you there?"

"Sure, Mike. How's the vacation?"

"A little jumbled up lately. You probably want to know where I am, right?"

"As always. The pupillometer tells me it's either night down there or you're very interested in something."

"It's night. I'm standing on a country road—five miles south of Weslayan, Missouri. It's definitely winter. We're—uh—I'm wearing a coat."

"That's probably appropriate. Wouldn't want you to come back with the flu. Any music playing?"

"No. But I've got an astronomy fix. Jupiter's in the east and Saturn's in the west. And there's a crescent moon in the southwest."

"You give me Jupiter, Saturn and a crescent moon? Given the lat-long of Weslayan, I can tell you with confidence that it's late at night sometime in late winter, 1967. Plus or minus a season."

"Is that the best you can do?"

"Mike, the technology has its limits."

"Okay. I'm going back to school in the morning, so it must be Sunday night."

"That's better. Okay. The envelope please. Your mystery date is. . .January 15, 1967. If I'm right, you should keep your coat buttoned, because it'll get down to 19 above zero where you are. You're probably seeing some cirrus clouds, too, because there's a front moving in."

"Thanks."

"Hey Mike, remember that Beatle song, 'Day in the Life?'"

"Of course."

"They're recording it next Wednesday—in your time zone, of course. See you in a millifortnight."

Minutes later, I'm following the white glare of my headlights down a brown dirt road, trying to keep the tires centered between the frozen tire tracks. Rachael, bundled up so only her face is visible, is glued to my side. For some reason, my side window is rolled down, probably to keep the frost from inside the windshield. I'd forgotten what it was like to have a car with a nonfunctional defroster. I put my arm around her and she leans against me, shivering in the cold air.

We turn onto a gravel road, cross a one-lane bridge, then return to the gravel. The hands on the wheel clench and the car accelerates around a turn.

I turn back to the road ahead and see Bob Dominic.

Lock.

"Leonard!"

"Back so soon? That was quick. What are your coordinates this evening?"

"I don't know. I'm jumping from year to year and hour to hour. It's like a roller coaster down here"

"Sounds like it. Probably drank too much coffee. Try the decaffeinated next time."

"I think I'm getting whiplash. I wanted to know if this is normal."

"What's normal anymore? Your memories are either stored together for some reason or they have similar access codes. Call me if you get timesick. Out."

I unlock the scene. The haze clears. Bob Dominic is sitting at a dining room table with a bottle of Vess cola. He's in his standard short-sleeved white shirt and grey slacks. In his hand is a cigarette. Sitting next to him and across from me is his wife, Wanda, her brown hair cut short, wearing a denim shirt. She seems to be studying a road map.

I briefly lock the scene to check out the room: light tan paint on the walls, hardwood floor with a yellow rug, a painting of the Last Supper. We're definitely in their new house in Weslayan. Though I can't see it, directly behind me, facing the front door, is the stairs. And the short walk to Rachael's room.

One thing for sure: I'm in 1967. But which month? I scan my peripheral vision to the window—the blinds are closed. I could be anywhere within a six-month radius. I unlock the scene.

"...Well, I started out in radio back when all they played was country and western," Bob Dominic says.

"How Much Is That Doggie In The Window," Wanda croons. "Remember that one, Honey?"

"That's not country and western." Bob takes a drag from the cigarette.

"Sure it is. I remember you used to spin that record all the time for me."

"That's 'cause you used to call the station and pester me until I did. Then, I'd play it and everybody else in town would call and complain." He leans back in his chair and smiles. "Those were the days."

"Remember the preacher's wife, hon?" Wanda says, still looking at the map. "The one that wanted you to play 'Sixty Minute Man'?"

"I don't remember that," Bob says.

"Oh, sure you do, Bob." Wanda looks up at him. "Don't you lie."

"Mama here's got my whole life story." He looks at me. "Knows more about the things I've done than I know myself." He takes a long drag on the cigarette and puts it in the ashtray. "I enjoyed radio, but I liked working for the newspaper even more. Went from want ads to obituaries to editorial in six months. Of course, we only had a circulation of ten thousand."

"Honey, you weren't happy on that newspaper." Wanda says, tracing a route on the map with her finger.

"It was the editorials, that's the reason I quit." He looks at me. "I couldn't bring myself to write 'em unless I'd had a few drinks first. Pretty soon, I needed a drink before I did the want ads. The doc told me I had 'no more than *a thin sliver of hepatic cells left to perform the detoxifying functions.*' That scared me enough I quit the newspaper and haven't taken a drink since. That was when I first got into preaching."

"There are things that are more important than money," Wanda says, drawing a little line on the map.

"That's right," Bob says. "As that great poet, W.T. Grant said, 'feeling is first.'"

"Hon, I think you mean e.e. cummings. W.T. Grant is a department store."

"W.T. Grant must have said *something* important," Bob looks at her. "Maybe 'sales is first.'"

"You know—" Wanda pushes the map toward the center of the table. "If Michael takes this route here back to Kirksville, he can probably save an hour." She looks at me. "If your class starts 8:30, you could leave here at 6:30 Monday morning and make it."

"Are you sure?" I hear myself ask.

"Sure!" Wanda points to the map. "Instead of taking the interstate, turn north at Concordia—then on up to highway eleven. Takes you right into Kirksville."

"And remember," Bob smiles, "no state cops. You can drive as fast as you want."

"Bob—" Wanda glares at him. "We don't want him driving too fast—"

"He's young," Bob says. "Got good eyes. He can handle it. Drive ten miles over the speed limit and you'll make your class and have time for a cup of coffee."

I lock the scene.

"Leonard. How's things up there?"

"I'm bored out of my brain. How are things inside yours?"

"I'm still in 1967. The place is Weslayan, Missouri. What's the shortest, quickest route to Kirksville, Missouri from here? Is it highway eleven?"

"Justaminute...okay. Lessee...Mike?"

"Yes?"

"Forget highway eleven. The interstate is better."

"Are you sure?"

"I'm sure. In the sixties, you could drive 80 on the interstate without getting tagged. But if you tried that on those crummy state blacktops, you'd have wound up in a ditch with an engine sitting on your face."

"They tell me it's a better route."

"They? Listen, Mike. I am here with a very modern, sophisticated routing algorithm. I've had my second Jolt cola and I am extremely alert. Bored, but alert. And awake. You, by contrast, are lying on your back fast asleep listening to dream people. Case closed."

"Give me the stats."

"Okay. It's 192 miles on I-70 versus 182 miles in the backwoods. However, those 182 miles are over some very interesting road. I think someone down there is trying to kill you. Excuse me, someone in your past tried to kill you. You want some pizza when you get out of there? You've only got another forty-one hours."

"No. I'm fine. I'll get back later."

Unlock. Bob Dominic leans back in his chair.

"...I used to drive this road all the time when I preached at Novenger. There's a few hills and curves, so you've got to be careful. All you gotta do is remember to crank the wheel a little when you go over the top. That way, you can make the curve on the other side. It's a little tricky, but you'll get the hang of it. Here, take this map with you."

"I think I'll take the interstate."

"Suit yourself." Bob gets up from the chair. "It's midnight and I've got an early service tomorrow— " he looks around. "Did Rache go to bed already?"

"She's up taking a shower," Wanda says. "I'll leave this map here, in case you want to take the short cut."

"Thanks."

Wait. Something's not right.

I lock the scene. Bob is halfway out of his chair. Wanda apparently is in the process of blinking; her eyes are closed. The room looks the same. Everything looks like a normal, standard, clear memory—

But still—

I unlock the scene and the image vanishes.

20

Horizon

I open my eyes to soft brown darkness and the sound of water running. I'm alone in the small bed—Rache is probably in the bathroom. I lock and survey the scene. Filtered by the window's lace curtain, a yellow rectangle of light stretches across the floor—probably from a streetlamp outside the window. Along one wall is the outline of a dresser and a simple round mirror; while across from the bed, in the opposite corner of the room, I see the door to the hallway. It's slightly ajar and the light from the hallway pours across the floor in a gentle spray.

Unlock.

I kick the covers loose and raise one knee into the yellow beam from the streetlight. Just as I thought—I'm wearing a J.C. Penny's white terry t-shirt with light blue cutoffs. Probably Levi's Sta-Prest with a thirty-inch waist. After all, I was fifteen pounds lighter then. Now.

Whenever.

The water stops. On the floor, hazy shadows of tree limbs move gently through the yellow light, pushed by a brisk southern breeze. I recall seeing the news on television—a high pressure area is expected to bring warmer temperatures with wind.

"Let's watch the weatherman with the fake toupee," she had said, then clicked through the channels until she found him, along with his areas of high pressure over Missouri and Kansas.

I hear the bathroom door open and close, followed by the decisive

padding of feet up the hall. The bedroom door opens.

"Here I am," she says, jumping on the bed. "Gimme a kiss."

I kiss her quickly, then follow by slowly brushing my lips against hers. The sudden darkness means I've closed my teenager's eyes, leaving me with only the sound of her soft breathing.

"Justaminute."

I open my eyes to see the back of her nightshirt, a study in wide, horizontal stripes. The nightshirt from December, 1966.

A click and the radio comes on—midway through a Johnny Rivers song, "Baby I Need Your Lovin."

Every night I call your name
Sometimes I wonder, girl, will I ever be the same...

"There," she turns back to me, snuggling close. "Now, where were we?"

I lock the scene before my eyes close again. At the deep periphery of my vision, I see a star of light on her ring finger. Orange Blossom? Yes, that was it.

Unlock and the scene goes dark again. I listen for her breath against my ear. "Michael, I've wanted to tell you something now for a long time."

I open my eyes, kiss her cheek. "Then tell me."

"You know, I think some people are perfect for each other. Don't you think so? Some people look like they were born to be together. Other people can tell."

"*Most* of them can tell. At least I hope they can."

"And I figure the way to tell if you've found that perfect someone—is to look in their eyes."

"That right?"

"You really have to look sometimes, but if they're the one, you'll *know*."

I look across at her, inches away—look at her small mouth, slightly open, the smooth skin of her high cheekbones, her black hair cut in a ragged line inches above the dark curves of her eyebrows. I look into her eyes, feel myself being drawn into their depths, into her soul.

No, into *our* soul.

And now I'm afraid—as though I'm about to follow these photos of my past to a place I'm not ready for. I draw back. In a flicker I'm ahead in time. A minute? An hour?

Rachael is talking, her voice soft, deliberate, as if patiently explaining the secrets of the universe to a ten-year-old: "So when two people

make a baby, they send a little message out and everyone can hear it. They may not know it, but some part of them does. That's why you can always tell when someone's pregnant."

"You can?"

"Yes! There was this girl in my class at school. And from the minute it happened I just *knew*."

"From the minute?"

"Well," she smiles, "from the day. I mean, you know, I wasn't actually there with 'em, but I knew. And when we get pregnant, I'm sure there'll be people who know it. The instant that baby happens inside me, there'll be people who'll know. My mom, for example. I bet your folks'll know too."

"I'm sure they will." My voice has a dolorous quality. "They've been expecting it ever since we got engaged."

"Michael—" she looks at me, her eyes glistening with the reflection from the window, "I'm really looking forward to it. I want you to know that."

She snuggles closer, her cheek next to my mine. I hear her breath in my ear, hear the words of the song shimmer into the room:

"*...You are my winter, the days and the nights—*"

Suddenly, there is something else shimmering—this one visible, just at the periphery of my vision. As I watch, the image forms, floating up from the depths. An outline of my room, years before. I see the walls, grainy and indistinct, the bed in the far corner with smoke curling from the ashtray.

The image flickers and becomes real. It's my brother, Earl. He smiles, removes the cigarette from the tray, takes a quick drag, then blows a thin stream of smoke into the air. After an eternity, he looks across at me. "You getting this down, Scout?"

"I don't know yet."

"Remember, if you tell yourself a lie, and you come to believe it, you can hurt your whole life.'" Earl looks at me for a moment, then is gone, leaving only the smoke from the cigarette. I watch it curl up and through the wooden slats of the venetian blinds, out into the cold winter night.

"Hey, get up." Rache pushes me. "You've got two hours to make it to Kirksville."

"My class starts late today. Lemme sleep."

"Michael, get *up*!"

Another push and I'm sitting up. Minutes later, I'm in the bathroom, brushing my teeth, staring blearily at the mirror. A brief lock and scan: I definitely look younger: thinner, for one thing. A lot more hair on my head, for another. And of course, the acne—one horrible red spot on my nose. And minimal hair on my chest.

Oh well.

Unlock and into the shower.

I step out of the shower, wrap a towel around my waist and reach for the comb. There's a knock at the door, followed by a click. Without warning, the door opens and Rachael squeezes into the bathroom with me.

"Just had to give ya a kiss—here."

I can almost feel her lips against mine.

The door closes and she's gone.

Twenty minutes later, I'm aiming the Fairlane north toward Kirksville. I pass a lone tractor-trailer rig as the first light of dawn sifts into the eastern horizon. The sky at this hour looks robin's-egg blue with watercolor swatches of yellow and salmon.

I drive down a hill, then back up on the ridge of the road. Looking to the east, I see that the fields are still blanketed in ground fog in anticipation of the sun. In fact, the fog is everywhere—in the valleys, floating above ponds, hanging above the small creeks, drifting scant feet above the road. Driving beneath a patch of gray, I see a delicate network of dark lines, the internal framework of a cloud.

The fog drifts through a line of trees, obscuring their branches momentarily, then moves on, pushed by some infinitesimal morning breeze. As I watch, the bright winter sun rises above the hills to the east.

I stop the car at an intersection to wait for the traffic light. As I wait, I lock and scan the nearby field—scan the frost on the grass, more dense on the western side, thinner where the light brightens it. The stoplight shifts to green and I continue on.

The sun is now an orange balloon on the horizon and the fog has become luminous. Above me, the colors cascade across the vault of sky from east to west—from orange to yellow in the east to robins-egg blue at the zenith to a darker blue in the west. Looking to the western horizon, I imagine the bright line of the advancing dawn, racing across the brown grasslands of Kansas and eastern Colorado.

It occurs to me that a sunset appears in precise strokes—certain clouds light up while others don't. The sun*rise*, however, is painted with a broad brush. The entire sky glows with blocks of clouds taking on color, coming in from the high levels, ultraviolet to yellow to red. Dropping from the top of the spectrum instead of rising from the bottom.

Did I see this dawn the same way years ago? Surely I did, my eyes are the same, the images are here. The photos exist.

The sun is well into the sky when I steer the car off the interstate and onto the blacktop shortcut. As I cross the Missouri River bridge into the west-central Missouri plains, I see an immense stream of cloud blanketing the entire valley and spilling up over the banks into the flat, empty fields on either side of the road.

Further north, I accelerate to 85 mph and pass beneath a shelf of high cloud, its underside resembling a dense, thick mattress. I notice that the puddles on either side of the road are coated with a glassy crust of ice.

Two hours into the trip north, the sky has taken on the milky cast of impending snow. Now I enter rugged far north Missouri, a corrugated landscape of steep, narrow ridges and valleys. I accelerate to 95 mph and the momentum carries the Fairlane over the tops of the hills, two wheels off the pavement. Is this feeling of acceleration in my mind? No, it's real.

The wheels hit the pavement—*Kabang!* Following Bob's advice, I turn the wheel to the left, steering the car around the curve to the next hill. By now, granules of snow are hitting the windshield and the horizon is hidden in gray. The defroster has failed and I slow to 80 mph to wipe the windshield with the sleeve of my coat.

Fifteen minutes later, with ice already forming on the rear window, I pull the car to a stop near my dormitory.

The week passes in a fast-forward blur, a series of quick jumps starting with my second class of the day, then the chem lab, then jump to World History, then to the horrendous cafeteria food.

Study? Fast forward.

A walk to the drug store for the latest Playboy? Blur it.

Playing football with the guys in the dorm? Okay. A few minutes, then forward to Tuesday—where I rocket through the whole day, slow briefly for a phone call home, then wait for the Tuesday night call from Rache.

As always, my roommate Jack gets to the phone first: "Mitchell, it's for you."

I take the phone, then press the receiver to my ear, trying to bring her voice as close to me as I can.

"Michael, I want to tell you something really funny. You know nosy Mrs. Langston up the street? She was over yesterday collecting for the heart fund and she asked Mama who you were. Actually wanted to know if you slept on the couch while you stayed here."

"And?"

"While they were talking, I came downstairs and I had two towels wrapped around my waist, up under my blouse. Looked like I was four months along. Her jaw dropped right to the floor! Ha! Are you coming down this weekend?"

"I don't know—I have a history test next week—"

"You know what I don't?"

"What?"

"*Care*. Listen, Michael, you could come down if you really wanted to. In fact, why don't you just *move* down here? Transfer to the college in Weslayan and be done with it. Think of all the money you'd save living here."

"You'd get pregnant."

"We'd be married, so it'd be okay. In fact, I'd try to get pregnant. Wouldn't that be fun? I mean, we'd have to try every other night. Maybe even in the daytime..."

"I don't know, Rache—getting married so soon—"

"Michael, you've come this far, you may as well come the rest of the way. Please come to Weslayan this weekend, I'll be here waiting for you."

I hang up the phone and step into Wednesday, then Thursday. And, finally, Friday—slowing down to savor the moment I leave this place for Weslayan. From Monday to Friday in one minute and thirty seconds, plus phone calls to my folks and Rachael. With practice, I'll do even better.

A minute later and I've covered four hours of driving time. Now, I pull into the Dominic's driveway. Time to slow down. How many minutes do I have left in this world? I'm afraid to call and ask.

The bedroom door closes, the light goes out, the radio comes on. She climbs into bed, her hair, longer now, flows over the pillow.

"Remember when I picked you up after you got off work at the Dairy Queen?" I tell her. "You always smelled like a hamburger."

"I can't eat 'em any more. Enough was enough...remember when you said you weren't coming down and then Dad sneaked you in and you hid in my closet? I about fainted."

"It wasn't that much of a surprise, was it?"

"Are you kidding—?"

I wrap my arms around her and close my eyes, knowing I may wake to face the other side.

But maybe not.

Maybe there is a place where I can dream from within my dream. Maybe instead of going up I can go further down. Deeper into my mind, into my universe.

So, instead of stepping down, I step *to the side*.

Suddenly I find myself inside a dusky room filled with objects from my earliest memories—a small red tricycle, my stuffed teddy bear, a high chair. In the background I hear soft music from a distant choir. As I watch, remnants of thoughts float down from above like dust through rafters to settle in this place. Memory shards.

Through a window I see dunes, pyramids, planets—perhaps from some discarded dream. I step outside and watch the clouds float past, huge mountains of fog against an indigo sky.

Nearby, the bright orb of my consciousness rises past, oblivious of me, toward this immense, vast ceiling. Across the vault of my own heavens, the moon rolls by, leaving its sandy track. Parts of me are here. Parts of my universe discarded in childhood, unused. I'm in the back storage room of my soul, searching through hazy meanings for the one true meaning. To the east, I see a door. I know where it leads.

Someday I must go there. But not now. Not yet.

I hear someone speaking. Softly, from across space and time.

"I can't get to sleep. Talk to me."

"What?" I open my eyes to see Rachael's face, inches from mine.

"Talk to me. I mean, tell me a story or something. Tell me one of your long jokes that goes on forever. Tell me the one about the sleeve job. That'll put me to sleep."

"I was dreaming."

"Yeah. I know."

"I mean, I was having a dream—inside my own memory. And I

saw this, I dunno, something. And I knew what was inside it."

"Lemme guess what was inside it—me," she places her leg over mine.

"I don't think so—it was different, that's all."

"Hey, I know." She rolls on top of me. "Maybe it was an angel inside. And the angel was talking to you. Did you ever think of that?"

"Angels?"

"Sure. Angels talk to you when you're asleep. What do you think dreams are all about? That's when the angels talk to you—or at least, they talk to the part of you that's an angel too."

"I really don't think I'm part angel, Rache."

"Sure you are," she gives me a quick kiss. "We're all angels. Part of us, anyway—and it's a part we don't always see. But it's there. How do you think we got together?"

"I wonder about that all the time."

"Me too, but there's a part of us that knows. I really believe that." She puts her head on my chest. "Hey, I kinda' like this. Mind if I sleep up here tonight?"

"No," I put my arms around her. "That would be fine."

21

Heat Lightning

Today the wind is roaring across the small airfield west of Weslayan. The dry weeds across the fence from the landing strip are nearly flat against the ground, forming a sand-colored surface broken by dark undulating waves.

"I don't see how you can fly in this wind, Bob."

"We'll have to see what my flight instructor says. If he isn't too scared to take it up, we'll go."

Bob parks the Pontiac at the hanger and glances at the windsock. It is sticking straight out, resembling a hard orange cone. "It's not a crosswind, so there's no problem getting in the air." He stubs a Salem into the ashtray. "It's no fun to fly when you have to aim the plane sideways to take off."

I follow him into the flight center, a small, cramped room with papers and maps pinned to the wall. I notice a stack of yellow teletype paper has spilled from a desk and onto the floor. On the wall is a Playboy foldout, a pretty blonde with a ponytail tied in black ribbon. She is in profile, her back to the camera. Next to the pinup is a calendar, February, 1967.

A short, balding man appears, flashing a smile. "Reverend, I thought you'd be preaching today."

"Did the early morning service," Bob says. "Marshall, this is Mike. He's down from Kirksville and I'm grooming him as a potential son-in-law."

"Howdy," Marshall grabs my hand. "Bob you gonna make him a

bush pilot?"

"Nah," Bob says, glancing outside at the planes. "He's got other plans on his mind. What's the wind like out there?"

"Oh, it's a little breezy," Marshall says, "gusts to forty-five, but it's right down the runway. You can take Oh-three-Lima, shouldn't have a problem."

"Gusts to forty-five huh?" Bob scratches his head. "And right down the runway? That might get interesting."

"Well, Lima's gassed and ready to go if you want. Just don't try any spins without caging that gyrocompass. You know what happened last time."

"Yeah, sorry about that." Bob turns to me. "Marshall here won't ever let me forget that. And I *paid* for it, too. Cost me ninety dollars."

We leave the building and I follow Bob toward the airplanes, rocking in the wind. Though I can't feel the temperature, I notice Bob's sheepskin jacket is open. I'm wearing a yellow London Fog windbreaker. It must be warm for winter. Perhaps the low sixties.

Living in the Northeast for the last twenty years I'd forgotten how changeable the weather is in western Missouri, especially in late winter. There would be weeks of bone-chilling cold followed by sunny stretches of warm, dry weather. And there would be wind, great waves of wind whistling and screaming across the brown grassy hills, kicking up dust and paper and loose twigs. In late winter, the Missouri landscape *moves*.

Bob heads toward a high-wing Cessna 172, but stops at a little yellow plane parked nearby. "Now, *here's* a plane," he says, patting the fuselage. "Put a 145 horse engine in this and you could take it over the Sierra Madres."

I watch him pat the wing, look beneath it to check the cotter pins. He pauses to inspect a small, finger-size hole in the wing. "They probably ought to patch this. Wouldn't want to have it rip open at ten thousand feet."

"No..."

Bob pauses to look at the wind sock. "Let's see. The wind is forty-five knots down the runway. You know, if we did a power-on stall, I'll bet we could fly backwards."

"Maybe some other time," I tell him.

"How about tomorrow?" Bob says. "My flight physical is due next month and I'd like to get some hours in before then. The doctor's

getting real picky lately."

"That right?"

"Yeah," he looks around at the planes. "With my luck, I'll probably need new glasses and I don't have the money to spend on 'em."

Seeing him standing there next to the little yellow airplane, his jacket open, his black hair blowing in the wind, I know he would have made a good bush pilot. From the far end of the runway, a thick-bodied Luscombe Silvaire whines into the air like a huge metal pelican. Bob tracks it with his eyes, watching until it disappears into the bright yellow haze of the western sky. After a moment, he turns back to me. "Your dad has his pilot's license, doesn't he?"

"Yeah. But he quit flying when my brother was killed."

"I remember when that happened—remember reading about it," Bob says. "I never knew your brother but that stuck with me."

"Happened the same day Kennedy was killed," I tell him.

Bob nods. "You have some time in the air too, don't you?"

"Yeah. Earl always talked about getting a plane and flying through the clouds, looking for the places where the Elk Fork river began. He never got a chance to do much of that. I figured I owed it to him." I look out across the runway, at the waves of wind flowing across the brown grass. "So—after I solo'd last spring, the first thing I did was find the source of that river."

"That right?" Bob smiles. "Where was it?"

"It starts in a little ditch along a side road west of highway 24. Goes to a branch that crosses under the highway. From there, it cuts across a field into a creek. And the creek turns into the river."

"And I guess the river runs into the ocean," Bob says.

"Eventually." I look at him. "That's the idea, anyway."

"I'm glad you know how to fly," Bob smiles. "After I'm too old to fly I can ride with you."

"Any time."

"You know," he says, "from that first time Rachael met you—that's all we heard about—*Michael this, Michael that*. She probably dated every boy in her class—but it never lasted more than a week. After the second or third month of *Michael, Michael, Michael*, we figured it was special."

"I really care about her." I look at him. "'Course, I guess you know that."

"Yeah, I know. I can tell there's something special there." He pulls

a pack of Salems from his shirt pocket. "Wanda and I are kind of like that. First time I saw her, I was working at a little grocery store down in Corinth. She walked in the front door and asked me where the laundry detergent was. I think she wanted Tide. I took her back and showed her which aisle it was on. Right then, something said, 'Bob, there's your future.'" He lights the cigarette. "And then, when I was telling Del, my boss about her, how cute she was, and how I was probably gonna marry her—he said, 'well, she'd probably like to hear that—you're the reason she's been coming in here.' Turned out Wanda was Del's youngest daughter."

"Love at first sight, huh?"

"Well, Wanda claims that she'd been coming in for about a week, asking where things were, just to get my attention. But I only remember that one time. After we got married, I found out that before Del hired me, he had Wanda stock all the shelves. She'd been doing that ever since she turned sixteen. Knew the store better than anybody."

"How old were you when you got married?"

"I was eighteen and Wanda had just turned seventeen. Army wouldn't take me, said I had some kind of heart problem, so there we were. Back in '51, nobody was thinking about college, and the economy was pretty good. Just after the war and all—"

"Our college prof says that war is good for the economy."

"Well, he's right. With the war in Vietnam, business down at the supermarket is going like gangbusters. Last night I stocked the biggest load of oranges I'd ever seen. Fifty boxes." He takes a drag on the cigarette. "I could probably land you a job down there. Two hours a night, $1.60 an hour. Dollar-ninety on weekends."

"I'd have to move down from Kirksville."

"Well, the whole family's been expecting *that*." He smiles. "The college here is a state university, so it's cheap. The married students housing on campus is real reasonable. You could get a nice little apartment, work and go to school. Of course, Rache would probably want to quit her job at the Ku-Ku, so you'd have to think about maybe two jobs."

"Two jobs? And go to school too?"

"I know the manager over at the radio station. You could do what I did—spin records on the late shift. Put on a long-play, turn off the microphone and ask the engineer to wake you when the record is over. That's what I used to do. I'd work four hours and sleep two. Then, I'd

go to the Safeway and work another two. A person really doesn't need as much sleep as he thinks."

"I don't know. What if I don't wake up in time and the record just keeps clicking or something?"

"Nobody but Rache and her Mama listens to that station anyway. It only has about ten watts. I wouldn't worry about it."

"It's such a big change, getting married and all. Gotta get all these jobs, find a place to live—"

"If you can keep Rachael from getting pregnant you two will do fine." He laughs. "If she's like her Mama, you tell her a dirty joke and she'll get pregnant. She loves having babies. Been bothering me to have another one, and I told her four is plenty. Besides, I'm working all the time as it is."

"I just don't see how you do it."

"The Dominics have never needed much sleep. After you and Rachael get married, you'll probably find that out. Just something you get used to." He stubs the cigarette out on the ground, then looks at me. "Most of the boys Rachael has dated weren't exactly the pick of the crop. Back when she first told us about you, I thought she'd made a mistake. You didn't smoke, drink beer, ride a motorcycle. Never been arrested for speeding. Came from a good family. Was planning to go to college—"

"I did get stopped for speeding once."

"Yeah, but that was just last week, so it doesn't count," Bob smiles. "Anyhow, you were the first boyfriend who never fell asleep in my sermons. To a small-town preacher, that means a lot. Wanda and I figured you were it. Of course, when Rachael has her mind made up, you just can't change it. So we didn't try."

I lock the scene to study Bob's face for clues to his feelings. Is he happy with my plans for Rachael's future? Resigned? I don't know. I decide that I'll *never* know.

After a moment, I unlock the scene and watch as he lights another Salem, then blows a thin stream of smoke into the wind. Then he looks at me. "The thing is, I love my daughter—and I like you. And I think you both have a lot going for you. If things didn't work out financially, I probably couldn't help you much—except give you a temporary place to live and a whole lot of moral support."

"There's always the army," I say. "They'll probably get me anyway. If I make it out, I'll have the GI bill to finish college—and if I stay in,

then I guess I'll have a guaranteed job."

"Contending with both Rachael *and* the military for the rest of your life—" Bob looks at me, "is that something you think you could do?"

"I could do that *easy*."

He pats my shoulder. "And if you get a post near Weslayan, you could babysit for us if Mama gets pregnant again."

"No problem."

"And maybe I could get you to substitute preach for me on alternate Sundays."

"I wouldn't know what to talk about," I say. "The last time I read the Bible I was ten or eleven."

"It'll come back to you. Besides, you can use my notes. The thing to remember is, a good sermon consists of three points, and a poem." He ticks each off on his fingers. "And if you have the shortest sermon in the world, you can suggest long hymns, then have the congregation sing all four verses rather than just two out of four. Pauses add up, too. You can get five good minutes out of pauses alone."

"I'll try to remember all that."

"If you're game, so are the Dominics." Bob extends his hand. "For what it's worth—welcome to the family."

Two hours later, we're huddled in the corner of the Kuku, the large white-and-red glass-and-tile hamburger joint on Weslayan's main drag. Bob, cigarette in his hand, is halfway through a fish sandwich and a tall cola. From my position here in the future, I notice his eyes are red and tired, see a trace of gray in his thick black hair. He looks much older than his thirty-four years. He's telling me what life with Rachael will probably be like.

"—it won't always be easy." He finishes the cigarette, then stubs it out in the ashtray. "She's a little like her mother—you get only *one* chance. And once she gets her mind set on something, it's impossible to change it. So you might have to admit you're wrong even when you're not. Just to keep the peace."

"I can probably do that."

"On the positive side, she's absolutely loyal. She'll stick with you through thick and thin—" He pauses to open another pack of Salems. "And the way the world is, you might get more than your share of *thin*."

He lights another cigarette, blows a stream of smoke, then taps the ash into the foil ashtray. I scan down and slow the scene, watching the

ash tumble into the tray and dissolve there. Looking outside, I see children pull their collars against the chill wind as a high, gray stratus obscures the sky. In a few short hours it will be dark.

Twenty minutes later Bob pulls the Pontiac into their driveway. From here, I can see through the kitchen window. Wanda stands at the counter, working at something, while Rachael moves back and forth across the field of view. No doubt setting the table. In the living room, the kids are probably watching television. It's a Monday night.

As I catch Rachael's movement behind the window, I lock the scene—her hair is in disarray. She's wearing her favorite red sweatshirt, turned inside out. And even though it's still winter she's in her denim shorts. I see her face, her eyes. This is her world, her time.

As I study this perfect, real-life image, I think of what my dad used to tell me: "Son, when you know, you *know*."

Right now, I *know*. I also know how this will all turn out. Will I be able to face losing Rachael a second time? If I had any sense, I'd bail out now. Call Leonard to pull me back.

I unlock the scene and she vanishes past the window.

Bob turns off the ignition and places the keys in his pocket. Then he hands me a stick of Doublemint gum. "Rachael is probably helping Wanda with dinner. If our breath smells like Kuku french fries, we'll never hear the end of it."

I step out of the car, close the door, and walk around to the front of the house. On the old wooden porch swing, someone has lined up a platoon of plastic soldiers. Bradley, no doubt. He'll probably grow up and join the military.

Through the dining room window I see Rachael run to the front door. Bob walks a step ahead—she'll give him a hug first. I'll get the kiss and a quick "Love you—where ya been?" Everything seems real. It occurs to me that this simply *can not* be just a film playing in my mind—some dusty reel from the events of my early life.

I see that Wanda is wearing something white on her left hand. A bandage. Of course. The weekend before, she had cut her finger on a broken glass in the kitchen sink. I remember driving to the emergency room, steering with one hand and squeezing Wanda's bleeding hand with the other. The song on the radio: "My Back Pages." I remember the police car following us to the hospital and getting my first speeding ticket.

It's all flooding back. I take a deep breath and feel my lungs fill

with the air, feel the night breeze on my face.

"That's the night wind," Rache had told me once. "Comes through here at five-thirty every night. Without fail. It's supposed to bring good luck."

Something flashes in the sky. I lock the scene, scan toward the edge of my vision. More flashes, even in lock mode. Something is going on.

"Mike, this is Leonard. Can you hear me?

Something is wrong.

"Yes, I hear you."

I've got to bring you up. Tell you why in a minute.

"Leonard, wait."

"On the count of ten—."

Unlock. My foot touches the front step.

"Nine—eight—

I'm on the porch as Rachael opens the door for us. "Where you guys been? Supper's almost ready."

"Seven—six—"

"We stopped for a coke," Bob turns to me. "But we're both starved, right, Mike?"

"Absolutely."

"Five—four—"

She hugs her father, then takes a step toward me. "C'mere."

"Three—two—one—"

Inches away, I hold her here, those beautiful eyes, that smile, her arms out, her touch only inches away. "Love you—"

A lightning flash and I'm in a train pulling away from a station. Rachael becomes a photograph. The photo recedes into the distance. And now she's gone.

"You okay, Mike? Let's get this stuff off him, Terri—" I hear Leonard nearby. Vaguely, I feel someone tugging at my scalp.

"Why—ouch!" In the darkness behind my visor I feel a sharp stab as wires are pulled from my skin.

"I got it." Terri's voice. "Theta's off—EKG's off—catheter's already out—IV is out. He's clear."

Someone lifts the helmet from my head and the green dots of light slide up. I look around at the sterile lab, the machine, the chair. "Leonard, I wasn't ready to come back."

"Yeah, I know. Sorry. What's the square root of 144?"

"Twelve—"

"What's today's date?"

"I have no idea. I've been out of town, dammit—what's going on?"

"Anything unusual happen down there just before I brought you back?"

"I saw a little lightning. That was all. Was it you doing that? Did you scram me?"

"No. If I did, your eyes'd be rolled back in your head. Here, let me help you up—" He pulls me to a sitting position.

"What happened—?"

"I don't know yet," Leonard says, wiping perspiration from his forehead. "One minute your trace was okay and the next thing I knew, the theta alarm went off. The t-4 wave from your right temporal lobe gave a couple of quick blips, then went to east hyperspace."

"What?"

"Vanished. *Supposedly*, you see that sort of thing on the screen right before the dreamer goes flatline. I'm not going to have you circling the drain on my shift. Very career-limiting move." He turns. "Terri, can we get a printout of that trace, please? We'll have to send that up to Poundstone."

"What's going on?" I feel my heart begin to pound.

"I don't know," Leonard says. "I don't do the diagnosing around here. I'm not that high on the food chain."

"Leonard, it's not coming up," Terri says, tapping the keyboard. "Nothing's happening."

"Read the famous manual, Terri," he says irritably. "First hit the F-5 key—"

"Everything's locked." She looks at Leonard, then at me. "I think Mr. Mitchell scrammed your computer."

22

Observer

I'm standing inside the door to Gail's room, telling her what had happened. As usual, she's in t-shirt, shorts and no shoes.

"Let me get this right—" she laughs. "You—Mike Mitchell—actually scrammed the Big Iron? That's great. That is *so* great."

"Leonard didn't think so. He called Zey and Poundstone. We all spent about an hour talking about it." I run my hand across my sandpaper-beard face. "They finally decided it was a computer glitch. Leonard's trying to track it down."

"Computer glitch, huh?" She grins. "I *love* it."

"Yeah, for a minute I thought it was all over. But Poundstone authorized me for another run in two days. Once they get the computer up." I pause, my fatigued brain trying to collect its thoughts. "How's Coltrane. Has he come up yet?"

"He came to breakfast this morning with a beard like yours. Otto's due back from his trip any minute now. I haven't heard anything, so he's probably okay."

"That's good." I look at the floor, then up at her.

She chews her lip. "Look, if you want to use a shower, c'mon in. And if you want to get rid of that sexy beard, I even have a safety razor—"

"Thanks for the offer, but I think I'll go to my room and crash for awhile—it's been 48 hours here, but down there it's been about two weeks."

"Hey, guess what?" Her smile brightens almost to breaking. "I took

the plunge and asked Leonard to look up Eric."

"And Leonard found him, didn't he?"

"It took less than a minute. Now I know where he lives," she says. "I even know his American Express card number."

"Okay." I lean against the wall. "Fill me in."

"Well-l-l," she says, "he used to be a reporter for a Detroit newspaper, and quit to teach high school in the Milwaukee, Wisconsin school system...he's won four national awards for excellence."

"The important stuff, Banks," I laugh. "Is he married?"

"He has three children—all boys—"

"And?"

"He's divorced—" she says, her voice pitched high like a schoolgirl's, "and he's flying down to see me next weekend!"

"Congratulations." I reach out to give her a hug. I notice her eyes are glistening. Has she been crying?

"Mike, I called him and he knew who it was! It was like he'd been waiting all this time—" she quickly brushes the back of her hand against her eyes— "this is so stupid. I feel like a high school girl going on her first date." She looks up at me. "Do I look okay? I'm not too skinny am I? Do my eyes look—you know—too *old*?"

"Yes, no, and no," I tell her. "You look terrific—I'd do something about that zit on your nose, though."

"Omigod! You're not serious!" She claps her hand over her face.

"You're right. I'm not. See you at dinner tonight." I turn to leave.

"Mike—" She touches my shoulder. "Is it all right if we don't sleep together anymore?"

I look at her for a minute, my fatigued brain searching for the right words. "I'll miss it, that's for sure...but I understand. It was nice while it lasted. *Will* I see you at dinner tonight?"

"Sure." Gail stands in the door, her dark blonde hair down around her shoulders, eyes red with tears, while I walk the long stretch of hallway back to my room.

.....✦.....

It's 6:30. I'm sitting in the cafeteria picking my way through an unexceptional Caesar salad. Across from me, Otto and Keller are engaged in a quiet discussion—probably about some science concept, while nearby, Lowell and Leonard are pointing at a stack of computer

readout, arguing about someone named Joe Code.

Gail hasn't showed up. In a way, I didn't expect her to come down, given the conversation earlier today. She's probably in her room thinking hard about her next moves in life. And I don't blame her. It's not every day someone gets a second chance like that.

I consider the salad. While I've been sitting here brooding about the past, some part of me has neatly arranged the olives into a line along the side of the plate. Across from them, the boiled egg slices are stacked neatly next to the carrot sticks.

Someone in here is trying to be an engineer. If my life isn't so orderly, maybe my salad can be.

My mind shifts to Rachael—to the wonderful times I've been having with her and the impending disaster waiting only weeks ahead.

When did we break up? Was it June, 1967—or was it much earlier? I can't remember. Having purged it from my memory banks years before, I can't access it now that I need it.

I feel like I'm on a train heading for a brick wall, but I don't remember exactly where the brick wall *is*. One month away? Or three? Will I come back while I'm on my date with Brenda—or will it be when Rachael confronts me, tears in her eyes? Maybe it will be those horrible days I spent in the hospital after the accident. Did I cross that traffic divider on purpose? Some part of me already knows; now the rest of me will find out.

One thing I know for sure, the moment is up ahead. And I'm approaching it at record speed.

"Mind if I sit down?" I hear a voice and look up.

It's Coltrane.

Eleven-thirty. Nearly midnight.

I'm in the skybox lounge in jeans and t-shirt, sock feet resting on a fake marble table. Coltrane is sitting at the other end of the couch in essentially the same configuration, one boot on the table, the other on the floor.

We've been here for the past hour and haven't said twenty words between us. Instead, we sit here in the dark and look out the window—at tourists lost on the streets below, at the occasional bus threading its way through the city, at the lonely jets arriving at the airport to the north.

We don't talk. We just watch and think. Right now, I'm thinking

about what it all means. At dinner, after Leonard went back to the lab, Lowell and Keller got into a discussion about the nature of the mind. Lowell claimed that one particular part of our personality oversees everything and views our life from somewhere outside of time. Moreover, it makes decisions for us based on what is best for our entire life—start to finish. "It explains coincidence anyway," Lowell had said with great finality.

Keller, for his part, argued that Lowell's position was only half-right. *Obviously*, we were *all* part of one greater thing and *It* made all the decisions in our lives. And, It also decided what parts of the past to visit. Otto said he expected something like that from Keller, who had once attended a Jesuit college.

Gail had said nothing. Her own beliefs were intact—all she did was smile and eat her fruit salad. She seemed truly happy—perhaps for the first time here. She believed there was one perfect person for her. And in a few days—after years of waiting—she would be with him again. Nothing else mattered. I felt good for her.

Seeing Gail, I considered asking Leonard to locate Rachael too. But would I be prepared for who I'd find? Right now she's probably living somewhere in the midwest, a great wife to somebody and a caring mother to her children. Solid and territorial—protective of her life and those around her. I saw that in her even in our first months together.

Yet nothing is certain. We all change. What if I found someone different—what if the hidden part of her that was supposed to watch over her life didn't do so well—what if it let her down, took away her smile, hurt her life?

Earlier tonight, I had asked Coltrane if I should even be going back to that time—should I even see Rachael again, knowing what the future held. His answer was typical—strange and convoluted. But it made perfect sense. "That time is part of your life, Mitchell," he said. "It will always be there for you. *If* it's what you want."

I look out the window at the dark, endless sky. *Is* that what I want?

There's no answer. It's midnight and the door to the philosophy class is closed and locked. The light is out and the only sound from inside is the ticking of the clock.

Nine a.m.

I take a deep breath and settle into the induction chair, feel it

envelop me. Nearby, Terri is attaching the temporal sensors to the right side of my scalp. "You know, I've always thought we should shave a little spot on your scalp here—then it wouldn't hurt so much when we pulled it loose—what do you think, Mr. Mitchell?"

"C'mon, Terri," Leonard says. "Nobody wants little spots shaved on their scalp."

"It'd probably catch on somewhere," I tell her.

"There," she presses the sensor on. "Now be good and don't lose your t-4 signal again," she smiles brightly, "or we'll have to bring you back."

"I promise."

"Here's your lunch wagon," she says, bringing the IV rack.

"Mike," Leonard says, "you want some Japanese bean crackers? Last real food for 48 hours."

"Thanks, but I've got a dinner of fish sticks and spinach waiting for me down there."

"Fish sticks and spinach?" Terri says, tying the rubber constriction band around my arm. "That sounds good. I'm jealous...make a fist, please."

I wince as the IV needle goes into my arm, then close my eyes. Will I return to the same place I left—inches away from her? Probably not. My chances of hitting that exact second are remote. The past is a big place.

"EKG's up—oxygen saturation—temporal leads good. General signal strength okay. All right Terri, let's squid him and cap him."

Terri places the ceramic microphone cylinder against my throat, then looks at me with her big blue eyes. "'Squid him and cap him.' Have you ever heard of such a thing? I don't know where he gets that stuff." She turns. "Just a minute, Leonard. Okay, I got it. Here's your crash helmet, Mr. Mitchell. Have a nice dream."

"And drive safely," Leonard says.

"I'll try." I fit the helmet onto my head.

The visor comes down and I'm all alone.

But not for long.

Part IV

23

Morning, 1967

The hallway is filled with college students. In the background music is playing. Across the room, opposite the phones, a group of people are watching television: "Batman." It's probably some Thursday night in early spring, 1967. I guess middle or late February.

I pick up the phone, wait for the operator, deposit fifty cents and dial the number.

"Hello?"

"Rache? This is Mike."

"*Hi!* Am I gonna see you this weekend?"

"Yeah. I'm driving down tomorrow after my last afternoon class."

"Listen. There's a teachers' conference and I don't have to go to school tomorrow."

"Rache—I have a night class at six, but I should be out by eight-thirty or nine. And I can skip my classes tomorrow. Maybe I can come down tonight." It occurs to me I'm listening to one reason I never made straight A's in college.

"Tonight? *Could* you?"

"It'll be late. Is that all right?"

"I don't care if it's three in the morning. I'll be waiting for you."

As I pull into Weslayan, the town is deserted—quiet, except for the clicking of the stoplights. A scrap of paper kites up the street in advance of the storm. I vaguely remember the hours preceding this:

The teacher droning until 9:30 p.m., then another half-hour looking for my cutoff jeans.

Then a gas fill-up—28 cents a gallon—and four hours of counting white hyphens against the brown pavement. Between were irregular bursts of headlights, a string of semitrailers lumbering along the two-lane road, the occasional microwave tower. But mostly there was darkness. Somewhere along the road, I rolled down the window and let the night stream in.

To the west, paralleling the highway, I could see an intermittent display of lightning signalling an approaching late winter cold front. Somewhere near the town of Renick, was a benign blue-gray mountain of fog, floating five hundred feet above the ground, it's diaphanous edges illuminated pale yellow by the full moon.

A half-hour later, the scud had moved in and the windshield was spattered with rain. The radio produced only static. At some point, I switched it off.

A right turn onto the interstate, then half an hour later, across a Missouri River bridge illuminated by lightning. Then, at Blackwater, the darkness turned white as sheets of rain slammed into the windshield.

I pass cars, pulled off along the road. I remember thinking about earlier trips down this road, Rache illegally at the wheel, peering intensely at the road. Drinking bottles of ginger ale. Depleting bags of potato chips.

On one trip, completely bored, she threatened to remove her blouse, then her bra, then "stick George and Charlie up against the window."

It never happened.

Instead, we traded places—she scooting beneath me to take the wheel while I sat nervously watching for the highway patrol, planning what we would say to them if caught: "Yes, sir. She has a license to drive...no, I don't think she brought it with her...yes, we're married. *Newly* married. Last week. Her dad performed the ceremony, you can call him."

The rain let up as I reached the exit to Weslayan. Ten more miles of absolute quiet. No cars. Nearly midnight.

By the time I reached town, the temperature had dropped ten degrees, yet the streets were dry. Had the storm reached here yet? No.

I have to decide: Should I call or not? No. Too late. It would only

wake everyone up. And they knew I was on the way. I told them I'd be here.

I steer the car down toward the Safeway store. Perhaps Bob is working there tonight, restocking supplies. Maybe I could help.

No. The store parking lot is completely deserted.

I turn on the radio and hear the Four Tops singing "Bernadette." I pass the Harrison Street church, then, after two quick turns in succession, I'm at the Dominics.

I switch off the engine and look at my watch: It's 1:55 am. Inside, there appears to be a light on in the kitchen. A memory: Some weeks ago, my car ran out of gas on the way down from college. As a result, I was three hours late and had to sleep in the Fairlane until morning. When I awoke, Stacie and Amy were peering through the car windows, laughing at the grubby, desheveled college student lying in the front seat. The next day Wanda sliced open her finger on a broken glass in the sink.

Exhausted, I walk to the front porch. Should I knock on the door at this late hour?

"Hey, Sport." I turn. It's Rache, sitting in the wooden porch swing. Dressed in her nightshirt, no shoes, and with the ubiquitous rollers in her hair.

A hug, then a kiss. She takes my hand and leads me to the kitchen where I find a plate of bologna sandwiches, potato chips and a large bottle of Vess Cola.

I look at the rollers. "You hear any stations with that antenna?"

"You'd be surprised what I can get with this." She gives me a another quick kiss, then hands me a plastic tumbler brimming with iced cola. "I know you don't like this stuff, but it's all I could find, sorry."

After I use the bathroom and splash water on my face, I return to the kitchen. The light is out and there is a small, lighted candle in the middle of the table. "I bought the candle today after you called," she says, pouring me a glass of cola. "I figured it be more romantic."

"It looks really nice."

She sits on my lap. "Notice anything different?"

"No, what?"

"I've got my nightshirt on—"

"I can see that."

"And I'm not wearing my shorts. Only my underpants."

"Are you going to bed with me this way?"

"Sure—if you don't try anything. I got tired of wearing those shorts. They were just too uncomfortable." She jumps off my lap, then pads around to sit down at the table opposite me. "Let's pretend we're married and I'm fixing you a late dinner."

"Real late dinner." I bite into the sandwich. Strangely, wonderfully, from up here in the future—I can almost taste it. Bologna and mayonnaise with a pickle.

"Did I tell ya I got my old job back?"

"No, where?"

"The Kuku. Can you believe it? I walked in and asked if they wanted to hire me again and they said yes—" she pauses to take a bite of sandwich—"anyhow, they asked me if I remembered how to grill a hamburger and of course, I did. Next Friday when you come I'll be working."

"I remember when you worked at the Dairy Queen in Corinth. You smelled like a hamburger and onions."

"And it made ya hungry, didn't it?"

"I think I'm falling to sleep. Can we go to bed now?"

"Soon as you finish your dinner. And don't forget the chips. And you gotta drink all your Vess cola. I mean, I *worked* putting this together."

"Great meal." I return to the bologna. "I love it."

"Michael," she looks at me across the candlelight. "I really like this. Sitting here at the table, just you and me. I hope this is what it's like when we're married."

"It'll probably be that way. I'll have to work three jobs like your dad. And come home late."

"I gotta tell ya what Mom said." She leans forward. "She said she wished we'd wait to get married until I finish high school—" a pause, "—but if we didn't, we could live here with them. Until you can apply for college down here and get into the married students housing." She leans forward and whispers, "*Good plan, huh?*"

"That's really nice of them. Maybe I can transfer to the college down here in Weslayan and work three jobs. And then I'll be too tired to pass my army induction physical."

"After we get married, I promise you'll be too tired to pass your physical. I plan to keep you real busy." A sly smile. "Well, for the first *year* anyway."

"I'm really falling asleep." I push the plate away. "Let's go to bed."

"Okay," she gets up from the table, then sits down on my lap. "But just because we're pretending to be married down here in the kitchen doesn't mean we're married upstairs. So ya gotta promise not to do anything. I'm trusting you now."

"I promise I won't do anything—I'm too tired." Then, I stop, my eyes focused on her nightshirt.

"What." Her eyes narrow.

"No t-shirt underneath?"

"No."

"Let me see."

"For*get* it," she jumps off. "It'd make you worse than you already are." She picks up the plate and takes it into the kitchen. "Anyway, George and Charlie are too tiny to fool with. In fact, if I could gain about five pounds up here—I'd be okay."

"I think you're probably fine—" My gaze drifts from Rachael's chest to her hips, then to her legs, finally to the kitchen floor. And stays there. "I think I want to sleep, now."

"The school nurse at Cherokee said if you want big boobs you have to eat Graham crackers and bananas. I tried it, but, as you can see, it didn't work." She runs water into the kitchen sink. "I don't know if I told you—there was a girl in my class who massaged her boobs to make them bigger—but it only made 'em *longer*. Ha!"

"Probably massaged them the wrong way or something—should have asked her boyfriend how to do it."

"I'm sure *you* could have given her some good advice. But it's too late for that, 'cause *I've* got you now." She takes my hand. "C'mon."

I open my eyes to a bright yellow morning in Weslayan. The sun is streaming in through the venetian blinds, washing the opposite wall and dresser in long, horizontal bars of light.

My right arm is around Rachael. Though it's cold outside, the room is probably warm—I see her leg on top of the covers, bent over mine. Beginning at her toes curled down in sleep, my eyes trace the soft line of her bare leg up past her dimpled knee, then down to the smooth perfect curve of her thigh. I pause there and study the yellow light pouring across her leg, like a gentle ridge facing the morning sun—bright on one side, darker in the valleys.

My eyes move up to the top of her thigh, where it meets the hem of her nightshirt. From there, I trace the edge of dark blue fabric as it

travels and ripples across her body, finally meeting with the shaded white surface of the blanket.

Is she cold? I pull the blanket over her leg, leaving only her foot exposed to the cool air in the room. I study her small, gentle form for a moment, then pull her closer to me. In response, her toes curl momentarily, then her foot disappears beneath a fold of the white flannel sheet. Somewhere in 1967, I can almost feel her legs against mine.

Two hundred miles away in Kirksville, my class is probably starting up and my Semantics professor is marking me absent. I didn't care then, I don't care now.

Next to me I hear a sigh.

"Rache, you awake?"

"Um-hm." She snuggles closer, pressing her body next to mine.

"You're sure you're awake?"

"Yep."The blanket moves as she curls her leg over my body. "Mmm. Y'know what?" She asks in a soft whisper.

"What?" I turn to face her, her lips inches from mine.

"There's no school today," she opens her eyes, heavy, dreamy with sleep. "Isn't that great?" A stretch, a sigh. "I think we should stay here all day."

"Along about six tonight, you're folks would start to worry."

"Listen," she smiles. "They worry if we're not up and out by sunrise."

"Yeah." I give her a long, slow kiss. "I could spend the day with you like this."

"Um-hm." She looks at me from across the pillow. "You know, Michael, when two people love each other—I mean really love each other—I like to think they should have a special place they can go where it's them and nobody else. What do you think?"

"I think that's a pretty nice idea."

"If we had a special place," she pauses to share a quick kiss, "what would you want it to be like?"

"I'd like a place outdoors," I tell her. "Like on top of a grassy hill."

"Yeah. And it's spring," she says. "The sky is just a perfect blue. With great big puffy clouds and the wind blowing. I just *love* the wind."

"Me too."

"And there'll be a little country church nearby—where we can finally get married. That'll be our place, okay?

"Okay."

"Forever and ever. Just ours. And I'll make sure."

"Deal." I give her another kiss. Downstairs I hear the sound of pans clanking on the range. "Hear that?"

"Yeah. Mom's up. Pretty soon everyone else will be too, so if you wanna use the bathroom, you better get to it."

"No, go ahead."

"Thanks. I've got dragon-mouth." Rachael pulls the blanket back and slowly climbs from bed. I watch her walk across the bedroom in her nightshirt, watch her hips undulating beneath the blue cloth. I notice the line of underwear is missing. Perhaps the shirt is all she had on last night. My eyes then travel up her back to her neck, past the thin gold chain, then up to her hair, thick and black and in disarray from the night before. As she opens the door, she scratches her head, then quickly bends to attack a spot on her right leg. It is the fluid, quick motion of the natural athlete.

As she disappears into the hallway, I try to arrange the bedcovers.

"Hey Michael," she says from the hallway. "C'mere."

I push the covers back and follow Rachael to the hallway. She's standing at the window, shivering, her arms folded tight.

"Look at that. Isn't it beautiful? I never thought we'd see something like this."

The skyline of trees behind the house has become white with frost, shimmering in the early spring sunlight. As we watch, a sparrow lights on a small, high branch, sending a feathery, sparkling cloud of crystals to the ground.

I know from my general science class that what I see is the result of a precise combination of fog, temperature and perfectly still air. I also know that the phenomenon is supremely local—not likely to be recorded on any databases. Like so many things in our lives, it's a small, bright island of wonder in the gray stream of time—accessible only by memory.

"We gotta take a walk," she says. "That's all there is to it."

"What about staying in bed?"

"With something like that out there? *Forget it.* I get the bathroom first. Then you." She closes the bathroom door behind her, and I'm alone in the hallway.

I knock on the bathroom door. "Rache. Tell you what. I'll brush my teeth while you take your shower."

"Nope. You can't see my shower-suit until after we're married."

I hear the sound of the faucet, then, a flush of the toilet. More running water and the sound of furious toothbrushing. "Okay." The door swings open. "Your turn. Don't stay in there too long."

I close the bathroom door behind me. For some reason, this place seems more sixty-ish to me than anyplace else I have been: a half-melted bar of Zest soap on the sink, a line of blue-green goo running into the drain. Elsewhere in the bathroom: a half-squeezed capless tube of Crest; an open bottle of fingernail polish, its contents dried to a red crust; a tube of Noxema; a box of Stri-dex Medicated Pads. A bottle of Micrin mouthwash. A bottle of Prell.

"Hurry up in there. This ice is already started to melt off the trees."

I brush my teeth faster. Glancing up, I see a young, thin face, short black hair, pimples near the corner of an uncertain mouth. Spitting the last of the Crest into the sink, I remove my cutoffs, then my underwear: white Kerry-Knit briefs. Where did I buy those things?

Inside the shower, I carefully adjust the shower curtain so that it's inside the tub. The first time here—during the first week in January—I had left the curtain outside, leaving an inch of water on the floor.

I adjust the faucet and check the flow for the right temperature, then reach down and pull up on the shower knob. After a quick gurgle the shower head produces a dense stream of warm water. Perfect. Like a rainstorm in the summer. I can almost feel it—

Suddenly the curtain snaps back and Rachael jumps inside the tub with me. "You were taking all day and I couldn't wait. And I've got my eyes closed so I can't see you. So move over! Hurry up!"

She's wearing a shower cap and a pair of underpants, with her arms folded over her breasts. "Quick, gimme the soap," she says, her eyes squeezed shut. "Not the Zest. The face soap. There's a bar in the corner." I hand it to her and she backs away and quickly covers her face in a layer of white lather. "Okay. Lemme have the shower. Hold your horses, this'll only take a minute...hey, did you ever notice Prell smells like a new car?"

"I never knew that."

"Well, it does." Her eyes still squeezed shut, she nudges past me again, sticking her face into the stream of water. After a few seconds, she backs away from the shower, and I see that the soap is gone, along with all traces of makeup. "You can have it back, now. Thanks."

The curtains part and she is gone. Turning off the shower I hear the snap of elastic as she removes her wet underwear, then the rustle

of a towel. "I'm gonna dry my hair now, and all I've got on is this towel. *So don't look.*"

"The water is getting cold."

"Michael, you are *such* a liar. We've got the biggest water heater in Weslayan. You'll have to wait until I get my hair dry."

Amazingly, I don't look. Instead, I scan the inside of the shower, surveying the pink faux-porcelain tile inside the shower. I see that the faucet handles don't appear to match. Halfway to the floor of the tub is a huge white rubber drain stopper hanging from the faucet by a beaded metal chain.

Suddenly, Rachael's voice. "Allright. My hair's dry. Now, if you don't hurry up in there, we'll miss the frost."

I wait for a second, then hear the door slam. Only a few months to go and then I've lost her forever.

Again.

24

Skyline

It's late Friday afternoon. The weather is unusually warm for late February—well into the fifties. I'm sitting in my car wearing my blue windbreaker over a sweater and jeans. Rache is wearing new jeans and a fuzzy pink sweatshirt with a hood. Somewhere in the car is her windbreaker, probably folded neatly into a square, then placed on the floorboard.

As I turn on the ignition, Rachael opens the door and climbs inside the car, pausing to toss something into the back seat. "Mama fixed us a snack in case watching airplanes makes us hungry."

I shift the car into reverse, but before I can move my car, Bob taps on my side window. I roll it down. "You want to come with us to watch the jets, Bob?"

"No, I've got to be down at the school this evening. Listen, if you two are going to the city, you better take Sam along." He hands me a large metal object.

"Oh, Daddy, we're not gonna need *that*," Rachael whines.

"It's a Colt .45 caliber service automatic. Model 1911A1." Bob smiles at the weapon. "Got it when I worked for the sheriff's department in Grain Valley. I never used it, but I always took it along."

"Okay...let me see it." Rachael reaches across and takes the gun, then quickly thumbs a release on the left side of the grip. The clip obediently slides from the bottom of the grip into her hand.

"Remember," Bob says, "there's a grip safety and a thumb safety over here on the left side of the frame..."

"Yeah, I see it." Rachael turns the weapon to the side, the barrel pointing in my general direction.

"If it looks like you're gonna have to use it," Bob reaches across me to take the gun, "—just trip the thumb safety *like this* and squeeze the grip safety with your hand as you pull the trigger. Clip holds seven rounds plus one in the chamber. Here." He hands the gun back to his daughter.

"Gotcha." *Klatch*. Rachael pops the clip back into the gun with the heel of her hand, then twirls the huge weapon on her index finger.

"Don't do that, Rachael," Bob says sternly. "You might shoot your foot off."

"Or my boob," she says, without cracking a smile. "Of course, there's nothing there anyway—"

"Don't be smart now, or I won't let you take it," Bob says. "Put it in the glovebox and don't show it unless it looks like trouble."

"Right." Rachael opens the glovebox and tosses the gun inside—barrel pointing my way. "Now, let's go to the airport."

Two hours later, we're at the park on the corner of Eighth and Patterson in Kansas City. Perched at the top of a bluff, the park overlooks the Kansas City Municipal Airport, which is nestled in a curve of the Missouri River. From this vantage point we—and the other couples parked here—can watch huge commercial jets roar across the sky, passing us at eye level only a few miles away.

Perfect. Finally some good information. I decide to take a chance and call in. *Lock.*

"Leonard."

"Lampman Monitoring System, Leonard speaking. How are things down there?"

"Great. I'm in Kansas City at the corner of Eighth and Patterson streets. It's a little place where people come to watch jets land at the airport."

"Wasn't there television in Kansas City back then? Movies?"

"Very funny. Want some data?"

"Sure. Let's give the search engines a workout. Tell me what you see."

"Well, I see a '62 Chevy Bel-Aire station wagon, a red Corvair Monza, a new Olds 442 and parked next to us is a Chevy Impala. Probably a 1963 model, but I can't tell."

"Okay. A love-wagon, a deathtrap, and a muscle car. What was the last one?"

"Chevy Impala. Probably a '63."

"Okay. List on that was $3849. So now that we have the love-wagon survey, is there anything else interesting? Anything on the radio?"

"It's turned off. But I think I heard 'For What Its Worth' on the way over here. And we're wearing light jackets. Temperature's probably in the low sixties with an overcast."

"Okay. From the song, you're between late February and May, '67. Give me a call when you get another song or two and I'll narrow it for you."

Unlock.

"Let's turn on the radio," I hear myself say.

"I got a better idea. Let's get closer to the airport. It's too crowded up here."

Moments later, we're driving parallel to the high ridge separating the airport from the river. To our left is a carnival of blue and red runway lights. As the car goes over a slight rise, I see a sign: *Watch for Low Flying Aircraft.* I park the Ford near a row of other cars.

A quick lock, and I'm able to identify a white 1960 Ford Galaxy, a Chevy Nova and a 1961 Plymouth Fury, its four headlights staring angrily out from beneath its angled "eyebrows." All great cars. Good retro design.

Whatever that means.

Unlock. We park the car next to the Fury and turn off the engine. In the car I can see five people—two adults and three children. It doesn't look like the kind of place where a gun will be necessary.

"Sure you don't want to listen to the radio?"

"Turn it on. Either the K's or the W's are fine."

I turn on the radio and come in halfway through an Elvis song: "Can't Help Falling In Love With You."

"Hey! It's Elvis," Rachael says. "My Mama just adores Elvis, but Dad can't stand him. He likes Nat King Cole—say, I'll bet you didn't know this: Elvis is actually singing this song to his cat, Shirley."

"Shirley—?"

"Shirley," Rachael nods. "And if you listen real close you can hear it. Listen. It goes, 'like a river flows—*meeowww*—Shirley, to the sea—*meeowww*—'"

"That's not a cat making that sound. That's a steel guitar."

"Have you ever seen it?" She narrows her eyes.

"No."

"Then *you don't know*, do you?"

Suddenly Elvis and his cat are drowned out by an ear-splitting roar.

"Look!" Rachael sticks her head out the window.

I look up and all I can see are the lights and undercarriage of a Boeing 707. It thunders overhead, then drifts down to the runway a few hundred yards away. An instant later I hear the distinct "sktch" of rubber hitting concrete.

"Wooaaah!" Rache says. "When's the next one?"

"I don't know." On the radio, I hear another song, one by Neil Diamond song, "You Got To Me." I relay it to Leonard.

"Okay. That narrows it a little. It was released January 28 and was on the chart exactly eight weeks. I'd say you're in the last week of February, 1967. The weather data matches anyway. See any more interesting vehicles down there?"

"A few. I'll tell you in debrief. Say, would you happen to have the airline schedule for Kansas City in February, 1967?"

"*Ha. What do you think I am? The Smithsonian?*"

"Sorry. I only wanted to know when the next plane would be coming over."

"*Maybe I can check some stats. I'll just open up the Jukebox and fire up the search engine. Hm. This thing is really slow tonight—okay, here we are. In the mid-sixties the busiest airport was O'Hare—with a plane arriving every three seconds. Kansas City Municipal was way down at the end of the ramp. Looks like an average of one plane every five minutes. Does that help?*"

"Thanks."

I turn off the radio and turn to Rache. "You want to take a walk? I want to show you something really neat."

"Yeah. I'm gettin' bored."

I lock the car, then take her hand and head for the asphalt road behind the parking area.

"Where are we going?" she asks. "Maybe I should take the gun. I don't wanna get robbed out here."

"We'll be okay." We cross the road, then squeeze through a break in the hurricane fence separating the airport from the hill surrounding it. After a few minutes of climbing through tall weeds we're at the top. A hundred feet beneath us is the Missouri River, running black and cold. Across the river are the lights of the city. Leonard said *five minutes* between landings. It took us maybe three minutes to get up here.

"Isn't this nice?" I ask her. "See the city over there across the river?"

"Yeah. But I still think I shoulda' brought the gun. You know any

karate in case we get mugged?"

"No." For an instant, I think I feel mist against my face. Then, it's gone. *Two minutes left.*

"I guess you'll have to take care of 'em while I run for help," she looks around warily. "Kick 'em in the balls or something." She looks over the edge of the hill down toward the river. "Wonder why there's no planes?"

"Don't know." It's quiet. All I hear is the sound of cars on the interstate a few miles away. That and the gentle whistle of wind. A whistle that increases in pitch.

One minute.

A red light blinks. Something is moving on the horizon. Something big. And it's at eye level.

"Rache—" I point straight out. "Take a look."

At that instant, night becomes day as the sky explodes in a bank of high-intensity landing lights, illuminating our hill and moving directly toward us.

The darkness contracts to show the enormous object behind the lights—the hawklike superstructure of a triple-engine jet airliner. The hill shakes with the din. Rachael is holding her ears, screaming.

The massive undercarriage completely fills the sky, rows of lights and tubes and metal panels and rubber tires, perhaps fifty feet overhead. Then the wind hits us, hot and laden with debris, blowing our jackets and hair. After rubbing the weed dust from my eyes, I turn to see the huge metal bird gently settle to the concrete runway.

Sktch—*sktch*.

I turn around and see Rachael standing next to me, her sweatshirt covered in weed stems and thistle burrs, her hair blown straight back. After a second, she shakes her head, then begins methodically picking the burrs, weeds and grass particles from her sweatshirt, then from her pants.

"All right, then," she says, smoothing her hair down. "Exactly what was it that you wanted to show me?"

"The jet."

"I saw it," she nods soberly. "It was about one inch over my head. And, I'll have you know, I probably wet my pants. You may take me home now."

25

Return

I wake up in bed—alone. Am I back in San Antonio? I open my eyes and see Rachael at the dresser, peering into a drawer.

Good. I'm still here. In Weslayan. I close my eyes and try to think: When I came it was Thursday…and yesterday was a Sunday…

It must be Monday. Then how come I'm not back in Kirksville? Is must be spring break.

I hear another drawer open. "Oh, rats."

"What?" I open my eyes again. Rachael, dressed in her black and blue striped nightshirt, is rummaging through the drawer. I look for the outline of her shorts. Not there. Did she wear them last night?

"All I've got is pink underwear. And it's Monday. Every time I wear pink on a Monday, something stupid happens. I forget my lunch card or I leave my purse somewhere. Or it rains."

"I didn't think you had school today."

"I don't. But I still gotta find the right color underwear. I gotta find yellow. Yellow is okay for Mondays."

"Gonna wear a yellow bra too?"

"All my bras are white. It's the under*pants* that are different. I wish I knew where that yellow one was. Did I wear it yesterday?"

"Mind if I take a shower first?" I push the covers back. As usual, I'm wearing my blue cutoffs and terrycloth t-shirt.

"Yeah, go ahead—" she mumbles. "Lessee—I wore the white ones with the little valentine Saturday. And another pair of pink ones yesterday. Oh, I'll just wear the blue ones." She digs into the

drawer.

I climb out of bed and give her a kiss on the cheek. "I'll be out in a few minutes."

"Okay," she pushes the drawer closed. "If you go out with the wrong color underwear you're just *asking* for trouble."

After a shower, I pull on my jeans and come downstairs to find Bob at the kitchen table—cigarette in the corner of his mouth, a cup of coffee nearby—scribbling into a notebook. At the opposite end of the table are four used bowls of breakfast cereal. Wanda and the kids are already gone, leaving Bob to struggle here with some arcane mental task.

I lock the scene momentarily and notice that his face has a hard, pale cast, and his eyes are like small black coals—concentration against all odds. There is a noticeable shake in the pen. It occurs to me he's wearing the same clothes I saw him in last night—wrinkled slacks and short-sleeved white shirt. On the table is an open Bible. I unlock and take a step into the kitchen.

"Hey, Mike." He looks up wearily. "You know anything about Second Corinthians, chapter 12, second verse?"

"Nope. Sorry."

"That's okay. I've got to give a talk at the fellowship dinner tonight and I don't want to use a canned speech. Just fishing around for ideas." His voice trails off as he stares at the page. I lock the scene again. Looking into his eyes, I sense painful desperation. The notebook page is covered in scribbles and crossed-out lines. On the floor next to his chair is a pile of crumpled notepaper.

Unlock.

I walk to the refrigerator and open the door. "Want some orange juice?"

"Thanks, but it would probably upset my stomach."

"How long have you been up?" I ask, joining him at the table.

"Altogether?" He takes a deep drag from the cigarette and grins sheepishly. "Thirty-six hours. Unless you count the ten minutes sleep I got on a bag of potatoes at Safeway last night. I think it's starting to affect my concentration." He pushes the sheet of scribbles toward me. "I've been here since five this morning and in two hours all I've got is Second Corinthians. That's why I thought you might have some ideas. I'm all out."

"Sorry. Wish I could help."

"I wish you could too." He opens up the battered notebook and leafs through the pages. "Guess I'd better to go with a canned talk after all. Three points and a poem—they won't know the difference. You want some coffee?"

"No, thanks." I hear the shower stop upstairs. Rachael will be down in a few minutes. Good.

"Lessee." Bob stops at a page and rubs his eyes. "Yeah. Here's one I could use—huh?"

I look up. "What is it?"

"I'm trying to read. And you know, the print seems to be falling off the page—" His face has a perplexed, confused look.

"What do you mean?"

"The print's sliding off the page." He chuckles. "That's what it's doing all right—it's moving down and falling off the page." He turns the notebook toward me. "Don't you see it too—or am I imagining it?"

"It looks fine to me—*Bob, are you okay?*"

"Probably got into some chemicals at Safeway last night. Maybe they sprayed the oranges with something—" He tries to stand up, then quickly sits back down. The smile is gone, replaced with a look of irritation. Clearly, something in his world isn't working the way it should.

Lock. Did this ever happen? It must have, but I don't remember it. Probably it turned out to be nothing. Yet—

"Leonard."

"GrandWizard here. How are things in dreamland?"

"What are the symptoms of stroke?"

"You think you're having one?"

"No. Someone else might be, though."

"Justaminute. Lemme check the medical—okay—stroke—cerebral hemorrhage. Whoa. Sudden headache, dizziness, visual or auditory disturbances—"

"Thanks. I'll be back in a minute."

"What's going on down there?"

"Keep an eye on my vitals, but don't bring me back, okay?"

"You visit some interesting places. I'm here if you need me."

I wheel and head up the stairs to Rachael's room, covering the distance as quickly as I can. "Rache!" I open the door.

"Hey—" She is standing at the bed, wearing two towels—one

around her waist and the other wrapped around her wet hair. "Darn it, Michael, I'm not dressed—"

"*Get* dressed! Your dad's sick. We gotta get him to the hospital."

"Omigod." She throws the towels to the floor and quickly steps into a pair of faded blue jeans. "Gimme my shirt. It's on the chair—"

Within a minute, I return to the kitchen, Rache a step behind me. Bob is seated at the table, his glazed eyes staring at a point on the opposite wall. As Rachael grabs his legs, I put my arms under his. Together we carry him to the front door.

"Look, I'll get him into the car, you call the hospital."

"Gotcha." Rachael leaves us and grabs the phone.

Seconds later, with Bob across the back seat of the Pontiac, I jump behind the wheel and close the door. No keys.

"Keys are here, under the floor mat," Rachael says, jumping into the car. "The emergency room said to bring him in *right now*."

I start the car, shift into reverse, and hammer the accelerator. The Pontiac roars backward, missing my car by inches.

Five minutes and three red lights later, we're at the hospital.

Twelve hours later, we're still here—Stacie and Brad with me—Amy wedged between Wanda and Rachael. By now, the children are asleep and I've read everything in the waiting room—four 1965-vintage *Good Housekeeping*, two old issues of *Life* and an assortment of used coloring books. On the intercom, I hear a full orchestra version of "Moon River" for the fourth time.

I look at my watch—7:00 p.m.—then glance around the room—first at the spare white walls, the orange carpet, the Danish modern couches filled with worried people and sleeping children. I search for the familiar feeling of deja vu—the sense of replay that occasionally accompanies these trips to the past. Yet the only memories I can jog are the ones that occurred when Rachael was sick four months before. This truly seems to be happening for the first time.

It *had* to have happened before, but I can recall no specific incident that brought Bob to the emergency room.

Yet, here we are—Brad reading a magazine, Stacie curled under my arm asleep, Wanda, her face drawn, getting up to talk to a nurse. Rachael, her eyes closed in silent prayer.

The emergency room physician walks in, a tall man with thinning brown hair and wearing green surgical scrubs. "Mrs. Dominic?"

A half-hour later, Rachael, the kids and I are sitting in the Pontiac, waiting for Wanda. For the past hour Rachael has been sitting in a bundle next to the door, staring straight out across the hospital parking lot.

"That doctor was really mad," Bradley murmurs from the rear seat. "He yelled at us."

"He wasn't mad at *us*, Bradley," Stacie tells him. "He was mad at Daddy for not getting enough sleep. He said no human being on earth can go without sleep."

Rachael looks at me. "Michael, why did God let this happen?"

"The doctor said it was probably exhaustion. But it's a good thing we brought him in. Anyway—I got a chance to see your shower-suit."

"Michael saw Rache in her show-er suit," Amy sings. To my horror, I realize the term isn't only Rachael's—it's family-wide.

"That means she was *naked*," Bradley grins. "That's how they sleep together."

Rachael lunges across the seat, "Bradley Allen! That is *not true*! Michael and I wear our clothes to bed and *you know it*! Any of you repeat that *anywhere*, and it'll be your *butts*! That's between me and Michael and the family—and nobody else! *Got it?*"

"Got it," Bradley mumbles.

"Yeah," Stacie mumbles. "I got it, too."

"With Daddy sick and all, nobody knows what's gonna happen. We don't need any more—" she pauses, her voice softens, "—*trouble*. Okay?"

"Sorry, Rache," Bradley murmurs. "Sorry, Mike."

Rachael returns to her place on the far side of the car, her knees curled up to her chest—protection against a world that has become bleak and uncertain.

Lock. On the floorboard, her tennis shoes lie amid a pile of KuKu hamburger wrappers and soft drink cups. Even though it's not particularly cold in the car, I can tell she's shivering. I see a tear in mid-slide down her cheek.

Unlock.

"Hey. C'mere." I reach across the seat and grab her arm. "We're going for a walk."

"Ouch. No—lemme get my shoes—"

"No, here." In a second, I'm carrying her across to the wet grass.

"Michael—what—"

"Listen to me, Rache—your dad is going to be all right. It's only exhaustion. He'll be fine. He lives for a long, long time."

"How can you know that?" She looks at me, her face inches from mine.

"Because I *remember*. I was here once before. Years ago." I feel the chill in the air, the dampness of the grass. It occurs to me I'm barefoot. Feeling—pure feeling—washes over me in waves, trying for the connection. As though the waves of this beautiful time were trying to find me all these years. And now they have.

I feel Rachael's warmth through her cotton shirt, feel the rough fabric of her jeans. Feel her quick warm breath against my face.

And, I'm *here*. Totally and completely *here*.

"What are you talking about—'remember'?" She narrows her eyes.

"Rachael, I want to tell you something—" I feel the cold air enter my lungs, smell the scent of her perfume—*Occur*, isn't it? Taste the faint trace of her lipstick. Holding her in this dark, cold damp night I'm overwhelmed by the sensations.

"What? What are you gonna tell me?" She has a tentative smile.

"I want to tell you that—I'm *here*."

"Are you *sure*?" She gives me a suspicious look.

"I want to let you know something, Rachael Dominic—" I look in her eyes. "I want to tell you you're the best thing that ever happened to me, and I've missed you all my life."

"All nineteen years of it, huh?" She says. "Well, that's long enough. Gimme a kiss." I feel her lips, then her face against mine, feel the wetness of her cheek. Then she pulls back and looks at me hard. "Are you sure about Daddy being all right? Don't say it just to make me feel better—"

"He'll be fine. *I remember*."

She looks at me, her eyes wet with tears. "Do we still get married?"

"We still get married."

"When!"

"How about—now?"

"*Now?*" She looks at me. "*Right* now?"

"Or as soon as we can get a church. And if your parents okay it—"

"Yes! Oh, yesyesyesyesyes!" She grabs and squeezes my neck. "Daddy can even do the wedding! We can do it as soon as he gets home—before he can think about it too much. And before you can change your mind!"

"This weekend?"

"Sure! Daddy can perform the ceremony, Mama can play the piano and Stacie can be the bridesmaid. We'll get married at home in our living room, and and then we can get married later in a real church. That way, if I'm pregnant it won't matter."

The world of February, 1967 is flooding me, washing through me like waves in a storm. Cold air, frost on the grass, a blustery wind blowing her hair into my eyes. I spin her around, feel the pressure on my muscles, in my back, in my knees. Feel my body adjust to the grass, feel her in my arms.

"Listen, Michael," she says. "I'm serious about this. I want to get married tonight, or if not tonight, then real soon. Like tomorrow or the next day. And I want to get pregnant and have a baby. Is it okay?"

I stand here with her, my face inches from hers. "Yes. It's absolutely okay. The sooner, the better."

She looks at me, tears running down her face. "Michael, I really—*coconut cream pie* you."

"What?"

"I want to say something more than I love you, so I thought of my absolute favorite food. Coconut cream pie."

"Rache, I—uh—"

"Any main food group will do," she says.

"Okay. Cherry pie. I *cherry pie* you." I look into her eyes. "And I'll never leave you. *Ever*."

She smiles. "That's what I've wanted all along."

"Rachael, listen, I've got to tell you something—"

She puts her finger on my lips. "Tell me later. Tonight, maybe. Okay?"

"Sure. Tonight." I look into her eyes, bright in the lights of the parking lot.

Something has happened.

Somehow, I'm *here*. Captured by the waves and the vibrations and the feelings of a February night in 1967. Somewhere, somewhere in the back of my mind, overwhelmed by the sensations of this instant in time, I feel another memory fade. A memory of another life in a city somewhere. And people I used to know.

But now, like a car's tail lights on a dark night, it recedes into the distance.

And is gone.

It's early morning now. Rachael is lying in my arms, one leg thrown over mine. Outside, I hear the first drops of rain against the window. A cool front has come in. By mid-week, there'll be snow. It's a good thing I'm on spring break—I'd hate to drive back to Kirksville in this kind of weather.

Rachael shivers slightly and I pull the blanket over her. Outside, I hear a car drive by, its tires hissing on the wet cobblestone street. Did I leave my car too far out in the street?

I slide my arm from beneath Rache, then sit up and look through the window. My car, its hood wet and glistening with rain, seems to be intact.

I look around the room, the walls illuminated by the streetlamp. I wonder if Wanda and the kids are asleep. Probably not. Amy is always awake until three or four. I lie down again, sliding my arm under Rachael. In response, she snuggles closer.

I look at her, think of the last few hours—coming home from the hospital to catch the last few minutes of the Monkees—then fish sticks, bologna sandwiches and Vess. I think of the song that ended the Monkees show and how it fit: "You Just May Be The One." At ten, we took our showers and came to bed.

And now, we lie here, amid the smells of Brut and Occur and Zest soap and the taste of Crest toothpaste and Frost lipstick. I feel her hand beneath my shirt, on my chest; her bare legs against mine.

"Michael?"

"Yes, Hon?"

"Would you take off your t-shirt?"

I pull it over my head and lay it next to the wall. Without a word, she pulls the nightshirt up over her head and tosses it to the end of the bed. I look at her in the darkness, beautiful and perfect.

"Come here," she says, "I want you to hold me."

I put my arms around her and bring her to me—feel her small, soft breasts against my chest, touch the bare skin of her back. We're face to face and I brush my lips across hers. Lightly at first, beginning at the corner of her mouth and moving to the other side. Then back. And in the middle I pause at the bow of her upper lip, touching it with the tip of my tongue.

I taste toothpaste and lipstick and cola, but mostly I taste Rachael, taste her lips and tongue and the tips of her front teeth as they bite into my lip. I kiss her face, her eyes, her neck, and her collarbone, moving

across to her bare shoulders. And from there, my lips trace a line to the cleft of her elbow, down to her wrist, to the palm of her hand, between each finger. And then back to her collarbone and the small triangle of her throat.

I hear her breathing increase, feel her breath against my face. "Michael—"

I move my fingers from the nape of her neck, down her back, feeling each bump, each muscle until I reach her waist, then back her neck again. And then return.

Beneath the sheets I feel the inside of her foot against the calf of my leg. My hand reaches down and I run my fingers along her toes, up to the sole of her foot, up to her knee, then to the smooth skin of her thigh, and then to her waist. I stop.

"Rache—where's your underwear?"

"I'm not wearing any." She looks at me, our faces separated by only inches.

"You're completely naked?"

"Shhhh. Yeah. I'm completely naked."

I move my hand from her waist to her back.

"But what if your mom—?"

"She never comes in. And Amy's fast asleep. I checked."

"I don't know. What if you get pregnant?"

"What if I do? We're getting married in a few days anyway."

I look at her in the darkness, her face inches from mine. Then, without a word I unbutton my cutoffs, unzip them slowly and finally slide them down and off. I feel the cool sheet against my body. For an instant, I feel vulnerable, alone. Then I feel her hands on my back, pulling me toward her, feel our bodies touch for the first time. And now her legs soft and cool at first, slide against mine, become warm. I sense her breath on my face, feel her breasts soft against my chest. Suddenly, I feel safe, secure. Enveloped in love. This instant of time I will remember for all eternity.

Outside, there is a flash of lightning. Then another. And another. And now everything is like a movie. And now like a snapshot.

No sound of rain, no breathing. Things have *stopped*.

And I can't feel Rachael against me anymore!

"...Lessee—if the Monkees had that song on their television show, then you're probably in February 27 or the morning of the 28th.

"I locked the scene earlier. Looks like it's raining outside."

"Okay. Then it's between two and three in the morning. Weslayan, Missouri gets about a tenth of an inch. Hope you didn't go outside, the temp is only forty-one degrees."

"I didn't know it was that cold. The radio isn't on, but earlier I heard 'You Got To Me' and 'For What It's Worth.'"

Now there's a radio playing inside my head. Is this a nightmare? *It has to be a nightmare.* But I'm awake!

"On this minute in time, Mike, the Beatles are rehearsing 'Lucy In The Sky With Diamonds.' And Elvis is putting on another five pounds."

Maybe my fillings are picking up the signal. I read about that happening once. But why has everything stopped?

"...and if you didn't have that layer of rain cloud at 7500 feet, you could see Regulus is in the southern sky, Procyon is in the west and Arcturus is almost directly overhead."

"Thanks for the info."

"Is everything okay?"

"So far."

"We're starting to get a little interference in your temporal leads again. Just like the last time. You sure there's no problem down there?"

"I'm sure. Everything is fine."

"I really don't like the way this t-4 is looking. I'd feel better if I reeled you in, now."

The voices are familiar. I've heard them before. Maybe in a movie I saw once. But why should I be hearing it now? Am I going crazy? Doesn't craziness show up early? In your late teens?

"Leonard, I'm hearing something that I can't make out, but it's probably just some random thoughts from this place. I'm okay. Really."

"Fasten your seatbelt, Mike. You've got ten seconds."

"No, Leonard! I'll call you back."

I see Rachael next to me in the darkness, her eyes closed, her face inches from mine.

Nine. Eight. Seven—

I want to kiss her. Tell her I love her. Tell her I would never hurt her. Ever.

Six. Five. Four.

Tell her—

Three. Two. One.

I would never leave—

26

Congregation

A wet towel wrapped around my waist, I stand at my window looking out over San Antonio. The late afternoon sky is almost free of clouds and the temperature on the streets below probably is in the high nineties. Exactly two hours ago in this world it was 3:30 p.m., 1999. Two hours ago in my mind was a little after 3:00 am, February 28, 1967. Caught between two worlds—one surrounding me of which I'm not a real part—and one inside my mind—which is a part of me.

While in the shower, washing the accumulated grime from two days in the chair, I considered all my options. By the time I turned off the water, only the sensible one remained—pack up my bags, drop out of the program and return to Boston. The alternative would be to spend the rest of my life inside my past, rummaging around in it like a fool obsessed with his attic.

Of course, I could try Gail's route—find out what happened to Rache—if only to know she's okay. But who am I kidding? Having been with her these last few weeks, these last six months, I would probably want to write her, phone her, see her. *Remember me? I'm the guy who let you down. Who gave our lives away.*

What a great way to continue a relationship. Of course, it would all be a moot point if she was married. Which she no doubt is. Was it today or yesterday she told me she wanted five kids? Oh yes. Almost two nights back and thirty-two years ago.

And what about Linda? After all, I *am* still married and have my

own responsibilities and obligations. Certainly no time to fall headlong for an old flame from the past. Wouldn't be fair to anyone—least of all Rache.

And yet, I think about what Coltrane had said, about that time back there being part of my life, as real as now. I had come here to cruise my past, to avoid all the bad places and to stripmine everything else for saleable songs and minutiae. Instead, something had brought me back to the very places I'd tried to forget. As Leonard might say, they were the places I had diked off but had neglected to nuke.

In effect, my past had stripmined *me*.

When I get to the lab, Leonard is sitting at his desk reading a Japanese comic book, something called Kirara, his feet resting on an abandoned computer cabinet.

"Yo, Mike," he says, putting the book aside.

"Leonard, I need a favor."

"Sure," he adjusts his glasses. "If it doesn't take too much random access memory."

"I need to find someone. In the present."

"Sorry. I already took heat for finding Banks' little buddy. One more and Poundstone would scram me."

"I want to find Rachael Dominic. You've heard me talk about her. You know who she is."

"Rachael Dominic, huh?" Leonard squints one eye at me and cocks his head to the side. It's a gesture I'd seen Evan Carswell do a million times.

"It's important."

"Allow me to explain," Leonard swivels his chair around to face me. "My *confidential little favor* to Banks resulted in her new squeeze getting an *extremely* unauthorized, guided tour of the facility."

"I know, but—"

"Plus, the Institute has been getting spammed with threatening email from a certain someone in Connecticut. All of which makes me very unpopular with the suits downstairs."

"Sorry to hear that."

"Glad you understand. If they find out I let you into the database too, they'll go fireworks mode—whiiiich means my job will be in *casters-up mode.* Very career-limiting. Sorry."

"It's either that or *I'll* go fireworks mode."

"Beg pardon?" Leonard looks at me over the tops of his glasses.

"Leonard," I place my hands on a nearby chair. "I like you. I genuinely do. But unless you help me find Rachael Dominic *starting right now*, I plan to begin picking up big heavy things and throwing them at the Big Iron, just to see if it makes dents. How would you like to have roached equipment and a casters-up dreamer on your hands?"

"Dents?" Leonard glances at the chair I'm holding, a heavy oak model with a metal arm-desk.

"Dents. *Big* ones." I lift the chair. "Try explaining *that* to the suits downstairs."

"Yes. Of course. Dents." Leonard nods, swiveling around to the keyboard. "Ahem. Let's take a look at the database, shall we? Just the high bit, please."

"The name is Rachael Dominic. Spell the Rachael with an 'e'."

"That helps." Leonard keys in the name. "By the way, Mike—"

"What?"

"Remember, you don't *roach* hardware. That's what you do to software. Hardware, you *toast*. Everything else you got right."

"Thanks."

"No prob. I'm here to help." He peers at the screen. "Hm. Okay. Nothing. When was she born?"

"May 9, 1952. Corinth, Missouri—on Locust street—her parents are—Robert and Wanda Dominic—"

"Ah. Okay. Maybe this is it. Rachael Sara Dominic. Family left Weslayan in 1968, moved to Blue Springs, Missouri. From there to Novenger, Missouri in 1970. Attended Northeast Missouri State from '72 to '73. No degree. Married Jackie V. Warden in '73. Good credit rating. Bought a house. One car, one truck, one child."

"She had her baby."

"Looks like it. Then they moved from Novenger."

"Go on?"

"That's it. The record just stops. All we have is blank space."

"What about her folks? Maybe we could find them—"

"Justaminute." He types on the keyboard. "There's nothing here on them either. Maybe they all left the country. What were they, CIA?"

"Hardly. Nothing on the brothers or sisters? There was Amy, Stacie, Bradley—"

"Here we go. Here's a Bradley Allen Dominic—born in 1958—that about right?"

"Pretty close."

"It says here he's picked up a degree in computer science and spent time at the Princeton Quadrangle. The trail ends in 1985. No address, no phone. And there's nothing on anyone else. The computer geek— er, *specialist*—probably told the rest of the family how to firewall their privacy."

"Thanks, Leonard. I appreciate it."

"No prob. Look, the Juke is only a preliminary search engine. There are other sources I can check. You want me to call you if I find anything?"

"Yeah. That would be great."

I close the door to the lab and head back to my room.

At least she got to have her child.

I open the door to my room. The bed is made, the wallspeaker is playing something slow by Beethoven. The curtains are drawn back, showing the orange lights of the city. I compare the image to the ones I remember from the sixties. City lights were blue and white then, not orange. And there was often the smell of burning leaves and grass, even in the early spring. And there seemed to be more rain.

Of course, if I had grown up in San Antonio, I would have different memories. But then, I would be someone else and it would be a different universe. One that would have never included Rachael.

My life is my life—it's the one I own. The one that owns me.

There's a knock at the door. I open it to see Gail, smiling. She's with someone. "Mike, I want you to meet someone—this is Eric Fenster."

She introduces me to a medium-sized, muscular man with short blond hair and a shy smile. It's a face right out of Scandinavia— somewhat weathered skin with crinkles at the corners of sharp, blue eyes. His handshake is firm, solid. And he *looks* like a high school teacher.

"Eric came in this morning," Gail says. "He drove straight from the airport. Hasn't even looked at the Alamo or the River Walk—"

"That wasn't what I came here to see," he smiles at her. His voice is soft, but assured. And there's something else—something I also hear in Gail's voice—a definite *giddiness*.

"Eric will come back when I finish the program," Gail says. "And then we're going to see San Antonio together. Isn't that great?"

"Absolutely." I look at them and think of something Rachael said once—about when two people belong together, everyone can tell. With Gail and her old friend, it shows.

"Mike—" Gail says. "Thanks."

"Hey—I'm here to help."

"And you understand." She reaches up to kiss me on the cheek. And then she takes Eric's hand and walks with him back down the hallway.

I close the door, look around my own room. I see the khakis, ironed and stacked neatly on the desk—suits in the closet with their odd assortment of ties, pinstripe shirts, tab collars, Rockports—all waiting for the trip back to Boston in a few short weeks.

No evidence of life here.

No evidence of Penny's Sta-Prest cutoffs with terry t-shirts, no evidence of blue striped nightshirts smelling of *Occur* and *Brut*. No *Zest* or *Micrin*. No fish sticks with vinegar—bologna sandwiches and Vess cola. And no Rachael.

All that belongs in a different time, a different place—a different country. And you can't get there from here.

I collapse on the bed and stare at the ceiling until it becomes hazy, then gray. Then I close my eyes and try to remember what Coltrane had told me: "It will always be there for you—if that's what you want."

Rachael, it's what I want. It's what I want more than anything. Where are you now? Are you married, do you have your five children? I hope you can hear me now. If I can't come for you, then come for me.

"Remember what happened at the Alamo?" A voice.

Inside my dream I see a young girl wearing a knit top, jeans and tennis shoes. Her long dark hair is pulled back in a ponytail. She holds up a small tree branch. "If you're gonna stay, you gotta cross the line."

She looks up at me. It's a knowing look. And suddenly I feel new. Not new-er, but *new.* It's not that I've traded my old body in for a new one, but this is my own body again when *it* was new. It's not autumn anymore, it's spring. It's April forever and it's the spring of my own time.

Rachael is sitting on the bed, wearing only a t-shirt and underwear, a new ring on her hand.

I touch her face. She smiles and reaches for me. The light goes out. She pulls the covers back. Then I'm under the cool sheets just inches from her. Then closer—and I feel the warmth of her small body.

Feel the softness of her breasts against my chest, her legs against mine.

Outside it is raining. I can hear the radio playing a new song—one I've never heard before.

I kiss her lips, her face, her shoulders, feel her muscles tense, her arms tight around me. The talk between those who haven't spent much time on the earth:

"Hold me tight. Never let me go."

"I never will."

"I *more* than love you. I just wish I could tell you. I really, really wish I could—"

The scene dissolves and now I'm standing at the door of a small country church high on a hill. It's a Sunday in early March and the wind zephyrs ripple through the tall grass like waves on a lake.

Above, great volumes of cloud curl through the blue sky; their shadows race across the wheat fields and high grass, past the church and on toward the eastern horizon.

I turn to see Rachael standing beside me.

And now, we're inside and the congregation is standing, singing the first verse of a hymn I'd heard years ago.

I know these people—I've always known them. People from my childhood, from my life—

All my lives.

Inside, as the choir begins the second verse, the light pours in through the arched stained glass windows, creating columns of light as strong and solid as the pillars supporting the walls.

We're part of another—

And now, as the choir begins the third verse, I see the light from the church reaching out—out through the stained glass windows and walls, back up to the sky.

One with each other—

As the choir begins the fourth verse, I hear the sound of bells. Coming from outside. From all around. Angels.

I look at the hymnal, someone is holding it with me.

Rachael.

"Michael—" She looks at me. "This is our special place. It's where we belong."

A phone rings.

I sit up in the darkness.

Another ring. I pick up the receiver. "Yeah?"

"Mike, this is Leonard. Hope I didn't wake you."

"Yeah. I mean, no. What is it?"

"I finally located your friend Rachael Dominic. You want to come to the lab?"

"Sure. Sure, I'll be right down."

27

Pilot Wave

I'm sitting in the darkened lab looking at the computer screen. Minutes earlier, Leonard had explained how he located the information, querying the Internet, digging through various databases until he finally found her.

I swallow hard, trying to force the hurt down from my throat.

"There it is," Leonard says, pointing to the screen. *Jan 2 1975: A truck driven by Jackson Virgil Warden, 26, of Novenger, Missouri—*

I read the lines over and over until they become mere marks on the screen. Then the marks dissolve into a blur. All I can think about is the little girl with the tree branch, drawing the line across the gravel.

—was involved in a two-car head-on collision—

I see her face, her eyes, hear her laugh.

"I was born on Locust street. How would *you* like to be born on a street named after an insect?"

—on Missouri 65, two miles north of Sedalia yesterday morning at 2:00 AM. Killed in the collision was Warden's wife—

"I really—coconut cream pie you."

—Rachael S. Warden, 24. Mr. Warden is listed in serious condition with multiple fractures. The driver of the other vehicle, a minor whose name was not released, was listed in serious but stable condition—

I feel numb. The world has gone flat. "Leonard, are you sure it was her?"

"It was her. I made a cross-match through the insurance files."

"What about the child? Didn't she leave a baby?"

"No record. Probably went to live with relatives. If you want me to look into this—"

"I don't know. Let me think about it."

"Sorry, Mike." Leonard pats my shoulder. "Real bummer."

3:20 a.m. The hour of failure. I'm sitting on the couch in the skybox lounge with my socks against the window, watching as the vapor outlines their shapes on the glass. Didn't Rachael used to do that to my windshield? Yes.

I'm real territorial. Did I tell you that? If some other girl looks on your windshield, they'll know I've been here.

Across the couch, Russell Coltrane sits with me in the darkness, his weathered face a terrain of lines and shadows. One of his boots is planted on the floor, the other on the table. On the horizon is the subtle flicker of heat lightning.

"I really appreciate you coming up here tonight, Russell."

"Sure," Coltrane shrugs. "I know what you're goin' through. I've spent a lot of nights up here myself, looking out this window."

"Tonight, after the regression, I had a dream about Rachael—two of them, actually."

Coltrane turns to look at me. In the reflection from the window, his spectacles are twin discs of yellow light.

"I was in bed with her—and I noticed that on her finger was a second gold ring—next to the orange blossom diamond. I knew our wedding had just been that day."

"Sounds like a pretty nice dream."

"But there was another dream—one that came before. We were at a church. People were singing and I felt I belonged there. Maybe that was where the wedding took place, I don't know. All I know is, it was the most beautiful place in the world. It was there I saw the possibilities with her that never happened."

"Was the dream real?"

"We broke up before we got married."

"That's not what I asked," Coltrane says softly. "I asked *was it real?*"

I look at him. "More real than anything I've ever known."

"Then it must have happened," he smiles, "*somewhere* in your life."

"Not in the one I remember." I take a deep breath. "The one I remember isn't like that at all."

"Let me tell you a story." Coltrane sits up on the couch. "I first met my lovely wife while I was working at a little refinery outside of Lovell, Wyoming. She was an English teacher at the school there—but she was also a full-blood Shoshone and she wanted to go back to the reservation and teach. I thought that was fine, so we bought us a little shotgun house in Thermopolis. We were gonna find work and buy us a ranch in the Wind River." He pauses for a moment.

"I remember we'd sit up nights talking about all the things we'd have—goats, sheep. Cattle. And it would be right outside the reservation, so she could drive it every day. Even drew it out on paper—what kind of bedroom it'd have, what was gonna be in the kitchen. Where the fireplace'd be."

"Sounds nice," I tell him.

"It never worked out," he says quietly. "I couldn't find a good job. We were never able to buy that little ranch. And after a few years, she ran into health trouble and couldn't teach anymore. There'd be times, though, we'd sit together and talk about our ranch. Just like it was real.

"There toward the end, she told me, '—Russell, we really do have our ranch. It's real and it's ours and we're there. And one of these days you'll know it.'" He looks at me. "It's taken me a lot of years, but I know she was right. I know, because part of me is there right now."

"But Russell, that place isn't in the real world—it's—"

"Mike," he leans forward, "if I tried to look for that place that *you* go back to, I'd be looking for a long, long time. But you know *just* where it is, don't you?"

"I know what you're trying to say, but—"

"Don't you believe in it anymore?" He looks at me intently. "Don't you believe in your *own life?*"

"Of course, I do, but—"

"Then, it's always gonna be there for you."

"Yeah." I flash a weak smile at the obvious. "Memory," I say to myself. *"It's all in the mind."*

"Maybe. And maybe not."

Four a.m. The hour of decision.

I'm in my room, alone. The curtains have been drawn and I'm lying on my bed, eyes fixed on the ceiling. Can I do this?

I close my eyes and the darkness surrounds me like a dense, protective cloud.

The appearance of multiple personalities has happened on occasion. After all, we are different people at different stages of our lives—

And begin the waves of tension and relaxation—

—but there's one core personality that guides the rest of them through—

And now my body becomes heavier. Like iron, like lead, sinking down.

—because for every physical interaction involving light, there must be two waves—one traveling into the future and one traveling into the past—

I have become mercury, slipping through the fabric of the bed, through the floor, into space and through the door of time—

—pilot waves crossing spacetime to sample events, in all their probabilities—

I am falling into the sky, while below me, is the river of my life.

"We only have to follow those waves to see the real worlds existing beside us—"

I visualize an elevator and one appears.

"The path is within us all. It is called memory."

I open my eyes to the darkness of my room. I know where I must go. One last time.

3:45 p.m. The afternoon sun paints the walls of my room with brilliant yellow light. It's my last day in San Antonio. Everything has been taken care of. The meetings, the goodbyes, the plane reservations. Only a few more things to do.

I put down the phone, then draw the blinds.

Now, I pick up the phone again and place another call.

"Lisa? This is Mike Mitchell. Is Jerry in? Good. Could you get him for me please?"

"Mitch? Is that you? Where are you?"

"San Antonio."

"Omigod, you're still there. Damn! I knew it. Mitch, the Japanese are coming in tomorrow afternoon and they want to meet with you. Nobody else. Not me, not the President of the United States, not Elvis. You. Listen to this—hear this? I'm getting on my knees—tell him Lisa—"

"He's on his knees, Mike. He's really on his knees."

"See? See? I'm begging you. I'm walking around this office on my knees *begging you* to get your ass back up and save the company—"

"Jer, I'll be back tomorrow at noon."

"I—*what?*"

"I've already bought the plane tickets. I'm taking one more trip to get some sixties information and right after that, I catch a plane for Boston. I'm leaving San Antonio at nine tonight."

Silence. Then, "Mitch. Thank you. From the bottom of my heart, thank you. I'll get a caterer, bring in lots of hamburgers. Maybe we can all comb our hair into DAs. Real sixties stuff."

"Thanks, Jer, but I don't have that much to comb. Just wear nice clothes and have their names on my desk when I get in. And Jer—"

"Yeah?"

"DAs were popular in the *fifties*."

I hang up the phone, then dial it again.

"Henderson, Cobham, Mitchell, Lambert."

"Hi, Kazy, this is Mike Mitchell. Is Linda in?"

"I don't think she's in yet. Would you like me to take a message?"

"Tell her I'll see her tonight."

"Oh. One minute—"

"Mike. This is Linda. What's going on?"

"I'm coming home. My flight will arrive at Logan tomorrow morning at 1:15."

"I—that's really—I didn't expect you back *tonight*. Uh—"

"Will you be home?"

"I—uh—listen, Mike—there's something I have to tell you—"

"I'm sure there is. And I'll be looking forward to hearing every word. Also, I'd appreciate it if you switched the call forwarding back to the house *before* I get home. Your friend must be getting awfully tired of all those extra calls."

Silence.

"Linda, I know you're there. I can hear you breathing."

"I really would like an opportunity to explain—"

"I'll be there to listen. See you soon, Linda."

I hang up the phone and scan the room. This is it. Goodbye, San Antonio. I know what I have to do. One more call. One more goodbye.

"Leonard? This is Mike. Everything ready?"

"Ready. Come on down."

I place the helmet on my head, attach the ceramic throat microphone. Hear Leonard run through the procedures.

"Okay, Mike. Give me a count…thank you. Loud and clear. Full body signal. Thank you. EKG looks good…how'd Poundstone take the news of your leaving?"

"He was real nice. Welcomed me back anytime."

Actually, Poundstone seemed disappointed. I couldn't give him the real reason I'm quitting; it would just confuse everything. Make things infinitely more complicated. Better he doesn't know. I take a deep breath and close the visor. The green lights wink on.

I listen to Leonard's voice in my headset. "Look left, right. Look up, down. Think of a blue square…thank you…"

Will I miss this place, the people here? Of course. Gail, Coltrane, and Leonard. Especially Leonard. I'll miss that strange, funny voice in my mind, telling me about the minutiae in my past.

"—Okay, Mike. Square root of 144—that's such an easy one. Thank you. Your aunt Terri naked. *Very* good signal in the frontal lobes, and of course I don't blame you."

But mostly, I think about where I'm going—and who I'll see for the very last time.

"You're getting an echo on your t-4 temporal lead. Probably the equipment. Looks like no scrams on the agenda this evening."

Gail gave me a hug, told me about her plans with Eric—and for Phil. Good for her. She seems truly happy here. She really lucked out.

"Well, Mike. Looks like the elevator's here. Seat belt fastened?"

Yes.

I hear the whirring sound of the machine followed by the chirping in the headsets. Finally, the choir of angels.

"We have theta…and…entrainment."

I drop into the sky above my life.

I drift downward toward a light. The walls coalesce around me. It's Rachael's bedroom on a Saturday morning—probably the month we broke up. If I've reached the right time, then I've already had my date with Brenda. And she's already called Rache to tell her. If so, I'm falling right into the one hour I've always tried to forget. And that hour would be my last with Rachael. Ever.

The light becomes solid and I'm here.

The house is quiet. Bob is either at school working on a lecture or at church prepping for a sermon. Wanda has probably taken the kids to the store with her. I sit in a chair and watch the sunlight run through

the squares, skipping over, under, through the venetian blind to form a brilliant pattern on the bed sheets.

I'm wearing my jeans, a blue shirt and my green nylon jacket. My sock feet are propped on the bed. I must have driven in from college this morning.

Rachael is sitting on the half-made bed sewing a button on her shirt. She's dressed in a pair of blue denim shorts, a birthday present from me, maybe a month earlier. She's also wearing a white blouse. Unbuttoned. My class ring, held by the gold chain around her neck, bounces gently against her bare skin. She doesn't seem to notice, but she's unusually quiet. Does she know? Has she received the phone call yet?

I scan my memory for images of Brenda. Of the hour at the Student Union cafeteria—

"You know, Michael, when we talked about the church wedding, I could only think about one place—" Rachael looks at her sewing. "It was that little place up near Novenger near where Daddy used to preach." She looks up at me. "A little church on a hill, about halfway to the clouds. Really pretty. Daddy's always talked of moving the family up there, you know."

I search for the image of my time with Brenda, and now I find it—close by—we're standing in front of her dorm and she's screaming at me—telling me I'm crazy to stay with Rachael—"you marry that little brat and you can forget your future—you'll be digging ditches the rest of your life—*and I won't let you do that!"* Then the door slams and I'm alone on a Friday night—last night.

And while I drove back to Corinth, Brenda was calling Rache—telling her that she'd been with me.

No question: The machine has dropped me into the worst day of my life.

"Mama and I spent all last week looking at apartments," Rache is saying, her voice quiet. "We decided they cost way too much. She even said it'd be better if we lived here for awhile."

"Rache, do you still think you're pregnant?"

She looks up. "I started my period this morning." There's a sadness in her eyes. "I really thought I was pregnant. I felt them—"

"Felt what?"

She looks down at her sewing. "Remember I told you it's like a leaf falling into a pool of water—and you get these ripples? I felt the ripples. I really felt 'em. It was so nice."

I see the hurt in her eyes that I'd missed before. Over the last thirty years I had only remembered my own pain—and forgotten how much she had lost too.

I look around the room to see the texture of what I'll miss—blue wallpaper, a white bedspread, blue pillowcase, blue sheet with little flowers on it—there's a dresser with a bottle of *Occur*, a cork-covered bottle of *Tropical Lime* cologne, a stuffed pink bunny, a stack of magazines—looks like *Sixteen*. In the corner is a row of toys—probably Amy's. I would always trip over them in the darkness. I'll miss them all, but most of all, I'll miss my beautiful Rachael.

"You know, Mama and Daddy liked you from the start." She studies the thread, then returns the needle to the little red tomato-shaped pincushion. "Daddy actually called some people at the radio station and told them he knew this disc jockey." She looks up.

"Is that right?"

"Uh-huh. And when he told me about it..." she looks down again at the button. "I dreamed how it'd be. I'd be here with the baby and maybe call in requests. I'd say, Michael, I wanna hear 'Summer In The City' for Mike and Rache and the baby. And you'd play it, wouldn't you?"

"Yeah. I'd do that."

"And you'd play anything by The Righteous Brothers or The Ronettes. And 'It's Now Winters Day,' and 'Sweet Pea.' And that new one, 'Love Eyes.' I really like it," she looks up.

I lock the scene. *Love Eyes*. How could I have forgotten that song?

"Leonard. Do you have anything on a song called 'Love Eyes?'"

"Sure. I'll just key it in. Okay. 'Love Eyes.' Nancy Sinatra. Charted from March 25 to May 25. Are you listening to it now?"

"No. I was just wondering."

"Better hurry up, Mike. I hate to tell you, but you've got a plane to catch."

"I'll be just a few more minutes."

I unlock the scene.

She looks up at me. "Brenda Lacey called last night."

"I know. I went to see her."

"That's what she told me." Rachael touches her engagement ring. Is this where she removes it? Gives it back to me? Have I come all this way just to live this moment again?

"Time's running out, Mike."

"I'll be there, Leonard. I just have to get through this."

Rachael suddenly looks up at me. "*No*, Michael."

"No—?"

"Tell him you're not going back."

"Mike, are you okay? Your heart rate just jumped ten points."

I stare at Rachael. "What did you say?"

"To wherever it is you go. To the future—*someplace*."

"What makes you think that?"

"Little things," she says evenly. "Things you don't think I see, but I do. Knowing what songs will play on the radio. You knew exactly when that jet would come in." She smiles. "And you're always talking to some guy named *Leonard*."

"Mike, your temporal lead is behaving randomly. Is everything okay down there?"

Rachael looks directly at me. "I know who you are, Michael."

"Rachael, I— "

"And I know why you came back..."

Everything in her room seems the same, but the light has taken on a different cast. Dark, like in the minutes before a storm.

"It's because I called for you."

"Holy cow, Mike, your entire t-wave just went to hyperspace! Hold on, I'm bringing you up!"

"Not this time, Leonard," Rachael says. "This time he *stays*."

Suddenly the sky explodes into the room. The walls, floor and ceiling flicker, then vanish abruptly into an endless dark blue distance. High overhead, cirrus clouds rush across the vault of black sky and disappear behind a bright, distant horizon.

And below, stretching into the distance, is the landscape of my life. At the center I see the bright green and yellow paths of my childhood, see them turn into roads, then highways. Further toward the horizon, I see my life in Corinth, my college years, my time with Linda in Boston. Boarding a plane to San Antonio. My instant in time here.

And now I see more—the other paths I took. Other places I saw. Places where Evan was killed, the ones where he lived, the ones where Earl lived, got married, started a family. I see the paths where my own life ended, the ones where I married, started a family, stayed in Corinth. The one where I lost my arm at the factory—each path, *each life* extending toward a bright, distant horizon.

And I see something else: the lives that are Rachael's. Her birth in Corinth, her early years in Mexico, her childhood in Missouri, her first date, that time she died in the hospital, the times she lived.

Her life in north Missouri, the ones in Nebraska, New York, California, her life with the young man from Novenger—

And her life with me.

Now, the circle contracts, and I'm standing on a hill with the wind rippling through the tall grass. The horizon is obscured by the dense, dark clouds of a storm. I know that storm. I've seen it before.

"Rachael, I have a life back there."

She steps towards me. "Michael, we both have lives back there—and in each of those lives, we're apart. Except for *just one*."

The lightning draws near.

"Let the other Michael go back. He has his own life—let him live it."

"I can *do* that?"

"You can do anything you want."

A line courses through the tall, rippling grass—it's a border separating my old life from the one I almost had.

The one I have.

Somewhere.

"All you have to do, Michael, is step across this line."

The storm is upon us—there can be no other choice.

This time, I take the step.

28

Darkness.

Somewhere far away, someone is waking up in a beautiful bedroom in a huge house—driving to work in a new car. Meeting with people from far away. Working hard, being successful, rebuilding his life.

In here there is only darkness surrounding me like a warm blanket. In the distance there is music, and voices, spoken softly as in sleep.

Now I see the door open, the light spreading across space, across the floor. Someone is here. Someone I've known all my life.

"Mommy, can I sleep with you and Daddy tonight?"

"Sure, Honey, you can sleep between us."

Rachael pulls the covers back. "Now, you gotta promise not to kick."

As our little girl climbs into the bed, Rachael turns to me and gives me a quick kiss.

I put my arms around them both, and pull the covers up tight to protect them from the darkness.

Then, listening to their soft breathing next to me, and the rain outside our window, I fall gently to sleep.